中国当代文学经典必读

ZHONGGUO DANGDAI WENXUE JINGDIAN BIDU

2005短篇小说卷

吴义勤◎主编　王秀涛等◎点评

百花洲文艺出版社

图书在版编目（CIP）数据

中国当代文学经典必读. 2005短篇小说卷 / 吴义勤主编.
— 南昌：百花洲文艺出版社, 2020.11
ISBN 978-7-5500-3841-7

Ⅰ. ①中… Ⅱ. ①吴… Ⅲ. ①中国文学 – 当代文学 – 作品综合集 ②短篇小说 – 小说集 – 中国 – 当代 Ⅳ. ①I217.1

中国版本图书馆CIP数据核字(2020)第191096号

中国当代文学经典必读 · 2005短篇小说卷
吴义勤 主编

出版人 章华荣
责任编辑 周振明
书籍设计 方 方
制 作 周璐敏
出版发行 百花洲文艺出版社
社 址 南昌市红谷滩世贸路898号博能中心一期A座20楼
邮 编 330038
经 销 全国新华书店
印 刷 江西千叶彩印有限公司
开 本 720mm × 1000mm 1/16 印张 23
版 次 2020年12月第1版 2020年12月第1次印刷
字 数 350千字
书 号 ISBN 978-7-5500-3841-7
定 价 40.00元

赣版权登字 05-2020-159

邮购联系 0791-86895108
网 址 http://www.bhzwy.com

我们该为“经典”做点什么？

吴义勤

当今时代，对经典的追怀和崇拜正在演变为一种象征性的精神行为，人们幻想着通过对经典的回忆与抚摸来抵抗日益世俗和商业化的物质潮流。在这一过程中，一方面，经典作为人类文学史和文明史的基石与本源，其价值得到了充分的认同与阐扬；另一方面，经典的神圣化与神秘化又构成了对于当下文学不自觉的遮蔽和否定。可以说，如何面对和正确理解“经典”，正是当代中国文学必须正视的一个问题。

什么是经典呢？就人类的文学史而言，“经典”似乎是一个约定俗成的概念，它是人类历史上那些杰出、伟大、震撼人心的文学作品的指称。但是，经典又是无法科学检验的主观性、相对性概念。经典并不是十全十美、所有人都认同的作品的代名词。人类文学史上其实根本就不存在十全十美、所有人都喜欢、没有缺点的所谓“经典”。那些把“经典”神圣化、神秘化、绝对化、乌托邦化的做法，其实只是拒绝当下文学的一种借口。通常意义上，经典常常是后代“追认”的，它意味着后人对前代文学作品的一种评价。经典的标准也不是僵化、固定的，政治、思想、文化、历史、艺术、美学等因素都可能在某种特殊的历史条件下成为命名“经典”的原因或标准。但是，“经典”的这种产生方式又极容易让人形成一种错觉，即“经典”仿佛总是过去时、历时态的，它好像与当代没有什么关系，当代人不能代替后人命名当代“经典”，当代人所能做的就是对过去“经典”的缅怀和回忆。这种错觉的一个直接后果就是在“经典”问题上的厚古薄今，似乎没有人敢于理直气壮地对当代文学作品进行“经典”的命名，甚至还有人认为当代人连写当代史的权利都没有。

然而，后人的命名就比同代人更可信吗？我当然相信时间的力量，相信时间会把许多污垢和灰尘荡涤干净，相信时间会让我们更清楚地看清模糊的、被掩盖的真相，但我怀疑，时间同时也会使文学的现场感和鲜活性受到磨损与侵蚀，甚至时间本身也难逃意识形态的污染。我不相信后人对我们身处时代“考古”式的阐释会比我们亲历的“经验”更可靠，也不相信，后人对我们身处时代文学的理解会比我们亲历者更准确。我觉得，一部被后代命名为“经典”的作品，在它所处的时代也一定会是被认可为“经典”的作品，我不相信，在当代默默无闻的作品在后代会被“考古”挖掘为“经典”。也许有人会举张爱玲、钱钟书、沈从文的例子，但我要说的是，他们的文学价值在他们生活的时代就早已被认可了，只不过新中国成立后很长时间由于意识形态的原因我们的文学史不允许谈及他们罢了。

这里其实就涉及了我们编选这套书的目的。我认为，文学的经典化过程，既是一个历史化的过程，又更是一个当代化的过程。文学的经典化时时刻刻都在进行着，它需要当代人的积极参与和实践。文学的经典不是由某一个“权威”命名的，而是由一个时代所有的阅读者共同命名的，可以说，每一个阅读者都是一个命名者，他都有命名的“权力”。而作为一个文学研究者或一个文学出版者，参与当代文学的进程，参与当代文学经典的筛选、淘洗和确立过程，正是一种义不容辞的责任和使命。事实上，正是出于这种对“经典”的认识，我才决定策划和出版这套书的，我希望通过我们的努力，真实同步地再现21世纪中国文学“经典化”的进程，充分展现21世纪中国文学的业绩，并真正把“经典”由“过去时”还原为“现在进行时”，切实地为21世纪中国文学的“经典化”作出自己的贡献。与时下各种版本的“小说选”或“小说排行榜”不同，我们不羞羞答答地使用“最佳小说”之类的字眼，而是直截了当、理直气壮地使用了“经典”这个范畴。我觉得，我们每一个作家都首先应该有追求“经典”、成为“经典”的勇气。我承认，我们的选择标准难免个人化、主观化的局限，也不认为我们所选择的“经典”就是十全十美的，更不幻想我们的审美判断和“经典”命名会得到所有人的认同，而由于阅读视野和版面等方面的原因，“遗珠之憾”更是不可避免，但我们至少可以无愧地说，我们对美和艺术是虔诚的，我们是忠实于我们对艺术和美的感觉与判断的，我们对“经典”的择取是把审美和艺术放在第一位的。说到底，“经典”是主观的，“经典”的确立是一个持续不断的“过程”，“经典”的价值是逐步呈现的，对于一部经典作品来说，它的当代认可、当代评价是不可或缺的。尽管这种认可和评价也许有偏颇，但是没有这种认可和评价，它就无法从浩如烟海的文本世界中突围而出，它就会永久地被埋没。从这个意义上说，在当代任何一部能够被阅读、谈论的文本都是幸运的，这是它变成“经典”的必要洗礼和必然路径，本套书所提供的同样是这种路径，我们所选的作品就是我们所认可的“经典”，它们完全可以毫无愧色地进入“经典”的殿堂，接受当代人或者后来者的批评或朝拜。

感谢百花洲文艺出版社对我的经典观的认同以及对于这套书的大力支持，感谢让这个文学工程可以在百花洲文艺出版社这个平台美丽绽放。我们的编选仍将坚持个人的纯文学标准，而为了更好地阐析我们的“经典观”，我们每本书将由青年学者对每一篇入选小说进行精短点评，希望此举能有助于读者朋友对本丛书的阅读。

目 录

与大师约会

莫言

一

在那次轰动全城的美术展览现场，我们在人群里钻了很久，终于挤到了大师的面前。怀着激动不安的心情，我们前言不搭后语地向大师表达了发自内心的崇拜和五体投地的敬仰。大师用他汗津津的小手与我们因为紧张和激动而汗湿的手一一相握。大师的手给我们留下了难忘的印象，当然，让我们更加难忘的是大师脸上那平易近人的微笑。当我们用颤抖的声音向大师乞求他的电话号码时，大师非常慷慨地摸出了几张名片，一一分发给我们。因为在我们的身后还有更多的崇拜者往前拥挤，大师和蔼地对我们说："好吧，朋友们，这里乱糟糟的，改天我们找个清静地方好好谈谈。"

我们顿时感到，大师与我们已经成为亲密的朋友。大师的意思是让我们暂且把前面的位置让开，让他接待后边的人，而这样做，他是不情愿的，场面上的事，没有办法嘛。大师抱歉地对我们点点头，我们便十分理解地撤到了后边。其实根本不需要我们主动后撤，只要我们的身体一松懈，后边的人就挤到了前面，转眼之间，我们就到了人群的最外边。

看完展览的第二天晚上，我们按照名片上的号码，给大师打电话。从话筒里传出来的却是彬彬有礼的电脑应答："对不起，没有这个电话号码。"我们感到失望。但没有死心，便按照名片上的号码拨打大师的手机，话筒里传出的依然是彬彬有礼的电脑应答："对不起，您要的用户不在服务区。"再打，电脑告诉我们："对不起，您要的用户没有开机。"不管是"不在服务区"还是"没有开机"，对我们都是一个安慰，这说明，大师告诉给我们的手机号是真的，起码可以说，这个号码是存在的。手机要不通，我们就拨打大师的呼机。传呼台的小姐用懒洋洋、甜蜜蜜的声音要我们留言。我们交换了一下眼色，不约而同地说："大师，我们是您的崇拜者，我们想请您出来喝杯咖啡，顺便谈谈看了您的展览之后的感想，请务必回话，满足几个深深地爱您的年轻人的愿望。"

我们从电话听筒里听到传呼小姐手下的键盘噼里啪啦地响着，知道我们一片至诚的邀请正转换成讯号飞向大师腰间悬挂的呼机——如果大师的呼机是挂在腰间的话。小姐问了我们的电话号码，我们告诉了她酒吧的电话号码，然后就开始了满怀希望的等待。

我们等待的地点在距离大师住处很近的一家名叫"蓝帽子"的酒吧里。大师的住处当然也是从大师送给我们的名片上获知的。至于这个地址是不是大师与他的美丽胜过天仙的妻子居住的地方，我们无从得知；大师在这座城市里究竟有几处房产我们当然也无从得知而且也不应该得知，但大师名片上的地址肯定是大师的住处之一则是千真万确的。为此，我们曾经提前进行了侦察。那座戒备森严的公寓楼的门卫虽然毫不客气地把我们拒之门外，但他还是中了我们的计谋，泄露了大师的信息。起初，我们指点着名片上大师的名字，向那个严肃的门卫询问大师是不是真的住在这里，门卫用一副冰冷的面孔和外交家的冷漠口吻说："对不起，无可奉告！"

我们早就料到了这一步，于是就按照预先的设计，在大门口转来转去，然后，仿佛是漫不经心地说："他也真是的，那样一个美丽的妻子，不就是跟别的男人睡了一觉嘛，怎么舍得用刀子捅呢？听说他的丈母娘带着十几个壮汉来了，把他狠狠地揍了一顿……"

我们一边散布着有损大师形象的流言蜚语，一边偷偷地观察那个门卫脸上的表情。我们想，如果门卫脸上没有表情，说明大师名片上的地址十有八九是假的，如果门卫脸上出现激动或是对我们表示轻蔑的表情，就说明大师的确就住在这栋豪华的公寓楼里。结果比我们预料得还要好，当我们的谣言刚说了不到一半时，就看到那个年轻的门卫把他的上唇翘到了鼻子尖上。然后我们听到他低声地嘟哝着："胡说八道……"

于是我们就像与正在梦中呓语的人搭上了腔一样，瞪着眼对那个忠诚的门卫大喊：“你凭什么说我们胡说八道？你怎么知道我们是胡说八道？我们的消息都是从公开发行的报纸上看到的，怎么可能是胡说八道？”

“我今天早晨还看到他们两口子在院子里遛狗！”门卫怒气冲冲地说。

“你能担保你没有看错吗？”我们按捺住心中的狂喜，故意地与门卫较劲，“你也许是看错了吧？”

门卫用鼻子哼了一声，表示了对我们的轻蔑后，就把脸扭到一边，眼睛盯着的也许是那棵树干上还缠着草绳子的银杏树，再也不理睬我们。

这样，我们就把约会的地点定在了蓝帽子酒吧。我们平日里粗心大意、自私自利，但这次却一反常态，考虑到了大师的时间宝贵，考虑到了大师的人身安全，考虑到了大师的身体健康。蓝帽子酒吧与大师的住处只隔着一条引水渠道，渠道上架设着一座用钢筋和木板搭起来的小桥，小桥十分牢固，一百个人站在上边蹦跳也绝对不会塌陷，小桥两边焊着钢管栏杆，如果不想跳河自尽，安全是绝对有保障的。大师如果愿意跟我们见面，从他的住处走出来，用不了十分钟，就可以与我们坐在一起。

发出呼叫信息后，我们耐心地等待着回应。我们心中回忆着大师和蔼的面孔和亲切的许诺，心中满怀着希望。吧台上的电话每响一次，我们就像豹子扑羚羊一样蹿过去一次，但每次的结果都是失望。时间过去了一个小时，我们决定，斗胆再给大师打一次传呼。这次，我们对寻呼台的小姐下达了急呼三遍的命令，尽管我们怀疑小姐是不是会不折不扣地执行我们的命令，尽管我们担心这样的呼叫方式会让大师感到不快，但急于与他相见的心情使我们顾不上这些细枝末节。

急呼三遍之后，我们又等待了一个小时，大师依然没有回应。酒吧里涌进来一批摩登少年。他们有的留着披肩的长发，有的剃着泛青的光头。她们有的剪成寸长的、看起来乱糟糟的刺猬头，有的将长发染成了五颜六色，乍一看还以为把染料碟子扣在了头上。我们马上想起，附近有一所著名的艺术院校，这些人，肯定是这所院校的学生。他们一进来，宁静安谧的酒吧就变成了喧闹的市场。他们根本不征得酒吧老板的同意，就把四张桌子拼在了一起，看样子不是仗着人多势众欺负店家，就是这里的常客宾至如归。一阵杂乱的响声过后，学生们围桌而坐，桌子中央的蜡烛放出红光，把他们的脸映红了。我们自惭形秽地缩在墙角的一张桌子周围，屏住呼吸，保持沉默，即便是说话，也尽量地压低嗓门，生怕引起她们对我们的厌恶。在这个城市里，像我们这样的没有文化的次人类，要想热爱艺术，必须小心翼翼，否则就要让人耻笑甚至带来祸殃。我们等待着大师的回应，尽管失望的情绪越来越重，但还是盼望着能够出现奇迹。如果大师出现在酒吧里，与我们坐在一起，那该是什么样的效果啊！我们相信，眼前这些艺术学生，可能分不清麦苗和韭菜，可能分不清骡子和毛驴，但他们肯定能从茫茫人海里，一眼就把大师认出来。

我们很快就听明白了，学生们聚集在这里，是为那个头发像火焰、面色如焦土、眼神像老猫、嘴唇如锡箔的女孩过二十岁的生日。酒吧的服务小姐端上来一个插满了红色小蜡烛的大蛋糕，他们起立，大声唱起那首连狗都会唱的生日歌曲，然后就是那个女孩子把嘴巴噘起来，用一口长气，将二十只蜡烛通通吹灭。学生们一阵欢呼，欢呼中还夹杂着几声锐利的口哨。然后他们就开始吃蛋糕。这群学生本来与我们没有任何关系，但他们吃完蛋糕之后的话题，却将他们与我们联系在一起。

“金十两这个杂种！”一个光头男生竟然把大师光辉的名字和杂种联系在一起，引起了我们心中的不快。他喝了一口啤酒，嘴唇上挂着啤酒泡沫，大不敬地说：“真是色胆包天！”

“什么呀！”一个刺猬头女生娇声娇气地说。

“金十两的‘幸福生活展览’呀，没去看？”

“不就是卖人肉吗？恶心，没劲！”

“不不不，美眉，您太优雅了，”一个小个子男生将滑到鼻尖上的大眼镜往上托了托，严肃地说，“这是一次艺术革命，非常非常值得一看，如果不看，必将后悔终生！”

“夸张吧？”

“有这么严重吗？”

“不就是后现代吗？”

“行为艺术，其实也是作秀。”

“恰好是对比比皆是的、令人厌恶的、触目惊心的作秀现象的一次抗议和反叛！”

“他成功地将神圣和凡俗、高贵和低贱、爱情和肉欲嫁接在一起。”

“他推倒了私人空间和大众空间之间的最后一堵墙壁，是真正的先锋。”

“我看他是把性表演和艺术混合在一起。”

“把色情合法化。”

“把卖淫合法化！”

“言重了，同志！”

“把红灯区开进了美术馆。”

“把美术馆变成了桑拿浴！”

“按摩。”

“洗头。”

“洗脚。”

“不管你们怎么说，这是本世纪先锋艺术的一次最惊世骇俗的表演。”

“超级秀！”

“不管你们怎么想，老金这一次算是一举成名了。”

“名利双收，金钱和名声滚滚而来。”

“无耻！”

“无耻者无所耻！”

“不择手段。”

“成功者从来就是不择手段的，万里长城下边，是累累白骨。”

“太深刻了吧？这是我的生日，不是我的葬礼！”

…………

二

我们完全没有想到能在世纪末看到这样精彩、这样不同凡响、这样让人惊心动魄、这样让人百感交集的展览。我们三人，原本是在美术馆前的斜街上无所事事地闲逛来着，但美术馆售票窗口前拥挤的人群和那两辆“雪铁龙”警车引起了我们的注意。我们虽然没有文化，但我们是三个热爱艺术并时时刻刻梦想着一举成名，然后就金钱滚滚，然后就美女成群，然后就过上了花天酒地的后中产阶级生活的无业青年。我们之所以有这样的想法，是因为有很多与我们差不多一样的人为我们树立了光辉的榜样。因为有了这样的抱负和理想，我们的无所事事东游西逛就有了深刻的意义。我们是在体验生活，我们是在寻找灵感。美术馆前那个每天下午都来卖唱的外地歌手赵一是我们的知音，我们也是他的知音。他经常用卖唱得来的钱请我们三个到路边的小饭馆里吃拉面，有时候也要上几瓶啤酒，几个小菜。几杯啤酒下肚后赵一就情绪激动，说着说着就唱起来。如果饭馆里没有别的顾客，店家不干涉我们；如果店里还有别的顾客，店家就很客气地请我们降低调门。我们的窃窃私语也完全是围绕着艺术的。在交谈中我们发现，其实我们对祖国的艺术状况十分熟悉。举凡美术、音乐、文学、影视各界的名人泰斗和后起之秀，几乎没有我们不知道的。我们的渊博把我们自己吓了一跳，鬼知道我们是如何掌握了这样多的知识。如果我们不谦虚，完全可以以文艺界的知识分子自居，但我们比较谦虚，在人前人后还是以没有文化但正在努力学习的艺术青年的面貌出现。

我们正要挤到售票窗口前看个究竟时，赵一却满头大汗地从人群里挤出来了。他的手里高举着几张票，好像捏着几只鲜活的蝴蝶。我们看到他的时候他也看到了我们。究竟是谁的展览能让这样多的人冒着酷暑来抢票呢？没等我们把心中的疑问表达出来，赵一就怒气冲冲地说："你们这三个混蛋，死到哪里去了？"

"发生了什么事？"

赵一指着在美术馆大门一侧的墙壁上贴着的那张粉红海报，说："大师的画展，今天是第一天，大概也是最后一天。"

我们还想问个明白，但赵一把票子分到我们手里。他带领着我们，急匆匆地向展厅跑去。

大师的画展布置在美术馆辽阔得如同广场的地下展厅里，我们沿着潮湿的台阶深入下去时，仿佛进入了海底世界。

一进展厅，首先扑入我们眼帘的，是一张放大得如同台球桌子那样大的结婚证书。大师的名字和他的爱妻的名字每个字如篮球般大，让我们过目难忘。绕过了结婚证书，就是大师和他的爱妻的结婚照。照片放得比他们的结婚证小一点，但还是需要我们蹦跳起来才能摸到他们的头顶。在这张照片上，身穿礼服、胸前插着花朵的大师和他的身披洁白婚纱、头上缀满花朵的爱妻紧紧地依偎在一起，他们的幸福表情使他们的脸显得很不真实，仿佛用蜡塑成的艳丽苹果。这张照片让我们心中感叹不已，嗨，看起来大师也不能免俗，竟然拍出这样的结婚照，而且还有点恬不知耻地放在大厅里展览。我们是几条野狗一样的光棍汉，不是我们不想结婚，是我们不愿意像俗人一样地结婚。在我们的心目中，所有的艺术家，只要是成了大师级别的，在对待婚姻和女人的问题上，就不应该和常人一样，否则你算什么大师呢？想想人家凡·高，想想人家毕加索，想想人家歌德……我们不得不承认，看到了大师和他的爱妻结婚照的那一瞬间，我们心中充满了失望，我们甚至怀疑那些排队买票的人跟我们看的是不是同一个展览。当我们把疑问的目光投向民歌手赵一时，赵一却仿佛是胸有成竹地引导着我们绕到了结婚照的后边，于是，一个崭新的世界突然地出现在我们眼前。我们的血液凝固了，但马上又沸腾起来。我们感到心脏像擂鼓一样，呼吸像铁匠炉的风箱一样，腿软得像猴皮筋一样，互相搀扶着才没有晕倒在地。这可是一个惊心动魄的造型。是大师和他的爱妻赤身裸体地站在那里，比巴黎的蜡像馆里的蜡像还要逼真，仿佛能听到他们的呼吸，仿佛能感受到他们的体温。尽管大师的身体也大概可以用雄伟来形容，尤其是他的生殖器官正处在膨胀的状态，很有些生气勃勃的意思，但我们的目光在他的身上只是一扫而过，然后就久久地停留在大师爱妻的身上。尽管大师爱妻身上没有悬挂禁止触摸的牌子，但没有一个人胆敢伸手触摸。我们这些肮脏的爪子更不敢伸出去，即便大师允许我们去摸，我们也不敢。我们毕竟是热爱艺术的人，我们知道美的东西就像池塘中的荷花一样，只能远观，不能亵玩，连我们的目光刚开始时也是羞羞答答的，我们生怕我们的眼睛把她弄脏。但几分钟后我们就约束不住自己了。我们把她从头看到脚，然后再把她从脚看到头。她的繁茂的头发，她的挺拔的脖颈，她的凹陷进去的肩窝，这些都不必说了，她的造型优美的乳房可以好好说说，但我们不愿意用磨损得不成样子的语言来描述它们，但我们又想不出崭新的语言来描述它们，因此也就不必说了。要想知道它们究竟有多么美好，唯一的办法是亲自去看看。但可惜你们已经没有这样的眼福了，画展已经被禁止了。她的腰也是那种好腰，实在也想不出什么好词来形容。她的肚脐是那种小鼓脐，上边穿着一个金色的小圈子，很生动，很俏皮。再往下我们就更想不出好词来说了……我们继续往前看，看到的景象只能用惊心动魄来形容了。大师调动了绘画、摄影、雕塑等手段，把他和爱妻之间的那点事儿淋漓尽致地展示出来。这次展览用画展之名其实是很难概括的，大师把摄影搞得像绘画，把绘画弄得像摄影，把活人弄得像雕塑，把雕塑弄得像活人。大师和他的爱妻的各种各样的做爱姿势，被大师表现得栩栩如生。有一组大师和他的爱妻用面对面体位交欢的雕塑，是活动的，是发声的，大师和他的爱妻的呻吟声此起彼伏，有时又交织在一起。大师的身体像油田的抽油机一样不知疲倦地运动着，大师身上布满了汗珠。如果不是大师的动作过分地僵硬，杀死我们，我们也不敢相信这是一组雕塑……

后来我们回忆起来，在刚看到大师和妻子的第一组裸体雕塑时，我们耳边还有一些人在发表批评意见，有些话说得甚至还很难听，但当我们看到后边那些大胆地、坦率地、旁若无人的图片、绘画和雕塑后，我们身后只有一片紧张的喘息声。人们的嘴巴已经顾不上说三道四了。有必要补充一句，这位大师拿出来展览的作品，全部都是大尺幅的，最小的也与真人差不多大小，而且我们还发现，大师不管是用雕塑还是用绘画表现他与爱妻的生殖器官时，都有一点“燕山雪花大如席”的意思。也就是说，他把自己的生殖器和他妻子的生殖器进行了适度的夸张，当然，赵一认为大人物就是异于常人的，当然也就包括了大师和大师夫人的生殖器官本来也许就是这样的尺寸。

…………

三

夜渐渐深了，大师还没有踪影。那群给同学过生日的学生，有的将脑袋放在桌子上，腮帮子沉浸在酒液里。有的将脑袋抵在窗户玻璃上，一下一下地碰撞着。窗户外边不远，是城市的引水渠道，远处高楼上巨大的霓虹灯，放射出艳丽的光芒，将渠中的流水和渠边的垂柳，映照得情调浪漫。那座通向大师寓所的小桥，在这样的夜晚，更显得情意绵绵。一个男人，一个女人，站在小桥上，将上身伏在桥栏上，看着桥下的流水。

那个光头的男生大吼着：“老板，老板！”

一个戴着小蓝帽的服务生走过来，问：“先生，有什么吩咐？”

“音乐，换音乐，给我们换上老柴，换上巴赫！”

这时，那个伏在桌子上的脑袋猛地抬起来，大骂：“换上你奶奶的屁股！”

光头抓起一个啤酒瓶子，对着骂他的脑袋砸过去。啤酒瓶子碰到墙上，反弹回来，落在地上，粉碎了。

“你们不要打了！”过生日的女生尖利地喊叫着。

一个留着长发、面相凶恶的男子走过来，低沉地问：“怎么回事？”

“你怎么回事？”光头男生瞪着眼反问。

长发男子上前，捏着光头男生的脖子，往外就走。光头男生挣扎着，喊叫着：“老子是艺术家！老子是艺术家！”

长发男子把男生推到门外，屁股上加了一脚，说：“你给我出去吧，艺术家！”

“你们，谁负责买单？”长发男子回来，问那些学生。

“买单？什么叫买单？”一个男生懵懵懂懂地问。

“甭给我装丫挺的，谁买单？”

“我们是大师请来的客人！”那个过生日的女生说。

“哪个大师？”

“金十两，金大师啊！”

“金十两啊，”长发男子鄙夷地说，“他算什么狗屁大师，欠着我一大笔酒债还没有还呢。”

“你敢骂我们金大师？”那个用脑袋撞玻璃的男生回过头来，说，“谁骂金大师我们跟谁急！”

“骂他，骂他是便宜了他，只要让我逮着，我让他跪在地上学狗爬。”长发男子怒冲冲地说，“这个不但出卖肉体而且出卖灵魂的人渣，用鞭子抽着老婆去给大赛评委送礼，送什么礼？送×！这下更彻底了，让全城人民见识了他老婆身上那些玩意儿。真他妈的丧尽廉耻！”他越说越来气，从学生们的酒桌上，抓起半瓶子啤酒，一仰脖子，咕嘟咕嘟地灌了进去，“你们说他还算个人吗？”

“他当然不能算个人了，”一个刺猬头女生说，“他只能算一个畜生！”

“他连畜生也不如！”长发男子道，“你们一定看过《动物世界》，许多动物，其实是最讲贞节廉耻的——”

“譬如鸳鸯！”一个女生喊叫着。

“譬如天鹅！”一个男生喊叫着。

那个被轰出酒吧的光头男生，转到窗户外边，用拳头敲打着玻璃，嘴巴显然是在喊叫着什么，但是我们在里边，听不到他的声音。

长发男子对着玻璃外边的男生挥挥拳头，男生抽身跳到一边去了。

提着酒瓶子，长发男子来到我们桌前，问：“你们，在这里干什么？”

“我们在等待金大师。”

“你们也在等他？”长发男子看看我们桌子上那几瓶尚未开启的啤酒和那几碟子一点都没动的下酒菜，冷笑着问，“难道也是他替你们买单？”

“不，”赵一拍拍腰间的钱包，说，“我们自己买单。”

“难道你们也是搞艺术的？”

“当然，我是民歌演唱家，每周一、三、五在美术馆前面演唱。”赵一指指我们，说，“他们几个，有写诗的，有写小说的，有画画的，总之，都是艺术青年。”

长发男子轻蔑地哼了一声，说：“现在，随便一个阿狗阿猫，都成了艺术家。大师，那些自封的大师，比河里的蝌蚪还多！但你们要知道，满河的蝌蚪，能长成青蛙的，寥寥无几！”

“看您这样子，”我们当中的一个，也许是我，也许是赵一，小心翼翼地问，“看这样子，您也是搞艺术的？”

“行，还有点眼力嘛，”长发男子用赞赏的目光看着我们，说，“谈起艺术来，我可以大言不惭地说，金十两那厮，给我提鞋子，我都不用，如果用他这种方式，我早就出名了。”

“请问，您是搞什么艺术的？”

“搞什么的？我也不知道该怎么回答你们。”他有些为难地说，“圆明园那个画家村知道吧？第一个村民，就是我。现在那拨在通县混世的，都是我的孙子辈的。至于写诗，那就更早，知道那个用镰刀砍死老婆的诗人吧？他是我的小兄弟。金十两这个孙子，最早也是写诗的，前几年因为勾搭一个朋友的女朋友，在黄盖子酒吧，被我们吊在梁上，用蘸了辣椒末的鞭子抽。这厮没法在诗坛混了，才异想天开，搞什么行为艺术。他那个老婆，本来就是京城四大名鸡，艺术圈里的公共厕所，所以，才能跟他一起办那样的展览，你们想想，正儿八经的女人，谁肯那样？你们竟然崇拜他，可见你们品位之低。年轻人，想成名成家，这没有错，但是你们要走正路，不能跟金十两这样的人渣学。”

“原来他是这样一个败类！”那个头碰玻璃的男生说。

“我早就知道他是这样一个败类！”那个头发染得五彩缤纷的女生说。

“看看，又是一个受害者，”长发男子说，“来来来，姑娘，给这几个小伙子现身说法，让他们从痴迷中清醒过来。”

彩头女生来到我们面前，指着我们面前的酒瓶说：“我要喝酒！”

长发男子拿起一瓶酒，用牙齿咬开酒瓶盖子，倒满一杯，递给女孩，说：“姑娘，我知道，他一定对你痛说了他的革命家史，然后给你看手相，先摸你的手掌，然后摸你的胳膊，然后……”

“你说的根本不对，”姑娘气哄哄地说，“他既没痛说家史，也没给我看手相，他掀开衣服，让我看他在大森林里跟老虎搏斗时留下的疤痕。”

“这就更加可恶，”长发男子义愤填膺地说，“他那块伤疤，其实是被生产队的毛驴咬的。”他语重心长地说，“年轻人，要想学艺，首先要学习做人。近朱者赤，近墨者黑，跟着金十两这样的人，永远学不出好来。”

女孩接过酒杯，一饮而尽，然后，直着眼看着长发男子，眼泪哗哗地流了出来。

“那是去年的秋天／你头戴着丁香编成的花环／身穿着白云裁剪的长裙／在我家门前的小径上蹒跚／蹒跚复蹒跚／向日葵金色的花粉／迷蒙了你的双眼。”长发男子低沉地朗诵着，眼睛闪着光，直盯着那个彩发女孩，女孩也盯着他。

“知道这是谁的诗吗？”

女孩摇摇头。

“我的，我的诗，”长发男子用食指戳戳自己的胸膛，悲伤地说，“这是二十年前，我还是一个青年时，写给我的初恋情人的诗。可是，后来，她竟然跟着一个满嘴假牙的老头走了。为什么？为什么？难道我一个抒情诗人，还不如一个老头吗？”长发男子将啤酒瓶子插到嘴巴里，咕嘟咕嘟地灌了一阵，声嘶力竭地喊叫着，“为什么夜莺能那样美丽地鸣啭，是因为荆棘刺破了它的心。”他又灌了一口酒，“我，一个可以随时把耳朵割下来赠给情人的大画家，一个可以用鼻血写诗的大诗人，竟然被一个老头子把情人勾引走了，奇耻大辱啊奇耻大辱！知道那个著名的评论家柳木叉吧？这个孙子，从来不给男人写评论，但他破例给我写了诗评，他说‘桃木橛是真正的诗人，是可以和普希金媲美的大师’，可是，我竟然败在了一个假牙老头手下，我，一个著名的抒情诗人，一个大师，一个可以和普希金媲美的大师，竟然惨败在一个老头手下。当我想象着我的头戴丁香花环的情人，在那个满嘴臭气的老家伙身下呻吟时，我的心，哗哗地流血！哗哗地流啊！让我把这一腔热血流干／让我化成一股白色的轻烟／缭绕在你的身边。”大师将空酒瓶子砸在地上，瓶子破裂，声音清脆，“让我的心，像这个酒瓶一样破裂吧！”

大师伏在桌子上，用额头不断地碰撞桌面。

彩发女孩上前，抚摸着大师的头发，哇哇地哭着，眼泪啪嗒啪嗒地滴落在大师的头上。

我们心中也十分难过。我们想安慰他，但一时又找不到合适的语言。在一个出口成章的大师面前，我们的语言实在是太贫乏了。那个被赶出去的光头男生又在外边敲打窗户玻璃，过生日的女孩对着他做了一个手势，那男生就鬼鬼祟祟地溜了进来。

为了防止大师的额头被坚硬的桌子撞破，我们灵机一动，趁着他抬起脑袋的短暂间隙，将窗台上那个花瓶里插着的一束塑料花抽出来，垫在了桌子上。大师的额头撞在塑料花束上，嘭嘭的声音没有了，嚓啦啦的声音出现了。大师将那束塑料花拿起来，放在鼻子上嗅嗅，然后放在面前，仔细地端详着，滔滔的诗句，又像浊流一样喷涌而出：“尽管你有花的娇艳／但你没有花的芬芳／你在我的心中，造成花朵的威胁／但你没有生命的汁液／尽管你已经没有汁液／但我躺在床上想着你就直立起来／好像一门大炮／向着天空发出警告／我看到两只臭虫／吸饱了鲜血／沿着肉的柱子／往高里爬升／追逐着爬升／它们不知道在最高处／等待着它们的／是一道深深的裂谷／在那里它们将陷入灭顶……”

大师嗅嗅花束，继续即席赋诗："仿佛是金钱豹子／嗅着带刺的玫瑰／爱情成为交换／诗歌成为通行证／通向那些未开垦的处女地……"

大师念到这里，不由得号啕大哭起来，塑料花扔在地上，巴掌拍打着桌子，溅起星星点点的啤酒泡沫，我们被大师的纯情深深感动，同时心中也充满了怒火。我们终于想到了安慰大师的语言："大师，您把那个假牙老头的姓名、地址告诉我们吧，我们虽然在艺术上狗屁不通，但打架都是行家里手，我们一定要帮您出了这口气，您说吧，是卸下这老丫挺的一只胳膊呢，还是砍下他一条腿？"

"不，不……"大师抬起头，浸透了泪水的眼睛里，闪烁着灿烂的光芒，"我是诗人，我要用诗人的方式解决这个问题。"

"什么方式？大师？"

"我和他决斗！"

"对，和他决斗！"刚刚溜进来的光头学生拍着巴掌说，"就像普希金和那个军官决斗一样。"

"我不用枪，"大师说，"我用剑！"

"对，用剑，一定要用剑！"我们齐声呐喊着，"用剑，洞穿他的心脏，然后，把那个丁香女人抢回来。"

"不，不，我不要那个女人了，她的每个毛孔里，都散发着愚蠢的气味，从那天之后，她的脸就变得像医院的墙壁一样苍白……"大师痛苦地说。

"那怎么办？"

"把那老家伙刺死之后，当着那女人的面，我用剑，刺穿自己的心脏。"

"不值得，大师，不值得啊！"我们和那些被大师的遭遇深深感动了的学生一起喊叫着，我们的眼睛里都饱含着泪水。

"我要用我微不足道的生命，唤起她的良知！"大师悲壮地说。

"其实，大师，这个世界上，优秀的女人还有许多。"彩头女孩说。

"是啊，天涯何处无芳草。"

"纵有弱水三千，我只取一瓢饮。"大师说。

"可是，大师，您那瓢水，已经污染了，不能喝了。"

"你这个软弱的女人，"大师痛苦万端地说，"尽管我恨你，但假如还有来世，我还是要爱你。"

我们交换了一下眼神，为了大师的不可救药感叹不已。是啊，大师都是这样痴情，不痴情也成不了大师。

“在北极之北／南极之南／东海之东／西藏之西／在九天之上在九地之下在冰块里在骆驼的耳朵眼里在比目鱼的肛门里／在一切可能的地方／不可能的地方／爱你／因为爱你／我的身体成为一根成条／在锅里也要弯曲成一个／成熟的‘爱’字……”大师捶着胸膛吼叫，眼泪哗哗地流，还有鼻涕。

我们的眼睛里又一次盈满了泪水。

“是谁在呼我啊？”随着门响，金十两大师站在我们面前，眼睛一亮，蔑视地问，“桃木橛子，你这个流氓，又在勾引纯真的少女！你们，”金大师用食指画了一个圈子，将我们全部圈了进去，语重心长地说，“你们，千万不要上了他的当，他方才念的诗，都是我当年的习作。”金大师端起一杯酒，对准桃木橛子的脸泼去。浑浊的酒液，沿着桃木橛的脸，像尿液沿着公共厕所的小便池的墙壁往下流淌一样，往下流淌，往下流淌……

原载《大家》2005年第1期

点评

艺术的高雅和荒诞仿佛都是没有极限的，莫言的《与大师约会》讲述的就是有关艺术的一个荒诞不经的故事。艺术大师金十两的一次行为艺术展轰动全城，“我们”是游荡在城市中的艺术青年，是大师的崇拜者。对艺术的崇敬怂恿着“我们”想方设法地要见大师一面。约会的地点是一处酒吧，但大师迟迟没有露面。小说穿插着讲述了金大师的艺术展，大师那勇敢地暴露夫妻私生活的艺术品让我们大开眼界。“我”对大师的艺术品是从不敢妄加质疑的，但在等待大师赴约的过程中，我们听到了一群艺术院校的学生对大师的艺术展的褒贬不一的评论。自称诗人的“桃木橛子”也现身说法，先批驳了大师又声情并茂地朗诵自己的诗作。“我们”被诗人的才华和痴情感动得痛哭流涕。“桃木橛子”很快成了我们心目中的另一位大师。颇具讽刺意味的是，小说中“我们”约会大师的酒吧无意中竟成了解大师的“批斗会场”。大师的在场和缺席制造了悬念，形成了叙述的张力。作品开头大师以偶像的身份出现，但随着情节的发展大师被逐步质疑瓦解，结尾大师的再次出现却又揭穿了“桃木橛子”窃取自己的诗作来招摇撞骗的把戏。在作品中，“艺术”和“大师”的意义被荒诞地肢解了。小说的语言诙谐，具有黑色幽默的叙事风格。

（苏鹏）

我们的战斗生活像诗篇

范小青

姐妹三个都有大名，但是大家不喊她们大名，喊她们姐姐、妹妹和小妹妹，喊习惯了，不仅家里大人喊，邻居也这么喊，同学里有熟悉这个家的，也都跟着这么喊。喊妹妹和小妹妹还说得过去，但是喊姐姐就要看人了，比如她们的爸爸妈妈也喊她姐姐，不了解的人就会觉得奇怪，再比如邻居家六十多岁的一个老奶奶，也喊姐姐，姐姐哎，老奶奶说，你过来，你帮我怎么怎么。姐姐就应声而去，帮助老奶奶做些什么。姐姐是个热心的女孩，她喜欢帮助别人，她知道老奶奶每天大概什么时候要去公共厕所倒马桶，她一边踢毽子，一边守候在院子里，等老奶奶拎着马桶过来的时候，姐姐假装正好看到，顺便就帮老奶奶去倒掉了马桶，还刷干净了提回来，斜搁在台阶上，让太阳晒。

在妹妹心目中，姐姐就是姐姐的样子，姐姐就应该是这样的。姐姐跟妹妹说："妹妹，我们上街吧。"在街上姐姐给妹妹买了一块奶油雪糕。姐姐说："妈妈给我钱了，妈妈说，我现在不能吃凉的东西，要吃点营养，我要去买一包龙虾片吃。"她们还看了一场阿尔巴尼亚电影《宁死不屈》，电影散场的时候，姐姐唱道："战斗战斗新的战斗，我们的战斗生活像诗篇。"这是电影里的插曲。妹妹说："姐姐你已经会唱了？"姐姐说："看一遍是不会唱的，要看好几遍才会唱。"姐姐又说："我要是被敌人抓去了，我也不会投降的。"

姐姐有时候和小妹妹一起出去，姐姐说："小妹妹，我们吃南瓜子好吗？"姐姐买了南瓜子，她和小妹妹一起，坐在巷口的书摊那里看小人书，姐姐看的是一本《三国演义》，小妹妹看《桃花扇》，然后她们交换了看，看完了，天也快黑了，她们就回家了。

那一年姐姐十四岁，妹妹十一岁，小妹妹八岁，她们中间都是相差三岁。姐姐是妹妹和小妹妹的灵魂，她还是院子和巷子里的小孩们的灵魂。姐姐不仅带妹妹和小妹妹上街去，她也带其他孩子出去。他们也和妹妹小妹妹享受同等待遇，如果钱不够多，只够一个人花的，姐姐就说："我今天不想吃东西，你吃吧。""我今天不想看电影，你进去看吧。"姐姐就在电影院外面等，等到电影散场，她和那个看电影的孩子一起回家。后来大家给姐姐起了个绰号，叫她"阔太太"。

她们回家的时候，婆婆坐在马桶上哭。婆婆有便秘，每天要坐很长时间的马桶，她泡一杯茶，点一根烟，坐在马桶上哼哼，然后用手捶腰眼。婆婆说要先捶左边的腰眼，捶四十九下，再捶右边的腰眼，四十九下，大便就出来了。可是婆婆捶了左边的腰眼，又捶了右边的腰眼，大便还是不下来，婆婆就哭起来，婆婆哭着说："日子怎么过哇，日子怎么过哇，我们要没饭吃了。"

爸爸已经从这个家里消失了。爸爸到哪里去了并不重要，重要的是和爸爸一起消失了的爸爸的工资。现在家里只有妈妈一个人工作，妈妈是二十三级的干部，工资四十多元，妈妈总是把工资的一部分自己收起来，另一部分做菜金，就放在抽屉里。因为妈妈三天两头下乡去劳动，有时候一去就是几个月，妈妈不在家的时候，婆婆管菜金，婆婆从抽屉里拿钱去买菜买米，或者到食堂去打饭，抽屉里的菜金很快就没有了。婆婆说："钱不经用，也没怎么用，就没有了，你妈妈怎么还不回来？"

妈妈从乡下回来了，又把钱放在抽屉里，妈妈跟姐姐说："姐姐，婆婆年纪大了，搞不清楚钱了，你把每天用的钱记下来，我回来看你的账本。"姐姐就开始记账，但是她记得不准确，比如买了半斤兔肝，她就记一斤兔肝，还有半斤的钱，姐姐就自己拿去用了。不过姐姐从来没有独自去享受，她总是要带上谁一起去，但每次都只带一个，姐姐说带多了，大家互相知道了，会说出去的。其实姐姐不知道，她的事情，大家都知道，大家都知道姐姐偷家里的钱，只有姐姐自己不知道。

姐姐记的账后来也引起妈妈的怀疑，妈妈说："你们四个人，都是女的，三个小孩，一个老人，这么能吃？昨天吃了一斤兔肝，今天又吃了三盆炒素，这么吃法，也不见你们长胖起来。"记账的事情仍然回到了婆婆那里，但是婆婆年纪大了，而且婆婆的注意力永远在大便上，菜金仍然搁在抽屉里，少钱的事情也仍然发生。妈妈开始用心了，这一阵妈妈不去乡下劳动了，她的眼睛露出怀疑的光，在三个女儿身上扫来扫去，当然她最怀疑的肯定是姐姐。只是姐姐不知道。

妈妈使出的第一个心眼，就是一个厉害的杀手锏，如果不出什么意外，拿钱的人肯定栽在妈妈手里。这天早晨她们还没有起床，妈妈就守在她们的床前了，妈妈说："昨天晚上我睡觉的时候，数过抽屉里的钱，但是今天早晨起来，就少了一张钱，你们谁拿的，说出来吧。"

钱到底是谁偷的大家心里都有数，但是谁也没有说出来，谁也没有告诉妈妈。没有叛徒，也没有内奸和特务，不像那时候社会上，一会就抓出一个，一会儿又抓出一个。她们是一边的，妈妈是另一边的，婆婆的态度总是很暧昧，谁也搞不清她到底是哪一边的。

妈妈说："你们不要说是外面的人进来拿的，从昨天晚上到现在，我们家的门开也没有开过，不会有人进来偷钱。你们谁要是觉得难为情，也可以等一会悄悄地告诉妈妈，还给妈妈就行了。"但是仍然没有人吭声。妈妈又说："要是不肯说出来，那就把你们的皮夹子拿出来，让妈妈看看。"

她们每人都有一只皮夹子，都是姐姐用报纸折的，起先姐姐自己折了一只，后来她又给妹妹和小妹妹每人折了一只。皮夹子的形状是一样的，但大小不一样，姐姐根据年龄的差别，折出了大中小三种皮夹子。

毫无疑问，妈妈认为那张钱正躺在其中的某一只皮夹子里，它很快就会被捉住，暴露在光天化日之下。从妈妈尖锐的眼光可以看出来，妈妈已经断定它是躺在姐姐的皮夹子里。可是妈妈想错了，姐姐的皮夹子里没有钱，一分钱也没有，空空荡荡。胜券在握的妈妈颇觉意外，愣了一会才说："姐姐，你的皮夹子里没有钱，你要皮夹子干什么？"姐姐说："我夹糖纸。"妈妈说："也没有见你有糖纸呀。"姐姐说："我送给张小娟了。"当然妈妈也检查了妹妹和小妹妹的皮夹子，妈妈肯定也是一无所获，只有小妹妹的皮夹子里有五分钱。

妈妈失败了，但是妈妈并没有甘心，失踪的那张钱，成了妈妈的心病，她决心和三个女儿斗争到底。妈妈沉着冷静地想了想，又说："你们把鞋脱下来让我看看。”把钱藏在鞋里，也是聪明的一招，隔壁的张小三，再隔壁的李二毛，他们都使用过这种办法。但是姐姐却没有用这一招，她的鞋子里，除了有一点汗臭，什么也没有。姐姐还把袜子也脱下来给妈妈看，姐姐说：“妈妈你看，袜子里也没有。”

但妈妈还有办法，妈妈的办法总是层出不穷。妈妈每想到一个办法，她都以为这一回姐姐肯定要暴露了。可姐姐却一次次地躲过了妈妈的盘查，一次次地让妈妈败下阵去。败下阵去的妈妈，最后竟还笑了起来。妈妈笑着说：“好了好了，不说钱的事情了，你们出去玩吧。”妈妈的笑里藏着阴谋诡计。

妈妈果然不再提这个话题了，日子又恢复了正常，但这一阵姐姐很小心，她始终没有喊妹妹和小妹妹出去消费。谁都知道，妈妈其实并没有把这件事情丢开，妈妈还在跟女儿们玩计策，只是不知道妈妈下面的手段是什么。那一段时间里，妹妹在家里大气都不敢出。她看到婆婆坐在马桶上便秘，就去试探婆婆的口气，妹妹说：“婆婆，你知道是谁拿的钱吗？”可婆婆总是含混不清地说：“唉，你们的妈妈，唉唉，我大便大不出来，我要胀死了。”

后来就发生了高国庆主动上门认账的事情。高国庆胆子很大，他去买萝卜，穿上他爸爸的衣服，腰里扎一根皮带，萝卜在他手里挑来挑去，就顺着袖管滚到腰里，在皮带那里停住了。高国庆的办法，让院子里的小孩吃了较多的萝卜，但是萝卜很刮油，本来没有油水的肚子，吃了萝卜就更饿更馋。高国庆说：“别着急，我再去偷。”这一点上，高国庆和姐姐很像。如果用现在的眼光看，他们一个是大哥大，一个是大姐大。高国庆还去撬人家窗上的铜搭链卖到废品收购站，有一次还引来公安人员，公安人员走进院子的时候，妹妹吓得两腿直打哆嗦，差点瘫倒下来，但高国庆一点也没有害怕。高国庆还有个绰号叫高盖子，他喜欢打玻璃弹子，但他水平不高，又没有钱买弹子，就到机关的会议室里，把茶杯盖子偷走，然后把盖子上的滴粒子砸下来当弹子打，最后他的杯盖滴粒子也都输掉了。那天高国庆来的时候，不像一个偷了别人家钱的孩子，他像个英勇的解放军战士，他勇敢地说：“冯阿姨，我偷了你们家的钱。”妈妈笑眯眯地看着他，说：“高国庆，你是怎么进来的呢？”高国庆说：“我爬窗子进来的。”妈妈说：“可是我们家的窗子上装了栏杆，你钻不进来啊。”高国庆说：“噢，我记错了，我是从你们家的门进来的。”妈妈说：“可是那天晚上门是我锁的，到第二天早上也是我开的锁，钥匙一直在我手里，你怎么进来的呢？”高国庆说：“我是隔天就躲在你们家床底下的，等第二天你们都出去了，我再爬出来。”妈妈点了点头，她相信了高国庆的话，说：“那你把我们家的钱还给我们吧。”高国庆说：“可是我已经用掉了，我请小三、二毛他们去溜冰，送了一个蟋蟀盆给大块头，买了三块夜光毛主席像。”妈妈无奈地摇了摇头，说：“既然已经用掉了，就算了，我也不去告诉你的爸爸妈妈了，但是以后不可以了，听到了没有？”高国庆说：“听到了。”高国庆走了以后，妈妈说：“姐姐你以后少和高国庆来往，从小偷偷摸摸的孩子，长大了没出息的。”

其实大家都知道高国庆是姐姐让他来的，高国庆说的那些话，都是姐姐教他的。看起来妈妈是相信了高国庆的话，可妈妈是假装的，她还让姐姐少和高国庆来往，完全是为了迷惑姐姐。千万不要相信妈妈，妈妈根本就不相信钱是高国庆偷走的。因为高国庆走后，妈妈又以迅雷不及掩耳之势，再一次搜查了女儿们的皮夹子。皮夹子里仍然空空荡荡，头一次检查时，小妹妹还有五分钱，现在连那五分钱也没有了。

那张失窃的钞票，就像在人间蒸发了，始终没有出现在任何人的眼里。

许多年之后，妹妹已经是一位检察官了。她负责审理一件受贿案，贪官的家属用了一个自以为巧妙的办法给被关押的贪官传递东西，她将一只新脸盆敲出一个洞，然后用橡皮膏粘上，她要传递的东西，就被夹在两层橡皮膏中间带了进去。当然她要传递的不是钱，而是信息。但是这种自以为巧妙的做法，在检察官眼里，简直是雕虫小技，当场就可以被揭穿。那天下午，妹妹撕开粘在脸盆上的橡皮膏，发现了那张纸条，妹妹的思绪忽然就飘忽到了从前，妹妹想，这一招，当年姐姐有没有用过呢？可她很快否定了自己的这个想法，她还记得，那时候脸盆漏了不是用橡皮膏粘的，而是到街角拐弯处的生铁铺，请修搪瓷家什的人熔化一小块锡将这个洞搪起来。所以，那时候姐姐还不能从洗脸盆或洗脚盆里想出些什么办法来。

妈妈终于彻底失败了，妈妈日益暗淡下去的目光让女儿们预感到，妈妈不想再斗下去了。催促妈妈回五七干校的通知已经来了三次，妈妈说：“他们在我的床头上贴了揪出历史反革命的标语，不知道是不是贴的我。”

妈妈终于上路了，她走出院子的时候，还回头向里边挥了挥手。望着妈妈远去的背影，妹妹心里，终于有一块石头落地了。她不再心慌意乱，不再手心里出汗，笼罩了多日的阴云终于散去了。

中午家里吃了姐姐从面馆里下回来的面条，一碗猪肝面，加两碗光面，拌在一起，就都是猪肝面了。姐姐吃得很少，姐姐说：“婆婆，你多吃点猪肝，猪肝有营养。”妹妹和小妹妹都分到了猪肝。吃过面，婆婆又开始了她这一天的第二次坐便，姐姐在洗碗，妹妹和小妹妹在等姐姐喊，她们不知道今天姐姐会喊谁出去。姐姐最后决定带妹妹去，姐姐说：“小妹妹，今天我们要去采桑叶，会走得很远，还要摆渡，你就别去了。”小妹妹说：“好的，我陪婆婆大便。”当然，如果反过来，姐姐喊了小妹妹去，叫妹妹不要去，妹妹也会像小妹妹一样听话。因为姐姐就是她们的灵魂，姐姐说的任何话，姐姐做的任何事情，都是至高无上的。

姐姐牵着妹妹的手，她们去开门了，可就在这一瞬间，门却从外面被推开了，姐姐和妹妹一抬头看到了站在门口的那个人，吓得魂飞魄散。

是妈妈。

谁也没想到妈妈杀了回马枪。

妈妈微微笑着，可她的眼睛却尖利而警惕地盯着女儿。妹妹顿时听到心里“咯噔”一声，只是她一时间辨别不清，是谁的心在狂跳，是自己的，还是姐姐的，或者，所有的人心都在狂跳?

可妈妈还是扑了个空，临出门的姐姐的身上竟然没有钱。妈妈的回马枪就像是铁拳砸在棉花上，棉花没有疼，铁拳却打疼了。

妈妈闷声不响。在床沿上坐了半天，妈妈的眼睛里，渐渐地有了一种近似疯狂的东西，只是孩子们还小，看不出来。妈妈呆坐了一会之后，开始在家里翻箱倒柜。“我就不相信，”妈妈说，“我就不相信，它能藏到哪里去。”妈妈反反复复地说着这句话，一直坐在马桶上的婆婆终于看不下去了。“别找了，”婆婆说，“是我拿的。”妈妈说：“你别搅和进来。”婆婆说：“你说给我配开塞露回来的，你没有配回来，我就自己去买了，我大便大不出来，我要胀死了。”妈妈说：“那你为什么不报账？”婆婆说：“我回来用了开塞露，大便大出来了，我就轻松了，我就忘记了。”妈妈说：“你大便大得出来也忘记，大便大不出来也忘记，你是存心跟我作对。”妈妈这么说，看起来她是相信了婆婆的话，但是大家都知道妈妈并没有相信，警觉性仍然在大家的心里坚守着，不敢离开半步，果然，片刻之后，妈妈说：“开塞露多少钱一个，你买了几个？”婆婆说：“我买了三个。”妈妈冷笑一声，说：“你以后把账算清楚了再跟我说话好不好。”婆婆说：“你到底丢了多少钱？”妈妈说：“两元钱，是一张绿色的两元钱，我清清楚楚记得，我放在抽屉里，最上层。”婆婆说：“我买了三个开塞露，药店里的人说，吃猪头肉滑肠，好大便，多下的钱，我买猪头肉吃了。”

可能绝大多数人都相信钱是姐姐拿的，但谁也不知道姐姐到底把钱藏在哪里了，后来妈妈也真的走了，没有再杀第二个回马枪。妈妈也许真觉得是自己搞错了，冤枉了姐姐，或者她已经不想再为了那一张两元的钞票和女儿无休无止地斗下去了。

这件事情最后到底被大家淡忘了。那时候很多人家的小孩都偷偷摸摸拿大人的钱，被大人捉到了算倒霉。但是无论捉到捉不到，也无论捉到了会受怎样的惩罚，会丢多大的脸，会吃多痛的皮肉之苦，这样的事情还是经常发生，周而复始。当然也有一些人是例外的，许多年以后，妹妹曾经问过一个和她年龄相仿的朋友，妹妹说：“你们小时候，偷家里的钱吗？”可怜的他，想了半天，仍然一脸茫然，说：“钱？那时候我们根本看不到钱，不知道钱是什么样子，到哪里去偷的？”但他也不甘落后，说：“虽然偷不到钱，但是我们偷其他东西。”他就说了偷萝卜和偷茶杯盖子的事情，这些事情后来就算是高国庆干的了。也就是说，小孩能够偷家里的两块钱，这种人家在当时也算是比较富裕的人家了。

不知道是不是妈妈的一再盘查、不善罢甘休把姐姐吓着了，一直到妈妈走了很长时间，姐姐也始终没有拿出钱来花。妈妈丢失的那张绿色的两元钱始终没有出现。到后来连姐姐都怀疑起来，姐姐说：“到底有没有那张钱啊？”大家听姐姐这样说，无疑都会想，难道连姐姐自己都忘记了，难道姐姐自己都不记得那张钱到底藏在哪里了？或者，姐姐早就花掉了它，所以妈妈永远也找不到它了。

倒是小妹妹活得轻松，她好像完全不知道在姐姐和妈妈之间，曾经发生了惊心动魄的布满计策的拼搏。小妹妹这一阵的全部心思都集中在她的一件宝物上，那是一个彩色的绒线团，比鸡蛋小一点，比鸽蛋大一点，是用各种颜色的绒线接着起来，然后绕成线团。这些绒线都是小妹妹精心收集起来的，张家织毛衣，她去讨一段，李家织围巾，她去讨一段，一段一段的，竟然就绕成了一个绒线球了。小妹妹说等到再多一点，她要学着织一副彩色的手套，是没有手指的那种手套。她要送给姐姐，因为那种手套，又暖和，又不妨碍劳动，婆婆年纪越来越大，家务事大半都是姐姐做的。

绒线球小妹妹是不离身的，有时候她高兴起来，把它拿出来，当成毽子踢两下，又赶紧收起来。但后来绒线球不见了，小妹妹急疯了，一边哭一边趴在地上到处找。姐姐说："小妹妹你放心，我一定帮你找回来。"姐姐的感觉灵敏准确，她带着妹妹和小妹妹找到了那几个男孩，他们正在河边把小妹妹的绒线球当皮球一样扔来扔去。姐姐说："把绒线球还给小妹妹！"男孩子中的一个就是高国庆。他把绒线球拿在手里，一会儿扔上天空，一会儿又抛到另一个男孩子手里，一会儿又拿回来，当球踢它两下。他每玩一次，小妹妹就喊一声："我的绒线球！"他再玩一次，小妹妹又喊一声："我的绒线球！"高国庆说："姐姐你上次还叫我承认偷你妈妈的钱呢，你说送我一副癞壳乒乓板的，你说话不算数。"姐姐说："可是我给你买过很多东西吃。"高国庆说："那不算，我又没有叫你买给我吃，是你自己要给我吃的，但乒乓板是你答应我的。"姐姐说："乒乓板我会给你的，你先把绒线球还给小妹妹。"高国庆狡猾地说："我才不上你的当，你拿乒乓板来换。"姐姐不说话了，她咬了咬嘴唇，就上前去抢高国庆手里的绒线球。高国庆把绒线球高高地举起来，姐姐够不着，她急了，张嘴就咬了高国庆一口。高国庆被咬疼了，也被咬愣了，愣了好一会他回过神来，气急败坏地说："你咬人？让你咬，让你咬。"他一边嘀咕，伸手一甩，就把小妹妹的绒线球扔到河里去了。小妹妹"哇"的一声大哭起来，她的哭声又凄惨又尖利，她边哭边喊："我的绒线球啊，我的绒线球啊。"一直到许多年以后，当时的感受还一直萦绕在妹妹的灵魂深处。妹妹当时就觉得，小妹妹反应过度了，一个小小的绒线球，值得她这么嚎吗？绒线球绕得不紧，所以分量不够重，没有一下子沉下去。姐姐赶紧拣来一根树枝去打捞，可树枝够不着它，反而使绒线球在水里越荡越远了。大家乱七八糟地说："快点，快点，要沉下去了，沉下去就拿不到了。"姐姐急了，往前一冲，整个人就扑到河里。扑下去的时候，她的手正好抓住了绒线球。姐姐笑了，她“啊哈”一声，就呛了一口水。这时候她才发现河很深，她的脚够不着河底。姐姐慌了，姐姐一慌，就吃了更多的水，很快就沉下去了。留在妹妹最后印象中的是混浊的河水里姐姐飘起来的几缕头发。姐姐沉下去的整个过程，妹妹看得清清楚楚。她想跳下河去救姐姐，又想大声地喊“救命”，还想转身跑去喊大人，可是她像中了魔似的，一句话也说不出来，身子一动也不能动。就这样妹妹和岸上一群吓呆了的孩子眼睁睁地看着姐姐沉下去，水面上咕噜咕噜地冒出泡泡，冒了一阵以后，水面就平静了。姐姐好像藏了起来，就像孩子们藏起从家里偷来的钱一样，藏到了水底。不多久姐姐又出来了，她是浮起来的，那时候，姐姐已经死了。

后来姐姐被大人打捞起来，她手里攥着绒线球。本来就绕得松松的绒线球，被水一泡，就彻底地松散开来了。里边露出一张折叠得很小很小的纸头，差不多只有大人的指甲那么大，因为被绒线绕着，绒线湿了，纸头却没有湿。妹妹慢慢地将这张纸头展开来，竟是一张纸币。只是这张纸币肯定不是妈妈一直在追查的那张绿色的两元钱，因为那张绿色的两元钱是我偷的，而且早就被我藏起来了。你们已经知道了，我是这个家里的老二，我就是“妹妹”。

那一天妈妈疯了，她没有参加劳动，也没有去开会，而是一直躲在五七干校的床上，她放下蚊帐，两只手紧紧地揪住帐子的门缝，不断地说：“我是日本特务，我是日本特务，我是日本特务。”妈妈的同事说：“冯同志，你出来吧，没有人说你是日本特务。”但是妈妈始终没有出来。

姐姐的死讯正走在去往五七干校的路上。

后记

妈妈的疯其实是有预兆的，只是那时候我们还小，看不出来。婆婆也许是有感觉的，可是婆婆被便秘折磨得痛苦不堪，生不如死，许多事情就被忽略了。

妈妈从来都是一位和蔼可亲的妈妈，她看我们的目光从来都是那么慈祥温和。可是那一段日子，妈妈把我们当成了她的敌人，她用尖刻的、警觉的甚至仇恨的眼光盯着我们，使我们不寒而栗。她不折不挠地和我们做斗争，尤其是和姐姐斗智斗勇，她还“其乐无穷”，这肯定就是妈妈疯的预兆。但是妈妈真正的预兆还不在这里，其实那天晚上，抽屉里丢失的不只是一张绿色的两元的钱，还丢了一张黄色的五元钱和一张红色的一元钱。也不用猜了，五元钱是姐姐偷的，一元钱是小妹妹偷的，我们连偷钱也都按照年龄的大小顺下来，真是人有多大胆有多大。

姐姐的五元钱早在妈妈搜查的日子里就已经花掉了，但她仍然没有独自一人花这笔钱。她已经不敢带上妹妹小妹妹或者带上其他任何一个小孩，她带上了院子里那位孤老奶奶，她陪着孤老奶奶上公园、下馆子，给孤老奶奶买了一顶绒线帽子。老奶奶后来说：“可怜的姐姐，她自己就吃了一包龙虾片。”姐姐其实最喜欢吃雪糕，但是妈妈关照过她，月经来的时候不能吃凉的。

那一阵我在专心地做一件事情，把我收集的许多烟壳纸，一张一张地粘到一本书上，不言而喻，我是为了藏我偷的那两元钱。我的行动引起了姐姐的怀疑，她问我：“你为什么要把烟壳纸粘到书上？”我说：“怕人家偷，粘上去人家就偷不掉了。”姐姐比我看得远，她说：“要是想偷，干脆连一本书都偷掉。”我把两元钱粘在其中的一张烟壳纸下面，我相信谁也不会发现这个秘密。可是后来我始终没有找到它，我把粘到书上的烟壳纸一张一张地揭下来，最终也没有看到它。我知道，是姐姐拿走了。

姐姐已经去世好多年了，这件事情是死无对证的，请姐姐原谅我，但我知道是你拿的。小妹妹虽然会把一块钱绕在绒线球里，但她不会偷我的钱，她很怕我。一直到现在，她已经很有名气了，看见我还是有点畏畏缩缩的，我不知道为什么，这和我当检察官没有关系，她从小就是这样，这是与生俱来的。虽然我比她大三岁，姐姐比她大六岁，但她不怕姐姐却怕我。小妹妹后来进了演艺圈，她演了很多角色，成为实力派演员，也就是大家所说的，演什么像什么。一转眼她也四十出头了，她说：“剩下来的时间，我要找一个制片人，请他做一个片子《我的妈妈》，我演妈妈。”四十岁的小妹妹和四十岁的妈妈，简直就是同一个人。我的外甥女今年十四岁，和我十四岁的姐姐一样大。

原载《山花》2005年第7期

点评

范小青以独特的诗性叙述为我们提供了一个别样的文学世界，讲述了一个温情而又悲凉的故事。小孩子偷家里的钱，一件平常小事，却被作者演绎得如此精致、新鲜而又富有人情味。围绕“偷钱”事件，妈妈与三个女儿展开了斗智斗勇的“战斗生活”。然而，在这个跌宕起伏、一波三折的故事背后，作者显然是别有作为的，那就是对亲情的回味与感动——“战斗生活”中姐妹间相互维护与关怀，“没有叛徒，没有内奸和特务”；婆婆洞悉一切却把所有的责任都往自己身上揽。这才是真正打动我们的地方。姐姐是小说着重刻画的人物，她身上充盈着浓浓的人性美。她无私、善良，偷的钱和妹妹一起花，甚至买东西给隔壁的老奶奶；她像母亲一样呵护、疼爱自己的妹妹，而她为了妹妹的绒线球溺水身亡，更显现出了一种悲壮、残酷的美。母亲是一个悲剧人物，丈夫离她而去，政治上的压迫让她疯掉。其实在“战斗生活”中她对女儿并不是真的尖刻，那只是她疯掉的一个前兆，因为“妈妈从来都是一位和蔼可亲的妈妈，她看我们的目光从来都是那么慈祥温和”。因为“我们”的生活有太多的感动和温暖，所以“我们的战斗生活像诗篇”。小说叙述平淡、内敛、含蓄，细细读来会发现文本表层下面更有意味的东西；言在此而意在彼的故事给读者留下了更大的阅读空间，这可能就是范小青“反常规写作”的价值所在吧。

（王秀涛）

西瓜船

苏童

西瓜船大多来自松坑一带，河边住惯的人都认得出松坑的船，它们比绍兴人的乌篷船来得大，也要修长一些，木头的船体，下面临近水线的船板上包着白铁皮，船棚尤其特别，不是用油毡篷布做的，是一种用麦秆密密实实编结的席子，随意地架在四根木棍上，看上去像闹地震时候街上的防震棚。

每逢七月大暑，炎热的天气做了西瓜的广告，城北一带的人们会选一个清闲的黄昏，推上自行车，带着麻袋或者尼龙网兜到铁心桥去买西瓜。松坑来的西瓜船总是停在铁心桥桥堍下。七月第一批西瓜船从酒厂码头那里密集的船只中冲出来的时候，就有眼尖嘴馋的孩子从临河的窗子里看见了，跺着脚对大人喊："西瓜船来了，快去买西瓜！"更有傻子光春这样的多事者，他们在岸上领着船往铁心桥那里奔，一边奔一边喊："西瓜船来了，西瓜船来了！"年年都有西瓜船从松坑一带过来，船多船少而已。连小孩子都能一眼认出西瓜船，顶着那么个麦秆席子，船头上垒了简易的行灶，晨昏时分炊烟照样升起，看上去不像船队，倒像一组违章建筑的棚屋，盖到水上去了。

卖瓜的是老老少少的松坑男人。乡下的男人谁不勤快呢，可是到了铁心桥下他们就显出一种令人疑惑的懒散来，没客人的时候他们不是聚在一起打扑克，就是窝在西瓜堆里打瞌睡，有人跳到船上来，马上就醒了，从船棚里慢慢地钻出来。他们穿着白色的长袖衬衫和灰色蓝色的长裤，不习惯用皮带，裤子用蓝色的布带牢牢地束住，年纪大点的不注重仪表，常常歪敞着裤门，露出里面的花裤头的颜色。他们都带了鞋子，大多是解放鞋、雨鞋、布鞋，也有小青年置了皮鞋，却一律扔在舱里，打着赤脚。总体上来说他们穿得比街上的人多，却显得衣衫不整。他们在铁心桥下卖了好多年西瓜了，有的年年出来，街上的人能热络地喊出他们的名字，上了船和松坑人拍肩膀打屁股的，多半是为省下几个钱笼络人心。有的人还从冷饮店里买了四分钱的赤豆棒冰带上船呢。对于香椿树街人有所图谋的热情，卖瓜人嘴里应着，脸上堆着笑，但眼睛里闪烁着一种精明的防患于未然的光，说赶紧挑几只回去吧，今年雨水多，瓜地里收成不好，就这么几船瓜，过两天就空船回去啦。

船上没有磅秤，用的是老式的大吊秤，遇到大宗的生意，要两个人用扁担把西瓜筐抬起来过秤，人手不够，别的船上的人就跳过来帮忙了。在船体的摇晃中，讨价还价的声音有时像激烈的口角，有时则像两个国家之间的外交谈判一样各抒己见，最后你让一步，我退一步，达成统一。就这样，一只只松坑西瓜离开西瓜船各奔东西，其中一只投奔到了陈素珍的篮子里去了。

陈素珍买瓜是一只一只买的，差不多隔一天买一只，挑拣讲价都极其认真，松坑人拍了胸脯包熟包甜才肯掏钱。从七月买到八月，到了八月，眼看松坑来的西瓜船渐渐空了舱，陈素珍想想儿子寿来那么喜欢吃西瓜，就有点抢购的想法了，一天买一只，挑得也不仔细了。松坑西瓜外表都是浑圆硕大的，也看不出哪只西瓜隐藏了不安定因素，陈素珍万万没想到那天她歪着肩膀把一只大西瓜提回家，费了那么大的力气，提回去的是一篮子的祸害。

事情过去好多年，谁也不记得陈素珍买瓜的细节了，只记得她买到了一只很大却没有成熟的白瓤瓜。这样的瓜再常见不过，不好吃，但确实是西瓜。类似的事情也经常发生，容易解决，要不你就胸怀大一点，只当是吃萝卜把西瓜吃了，不怕麻烦的话就把西瓜带到铁心桥去，买了白瓤的，松坑来的西瓜船通常是允许换瓜的。

陈素珍选择的是换瓜。她准备去换瓜时还惦记着另外一些家务事，香椿树街有好多忙碌又能干的妇女，恨不得一只手做两件事的，陈素珍就是那样的人。她的篮子里已经装满了酱油瓶黄酒瓶，突然又去拿了一块布料，准备带到裁缝店里去做睡裤。她嫌篮子分量重，就把那半只白瓤瓜拿出来了，空口无凭是常识，陈素珍怎么会不知道？所以她小心地用勺子挖了一块瓜瓤，包在油纸里，作为换瓜的证据。

陈素珍挽着篮子来到铁心桥下，看见三条西瓜船走了两条，只剩下福三的船了。说起来也不巧，她过去都是在福三的船上买瓜的，这次看见另外一条船上人多，就凑热闹上了张老头那条船，没想到相隔一天，张老头和他的船竟然就不见了。陈素珍不相信那一堆西瓜能在一天内卖光，她猜测还是剩下的瓜不好，卖不掉了，船上的一老一少便把船摇去别的地方卖。陈素珍站在桥堍下，手里摸到油纸包里的那堆瓜瓤，忽然对松坑人产生了强烈的厌恶感，心里有恨嘴上就骂出来了：“什么包熟包甜，乡下人，总是要骗人的。”她看见福三的船上只剩下福三一个人，另外一个小青年不知去哪儿了。陈素珍不知道福三的名字怎么写，叫是叫得出来的。她印象中福三是松坑人中最不爱说话的一个，不爱说话的人要么是最憨厚的人，要么就是最精明的人，陈素珍吃不准福三是哪一种人。她向福三的船走过去，准备对另外那条船上的人谴责一番，让福三听听，他转达不转达就随便了。还有松坑西瓜的品质，陈素珍觉得她也有义务代表香椿树街的人提出警告：“如果明年还有那么多白瓤瓜，你们就别运到这儿来卖了，那样的西瓜，你们还不如留在松坑喂猪呢。”陈素珍原来没想拿福三怎么样的，只是到了西瓜船边，看见福三那张黑瘦的脸从舱里升起来，福三的手里正抱着一只红瓤的西瓜，她脑子里忽然就闪出一个念头，并且先发制人地喊起来：“福三福三，我买了你多少年西瓜了，你怎么给了我一个白瓤瓜呀！”福三当时在吃瓜，他大概是刚刚睡醒过来的，脸膛上压着清晰的草席的纹路。陈素珍跳到他面前说：“你自己吃的瓜那么好，怎么给我一个白瓤的呀！”福三看看陈素珍的篮子，里面有酱油瓶黄酒瓶，一堆湿漉漉的腌菜，还有一个油纸包；他揪了一条腌菜塞在嘴里嚼着，向陈素珍笑了笑，不说话。

陈素珍说：“福三你不够意思，给我一个白瓤瓜。”

福三转过头，把嘴里的腌菜吐到河里去了，说：“酸的，不好吃。”他向陈素珍看了一眼，还是不说话。

陈素珍说：“福三你是哑巴呀？好好，你不表态就不表态吧，我也不要你表态，动手就行，去舱里给我抱个好瓜来。”

福三这时吃完了西瓜，他吃剩下的瓜皮一块块的呈三角形形状，像是切出来的。陈素珍看着他把瓜皮一块块晾到船棚上去了。

“晾干了吃吧？”陈素珍问道，“你们腌了吃还是炒了吃的？”福三说：“腌了吃，炒它还要用油。”然后他回头问：“那白瓤瓜呢？你不把瓜带来，我怎么换？”陈素珍就把那个油纸包打开来，说：“我拿不动瓜，好大一只瓜，八斤三两的，我把瓜瓤拿来了，反正你一看瓜瓤就知道了，让人怎么吃？”福三盯着陈素珍手里的油纸包看，看看瓜瓤又看看她的脸，突然笑了起来，说：“没见过你这样精明过头的人，拿一块瓜瓤来换瓜。”陈素珍让他笑得有点慌乱，说：“一样的，有个证据就行了嘛。我在你船上买了这么多年西瓜了，这点后门不能开呀？”福三还是笑着，但笑容已经没有了善意，是冷笑了。“你要是买了一只鸡不好，就拔根鸡毛来换鸡？”他说，“你这个女人，把乡下人都当傻子了，你们街上人多，人再多也记得住，你今年在哪条船上买的瓜？以为我不记得？换就换了，你还拿个纸包来换瓜，亏你想得出来，天下的便宜都让你占了！”陈素珍尴尬极了。她万万没想到福三会来欲擒故纵的这一手，让她意外的不仅是福三的清醒，还有自己对人的错误判断，人不可貌相，她看错福三了。“我看错你啦，福三！”陈素珍讪讪一笑，说，“好你个福三，长了一副老实人模样，没想到这么精明的。”陈素珍是个自尊心很强的女人，伤了自尊就赌气，她把油纸包朝水里一扔，说：“不换就不换，算我倒霉好了，你们乡下人呀，总要骗人的。”

陈素珍两手空空下了西瓜船，光是讨到个嘴上的便宜，结果篮子也忘了拿，是福三在船上用撑篙把篮子挑给她的。福三一边挑着篮子，一边批评了陈素珍带有歧视的观点：“大姐你不该这么说话，乡下人怎么了，没有乡下人，你们天天吃空气去。”陈素珍在岸上接过篮子，说：“我没骂乡下人，谁把白瓤瓜拿出来骗人我骂谁。”福三在船上说：“不是我们要骗人，是今年雨水多，瓜都不怎么好，我们也没办法。”陈素珍在气头上，抢白道：“瓜不好还把船摇到这儿来卖？留在家里喂猪去。明年再来，看谁还上你们的当！”事情到这里应该画上句号的。以香椿树街人对寿来的母亲陈素珍的了解，西瓜换到了是好事，换不到也就算了，陈素珍是个要脸面的人，体质也不是很好，才不会为了一只西瓜不依不饶地往铁心桥那里奔。但是从另外一个角度来看，陈素珍买瓜主要是为儿子寿来买的，西瓜的主体是寿来用勺子挖着吃的，边缘部分归陈素珍，所以能不能自认倒霉，陈素珍一个人说了不算，还要看陈素珍的儿子寿来的态度。

寿来那年十七岁。大家都还记得十七岁的寿来在街上走路时皱着眉头斜着眼睛的样子。那样的表情是长期受到迫害的表情，但谁敢去迫害寿来呢？是寿来在迫害其他的男孩，还有一些无辜的动物。他当时已经杀过猫杀过狗，还没有杀过人，有人说他迟早要杀一个人的，此为马后炮，暂且不谈。寿来那天回家，照例看见桌上的半只切好的西瓜，浸在水盆里，他注意到瓜瓤是白的，挖了一块塞到嘴里，就吼起来："怎么是白瓤的啊？这是西瓜还是冬瓜？""我去换过的，张老头的船走了，你将就吃吧，就当吃冬瓜！"陈素珍在厨房里忙着，她说，"那福三不肯换给我，别看他样子老实，人精明得像鬼似的，我就是把一只瓜都带过去，他也不一定换的，松坑的乡下人，都不肯吃亏的。"陈素珍在厨房里快快地说着话，声音带着一种明显的受挫后的怨气。陈素珍从不向儿子倾诉心中的冤屈，因为儿子从来不听她的。陈素珍习惯了在厨房里自言自语，一顿饭做好，唠叨结束，心中对一切的不满便也排遣得差不多了。她万万没有料到她教儿子怎么做人，儿子不听，她唠叨勤俭节约的好处，儿子不听，她对松坑来的西瓜船的批评，事关一只西瓜，外面的寿来却都听进去了。寿来抱着半只西瓜冲出去，陈素珍并不知道，她只听见儿子在外面骂了一句脏话。陈素珍后来告诉邻居，她在厨房里用腌菜炒毛豆，一点都不知道寿来抱着半只瓜出去了，就是这么炒一个菜的工夫，她把腌菜炒毛豆盛到碗里的时候，一颗毛豆莫名其妙蹦到地上，然后就有个邻居男孩奔进来说："不好了，寿来在西瓜船上捅了一个松坑人！"陈素珍再次去铁心桥的时候是一路奔去的，由于体质的关系，她奔跑一段要蹲下来歇口气，蹲下来浪费时间，她心有不甘，就用什么东西啪啪地敲打路面来撒气。我们好多人还记得她手里那把小小的铁器，不是什么别的稀罕东西，是一把炒菜铲子。

关于福三的死，最有发言权的是农机厂的王德基，他推着自行车从铁心桥走下来的时候，正好看见寿来像一只惊惶的兔子一样冲上桥，王德基和他的自行车无意中挡了他的道，寿来推了他一下，说："闪开！"孩子们怕寿来，王德基他不怕，正要骂人，觉得肩膀那里怎么湿乎乎的，一看，是血。王德基知道不好，他大叫一声："寿来你给我站住！"寿来不理他，只顾向桥下狂奔而去，他穿着一双塑料拖鞋，倒像踩了风火轮一样，跑得飞快。

"寿来你捅人啦？"王德基在桥顶上喊道，"捅了人才这么跑！"寿来不理王德基，一眨眼他就跑到桥下面了，站在那里向上拉了拉田径裤，对着桥顶上的王德基说："他先动手的！"说完他在石阶上抹了抹手，抹完手又跑，一眨眼就在香椿树街上消失了。

王德基顺着那摊血迹往桥那面走，嘴里说道："看来是捅了人了，这么多血！"他一下桥就看见那个福三手里提着一把西瓜刀，摇摇晃晃地从西瓜船那里走过来，旁边尾随着一群尖叫的妇女和骚动的小孩子。

那个西瓜船上的福三，他拖曳着一条血线走过来，走到公共厕所的墙边走不动了，弯下腰，脑袋顶在墙上，眼睛却愤怒地瞪着王德基。

"是你呀？你不是卖瓜的福三吗？"王德基胆子大，迎着那个血人走过去。福三浑身是血，倚在厕所的墙上，身体已经抖得很厉害了，一只手努力地举着那把西瓜刀。王德基说："你拿着刀干什么？"福三说："给小良。"王德基说："给小良干什么？去捅寿来呀？"福三先摇头，然后又点头，他瞪大眼睛注视着王德基，手里仍然举着西瓜刀。王德基突然明白他是在向他求救，他要让他拿着那把西瓜刀。王德基就摇头，说："我不能拿刀，我怎么能帮你去捅寿来？现在顾不上那些了，我把你送到医院去。"

王德基是热心人，他起初要用自行车驮着福三，但福三对着自行车后架坐上去，坐了几次都掉下来了。王德基扶着车把等了好久，看他坐不上来，干脆把自行车锁了，扔在墙边，说："你失血过多，没力气坐自行车的，不如我背你吧。"

是王德基背着福三上了铁心桥。王德基力气大，背着个人，跑得还很快，跑到桥顶的时候他看见陈素珍抓了个锅铲，白着脸向桥上跑。王德基大声说："你现在跑来有什么用？你儿子闯下大祸了！"陈素珍半蹲在桥下喘气，一边努力地要看清王德基背上的人："是福三吧，他要紧不要紧？"王德基说："还要紧不要紧呢，血都流了一路了，你说要紧不要紧？"王德基本来指望陈素珍帮他一把的，可是当他们下桥的时候陈素珍看清了福三身上的血，女人毕竟是见不得血的，又是肇事者的母亲，陈素珍"呀"地叫了一声，人就瘫在桥下了。与此同时，王德基听见后面也当的一响，福三手里的西瓜刀也掉了，刀正好落在陈素珍的脚下。王德基就站住问福三："要不要捡回来？那是物证，别让人捡去了。"

福三却听不懂他的提示，他问王德基："你是不是小良？"王德基说："我不是小良，我是农机厂老王，你不认识我了？前两天我们还在杂货店见面的，你不是打了半斤粮食白酒吗？""你不是小良？"福三说，"小良死哪儿去了？"王德基说："我怎么知道，他去哪儿你不记得了？你失血过多，脑子现在还清楚吗""我脑子很清楚，就是人不能动。"福三说，"小良去买肥皂了。你不是小良，我以为是小良在背我。"

"脑子清楚就好，救命最要紧。"王德基说，"你就不要小良小良的了，谁背你都一样，背你上医院，救你的命。"街上有男孩子们追着王德基跑，边跑边问："谁呀谁呀？"大人都惊讶地站在店铺和自己家门口，随口评价道："又是打群架的吧，打成这样！"经过杂货店的时候，王德基喊了一声："小良，小良来买肥皂了吗？"杂货店里的女店员拥出来看王德基背上的血人，她们不认识什么小良，光是向王德基打听他背上的是谁，还给他提建议，说："王德基你怎么背着他跑，怎么不叫救命车呀？"王德基说："我有三头六臂呀？他在我背上，我怎么去叫救命车？"街上那么多人，偏偏小良不在街上。桃花弄弄堂口有一堆人在下棋，王德基冷眼里看见谢胖子坐在小板凳上，谢胖子也是个热心人，可是到了棋盘前他就对什么都无动于衷了，他的脑袋从别人的身体缝里钻出来，向王德基这儿张望了一番，又缩回去了。王德基一赌气就不再去寻帮手了，好事做到底，干脆他一个人送他去医院好了。

福三像一件行李似的静下来了，安心地伏在王德基的背上。王德基说他感觉不到什么，只是觉得福三人越来越重，偶尔像是打摆子一样颤抖几下，又不动了。背着那么大个人，开始双方都在调整姿势，渐渐地就没有什么不熨帖了，因为血的缘故，福三好像是被胶水粘在他背上了。王德基说他一路上不停地说："挺住，挺住，快到了，快到了。"鼓励福三，也是鼓励自己，结果王德基挺住了，福三却没挺住。王德基告诉大家，他们走过北大桥的时候看见了一辆运水泥的货厢车，货厢车的司机不肯停车救人，王德基骂他他还狡辩，说什么"救人要紧，抓革命促生产更要紧"。

王德基不知道福三为什么没有坚持到最后，他跑得够快的了，他不敢夸口比救命车跑得快，但一定比自行车跑得还要快。他们快到第五人民医院的门口时，那个叫小良的松坑人追来了，是个没什么用的农村小伙，只会哭，对着王德基喊："谁干的谁干的？"那架势倒是要让王德基交人出来，王德基一急就向他吼了一声："先救人再破案！"铁打的汉子王德基，这时人也站不住了，他帮着把福三移到小良的背上，赶紧去扶墙，扶着墙呕吐，吐了几下，发现那小良背着人还在哭，他就火了，搡了他一把："哭有屁用，快进去呀！"这一推搡他发现福三不好了，福三的眼睛还愤怒地瞪着天，目光却凝固了，王德基胆子大，用手指撑开他的眼眶看了看，福三的瞳孔已经放大了。而那个小良，是个没用的小伙，他背着福三撞进了医院传达室，对着一个老门卫哭喊着："医生，快救人呀！"关于福三的死，王德基怎么说这里就怎么写，当年香椿树街的青少年追着王德基，让他一遍遍地回忆送福三去医院的种种细节。坦率地说，有人是对血腥感兴趣的，王德基能够掌握分寸，主要强调救人的艰辛和救人不得的遗憾，事情过去这么多年，我不得不考虑西瓜船故事对青少年读者可能产生的负面影响，恕我古板，福三之死、福三在第五人民医院的太平间引起的种种风波，我决定放弃更进一步的描述了。

回到西瓜船来，先说说西瓜船上的另一个人小良吧。

小良是个没用的人，而且有点笨，这一点不用王德基介绍，大家也看得出来。派出所的人在西瓜船上立了一块牌子：闲人禁止入内。包括小良，小良也被禁止上船。派出所的人一定向小良解释过保护现场之类的话，小良似懂非懂，他被有关人员从舱里推到船头，从船头推到岸上，脸上始终是一种梦游般迷惘而顺从的表情，直到派出所的人要走了，他突然又哭起来，对着他们的背影喊了一句："人到底抓到没有？"夜里，派出所的人都走光了，来了一些街上流亡的闲杂人员，无端地对事发地点进行种种细致的考察。他们看见小良坐在岸上，抱着膝盖睡，有点碍事，便怂恿他上船去睡，有人受过治安处罚，对所有穿白制服的人都怀恨在心，顺嘴便诋毁起刚刚离开的公安干警来："他们懂个屁，你别把他们的话当圣旨，管管野鸡小流氓他们在行，杀了人他们就乱套了，什么指纹证据的，那么多人看见寿来捅的人，还要什么证据？上你自己的船睡去，你又不是闲人，怎么禁止入内了？”又有人替他出主意，说：“街上的工农浴室重新开张了，只要给看门老头一只西瓜，他一定同意你在铺上睡的。”这主意马上被其他人轻蔑地否定了，说：“你没脑子，没看出这兄弟放心不下船吗，还有西瓜，他在这儿看西瓜呢。”

小良只是用狐疑的眼光看着三霸那些人，那些不三不四的人，一旦热心肠了，就显得居心叵测，小良也许有点怕他们，他警惕地注视着三霸他们，身体则不时地移动着，为他们腾出位置。他说：“我就在这儿睡，我要看船的。”小良缩着身子，把脑袋埋下去，继续睡，耳朵却在仔细地听着三霸他们对寿来的评价，他听出来寿来和这群人不是一伙的，就突然地骂了一句：“杀千刀的东西，为了一只瓜呀，乡下人的命就抵一只瓜！”由于满城的人都听说了西瓜船上的事情，从早晨到夜晚都有人跑到铁心桥下来看那条船。杀人者和死者，不可能滞留原地让人参观，但船被封了，还停在那里，血也还一点一滴地留在船头和岸上。白天的时候小良要勇敢得多，闲人看船，小良就瞪着眼睛看他们，他说：“我们松坑马上就要来人了，人已经在路上了。”别人听出来那是要采取报复行动的意思，就告诉他说：“寿来昨天就铐走了，他在火车站等火车，等得不耐烦，到旁边文化馆里看录像片，刚刚坐下就被铐走啦。”小良说：“铐走就行了？一条命呢，乡下人的命就抵一只瓜？”又有人告诉小良：“寿来家里放话出来了，寿来才十七岁，未满十八周岁算少年犯，是去劳教，不会枪毙的。”小良就厉声叫起来：“你们少来骗人了，十七岁就可以随便捅人？那好呀，让我们松坑不满十七岁的都来捅人，捅死人不偿命嘛！”别人看小良的眼睛红红的，人很冲动，很聪明的面孔却一点也不懂法，都不知道怎么跟他讲里面的是非，干脆不惹他。你不惹他，小良自己就慢慢平静了，平静下来更消极，说话是打倒一大片的方式：“你们都是穿连裆裤的，你们的思想都一样，”他说，“乡下人的命嘛，就抵一只瓜。”

夜里铁心桥两侧的人家有人起夜，隔着临河的窗便可以看见西瓜船，还有岸上一个货包一样的东西，他们都知道那不是货包，是守船的小良。

松坑人大闹香椿树街的事情发生在三天还是四天以后，我现在已经记不清楚了。人们后来知道从松坑来的两台拖拉机停在城北水泥厂门口，从拖拉机上下来了二十几个人，大多是青壮年，手里提着锄头铁锹之类的农具，水泥厂门口的人正在纳闷呢，看见那个小良从铁心桥方向飞奔而来，小良一边跑一边抹眼泪，人们清晰地听见了小良哭叫的声音："怎么到现在才来！到现在才来！"从松坑搭乘拖拉机来的二十几个人，其中一些人我们没见到，他们从水泥厂那里直接上了北大桥，去第五人民医院的太平间了。另外一些人在小良的引领下，浩浩荡荡地穿过香椿树街，到陈素珍家门上去了。

除了多年前城北地带"造反派"的武斗，香椿树街的居民们，从来没见过像松坑人讨伐陈素珍家这么紊乱而壮烈的景象。冲到陈素珍家门上的大约有二十个松坑人，是拥进去的，人多门窄，门很碍事，松坑人便把门卸下来了，说要把寿来放到门板上去，抬到医院去陪着福三。极少数松坑人衣冠整齐，有一个像是农村的干部，他手里没有农具，衬衣口袋里别着一支钢笔，大多数人一看就是临时从地里上来的，面孔很凶恶，身上则隐隐地散发出田野或泥土的清香，有的挽到膝盖上的裤腿管忘了放下来，小腿上还结着水田里的泥浆。

他们闯进寿来家的时候，寿来的父亲柳师傅刚刚从江西的什么兵工厂赶回来，他在厨房为陈素珍熬药，陈素珍已经在床上躺了好几天了。她是个常年患有头痛病的女人，没什么事也会犯病，何况家里出了这件天大的事。陈素珍在等药的时候听见门外响起惊雷般的脚步声，然后便是药罐子砰然落地的声音，柳师傅大叫起来："你们这么多人，进来要干什么？"此后柳师傅的声音便被淹没了，是高高低低的陌生人的声音，是松坑人嘈杂而统一的愤怒的声音："把人交出来！把人交出来！"其间夹杂着女人尖利的哭声。陈素珍预感到要发生什么事了，她想从床上爬起来，但身体起不来，眼前天旋地转，她拼命向丈夫喊了一声："快跑，快去报案！"她的声音却在一种巨大的声浪里沉下去了，然后她听见家里门窗被摇晃砸打的声音，橱柜里的碗碟"轰隆隆"地泻到地上的声音，她听见丈夫的吼声很快低沉下去，变成一阵阵痛苦的嘶叫，陈素珍就抓过床边的一只闹钟向门上砸去："别和他们打，去报案！"

陈素珍不知道她丈夫是否听见了闹钟砸门的声音，她记得是几个松坑男人冲到了房间里，其中一个是小良，她认得的，另一个没见过面，凭着那人黑瘦的长相，几乎可以肯定是福三的兄弟。陈素珍并不畏惧，她躺在床上冷静地望着他们，一字一句地说："我儿子已经抓走了。"她觉得他们拒绝听她说话，他们说："把人交出来！把人交出来！"陈素珍说："你们上我家来没用，杀人偿命，他也得死，有法律的。"他们说："把人交出来！把人交出来！"陈素珍知道她说什么也没用，就不说什么了，她躺在床上，异常冷静地注视着他们，还有他们手里的锄头。她说："你们要觉得一命抵一命还不够，把我的命也抵上好了，我不怕的。"

陈素珍注视着他们手里的锄头，她相信他们不敢那么做，她看见福三的兄弟茫然地瞪着她，她的目光勇敢地迎了上去，结果他先把目光闪开了。福三的兄弟瞪着她的枕头，还有柳师傅早晨放在枕边的一包饼干，说："你还在吃饼干啊！"那人一定是福三的兄弟，他撩起陈素珍身体下面的印花床单，看看床单下面的草席，他说："你把床单铺在席子上睡，这么睡才舒服？"福三的兄弟用手里的锄头柄敲敲整个漆成咖啡色的床架，"你睡这么高级的床，就养了那么个畜生出来？"他讥讽的语调忽然激愤起来，眼睛里的怒火熊熊地燃烧起来，"是你养的儿子不是？我娘在家里哭了三天三夜了，一滴水都没进嘴，你还在家里睡觉，你还躺在床上吃饼干？"

松坑来的人做了一件令陈素珍永远无法忘记的事。他们不能容忍她躺在床上，或者仅仅是不能容忍她枕边的一包饼干，她记得福三的兄弟先是抢过饼干扔在地上，用脚踩得粉碎，然后他对其他几个人吼道："砸了她的床，看她怎么在床上吃饼干！"他们挥起锄头砸打床架榫头的时候，陈素珍的身体在上面被迫地颠动起来，她万万没想到她受到的是这么奇怪的屈辱，她没有一点力气去阻止他们，她的身体可笑地颠动着，而她坚强的神经也随着床架的崩溃在崩溃，陈素珍哭了，突然一下，她感到自己的身体下沉了，床板的一头落在地上，另一头倾斜着搭在架子上，她的身体也像码头运输槽上的一包水泥一样滑落下去了。

那天柳师傅始终没能走出门去，松坑人手里的农具虽然不是冲着人来，主要是摧毁家中的门窗家具，柳师傅知道那是报复，但如此野蛮的报复他接受不了，慌乱中他抓起了一把菜刀，结果这把菜刀恰好激发了松坑人对那把西瓜刀的联想，有人喊起来："儿子学的是老子样，都拿刀呀！"松坑人哪里知道柳师傅其实是个有公论的厚道人，跟他儿子是两种人，松坑人不分青红皂白拥上去教训柳师傅，不知道是谁的农具伤到了柳师傅，柳师傅坐在盛米的缸上，怎么也站不起来，后来才知道他的三根肋骨被打断了。

是邻居钱阿姨去报的案。钱阿姨在陈素珍家门口，几次三番地努力，就是进不去。松坑来的人还安排了站岗的，不准邻居进去。钱阿姨说："你们来解决问题是可以的，但是不能这么闹的，左邻右舍多少上夜班的，白天要睡觉，你们闹得天翻地覆的，让人怎么休息？"她对松坑人的说服教育起不到一点作用，就气呼呼地走了，临走说："这不是你们乡下，人多就能解决问题，你们不听我劝可以，等会儿看谁来劝你们！"

开始是派出所来的人，一老一少两个户籍警，凭借着身上的制服勉强冲进了陈素珍家。老的是香椿树街人人皆知的秦同志，秦同志有经验，一进去就知道局面不好控制，一边察看柳师傅的伤，一边试图说服松坑人离开。年轻的那个就不注意工作方法，拿出手铐就要往人手腕上戴，结果满屋子的农具都举起来对着他，好在秦同志把他拉到一边去了。秦同志知道这群人不容易对付，他对年轻的同事耳语了几句，年轻人马上就从满屋子人堆里挤出去了。出去干什么？请求支援去了。

后来就来了一辆东风化工厂的卡车，卡车上冲下来七八个人，人不多，都束着军用皮带，穿着蓝色工作服，却一律带着步枪。围在陈素珍家门口的人还是第一次这么近距离地看见枪，有个男孩多嘴，尖声说："是工人民兵，枪是假的！"这话惹恼了带枪的一个民兵，对着那男孩说："假的？要不要打你一枪试试？"带枪的人一进去，陈素珍家里瞬间便安静下来，先是几个民兵把松坑人的农具一件件地拖出来，扔到卡车上，有人在旁边"一二三四"地数着，锄头七八把，铁锹五六把，甚至还有两把镰刀。农具后面是人，一个个被推出来，有人也在旁边数了：一，二，三，四……一共十七八个人，其中妇女两名。那个正当哺乳期的妇女不知道是福三的什么人，嗓音异常尖厉，她一手擦拭着胸襟上满溢的奶汁，一边哭一边嚷着什么，听不清她嚷嚷的内容，但看她的眼神是面向外面围观的人群，大抵是要大家评个理主持个公道什么的。

松坑来的男人都被工人民兵弄到卡车上去了，不管有没有动手伤人，去调查清楚了再说。两个妇女原来可以赦免，她们开始是站在下面的，一个不停地撩起衣襟抹眼泪，另一个哺乳期的妇女则向旁观者说个不停，松坑话说快了不容易懂，反正听得出来她是在争取别人的同情："好好的一个人来卖西瓜的，你们买西瓜那点钱怎么还买人命呢？""人都死了，我们来出口气还不行？"听者却不宜对她表达自己的立场，有人很关心他们与死者的关系，忍不住问她："你们两个女的，谁是福三的老婆？"她摇头，说："我是他妹妹。""另一个呢？"另一个不肯说话，还是哺乳期妇女替她介绍了，也是妹妹，福三的妹妹。

福三的两个妹妹原本不用上车的，她们听见卡车鸣笛吓了一跳，看见卡车要开走她们一定想到了某些未知的后果，一齐尖叫起来，两个人扑上去，一左一右拉着后挡板，不让卡车走，看看两个人的力气拉不住卡车，喂奶的那个妹妹就跑到卡车前面去，躺在地上了。

福三的那个妹妹，也不知道叫什么名字，反正大家对她印象是最深的。她就那么躺在地上，视死如归的样子我们以前只在电影里见过，但无论从哪方面来说她又不像人们心目中的女英雄，她躺在卡车轮子前面，衣衫零乱，胸口湿了一大片，肚子极不雅观地袒露出来，圆鼓鼓的，悲壮地起伏着。好多人都跑到卡车前面来看福三的妹妹了，街上人越聚越多，狭窄的香椿树街的交通很快堵塞，交通堵塞以后就有孩子在这儿那儿乱吹哨子，哨子的声音更使香椿树街的空气沸腾起来。

城北派出所所长老金也来了，老金亲自出马，足以说明遇到的局面多么棘手了。照理说老金在香椿树街解决任何事情都容易，但这涉及工农关系的风波弄到这么不可收拾的地步，又没有相应的文件说明，他也没办法了，脸色便很难看。老金找到那个干部模样的松坑人，请他去说服福三的妹妹，但那个干部眼睛里闪着狡黠的光，说："她不要命，你们就让车开过去好了。我们松坑人命反正不值钱嘛。"看得出松坑的干部也不懂法，他是不会协助执法了，老金也是被激怒了，卷起袖子说："敬酒不吃吃罚酒，来人，把那泼妇一起抬上车！"

这样，就干脆地解决了问题。我们看见福三的妹妹被几个人合作着抬上了卡车，她当然是拼命挣扎的，挣扎也没用，人还是被轻盈地抬了起来，她的尖叫声听上去很恐怖，夹杂着松坑一带的脏话。有人刚刚从人堆后面钻到前面来，脑袋从别人的肩膀上努力地探出去，嘴里发出"啧啧"的声音："哎哟，怎么像杀猪一样？这乡下女人好凶！"前面的人都知道事情的原委了，同情心忽然偏东，忽然偏西，现在都偏向松坑人了，三言两语解释不了自己的立场态度，就简短地说："你没有调查就没有发言权。"

乱了好久，卡车慢慢地能开了，松坑来的那些人，男男女女的都在化工厂的卡车上，一张张脸带着疲惫之色从人们头上缓缓而过。看得出那是一些受到过惊吓或威慑的脸，有的人脸上还残存着恐惧，有的恐惧而茫然，眼神便显得楚楚可怜。有的人看上去有点羞怯，像小良，街上好多人在他船上买过瓜的，认得他。当然也有向街两边侧目怒视的，像福三的兄弟。最无所畏惧的还数那个干部，他站在上面摆弄了几下口袋里的钢笔，表情显示出一种故意的傲慢来，而且他还学领导人的样子，向什么人挥了挥手，大家左顾右盼地寻找他挥手示意的对象，也没找到谁，猜他的用意，也许就是显示他的无所畏惧吧。但好多人意识到，他这么随意地一挥手，那架势倒有点像毛主席在天安门城楼接见红卫兵呢。

九月初的一天，福三的母亲来了。

起初没人知道那个在铁心桥边来回走动的老女人是谁，她穿一件蓝色对襟褂子，黑裤子，草鞋，头上包着毛巾，是松坑一带老年妇女寻常的装束。她先是站在桥上向河两边眺望着什么，一边眺望一边擦眼睛，她的眼睛里有一层明显的白翳。也许是白翳遮挡了视觉，她没望到什么，又下到桥堍来，手搭在额上向河的这边那边望着，还是没有她寻找的东西，就拉住过路的幼儿园老师沈兰问了：“妹妹呀，夏天在这儿的西瓜船怎么不见了？”

沈兰是外地人，一直和儿童们说惯普通话的，听不懂她的松坑话，就让她去居委会。她没有反应，明显不知道什么是居委会，沈兰就用手指着河对岸的一个漆成红色的窗户说：“居委会就是居委会嘛，你过桥，去那间房子，房子里面就是居委会。”

可是福三的母亲眼睛不好，她既看不见对岸的红色窗子，也听不懂居委会的意义，她说：“妹妹，我找西瓜船，一条船呀。”她感觉到别人不耐烦了，脸上绽出了一个巴结的笑容，说：“一条西瓜船，就是出人命的那条西瓜船呀。”沈兰这才猜到松坑来的老女人的身份，她看见福三的母亲喉咙里“咯”地响了一下，似乎要哭了，一只手赶紧抬起来，按着脖子，按了一下，又按了一下，居然把哭声压住了。然后沈兰惊讶地看见老女人的脸上重新堆起了笑容，她说："妹妹你帮帮我，我眼睛不好，看不见的。"

西瓜船是不见了。沈兰下到石埠上，在河的两头搜寻了很久，她看见卖大蒜头和猫鱼的小船，捞河泥的铁船，运水泥的驳船，甚至还有一只粪船臭烘烘地停在桥堍厕所那里，偏偏看不见西瓜船的影子。沈兰说："怎么不见了呢，我天天从这儿路过，西瓜船原来一直在这儿的，昨天刮风，大概是漂走了，漂得不会太远的。"福三的母亲说："漂到哪儿去了，东边还是西边，妹妹你告诉我，我眼睛哭坏了，你指着我看不见的。"沈兰说："我也看不见，指也指不了，我还是带你去居委会，让他们替你找一找吧。"

沈兰就领着福三的母亲过了铁心桥，上桥的时候她问："你那么大岁数了，眼睛又不好，怎么让你出来找船呢？"福三的母亲说："不是我家的船呀，是福三向旺林家借的船，福三人不在了，船要摇回去还给旺林的。"沈兰说："不是问你这个，我问你，你那么大岁数，怎么让你出来摇船呢，让你把船摇回松坑去呀？"福三的母亲说："我摇回去，慢慢地摇，摇个两天就到家了。"福三的母亲不知道为什么听不懂沈兰的意思，沈兰干脆就直接问了："家里没人手了？听说福三他弟弟妹妹都让他们扣起来了？还没放回去？"福三的母亲这时候犹豫起来，人靠近了沈兰，凑到她耳边悄悄说："妹妹你是个好人，我说给你听不怕，福三的弟弟妹妹昨天刚刚放回去的。"沈兰说："那让他们来摇船回去嘛。"福三的母亲朝桥上看看，又向桥下望望，轻声道："我不敢让他们再来了，说什么也不敢了。警察说这次饶我们一次，也不用赔那家人东西，医药费也不赔，警察说一事归一事，再来就犯法了，也要吃官司。"

福三的母亲被领到了居委会的女干部崔主任那里。崔主任当时忙着爱国卫生月的宣传事务，她让福三的母亲喝了一杯水，让她不要急，说那么大一条船，不管漂到哪里，总是在河里，不会长翅膀飞走的。船只要没漂出北大桥去，就算她的居委会的事。崔主任说如果船漂到北大桥外面去，她也会和桃花汀居委会协商解决的。

福三的母亲被沈兰领到了基层组织，是她后来找到西瓜船的关键第一步。居委会依靠群众，即使是个风吹草动，自然也有群众会向他们如实反映，何况那么大一条船呢。两天前恰好有人向崔主任反映，有一个叫歪嘴的青年趁西瓜船无人看管，拿了个箩筐把船上剩下的西瓜全部拖回家去了。那两天整个香椿树街的街道干部都在为陈素珍家解决问题，又要准备爱国卫生月的工作，无暇顾及西瓜船上剩下的几只西瓜，就把这事搁下了。

崔主任差人把歪嘴叫来了，她也不透露福三母亲的身份，只是让他坦白从西瓜船上拿了几只西瓜。歪嘴斜着眼睛观察崔主任的表情，判断她是证据确凿的，就反问道："你说还剩几只？你说几只就几只。"崔主任板起面孔说："我问你还是你问我？歪嘴我告诉你，你偷鸡摸狗的事情别以为我们不知道，都记在本子上了，几天不找你你就翘尾巴！"歪嘴果然老实了许多，说："没剩几只瓜了，我不搬了吃也要烂掉的，有几只都烂了嘛。"崔主任逼问道："到底是几只？你说，对我说了没事，不说以后就对派出所说去。"歪嘴说："十一二只吧，好几只是烂的。"崔主任说："好，就减半算，算六只西瓜，一只算三毛钱，你现在赔人一块八毛钱！"

歪嘴这才注意到凳子上的福三的母亲，看她头上那块毛巾便知道是松坑来的人，他马上就冲她嚷起来："几只烂西瓜，你敲竹杠呀！"福三的母亲吓得站了起来："弟弟你说什么，我从来不敲人竹杠，敲竹杠要遭报应的。我找船呀，弟弟你拿我儿子的船了吗？"歪嘴说："我只拿瓜，我又不是托塔李天王，怎么拿得动船？你儿子的船去哪儿了，别问我，问王德基的儿子去，我看见他带两个小孩摇船玩的，玩到铁心桥桥洞里去了。"

崔主任命令歪嘴立功赎罪，去把王德基的儿子安平叫来。歪嘴靠在门框上思考了一会儿，和崔主任谈了条件，说："那我去把安平拎来，拎来就没我的事了吧？"崔主任说："有事没事我说了不算，又不是我的西瓜，要问这位老大娘。"歪嘴就把脑袋转向福三的母亲："你到底要不要我赔西瓜钱？要赔我给你五毛钱好了。"福三的母亲摆手说："不要赔，不要赔，我不是来要瓜钱的，我要把我儿子摇出来的船摇回去，弟弟你行行好，帮我找找船吧。"

福三的母亲原来是要跟着歪嘴去的，歪嘴不愿意让她跟着，崔主任也劝她留下来等。福三的母亲就坐下来了，坐在窗边，看着窗外面的河道。崔主任又给她倒了杯水，她客气推托了半天，说喝不进去了。又问崔主任以前在铁心桥下卖葱的老太太还在不在，说她也是好人，也给她喝过开水的。崔主任问："哪个老太太？姓什么？"她却说不上来，光说那老太太嘴角上有一颗痣。崔主任其实没有兴趣和福三的母亲交谈，嘴里哼哼着，手上忙自己的工作，听见福三的母亲说："我年轻时候摇船到铁心桥来卖过白菜，认识好多人的。"崔主任随口问："都认识谁呀？"福三的母亲想了想，说："老虎灶上的人，药铺里的人，烟纸店里的人，我认识几个人的。"崔主任说："老虎灶去年刚拆的，药铺就是现在的新风药店嘛。"福三的母亲叹了口气，说："我有了五妹以后就没空出来卖白菜了，二十年没来铁心桥了，他们也认不出我来的，我眼睛哭坏了，我也认不出他们的。"

正说着话歪嘴在外面把安平推进了门，把安平推进来歪嘴就完成任务，甩手走了。安平镇定自若地站在门口，斜着眼睛看看崔主任，看看福三的母亲，一只手挖着鼻孔。崔主任说："王安平你把人家的船摇到哪儿去了？"安平说："不知道，船到哪儿去了？"崔主任说："不是你摇的船吗？你不知道谁知道？"安平说："我就解了缆绳，谁说我摇了？是达生摇的，我们就把船摇到铁心桥桥洞，船自己横过来，卡在桥洞里了，我们就上去了。"崔主任学他的腔调说："你们就上去了？你们把别人的船摇出去，卡在桥洞里你就不管了？"安平说："船现在不在桥洞里，它自己漂走了。"崔主任火起来，说："自己漂走了，不是你的责任？去把达生叫来，你们负责把船找回来，否则我告诉王德基，看他怎么收拾你！"

福三的母亲弯着腰坐在凳子上，过了一会儿坐不住了，起来去拉崔主任的衣服，说："崔同志你跟小孩好好说。"又走到安平面前，弯腰替他拍了拍裤子，她的表情看上去忧心忡忡的，但还是努力地向安平挤出了笑脸，她说："弟弟乖啊，我们乡下没有船过不了日子的。"安平说："你拍我裤子干什么，又没有灰！"他厌恶地瞪了她一眼，在她拍过的裤子上又拍了一下。福三的母亲便去摸安平的脑袋，说："弟弟乖。"安平一甩手，身体灵巧地向后一跳，就把福三母亲的手晾在半空了，他继续挖着鼻孔，斜着眼睛看福三的母亲，突然说："是你儿子让寿来捅死的吧？"

崔主任这时候冲过来，用报纸在安平头上拍了一下，说："我要不告诉王德基，我就不姓崔！"崔主任回头看福三的母亲，福三的母亲弯着腰站在那里，身体抖了一下，并没什么异常。她对崔主任摆摆手："小孩子的话，我不计较的。"她撩起衣角在眼睛四周抹了一圈，说："自己命苦，不好跟别人计较。前年我家老头子病殁了，去年春上猪圈里闹猪瘟，死了三头大母猪，今年是福三出事情，一年一灾，我眼泪哭干了，我一哭眼睛痛得厉害，眼睛一痛头疼病会犯，犯了头疼病我就没力气摇船了，我不能再哭的，我要把船摇回家的。”

把船摇回去。崔主任听出来这件事情对于福三的母亲来说比天还大。福三的母亲的精神状态让崔主任松了口气，有的妇女以为居委会就是让她们哭闹让她们晕倒的地方，崔主任是很反感的，福三的母亲不哭也不闹，让她感到同情，还有一丝侥幸，唯一棘手的是那条船，不知道漂到哪儿去了，不知道是不是还在北大桥以东香椿树街居委会的管辖范围内。崔主任不能扔下工作帮着去找船，她就严肃地对安平说：“王安平同学你听好了，你马上带着这位老大娘去找她的船，从铁心桥找到北大桥，这是我给你的任务，你完不成我有办法。”“什么办法？”“你不懂？真不懂还是假不懂，很简单的，让王德基替你来完成这个任务！”

那天下午我们看见王德基的儿子带着福三的母亲沿着河边人家走，有人指着老妇人问安平：“那是你外婆吗？你外婆是松坑的？”安平没好气地说：“你外婆！你外婆才是松坑人！”福三的母亲也不计较他对松坑人的歧视，对着路遇的人笑脸相迎，说：“同志你看见松坑那条西瓜船了吗？”安平说：“你还要不要我找了？要我找你就别问东问西，话又说不清楚，是船不说酒，别人以为你要找酒喝呢！”福三的母亲又试图去摸他的头，手伸出去又缩回来了，说：“弟弟乖，奶奶眼睛坏了，看不见，要你帮忙呀。”安平就“哼”了一声，说：“你懂不懂学雷锋，崔主任在逼我学雷锋呢，我不学雷锋她就让我爸爸收拾我，这个妖婆！”

走到达生家门口，安平对福三的母亲说：“你在这儿等，我到这家去看看。”安平推开虚掩的门，闯到达生家里，嘴里喊着达生的名字，人径直穿堂入室，直扑临河的窗子而去。达生的母亲李金枝正在一缝纫机上缝窗帘，让安平吓了一跳，说：“死孩子你干什么，吓死人了！”安平说：“我找达生！”李金枝说：“达生不在！达生他爸爸不是警告过你不准找达生吗，你把我家达生都带坏了。”安平冷笑一声：“还警告呢，谁稀罕找他呀？告诉你吧，我在学雷锋，找一条船！”安平嘴里说着话，人已经上了达生的床，跪着，打开临河的那扇窗子，探出身子向外面的河道看。李金枝拿了把量衣尺子来打他，安平叫起来："别打我，我骗你是狗，我在学雷锋，是一条船，你看见有船从这儿漂过去吗？"李金枝一边拼命把安平从床上拉下来，一边恨恨地听他陈述他的目的。"什么西瓜船冬瓜船的？"她说，"没见过没见过，我又不是猫，天天蹲在窗台上看船过。"

安平突然叫道："就是寿来捅死人的那条船呀！"李金枝又被吓了一跳，缓过神来就更气愤了，拿着量衣尺朝安平肩上啪啪地打，骂道："该死的小畜生，你到我家来找那死人船，怎么不上你家找去？触了霉头看我不找王德基去，打死你！"安平躲避着她的尺子，从达生的床上逃下来，嘴里还申辩着："我家不沿河，怎么找船？你这个笨女人！"安平跑到外面，李金枝追了出去，差点撞到门外福三的母亲，看见松坑来的那个老女人，她突然明白安平这次不是撒谎了。

福三的母亲叫了她一声"阿姐"，李金枝倒不见怪，她知道无论年轻年长，松坑人都管女人叫"阿姐"的。李金枝应了一声，放开了安平，打量起福三的母亲来。"是你儿子……"她这么问了半句，觉得不得体，又咽回去了。她与寿来的母亲陈素珍是一家纺织厂的工人，平时关系不怎么好，这时忍不住说了一句："那个寿来，不是我诳人，从小我就看得出要闯大祸，娘老子宠出来的，养子不教父母过呀！"李金枝没有从福三的母亲那里得到任何回应，她醒悟过来，说这个是白说，人家恐怕还不知道是谁要了她儿子的命呢。福三的母亲显得心慌意乱的，跟着安平要走，李金枝拉着她说："进来喝口水再走！"福三的母亲说："多谢阿姐了，我喝过水了，喝不下了。阿姐你在河边住，没见过我家那条船吧？"李金枝嘴里顺口说"没有没有"，记忆中却出现了傻子光春扛着一条船橹从她的自行车旁走过的情景，她的眼睛一亮，叫起来："等等，我带你们去光春家看看。"这样一来，福三的母亲又被带到街那边去了，往回走，去傻子光春家了。

李金枝在光春家门口遇到了光春奶奶的阻拦，她说光春傻归傻，从来不偷人东西。还反问李金枝什么时候看见光春拿人东西的。李金枝说："他是不拿人东西，他拿人摇橹呀！"李金枝指着外面的福三的母亲，说，"你看看人家，看看人家！"光春奶奶探出头去，看见一个松坑老妇人弯着腰站在电线杆旁边，她问李金枝："人家怎么啦？"李金枝压低声音说："是西瓜船上那福三的娘亲呀，光春他奶奶呀，光春不懂事，你可是烧香念佛的人，怎么能把那船橹放在家里？”

光春奶奶镇静的脸上变了色，抬起小脚匆匆往天井而去，边走边叫：“光春光春，你还说你不傻，你不傻怎么把那东西扛回家了。”李金枝跟进去，一眼看见傻子光春，正在天井里守护着那条船橹。船橹上的桐油都磨没了，露出发乌的木头的颜色。一向与水打交道的摇橹，离开了水，看上去倒像一种老式的笨重的兵器，正适合傻子光春对战争的一些奇思异想。光春的奶奶在橹头上晾了一把腌菜，湿漉漉的拖把则搁在橹梢上，还在滴水。李金枝也不管三七二十一，拖着摇橹到门口，对着福三的母亲喊：“这橹是不是你家的？”

福三的母亲迎上来，眨着眼睛没看清什么，摸一下就叫起来，说：“正是，是我家那条橹！用了二十年的橹了，我认得出来，这橹把上原来绑着红布条的。”

李金枝舒了口气，说：“橹在船就在，就看那傻子记不记得船在哪儿了。”她正要回去追问，傻子光春已经被他奶奶推到门外来了，向福三的母亲敬了一个军礼。光春奶奶跟出来，摇着福三母亲的手，说：“我们家光春脑子不好，拆了橹回来做兵器耍的，你千万别跟他计较，他骗我说是酒厂码头的废船呀！”

那天黄昏我们看见一群人抬着一条船橹向酒厂码头方向而去，傻子光春骄傲地走在最前面，尾随他身后的队伍组合得非常牵强，王德基的小儿子安平，李金枝，光春奶奶，还有头上包着一块毛巾的松坑老妇人，后来人们就都知道了，那个被光春奶奶挽着手的松坑老妇人是福三的母亲。他们一路走着一路有人加入进来，安平就没资格扛橹了，他也不敢胡闹了，因为王德基正好下班回家，看见儿子又在外面野，骑车冲过来吼：“滚回家去！”安平跳了一下就跳到福三的母亲身后去了，指着福三的母亲说：“我在学雷锋，不信你自己问她。”

王德基后来告诉别人，他看见福三的母亲吓了一跳，说从来没见过长得如此相像的母子，面容酷肖倒在其次，他惊讶的是福三的母亲弯着腰站在人堆里，满脸疲惫，一手撑腹，一手向他慢慢地伸过来，要来握他的手，那母亲的姿势，让他一下就想起了福三在铁心桥下是怎么扶着厕所的墙，怎么向他出示那把西瓜刀的。

从松坑来的那条西瓜船，二十天以后谁也认不出来了。它被酒厂运送黄酒的船群挤在码头一角，散发着弃船特有的凄凉气息。棚顶上的麦秆席子没有了，四根棚柱不见其三，只剩下一根孤零零地耸立在船上，像小学校里的简陋的旗杆，船头的行灶不见踪影，一定有人看上了那几块垒灶的砖头，拆得很干净，半块砖头都没留下。除了傻子光春，不知是哪些人上过船，有人在西瓜船里倒了点煤渣，倒了点水，还扔了些莱叶子，船舱里看起来很脏，有点像夏天沿河收垃圾的船了。

李金枝站在码头上，手指着运酒船大声批评那些船户："怎么这么缺德？好好一条船，给你们弄成这样，你们自己船上倒是干干净净的，怎么把人家船当垃圾船呢。"运酒船上有人厉声地回应道："你还张嘴骂人呢，要不是我们把船钩回来，这船早就漂到太平洋去了！"

"船在就好，阿姐你不要和他们吵。"福三的母亲安慰着李金枝，眼睛看着王德基他们装橹，也怪王德基他们没有经验，笨手笨脚的，福三的母亲一着急，身体一点点地往下面挪，李金枝正要扶她，她已经挪到船上去了。

正是九月黄昏时分，酒厂码头的阳光也像陈年的黄酒一样，馥郁地流淌，河面闪闪发亮，西瓜船上的一摊干涸的血迹吸引了所有人的目光，起初人们都在看福三的母亲和王德基他们装船橹，是傻子光春最先透露血迹的位置的，他指着船头一角对安平说："看那摊血，像不像一头牛？"大家顺着光春的手看过去，果然是一摊血，不一定像一头牛，但是一摊非常清晰的血迹。李金枝瞪着眼睛，用手指压着嘴唇，示意大家别嚷嚷。她说："她眼睛不好的，最好别让她看见。"安平偏不听她的，对傻子光春卖弄他的知识说："血迹很难洗的，水洗不掉，要用酒精擦。"又让光春去拿酒精来，说他可以当场试验给他看。傻子光春问："酒精在哪儿？"安平给他问住了，翻着眼睛说："算了算了，试给你看也是白试，你就知道看血迹像牛还是像马，傻子！"

后来就剩下福三的母亲一个人在船了，运酒船已经为福三的母亲让出了水道。王德基他们不会弄船，帮不上忙，干脆下来，在岸上看着她把船慢慢地摇出去。李金枝问王德基他们："你们看见船头那摊血了吗？"王德基说："那么一摊血，怎么会没看见？不敢吱声罢了。”李金枝叹着气说：“她眼睛不好，最好看不见，否则看着儿子那摊血，怎么摇得动船呀？”王德基说：“本来就摇不动的，去松坑好几十里水路呢。她出来摇船，家里人肯定不知道的，知道了怎么能让她出来！”

福三的母亲把船摇出了运黄酒的船群，水上就有路了，她摇摆着的身体突然停了下来，慢慢转过来，抬起臂肘擦眼睛，努力地眺望着码头上的李金枝他们这群人。看得出来她是要告别了。福三的母亲要和码头上的人告别，可是离得远了她什么也看不清，看不清楚码头上站立的哪些是香椿树街的好心人，哪些是酒厂堆积如山的黄酒坛子，她就突然跪下去，向着酒厂码头磕了个头。码头上傻子光春先笑起来了，说：“她怎么向黄酒坛子磕头？”大人不傻，知道是福三的母亲眼睛不好，磕错了方向，都挥起手，叫喊起来：“不敢当的，快起来快起来！”

福三的母亲很快就起来了，人在远处站起来，小小的一团，被满河夕阳照着，身影还是很黑很模糊。就这样，松坑的最后一条西瓜船，也在九月的一个黄昏离开了酒厂码头。据去过松坑修理拖拉机的王德基估算，此去六十里水路，定要在水上过夜了。福三的母亲毕竟年纪大了，她摇船的姿势看上去不像其他松坑人那么流畅，也许是累的，她摇得很慢，船也走得很慢，看上去不是她摇着船走，是船领着她向下游而去。船向河下游而去，那是松坑的方向，福三的母亲虽然眼睛不好，松坑的方向应该是永远记得的。

而王德基他们站在酒厂码头上，眺望着夏天来的西瓜船向河下游而去，一来一去，按节气来说居然隔着夏秋两季了。

原载《收获》2005年第1期

点评

生活不是戏剧，有时却比戏剧本身更富有戏剧性。倘若不幸置身其中，灾祸的突然降临便预示着悲剧人生的开始。谁也不会料到，一个白瓢瓜竟会导致一个人无辜地死亡。

这是一个炎热的七月，松坑农民摇着满载西瓜的船远赴城北一带出售。那个白瓢瓜就是被陈素珍买回了家。她发现后马上就去换瓜，结果却被精明的卖主福三拒绝了。儿子寿来得知后迫不及待地去找福三理论，还用西瓜刀刺伤了他。失血过多的福三由于抢救不及时而死亡——一个鲜活的生命就这样消失了。但最令人心酸的不是生命的陨落，而是它带给人们心灵的创伤。事后不久，一群松坑人气势汹汹地赶到寿来家报复，用粗暴野蛮的方式尽情地发泄内心的悲愤。那锄头猛烈砸击床架的声音，不仅敲碎了双方家人的心，也留给读者久久难灭的震撼和悲伤。一波刚平一波又起。福三的母亲只身来到了儿子被杀之地，主要目的却是寻船，似乎船已成了她生命唯一的寄托。在众人并不热情的帮助下，她终于找到了儿子的那只西瓜船。最后，西瓜船载着孤独的母亲和儿子凝固的血迹，慢慢地远去了，带走了无限的悲凉，剩下了一片叹息。

陈素珍因骄纵溺爱儿子而尝尽了苦果，福三的母亲为儿子的猝死哭伤了眼睛：孩子所有的罪恶或苦痛最终都由母亲默默地承受了。死亡是瞬间的，留给母亲的痛却是永久的。小说以福三的死为引子，开篇就极力渲染了一种凄凉悲怆的情感基调；作者看似平静质朴的叙述笔调中也浸透了人世的悲情与苍凉。命运的残酷、母亲心灵的沉痛、生命力的坚韧在小说中交织成了一曲感人的人生悲歌，其中也蕴含了作者在普通人身上所寄寓的强烈的人文关怀。

（方奕）

一生世

麦家

一

我是个孤老头子，而且谁都看得见，还是个残废人，拖着一只跷脚。这里的人大多喊我叫跷脚佬，年岁大的则叫我北方佬。我不是本地人，是哪里的，我自己也闹不懂，可能是河南，也可能是陕西，或者其他地方。我是说，我不知晓，也没人知晓。我只记得我们家原来是在黄河岸边上的，是一间用黄泥巴和石头子堆起来的小屋，离渡船口很近。小时候，我曾在渡船上掉下过，但没淹死，反而学会了游水。那时候，我大概只有四五岁。

民国三十年，也就是我十三岁那年，洪水把我们家和整个村子都吞了，死了多少人谁也不知晓，反正死人比活人多。我们家九口人，活下来的只有我和二哥，还亏得河滩上的那棵老水沟树。我们在几丈高的树上吊了三天三夜，把弄得到手的树叶和所有挂在树枝上的死肉烂菜都吃尽了，洪水还没在老树的腰肚上。后来上游漂下来一张八仙桌，四脚朝天地颠着，像一艘破船，二哥和我从树上跳下来，抱住桌子腿逃命。因为熬不下去了，再熬下去淹不死也得饿死。我们在水里漂了一天多才上岸，上岸后又走了十来天，才看不见洪水和死人。从那以后，我和二哥像两条野狗一样乱窜着，窜到这里时，已是第二年的阳春时节，大明溪两边到处都堆着刚砍伐下山的毛竹，等人扎成竹排，漂去下游换大米。那时候，这溪水可不像现在这样，溪流急得连秤砣都冲得走，几十株毛竹，绑扎好了，往水里一丢，飞得比天上的鸟还快。所以，没个好水性，谁也不敢去碰这活，没准两个浪头就把你性命甩脱了。我和二哥的水性都好，就去帮人家干这活，没工钱，但有饭吃。

就这样，我们在这块地方留下来。第二年的麦黄时节，一队日本鬼子到村子里来扫荡，走的时候，我二哥挑着一担子东西，走在队伍的前头。我哇哇大哭，冲上去，抱住二哥不让走。鬼子上来用枪托踩我，想把我打脱手，可我跟团烂泥似的粘在二哥身上，怎么也打不脱手。后来我听到杀人的一声枪响，然后就什么都没了，声音没了，知觉也没了。等我醒来时，看见一只狗正闷着头在我腿脚上吧嗒吧嗒地吃着什么，我想赶它走，却感到小腿骨钻心的痛。我起来看，半个腿肚子没了，地上的血跟杀了只牛似的。不过，幸亏是狗帮了忙，它吃了我的血，也止了我的血，要不血不把我流死才怪呢。

可这跟死又有啥两样？二哥走了，谁来管我？一个无家无靠的北方佬。我等着痛死，或饿死。过了两个晚上，学堂里的蒋先生差人把我背回了他家，并找来一些蜘蛛帮我吸干了毒汁，疗了伤。后来我才知晓，蒋先生的老婆那天叫鬼子睡了，跳了水，尸首都没找回来。我不知这跟蒋先生救我有没有关系，反正是蒋先生救了我，后来又留下我在他开的豆腐坊里做活，给我吃和住，我的命才没丢掉。解放后，人民政府镇压了蒋先生，田地和山、房子，包括豆腐坊，都分给了村里其他人，分给我的是这爿小店。几十年来，我一直守着这爿小店生活，挣饭钱，从饭钱里扣一丝养老钱，就这样一岁岁老了。

我一直是一个人过。因为跷个脚，干不了农活，没人愿意嫁给我。有段时间，对岸阿根大炮的寡妇对我好像有点意思，我去给她送过几根蜡烛，晚上他兄弟就找到我，说我要再去找她，他就要砍断我另一条腿。我想没女人我照样可以活，没这条腿可怎么活？就不再去找她了，也不想去找其他人。除了每个月去镇上进点货，我哪儿都不去，也去不了。我每天都守在这里，像是在等二哥回来似的。二哥是这世上我唯一的亲人，我每天都在想他，等他回来，有时还跟他说话。说实话，过去了那么多年，我把家乡话都快丢尽了。可是，我连我们家乡在哪里都不知晓，会说那话又有什么用呢？

二

是毛主席死的那年，但毛主席还没死，大概是端午节前后吧，一天晚上，天已经墨墨黑了，我关了门，正准备抽锅烟就睡觉，听到门外响起吃力的脚步声，接着是敲门的声音。我想一定是来买东西的，就把烟锅一丢，去开门。门是那种老掉牙的门，门栓很难下的，我一边拨弄着，一边对外面喊道：

“要什么啊？”

外面没人答话。

我怀疑自己刚才是不是听错了，就又问：“有人吗？”

门又轻轻地响了两声。

我再问：“是谁啊？”

外面说：“大伯，开开门。”

是个女人的声音，幽幽的。

我把门刚拨弄开，女人就急煞地挤进来，像有人在追她。我出门看，左看，右看，外面什么动静没有。再回头看，她已坐在柜台旁的板凳上，身子和头都靠着墙，一副累得不得了的样子。

村子里的人没有我不认得的，但这人我怎么也认不得，三十来岁的年纪，穿着格子样的衣裳，胸前戴着一枚有铜板大的毛主席像章，头发剪得短短的。应该说，人看起来很周正，穿戴也好，只是脸上灰蓬蓬的，眼睛里一点神光没有，像在生病。听口音，她不是村里人，也不是本地人。

我走进柜台，又问她：“你想买什么，蜡烛还是洋火？”

一般这时候要买的总是这些东西。

她眼巴巴地望着我，犹豫了一会，说：“我想要点吃的。”

“吃的？”我看看货架子，“我这里有花生米，蕃芋干，还有点桃酥，你要什么？”

“什么都可以，”她说，“我已经一天没吃东西了。”

我抓了两把蕃芋干丢在秤盘上，准备称个斤两，她却喊我不要称，说她没钱。

我看着她：“你没钱怎么来买东西？”

她看着我：“我不要东西，只要点吃的就行了。”

难道吃的就不是东西啦？我觉得这人有点不对头，问她是谁，她说是过路的。刚才我一直以为她是村子里谁家的亲戚，既然不是这样的，只是个过路人，我想谁认识谁呢，凭什么我给你吃的？我丢下秤，对她说：

“我这里没吃的。”

她指着秤盘里的蕃芋干说：“这个也可以的。”

我说：“我这是要卖钱的。”

她说：“大伯，你行行好，我已经一天没吃东西了。”

我心里想，她这不是在跟我“叫花”吗？可我不打算行这个好。不是说我稀罕这点蕃芋干，也不是说我这人有多自私，没有同情心。如果说人都是没有同情心的，像我这样的人恐怕早已经饿死病死了。我是说，我本来就是在人的同情中活着的，起码的同情心是有的，只是对她，这个像鬼一样在黑夜里冒出来的人，我缺乏应有的同情心。想想看确实奇怪，我开这爿小店已经二十几年，还从没遇到过一个外乡人半夜三更来敲我门的，还是个女的。她这样地出现，又这样可怜兮兮的，我总觉得不正常，像个阴谋。我似乎一下子想到了聊斋里的故事。再看她样子，穿得体体面面的，还挎着时髦的军用挎包，哪像个叫花的人？我这样想着，心肠变得很硬，几乎抹掉了脸上和嘴上的所有客气，对她说：

“大妹子，你找错人了。”

说着，我从柜台里走出来，故意把跷脚走给她看。“你看，我自己都是个要靠人可怜活着的人，哪能可怜得起你啊。你走吧，村子里谁都比我强，你去找他们吧。”

她说：“我找过了，是他们喊我来找你的。”

我问：“谁？他们是谁？”

想她肯定回答不上，又说：“他们都帮不了你，我就更帮不了你啦，你走吧，我这里的东西都要卖钱的。”

她不走。

屋里静悄悄的，外面也静悄悄的。

往常，这个时候，我经常可以听到孩子闹睡觉的哭声，有时是零星的狗叫声，或者来来去去的脚步声，或者骂爹日娘的吵架声，或者树上的高音喇叭声，等等。但这天晚上，什么声音都没有，好像村子里谁都知晓有个神秘的外乡人在我这里，都在屏声静气地偷听我们之间的谈话。所以，我更不想跟她谈什么，只想她尽快走。我走到门口，有意做出要关门的样子，催她走："时候不早了，我要睡觉了，你走人吧，大妹子。"

"我没地方去。"她头也不抬地说。

我生气地说："可这也不是你留的地方啊！"

她这才抬起头，又喊我一声大伯，说："我不是叫花子，我是个落难的人，大伯，你就行行好，同情同情我，等哪天我苦出头了，会报答你的。"

我问她落了什么难，她说："这说来话长，你先给我点东西吃吃再说行吗？"

说着，目光像着魔似的，从我的目光里，不由自主地转移到秤盘里的蕃芋干上。

看来，她真是饥慌了，饥到骨子里去了。我也是饥饿过的人，我知晓，人真正饿急时，眼睛是不听话的，只会跟着食物和食物的香气转，好像看一眼就能解饥似的。其实，看了以后，只会觉得更加饥。我对自己饥饿的记忆，唤醒了我的同情心，我走过去，抓起秤杆，把秤盘里的蕃芋干，都倒在了她身边的板凳上。但是，我说的话并不好听：

"你吃吧。这是我的口粮，我要靠它们卖钱换饭吃的，今天你白吃了它们，哪天我不定就要挨一顿饿。"

其实哪至于呢。我也不知晓，都决定给她吃了，为什么还要说这难听的话。也许是我觉得对一个过路人行好，是没意思的，傻的。我们乡下人就这样，认识的人才叫人，不认识的就不是人，感觉气派一点的当龙看，什么事都客气几分，否则就当虫看，该欺不该欺的都要欺。老实说，我当时是有点把她当虫看了，所以，都决定给她吃了，还要说这么难听的话。

但后来，我逐渐又看出来，她可能真的不是一条虫，而是一条落难的龙。比如她的吃相，虽然饥饿得不行，但吃相一点不难看，不是猴急巴火的，一把把往嘴里塞，囫囵着吞下去，而是一根根捻在手上，从容不迫地往嘴里送，到了嘴里又细嚼慢咽的，不时还拧开水壶喝口水。水壶是部队上的水壶，她的挎包也是部队上的，好像脚上的胶鞋也是部队上的。从这些东西看，我猜想她可能跟部队上有什么关系，要么她自己是部队上的，要么她有什么亲人在部队上。部队上的人当然是龙，哪怕只跟部队上的人沾一点点亲缘，少说也是条蛇，绝不会是条虫。我对门的阿木老师，以前是管山林的，但他有个远房表哥在部队上当连长，那年来村子里走了一趟，阿木就从山上下来，去小学里当了老师。听说阿木当时只会写自己的名字，连老师两个字都不会写，只会写先生。阿木说先生就是老师的意思。可能吧。但一个把老师写成先生的人，总是不大合适当老师的。当然，后来阿木不一样了，有长进了，不但会写老师，还会写教师。教师两个字是不容易写的，村子里的人，除了学校里的老师，可能还没有几个人能写。话说回来，阿木能有今天，全靠他那个在部队上当连长的表哥，还不是嫡亲的呢。

再看，她喝水的样子也是有讲究的，不是豁开嘴喝的，更不是仰起头倒的，而是一小口一小口抿的，文文气气的，没有咕噜声，嘴角没有涎水。水是山泉水，她自己说的。她说今天她已经喝了三壶这样的水，山泉水。这是第四壶，是傍晚她下山时灌的。我们村子前后都有山，听她讲的，她该是从前山来的。前山叫蚂蟥山，看上去不高，矮矮小小的，好像上去很快能下来，等上去了才知晓，没有一天是下不来的，否则怎么叫蚂蟥山呢？蚂蟥山的意思就是它像条蚂蟥一样，细长细长的，还可以拉长，性子是磨人的。蚂蟥叮在身上，不像蚊子和其他虫子，叮一口，人动作一下就溜了。蚂蟥叮在身上，硬扯都扯不下来，想扯下来得有耐心和诀窍，要慢慢地、轻轻地挠它，挠得它痒痒了，才会走掉。很多外乡人经常上蚂蟥山的当，不知晓它的厉害，不备点干粮就上山，结果肚皮饿空了，还只走在蚂蟥的背脊上，离下山还远着呢。我想，她这饥饿一定是走蚂蟥山闹的，否则即使没钱，哪至于这样呢。

在她一根根地吃着蕃芋干时，我把刚才抽了一半的那窝烟，又点了抽起来。我一边抽着烟，一边思忖着，她到底是个什么人，好人，还是坏人？坏人就是鬼，是来滋事的，闹腾我的。思忖的结果，我觉得她是坏人的可能性不大。就是说，我开始相信她是个落难的人。于是，我决定改变一下对她的冷淡，先是给她倒了一杯开水。在她对我表示感谢时，我又想起晚上的剩饭，便对她说：

“算了，你等一等吧，我给你弄点吃的。”

一听这话，她激动地站了起来，连着表示了几道感谢的话和手势，接着还跟我转到隔壁的灶屋里，要求让她自己来忙。

我说："黑灯瞎火的，还是我来吧，你去外面喝点水。"

她说："吃了蕃芋干，不能多喝水，要反酸的。"

我问她以前有没有吃过这东西，她讲吃过的。

她说："战士们从家里探亲回来，都会带点土特产，有的战士带的就是这种蕃芋干，一模一样的，我吃过好几次。"

这么说，她还真是部队上的人。但我这么问她后，她又说不全是，只能"算一半"。

我问："算一半是什么意思？"

她说："我只是部队上的家属。"

就是说，她男人在部队上。

我又问她是哪边的部队，她说这个不好说的，她男人的部队是保密部队。

我说："既然你男人在部队上，怎么会落难呢？部队上的人是没人敢欺负的。"

她说："是他先落了难，所以我也跟着落了难。"

说着，她伤心地呜咽起来，好久才平静下来。

就这样，她一边看着我给她弄吃的，一边回答着我问的一堆子问题，到她坐下来开始吃饭时，我对她的情况已了解不少。真是不说不知晓，一说吓一跳，她男人不但在部队上，而且还是个大官，团级干部！团级干部啊，那要管多少个连长！这么大的官，还是军官，我想不出还会落什么难。

她说："谁也没想到，简直像做噩梦啊，头天还好好的，还在大会上讲话，读文件，第二天大清早，一队卫兵就冲进我家里，把他从床铺上拖起来，五花大绑地押走了。"

我问是为什么，她受惊地叫起来："只有天晓得！"

我又问："押走后又怎么了呢？"

她讲道："过了几天，他们把我也关起来了，关在一个油库里，审问我，要我交代我男人的错误。可我不知晓他犯了什么错，怎么交代？我不交代，他们威胁我，抗拒从严，要枪毙我。"

我问："你就这样逃跑出来了？"

她说："不，都是铁门铁窗的，怎么跑得了呢。"

灶膛里的火势萎了，要加柴火。我添过柴火后，她接着说："又过了几天，也就是前天下午，我男人以前的一个部下来看我，给我带来了我男人写的一张纸条，上面说我一定要想办法逃出去，上南京去找老首长求救，否则……"她摇着头憋出几个字，"我男人说，只有等死！"

我记得，她讲这位老首长是个真资格的老红军，解放后曾被授予中将军衔，当时在南京军区当大官，好像是什么参谋长，她男人曾经给首长当过三年警卫员。她自己也曾在首长家当过多年保姆，后来他们结成夫妻还是首长夫人做的媒。可以想，这时候，只有去找老首长，才有可能救他们。但是，怎样才能逃出去？

她说："门窗是锁的，外面还有专人看管，简直没有一点可能。天黑了，夜深了，我想的一个个办法都实现不了，我急得一头撞在墙上，只有哭，没有任何办法。后来，都到后半夜了，门突然被推开，进来的是我男人的老部下，就是下午给我送纸条的同志。他在屋子里转了一圈，找了一根木棍，递给我，要我狠狠打他一棍逃走。他说我必须打他，否则他说不清的。他几次催我打啊打啊，还把头伸给我。我拿着木棍，试了几次，都下不了手，急得乱打转。最后，他看我实在不行，又拿回木棍，自己朝自己头上往死里猛击了一棍，当即头破血流的。我吓得哭起来，上去捂着他伤口，他推开我，喊我快走。当时是夜里两点来钟，他说到明天早上八点会有其他人来接班，就是说我有六个小时逃跑的时间，并且告诉我逃跑的路线。我哭着往外走，刚出门，他又喊我回去，塞给我一把沾了血的钞票，后来我数了，总共是十八元零四角。这一定是他当时身上所有的钱，也是我现在身上所有的钱。"

说到这里，她要我原谅，意思是她刚才说身上没钱是假话，骗我的，只是这钱要留着赶火车用，现在她一分都不敢用。这我是想得明白的，在不知去南京的火车票要多少钱之前，她当然不敢乱用这钱。我不明白的是，既然要坐火车，其实蚂蟥山那头便有个火车站，是隔壁临水县的，为什么她不在那边上火车，专门翻过山来，难道仅仅是为了节约一两毛钱吗？

"不，我是担心有人来抓我。"她解释说，"我们出门都会在那儿赶火车，所以他们要抓我，肯定会派人去那边守着的，我去那儿就是自投罗网。"

这么说，她的部队应该就在临水县。后来，她也承认了，就是这样的。

这时候，饭菜差不多已经热好，饭是剩饭，菜是半碗老白菜，还有一小碟萝卜干，都是蒸一下就好的。我揭开锅盖，把菜从蒸笼里端出来，她看见了，上前来，把菜从我手上接过去，端到桌子上。然后，我帮她盛饭，用的是一只海碗。锅里的饭大概有一碗多，这本来是我明天早上煮泡饭吃的。我总是这样，煮一锅饭吃两顿、三顿，甚至几顿、几天。什么叫孤老头子？这就是孤老头子，把烧饭和吃饭当着罪受，能偷减一点都是好的。

我盛了一铲，又一铲，盛第三铲时，我又把盛好的饭倒进了锅里。我不知她在背后有没有瞅见，瞅见了又会怎么想。怎么想？肯定以为我是心疼这白米饭，不想给她吃这么多。其实，我是想给她捂两块肉在饭里面。是肉啊，两块油汪汪、香喷喷的肉！这肉看起来脏不拉几的，上面沾着蚂蚁一样的黑家伙，那是霉干菜渣子。但吃起来馋人得不得了，香啊，好吃啊。除了过年过节，这是我平时间能吃到的最好的菜，这边人都管它叫霉干菜蒸肉。霉干菜是不值钱的，村子里谁家都储着一两坛子，要从冬天吃到夏天；值钱的是肉，那年头简直比人还值钱，没有谁家不稀罕的。其实，刚才给她准备饭菜时，我是看到这碗肉的，只是想它太稀罕，自己都不忍心吃，藏着，偶尔才打打牙祭，便没拿出来。但听她讲过那些后，我真正有些同情她，所以又决定拿出来了。没有热过，是冷的，重新热一下又太麻烦，所以我把它放在碗底，好让饭把它焐热。

屋里只点一盏松油灯，借着灶膛里的火光，才显出一份亮堂。不过，我在往她碗里夹肉时，柴火已经熄灭，屋子昏暗昏暗的，加上她又在我背后，根本不可能看清我往碗里夹的到底是什么东西，直到她吃掉大半碗饭时，才发现是两块肉。这时候，两块肉已经被饭焐得热乎乎的，钻出一股诱人的肉香和油气，满屋子地窜，馋得我口水直冒。她看着两块肉，像受了我什么大安慰似的，感动得眼眶都湿了。她抹了把眼睛，对我说：

“大伯，你是个好人，我不会忘记你的。”

我说：“锅里还有饭，都吃了吧。”

说着，我往外间走去，又听到她在背后说："只要我男人翻了身，我一定要报答你，大伯。"

一个团长要报答我，这事情光想一想都觉得乐。心里乐着，就又有了烟瘾，于是我坐在门口刚才她坐的凳子上装烟。烟才装好，还没点火抽，我听到她起身又去盛饭的声音，一铲又一铲的，听声音就知晓，她在把每一粒饭都往碗里铲。我想，她平时的饭量不应该会这么大的，那饭量比我还大，还有两块肉。看来，她确实是饥慌了。后来，烟还没抽完，我又听到她起身的声音，把碗筷丢进锅里，还舀了水，是要洗碗的样子。我没有起身，只是喊她别管，我会洗的。她嘴上答应好的，但还在继续洗。我又说："时候不早了，你还要找地方过夜呢。"这么一说，她马上丢了碗，出来，立在门口，对我说：

"大伯，我没地方去，求你再行行好，收留我一夜。"

我说："我是一个人住，不合适的。"

她说："你是个好人，我相信你，大伯。"

我说："相信我也不行，没地方的。"

她说："就让我在凳子上坐一夜也行。"

最后，当然不是她坐，而是我。不过，我也不是坐，而是把柜台放倒在地上，像模像样地搭了个铺。我的柜台以前是有一面玻璃的，只有一面，是朝外向的一面，这样人进来，柜台里有什么东西看得清清楚楚的。但是，几年前，治保主任喝醉了酒来我这买香烟，走到玻璃跟前还在往前走，结果一脚把一整面玻璃踢成了几块。他本来答应赔我一块玻璃的，但最后赔的是一块木板，是他兄弟来钉上去的，还上了两层油漆，说这样比一块玻璃还值钱。值不值钱不好说的，但做柜台肯定没有玻璃受用，只是当床铺要比玻璃受用。那天晚上，我就在柜台上睡了一夜。

第二天，天刚朦胧亮，她就起了床，要赶路的。我下了一挂面，又烙了两张饼，面我们两个人吃了，饼我都给了她。她接过饼的时候，又对我说了晚上的话，说我是个好人，哪天她男人翻了身，一定要报答我。

我开开门看，天已经亮堂，要不了一会儿，村里人就会出来倒夜水。我不想让人看见她在我这过夜，便催她快走。她本来就急着要赶路，说走也就走了。走前，她跟我扎扎实实鞠了个大躬，头低得头发都倒挂了。

因为跷脚不便，我只是立在门口送她，她走一会儿，回头看我还立在门口，又对我鞠了个大躬。就这时候，我突然有种冲动，又把她喊回来，给了她五块钱。

说实话，这是我当时身边仅有的钱，剩下的都是毛毛钱，总共加起来也没一块钱。她死死盯着钱，却不敢来接，可能她知晓这钱对我来说很不容易吧。我把钱塞到她手里，对她说：

"拿着吧，万一你身上的钱不够买火车票呢。"

我想得到，这样说她一定会把钱收下，却想不到，她收了钱会哭起来，跟着还要跪下来谢我。算我手快，及时拉住她，没有跪倒在地。我责怪她：

"这又何必呢？"

她挂着泪讲我太好了。我说太好你也不要下跪，我受不起的。她讲我比她亲爹还好，受得起的。我的年纪是可以当她爹，有那么一会儿，我真觉得她就是我闺女，嘴上不由自主地喊了一声闺女，催她走。

我说："闺女，时候不早了，你赶早上路吧。"

她说："大伯，从今后你就是我亲爹，我死了也要报答你。"

我说："人出门在外，不要说这种倒霉话，还是活着来报答我吧。"

她说："好的，我活着来报答你，亲爹。"

这时，不知谁家传来开门的声音，我觉得再不能耽误了，又催她走。可她又是哭，又是夸我，又是谢我的，老是走不了，我索性把她推出门。我怕她还不利索走，她一出门，我就关了门，躲在窗洞后面看她走。她好像知晓我在窗洞里看她，走几步，回头看看，有时还挥手，就这样拖拖沓沓地走了。

天还早，空气里还没有一点白天光的热气，屋子里浮着一层凉了一夜的潮气。我立在窗洞后，一直看着她走远，立得脚都觉得凉了。最后，我看见她消失在清冷的天光中，心里突然觉得很难过，好像时光又倒回到很多年前，二哥刚走的那一阵子。那阵子，好多天，我都一个人蜷在蒋先生的豆腐坊里，默默地哭呢。

三

阿木老师以前当老师时，时间是一个星期一个星期过的。现在他得了风瘫病，整日困在床榻上，养成了每天晚上都看电视的习惯，所以时间变成是一夜一夜过了。我的时间一向是一个月一个月过的，因为我每个月都要去镇上进一回货。镇子不远，七八里路，只是没有公路，像我这样的就很不方便。村里人一般都走路去，我怎么走？我每次都是坐对门老三的独轮车去的，去一个来回给一个工钱。以前，一个工钱才几毛钱，慢慢涨了，涨到几块，十几块。去年开始，老三出不了车了，他比我还大三岁，快八十的人了，老了，手上脚上都不大有把车的力气，只有喊他儿子送我。他儿子一接手，就要我二十，今年又说要涨五块，我好说歹说总算降了两块。可我还是觉得多，二十三块哪！我一个月能挣几个二十三块？都看见的，这些年，镇上村里，大店小店，开了一爿又一爿，谁还来我这买东西？来人已少得可怜，而工钱又一年年涨。所以，阿木老师讲得对，这些年，大伙的日子都是越来越好过了，只有我是越来越不好过了。不好过也得过，一个个月地过，一个个月地去镇上，把货弄回来，挣工钱和饭钱。我的日子就是这样，是在一次次往返镇上的独轮车上翻转过去的。每次，坐上独轮车，我就想起，又一个月过去了，又一个月开始了。也只有在这时节，我才觉得时间在往前走，像独轮车的轮子一样地走，吃力地走，吃力得吱吱叫。

怪得很，只要坐上独轮车，听着轮子吱吱地响，吱吱地走，我就会想起她。我不知晓她的名字，一直在心里喊她叫闺女。其实什么闺女嘛，只是见过一面的陌生人，时间久了，想多了，连长相也想不起来了。人的脑筋是很怪的，不想了要想不起，想多了也要想不起。我不知晓我为什么会老是这样想她，可就是想，经常想，一坐上独轮车就想，有时到镇上还找人打听她，好像她真成了我亲人似的。想来想去，最后都变成一个盼字，盼她来看看我。我相信，只要她男人翻了身，她是一定会看我的。但是，时间一个个月地翻过去，独轮车的轮胎换了一只又一只，如今连架车的人都老了，换了，她还是没来看我。阿木老师说，这一定是她男人没翻身呢。我想也是。我不知晓她男人到底犯了什么错，连那么大的首长都救不了他。阿木老师又说，她可能根本就没见到首长，甚至恐怕连火车都没上，就给抓回去了。我想，要真这样，她的下场一定会很惨，少说要坐牢，多说要枪毙，再多说可能连亲眷朋友都要坐牢、枪毙。

这么多年了，我就是经常这样的胡乱想着她，越想越觉得这女人命苦，怪可怜的，从天上不知怎么一来掉到了地下，还掉进了窟窿里。我虽然是个孤老头子，无亲无故，但这不是说我心里就无情无义，没有记挂。可能正因为无亲无故吧，这么多年来我总是忘不了她，老是把她当亲人一样想着念着。说实话，她没专门送我啥东西，但还是给我留了一件东西。是一块真丝手绢，乳白色的，上面还绣了一个红太阳和两株绿色的兰草，绣的手艺很平常，可能是她自己绣的吧。我是在她走后理床铺时发现的，当时拿在手上还潮乎乎的，可想她夜里一定哭过。本来，这手绢对我是没啥用途的，但想这是她留给我的一个凭据，所以我一直保留着它，有时候想她时就拿出来看看，看了，就像见了人似的，要安心一些。我想，如果阿木老师不得风瘫病，我可能就会这么惦记她一辈子，也算是我在人世有个牵挂吧。

但是，前年夏天，阿木老师在竹榻上睡了个中午觉，起来时一下子像条鱼似的滚倒在地上，怎么也站不起来。这就是风瘫病，死不了，也动不了，活着比死还难受。我说过，我的小店跟阿木老师的家是门对着门的，以前阿木老师还在山上管林木时，经常来我小店坐，关系就这样好了，后来也没不好过。得了风瘫病后，他经常在窗洞里喊我过去他家坐，可我是要看店的，怎么能出门？所以，只要他一喊，我就索性把他弄到我店里来坐，到晚上才弄回去。去年春节，他小儿子从上海打工回来，扛回家一台电视机，旧的，说是老板当工钱抵给他的，他又把它当养老钱抵给了两位老人。从那以后，我和阿木老师白天晚上都在一起，白天他在我这听收音机，晚上我去他房间看电视，一天只有睡觉时才分开。我们这里，白天是看不了电视的，开开机器，上面只刷刷地冒雪花，不冒图像。如果白天也有图像，我就不必要天天把他侍弄过来了，因为我和收音机哪有电视机陪他好。

啊，电视机确实是个好东西，守着它，时间比鬼溜得还快，连个影子都瞅不见。说来简直神奇，有天晚上，我居然从电视上看到一棵有两个人抱都抱不住的水沟树，长在黄河滩地上，背后是一间用石头砌的抽水机房，我怎么看都觉得它像我家乡那棵救过我命的老水沟树。阿木老师说，如果我能确定这就是救过我命的那棵树，那我应该是河南兰考人，就是焦裕禄那个县上的人。当然，我不能完全确定，毕竟树不是人，可以眼睛鼻子嘴巴地说出名堂来。但我还是有六七成的确定，一个是它长的样子，二个是它长的地方，都跟我家乡那棵树太像了。总之，我基本上是认定它了，认定它了等于认定了我是哪里人。河南兰考人。焦裕禄的同乡。是的，我是河南兰考人，现在我就是这么想的。真想不到，电视机有这么神，还能把我这么老大个谜团都解开了。更叫我想不到的是，那天……啊，简直跟做梦一样的，有一天，我居然从电视机上看到了她——我闺女呢！

啊，这个电视机啊，简直是存心要把我所有的谜团都解开，竟然把她的下落也给我折腾出来了。啊，我万万想不到，她还活着，而且看上去活得上好的，用的办公桌比我的床铺还大，出门坐的是亮光的小汽车。阿木老师是识得字的，说这女人现今是一个什么军工厂的领导、党委书记、董事长、三八红旗手，巾帼英雄。电视上是在表扬她，说她把生意做到日本美国去了。赚的钱多得数不清呢。啊，这人是她吗？她没这么胖，这么白，说话也没这精神气。啊啊，这人不是她吗？就是她！她就是再胖一点，白一点，说话气再精神一点，我也识得，认得，就是她。人不是树，树不能完全确定，我完全确定得了，她就是她，错不了的。那天晚上，我没看完电视就走掉了，阿木老师问我怎么了，我说人不舒服。我确实不舒服，从阿木老师屋里出来，脚上一丝力气都没有，走路像走在水里一样，非常费力，几步路走得我冒汗，进门时还叫门槛绊了一跌，硬生生来一个劈叉，痛得我叫。

屋子里黑作一团，心里面也疼得发黑。我忍着痛从地上爬起来，稀里糊涂地在房间里瞎转着，直到连着碰翻了两张凳子，才想起我还没开灯。我开开灯看，奇怪了，我手上居然已经捏着那块手绢，也不知是怎么拿到手的，它本来是藏在我箱子里的。再看看手绢，就更奇怪了，以前绣的太阳明明是鲜红的，现在怎么成黑的，兰草本来是绿的，活的，现在成乌的，死的。我以为是灯光的原因，凑到灯下看，还是这样，太阳是黑的，兰草是乌的。我不知怎么回事，可能是因为我眼睛里有泪水的缘故吧。我对自己说，不要哭，你哭什么，你没必要这样……可我还是这样，鼻子发酸，眼睛发烫，眼睛里的东西都变了形、染了色。可能这才是真实的，我想。可能吧，我不知晓，我一个孤老头子，一个残废人，能知晓什么，知晓了又有什么用？我只知晓，我要活下去，必须把这爿店开好，但现在着实是越来越开不好了，所以我也活得越来越难苦了。不过，我想，如果连我这样的人都不觉得生活的难苦，那些幸福人的生活又怎么能感到幸福呢？这样想着，我心里要感到好受一些。现在，我并不感到太难受，只是看进来的货老是脱不了手，心里头发慌。我想，如果每一个月都能把进的货顺顺当当卖掉，我觉得我就是个幸福的人。

原载《收获》2005年第2期

点评

《一生世》在历史的天空下书写了一个孤老头子对苦难生活的独白。十三岁时，一场洪水使他家破人亡，唯剩二哥与他相依为命。然而好景不长，二哥被鬼子抓走，他也被打伤。在好心人蒋先生的帮助下他艰难地活了下来，虽然跛了脚。解放后蒋先生被镇压，他就以“土改”时分到的小店为生，日子就这样无声无息地流走了。陌生女人的突然到来在孤老头子的生活里掀起了一丝波澜。在这个女人向他乞讨的过程中，作者以孤老头子由不情愿施舍到主动帮忙的心理流程，刻画了人施恩图报的普遍心态，它是卑微的，精于算计的，但毕竟有着温暖人心的力量。得到老人倾尽全力帮助的女人感激不尽地走了。随着岁月的流逝，老人越来越挂念那个落难的女人。一天老人无意间从电视上得知当年救过的女人发达了。他为她忘了他而痛苦，就连那个他一直珍藏着的女人无意中留下的手帕也失去了光彩。他因此清醒地意识到什么是真实的生活。

麦家不动声色的叙述营造了一种低沉的氛围，让读者由此领略到随遇而安的人生滋味，它苍凉却又耐人寻味。尽管作者也以嘲讽的笔触揭露人性的势利与凉薄，但更多的是从普通人充满磨难的人生中挖掘出对生活满足和宽容的心态。平凡朴素就这样产生了力量，使人不由自主地生发出悲天悯人的情怀和珍惜生活的情思意向。

（徐慧颖）

杀妻记

艾伟

她躺在那里，脸色苍白。她一直看着我，好像这一辈子还没把我看够。她和善的眼神里有令我心酸的东西。她的脸肌有点僵硬了，但她努力想露出笑意，只是那笑很勉强，仿佛是脸肌抖动了一下。我知道这笑的意思，有点复杂，她是在感谢我，同时也在表达歉意：我不能再陪你了，不能照顾你了。

白天，她稍稍安静一点。她可以这样安静地呼吸，她的目光就变得温和了。但一到晚上，她就整夜咳嗽。她张大嘴巴，就好像四周没有了空气。我听到她的肺部，闷声闷气的，就好像她的肺部沉在水底下，偶尔有气泡在往上冒。是的，她的肺已积满了水，她就是靠床头的氧气都来不及呼吸。黑夜是多么长，黑夜变成了无始无终的咳嗽。我有时候觉得，这该死的长夜是她咳出来的。

我一直在替她轻轻地敲背。这样，她呼吸似乎可以顺畅一点。她躺在床上时间太久了，睡得浑身痛，我这样轻轻敲着，她会闭上眼睛。然后，泪水就会从她的眼眶里流出来。有时候，也许是因为她太难受，她会突然抓住我的头发，要我滚蛋。因为太激动，她喘不过气儿来，她越喘手上的力量越大。有一次，她把我的头发都拔了下来。我经常担心她可能再也喘不过气来，老天保佑，她慢慢呼吸就平缓了。然后她就抱着我的头，替我梳理乱了的头发。她对我说：

“你瘦了，从来没有这样吃过苦。”

在白天，我坐在她床边的椅子上，我迷迷糊糊的，快要睡着了。我偶尔听到她在同我说话，我只是嘀咕了一下，大概没发出声音。这一个月，我都没好好睡过觉。

六个月以前，她还很健康。她是个停不下来的人。她这辈子总是在埋头干活，她把家里弄得窗明几净，就好像她准备做一个家庭卫生的样板，随时准备居委会或上级的领导同志来我家参观。

后来，就是冬季。我记得她的坏脾气是从冬季开始的。我知道她的脾气，有时候挺可怕的，只是她不把这种可怕发泄出来。总之她很能忍，把所有的事装在心里面。她的贤惠人尽皆知，但现在，她看起来不想再忍了，像是要造反了。我有点不明白。现在我想，那时，她也许已有感觉，总之，她那些日子特别脆弱，特别任性。本来，在我们家，都是我胡来的。我这辈子胡来惯了。那天，我在外面下了一天的象棋，我回来时，发现老伴坐在太阳下，显得分外孤单。她看到我，哭了。我不想见到她哭，我烦女人哭。事实上，她这辈子很少哭。但现在，她无缘无故地哭了。我很不耐烦。我说：

“你干吗，莫明其妙，你好像更年期早已过了的。”

说着，我朝屋里走去。我肚子饿了，我回家就是想吃点小菜，喝点儿黄酒的。但她还没有做好饭。她可从来没有这样过，即使在早年，我偷偷带女人回家，被她撞见了，她都没这样。她是个忍耐力很强的女人。她装得好像没事发生过一样，但她的脸却不会掩饰，她的脸很破碎。我倒是愿意她发作，狠狠地骂我一顿，可她总是用这种方式保持她的自尊。她不说话，她该做什么就做什么。她把饭烧好，把酒热好。这种时候我特别内疚，就像一个孩子做错了事，等待母亲的惩处。但她什么都不说，这令我心虚。

可现在，我都改邪归正了，她却想造反了。

“你什么意思？嗯，你想把我饿死吗？”

“你去死吧，我盼着你早点去死。”

她可从来不会说这么粗鲁的话。要不是她正泪流满面，我会过去给她一个耳光的。我不是没打过她。过了这么长长的一辈子，不可能不打老婆的。不过很少，她这个人，一般来说，让你找不到理由揍她。有时候，我外面受气，或碰到别的不开心的事，实在心里闷得慌，很想找碴发泄一下，她都不给我任何机会。我就喝闷酒。我等着她来劝我，然后我借着酒疯，发泄一下。可是，她不动气，把我搂在她怀里，像安慰一个孩子一样。她这样一来，我就软掉了，弄得一把眼泪一把鼻涕，很没出息吧。

“你饭都不做了，你想干什么？”

我的双手颤抖起来。看着她决绝的表情，我就不敢打她了。平时，她的眼睛看起来多么和善，她的眼里让人觉得这世道，还是挺干净、挺好的，就像歌中唱的，这世界充满爱。她从来不与人为敌，现在倒是同我为敌了。

“你死在外面算了。你这一辈子，都在外面浪荡，这里像是你的旅店。”

“你怎么啦？你以前都不骂我的，现在我改邪归正了，你倒是秋后算账了？”

“我不知道，我就是看着你来气。”

“莫名其妙。”

有一天，我和一个人下棋，下到一半，突然涌出一种不祥的感觉。我放下棋子，我说我不下了。对手开始以为我开玩笑。因为我平常不是这样的。我那天一直输棋，要是平常，我输的时候是不会放过对手的，一定要赢回来才肯罢休。但那天，我把棋子一掷，就想走了。

“你犯什么病了？”那人说。

“我今天有事。”

“你这么老，还有什么狗屁事。”

“就是有事。”

我心里有事。我担心我老伴。不怕笑话，我觉得我老伴有点反常，她从来没这么反常过，我担心我老伴给我戴一顶绿帽子。这不是没有可能的，王老头就是这样，他这辈子都怕老婆，对老婆可以说百依百顺，老婆想要什么就给她什么，可到头来，他老婆跟着一位退休教师跑了。那退休教师瘦得像一只猴子，依我看，还不如老王呢。我总结，这事还是老王太宠女人了，女人被他惯坏了。这世道，什么事都会发生。

我回家，屋里什么声音也没有。我竖起了耳朵。我叫了一声：“我回来了。”没回音。楼上有人，有窸窸窣窣的声音。我的血往上涌。难道我真的戴了绿帽子？我拿起一根棍子，往楼上走。我故意弄出声响。我清楚这么做是因为我的虚弱，我多么希望那个人听到我的声音后，从窗口逃走。他应该知道若被我撞见了，我会杀了他。虽然我不想杀人，但我会杀了他。我好像已经看见了那令人作呕的一幕。

但一切只是我的幻想。我没戴绿帽子。和她在一起的是个女人。我认识这个女人，她是菜市场里卖海货的。她人高马大，像个男人。但她确实是个女人，这不容怀疑，我不会用棍子打一个女人。打女人用手掌就够了。这个女人的身上充满了腥味，我老远就闻到了。

她们跪着，念念有词。我开始没搞清楚她们这是干什么，后来看到墙上的十字架才知道这是什么意思。她们是在拜上帝呢。我这才想起来，这个卖海货的女人是个耶稣教教徒。很热心的一个女人，虽然长得满脸横肉，但确实很热心，哪家如果需要什么帮助，她都会倾囊而出。有一次，我在菜市场碰到她，同她打了个招呼，她就来劲了，放下手中的生意，同我讲上帝之道，让我进退两难。她讲道时，眼睛亮得惊人，因为兴奋，那脸上的横肉，有几块都泛红。我轻轻放下棍子，咳嗽了几声。她俩好像没见到我，当我是个不存在的人，继续拜她们的上帝。

我不清楚为什么老伴突然对耶稣感兴趣。妇女们大多信佛，老伴对佛应该说也是拜的，如果进了寺院，她也要烧香祈拜的。但她不跟其他妇女一起念经，还是有点儿淡漠吧。我不清楚，她为什么又拜上帝了。也许是那卖海货的三寸不烂之舌发生了效力。

晚上，老伴问我：

“你说，我死了后能进天堂吗？”

“怎么突然问这个了？你还早着呢。”

“我们都这么大岁数了，谁知道呢？”

“你就是不念经不拜上帝，也能去极乐世界，也能进天堂的。你这辈子都没犯过错。”

“这倒是的。”她的眼睛里竟有一些天真烂漫的气息。这么老了，难得如此。

“不过，也许我是进不了天堂了，我这辈子坏事干得太多。”

她的脸一下子严肃起来，好像我说出了一个她不愿接受的真相。

“你真的进不了天堂吗？”

“我可能只能下地狱。我这么坏。”

“那怎么办？”

“什么怎么办？”

“如果不是同时进天堂，我们不是碰不到了吗？”

我觉得老伴是越活越天真了。我说：

“别胡思乱想了，鬼知道有没有天堂。”

老伴突然发火了，说：

“你一辈子做尽坏事，有报应的。”

“你是不是有病？你这段日子吃了火药了？”

现在，我才明白，这一切都是预兆。春节快要到来的时候，她突然病了。开始我还以为仅仅是感冒，医生也是当作感冒治她的。但过了一个月，她依旧没有好。她咳嗽，发低烧，打针吃药都没有用。这时候，我才感到不对头。

当我拿到那张诊断书，当医生告诉我她只能活几个月了，我惊呆了。医生给我看CT的底片，那底片中有很多放射状的东西，像菊花怒放。医生说：“你瞧，她的肺已经不行了。”我都不敢相信这底片就是她的肺，我说：“医生，有没有搞错？”医生摇摇头。我把底片还给医生，医生说：“这底片你拿着吧。”

我觉得这世界突然改变了，不是原来的样子了。我坐在医院的台阶上，茫然地看着院子。医院里人很多，他们的脸上都有一种神经质的不安和严肃，就好像这会儿死神已站在他们的面前。阳光很淡，好像阳光不是来自天上，而是来自某个阴冷的地方。四周人声嘈杂，但我觉得四周安静极了，就好像所有的声音都被某个神秘的东西吸附了进去，好像人也要被吸附走。我捧着底片，就像捧着她的肺部，我从口袋里掏出打火机，把这底片点着了。底片在收缩变形，渐成灰，就像是我老伴就这样消失了。我突然泪流满面。

我们没有孩子。一直以来，孤单的感觉像毒蛇一样吞噬了我。我感到空空荡荡，待在家里，这种感觉更是强烈。她总是把家弄得这么干净，干净得像不是人而是神仙待的地方，好像我如果在这个家里待下去，就会从人间消失。我不能静下来，一静下来，我就觉得这世界太安静了。我多么喜欢热闹，凡是人多的场合我都喜欢。他们告诉我，现在有什么好玩的了，我就去玩。有时候，我喝醉酒就什么也不知道了，我醒来的时候，发现自己身无分文地躺在马路上。有人说，是那些女人把我掷到马路上的。这不可能。那些女人都挺喜欢我的，她们自己往我怀里钻，她们才不会这么绝情呢。

有一天，屠夫来到我家，说有人请他来屠宰，然后就坐下来。老伴说我家没有牲畜。屠夫说没有牲畜一定有畜生。屠夫说有人睡了他老婆，他要杀了那个人。当时我什么也不知道，我在外面喝酒，并且醉得不省人事。我回到家，就躺在地板上呼呼大睡。屠夫要弄醒我，可他怎么也弄不醒我。他就举起刀子，要劈我。但最后，他的双手还是无力地坠下了。我毕竟不是牲畜，他下不了手。屠夫掷下刀子，哭泣喊着回家了。他边哭边喊：

"我戴了绿帽子啦。我戴了绿帽子啦。"

我老伴那时候脸色如灰。屠夫走后，她从抽屉里拿了些钱，去了屠夫家。后来有人告诉我说，我女人真是很有能耐，她把钱给屠夫的时候一脸正气，还教训了屠夫几句。不过，有很长一段日子，她没正眼瞧我一下。她给我烧饭洗衣，但她不同我说话，不同我商量事儿，搞得我只好看她脸色。

我这样做一点也没有内疚感，因为她没给我生一个孩子。我知道这不是她的错。但我认为是她的错。这成了我的借口。我没有孩子，我就有权利胡作非为。

当然，这都是陈年往事。后来，就出了事，她惩罚了我，我再也不能胡作非为啦。不过，那时我也老了，动弹不了啦。胡作非为是要有资本的。我回到她身边，我发现她也老了，但与别的女人比，她还是蛮端庄的，浑身上下干干净净的。我竟有些以她为骄傲。不怕笑话，我老了后很愿意挽着她的手在马路上公园里闲逛，那情形就像我们恩爱了一辈子似的。当然，这要怎么看待"恩爱"了。其实我一直都依赖着她，老实说，如果离开她，我都不知道怎样生活。我老了后，我的心里常常有害怕，害怕某天早晨，我起床后，她离家出走了。我总觉得她随时要离开我的。可我从来没想过会是这么一种方式。她突然间要在这个世上消失了。

这会儿，她就躺在医院里，我必须去见她。我看待她的目光彻底改变了。她在我心里一直是强大的，我可以在她面前蛮不讲理，可以无理取闹。但现在，她躺在那里，我感到她是如此弱小，如此无助，如此不堪一击。想起她不久将在这个世界上消失，我的心头就发酸。但我不能让她看到我的眼泪。我突然感到自己在她面前像一个男子汉，我要好好照顾她、善待她。

我几乎寸步也不离开她。她没意识到自己危在旦夕。她还以为自己仅仅是得了肺炎。她说："你整天陪着我烦了吧？"或者说，"你怎么不去赌啦？"我说："算啦，我这段日子手气不好。"

又过去了一个星期，她不见好转，她的目光开始变得敏感起来。她的目光似乎比以前更亮，好像在探寻着什么，有些疑问，又有些飘忽。她说：

"你现在怎么待我这么好了？我都不认识你了。"

我笑笑。我心里发酸，眼圈就红了。我连忙转过身去。

她的病越来越严重了。她已经知道自己快不行了。只是她没有说。她好像变成了另外一个人，像是变成了从前的我。她经常无缘无故对我发脾气。也许不是无缘无故，同她的身体有关。她现在经常全身疼痛。一疼起来，她的手就会抓住一个药瓶或我的手，头上会冒出豆大的汗珠。她的手劲可真是大，我的手经常被她抓得红肿。我甚至担心药瓶会被她抓碎。可能实在太疼了，她就开始骂人。

"你去死吧，我不要你在我面前。你去同那些烂女人鬼混吧。为什么那屠夫不把你杀死呢？"

有一次，她还拿瓶子砸我，我的额头被她砸出一个洞。我的额头血流不止，但她没看到。她太疼了，一直闭着眼睛。她握紧了拳头，拼命地敲打床铺。口中还在辱骂我，这些话是如此粗鲁，她以前可从来不说的，她一直是个内敛的女人。不露声色，就是想骂也在心里骂。

"我有时候真想把你杀了。你是个恶棍，没人性的恶棍。你睡着的时候我想把你杀了。你知道吗，我一直恨你！你在外面花天酒地的时候，想过我的心情吗？"

她告诉我，那天，我喝得醉倒在地上时，她真的希望那个屠夫一刀把我宰了。她心里真是这么想的。甚至屠夫走了后，她还想亲手杀了我。她把刀子架在我的脖子上面。她说我睡着的时候，一脸无辜，好像这个世界上我最纯洁。她就不忍下手了。她说她受够了，她去街上，那些女人总是对她指指点点，她虽然装作什么都不明白，但感到很屈辱。她回家后就会大哭一场。这种事她过去可从来没有提起来过。我听了还是挺吃惊的，我没想到她的内心竟然如此不平，也没想到她甚至想我死。我有点不认识她了。

我感到这像是对我的审判。我不相信上帝，也不相信佛，但我知道人生总归有算总账的那个时候，没想到是用这种方式，是在她临死的时候。本来，如果真有上帝，那也得在我死后对我盖棺定论，叫我上天堂或下地狱，现在，在她的审判下，我感到罪孽深重。我有点不认识她了。她一直是和善的，即使偶尔要发泄一下，对我也是包容的，但没想到，所有一切都埋在她心里。她临死前还要同我算总账。我听说“人之将死，其言也善”。她一直是善的，却在临死前变成了一个愤怒与仇恨的女人。

她好像轻松点儿了。她惨白的脸慢慢恢复过来。她睁开了眼睛。她看到了我头上的血，她像看一个陌生人那样看着我。这时候，她的眼光又恢复了以前的仁慈，她哭了。

“对不起，对不起。”她搂着我的头，“对不起，我很可怕吧。我感到奇怪，就好像有另外一个人钻进了我的身体。你恨我吗？”

我说：“我不恨你，你骂得对，你骂得有理。”

来到病房外，我就哭了。我呼吸急促，内心被一种复杂的情感裹挟。我感到悲伤。我没想到她的心思如此复杂，我一直以为她胸怀宽广，什么都肯原谅我。外面那些女人不值一提，但我好像是有魔鬼附身似的，我宁可在外面鬼混，也不愿留在她身边陪伴着她。

她的浑身上下全是淤青。这是在身体疼痛的时候，她乱抓自己的身体造成的。她疼痛的时候，她那张脸是多么骇人，那是另一个人，我完全陌生的人，她的目光里面全是绝望，或者敌意。

“我这一生没得罪过人，没做过一件坏事，与人为善，为什么要叫我这么难受，叫我不得好死？”她发泄道，“这不公平！那些做尽坏事、丧尽天良的人却活得比谁都好……”

我的整个身心在体验她的疼痛。她在大叫大骂的时候，我的身体也跟着痛了。就好像病毒也进入了我的身体，在我的身体里发作。我也跟着满头大汗。她在一个劲地咳嗽。但这咳嗽挡不住她说话。她的那双手，在抓自己头发。她一直很注意自己的仪表的，一直很优雅，但现在病痛把她折磨得像一个泼妇。有时候，我觉得她就要死了。也许死是一种解脱，在天堂，她一定会像过去那样贤惠善良。我甚至有一种掐住她的脖子，好让她解脱的欲望。我不想看到她受到这样的折磨，我想逃离这个地方，但又不放心她。我想，既然她难保一命还不如早点上天堂。

她好像看穿了我的心思，突然叫起来：

“你杀死我吧，你让我早点死吧，求求你。”

我吓了一跳。有一种自己的心思被看穿后的不安。我不禁抬头看了看天，好像真有什么神秘的东西注视着我们。我说：

“你怎么会这样要求的？你不要胡思乱想了。”

“我是真的想死。我太难受了。求求你。”

一会儿，她好一些了。那个菜市场的耶稣教徒来看她。我得说这人是个善人，她安慰我老伴，给她祈祷，虽然我觉得这样一点儿也没有用，但只要能安慰老伴什么都行。那个教徒还流下了泪，这个像男人一样的妇人对着一个与己无关的人居然也会泪流满面。

那妇人走后，老伴对我说：

“我想，还是用佛教的方式办我的后事吧。我认识的人都去了西方，我不想死后太孤单。”

我很吃惊。我一直以为她已经信耶稣了。她们祈祷时那么虔诚！但她看上去非常坚定，好像她早就是这么打算的，是经过深思熟虑的。

“你还不会死。你会长命百岁的。”

“你别骗我。我知道自己快死了。”她笑道，“你说我会进天堂吗？”

“如果你进不了，就没有人可以进了。”

我可从来没想过天堂和地狱。但近来我也会想一想，我想，我是真的老了，人老了，对死亡反而有那么一点不踏实。年轻时，才不在乎呢，年轻时，觉得死了就什么都不知道了，甚至尸体怎么处置都无所谓。但现在我发现，我也不是无所谓的。我说：

“我会请最好的道士班来替你诵经。”

她笑了。那凄惨中有一丝满意。她说：

“你一个人留在世上我不放心。”

我说："我马上会来找你的。"

"不，你要好好活着。"

说这些话的时候是午后，四周非常安静，这使得我们的对话显得有点不真实，好像此刻我们就在天堂。我听到远处有麻将声传来。要是以往，这个时候，我也许会是他们中的一员，或者在和某个不服输的人下棋，吵得面红耳赤。至于女人，我老了后很少想起她们来。年轻的时候，她们总是出现在我的睡梦之中，但现在，她们不再光临到我的睡梦之中了。

"我本来不想告诉你我曾想杀了你，"她满怀歉意地看着我，她说，"但那个教友说我应该把什么都说出来，好轻轻松松上天堂。你很吃惊吧？我很自私是不是？"

但到了晚上，身体的剧痛就会来折磨她。现在她很少睡着，我当然睡得更少。我很奇怪，我都快有两个月没好好睡觉了，但身体居然没有什么大碍。疲劳是肯定的，可没出什么大问题，我本来以为会累得病倒。但心里还是有一些变化，最初是身体的疲劳，慢慢转变成心理问题，我经常感到沮丧，感到人活着真是没劲透了。是的，我经常想不通这个问题，人活着究竟是为了什么？别人家可以说，人活着就是为了传宗接代，但我们没有小孩，那么活着又是为了什么呢。

过了午夜，她开始痛得高喊起来。

"你就杀死我吧。"

我听到这话就流泪了。像往常一样，我躺在她的身边，替她全身按摩。这几个月来我都是这样。她抱住了我。她的力气真是大啊，我被抱得浑身疼痛。这时，她拉起我的手，把我的手放到她的脖子上，然后强迫我使力。我不想这么干，但她的力气太大，我无法抽回。这时，我看到她的脸上露出神秘的笑容。这笑容像在鼓励我。这笑容里像有无比的快乐。这笑容让我迷乱，我的心软了。我想，也许我真的应该满足她的愿望。我感到自己的手增加了力量。我看到她的脸慢慢黑了，脸上的笑容一直没有散去。她张开嘴像是要说话，但没发出声音。从她的口音中我猜出那话儿的意思：

"我那样对待你，真是过意不去……但我没办法……只有这样你才不会再乱来……这段日子让你受累了，谢谢……”

我把她杀死了。现在她安详地躺在那里。她闭着眼睛。此刻，好像世界停止了运转，我感到四周安静极了。我不知道她是不是上了天堂。我抬头望天。我感到孤单，觉得自己像被抛弃的孩子，孤立无援。我扑到她的怀里，哭了。我觉得这世道不公平，用这么残酷的方式对待我们。

我回忆杀死她的情形。我觉得自己那么残忍。我那么做时，好像已失去了理智，好像是有另外一个人控制了我。我记得，在最后，她在挣扎，她浑身在颤抖，好像在表达她求生的欲望，好像在求我饶她一命。此刻，她死去时的细节分外清晰，这些细节让我感到疑惑，我已搞不清是她让我杀死她，还是我真的不想让她活着。我的内心充满痛苦。

“不管怎么说，死对她来说是一种解脱。她那么痛苦……”我安慰自己。

现在是凌晨时分。我听到空气中充满了平时听不到的声音，我听到流星逝去的声音，那声音像击碎的瓷器那样脆弱，那是她离去的声音吗？我想她一定在回头看我。窗外传来下雨声。也许不是下雨声，只是她离去的声音。雨落在地上，就像孩提时代的歌谣那样遥远，那样清晰，那样不真实。歌谣说：

天很老，地很荒，
我的日子远去了……

是她在召唤我吗？我嗅到了死亡安静而迷人的气息。是死亡在召唤我吗？是呀，我一个人活在这世上还有什么意思呢。也许我应该随她而去。

我躺在床上。我吃了一瓶安眠药。我在等待死亡的降临。死亡是一堆色彩艳丽的图画，杂乱无章，就像我这一生。我看到无数女人的大腿，她们在我面前晃动。我已经很久没有梦到这种景象了，这些景象竟然在我死亡的时候重现。我不知道我在奔向天堂还是在向地狱坠落。我不知道。我只知道死亡比我想象的要简单得多。

但是，我被救活了。我醒来的时候，我在医院的病床上。我有一种生的喜悦，感到自己的身体特别干净，就好像在上帝的河流上洗涤过一样，我觉得自己像一个刚出世的婴儿一样洁净。但过了一会儿，我就觉得遗憾。我想，那生的感觉其实就是死亡的感觉，也许我死了才能让自己干净，才能像一个婴儿出世一样有喜悦。可是，他们把我救活了。我想这也许是命。

不久，警察就把我带走了。警察的到来，我一点也不感到惊奇，我从容自若，就好像我一直在等待着他们的到来。

警察告诉我，我杀妻事件已成为一个轰动社会的新闻。

法庭是另一个审判我的地方。我不知道上帝将来是不是用这样一种看似公平的形式来审判我。那个法官高高在上，我在被告席上。控方在我的左方，我无意请律师，法庭给我指派了一个。我的律师看上去倒像是个善良的人。他的眼神很温和，看上去好像对我满怀同情。其实我不需要这种同情。

那个起诉我的检察官，看上去像一个花花公子，他的头发梳得一丝不乱，嘴唇薄而红润，他的眼光里有阴毒的成分，有一种想把我置于死地的自信。这倒是我愿意的。我已不想活在这个世上了。只要我愿意，我就能看到她，她在天堂等着我。我想告诉她，我马上会死，但还得经过审判。

因为我杀妻的事已成了一个广泛流传和议论的社会新闻，法庭的审判是公开的，来旁听的民众很多，有的甚至只好在法庭外等候判决结果。

那个检察官又一次让我震惊。他列举了我多年来的种种荒唐的生活，来证明我们的夫妻关系是如何恶劣。他说我的种种行为对我夫人是一种极大的伤害，她一直忍受着，日积月累，这种忍受变成了仇恨。终于有一天……他清了清嗓子，继续说：

“终于有一天，这个人又一次犯了那种错误，他回家时，已喝得不省人事，醉倒在床上。就在那天晚上，已经被他杀死的那个善良的妇人，拿起剪刀，趁他睡熟的时候，切除了他的睾丸……”

庭下的市民显然对这个事情很震惊，开始议论纷纷。我的律师提出抗议，要控方提出证据。

“如果，他愿意，可以让他把裤子脱下来。”

我有点反感这个花花公子。我不想有人知道这种事，本来这是我和她两个人的事情，只有我们知道这是怎么回事。他却在公众场合把这事抖了出来。不过，这是在法庭上，他有权利这么做。我平静承认了，我说：

“他说的都是事实。”

“那好。”花花公子好像捡到了一块金子，他理了理他的头发，说，“她把你的命根子废了，你不恨她吗？”

我很想告诉他，我不恨她。其实一直以来，我恨我的命根子，我的身体和我的思想都是受它在支配着。我其实不想那样乱来，我讨厌自己，厌烦自己。我同她说过的，我讨厌这玩意儿，如果她愿意，她可以把它割除。这不是开玩笑，我这样说的时候，像发誓的孩子一样当真。但我说：

“我恨她。”

“这就对了。”控方说，他的发言完了。

轮到我的律师发言了。控方的逻辑看来是强有力的，我的律师有点底气不足。不过，我不指望他。我希望他辩得有气无力。他说的是事实吗？他的观点是我和夫人恩爱了一辈子，虽然生活中难免有不如意，但我们关系的主流是恩爱的。我们这一辈子，相互依靠，相互理解，相濡以沫。有很多人可以证明我们的恩爱。邻居街坊们都在传颂我和她手挽着手在马路上散步的情形。他说，我们散步的风采还被电视台拍到，作为老年节目的片头播放呢。律师把我们的生活描述得阳光普照，像人间的童话。我得承认，律师的表现还算出色，庭下的民众都被他感染了，有人甚至还在唏嘘不已，连我自己都被他描绘的景象感动了。

可是，在律师和控方相互辩驳时，律师的逻辑不堪一击。控方用一种讥讽的不容置疑的口吻诘问：

“你所说的爱是什么？没了睾丸还能有爱吗？”

一切都在预料之中，也是我愿意的，法庭当庭宣布我杀妻罪名成立，我被判处死刑。

当法官宣布完毕，她就出现了。我看到，她就在天花板上，她的目光还是这么善良，但满怀忧虑。她说：“你要好好活着。”我说：“我讨厌自己活着，我活腻了。”她说：“你要努力，你要上诉。”我摇摇头。我说：“你在天堂等我吧，我会来找你的。”我这么说时其实心里面很疑惑，我会进天堂吗？我想很多人大概认为我进不了天堂。她说：“我会等着你的，但你要好好活着。”

去刑场的路上，她一直跟随着我。她看上去像一个天使。我一点也不紧张，我像是去和女人约会。我年轻时的荒唐事一一浮现。我是多么强壮，喝酒如斗。女人们身体饱满，健康，充满欲望。后来，所有的人都消失了，我只看到她年轻的裸体。我抱住了她，我亲吻着她，但我怎么都不行。我就哭了。这时，我感到胸口一热，接着就什么也不知道了。

原载《花城》2005年第1期

点评

作品讲述一个“杀妻”的故事。妻子是个端庄和善的女人，但在弥留之际，她却被病魔折磨得失去了理智，凶狠地咒骂、自虐，让人望而生畏。面对妻子的巨大反差“我”被震惊了。“我”曾经荒唐、放荡不羁，无数次地在外面风流，妻子趁“我”熟睡切除了“我”的“命根子”。“我”不能再干坏事，回到妻子身边过起了平静的日子，重新发现了妻子的美并对她有了依赖感。可是病魔却要把她从“我”的身边夺走，“我”接受了她的要求，心痛地掐死了妻子。她面带笑容地走了，“我”自杀未遂，接受了法庭的审判，可“我”已决意随妻而去，于是放弃了上诉。“我”最后被枪决。这是一个沉重感人的故事。作品清晰地展现出了人性中纠缠着的善和恶。妻子平时的善良、宽容隐含着潜意识的愤恨，而劣迹斑斑的“我”也有未泯的悲悯与真爱。妻的善和“我”的恶，妻自身的善恶对比，以及“我”的善恶转变构成了一组交叉错杂的人性画面。在善和恶的对峙中人的善念的最终复苏和高扬，使小说脱离了庸俗，具有了一种超脱感。

（苏鹏）

棋语·星 棋语·断

储福金

棋语·星

刘云手撑着桌角，对着空空的棋盘看了好半天。

随后，他用右手的拇指与食指拈着一颗子，放在了棋盘上。

星位。

他仿佛是小心翼翼走了这一步，布局最本手的一步棋。

天色暗下来了。棋盘上的黑色玻璃棋子上体透明。

平时，刘云往棋盘上投子，往往是食指与中指挟着棋，“啪”的一下，敲击到棋盘上。

有一次，落子猛了一点，敲在三夹板棋盘上的玻璃棋子碎了。对手的棋正落下风，借着子碎，闹起来了，说刘云一点没有棋品，一开始就落子打盘，影响对方情绪。

刘云说，这叫“气合”，合着棋局气势上的强劲着法，气合也是棋力的一种表现。

只有刘星喜欢听刘云打棋在盘上的声音。刘星是刘云的妹妹。

刘云经常约棋友来自己家中下棋。他家两个小间房，外面一间放着煤炉与竹橱柜，还有一张饭桌。下棋就在这张饭桌上。

身在里面房间的刘星，静静地听着哥哥落子在盘上的声音。

有时，刘云独自打谱，也是落子在盘的啪啪声。

刘星患着病。大多数时间，她都躺在里房间的床上。

他们生活在大城市的一个弄堂里。他们的朋友也都是弄堂人家的。

家里只有兄妹两人，父母支边去了外地。

刘星患的是先天性心脏病，发现病时正属花季少女。

年幼时的刘星活泼好动，跳房子，跳皮筋，躲猫猫，抓“强盗”，几乎一刻都不歇，恍如早早地就把一生的精力都发挥了出来。

有一次，她爬上城河边高高的瞭望塔。

瞭望塔很高，水泥壁上有一排嵌着似的铁管焊成的铁架。一根根铁管带着锈涩的气息，笔直地上下立着。弄不清这个瞭望塔作什么用的，之所以称瞭望塔，只是因为大家都这么叫它。

刘星抓着一根根铁锈管爬上去，像是身子贴着壁向上攀。

从下看上去，塔顶只有一个仅可转身的地方。

刘星转过身来，低头朝下看着。

爬在高高塔上的刘星，脸上显现着害怕的表情，却传来一声声笑。

刘云只比刘星大三岁，那时仰着脸的刘云感觉塔上妹妹的笑声仿佛是从天上传下来的。

与妹妹刘星的性格不同，刘云喜欢安静，总是在屋子里下棋，一个人打谱。兄妹俩的肤色都白，刘云显着有点苍白，白净修长的手指拈着一颗颗棋子摆下去。

有时，刘星半夜醒来，见刘云还像几个小时前一样坐在桌前，似乎时间凝着没动过。

刘星跳起来，从里面房间跑出来，用手撸了盘上的棋。棋子在她手下稀里哗啦地跳动着。

刘云看着刘星。

刘星把脸伸向刘云，很大幅度地张开来：“让它们动动，动动。”

她随即跳回到里房间去。躺在床上，能看着刘云的侧脸。

刘云复着盘，一步步又把棋子放回到盘上原位，仿佛它们还是一动没动过。

活泼的刘星说静就静了下来。有一天她从床上醒来的时候，说心里难受。刘云本来以为她说笑的。后来发现不对，便带她去了医院，检查下来，居然是先天性心脏病。

这以后，刘星略微大动一下，脸上就像失去血色一般，比刘云要苍白得多，白里面透明着似的。

往往刘星做了一个怪动作，满脸展着笑，突然脸色苍白地停了下来。

棋局进行了接近一个小时，棋盘上还只有十几个子。黑子与白子错落有致，连起来，像画着简单的线条画，依然还是在布局阶段。

这是一次民间“棋赛”。真正的棋赛在社会上已经停了三四年了。那时，下棋纯粹是爱好者的事，一般都是两个熟人约着在家里下棋。往往有哪位棋力强了，不满足老是赢几个熟悉的棋友，于是会到棋摊上去下棋。棋摊在当时也不是公开允许的。一般摊主在小街有一间门面房，放着几张桌，摆下几盘棋，不管坐在桌两边的棋手是谁，输者要交摊主盘费：象棋一盘两分钱，围棋一盘四分钱。

天热的时候，摊主会把棋桌放到门外马路边。

在一个棋摊上称雄以后，这位强手便会到附近棋摊上去访其他强手，渐渐地，一片地面上会有一个下棋者公认的高手，他自然也就成了这块地面上棋坛的代表。

下棋的人遇在一起，除了下棋“手谈”，用语言谈得最多的便是谁谁谁棋下得好。于是，便有好事者出来约棋局，让城市这一块地面上的高手与另一块地面上的高手对一局，用北巷小王的说法，叫“碰一碰”。

谁是王中王，只要“碰一碰”。

高手自然也想碰碰其他高手，也想把自己霸主地位拓宽去。这种“碰一碰”，是难得的，就不会在棋摊下了，那里人太杂乱。会约在一个房子宽敞一点的喜欢棋的人家。

这次的棋局约在了北巷小王家。北巷小王棋下得一般，却喜欢张罗棋局，这次的“碰一碰”，就是他约的。

北巷小王的父亲自然叫老王，老王从来也不下棋，倒喜欢看。家里好像小王说话算数，老王只是依着儿子。

难得一家都喜欢棋的。北巷小王家地方并不太大，只是有一个阁楼。阁楼虽不大，但能放下一个棋桌，坐下几个人，就成了一个自然的理想的棋局所在。

刘云几次被约到北巷小王家来下棋。几次在北巷小王家里的棋局，刘云都胜了，刘云就成了一块地面的棋坛高手。这个名气是北巷小王传的。北巷小王在城市的棋坛是个有点名气的报道者与评棋者。

北巷小王也就成了刘云的朋友。北巷小王喜欢看刘云下棋，说他的棋风是“硬碰硬”。

北巷小王张罗棋局很认真，只要遇上高手，便会邀局。

“大家碰一碰嘛。”北巷小王总是这么说。

棋局一般一盘定输赢。偶尔，看得出来棋咬得紧，胜负只差一点点，而输者口气不服的，便再下一盘。

到吃饭的时间，老王把饭弄好了，菜不多，另买一点猪头肉等卤菜。北巷小王请人吃饭也爽气：“是朋友，你坐下来，不就一顿饭嘛。”

当时粮食比较紧。北巷小王与父亲老王，都在厂里当技工，两人一月百来元工资，总要花十几元钱在黑市上买粮票。

这次的棋局，约了有一段时间了。对方是城东人称“油老鼠”的。大概是说他的棋滑不溜秋，到处钻漏洞。虽然棋人对他的棋力认可度不一，但是他的胜率很高，在城东也是出名的高手。北巷小王约了他好多次了，用上了刺激的办法，用上了诱惑的办法，都被他滑掉了。越是滑掉，北巷小王越是有心思邀，自己去邀，托人去邀，就是想让刘云与他碰一碰。

总算碰上了。“油老鼠”带来了一个作证助战的棋手小戴。“油老鼠”个头不高，小戴比他的个子还要小，却显得一副精干的样子。东巷小王也定了一个观战的朋友，是老王的好友老胡。这种棋局传开去，来看的棋迷肯定多。北巷小王考虑到棋局需要安静，再说，阁楼上坐下五个人就挤满了。老王也只是偶尔上来，站在人身后看两眼。

有时刘云在家里与朋友下棋，妹妹刘星从里房间出来，偶尔站着看一下棋，朝旁边观战的哥哥的棋友笑一笑。

在一旁观棋最多的就是北巷小王。只要知道刘云与人对局，北巷小王总来观看。他算是刘家的常客了，也熟悉刘星。

北巷小王看到刘星，便像主人似的拉过身后的椅子，让刘星坐下来。

刘星轻摇一下头，她从来对棋就没产生过兴趣。她看棋，只是因为哥哥在下。很快，她就走开了。她的脚步是轻快的，像飘起一阵风。北巷小王盯着她的身影看着，他知道刘星的病，这个病中的女孩让人怜惜。

知道刘星在，北巷小王说话总是放低了声音，旁边其他的人说话声高了，他就会把手朝下按按。

刘云眼中的刘星，脸色似乎越来越苍白。或许妹妹本来就白，过去的她总在外面蹦蹦跳跳的，肤色自然健康吧。刘云有时想，妹妹还是应该多出去走走，经常不见太阳，才会有这样的脸色吧。

然而，刘云有时下班回家，发现刘星不在，他就急着想出去找她。出去了的刘星，会不会发病倒在路上呢？又有谁会救助她呢？

刘云在一家街道的小厂里做木工。他在家空闲的时候，买了木头，打着一只床头柜。

床头柜有他独特的设计，造型修长，背部长出两片弧形，像是两只翅膀；而四只柜脚，刻出了四个真正的脚形，像是两双跳着芭蕾舞的脚。

那只刚开始成形的床头柜，就搁在妹妹的床头，晚上放着热水瓶与茶杯，还有药品与针盒。

床头柜的白木坯子完成了，刘云用砂皮整个地打磨了，开始给它油漆。

这个床头柜，刘云刷上了多种油漆，就像后来社会上流行的女人服装的镶拼式。

柜脚是朱红的，柜背是乳白的，柜身是黛青的，而那一扇门，他把它漆成一条一条：黄一条，绿一条，红一条，紫一条。

他很有耐心地一条一条漆着。

那天北巷小王来他家中约棋局时，看到刘云正在刷漆，摇着头评说：“太复杂啦。”

刘云只管往上涂着漆。

还差一个面子没有漆，每天晚上还放着水杯与针药。

与杂色杂形的床头柜靠着的刘星，肤色越显苍白。也许刘云正因为看到妹妹肤色的苍白，才打出这杂色的床头柜吧。

父亲寄来了一种治疗心脏病的针药。刘云对打针不学自会。每天他给妹妹刘星打针。

刘星露出来的臀部肌肤，越发白得透明，像水晶渗进了里层的肌体，而表面的肌肤细如羊乳。

药水是油性的，按在针管上的拇指很用上劲，才能把一管药慢慢地推进去，可劲用大了，会把针头脱出来。刘云用另一只手捏着针头。

刘云使着劲又收着劲，似乎是强力压入的，这油性厚的药水沉重地压入这似乎吹得破的肌肤里，刘云心里就会想到妹妹痛苦的人生挣扎。他捏针头的手，伸出小指与无名指去，轻轻地在下针周围的肌肤上打着圈，想分散妹妹的痛感。刘星却似乎觉得痒似的，喉咙里咳着笑。

刘星咳咳地对哥哥说："你是不是应该先打大柜？"

刘云说："打大柜做什么？"

刘星说："应当打大柜成家啦，衣橱啊，五斗橱啊……你该到打大柜的时候了嘛。"

刘云没有应妹妹，他习惯了妹妹想什么说什么。

妹妹声音中的笑意洋溢开来。

然而，妹妹身体有着一阵阵的颤栗，眉头皱结着的样子。

妹妹臀部的三角针区，已经是密密的针眼。开始的时候，针药下去，那里的皮肤下会结成一个块块，针过以后，刘云偶见妹妹偷偷地解下裤子，用滚热滚热的热水毛巾敷着，见到他的时候，眼半低下去，带着一点少女的羞涩。

如今，针眼处是一个个极细极密的黑针点，而四周的肌肤依然那么白净。

他每次下针的时候，妹妹都会带着一点莫名的紧张，显着紧张的笑意。而一旦知道他下了针，神情便一下子舒展开来。

针插进时，他总会问她："疼吗？"

她说："不疼，真的不感到痛的。只是我还是有点紧张。"

就算他下针的技术再好，针进皮肤总是应该疼的。

除非那里的肌肉已失去了痛感。

刚知道妹妹有病的时候，刘云在桌前拈着一颗棋子，转动了好一会，对妹妹说："医生肯定弄错了，你不可能是什么先天性心脏病。"

刘星说："我最有可能的。"

刘云说："你那么好动，要有病，早就不爱动了。"

刘星说："哥呀，我动的时候，就会觉得心慌，难受，我就多动动，动多了，也就麻木了。只有动到它麻木了，我才感觉不到了。可每天一开始动，还是会难受的。"

刘云想到刘星生下来就承受着难受，她从来没有对任何人说过，还一直在动，一直在笑。她大概不知道用哭来表示难受，也许她以为人一生下来就是要难受的，大家都是这样的。唯一的办法，就是让难受麻木。而一旦知道难受只是她一个人所有的时候，她也只能听医生的话，安静下来。她身体的支撑力也就弱了，似乎难受时时会表现出来。

感觉到时时在痛苦中的妹妹，刘云会想到：死。也许死会让妹妹得到解脱。他不允许自己这么想，然而与死有联系的想法总会缠绕过来。

特别是看到刘星的肌肤一天天透明起来，在床上的时间一天天地多起来。

刘星问他："哥，你想什么？"

刘云摇摇头。

妹妹眼神也越来越清澈，妹妹的笑意也越来越单纯。

死，将要去的地方，会是什么样呢？刘云本来就不信神鬼。在刘云接受的教育中，谈到死的只有一句："或重于泰山，或轻于鸿毛。"对于刘云来说，死，原来只是隔着很远很远的一个词，极偶然地想到，只以为那是老的习惯结果与自然常态。他根本不会想到死与年轻有关，死是随时性的。

古人的书中，多有对死的思考。今人也许都长寿了，也许今人都沉醉于物欲中了。

死就是没有吗？使痛苦也变得没有。那思考着的、行动着的、喜怒悲欢着的"我"也是会没有的吗？

与痛苦相对，死大概分量变轻了吧。妹妹有时也会说到死，妹妹嘴里的死总是那么轻飘飘的。

死就像一盘下完后撸掉了的棋局吗？

那么要那么多痛苦做什么？

棋局总是要撸掉的，要那么多的扭断搏杀做什么？为着一个子一个空计算那么多，计较那么多，甚至每一步都盘算着十几步以外的照应，又都是做什么？

最终，还不是空空的一个盘吗？

棋局上，几十个子下去，似乎依然各人走各人的。

棋只有碰上了，缠斗在一起了，才紧张，才好看。可是这对棋手却一直都在布阵，有时，两人抬头互相看了一眼，他们的眼神都有点松松垮垮的。

终于，刘云伸手把一颗子打到对方星位一颗棋之下，这也是谋求在对方空之中活角常用的手法。看棋的人都紧张起来，要战斗了，让人有着一种疼痛式的快感。

这局棋虽然只有三个人旁观，然而，不出三天，城北城东下棋的人都会知道结果。各个棋摊上都会有议论：某某胜了一盘，某某不经下。胜多少没有关系，胜多胜少都是胜。

其实，就算棋摊上的人都知道，能有多少人？就算整个城市下棋的人都知道，又能有多少人？再说，输者未必服气，赢者常属侥幸。只是人争一口气，胜负之上，这口气最难忍，往往两个好友闭门下棋，会引出掀棋绝交的结果来。

眼下的这局棋，算得上城东与城北的棋坛荣誉之战，用北巷小王的话来说：要是刘云输了，“北只角”就低了“东只角”一头；“油老鼠”输了，“东只角”就低了“北只角”一头。

棋坛亦如江湖，胜王败寇。

为约这盘棋，北巷小王最后给东巷棋摊留了一句话：“约了‘油老鼠’三次了，‘油老鼠’怕了，不敢露面。‘东只角’还有人吗？放一句话来。”

“油老鼠”终于来了，城东有多少眼睛盯着呢。

北巷小王对刘云有着信心。

面对刘云黑棋的点角进攻，白棋只是退了一手。黑棋往里伸了一手，白棋又退了一手。两人像砌墙似的排了两手。黑棋再往里伸，拿着白子的那只手握起棋子，又放下了，再握起来，再放下。棋子在瓷罐中发着“哗啦”的声响。终于又拿出来了。放到了盘上。

“油老鼠”到底是滑，棋又滑到另一边空地去了。

“油老鼠”歪着一点头，看着刘云，含夹着挑逗的神气：“我就是不与你碰，你怎么着？”

刘云把手按在了盘上，他无意识地按了按“油老鼠”刚下的一颗子，把它轻轻地放正了。眼前棋盘上交叉着的点，恍如许多的针眼，他的棋子该下到哪个点上？

没有什么可说的，棋盘上的点随处可下。刘云原来的棋，从几步开始就与对方的棋扭在了一起，他一子一子打在盘上，显现得那么艰沉却又那么有力。可这一次，不知是因为他的畏缩，还是“油老鼠”刻意避开他，盘上的子都是那么有序地客客气气地排着。好不容易，他把子投进了“油老鼠”的阵中，渴望进行纠缠着的搏杀，可“油老鼠”又滑开了。

刘云突然把手中的棋子丢回到棋罐中去。随后他站起身来，走到窗口去。

阁楼上有一扇老虎天窗，窗比人高处，伸着头可以看着窗外方形的一片天空。

没有说棋手不可以离位思考的。日本高手常常会离位看另外的一盘棋，往往是对手思考的时间长了，表示出来的一种轻视情绪。

过了一会，北巷小王起身向刘云靠近一步，说：“要尿尿？不想出门的话，楼下有马桶。”

刘云没有应声，身子也没动。

北巷小王顿了顿：“我陪你去。”以往的几次下棋，刘云总是一直到棋局结束才说尿憋得厉害，几乎一尿半天。

刘云身子还是没动，他只是说了一句：“不下了。”

北巷小王还是带笑看着刘云，恍惚才想起来问：“不下了？什么意思？”

身后一直面朝着棋盘的几个人这才转过身来。

刘云依然一动不动。那几个人慢慢地开始明白他们的话。

北巷小王又说了一句：“不下了，是什么意思？”

“油老鼠”带来的小个子小戴说：“不下了，当然是投子了。”

北巷小王推着刘云说：“不下了，就是认输了？是认输了吗？”

城北的好棋者老胡急着说：“当然不是认输啦。这个棋才布局，还没进入中盘战斗。根本没有落后呢。”

小戴说：“根本没有？就是说多少有些落后。”

一直不响的“油老鼠”接着说了一句：“到底刘云是城北的高手，看到落后手是翻不过来了。”

刘云依然那么站着。北巷小王看他的半边脸通红通红的，忍不住扭过头去对“油老鼠”说：“谁都看得出来，这种棋根本不会投的。”

小戴说：“刘云清楚，走到‘油老鼠’棋路子里了，算一算，差了十多目。”

“油老鼠”摆摆手：“十多目难说，贴不出目吧。”

老胡不急反笑了：“就这些棋，看到贴不出目了？”

小戴说：“你的棋力当然看不出。”

老胡说：“就只知道躲，就只知道滑，这种棋也有棋力？”

小戴说：“这你就不懂了吧，谁规定棋一定是怎么下的？高手就是斗智不斗力。和你说不通。‘油老鼠’就是这种日本式的高棋，每次叫你发不出力来。”

两个观棋者斗起嘴来。

北巷小王用手臂围着刘云的肩膀，像劝着哄着：“拿出你的搏杀力量来，去和他斗一斗。投到他的大场中，咯，那边，这边，看他怎么滑……”

“看来刘云下棋，还需要边上支着儿，这盘棋倒是不用再下下去了。”“油老鼠”作势像是要站起来。

北巷小王跳过一步，伸出手去按在棋盘上方，像是要护着，不让人撸了棋盘。

他又扭转身来，冲着刘云叫着：“刘云，你还想在棋坛里混，你就把这盘棋下下去！”

刘云扭过身来，他的脸一下子又显得苍白苍白，额上却流着汗，头发湿湿的。

他只是用力地摇摇头。

三天后的一个晚上，北巷小王想来想去，忍不住一口气，跑到刘云的家里来。

刘云在桌前坐着，桌上摊着纸棋盘，上面放着两白两黑四颗子，正是他与“油老鼠”的开局，双方下的是对角星，占着四个角四个星位，在古代时，这叫“座子”，如今再难得见到的开局。

刘云看了北巷小王一眼，又垂眼对着棋盘。

“你这算什么！”北巷小王开口就叫，他一连声地说下去，他说，他约过人家多少次棋，还没有这样没下到中盘就不下的；他说，要是堂堂正正下输了，也好说；他说，就是拼到一大块“长龙”死了，也应该下下去。棋盘上谁也不知道下面可能是什么，对方自填一口气的也可能，倒没有碰也没碰上就不下的。他说，现在“北只角”丢脸了，只能让人说，代表“北只角”的人下了一点子就不敢下了。也有人说，是下棋的人气没有了，怕输怕到没有气了！

“没有气了，知道不知道？不是说棋上的气，是人的气，人就靠一口气，你懂不懂！”

北巷小王越说声音越大，停了一下，发现刘云还是对着棋盘一动不动。他突然想到了什么，朝里间看去，平时那里躺着刘星。

北巷小王知道他的妹妹心脏有病，很不一般的病。

眼前，里间的床上是空空的。

北巷小王声音轻下来：“你妹妹呢？”

刘云说：“不在了。”

北巷小王又盯着刘云好半天，这才问：“不在了？什么意思？”他的声音越发轻了。

刘云对着他的眼睛，身子依然一动不动。

北巷小王又说了一句：“不在了，是什么意思？”声音就更轻了。

刘云头动了一动，似乎是摇了摇。

他们就这么默默地一个站着一个坐着。不知什么时候，北巷小王出了门，悄无声息地走了。

刘云慢慢地抬起头来。门框下，外面院墙之上是一小块城市夜的铁青色的天空。

棋语·断

陶松提着一只铝水壶推门进屋，几乎没与梁如照个面，一径进了小厨房。放了一壶水，搁在炉上，看着火把水烧开了。

陶松独自大声地说了一声：“好了。”

陶松转过头，看看厨房门口，那里空空的。他本想梁如听到他的这句话，会过来倚着门框看看的。

陶松提起铝水壶，给热水瓶灌水。

这只水壶时间用了多少年了？陶松记得还是结婚那一年买的，壶底已经沙化了，烧水的时候，壶底渗出的水，在火苗上发着嗞嗞的声音。

陶松花半天时间看修锅匠修锅，随后，自己动手剪了壶底，将一块新铝皮补了上去。

陶松学这一套修补本事很快，早年看人家修碗匠修碗，也就花了半天的工夫学会了，不过家里很少打碎碗，学了的本事很少用得到。

虽说他有修补的本事，不过他是堂堂的钢铁厂工人，当然不会去做走街串巷的自由职业者。

在城市年轻人都往农村和边疆去的年代，他是国营大工厂的工人，又有修补的生活技能，在城市的男人中，也算得上吃香了。

梁如那时候就说他的手巧，不知道这是不是她嫁给他的原因。

陶松在厨房里忙了一会。厨房里角上放着一小堆青菜，他拣好洗净了。把窗子外晾着的一条鱼拿进来，切成了块。从下面柜里取出一块姜来，洗了切成了片。将一个个菜放在了碗盘里。

他一边做着，口中哼着一首当时流行的歌，那是电影里的插曲。他哼得很轻很轻，这是他做家务时的习惯。

一切都弄定当，他退后一步想一想，没什么可做的了，于是便把围裙解下来。他喜欢做事一板一眼的，做得规正。厨房的地上，菜皮屑都扫净了。原来还是乱乱的厨房，被他收拾得干干净净的了。

他要走了，有人约着他下棋。陶松业余的爱好，就是下一盘棋。他棋下得一般，但好这个。

要不他会把菜烧出来，吃完了再走的。

厨房隔一个小堂屋，那边是房间。陶松走过去，手里提着那只空水壶。

梁如就在房间里坐着，半倚着藤椅，藤椅背有点破了，上面有几处陶松缠上了同样黄橙色的塑料绳。

梁如的身边放着一本书。

她喜欢看外国小说。陶松有时也翻翻书。他喜欢看的是古代书，主要是古代说道理的书。

陶松半举着手中的水壶说："你看，修好了，一点不漏水。"水壶旧的上半身与下面崭新的底，形成着反差。被炉火烧了一次，壶底显着几条黑烟色。

梁如的眼光在水壶上略微地停了一停。

陶松说："买一个水壶要几块钱，找一块铝皮，用不了几角钱。"

陶松又晃晃手里的水壶。把它放在一边。他朝梁如走近，半个屁股坐在旧写字台角上，拿起桌上的书看一下书名，又把它放了下来。

梁如一动没有动。这是陶松习惯了的气氛。他注意地看了梁如一下，这才发现梁如脸色有点苍白。

"这两天是不是腰里不惬意？"

梁如头动了一动，弄不清是点头还是摇头。这也是陶松看惯的动作。

"你不要管了。"她说着侧过身子去。

陶松转身想走了，又回转身来说："明天，我约了龙龙下一盘棋，龙龙从黑龙江回来了，好几年没见了，就想着和我下一盘棋，我就把他约到家里……这里来了。"

说着的时候，他注意地看着梁如的神情，她的眼垂了下去。

陶松赶快地说："你知道我那点地方，实在没办法把人约到那里去啊。"

梁如以前也曾听说过龙龙的名字，知道是陶松开始学棋时的棋友。曾经有一段时间，她也想学棋，只是初学之始，她的棋被陶松一块一块地吃掉，她就不再下棋了。

梁如过了一会才说："这是最后一次……下次你别把人约到这儿来了。"

陶松答应了一声便出门去。

第二天，陶松来的时候，发现门虚掩着，里面没见梁如，不知道她去哪儿了。最近她常常会出门。陶松来得早一点，等着棋友龙龙来。

陶松去厨房烧了开水，找出茶杯，又找出了一盒放在柜上层的茶叶，茶有点陈了，散着一点旧茶味。他把热水瓶、茶杯与茶叶都拿进了隔壁的小房间。这是原来的书房，兼堆杂货。整个房子面积虽小，但在那个时代的城市里，还是算得大了。一般的人家都只有十来个平方，挤住一家三代人的。

他在橱顶上找到了围棋，棋盒上面已蒙了灰。他把棋盘在桌上铺开来。他喜欢下棋，因为这是个高雅的爱好，梁如也一直由着他。

陶松想着，梁如会到哪儿去了？她是不想与他一起在家里吗？

陶松想到人家告诉他的事：她找了一个男朋友了，见到她与那个男人一起逛马路。陶松一直不相信，也没问梁如。梁如不可能，她从来没有与他逛过马路呢。

陶松还是想着了她昨天最后的一句话，她明显是不让他再把这里当家了。那么她真的有可能要与别人一起生活了？他心里翻腾起来，以前他从来没有想到过。

陶松原与梁如是一对夫妻，结婚已有几年。最早是人家介绍认识的，两个人见面时，陶松没话找话，谈的是书。运动开始的时候，抄家抄出来的书堆在仓库里，红卫兵准备要烧掉它们。当时住仓库隔壁的陶松，每天翻院墙过去搬一些书回来。他喜欢看古书，有着与下棋一样的感觉。谈了对象的梁如喜欢看外国文学，也就到陶松这儿来拿书看。这么一来一往，梁如就同意结婚了。婚后的日子过得平平静静，和别人家没什么两样。

就在这个当口，梁如的单位开批判会，让梁如领喊口号，她的嗓音很好。可她却把口号喊错了，把“拥护副统帅××”叫成了“打倒副统帅××”。这一下，她立刻从批判动力转变成了批判对象。开头两天还只是上班挨批，没几天就进了封闭式学习班，听说她的同事揭发她以前也曾说过对副统帅不敬的话。这样无意就成了故意。关在里面的几天中，天天写交代，天天被揭发，风声一天比一天紧，传说很快会开一场大的批判会，批斗以后就会把她逮捕进监狱，还听说小命不保。

陶松几次去看她都给挡在了外面。这时陶松的厂里找他谈话，让他划清界限，厂领导动员他出来揭发。陶松说她的话很少，在家里也是一样。可没人相信陶松说的，说夫妻之间无话不说的。陶松也被停了职，白天上班写检查，夜晚回家反省。那两天，陶松的神经也是绷紧着。

这一天他去给她送衣服，意料之外地与梁如见了一面。可能这是最后一面了，两边的领导为划清"革命"与"反革命"做最后的工作。

一见面梁如就说："我们离婚吧。"梁如被关在里面倒是长胖了，脸色却是越发地苍白。陶松说："为什么呢？"梁如说："你还要再结婚的，人家不会嫁给一个妻子是'反革命'的人的。"陶松还是说："为什么呢？"梁如说："我就是这样了，我也用不着背一个你的妻子的名义走。"

那一刻，她说得坚决，他也就答应了。他也不想在那个时候违背她的话。陶松想到这是梁如记着他是她的亲人，正是把他当作自己的丈夫，她怕连累他才会这么做的。陶松觉得这个离婚正是她留给他的一份实实在在沉沉甸甸的遗物。

他们就离了婚。

可后来总有人说，离婚完全是他为了划清界限。陶松根本不在意这种说法。

然而，就在那个当口，副统帅完蛋了。文件传达下来，虽然他与她都不在文件传达的范围内，但他们也都听到了风声。

文件不给他们传达的理由是："当时副统帅毕竟是统帅定的，难道你比统帅还要高明？你反副统帅只能说明你的内心是'反革命'。"

不过说是这么说，过些天，梁如被放回家了，头上还顶着一个"反革命"的帽子，只是没有最终定性。慢慢地谁也不再说这个事，也没人来给她平反。他们也不敢去要求平反，谁都知道翻案是没有好下场的。捡了一条命已经是大幸事了。

既然他们离了婚，而他们的住房是梁如单位分的，当时陶松也就由厂里的同事帮忙，把自己的东西搬出来，搬到了厂里的宿舍里，这样就算是正式离了婚。只是陶松依然常在原来的家里出进。后来，梁如放出来了，陶松还不断地出出进进，他们像夫妻又不算是夫妻地生活着。他们头上压着什么，也不想生事，不提离婚与结婚的事。心里实在不知道以后还会发生什么。下棋的陶松知道有后续手段，但生活中的陶松觉得梁如总还是他的妻子，没想到其他的。就这么一天天过来了。

这时，陶松感觉到：梁如真的另有男朋友了。

夫妻是什么？这是陶松立刻想到的。以前陶松根本没有想过。在他的意识中，夫妻当然是人生最重要的关系，比父母子女还要亲密，这点从继承法上就可以认识到。两个人一起吃饭一起睡觉，生活中大小事一起商量，耳鬓厮磨，气息相闻，且在一个被窝里肉体交叠，这关系确实是没有可比的。女人是自己的另一半，没结婚的人，整个心思都在寻找那另一半，也许有的人一生都在寻找着。

结婚前，陶松的弄堂里有个邻居，是还俗的僧人，叫黄眉。这个黄眉一开口就说人生是空。陶松曾笑问他："你结了婚还说什么空？有了一个女人陪你吃陪你住陪你生活陪你上床，你还说什么空？"那个黄眉也笑着应说："空啊，空。"

那时陶松就想找女人结婚，觉得怎么也找不到，心里总有空空感。待到他与梁如结婚了，他再没想到空。有一个家，有一个女人，人生实实在在的，他再没想过乱七八糟的问题。

现在陶松突然想到，他就要离开这里了。他是离了婚了。他在这里出进，只是延续了一种习惯。细想起来是梁如不忍心突然断了，她的口气与神情，只是承受着这种延续，也许只是把他当一个熟悉的朋友来对待。其实，她的口气与神情也在慢慢地变化。只是这种变化慢了一点，他没看出来。也许有一天，她真的再婚了，那么他再也无法出进这里了。他也就与她形同陌路了。夫妻本是同林鸟，大难来时各自飞。上次大难，他们是离了，但他并没有离的感觉。他总觉得他们还是夫妻，现在是真正地感觉到他们已经离了。就因为一纸离婚书，他们也就什么关系都没有了。

夫妻离了，那真正叫作空。因为父母子女是无法离的，由血缘关系永远纽接着。就是一个远亲表亲，没有任何的生活接触，但那关系也因血缘牵着连着。而夫妻不管以前多亲密，多恩爱，只要离了，就什么都没了。空啊！实在是空。人生最重要的一块，空得那么厉害。说密，密不可分；说空，便空空如也。难怪许多离过一次婚的男女，离第二次离第三次婚就简单多了，因为他们真切地感受过这种空，体悟过这种空，就不再太在意这种夫妻关系了。

那么，维系夫妻关系的除了那张婚书，还有什么？最深入的是夫妻生活，说到底，也就是性器官接触吧。几年中，他与她的夫妻生活也是数得过来的，她的身体不好，从没有主动过。他是深入到她的身体里去过，又深入了多少？也就那么一段罢了。每次拔出来，他都会有一种空落感，从亲密中失落了。

现在想来，一旦拔出，感觉空空。前两年斗那些野鸳鸯，根本没见他们有什么亲密举动，也许碰上了就深入一次，算不了什么关系。还有过去的妓女，给许多的男人深入，又算得上什么实在？想透了，男女关系也就那么一回事。再进一步想，要是有一天男女把性关系都不看得那么重，只要快乐就深入那么一次，那就真正的是拔出来就拔出来了。

是啊，夫妻一旦离开，各自过各自的生活，什么关系都没有了，实在是空啊！

也许别人家夫妻有所不同，只要有个孩子就不会有这种感觉了。就是离了，但两个人结合而生的孩子，有着两个人的血缘，那是一个实在的物体，都无法割舍的共同物。而没有孩子的夫妻关系根本只是空中楼阁。可是她的身体不好，他也一直没有想她有孩子。

棋友相见，还是手谈。陶松与龙龙在棋盘前对坐着，摆下了第一个子。龙龙一边摆棋，一边看着房间说话：“房子不错，在城市里有这样大的房子太不容易了。”他说着的是北方话，掺着本地口音。

“这是我老婆的房子。”

“老婆？什么意思？有区别吗？”

陶松没有应声，在棋盘上很快地下着子。

同龙龙一起来的北巷小王，也是陶松熟悉的棋友，在旁边说：“他们离婚了。”

龙龙没有再说话。于是大家的注意力都集中在棋盘上。开头摆的几个子还是常见的定式，然而，陶松突然感到了一种杀气。

他与龙龙是好多年前的朋友，纯粹的棋友。早年，他们是下象棋的，后来改为下围棋。是陶松先转了围棋。那一年龙龙插队去了黑龙江，插队前，龙龙说他的象棋可以让陶松一个马。陶松则说，下了围棋，象棋就如同小儿科了。还是下围棋吧，他可以让龙龙两到三个子。

这次北巷小王约棋时，传过话来说：“龙龙在黑龙江到处找人下棋，棋是下得很好了。”

陶松说：“别吓我，我的棋力也涨得飞快呢。”

陶松感到的杀气是从他心中生出来的。没下完布局，他就在龙龙两条棋中间下了一子。

断。

“棋从断处生。”这是常说的棋语。一个子下去，对方棋成了两块，一块棋要活，需要有两个眼，两块都要成活，就要有四个眼，四个眼当然比两个眼难成。于是纷纭复杂的棋就此产生，盘面上就好看了。要拼要斗要生存。斗智斗力。考验人的棋力。

这一着毫不客气，明显是挑起棋盘上的争端。龙龙朝盘面看一会，抬起脸来，用上挑的眼光看看陶松。

陶松想笑一下。毕竟朋友多年未见，这一着有点过于狠了。但他就想这么下，觉得这一步下得就是好，他需要考验一下龙龙的棋力。

似乎是受陶松的影响，龙龙也动了杀气。原来还是排排子的局面就改变了。龙龙被断的两块棋就从两边包围过来，毕竟陶松断的一子，是个孤子，有点势单力薄。而陶松却坚决地不让龙龙的两块棋合起来，非要断在其间，不但断子跳出来，而且逮住龙龙的一块不给做眼，就是不让成活，一旦有分就断开，不住地断。龙龙也把陶松断的子不住地断开。

棋局越来越复杂了。陶松越来越觉得杀气笼罩着自己，就是不让龙龙断出来的一块棋做活，不再去管棋盘上还有许多空处大场，只顾搏杀着。

原来想一边手谈，一边说说这几年朋友分开了的生活，现在脑子都集中到棋面上了。就是抬头互看一眼，也都带着了揣摩与猜测，心中是另一种盘算。旁边的棋友北巷小王，也被这种杀气感染，只顾盯着棋盘看。黑棋与白棋都纠缠在了一起。断中起断，围中有围。

终于，陶松把断下的一块紧着气，将龙龙的一条“长龙”提了。

还是他的棋力胜过以前的棋友一筹。不过陶松也明白，这种断后起杀，很难算清楚的。但胜了就是胜了，棋上就靠胜负来说话的。

龙龙把手中的子丢在桌上。北巷小王叹了一声："这下的什么棋啊？"

龙龙说："你的棋风这么硬……"

北巷小王说："什么棋硬？杀棋，胡杀乱砍。"

陶松突然像喘了一口气，松下来。平时他并不擅杀棋，现在看来，他还是可以杀一杀的。他自己也没想到。他又有点觉得空落落的。似乎对多年未见的朋友不应该这样。可是，下棋就是下棋，棋上面是不讲朋友不朋友的。再说，他们本来就是一对棋友，在棋盘上相斗成友的。

然而，胜负又有什么意思？"战罢两奁分黑白，一枰何处有亏成。"他看的古书上就是这么说的。

陶松越发觉得空落落的。

棋局结束，龙龙与北巷小王走了。陶松没有走，他在房间里待下来。梁如会到哪儿去了？下了这么长时间的棋，她还没有回来。以前每次他来，她都是在家的，她没有什么朋友。她不喜欢与人打交道，特别是那件事以后，她更加不与人交往了。他也喜欢她这种纯正女人的模样，孤高而独特。

终于，在夜交子时，梁如才开门进来。她的体表带着了一点外面的寒气。而陶松又明显感觉到她体内的温热，是那种女人特有的柔和的气息。她的脸显然是修饰过的。那个时代的女人都不化妆，可陶松还是感觉到了她的修饰，细看是她的发型有了点变化，是经过梳理的蓬松。她穿着一件素色的罩衣，愈发衬着她肤色的白皙。她原来是根本不在意打扮自己的。他发现她不是她，而又明显是她，是他过去从来没有见过的她。

"你到哪儿去了？"他问。

"到三姨妈那儿去了一次，她从南京来。"她的回答比往常多了一点。

陶松原以为自己带朋友来，会引动她的不快，是故意躲出去，表示不愿相见的态度。然而，她似乎一点没有不高兴，她的应答也让他有点过敏，他觉得自己心里面存着许多的感觉。有一种感觉在往上升。

她把外衣脱下来，就坐到了床上。

"不会吧。"他脱口说着。

"什么不会？"她好像还没有显出厌烦的样子。她半仰在被子上，他靠近的时候，嗅到了一点雪花膏的香气，她的整个身子都透显着一种女性的气息。陶松的身体里突然有一种想要她的欲望升起来，一时是那么地强烈。

他一下子扑到她的身上去，并不顾她的身子的激烈扭动和反抗。他显得那么迫不及待，甚至有点凶狠。

她穿了一条红内裤。这也是他以前从未见她穿过的，愈发激荡着他的欲望。欲望如火，燃烧着他的整个身心。他用着强，只想要进入她，把她融进自己的感觉中。他毕竟已有好长时间没有过性生活了。他的人生中只有她一个女人，也只想要她一个人。有了她以后，他再没想过别的女人。觉得别的女人都不在感觉中。

他从她身上下来后，她很快地用被子把自己盖起来。

"你可以去告我的。"他说。

她转过头来盯着他，眼中亮亮的，像是泪水又像是怒火。

"告你什么？"

"我不是强要了你，强弄了你了吗？告我强奸啊。"

梁如依然盯着他。过去他很少与她对着眼。有时候他真的怕她的眼光。这一刻他真的在想：她去告他，他被抓起来，这样他们扯平了。他也背一次罪名，在她面前，在许多的人的眼光下，被抓起来。这样，她永远记着的就不光是那一次她错喊的口号，还有他的这一次。

"你走吧。"

她一时显得很慵懒。他特别喜欢看她的这种神情，一直深入到他的心中去，摇着他内心深处的地方。

他起来穿着裤子，一边回过头说："你还对我……"

"别做你的梦了。"

"为什么？那为什么？"

不是她问他。而是他问着她，似乎一点也不明白。

"已经那么多次了，我还在乎这一次吗？"

他对着她想了一会才说："以前和现在不一样啊。"

她把身上的被子紧一紧。

"现在是离了婚啊，你不是一直在这么告诉着我吗？"他的声音难得地大了，像是要叫出来。

"有什么不一样？"

她还是这么说一句，又拉了拉被子，像是身子疲惫到了极点，困冷到了极点，无奈到了极点。

他发现自己的思想与她离得很远，他永远也弄不清她的想法。他以前一直在琢磨着她的想法。

"以前和现在是不同啊，那时我们是结了婚的……"

陶松说着，突然想到了什么，他毕竟是个聪明人：她的意思是他以前也是强弄她的。结婚几年，多少次性生活他能数得过来的，是的，每次她都是要他费很大的劲，一边求着她，一边弄着她，她最后才无奈地放松了身子。原先，他以为所有的女人都是如此，就算她有一点不一样，那也是她的特别之处。他喜欢她的羞涩，羞涩的女人才是真正的女人，也许她是特别地羞涩。

然而，难道她每一次都有这种被强奸的感觉吗？难道她每一次都当作是自己被强奸吗？他根本没有一次是真正进入了的？他永远只是在外面，就算到了里面，也是强迫进入的？陶松有着了一种悲哀，这一次，他想用强而融入内里，却一下子完全被脱到外面去了。对于她来说，他永远是一个外人。

"没有什么不一样，都一样。"

她似乎说现在的生活也一样。因为他还出现在这里，还为她做事，对此她只能无奈地多承受一次。

"那你为什么会和我结婚的？"

婚前虽然他盯着她，追着她。但答应结婚，与他一起领结婚证，与他一起出席结婚宴席，她并没有不乐意的，并不是他强拉她的。

是不是她想断，便一下子把所有一切都否定了？

"谁知道你会这样，谁知道你总会这样……"她似乎用尽力气才把话说完了。

陶松这才想到，新婚第一夜，他才第一次接触她的身体。他终于得到了她。她终于属于他，他终于可以碰她了。他是多么喜欢她啊。那一夜，他也是用尽了抚求，最后才用力脱下了她的内衣，才做成了那件事。以后似乎每次都是这样。他以为第一次弄疼了她，才让她产生了拒绝的惯性。他想到所有的男人都在追女人，也许因为女人都是不情愿的。他想到也许因为她身体不好吧。他想过很多很多原因，但他没有办法问，只是一直在心中想着。

“你一直没有真正愿意过？那你为什么与我结婚？为什么？”他突然声音抬得很高，几乎像要吼起来。

她的声音低下去：“谁知道结婚是这个样子？我不知道啊。只以为是一起过日子。你作为一个男人，一起过日子是好的……”

她的话里似乎带着了一点安慰，而她的身子翻过来，合在了床上。陶松出了门才想到：他与她还从来没像今天这样说过这么多的话。和她在一起，他也没有太多的话，而她的话就更少了。他从来没有弄懂过她。她也从来没有对他说过她的感觉。

那么，现在她怎么又和别的男人好了？现在她是找到了她愿意给他那样的男人了？而与自己结婚，只是以为和他一起过日子的！

陶松去看了那个男人。只是一个小个子的男人，咬文嚼字的，感觉上一副装腔作势的样子。这就是她愿意给的男人。陶松觉得一切都那么空落落的。

到春天的时候，她也还没有结婚。不过经过了那一次，他不好意思再去他原来的家了。他无法再心安理得地出入那里。那里只是她的家，而不是他的家了。他们真正地割裂开来了。

梁如没有结婚是因为她病了，她的肾病很严重的，住进了医院。他不知道那个男人会不会像自己以前一样，做吃的送到医院里去。

他真切地想着她。她的身体在他的记忆感觉中，比当时眼见着她裸体的时候还要清晰。在婚姻中每次面对她裸体的时候，他的意识都由欲望支配着，而视觉是迷蒙的。

他去了医院，他向医生提出来，由他来给她捐一个肾。他说，他与她的血型是一个型号的。他也不清楚捐肾与捐血到底有什么不同。

切他的肾与她换肾的手术，在同一个医院里同时进行。手术之前和手术之后他都没去看她。

切了一个肾的他，出院以后感觉自己哪里空了一块，发现自己肉体的欲望也淡了许多。

但在他的感觉中，是他的一个肾深深地进入了她，完全地进入了她，与她融合在一起。就是以后她有孩子的话，也靠这个肾滋养着。

那是一个实实在在的存在。

原载《上海文学》2005年第7期

点评

棋局与人生，古老而玄秘的话题，储福金以高妙的参悟赋予它新的内涵，也使小说达到了一种宁静、深邃的境界。《棋语·星》中哥哥刘云喜爱围棋，妹妹刘星有心脏病。哥哥的棋局、妹妹的生死在储福金的笔下具有了形而上的哲理参照：死，就像一盘下完后撸掉的棋局。就像哥哥早早弃子可以避免中盘搏杀的残酷，妹妹摆脱病痛而早早结束生命，未尝不是一种解脱。因为一切皆空，所以人生不应该有那么多痛苦。小树弥漫着关爱生命的温情和参透生死的超脱与淡然。《棋语·断》中的主人公是一对离了婚的夫妻。丈夫陶松喜爱围棋，妻子梁如有肾病。陶松经过搏杀取得了胜局，却感到空落落的，觉得胜负没什么意思，就如同维持夫妻关系的那纸婚书、性器官的接触一样，归根到底都是些虚无的东西。比起陶松对梁如若即若离的感情、若有若无的欲望，或许那只移植给梁如的肾才是一个实实在在的存在。“人生如空”，还俗僧人道出了小说的主题所在。两个故事都是两条线索——棋与人生——并行推进，既没有刻意比附又没有游离之感；另外，小说不是情节性作品，阅读会有阻隔和难度，但深入读下去，就会被其冷静、平和的氛围所感染，也会为储福金谋篇布局、掌控文字的能力而感叹。

（王秀涛）

林妹妹

李洱

三月底的这个周末，崔鹏穿上西装，打上领带，向别墅区走去。他没走大路，是从西山脚下的那条小路走过去的。春天的山坡枯木暗淡，野草泛青，别有滋味，但崔鹏却没有心思赏景，只是埋头走路。小路隐没在野草之中，酸枣树下，酸枣树刚刚吐出雀舌式的新芽，他揪了一片含在嘴里，但很快又吐掉了。他是背着手走的，大拇指上拴着一条牵引带，牵引带的那头系着一条狗。那是一条吉娃娃狗，棕黑色的，模样就像斯皮尔伯格电影中的小恐龙。崔鹏是初中语文教师，最喜欢《红楼梦》中的林黛玉，所以给狗起名林妹妹。听见林妹妹有些哼哼唧唧的，崔鹏笑了一下，转过身来。他猜对了，它果然是要解手。此刻，它的脸藏在酸枣树下，只把屁股对着他。

“林妹妹，害羞了？”崔鹏说。

“长成大姑娘了嘛。哦？原来是解大手的。”崔鹏又说。

等林妹妹解手完毕，崔鹏把它抱了起来。它像个婴儿似的，下巴很舒服地放在崔鹏的臂弯里，闭上了眼睛。崔鹏从西装口袋里掏纸，要给它擦擦屁股。掏了半天，掏出来的是一截粉笔。他扔掉粉笔，换个手抱林妹妹，然后又到裤兜里掏。这次，他终于掏出来了一张纸，但上面写满了东西。他看了看，原来上面写的是一道数学题。想起来了，那是他给儿子出的数学题：林妹妹一次产下五只小狗，其中两只公狗，三只母狗，公狗一只卖两千元，母狗一只卖三千元，请问一共卖了多少钱？儿子今年刚上一年级，已经算了三天了，仍然没能算出来。这会儿他就用那张纸给狗擦了擦屁股。

走到一片褐色的荆棘丛中，崔鹏就看到了东边的那片别墅区。那里原是村里的麦田，两年前才被房地产公司买走。别墅区的东边，是刚刚通车的五环路，站在山坡上就可以看见滚滚车流。崔鹏正要穿过那片荆棘，突然看到前面有两个人影，仔细一看，原来是他的两个学生。他们正弯腰在荆棘丛中寻找什么东西。崔鹏赶紧蹲了下来。他可不想让学生知道，他之所以提前宣布放学，就是为了给林妹妹配种。

那两个学生此刻走到一个坟头跟前，又弯下了腰。他们手拉着手，显然是在互相壮胆。看到他们拎着的可口可乐塑料瓶子，他知道了，他们原来是在逮蝎子，那瓶子就是装蝎子用的。学校门口贴有广告的，野生的蝎子一斤三十块钱。

“两位，这里有两位，Very good！”其中一个男生说。

“你得给我一位。”另一个男生说。

“Why？Why？是我翻出来的呀。”

“要不是我，你一个人敢来吗？敢吗？”

两个人吵了起来，并且推推搡搡的。放在平时，崔鹏肯定要指出他们的错误，让他们知道量词用错了，不能用“位”，要用“只”，可这会儿，崔鹏却盼望他们快点滚蛋。当崔鹏看到他们很快就和好如初，手拉手又朝另一个坟头走去的时候，崔鹏真的有点急了。小区的保安，一个学生的父亲，告诉他，别墅区里的吉娃娃狗只有一只是公的，它平时待在市区，来别墅只是度周末罢了。崔鹏想，去晚了，那只公狗被别的母狗勾引跑了，林妹妹今年可能就找不到女婿了。

但是，那两个学生，两个小混蛋，似乎并没有离开的意思。眼下，他们来到了一个新坟跟前，花圈上的塑料花还非常鲜艳。崔鹏突然想起来了，那是周二奎的坟。周二奎是他的小学同学，在西山上偷树的时候被树给砸死了。对周二奎的声音，崔鹏是再熟悉不过了。崔鹏想，何不模仿一下周二奎的声音，吓唬他们一下呢？

“我是周二奎。”他捏着鼻孔，突然说。

那两个小家伙果然被吓住了，刚弯了一半的腰，此刻都僵在那里。被吓住的还有林妹妹，因为从未听过这种声音，它被吓得直叫唤。崔鹏赶紧捂住了林妹妹的嘴。一只喜鹊一耸翅膀，从槐树的枯枝上飞了起来。两个小家伙也看见了那只喜鹊，可他们竟然连喜鹊都认不出来了。

“乌……乌……乌鸦。”一个男孩说。

“我是周二奎，是个偷树贼。”崔鹏趁热打铁，又来了一句。

“鬼？魔鬼？”他们的声音都变了。

他们先是愣了一会儿，然后撒腿就跑。在春天的山冈上，他们就像跳动的蟋蟀。石块被他们踢动，顺坡滚出去很远，发出一连串的撞击声。崔鹏这时候倒有点担心了，担心他们吓傻了。要是有两个傻瓜拉后腿，班里的平均成绩可就要下去了，期末的奖金可就指望不上了。还好，他们并没有傻掉。他远远地看见，下了山坡以后，他们是在朝家的方向跑，并且牢牢抓住手中的塑料瓶子。等他们跑远了，崔鹏赶紧朝山下走去。山地上卵石丛生，有点硌脚。他的一只胳膊紧紧抱住林妹妹，另一只手随时拨开挡在前面的荆棘、树丛、野蒿的枯杆。他几乎是一路小跑，好像稍晚一步，林妹妹的幸福，他的幸福，就会离他远去。

接近别墅区的西门，崔鹏放慢了脚步，大口大口地喘着气。他把林妹妹放到地上，让它活动活动筋骨。西门外有个理发店，店前竖着一面镜子。崔鹏从那边走过的时候，顺便整理了一下西装和领带。他有些激动，手指头都有些发抖，好像不是来给狗配种的，而是来嫁闺女的。然后，他又把狗抱了起来，向门口走去。就在这时候，门卫伸出一条胳膊，拦住了他。门卫将他上上下下打量了一番，目光落在他的领带上面。

“请问，你住几号楼？”门卫说。

“那个，就是那个。”崔鹏指着里面一个院子。那个院子里栽着一棵桃树，闹哄哄地开了一树花。崔鹏没有看到学生的父亲，也就是那个保安。崔鹏有些生气，想，十分钟之内，如果保安还不出现，就罚他儿子擦三天黑板。

“请问你的车牌号。”门卫说。

“我是来找一个朋友的。”眼看蒙不下去了，崔鹏也就只好改口了。

“是找狗的吧？给狗打圈子的吧？”门卫说。

“打圈子？”崔鹏没有听懂。

“狗交配嘛。”门卫有些不耐烦了。

一辆轿车从里面开了出来，崔鹏认得那是林肯牌轿车。坐在副驾驶位置上的姑娘，嘴里咬着一只发夹，正对着后视镜梳头。门卫升起门前的横杆，对着轿车行了个军礼。车开走以后，门卫对他说："随随便便带一只狗，就想进去？你是不是把别墅区当成配种站了？就算是配种站，你进来也得交费啊。"崔鹏明白了，门卫这是索贿呢。崔鹏立即表示，今天急着出门，忘记带东西了，明天一定送条烟过来。他这么一说，门卫的神色就变得和缓了。门卫说："狗打圈子，隔一天还得再打一次，双保险嘛。"崔鹏懂了，门卫是在提醒他，后天再来送烟。

就在这时候，崔鹏看到了那位保安。保安手中拎着一根警棍，一路小跑，从东边跑了过来。跑到门口，他大口喘着气，向崔鹏表示歉意。他说东门有两个地痞闹事，所以他耽误了一段时间。"这是崔老师。"保安对门卫说，"你们在聊什么？"门卫反应很快，抢在崔鹏面前说："我们在聊这只狗。崔老师，这项圈可真漂亮。"

"名牌，金利来。不过是假货，反正它又看不出来。"崔鹏说。崔鹏友好地拍了一下门卫的肩膀。他不想和门卫搞僵。如果这次配不上，他还得再来呢。

保安问崔鹏，这狗是从哪里弄的，买的还是别人送的。崔鹏本来不想说，因为说出来好像自己受贿了似的。它其实是一位学生的姐姐送的。那位学生是从外地转到北京，暂时无法进入市区的小学，就先送到了崔鹏的学校。学生的姐姐原来是个模特，现在改演电视剧了，也算是当今娱乐圈的红人。她把狗送过来的时候说，她已经有一条吉娃娃狗了，名叫龙哥。至于为什么叫龙哥，她也有解释的，说这是因为它长得像小恐龙，祖籍是墨西哥。她还说了，这两条狗都是一位台商从台湾带回来的。

"哦？这可是海峡两岸友好交往的象征啊。"门卫说。

"也不过是条狗嘛。"崔鹏说。

"崔老师谦虚了，太谦虚了。"门卫说。

"是不是该进去了？"崔鹏问保安。

"别急，时间还早着呢。你来早了。"保安说。

当门卫问起这条狗值多少钱的时候，崔鹏说："值不了几个钱，也就是五六千块钱吧。"崔鹏想，刚才不叫谦虚，现在才叫谦虚。他想起王珊临走的时候对他说，这狗很聪明的，会数数，会跳圈，还会仰泳，不值钱，也就是万把块钱。后来，他上网查了一下，王珊的话还真是没有太多水分，过了满月的吉娃娃狗，最便宜也能卖到两千元，要是能长到半岁，价格可以翻四番。

"它叫什么名字来着？我突然想不起来了。"保安问。

"林妹妹。"崔鹏说。

"林妹妹？太好了，金庸的小说里，有一个人就叫林妹妹。"

"那是蓉妹妹，黄蓉嘛。"保安说。

崔鹏顺便给门卫上了一课，告诉他林妹妹是《红楼梦》里的人物，天上掉下个林妹妹嘛。门卫一拍脑袋，说："没错，我在歌厅听过这首歌的。我以前给一个老板开车，老板一进歌厅就点这首歌，'天上掉下个林妹妹'。歌厅的小姐，只要腿长，奶大，他都叫人家林妹妹。"这时候，一辆宝马车开到了门口，一个雪白的狗头从车的后窗里伸了出来，它几乎不像狗头，而像是微型的牛头。它冲着林妹妹叫道："汪，汪，汪……"门卫升起横杆，又向那辆车行了个军礼。这辆车是从外面开进来的。崔鹏看到，保安也行了个军礼。

"那是牛头狗，也是很贵的，听说值一万块钱。"保安说。

"牛头狗？就是人头狗咱也相不中它。"崔鹏对林妹妹说。

又有一辆车开了过来，是个敞篷的吉普车，车中也卧着一条狗。它也不像狗，但它确实是狗。那是一条藏獒，也是雪白色的，模样有点像北极熊。它的目光显得深不可测，崔鹏和它的目光接触的一刹那，忍不住打了个寒战。奇怪的是，林妹妹倒毫不怯场，冲着它叫唤了一声，又叫唤了一声。林妹妹很兴奋，向那辆吉普车跑去。要不是崔鹏及时地把它拽了起来，它就钻到车轮下面了。

"它可当不成咱的宝哥哥。"崔鹏说。

"这条狗，能卖五十多万。"保安说。

"五十多万？天文数字嘛，不可能吧？"门卫说。

"你知道什么？赵本山想买，已经出到五十万了，人家还没有松口。上次云南地震，整个别墅区，别人捐的都是二百三百的，人家一下子捐了五千。"

"这人是做什么生意的？"崔鹏问。

"不知道。赚大钱的人都很神秘，谁也不知道他是干什么的。"保安说。

别墅区不时传来狗叫，有的像牛叫，有的像狼嚎，还有的像猪哼。现在所有值钱的狗，叫声都不像狗，模样也不像狗，由此看来，别墅区里大都是名犬。偶尔听到两声真正的狗叫，也就是那种土狗的叫声，崔鹏便感到亲切无比。他小时候养过一条狗，当然是土狗，忠诚得很，好养得很，能啃上一块骨头就算过年了，吃上一泡屎就算改善生活了。哪像现在的狗，肉啊，鸡蛋啊，牛奶啊，一样都不能少。这还不算，你还得把肉给它剁成肉馅，把鸡蛋给它蒸熟了，牛奶呢，也得给它加热，否则它会拉肚子。此外，你还得用绳子拴着，因为一不留神它就开小差了。世道真是变了，连狗都不忠诚了。崔鹏朝东边望了一眼，因为那两声真正的狗叫，是从别墅区的东部传来的。

“这里面也有土狗？”崔鹏问。

“有一条，是一个老头子从老家带来的。老头子是个农民，在这里替儿子看房子。儿子是做生意的，三天两头往国外跑。”保安说。

“整个别墅区就那条狗没有名字。当着老头的面，我们都叫老乡。老头一离开，我们就叫它乡巴佬。”门卫说。

此刻，已经很多人从各自的别墅走出来，牵着狗在院内溜达。他们彼此之间都不说话，甚至都懒得点头。倒是那些狗彼此都很热情。它们虽然品种不同，叫声不同，但仍然热衷于交流，交流的方式主要是闻对方的屁股，除了闻，还要舔。如果主人不把它们拉开，一只狗很快就会骑到另一只狗的身上。崔鹏发现，骑上去的肯定是公狗，但被骑的却不一定是母狗。

一个深目隆鼻的老外也出来了。崔鹏首先看见他身边的那条狗，然后才看见他挎着的那个女孩。那条狗大如牛犊，走起路来却很文雅，走的是猫步，有如老虎散步。它全身都是红的，只是顺着脊背长了一条黑线，一直延伸到尾巴。崔鹏不由自主退了一步。

“那是什么狗？”崔鹏问。

“苏联红，名叫保尔。胃口大得很，一顿要吃三斤牛肉。”门卫说。

崔鹏以为那个老外是俄罗斯人，但一开口，人家说的却是英语。崔鹏刚参加过职称外语考试，英语还是能听懂几句的。他听见老外对姑娘说：“I don't feel alone anymore（我再也不感到孤独了）。”不再孤独，究竟是因为苏联红，还是因为那个姑娘，老外没有明说。林妹妹又要朝苏联红冲过去，但被崔鹏拉住了。苏联红也看见了林妹妹，像猪那样哼了几声，听上去好像打呼噜似的。老外和姑娘在一个葡萄架前拐了个弯，向南边走去了。那条苏联红跟在他们身后，缓缓地扭过脑袋，向这边张望。

崔鹏也该抱着林妹妹到南边去了。在小区的南部，有一个人工湖，湖边是人和狗散步的地方，也是狗儿相亲的地方。崔鹏现在就是要把林妹妹带到那里。崔鹏再次提醒保安，时间不早了，该过去了。就在这时候，崔鹏又听见了土狗的叫声。崔鹏想，那大概就是他们所说的乡巴佬。崔鹏随即看见一条土狗从前面的葡萄架下跑了出来，它身后跟着一位高个子的保安，保安手中拎着警棍，一边走一边挥舞着，他显然是在追打那只狗。那是一条黑白相间的花狗，夹着尾巴，边跑边回头。它的一条前腿已经瘸了，所以走起路来好像在不停地磕头。等它走近了，崔鹏看见它嘴里还叼着一只乌鸦。

“它就是你们说的乡巴佬？”崔鹏问。

“乡巴佬是一条黄狗。这是一条野狗。”门卫说。

什么野狗不野狗的。崔鹏很快就认出来了，它是周二奎的狗。二奎一死，二奎他哥大奎就想把这只狗给杀吃了，一铁锨抢过去，却没把它打死，只是打折了它的一条腿。前几天，它还在学校门口晃荡。学校的几位老师想把它弄死，吃一顿狗肉炖萝卜，锅都支好了，它却不见了。原来它跑到别墅区来了。这会儿，等它走到门口的时候，门卫啪地跺了一下脚，那只狗就吓得差点卧倒，乌鸦也从嘴里掉了下来。那是一只已经晒干的乌鸦。门卫一脚把乌鸦踢到了门外，落在马路的中央。那只狗夹着尾巴跑了出去。它还想再次把乌鸦叼走，但高个子保安只是挥舞了一下警棍，它就溜着别墅区的围墙根儿，一瘸一拐地走了。

向湖边走去的时候，崔鹏还在问那个保安，到底能不能确定那是一条公狗。保安让他放心，说自己看得很清楚，肚子下面有家伙的。保安说这话的时候，做了一个卧倒的姿势，还弯了弯头。他的意思是说，为了搞清楚它是公是母，他的目光放得够低了，比狗眼都低了。然后，保安就问崔鹏，儿子在课堂上还搞不搞小动作了。崔鹏让他放心，说自己看得很紧的。

“我吓唬他，再搞小动作就剁了他的手。看来他听进去了。”崔鹏说。

“也不给女生递纸条了？”保安问。

“早就不递了。你尽管放心，我肯定能把他送到重点高中。”崔鹏说。

“听说连续三年当选三好学生，录取时可以降分？”保安问。

“小家伙还有一定难度。不过事在人为嘛。”崔鹏说。

“林妹妹长得真漂亮。”保安摸了一下林妹妹的头，“漂亮得都不像狗了。”

湖边已经有五六条狗了，更多的狗正在向这边走来。湖边栽着银杏树、槐树、柳树、松树，还有一片片竹林。二八月，狗走窝，眼下是农历二月的中旬，所以空气中有一股子腥气，是狗发情的腥气。崔鹏最关心的，自然是那只吉娃娃狗。他和保安在湖边的一块石头上坐了下来，那是一块完整的巨石，形状像乌龟。崔鹏环抱着林妹妹，用目光搜寻着那只吉娃娃狗。他没能看到那只狗，在他眼前晃动的，是藏獒、香槟狗、京叭、雪纳瑞、苏联红、沙皮儿、波士顿。离他几步远的地方，一个五六岁的小女孩也抱着一条狗，它是那么小，就像一只松鼠。小女孩的父亲蹲在旁边，膝盖上也卧着一条狗，是棕红色的，杏仁式的眼睛，老太太式的皮肤。这个主人真是细心，还给狗的趾甲涂上了蔻丹。崔鹏问小女孩，她的狗是什么狗，叫什么名字。

“博美狗，名叫芭比。”小女孩说。

“哦，芭比，世界上最著名的洋娃娃的名字。”保安也知道芭比，并且知道它是根据玛丽莲·梦露的形象设计的。保安的小女儿正上幼儿园，最喜欢的玩具就是芭比娃娃。

“小朋友，你叫什么名字？”崔鹏问。

“芭比，我也叫芭比。”小女孩说。

两只京叭狗从崔鹏面前跑过，落叶被它们带起，飘到了崔鹏的脚上。林妹妹也想加入它们的行列，在崔鹏的怀里扭来扭去。崔鹏抚摸着它颈上的毛，试图让它安静下来，但它还是无法安静。崔鹏从西装口袋里掏出一粒巧克力豆，放到它的嘴边。它伸出舌头，向上一卷，就把巧克力豆卷了进去。它的舌头那么窄，那么尖，就像蛇芯子。崔鹏问保安，养吉娃娃的那个人是干什么的。保安说，那家伙是个经济学家，经常上电视的，姓刘，刘德华的刘。

有两只狗从崔鹏身边一跃而过，那是两只香槟狗。它们很快抱成一团，在地上翻滚起来，身上沾满了松针、草屑。它们的主人，两个穿着短风衣的女士，站在竹林旁边看着它们，不时朝两条狗指指点点。“上啊，上去啊——”其中的一位女士跺着脚喊道。她似乎有些不好意思，喊的时候把手竖在嘴边。那条体形稍大一点的狗，大概听懂了主人的意思，回头看了一眼，两条前腿就抬了起来，爬到了另一只狗身上。“上去了，上去了。”那位女士很高兴。她高兴得太早了，被爬的那一只，只是回头叫唤了一声，后面的那只狗就落荒而逃了。崔鹏怀中的林妹妹也被这一幕吸引住了，小小的脑袋伸得很高，眼珠子都快瞪出来了。

“汪，汪，汪汪……”崔鹏又听见了土狗的叫声。

一条土狗出现在了湖边的斜坡上。看够了奇形怪状的狗，崔鹏再次觉得土狗非常亲切，就像在他乡遇到了故交，在国外遇到了华侨。那是一条土黄色的狗，狗头上有几块黑斑，尾巴尖上有一撮白毛。林妹妹也看到了那只狗，它也叫了起来。与此同时，很多条狗几乎都叫了起来，包括那两只已经配到一起的沙皮狗。当崔鹏的目光从沙皮狗那里移开，再次落到那只土狗身上的时候，那只土狗已经卧倒在地了。此刻，它背靠着斜坡上的一株柳树，像舞蹈演员似的高举着一条后脚，露出了长着白毛的肚皮。它勾着头，认真地舔着自己的生殖器。舔了一会儿，它就势打了个滚，又跑到斜坡那边去了。保安说，那条狗就是乡巴佬。

“怎么没见到那个老头子？”崔鹏问。

“老家伙很少出来。每天除了晒太阳，就是和狗说话，就是种菜。他儿子栽的竹子啊，月季啊，爬墙虎啊，都被他连根拔掉了。刚才还在那里翻地呢。”保安说。

保安手中的对讲机响了。保安拍了拍林妹妹的脑袋，就提前离开了。保安刚刚走掉，另一只狗又在斜坡上出现了。崔鹏呼地站了起来，因为那正是他期盼已久的吉娃娃狗。和林妹妹一样，它也是棕黄色的，或者说是咖啡色。它的亮相动作有些笨拙，正要从坡上冲下来，就摔了个跟头，连打了几个滚。要不是刘教授拉着牵引带。它说不定就滚到湖里去了。刘教授穿着毛衣，围着一条鼠灰色的围巾，戴着墨镜，手里握着一只深红色的烟斗。那根牵引带也显得不同寻常，是玛瑙的颜色，闪闪发亮。

“看，宝哥哥，你的宝哥哥来了。”崔鹏对林妹妹说。

林妹妹正看着湖水。那只名叫保尔的苏联红，此刻正在湖水里劈波斩浪，老外和那个姑娘站在对岸，呼喊着给保尔加油。崔鹏把林妹妹的脑袋扭过来，扭向了那只吉娃娃狗。但林妹妹非常任性，非要继续看下去不可。崔鹏一时心急，就在林妹妹的屁股上拧了一把。林妹妹夸张地叫了起来，在他的怀里又蹦又跳。好，很好！它的叫声刚好引起那只吉娃娃狗的注意，崔鹏看到那只狗一下子直立了起来，在夕阳下就像一只火红的狐狸。几乎与此同时，崔鹏欣喜地看到，刘教授举起烟斗向他打着招呼。

刘教授真是好眼力，上来就相中了林妹妹。“好狗，一看就是纯种的。”刘教授说。崔鹏没有想到，德高望重的刘教授竟然这么平易近人。崔鹏感动了，一感动就来了一句谎话：“您是刘教授吧？我听过你的课。”崔鹏说。刘教授很有风度地笑了一下，说：“教学相长嘛。”刘教授拾起林妹妹的爪子看了看，又翻着林妹妹的嘴唇看了看它的牙口，说：“还真是纯种的。纯种的吉娃娃狗不多啊。”

“见到您的书，我都要买的。”崔鹏说。

话一出口他就有点后怕。刘教授若是问他看的是哪本书，他可就傻掉了。还好，刘教授没有这样问。刘教授感兴趣的还是林妹妹，此刻正揪住林妹妹的耳朵，查看着它的耳尖。当然，崔鹏也在打量那只吉娃娃狗。那只狗跷起一只脚，正挠着自己的耳根。

“几岁了？”刘教授说。

“两岁了。”崔鹏说。

“相当于十六七岁的少女，含苞待放啊。不过，它的体格有点偏大。”

“大吗？我还觉得它小呢。”

“No，No，No，吉娃娃狗是越小越好。前年的八月三十号，上海承办了第六届亚洲宠物展，有一只吉娃娃狗体重只有1.8公斤，标价多少？二十万！”

“二……二十万？”崔鹏摸了摸自己的耳朵。

“奇怪吗？什么叫市场经济？市场经济就是周瑜打黄盖。好的宠物狗，就是more stable currency（坚挺的货币）。”刘教授说。

刘教授说话的时候，崔鹏把林妹妹放在了那只吉娃娃狗旁边。那只吉娃娃狗很快就把鼻子伸到了林妹妹的屁股后面，用狗嘴挑起了林妹妹的尾巴，然后伸出了舌头。崔鹏一阵激动，喉咙里响了一下。林妹妹还是一个处女呢，哪见过这种阵势？所以它的第一个反应是躲。但崔鹏不允许它躲。崔鹏用脚钩着它，再次把它送回到公狗身边。

“你的狗叫什么名字？”刘教授问。

“林妹妹。”崔鹏说。

崔鹏掏出火机，要给刘教授点燃烟斗，但被刘教授谢绝了。刘教授掏出火柴，自己点上了。那火柴似乎是特制的，火柴棒很长。崔鹏看到火柴盒上印着吉娃娃狗的图案！“这名字起得好呀。”刘教授吐了一口烟，说。崔鹏想，刘教授接下来就要说到那只公狗的名字了。他有点紧张，担心自己搞不懂那个名字里的学问，惹刘教授生气。他的担心是多余的，因为刘教授是这么说的：“它叫林妹妹，那我的狗就叫宝二哥喽？”刘教授这么说，显然是同意了这门亲事。刘教授不愧是个知识分子。是知识分子，就把别人的幸福当成自己的幸福。具体到这件事上，那就是把狗的幸福也当成自己的幸福。崔鹏想，明天就到书店里去，把刘教授的书买回来，全都买回来。

宝二哥还在那里舔着，舔几下，把头扬起来，闭着眼沉思一会儿，好像正在做出什么决策似的。崔鹏想，前期的准备工作未免太繁琐了，爬上去不就得了，一二三，上！但宝二哥偏不，宝二哥用前爪挠了挠耳根，慢条斯理的，一点点瞪圆了眼睛，才伸出了舌头。

“你太太在哪里工作？”刘教授问。

“以前在纺织厂，现在在家。”崔鹏说。

“下岗了？国企改革难啊，本来是阵痛，后来变成了长痛。”刘教授说。

“早就不痛了。痛也白痛嘛。”崔鹏说。

“不能麻木，要有信心。”刘教授说。

“搞了多年纺织，人家也烦了。”崔鹏说。

“烦？这可不好。要知道，纺织品可是中美经贸关系中的重要棋子。”

刘教授说得对。他也是这么看的，国际形势他也是很关心的嘛。问题是纺织厂倒闭了，她想上班也不成啊。她倒是想撒娇地说一声“烦”，可她连撒娇的资格都没有。她每天都待在家里，只有晚上才出去。出去干什么？到立交桥下贩卖盗版影碟。当然，这些事是不能告诉刘教授的。

崔鹏一边聆听刘教授的教导，一边留心着林妹妹，并动用自己的脚、腿、屁股，把躲躲闪闪的林妹妹一次次送到宝二哥身边。好，很好，宝二哥终于来真的了，崔鹏看见它先是后退了两步，然后猛一蹿，一下子爬到了林妹妹身上。或许是准备工作做得比较细，所以宝二哥上去就进入了状态。只见它梗着脖子，弓着腰，踮着后腿，屁股在快速地撞击。它的屁股本来是圆滚滚的，此刻却变得有棱有角，筋络毕露，有几根筋从屁股延伸到腰部，经过脖子，一直延伸到耳根。为了防止林妹妹逃脱，它还紧紧地咬住了林妹妹脖子上的皮毛。

就在宝二哥眼珠子都快蹦出来、发起最后冲刺的时候，刘教授突然站了起来。崔鹏还以为刘教授是要给宝二哥助威的，哪料到刘教授一脚踢向了宝二哥。刘教授动作很大，只是在接触到宝二哥的一刹那，动作才舒缓下来。

“搞什么鬼？”刘教授说。

刘教授用脚尖挑着宝二哥，要把它从林妹妹身上挑下来。和崔鹏一样，宝二哥也愣了。宝二哥仰着头，抖动着下颏，似乎在询问主人，到底是什么意思。刘教授用烟斗敲了一下宝二哥的头，说：“下来！”宝二哥没有下来，只是有些减速而已。刘教授弯下腰，烟斗在宝二哥肚子下面一挑，将宝二哥挑了下来。宝二哥显然有些眩晕，腿一软，卧倒在地了。

“玩着玩着，来真的了。”刘教授对崔鹏说。

“这也是周瑜打黄盖嘛。”崔鹏说。

“这我就得批评你了。太自由了，要出事的。不能由着它们性子来！”

“那，那怎么办呢？”崔鹏犯糊涂了。

“饮食结构要考虑，体力状况要考虑，交配次数要考虑。尤其是，一定要考虑到狗的血统。这些问题都需要通盘考虑。反正不能由着它们的性子来。”刘教授扳着指头，说。

“血统？您的意思是——”崔鹏一时不知道说什么好了。你是吉娃娃，我也是吉娃娃，生下来的肯定也是个吉娃娃，这还需要考虑吗？

“也就是说，我需要你出示林妹妹的血统证明，证明它是一条纯种的吉娃娃，同时，你也需要出示它的生育状况的正式说明，说明它没有和别的品种的狗交配过。”刘教授说。

崔鹏这一下是真糊涂了。林妹妹有没有与别的狗交配过，碍你什么事呢？狗还要讲究彼此忠诚吗？还要验明是不是处女吗？刘教授看出了他的情绪，说：“怎么，你不以为然是不是？”刘教授摇了摇头，似乎是在感慨崔鹏的无知。然后，刘教授朝湖边的一个女人喊了一声：“小张，您过来一下。”被称为小张的女人对刘教授非常尊重，立即走了过来。走过来的还有另外一个女人。崔鹏发现，她们就是那对香槟狗的主人。刘教授对她们说：“我告诉这位先生，需要给狗准备血统证明，他竟然有些不以为然。你们带证明了吗？让他瞧瞧。”那个叫小张的女人看看崔鹏，又看看崔鹏怀里的狗，说：“那当然。否则谁能相信你的狗是吉娃娃狗。”

“你不是已经认出它是吉娃娃了吗？”崔鹏说。

“这是肉眼认出来的，谁知道它的祖上有没有杂交过呢？这得靠科学鉴定。”另一个女人说。

“否则，谁敢跟它……那个啊。”小张说。

小张果然从风衣口袋掏出一个红皮本，像课本那么大。崔鹏伸手去接，但小刘没有给他，只是让他浏览了一下。崔鹏首先看到了上面凹凸的钢印，钢印显示这是由“香槟狗血统鉴定委员会”正式颁发的证明，上面贴着香槟狗的彩色照片，并用表格列出了名字、性别、出生年月、父系证明、母系证明、生育状况、健康状况等等。每一行的后面，都盖着鲜红的印章，那是年审的证明。

“刘教授德高望重，怎么会骗你呢？”小张说着，把本子塞回风衣口袋。两个女人向刘教授说了声“再见”，又向宝二哥说了声“bye-bye”，然后走掉了。她们都没有搭理林妹妹，好像林妹妹真的是一条野狗，听不懂她们的英语。

崔鹏有些生气，当然不是生两个女人的气，而是生刘教授的气。既然你说你的狗是宝二哥，那就等于承认了这门亲事，可在这节骨眼上，你怎么又变卦了呢？想不通，崔鹏真是想不通。崔鹏看到，林妹妹也生气了。但它生的是谁的气，是刘教授，还是宝二哥，还是那两个女人，崔鹏无法判断。只见林妹妹先用爪子挠了挠下巴，又用爪子洗了洗脸，然后猛地一蹿，从崔鹏的怀里蹿了出去，跑向了那两个女人。吉娃娃狗的报复心是很强的，所以崔鹏以为它是要报复她们，要在她们的腿肚子上留下牙印，所以赶紧去抓牵引带。但林妹妹的动作太快了，在它的带动下，牵引带像蛇一样在地上摆动，使他无法抓住。林妹妹还在追那两个女人，眼看着就要追上了，却突然一蹬腿，来了个急转弯，跑向了湖边的竹林。

它一定是感到没脸见人了，崔鹏想。它平时娇生惯养，顾影自怜，还有一种姑奶奶的傲气，可现在却连献身都献不出去，当然会感到没脸见人。崔鹏正想着如何安慰林妹妹，宝二哥突然“汪”了一声。崔鹏想：“你还有脸叫唤？要不是你刚才过于磨蹭，光打雷不下雨，怎么会连个媳妇都看不住？你就等着打光棍吧。”但是，宝二哥接下来的动作，使崔鹏顿时感到自己误解了人家。宝二哥叫声未落就蹿了出去，顺着林妹妹刚才的跑动路线，向竹林那边跑去了。它跑得那么快，甚至连翻了几个跟头。崔鹏想起了《红楼梦》里宝二哥的一句话，叫“任凭弱水三千，我只取一瓢饮”。看眼前这只宝二哥的架势，即便眼前有一百只吉娃娃狗，人家宝二哥也只要林妹妹。“好，好得很啊！”崔鹏想，“刘教授啊刘教授，你就等着好戏开演吧。”这时候，崔鹏听见一阵熟悉的声音，那是孩子们的声音。崔鹏循声望去，看到了自己的三个学生，带头的就是保安的儿子，另外两个就是刚才在坟地里逮蝎子的家伙。他们显然是来看热闹的。保安的儿子虽然年龄最小，个头最小，但却是最神气的。他有资格神气，因为那两个同学是被他带进来的。现在他是屁股朝前倒着走，边走边向同学训话：“以后有好事，一定要想着我，听见没有？”那两个同学纷纷点头。保安的儿子拉住其中一位，问：“上回你家里的奶牛配种，为什么不叫上我？”原来这几位是专门来看狗交配的。看就看吧，就当上一堂生理卫生课。崔鹏想，如果他们走过来，他就对他们说，这是刘教授，大经济学家，我们能不能早日实现小康，靠的就是刘教授这些人。可他们并没有朝这边走。他们突然向一棵高大的梧桐树跑去了。在梧桐树下，那只被称为保尔的苏联红正和一只藏獒对峙着。它们各进一步，又各退一步，然后各进一步。它们呼噜呼噜的喘气声，隔得很远都可能听到。

“冷战，这就是冷战！”有人说。

“早剃头，早凉快！上啊！”有人在旁边起哄。

崔鹏关心的还是林妹妹和宝二哥。竹林就是它们的洞房，他想，此时此刻，林妹妹和宝二哥一定正在交配。为了给狗足够的交配时间，崔鹏想出了一个话题，当然这也是他心中的一个疑问。就算林妹妹不是纯种的吉娃娃，可这跟宝二哥有什么关系呢？狗嘛，露水夫妻嘛。可他刚把这个意思说给刘教授，就遭到了刘教授的严厉驳斥："露水夫妻？你说得轻巧。如果你的狗不是纯种的，即使我（的狗）再纯，你（的狗）生下来的宝宝也不会是纯的。即使你（的狗）是纯种的，可如果你不能证明它是纯种的，它的狗宝宝也不会被认为是纯种的。到时候，人们会问，它们的父亲是谁啊？你肯定会说，是刘教授（的狗）。好，这么一来，人们就可能认为，是我（的狗）的血统出了问题。以此类推，我（的狗）的兄弟姐妹的血统就都值得怀疑了，我（的狗）的父母的血统当然也值得怀疑了，再往前推，爷爷奶奶的血统，肯定也好不到哪里去。血统问题可不是闹着玩的，一颗老鼠屎只坏一锅粥，可一只杂种狗就能坏掉所有的狗。"说到这里，刘教授突然想起了他的狗。他刚才在往烟锅里装烟，没有发现宝二哥早就溜了。

"我的宝宝呢？"刘教授问崔鹏。

"刚才还在的。咦，我的林妹妹呢？"崔鹏说。

"是不是你把它们藏起来了？"刘教授用烟斗指着崔鹏。

"您看见的，我一直在听您讲课，并没有离开。"崔鹏说。他想，这会儿两条狗说不定已经配完了，生米已经煮成熟饭了。

刘教授的烟斗还戳在崔鹏的鼻子跟前，并且随着刘教授的哆嗦在不停地抖动。老家伙显然生气了，崔鹏想。眼看着烟斗越抖越厉害，崔鹏真担心老家伙突然来个脑溢血或者心肌梗死什么的。当刘教授用手撑着地，慢慢坐到地上的时候，崔鹏真的以为他已经开始犯病了。崔鹏甚至想到，如果这家伙真的突然死掉了，自己是应该悄悄溜走呢，还是应该高呼救命？但就在这个时候，刘教授突然拉了他一下。

"坐下，我有话问你。"刘教授说。

"两只狗是不是一起跑掉的？"刘教授问。

"反正都不见了。"崔鹏说。

“好吧，事已至此，也只好亡羊补牢了。”刘教授说。

刘教授说着又站了起来，拉着他往竹林的方向走。“等你的狗下了宝宝，一定第一时间通知我。”崔鹏想，看来刘教授已经无奈地接受了这个事实。崔鹏一连声地说：“一定一定。”刘教授说：“如果没有我，你能怀上宝宝吗？”崔鹏说：“当然不能，天方夜谭嘛。”刘教授下巴一收，说：“所以说，有我一半功劳。”崔鹏心里一紧，想，刘教授不会是向我要钱的吧？他会要多少钱呢？一百还是二百？总不会是五百块钱吧？那可是我半个月的工资啊。刘教授伸出手掌，然后把大拇指勾了回去。四百块钱？崔鹏想，老家伙真够狠的。崔鹏说：“是不是有点——”老家伙还算通情达理，又把食指勾了回去。崔鹏说：“好！谢谢您的理解。”他没有料到，老家伙说的并不是现钱，而是狗。

“说定了，哪怕它下了一百只狗宝宝，我也只要三只。”老家伙说。

三只？一只狗两千块，三只狗就是六千块。这说的还是公狗，是最低价。崔鹏心里呻吟了一声。不过，崔鹏很快就又想到，“猫三狗四”嘛，四个月以后的事，谁能说得准呢？到时候我说林妹妹只生下了两只小狗，他又能拿我怎样？我要说只生了一只，他又能拿我怎样？我要是来点儿狠的，说林妹妹根本没生，他不也是干瞪眼没办法吗？但刘教授不愧是刘教授，想得很周到。刘教授当场掏出一个本子来，要和崔鹏当场签个合同。刘教授还把刚才的那个张女士叫了过来，要让她当个公证人。合同是刘教授起草的，合同中还有一项，即由刘教授负责与吉娃娃狗血统鉴定委员会疏通关系，给林妹妹补发纯种吉娃娃狗证书，但五百块钱的相关费用由崔鹏承担。崔鹏想，老家伙太狡猾了。这个老家伙，老混蛋，狗东西，事情发展到这一步，肯定是他预谋好的。

崔鹏和刘教授蹲在竹林旁边，悉心听着竹林里面的动静。里面不时传来几声狗叫，是那种唧唧哝哝的叫，间杂着咂嘴的声音，一听就是狗夫妻在呻吟。“没错，是宝二哥。”刘教授说。刘教授还把烟斗递给崔鹏，让崔鹏也来上一口。崔鹏说戒了，刘教授说戒了好，戒了好，被动抽烟会影响胎儿的发育。刘教授显然指的是狗胎。看来，刘教授已经开始关心林妹妹的后代问题了。

“您跟吉娃娃狗血统鉴定委员会的人很熟吧？”崔鹏问。

“他们的主任我认识，巧了，主任就姓吉，不过是吉鸿昌的吉。”刘教授说。刘教授站了起来，跷起一只脚，用脚尖挠了挠另一条腿的腿肚子。“真是个狗东西！”崔鹏想。现在，崔鹏想进竹林看一眼，里面笋尖密布，他担心压在宝二哥身下的林妹妹被笋尖刺伤。可他刚刚抬脚，刘教授就说：“宁可食无肉，不可居无竹，切勿损坏竹林，OK？”崔鹏只好把脚收了回来。收回来的时候，他用右脚挠了挠左腿。别说，这样挠痒还真是能够缓解紧张。但这时候，他突然听见那几个学生在喊他的名字。“崔老师的狗，肯定是崔老师的狗。”这是保安儿子的嗓音。另外两个学生，说得更为简洁，说的不是“崔老师的狗”，而是“崔老师”。

“崔老师被强奸了呀。”

“哎呀，崔老师疼得都不会叫唤了。”

“My God（上帝）！”小家伙竟然喊起了上帝。

“错了，不是God（上帝），是dog（狗）！”另一个说。

崔鹏的第一反应，是那几个学生就钻在竹林里。但他的耳朵告诉他，那声音是从别的方向传过来的，准确地说是从湖边的桃林里传过来的。那边，桃花开得正闹。有一股人造瀑布从那里流出，注入湖水，所以桃林那边竖着一个牌子：“桃花源”。难道林妹妹不在里面？崔鹏赶紧闯进竹林。往前只走了几步，他就看见了那对狗，一只是香槟狗，另一只还是香槟狗。它们屁股对屁股，就像一对连体婴儿。当他从竹林里退出来的时候，刘教授问他：“怎么样，快完了吧？”崔鹏没有搭理他，掉头就往桃花源那边跑。他首先看到了那三个学生，他们都蹲在地上，歪着脑袋，目光贴着地皮朝一个方向望着。他们看得太认真了，竟然没有发现崔老师大驾光临。顺着他们的目光，崔鹏看了一眼，只看了一眼，他就跪倒在地上了。他的姿态与林妹妹身后的那只狗，可谓异曲同工。那只狗也跪在地上，当然跪的是后腿。它的两条前腿把林妹妹抱离了地面，就像袋鼠妈妈抱着自己的婴儿。它还在用力，身体一耸一耸，不停地向前移动。它身边的那株桃树开得正艳，正是倚着那棵桃树，它才不至于摔倒。也就是说，它是围绕着那棵桃树，以顺时针的方式兜着圈子。林妹妹细小的尾巴，歪在一边，而那只狗的尾巴却夹在跪倒的两条后腿之间。那是一只土黄色的狗，土狗，头上带有黑斑的。崔鹏认出来了，它就是被保安称为乡巴佬的那条狗。

"上帝呀！"崔鹏喊了一句。

"我的妈呀！"这次，崔鹏是在呻吟。

他几乎是连滚带爬向它们赶过去的。尽管如此，他还是迟到了一步。乡巴佬突然来了个急转身，接下来，两只狗的屁股就紧紧连在一起了。因为个头矮小，所以林妹妹是被吊在乡巴佬的屁股后面的。它的前爪无法着地，在空中乱抓一气。此刻，它就像从乡巴佬的肚子里流出来的一嘟噜肠子，一块肝，一块肺，或者就像一泡狗屎。这奇异的一幕几乎吸引了所有人的目光，包括他们的狗。众人都向它们围了过去，一位女士首先把一只高跟鞋砸向了那只土狗，但那只土狗却不以为耻，竟然把高跟鞋当成了骨头，咬在嘴里竟然舍不得丢掉了。这个动作，自然会被看作公然的挑衅，所以一只半截砖头很快飞了过去，并且击中了土狗的腰部。土狗一个趔趄，躺倒在地了。人们继续向它们进逼，走在前面的还有两个戴着白帽子的厨师，他们本来是看热闹的，这会儿却各拎着一只暖水瓶，瓶盖已经揭开。他们准备把滚烫的热水泼向两只狗的连接处。当然，在所有人当中，崔鹏是走在最前面的，他的一只脚已经抬起，他要亲自将那只土狗踢死。但是，还没有等他靠近，那只土狗突然翻了个身站了起来，"呲"的一声，露出了锋利的牙齿。当一个厨师将整个暖水瓶砸向土狗的时候，随着"砰"的一声闷响，土狗跳了起来，林妹妹和土狗也突然飞开了。准确地说，是林妹妹被远远地甩了出去。

但崔鹏没有去抱林妹妹。他的目光紧紧跟随着那条土狗。土狗穿过人群，朝湖边跑去的时候，崔鹏和一群人紧紧跟在后面。当那只土狗越过湖边的斜坡，朝院墙那边跑去的时候，崔鹏还在后面紧追不舍，但现在已经只剩下他一个人了，手中拎着一截砖头。那只狗跑着跑着，突然开始散步了，当崔鹏靠近它的时候，它又跑了起来。崔鹏在后面跟着，越过别墅之间的草坪，绕过一幢别墅前面的假山的时候，别墅区里已是灯火璀璨。他看到刘教授，但刘教授却装作不认识他，把脸扭了过去。一根电线杆出现在土狗的面前，土狗绕着电线杆闻了一圈，跷起后腿撒了一泡尿。崔鹏连忙追了过去。崔鹏看见了保安，保安和他打招呼的时候，他却装作没有听见。他看见保安对那只土狗很友好，还吹了一声口哨。崔鹏想，保安不是想让儿子当三好学生嘛，去他妈的，永远别想这等好事了。

他跟随着那条狗走出别墅区的东门，走上了五环旁边的辅路。他手中的砖越来越重，但那只狗却消失在了灯光和夜色之中，再也看不着了。崔鹏还在跑着，他不知道自己要跑到哪里，跑到何时，也不知道自己为什么要跑。他手中的砖头，还有他披头散发的样子，使路人纷纷躲避。

原载《山花》2005年第8期

点评

小说写了一个简单的故事，但却令人啼笑皆非。主角“林妹妹”是一只价值不菲的外国名犬，主人崔老师渴望借她的纯种后代发一笔额外财。邻近别墅区的一只同类公狗“宝二哥”是合适的“女婿”。崔老师经过一个学生的父亲的牵线，获得了一次见面机会。小说中崔老师是一个贯穿始末的线索人物，作品巧妙地选择了以崔老师为叙述视角，切入了别墅区这座现代的“大观园”。别墅区内外是贫富两个世界，人的世界是这样，狗的世界如出一辙。富人们开名车养名犬，普通人只有养家狗、土狗的份；名犬悠闲地吃着肉，土狗却遭人毒打，饿着肚子四处跑。别墅区内唯一的土狗被人们蔑称为“乡巴佬”，作为外来者的崔老师和“林妹妹”自然要受到无形的轻视。故事的结局也极具戏剧性，在崔老师和刘教授就“配种”讨价还价的过程中，“林妹妹”和“宝二哥”先后挣脱跑进竹林。意外的事情却发生了，“林妹妹”被“乡巴佬”占了便宜，崔老师气急败坏地追打着“乡巴佬”出了别墅区。这真是一个意味深长的讽刺。整个作品的笔调轻松戏谑，引人发笑。此外，小说的细节描写也是作品的一大亮点，作者在细节上倾注的笔墨细腻自然，生动鲜活，值得把玩。

（苏鹏）

永远的谢秋娘

潘向黎

谢秋娘总也不老。当年在蓝冠歌厅听她唱歌听得如痴如醉的青绿少年们，如今有的弹出个大肚腩，唯恐人家不知道他暴发了；有的开了顶，却将周遭的头发留成长长的一缕，盘绕上去掩饰，用时兴刻薄的说法，叫作“地方支持中央”。这伙人的太太，不是女明星就是模特儿，当初一个个还不是美人胚子？如今再看，若不靠着拉皮隆胸注射羊胎素，外加每周一次的保养，也是守得住功架守不住卖相了。只有谢秋娘，还是老样子。房地产巨头王企治每次来“秋娘小厨”，必定先嚷嚷一遍：“秋娘，你怎么还是老样子？你这样漂亮，又总是不老，别人还活不活啦？”如果有其他客人在，谢秋娘便微微一笑，不搭他的腔，要是没有别人，她就会用那早年出名的云遮月嗓子缓缓地答上一句：“又寻我开心。还年轻什么？我从来没有年轻过。”

谢秋娘有没有年轻过，许多人都不记得了。只记得她这个样子好像有许多年了。当年她还不是二十二三的年纪，那打扮就是今天这样了。一年四季的旗袍，那料子，不是织锦缎，不是真丝，就是家常布的，往往是素色的，最多也只是小格子、碎花的，脚上一双硬底带襻黑布鞋，背后看像个二三十年代本本分分的女学生。可是，等她回过头来，那股子轻灵水秀，顿时叫人忘了她穿什么衣服。那时很少有人穿旗袍，她就穿，穿得自在，好像生下来就没穿过别的。后来穿的人满街都是，绷着胸部露着大腿，性感耀眼，她还是那么穿，倒把那些热闹衬得浅了。上海的大冬天还不是阴冷阴冷的？她也不过在布旗袍上面罩一件长大衣，黑色的。头发是盘起来的，用一支沉香木的如意发簪插着，颜色看着也不起眼，走近了却有股子淡淡的异香。据说这是她家传的物件。除了这支簪子，谢秋娘浑身上下再没有半点装饰。

不止一个女人说过，哎呀呀，年轻轻的这副打扮，太老气，别人看着也不像啊。五陵年少们自然不依，买了各式洋派时髦的衣服来送她，她都笑笑收下，却一次也没穿过，还是穿着她那半新不旧的布旗袍，弄得大家一片热心肠都渐渐收了。

只有一个人与众各别，这个人叫戴维，是个海外长大的华人，世家子弟，玉树临风，自然眼高于顶。也是前世欠下的，一见谢秋娘，便说："没想到今天的中国还有这样苏州园林式的女子！"他对谢秋娘也算是真心实意了，送的花把她的化妆间都堆成花店了，每天晚上开着那部擦洗得锃亮的奔驰车在门口等，弄得蓝冠那些原先妒忌的姐妹都劝谢秋娘："这样的人你都不嫁，你还要嫁到天上去啊？"谢秋娘原本就话少，这时也只是微微地笑。戴维最后来告别的时候，整个人都憔悴尽了，眼中添了许多岁月，看得旁人倒唏嘘起来了。谢秋娘眼里不要说雨水，连云彩都没有一丝。

十多年过去，原来那些娇艳的黯淡了，婀娜的走样了，谢秋娘才晚开的秋海棠一式盛开了。她不但装束没有变，容貌身材也没有变，只是眼角眉梢周身上下，多了年轻时没有的风韵和底气，越发地出众了。秋海棠经了露水月色，形状不改，颜色可是越发受看了。这也罢了，偏这枝秋海棠像涂了腊，时光的水珠和流言的尘埃都不能在上面停留，世道的变迁，人事的沉浮，都与她不相干。那些原先议论、轻视她的寻常脂粉们，到现在才恍然大悟：这个女人太有心机了，早十多年，就打下埋伏，到今天来杀她们个片甲不留！想想自己当初的花枝招展不留余地，悔得无可无可的，却也迟了。

说起来也不奇怪，到底是书香门第出身。父亲是留过洋的音乐家，回国后在音乐学院作曲系当教授，母亲原本是芭蕾演员，后来生了孩子改当了中学老师。家里那时住在福康里，谢先生和太太是整个福康里第一对璧人，两人又恩爱，晚饭后谢先生经常要抽上一支雪茄，而谢太太总要给他弹上一曲钢琴，那曲调后来秋娘才知道是肖邦的小夜曲。直到五六岁，家里都有全天的保姆，洗洗涮涮外带照管小秋娘和花园，谢太太自己下厨，做一手清清爽爽细细巧巧的淮扬菜，天造地设的一对夫妻外加一颗掌上明珠，偏生天下就乱了起来，好好的一户人家，轻轻巧巧就碾成了齑粉。批斗，抄家，还威胁说要赶他们出门，父亲哪里受得了这些，远远地找了幢高楼跳了下来，他不愿意惊吓了妻子和女儿。可是母亲偏偏是个死心眼的，第二天就吃下整整一瓶安眠药，追随父亲去了。那时候，小秋娘六岁。一朵花刚刚打了骨朵，眼前就桥塌路断，冰封了整个世界。

蓝冠唱了三四年，比她的歌声更出名的是她的脾气。且不说下了台那身寒素的装扮，不施脂粉也够奇怪，单说哪有吃歌厅饭不爱说笑的？再熟悉的客人对她调笑，她也只是默默的，弄得人家亲近不得。性子这样孤拐，倒出了名，许多人偏偏要来闯一闯。可惜那些认真惦记上她的人，不管是挥金如土的商人，还是一手遮天的唱片公司老板，甚至是清清爽爽的书生，到头来都是没有结果，背后就有了流言，说她要么是等个心上人等不来，再不就是被人抛弃弄出了心病，有的干脆说她是姑子命。

最后娶谢秋娘的是一个外交官。这个外交官正要去欧洲赴任，偶然参加一个朋友的生日派对，遇见了谢秋娘。那晚谢秋娘一见他就有些异样，不错眼地看他，还自己到那桌敬酒，外交官要点雪茄，她居然亲手替他点上了，仰着头看他时，一双秋水眸子里竟是悲喜交集。那个外交官第二天就单独来了。不过三个星期，他们就订了婚，然后就是轰动一时的婚礼，连报纸都报了，标题是：“万朵玫瑰铺就盛典　才子佳人缔结良缘”。那天的谢秋娘一袭雪白婚纱，站在一身黑色礼服的新郎身边，一朵白云似的，唇边一抹安静的甜。婚礼之后，这朵云就随了丈夫去了欧洲。众人这时已经妒忌不动了，转而赞叹：啧啧，外交官夫人，风光不说，将来那份阅历见识，还了得！

水满则溢，月圆则亏。天下事总难逃这个道理。突然一天，谢秋娘一个人回来了。她和外交官离婚了，究竟为什么谁都不知道。到谢秋娘脸上找答案，她还是一点都没变，淡着一张脸，什么都不留痕迹，三十出头了，连皱纹都不肯有一丝。蓝冠的老板喜出望外地来找她，想请她复出，没等他开口，谢秋娘一句“好久不见，你不会还在那种地方熬吧？”把他吓了回去。

然后上海滩突然就冒出了个新去处，叫作“秋娘小厨”。不知道的人问了半天，就会说：“不就是一家餐厅吗？”那说的人便不甘心地说：“餐厅是餐厅，可是不一样。”“餐厅和餐厅，能有多不一样？嘁，洋盘。”“你才洋盘呢！你家隔壁那个大饼脸、腰身赛过柏油桶的戆女人是女人，张曼玉也是女人，那是一回事吗？”

秋娘小厨确实不一样。要说店面只是中等大小，菜式也是以改良了的本帮菜为主，服务也并没有什么跪式服务或者女体盛一类的花头经，不但没有，连服务生都清一色是二十啷当岁的小伙子，合体白衬衣、缎背黑马甲，打了领结，严整得紧。说来不奇，可去过的人都觉得奇，偏又说不出奇在哪里，人人这样疑惑，便越发奇了。

做服装的杜石飞杜老大是老相识，当年还是小店主，就在蓝冠认识了谢秋娘，认了兄妹。开张没几天，便带了一拨人马来吃饭，一进门，自己先傻了眼。整个店堂豁朗明亮，装饰得那叫精细，一色儿胡桃木的桌椅，带着几分明代家具的味道。桌布、椅垫都是香槟色的，上面密密绣着艳粉红的海棠花。菜单是羊皮面的，里面是毛笔宣纸写就的菜单，用塑料封套套着。灯具用了宫灯式样的，无边喜庆的气氛。餐具是细腻骨瓷，拿在手里轻巧，看着半透明，纹样是各处见不到的，拿起来还带着温热。四壁都凿了花窗，三面是假的，画了远远的山水，仿佛可以走进去似的，有一面是真的，推开是一片丝绒似的茵茵绿草，草地尽头有三棵百年香樟树，风过处送来几声鸟啼。

“天气好的晚上，可以看看月亮。”谢秋娘笑微微地说道。杜石飞顿时觉得自己身上的打高尔夫的衣服不对味，带来的这些客户也都配不上。

等下一次来，已经是给他母亲做八十大寿，杜老大换了阿玛尼西装、圣罗兰领带，杜太太香奈儿套装，戴了三四根项链，盛大得了不得。谢秋娘还是旗袍，却是杏色的，一排秋香色盘扣，大红宫灯照着，比往日多了几分喜气，又破例在腕上笼了一个红玛瑙镯子，迎着老太太笑微微地道：“老太太福如东海，寿比南山哪。”话音刚落，笙箫管笛便奏响了，奏的是《花好月圆》。老太太是广东人，一听就说：“好，这里好！”一顿饭，谢秋娘都站在老太太身后，斟酒布菜，腕上玛瑙镯子上下滑动，越发衬出整个人说不出的素净。一桌人个个惊艳，有的对人，有的对菜品，有的对环境。而杜老大八十岁的老母亲，拉着谢秋娘的手，喜欢得不住地说：“干闺女啊，你别是个仙女吧？生得这样好，又这样能干，这身气派呀，唉哟哟，电影明星都比不上。”谢秋娘说：“既这么说，我今天诚心要给您老人家做这个寿，不知道您老人家给不给我这个面子？”她便执意不收寿席的钱，弄得杜老大越发过意不去，第二天叫人送来一个红包。从此他索性把这里当成家里的餐厅，有事没事都到这里。

除了这些老朋友，还有一些新人慕名而来，却意外发现这里有不少名流，经常是这边一桌吃着，过来一个半生不熟的脸孔敬酒，报出名字“哎呀”一声，互相“久仰”，然后两桌并一桌边吃边聊。那些带了钱带了本事想要在上海滩混出名堂的人，渐渐认了这里是个结交人的好去处，吃饭倒在其次了。有人为了一纸批文要求一个常来的张局长，一连十来天到这里吃饭，谢秋娘看不过，替他打了电话到张家，探听到张局长出国了，要一个月才回来，这才免了那人傻等，走时千恩万谢的。店里的小伙子说：“大阿姐，你干吗告诉他？让他天天来，他又不是不付钱。”谢秋娘笑道：“这话没得叫人恶心。他这种人不是真心来吃饭，心神不宁东张西望，没得辜负了我的好酒好菜。”间或还有电影演员、歌星戴了墨镜神神秘秘地进来，手下都见多不怪，只是寻常招呼。秋娘小厨还上了国外的观光手册，就有外国观光客拿着地图找来。

店堂一边有条走廊，走廊的地面是玻璃的，中间一排青石让人走路，玻璃下面是潺潺流水，有几片落叶，还有几尾小鱼，几乎透明的，平时不显眼，游到尽头扭身回来时，金属般的银光微微一闪。走廊尽头是一间茶室，少数客人饭后可以到里面喝一杯茶。茶室里的风光和外面不同，竟是简到了极处，青砖铺地，临窗一张花梨木蕉叶阔几，两把太师椅，上面填了好几个黑丝绒软枕，打横一张插肩榫藤面长几，也放了一张龙头小靠背椅，上面只铺了一个布坐垫。墙上一轴书法，笔走龙蛇，烟云四起，很少人认得写的什么，取个意思罢了。此外再没别的摆设，整个房间空落落一片寂然，除非无意间推开花窗，那片草色蓦然入眼，眼前会得一亮。避人深谈，躲清净，都是好的。当然，不是随便什么客人都可以进这间茶室的，能进得了那间茶室，是个待遇。

秋娘小厨的常客还知道，谢秋娘还有一项待遇。那年，王企治的新楼盘开盘，大宴手下一帮功臣，这年头，没有征伐开边，只有这些房地产的人攻城略地，做一个楼盘也如打一场仗，胜了自然班师回朝、同庆凯旋。那天真是觥筹交错，笑语喧哗，谢秋娘指挥七八个小伙子穿梭往来，快到末了，王企治突然惊觉：“秋娘呢？

哪儿去了？”小伙子笑回：“我们大阿姐亲自下厨房了。”王企治一怔，哈哈大笑：“难得！好兆头！”正说时，谢秋娘袅袅婷婷地走过来，身后跟着一个小伙子，捧了一个青花海水纹龙钮大盖碗。“今天看王先生高兴，我来凑个兴。”说完，把盖子一掀，热气腾腾地说：“这是源源不断发菜羹。”王企治先叫了一声好，又喝了一口，也不知里面放了什么，总之鲜香甘润，不由得又叫了几声好。临走时结账，王企治说：“慢着，那个发财汤算了没有？”谢秋娘道：“那是我高兴。”王企治瞪大了眼睛：“你做的更应该收钱啊，应该加倍地收。”谢秋娘说：“那您就看着赏吧，这菜没有价，有钱难买高兴。”王企治哈哈大笑起来：“说得好！有钱难买高兴！”他留下的是整桌酒钱加了一倍。下次再来时，他说：“秋娘，你的菜单上应该加一个菜，就叫高兴。”

于是，秋娘小厨多了一道叫“高兴”的菜，那菜只要你高兴就可以点，但不是天天有，要看谢秋娘的高兴，那菜也不一定是什么，依时令、客人、天气而定，可能是素炒的尖椒牛肝菌，送两碗丝苗米饭，桃花时节可能是时鲜的清蒸刀鱼，要是冬天的深夜，可能是秋娘亲手包的绉纱虾肉小馄饨，端上来香味扑鼻，再看那馄饨一只只飘在汤里，半透明，看得见里面的虾肉，汤倒是浓白的，还没吃就让人流口水。点了菜的人，心里猜想着，却也不想真的猜中，满心欢喜地等秋娘端上来才揭开谜底。那菜没有价钱，要是吃了不喜欢就算送你的，饭后一样恭恭敬敬送到门口，给你拉车门；要是喜欢，你就看着给吧。享受这个待遇的人哪里会在这上头栽面子？那些有身价的老板们，竟然互相打听了，要把别人压下去。一则满上海有几个谢秋娘？她高兴，就是彩头。再说了，厚厚地赏了，自己也高兴不是。谢秋娘说得好，有钱难买高兴。平日里也不知道是怎么了，钱只管多了，就是高兴不起来，忙起来和亡命徒没有两样，静下来却又心慌，不是想到骑虎难下进退两难，就是觉得前后左右都是陷阱，白天黑夜有人算计。今天荣华富贵，明天还不知道怎么“呼啦啦”大厦倾，怎么树倒猢狲散。这世道，当真能把人逼疯。到秋娘小厨，看到谢秋娘，永远不变的装束，永远不变的浅笑，心里忽然一刻安静。

再刚硬的人也有心虚的时候，心虚时不免和局外人说些傻话。“秋娘，哪天我要是走了霉运，再来这里，你可要收留我啊。”

谢秋娘往玻璃杯注进凉了一会的滚水，然后将碧螺春茶叶投进去。“噢哟，张局长，你把我们想得太没人心了。当不当官，饭总归要吃的呀。说不定你还要升官呢！”

张局长听了这番话，踏实下来，啜一口清香鲜醇的碧螺春，说不出的妥帖。

可是天意到底是难料的，才几天，这个张局长就丢了官，然后进了监狱，居然犯的事不小，先判了死刑，后来改死缓。倒也不必担心谢秋娘如何待他了，因为这辈子不要指望再来了。

谢秋娘对正在收拾茶具的小伙子说：“把那个杯子拿出来。哎呀，就是张局长专门用的那个玻璃杯。”小伙子拿出那个玻璃杯递过去，谢秋娘已经走开了，头也不回地说：“扔出去。”

一日来了一个老先生，雪白头发，皮肤黝黑，戴了一顶巴拿马草帽。说要找老板娘，等谢秋娘过去了，他竟站了起来，胡子抖抖地说：“谢姑娘，你长这么大了。老天有眼，谢先生家总算……”谢秋娘不知道如何开口，他又说：“你长得和谢夫人一模一样，一模一样啊。”原来这位老先生姓段，是谢先生留学时的同学，只是当年他没有回国，娶了个马来西亚太太，就去了马来西亚，做了几十年中学校长，日子殷实，子孙满堂。他在谢秋娘刚出生时见过她，后来知道谢先生的不幸遭遇后，一直想把好友的遗孤接出去，找了这么些年，总算有了下落。“你怎么改了名字呢？叫我好找啊。”谢秋娘道：“苟活之人，没得玷污父母给的好名字。”段老先生便拉着秋娘的手，老泪纵横道：“姑娘啊，你不知道你父母多疼你。要不是生不如死，他们怎么会撇下你！可怜你当年豆子大的小人儿，是怎么活过来的啊？我要是见不到你，还以为你夭折在哪里了，那我真是死不瞑目啊！”谢秋娘任他握着双手，像听他在讲一个故事，等他平静下来，方徐徐道：“段伯伯，您既还有几天盘桓，明日可否赏光来用晚饭？容我略尽地主之谊。”“好，我这次带了几个孩子来，明天让他们都来见见你，要见，都见见。不然老是听我念叨，还怀疑我老糊涂了在说梦话。”

第二天晚上，整个秋娘小厨就是段家一桌，其他客人，统统明日请早。桌上的菜都是菜单上没有的，谢秋娘自己新拟的。临到席罢，段老先生方颤颤巍巍地说：“好。谢家有你这样的女儿，不辱门第了。”“谋生而已，段伯伯过奖了。”“我说的可是大实话。你这一桌，没读过书的吃起来，滋味俱全，颜色悦目，营养搭配又好，可是你段伯伯读过几年书，一看就知道，你这是仿古啊，你今日用的可是《陶庵梦忆》里的菜谱？”一言既出，满室皆惊，只听谢秋娘朗声回道：“您说得是。”段老先生哈哈大笑：“起初几道菜上来，我就疑惑，越看越是了。”见满桌的人一脸困惑，老先生索性放声朗诵道：“河蟹至十月与稻粱俱肥，掀其壳，膏腻堆积，如玉脂珀屑，团结不散，甘腴虽八珍不及。”段先生用筷子指点着桌上的菜品，继续朗诵道：“从以肥腊鸭，牛乳酪，醉蚶如琥珀，以鸭汁煮白菜如玉版，果蓏以谢橘、以风栗、以风菱。饮以玉壶冰，蔬以兵坑笋，饭以新余杭白，漱以兰雪茶。——这是我年轻时极喜欢的文章，当年在国外吃不到这些东西，所以望梅止渴背得烂熟。真是天厨仙供，惭愧惭愧啊！张岱尚且如此，何况我等！”

谢秋娘微笑道：“段伯伯好记性。只是今日这橘子是朱砂橘，饭是梅河的米，茶是梅家坞的龙井，兰雪茶如今再没有了。”“这样更好，得神韵便好，何必拘泥？”段先生放下筷子，眉飞色舞：“姑娘啊，你伯伯也是有些微见识的，不比那等迂腐势利的人，据我看，你熟读诗书，秀外慧中，偏偏幽人隐于市，君子入庖厨，强似文君当垆，可算得上佳话了！”

这样一闹，谢秋娘的身世，自然就瞒不过众人了。只是不知道便罢，知道了越发疑惑：那些惨伤毁灭，她都藏到哪里去了？浑身上下清清爽爽，肌肤剔透，眼如寒泉，行动处带出一股清淡、从容，怎么看都不见破绽。这都不算难得，难得的是，她脸上总挂着浅浅的笑，十丈开外能把人拘到跟前，到了跟前却不能再近一分一毫。近不得，却还是舍不得去。说起来，这才叫美人儿，市面上那些女孩子，不过是漂亮罢了。

谢秋娘既是这样的人品，又总也不老，众人对她难免有想象：她就真的没有意中人？就真的这样一个人下去？告诉谁谁都不信。可是看来看去，她日日把自己搁在秋娘小厨，这里也一时都离不开她，直忙到夜里十点钟光景闭了门，还要收拾盘算，再吩咐一些细事，快半夜了才回去。就算没有时间另外社交，可是那么多客人，就没有一个好的？不说谈婚论嫁，就是两相情愿来往来往，也是趁着花开有枝啊，那么一个聪明人，当真要等到花落么？

新来的客人里有一个韩定初，四十出头，相貌堂堂。政法大学博士毕业，又留学美国，刚回来一年，开了一个律师行，在业内已经有了名气。事业有成，光彩、气派自然不同。这韩定初是杜老太太的外甥，杜老大带了他来，说："老太太说，让我把这个弟弟交给你，以后没饭吃了就来你这里，人情世故，你也多指点他——他都快成半个洋人了。"谢秋娘早站了起来，一边起身，一边已经笑道："不敢当。吃不吃饭的，什么要紧，我这里还有个茶室，倒还清净，不嫌弃的话常来坐坐。"韩定初听说过谢秋娘的身世，知道她在国外时来往的都是上流人物，岂敢怠慢，堆下笑来说："早就听说谢小姐，之前不敢冒昧，现在大哥引见了，以后一定常来。"谢秋娘说："我的英语忘得差不多了，你来我们正好说说话。"韩定初出来，发现手心竟是微微出了汗，对杜老大说："不是一般人啊，这位谢小姐。"杜老大说："大博士，你以为你哥哥混了这些年，还那么巴？你以为我会带你来看漂亮妞吗？"

第二天，韩定初就到谢秋娘那里吃晚饭。秋娘做主，点了凉拌海蜇头、炝虾，绍兴黄酒十年陈，热菜是百叶结烧肉、油焖春笋、荠菜豆腐羹，一色儿本色体己的家常菜。韩定初是一个人，请秋娘陪，秋娘就再拿一个杯子，陪他喝了两杯。韩定初吃着，突然叹一口气。秋娘问："怎么？不对胃口？""不是，我在想，这才叫饭菜。在美国那些年也不知道是怎么过来的，吃那些水泥黄沙！"两个人都笑了。日子久了，就看出来，这位韩定初最是个明白人，而且会说话，就是夸人，也说得含而不露，叫人听了受用。

饭后韩定初说要喝杯茶，谢秋娘引他进了茶室。他进去一打量，说："到这里就觉得自己是个俗物了。"

谢秋娘自己在一旁烧了水，烫了壶烫了杯，滚滚地沏了茶庄刚送来的铁观音。给韩定初的，是平日她自己用的那个青花缠枝杯，鸭蛋大小，正好一手握住，自己却使一个核桃大小的仿越窑杯，雨过天晴的颜色。

韩定初果然是懂的。茶汤一进口，就一怔，停了片刻，又啜一口，徐徐咽下，才开口道："这茶好。"

不见谢秋娘回答，他抬起头，只看到她含着笑，脸上微微的酒晕，越发衬出肌骨晶莹，抱着双臂靠在那里。韩定初看着她，加了一句："有观音韵。"

从此十天里有七天，韩定初必定来秋娘小厨报到。有时候是下午来，在茶室里喝了茶就回律师行，有时候是掌灯时分单来吃晚饭，得闲的时候就先喝茶后吃饭，然后再喝茶，直消磨一天。

不觉大半年过去，时令由春转了秋。这天两人在门口告别时，韩定初说："进去的时候天还大亮着，现在出来这么黑下来，都是霓虹灯的世面了，冷不防叫人吓一跳呢。"谢秋娘笑了，正好一阵风过，她掉过脸去躲风，他过来把外套披在她身上，说："小心着凉。"谢秋娘低头一笑，只觉得一阵暗香袭来，不等他回过神，谢秋娘已经风也似的闪到台阶上，推开门却又回头说："开车小心哪。"

律师界都在传，韩定初大律师爱上了秋娘小厨的女老板，有人特地跑来看，看了服气道："算他有眼光。"至于谢秋娘，大家都说，这样一个人，难道她不动心？身家、名气不用说，就是相貌也没得挑剔。况且他原先的太太和他在美国就分了手，竟是钻石王老五一个。难得的是两人又有说不完的话。看阵势，她不用自己辛苦，舒舒服服做大律师太太的日子不远了。

王企治仗着交情，也不怕谢秋娘恼，就说："你要是结婚去，不开秋娘小厨了，叫我们怎么办？"谢秋娘说："你也听起那小人嚼舌根？为什么不开秋娘小厨？我要开上一万年呢。"王企治哈哈大笑，"你有这个心，到时候看你说了算不算？"

杜太太也来劝："谢家妹妹，咱们终归是女人，能靠男人，为什么还要苦自己？"

谢秋娘依旧笑微微地道："男人是靠得住的吗？"

杜太太一怔，想到杜老大在外头的种种行径，不禁长叹一声，自怜自伤起来。"不靠男人，那靠什么呢？"

"靠什么？这世上，什么都靠不住啊。"说这句话，谢秋娘的眼睛有一瞬的黯淡，一条好嗓子也只剩乌云没了月色。脸上倒还挂着笑，只是那笑，像冬日雪地上惨淡无力的阳光，不让人觉得暖和，反是更冷了。

杜太太失了神，全忘了自己来这里是要当说客的。

韩定初原来整个心都在事业上，没有置房产，只是在律师行边上租了一套公寓住着。这些日子他一反常态，求着杜老大帮着他看房子，这日杜老大一进门就抱怨："吃不消！拖着我去那些工地，高一脚低一脚，还要戴安全帽，弄得我灰头土脸。"谢秋娘递上雪白的热毛巾，问："看好了没有？""总算是看了一套，一百六十平米，够大的，地段又好，就在……噢哟，搞什么，让他自己和你说！"

韩定初说房子的时候，一直小心看着谢秋娘的脸色，但是她仍是一脸清淡，不喜不忧的，说到装修是找了一家公司全包时，谢秋娘才说了一句："这样好，你的时间可是金贵。"韩定初心想，这算是贴心呢还是事不关己？他有时候觉得她十分近，要落实时却又觉得远。聪明人也只好来笨的，约了时间请她到新房子看看。"还有许多软装潢要弄，我哪里懂这些？最好你给我全权代理了，反正——只要你喜欢就行了。"

天下的各色流言都不可信，唯独绯闻往往就有几分真，都说韩定初和谢秋娘是一对，听听这话，可不是已经在婉转求婚了么？

这天谢秋娘送他出来，门口一个流浪汉突然杀出来，说："先生，我给您相个面。"韩定初笑道："不用了。我的命我知道。我倒是可以给你相个面，你肯定流年不利。"说完就上车走了。那流浪汉兀自喃喃道："三天之内，血光之灾。又一个，又一个……"一阵风过，倾肌透骨，谢秋娘觉得，全世界的人都打了一个寒战。已经是冬天了。

平地一声雷，直把人心从喉咙口震出来。韩定初死了。新房子的装修的一个小工，看他有钱，跟踪了他，先是抢劫，韩定初哪里肯就范，打起来，那个小工敌他不过，突然拿出一把尖刀，捅了他一刀，那一刀正正捅在了心脏的位置。

追悼会那天，殡仪馆的花圈从正厅直堆到走廊，韩定初的巨幅遗像前，是律师事务所和律师协会送的大花篮，上面各自的挽联写着："天缺一角""天妒英才"。许多人用前夜熨得十分平整的手帕拭罢眼泪，便用眼睛寻找那个久闻其名的谢秋娘。但是没有。那晓事的便叹息道："一个女人家，再有道行，也架不住这样的事，大概躲到哪里哭去了。"

秋娘小厨门口贴了告示："今天盘点，停业一天。"几个小伙子在里面布置，谢秋娘正看着他们把宫灯式样的红灯罩换下来，换上俄罗斯订购来的树皮灯罩，那树皮是米色的，微微泛着褐色，上面画着不知道什么鸟，五彩斑斓，双双对对。忽然一眼瞥见洗器具的小伙子打开放茶具的柜门，便说："把最上面那个杯子拿出来。"

小伙子迟疑了一下："是……韩先生用的那个吗？"

"是啊。"

小伙子变了脸色，慢慢拿起那个青花缠枝杯，问："扔了？"

谢秋娘走来，接过去看了一会，像收藏家在鉴赏一件藏品，然后，只听哗啷一声，白白灿灿，碎了满地。

"太容易碎，碎了倒踏实。"

所有的人都傻在那里，泥塑木雕一般，唯有谢秋娘转身道："我去看看今天的大闸蟹正不正宗，明天这一桌可是老吃客。"

原载《作家》2005年第1期

点评

小说的题目和开篇仿白先勇《永远的尹雪艳》的韵致，并塑造了一个有貌有才更有处世手腕的秋娘。在潘向黎的笔下，秋娘如尹雪艳是个收放自如的人物，似乎从不真正地投入感情，但对于蓝冠歌厅和秋娘小厨的主顾自有一套招徕的热忱。作者超越之处在于绝不仅仅是展示一个平面化的原委。她本是出自书香世家，怎奈遭遇抄家之劫，父死母随，从此秋娘孤苦一人。与外交官的婚姻波折，加重了秋娘心里"这世上什么都靠不住"的感慨。秋娘与大律师韩定初一见钟情。韩定初置下房产，交给她布置，可谁知他被装修房子的小工劫财而一刀刺死。秋娘的冷颤是打在心里的，过后她把玩着韩定初用过的杯子，把它摔成了齑粉。至此，她绝了对命运的企望。命运的波折消磨了秋娘心里最后的一点"有情"，这有情到绝情之间，使得秋娘作为一个"人"而饱满了。她先是经历了繁华成空的命运，又经历了让她失去依傍的感情波折，于是一面为着生存捧热肠颜欢笑，一面眼冷似灰地看待命运，最终不投入感情也不顾及道义。这是一种自我保护的姿态，这种坚韧与超然固然有独立于世的美感，可其背后也注定是挥之不去的孤独寂寞。

然而这样的生存困境背后却透出了一个问题：如果感情、道义是让人软弱，如果必须抛弃这些才能顽强地生存，那么如此生存着的人固然是安全的，但是否还是完整的？这是《永远的谢秋娘》在韵致背后留给人们的思考。

（李文杰）

天河洗浴

孙惠芬

这一时刻，吉佳在心里头想象过无数次了，早在没从歇马山庄出来时就已经想象过了，城市把自己变得白净又洋气，说话吐字再也不像从前那样狠了，走起路来高跟鞋着地，本可以风摇谷穗似的颤悠悠的，可是挣了钱，又是回家过年，不能不买些东西，于是提着鼓胀胀沉甸甸的包裹，就不得不缩着肩猫着腰，气喘吁吁。当然最重要的还是心情，在吉佳无数次的想象里，这一时刻，她的心情是甜蜜又美妙的，就像来时那样，和吉美挨着坐在一起，看着眼前的马路被车碾到脚底又甩到身后，激动的心一颤一颤的，仿佛有一个线团在心底滚动，仿佛那线团上的线头甩在了路的后边，车飞得越快心里越滚动得厉害。然而现在，当吉佳真的提着沉甸甸的包裹上了车，迎来这想象过无数次的回家的一刻，她心里的线团不但不滚动，反而被谁揉搓了似的，乱糟糟的。

实际上，吉佳和吉美就坐在一个车上，她们只是没有相挨着坐在一起。吉佳心乱，并不是乱在她们在一个车上却没坐在一起，而是她们压根就不该坐一个车。吉佳和吉美是同一年出生的堂姐妹，年初，她们一起离开歇马山庄进城，一起找到一家火锅店当服务员，又一起在店外边租了房子。进进出出，她们成双成对，就像一个人。可是后来，一夜之间，她们就由一个人变成两个人了，吉美从吉佳那里搬了出去。谁也说不清，是因为吉美从吉佳那里搬了出去她们才成了两个人，还是先成了两个人才使吉美从吉佳那里搬了出去。反正，从此两个人就不好了，谁也不理谁了；从此，吉佳就不能闻吉美身上的香水味了，一闻就心烦意乱。其实那香水的味道并不难闻，是黄瓜一样的清香，可不知为什么她就是不能闻。也是怪了，越是不能闻越是敏感，有的早上，吉美人还没到，那味道就顺门缝溜了进来，弄得吉佳赌气似的狠劲儿捏自己的鼻子。为了躲过这味道，躲过这味道带来的烦恼，吉佳对回家过年这一天真是盼望太久了，简直可以说是天天想夜夜盼了。并且，为了不跟她上一个车，吉佳提前两天就买了车票，可是人打算不如天打算，吉佳刚刚上车不到两分钟，吉美乳白色的身影，就晃动在她的眼前了，于是，整个车厢，一瞬间就溢满了黄瓜样的清香。

很显然，吉美也看见了吉佳，因为她刚上车时还抿着肉嘟嘟的小嘴儿，大模大样地虚睨着一个地方往后看。只要想展示自己好看的小嘴儿，她一定是这么紧紧地抿着，然后大模大样地虚睨着一个地方看。可是几乎是眨眼工夫，吉佳再愣神儿时，她已经扭过头，将身子转了回去。见吉美扭头转回去，吉佳乱糟糟的心仿佛又被揉搓一下，她不得不移开脸，将目光送到窗外乱糟糟的人群里。

车很快就开了，城里的车站就是好，从来都是人等车，车不等人。已经是腊月二十八了，被关在车门外的人们眼里爬满了豆绿色的光。看着这些焦急的面孔，吉佳没有丝毫同情。事情就是这样，没上车的人永远别指望上了车的人能给予同情，不是上了车的人没有同情心，而是没上车的人永远不知道人一旦上了车，心里立即又会涌来别的事情。比如眼下的吉佳，她无论眼里还是心里，都鼓胀着一团乱糟糟的烦。

吉佳已经十九岁了，依她的年龄，不可能不知道她的心烦意乱是什么东西，但是确实，她不知道一向大大咧咧的自己怎么就会有这种东西。那东西她以前从未见过，比如在歇马山庄人们毫无顾忌地拿她和吉美比，说她长得怎么怎么丑吉美长得怎么怎么漂亮的时候；在人们断定，她即使进城工作将来也得回乡下找对象，而吉美注定要被城里人娶走的时候，她从来没有在意过。她不但不在意，还傻呵呵地笑，回答说“俺才不稀罕找城里对象哩”。可是某一天，她和吉美同在火锅店上班之后某一天，那东西被水泡过的豆苗似的，耀武扬威钻出来了，直愣愣地戳在她的心窝。那是一个早上，她和吉美一进店，老板就把吉美叫上了楼，十几分钟之后，吉美从楼上下来了。吉美从楼上下来，再也不是原来的吉美了，而是一只妖艳的蝴蝶。她的长发挽了起来，亮锃锃地悬在后脑勺上，上边别了一只蝴蝶形状的发结；她穿了一件绛紫色的旗袍，绿色白色黄色的蝴蝶在上边狂飞乱舞，关键是那旗袍的两侧开得很高，露着白白的大腿，一迈步，下摆前后飘动，活像蝴蝶在飞。

吉美变成一只蝴蝶，吉佳并不意外，她那么漂亮，稍一打扮就能飞起来，意外的是当她从楼上翩翩走下来，她发现吉美身上，有了一种让她感到陌生的气流，那气流很古怪，是她从没闻过的香水味，但这不重要，重要的是，吉美的目光和姿势里，有了一种被害羞掩盖着的高傲和得意。吉美原来只有害羞，没有高傲和得意。就是这时，她觉得心底某个部位掀动了一下，紧接着，就有东西破土而出了。应该说，那东西刚开始并不茁壮，只是一种不太舒服的感觉，后来就不一样了。后来，吉美变成蝴蝶并没飞走，还在店里；她在店里，却再也不跟自己干端盆子的活了，而是站在店门口迎接来往客人；她迎接来往客人，却常常吸引老板的目光。老板一向阴着脸，可是只要见了吉美保准满天云雾都散了。关键是，吉佳明显感到，自从穿上旗袍，露出大腿，从大腿里散发出黄瓜似的香水味，吉美和自己的话就越来越少了，好像那双裸露的大腿灌进了太多的风，那风足以把香水味冲进她的胸膛塞满她的喉咙，让她说不出话来。说不出话，可以少说或者不说，都不要紧，关键是这之后，她买回了一套满身金色网眼的乳罩裤衩，夜里动辄就穿到身上站到镜前。那鼓胀胀的隐秘的地方从网眼里散发出香水味时，她熏得头都疼了。好在吉美不久就搬走了。她搬走，无非是变坏了，变成一个坏女人，像电视里演的那样，身体被男人占了，可是吉佳发现，明知道她变坏了，不干净了，生她的气，讨厌她，不愿意看到她，可是夜里下了班，再也不必看了，她却一点也没有骄傲起来，得意起来。不但如此，反而对着镜子看开了自己，看的结果反而是越看越来气：她的脸太黑了，下巴太宽了，胸脯又太平了。就这样，白天里，她生吉美的气，到了晚上，又生自己的气。在那驱之不去的气中浸泡，吉佳眼见着那东西在她身体里疯长，它开始只在眼睛里，在胸口里，一点点地，它们蹿向了她的血管，蹿向了她的四肢。尤其夜里，一个人静静地躺在床上的时候，她觉得身体里有一股滚烫的热浪在翻腾，直至她感到焦灼，感到某种渴望。那渴望是她长大以来从未有过的，常常的，她心潮澎湃，浑身潮湿。要说意外，这是吉佳最大的意外，她不但有了那样的东西，她居然会在那东西驱使下心潮澎湃浑身潮湿，居然会有一种深深的罪恶感。问题是，有了那么深的罪恶感，第二天上班，却还要去看吉美的大腿，那种欲罢不能、魂不守舍的样子，让她痛苦不堪。

大客在黄海大道上飞快地跑着，仿佛深知吉佳在城里的痛苦，试图甩掉它。其实错了，无论它跑得多么快，痛苦都甩不掉，它不但伴随着黄瓜的清香溢漫在车厢里，还高高地耸立在吉佳的视线里。因为吉美即使不穿旗袍，她的头发也依然挽着，那高耸云端的部分仿佛有着某种表情，很是理直气壮。在那样的表情对视下，吉佳几乎是开车不久就闭上了眼睛。她闭上眼睛，她看不到吉美耸入云端的现在，可是却能看到吉美深入人心的过去。在那过去里，因为老板宠她，全店的人都宠她，怕她，即使像吉佳一样厌恶她的人。就说那个黑不溜秋的小四川，明明心底里恨死了吉美，可是当吉佳压抑得受不了，想找她说几句吉美的坏话，还不等吐出一个字，她就吓得赶紧逃开，那样子仿佛她是一只遭人厌恶的苍蝇。后来，不自觉地，她也开始打扮了，似乎不得不为自己的心情找一条出路。在饭店工作，穿店里服装，没有机会在衣服上突破自己，她只有像吉美那样，把头烫出几缕黄。可是，吉美烫几缕黄，跟她头上的蝴蝶结是呼应着的，仿佛是那蝴蝶的须子，而自己烫那几缕黄，前不着村后不着店，像荒山野岭上的几撮干草，要多难看有多难看。关键是这样一来，像是自己也变成坏女孩了，连原来纯洁干净的感觉也找不到了，气得她呀！在这驱之不去的气的浸泡中，她开始想家。在此之前，店里有乡下人来，她看都不愿看一眼，仿佛他们脸上有一块属于自己的伤疤，她要是看了，就看到了自己不体面的过去。可是后来不一样了，她不但要看他们，还要冲他们笑，因为他们让她感到了亲切。这时节，她往往就把一张陌生然而亲切的脸转换成母亲的脸，并且会盯着这张脸，长时间地想，要是还在歇马山庄，在母亲身边，那该多好！要是还在歇马山庄，吉美一定不会变成这个样子。吉美不会变成这个样子，自己就不会是现在这个样子，关键是，自己再丑，母亲都不会嫌丑，以往在乡下生活的那些年里，母亲不管多么生气，一看见她，就满天云雾都散了，那情形就像火锅店的老板看见吉美。

想到这一节，吉佳慢慢睁开眼睛，绕过那耸立在前方的表情，将目光移向窗外空阔的野地。高低不平的野地雪迹斑斑，一些叫不上名的树木光秃秃的，要么在山上，要么在河边一丛一丛地直立着，密密麻麻的树梢因为风的摇动，现出影影绰绰扑朔迷离的幻象。就在这一丛丛树的远方，坐落着一些村庄，它们扑食的麻雀似的，专注而孤单地匍匐在大地上。尽管吉佳知道，无论村庄怎么小，你一旦走进它，它就再也不是车上看到的样子，比如歇马山庄，你要是挨家挨户转一圈，一上午都转不完。但要是换一个角度，坐在车上看，它确实很可怜，它麻雀一样在空阔的天底下，孤单又孤独。这种感受，不是现在才有，是她上小学五年级那年就有的。那年暑假，她跟母亲去县城，第一次坐上她向往已久的大客，车开起来时，她问母亲，远处那些黑乎乎的是什么，母亲漫不经心地说："小傻瓜，村庄呗，就是歇马山庄那样的村庄！"她惊愣片刻后，一下子哭了起来。在她眼里一直很大的村庄居然就像麻雀，那么孤单、可怜。那次回来，一向大大咧咧没心没肺的她沉闷了好久，好像什么心爱的东西被弄坏了、弄丢了，就是从那次起，她的心就飞走了，飞到歇马山庄外面去了。然而现在，当她真的到了外面，在外面工作一年以后，再看到这麻雀一样可怜的村庄，她竟有一种被呼唤的感觉，有一种说不出的激动。

就这样，在一种被村庄呼唤的激动中，吉佳暂时忘掉了自己眼下的痛苦。说是忘掉，不过是避开，就像她曾经在客人身上寻找乡下人的亲切，来避开由吉美带来的压抑一样。实际上，不管她的心怎样被窗外的村庄呼唤，她都能够感到那个豆苗一样东西的存在，只不过它们暂时没了气的浸泡，有些蔫头耷脑。因为正在她看着窗外一个又一个可怜的村庄时，车在一个高速路口停下来，有人下车。下车的是一男一女，他们提了好多包裹，有一只帆布大包竟像一座小山，费了好大的劲才拖死狗似的从车厢里拖下去。看到这只小山一样的包裹，吉佳心里咯噔一下，豆苗一样蔫蔫的东西立即耀武扬威起来。它耀武扬威，自然跟包裹有关，是别人的包裹让她联想起吉美的包裹。吉美在自己身后上的车，直到现在，她都不知道吉美拿了多大的包裹。要说不想跟她坐一辆车，除了不想闻她身上的香水味，最重要的一点是不想看到她的包裹。不管她怎么不想花钱，她的包裹都注定要比自己的大，她从来不知道吉美工资的具体数目，她们所有服务员的工资都是暗的，老板给的红包，但从老板对吉美的好，从吉美对老板的顺从，从吉美化妆品的档次，是一目了然的。还有，吉美到底住在哪里一直是个谜。有一次小四川跟她说："你猜吉美住哪了？""住哪了？"有上次对自己的冷淡，她本不想搭理她，可是不知怎么就脱口而出了。看得出，小四川也是实在憋不住了，她说："就住在对面的宾馆里，我看见她从后门绕过去的。"想想看，老板都能为她包宾馆，回家过年，他能不为她准备礼物吗？

那东西根本不是豆苗，而是一只蓄机待发的小兽，因为此时此刻，想到包裹，吉佳觉得有一只手在她心里抓了一下，让她木胀胀地疼。她知道，不管是乡亲还是母亲，都不会容忍吉美的卖身行为，但只要她不说，没有人会知道这一切。乡亲和母亲不知道，自然就会拿她和吉美比，自己一身清白却要遭到笑话，实在不公平。在大客再一次启程之后，吉佳不再神情恍惚了，而是全神贯注。吉佳全神贯注，想的只是一件事，就是下车后怎么办，是让吉美先走还是抢到吉美前边。如果抢到前边，自己的小包裹暴露在她的眼皮底下，实在是不甘心；如果留在后边，让她的大包占着自己眼球，不是更难受？犹豫一会，一个念头忽地涌上吉佳脑门：打车！歇马镇有的是三轮面包车，坐进三轮面包车，她既可以不被吉美看见，也可以不被村里人看见。

可是，就像吉佳一早刚上车就发现自己的打算全盘落空一样，这个要打车的想法在大客刚刚到站就全部告吹了。因为车停下时，一群出租摩托车的人"嗡"一声就围上来了，吉美几乎是脚没着地，就连包带人被架上一辆摩托。正是吉佳预料的那样，她的包裹不但大，且加起来有三四个，且不再是进城时的塑料编织袋，一水儿都是旅行袋，开摩托的男人把它们搭在前边，让吉美搂腰坐在他的后边，"突突突"就开走了。歇马镇有摩托车出租，这一点吉佳是知道的，可是刚才，她居然就没有想到这一点。没想到这一点最要命的结果是，她不知道该不该去打那个三轮面包车了。

吉佳目送吉美消失在一股浓烟中的背影，之后，提着塑料编织袋痴呆呆地站在那。她站在那，眼神中恍惚、迷茫的样子，仿佛来到了一个完全陌生的世界。歇马镇她要多熟悉有多熟悉，一年前，这里是她现实中最繁华的地方，也是读高中时每天必穿行的地方。现在，因为从城里带回乱糟糟的心情，站在这里，她竟彻底懵了头，竟不知道自己要干什么，为什么要在这里下车。尤其，当那些出租摩托的男人横冲直撞围上来，穷追不舍地叫着"大姐、大姐"，迷茫、恍惚的她居然对这地方生出深入肺腑的厌恶感。这厌恶感，刚开始还是冲着这个地方，但很快，就转移了目标，由地方转移到出租摩托的男人身上了。实际上，正是这些男人的横冲直撞，让她厌恶的目标不经意间有了转移，因为这时，吉佳眼前出现了这样一幕：吉美紧紧地搂着一个男人的腰。想起这一幕，吉佳猛醒似的，迅速收拢目光，小眼睛斜睨着眼前飘着土腥味的男人，大声喊道“滚开——”，之后一下子冲出人群。

很自然，吉佳选择了步行，因为当她亮出那一嗓子，一种久违了的自信和自豪一下子蹿到她的眼前了，她看到了一年多来自己的清白和清洁，并因此对比了吉美的不洁。这感受可实在是太爽了，在车上以及上车之前的近一年的时光里，她无论怎样都找不到自信的，即使把吉美看成一个妓女、婊子。她原以为，这样的自信只有在村子里、在母亲身边才能找到，想不到还在途中，就找到了它。都是吉美和摩托车帮了大忙！

因为突如其来的自信和自豪，吉佳把什么都忘在脑后了，比如村里人怎么看她和吉美，人家坐个摩托，身前身后搭了好几个旅行袋；而自己，就一个包不说，且还是原来的塑料编织袋，且要步行在光天化日之下。从歇马镇到歇马山庄只有八里路，步行最少也得四十分钟。但吉佳一点也不觉得这路有多么远，因为当她告别喧嚣的人声，离开小镇，独自一步一个脚印地走在土路上，她觉得自己从未有过地精神抖擞腰杆挺直。在她的想象里，吉美搂着一个男人的腰回到村子，无疑等于向全村人公布她的不洁。这让她不由自主就腰杆挺直。如果说车站上，因为自身清白而蹿到眼前的自信还仅仅是一股虚幻的气，那么现在，随着泥土气息的扑面而来，随着土地在脚下真实地延伸，它变得实实在在了，它变成了一条起伏不平的道，一条看不到尽头的地垄，一片辽阔无边的田野，因为此时此刻，吉佳觉得整个大地、大地上的空气都在拥抱她！

北方的冬天昼短夜长，才下午四点钟光景，就已经是黄昏时分了。屯街上零星地有一些在清理草垛的人们，乡下的草垛一年都是破破烂烂的，唯到了过年才要有模有样；王家大院门口聚了几个女人在拉寡谈天，那里似乎是个勾魂的地方，总有人在那里拉寡谈天。吉佳一路和清理草垛的人们打着招呼，跟想象的一样，他们都很热情，都笑着问：“可回来了，你妈都急坏了。”在快到王家大院门口的时候，有人突然从人群里冲出来，风似的跑向她。这时，吉佳心口不由得一热，因为那人刚跑几步，她就发现那是自己的母亲。母亲从她手中接过包，连声说：“你个傻闺女，打个摩托多好，人家吉美都打摩托。”

母亲的话，无疑让吉佳一路昂扬的心情遭到破坏，关键是母亲的话音刚落，前边人群里就爆苞米花一样轰地爆出满天声音：“你说你傻不傻，挣了一提包的钱不舍得打个摩托。”“都快把你妈急死了，以为十个八个包儿得雇个大解放呢。”很显然，村里人都看到吉美的摩托车了，都发现她比自己多几倍的包裹了，但她心情遭到破坏远不是这个，而是无论是母亲，还是乡亲，她们居然谁也没把吉美搂一个男人的腰看成坏事，谁也没有！扑面而来的乡土气息一下子凝住了，凝在吉佳脸上，使吉佳的脸上有了一层灰溜溜的黄色。

吉佳不知道自己是怎么离开那些人的，尽管不知道，但走进自家院子，打开风门，吉佳还是闻到香喷喷的烀肉味和家里边特有草灰味。或许是饿了，香喷喷的肉味唤醒了胃里的食欲，当然，她一年没回家，唯家才有的特殊的气息不可能不感染她，尤其只有五岁的弟弟不迭地喊着姐姐。吉佳放下挎包站在炕沿边，刚才街门口，遭到破坏的心情略略有了好转，或者不叫好转，是她恢复了对盼望已久的家的感受能力。比如她想抱起弟弟亲一亲，比如想抱抱母亲，摸摸她的脸。在城里想家时，母亲带着笑容的脸一直晃在眼前却一点都不清晰。实际上，是这感受能力使她心里边崛起了一个个想法。

很显然，弟弟可以抱，母亲四十岁时生下一个宝贝她怎么亲都不过分，然而母亲自然是不能抱的，也更不能抚摸她的脸，因为要是那样，母亲一定会觉得哪里不对，会觉得她在城里受了什么委屈。要知道，长这么大，她一向大大咧咧，还从没抱过母亲，再说，她的委屈，是没法说出口的。于是，她只有抱着弟弟站在地当央看母亲一个人忙活，听她一边忙一边埋怨道：“走了就忘了家，也不往家写封信。”吉佳咧嘴笑笑，吉佳想哪有心情写信。不过母亲的埋怨，还是让吉佳觉得温暖，如同她被母亲抱了起来。但是，在感受母亲和家的温暖的同时，吉佳还感到了另一种东西。它们从弟弟的鼻孔里钻出来，从堂屋的草灰中飘出来。它们在吉佳一进门时是熟悉的，一年来它们在她那里一直历历在目，但只要你稍加留心，就会觉出它们离她很远、很陌生，就像小镇刚下车时感到的陌生一样。因为当她把弟弟抱在怀里，她闻到了他鼻涕里酸菜水一样的味道；当她抱弟弟站到堂屋，看母亲在锅灶上扒扯骨肉，她看到一些草灰蝌蚪一样飘飘扬扬在空中坠落，最后一挂一挂落到她的头发上。她已经近一年没有接触这样的环境了。也就是说，同是陌生，在歇马镇和在家里是不一样的，在歇马镇，那陌生生出在她神情恍惚的时候，在家里，陌生则生出在神情和知觉都清醒之后。

不过，陌生总比心乱要好，它至少让吉佳暂时忘了吉美，脸上能够呈出父母希望的那种欢喜和开心。实际上，只要忘了吉美，冲父母笑起来并不困难。吃饭时，她的父亲端起酒碗冲她比画了一下，眼里闪着一星只有父亲才有的光亮。和吉佳一样，父亲也在城里干活，只因为父女活路的不同，他一入冬就回来了，所以那光亮里，还有一种已经搓起麻将的男人们都有的东西——开心。吉佳尽量夸张吃相，耸动腮帮，表现自己的开心。然而，不管吉佳怎么表示，不开心的事还是发生了，当然做父母的并不知道。

那是在晚饭之后。吃罢晚饭，吉佳不得不打开塑料编织袋，一样样翻出她办的年货。她给全家每人都买了东西，给弟弟买了一套棉衣外套，给母亲买了城里最时兴的大翻领羊毛开衫，给父亲买了一件洁白的衬衣和大红的领带，又给三个人分别都买了皮鞋。女儿第一年出去挣钱，怎么说也是高兴的，母亲一样样看着，摆弄着，还把羊毛衫套到身上，在镜前走了两步。那动作虽然有些夸张，像自己夸张的吃相，但看得出，她是真的高兴。母亲试完，又把吉佳买的东西翻了一遍，惊咋道："你买什么了，怎不给自个买？"

母亲不喜欢打扮自己，却愿意看到女儿打扮，这一点吉佳是知道的，但母亲不知道，她挣那一点钱，是经不得随便乱花的，一个月六百，除掉房租，除掉日常用的小零碎儿，除掉这必买的年货，十个月下来，也仅仅剩下四千块钱。吉佳随手，从包里掏出四千块钱，放到炕沿上，吉佳说："妈，给你。"母亲看着钱，冲吉佳狠狠拍了一下，一脸的复杂，似乎既为她懂事高兴，又心疼她一心想着别人。"这孩子，谁用你孝顺，都大姑娘了，还不打扮打扮。"

这样的话，在吉佳听来，已经很是受用了，至少，母亲理解了自己的孝心。可是想不到的是，收拾完桌子之后，母亲换上吉佳买的羊毛衫，到吉美家串门去了。

吉佳母亲和吉美母亲是亲妯娌，从她记事开始她们就彼此比着：你今天为女儿买一条特别的围巾，我明天一定要让女儿穿一件特别的棉袄；你为孩子的学习去给老师送礼，我一定从老师中挖出一个亲戚。当发现无论怎样她们的孩子也没考上大学，终于撒了气。在这彼此你追我赶的比赛中，有一点吉佳母亲永远比不过吉美母亲，那就是吉美母亲的漂亮和好打扮，为这个，吉佳看出来母亲特别苦恼，因为有一阵子村长一有外面来人就往她家派饭。在西院香滋辣味热热闹闹的时候，母亲常常目光忧郁神色暗淡。老天倒是长眼，让她在四十岁上生下了个儿子，这本来足可以一辈子都能让她和吉美母亲抗衡，可是谁知道，她们的不平衡却发生在女儿身上。

母亲的做法，吉佳其实早该想到，都因为在城里的日子太压抑，把回家的时光想得太好，一时忽略了这一点。一只被揉搓的线团突然之间回到吉佳身体里。它在她身体里，不是心底那个部位，而是胸口、后背。它在她的身体里，线头的另一端却被母亲扯走了，扯得她浑身一阵阵发紧，以至于让她有些恐惧。吉佳感到恐惧，因为她知道，母亲串门，也许只是想告诉人家，她的女儿没买东西，却拿回了钱，但吉美不必说一句话，只要亮出一只手上的两个手指，她的母亲就一败涂地：吉美戴了两只白金戒指。

为了摆脱恐惧，吉佳故意和弟弟纠缠，和他拍手、拉钩、猜拳，到后来不得不生拉硬拽把他抱起来，仿佛弟弟的重量会压住什么。弟弟的重量确实使吉佳沉稳了许多，至少她的后背不再发飘发空了。抱弟弟推门而出，一股只有年前夜才有的冷生生的油烟味扑鼻而来。以往，在这个晚上，吉佳吉美肯定要在门前的草垛空里待一会儿。和她们的母亲不同，她们的心一直是靠近的，虽然吉美向往外边，不是觉得村庄可怜，而是想当电视上的模特；但不管怎样她们是同病相怜的，她们都感到了村庄对她们那颗青春的心的挤压。

由于被挤压，她们那么乐于忧伤，这年前夜黑漆漆的夜晚最适于她们忧伤，最适于她们畅想未来了。在她们畅想的未来里，世界不但不漆黑，且明亮辉煌，实际上只有在漆黑的夜里才容易看到辉煌和明亮，就像只有饥饿才容易联想到米饭的浓香。现在，夜依然漆黑，吉佳却看不到远方有什么光亮，因为那光亮已经被撕破，露出长长的口子，如同吉美旗袍两侧的开启。与旗袍开启不同的是，从那里露出来的，只是两条白花花的大腿，而从这个夜晚的口子里露出的，却是母亲因为受打击而忧郁伤感的眼神，吉美宁愿自己在看到白花花的大腿时心底压抑，也不愿一直要强的母亲遭受打击。

然而，想不到的是，吉佳的恐惧也仅仅是恐惧，母亲没有受到任何伤害，母亲人还在西院里，笑声就漫出堤坝的水似的流淌出来，当回到自家院子，那水竟然变成小溪里的水，变成了一首歌。后来，母亲居然哼起了歌。吉佳很少听到母亲哼歌。关键是，来到院子里，看到抱着弟弟的她，母亲毫无道理地从她怀里拽过弟弟，边拽边说："死沉死沉的累你姐。"仿佛这样的时刻，只有累她是最应该的，仿佛弟弟的沉是她这一时刻最需要的，就像刚才吉佳对他的需要一样。当然吉佳知道，同是需要，目的却正好相反：她需要，是减法，是需要减掉身上的某些东西；母亲需要，则是加法，是她太高兴了，不知道该干什么了，或者在她看来，只有抱着弟弟，那快乐才更巨大。

那个晚上，母亲抱走弟弟之后，吉佳站在院子里好长时间不知所措，身子再次发飘发空。然而这一次的发飘发空，不是恐惧，那恐惧已经洇在水里的纸似的软化了，扯不成个儿了，随之而来的，是莫名的感动，是感动之后的感激，吉佳的眼角竟一阵阵发热。感激谁，自然是吉美和吉美的母亲！也许，吉美没亮出手指上的戒指只是为了保护她自己，也许，吉美母亲没打开那些神秘的包裹，是看出一些蛛丝马迹。但不管怎样，她们没有伤害她的母亲。

这个在吉佳那里不期而至的晚上，她只做了两件事：给弟弟洗了脸，之后就和父亲弟弟一起坐在炕上看电视。本来，她想为自己找被子铺床，可是她的床和被子早就被母亲铺好了。在这个家里，所有人的被子都是棉花，只有她的被子是太空棉，因为吉美的被子就是太空棉；在这个家里，所有人都睡大炕，只有她睡里屋的床，因为歇马山庄所有有女儿的人家，都要像城里人那样为女儿打一张床。本来，她不想这么坐着，想参与到母亲的忙碌里，整整一晚，母亲都在忙碌，在大锅里蒸过年的馒头和豆包，把堂屋弄的蒸气缭绕雾气腾腾。但吉佳到底沉住了气，没有参与。吉佳没有参与，不是在城里天天干这些活，已经干够了，实际上，她是不可能告诉母亲她的具体工作的；也不是在傍晚进门，感受了家的熟悉的同时，还感受了那一挂挂烟灰和难闻的气息带来的陌生，让她难以下手，实际上，在浓密的蒸气里，弥漫着的是沁人肺腑的香甜。她不参与，是她知道，眼下，在她母亲高兴的时候，她最应该做的，就是一尘不染地坐在那，像个真正的城里人。从小到大，母亲一直都这么希望着。即使在生了弟弟、家里日子越来越累之后。

这个晚上，如果吉佳早早躺下，并且躺下就睡着，事情也许就不至于是后来的结果。

后来，大约是九点多钟，吉佳的姑姑来了，她一走进堂屋就冲吉佳母亲大呼小叫："俺来看看吉佳给你买了什么样的戒指？"

很显然，姑姑是从吉美那里来的，她的姑姑就爱串门，她从哪来都不奇怪，奇怪的是她的那句话，她的那句话，不过是道破了一个吉佳一直恐惧着的事实，也没什么，可是，这意味着母亲一晚上的高兴是装出来的，是怕伤害自己。

仿佛有什么东西从屋外砸过来，砸到心口，吉佳感到钝疼的同时，被一种久久的胸闷缚住了，她眼前闪过母亲从西院回来时哼歌的情景，闪过从自己怀里拽过弟弟的情景，原来，原来她和自己一样，也希望用弟弟的沉压住什么。因为胸闷，因为知道在姑姑面前装不出笑脸，吉佳爬下炕，赶紧躲到东屋，可是还不等她在东屋站定，姑姑的大嗓门已经夺门而入："吉佳哪去了，怎不给恁妈买戒指？吉美都给她妈买了戒指。"

如同一只被拽住了尾巴的耗子，吉佳不得不从里屋走出来。吉佳走出来，并不去看姑姑这只老猫，而是求救似的将目光移向坐在炕头的父亲。父亲一向话少，看了一晚上电视没说过一句话，这一时刻，吉佳非常希望父亲能说句什么，比如他说："那有什么好眼气的，她挣的都是不干净的钱。"父亲在城里待过，应该知道其中的秘密。可是父亲什么也没说。见父亲没说，一个念头突然回到吉佳心里——把吉美的事说出去。这念头在晚上恐惧时曾萌生过，只是后来被她对母亲的误解打消了。

然而，那个晚上，吉佳终是没有说出吉美的事。吉佳没说，是担心姑姑知道真相立刻向全村传播，要是那样，就会挑起是非，伤害吉美。想说出吉美的事，只是为了母亲，为了让母亲也像她从歇马镇往家走时那样腰杆挺直，并不想伤害吉美。当然，吉佳没说，主要还是因为母亲，母亲听姑姑这么说，在堂屋里赶紧跟上一句："俺闺女知道她妈不好浪，没有浪妈，怎么能生出浪闺女。"母亲的话，无疑给吉佳解了围，可是那只是一瞬间的事。后来，当姑姑走了，母亲地下的活也干完了，最后一个上炕躺下，只听母亲叹息着跟父亲说："看出来没，吉美就是她妈的一棵摇钱树，这世道，养一个漂亮脸蛋就是养了一棵摇钱树！"

父亲自然没有回应的意思，但仅母亲一个人的意思，就足够让吉佳身子沉得翻不过来。吉佳僵在那里，被什么压住似的看着天棚一动不动。她想，母亲一定是早就看出了真相，没准儿，傍晚还在大街上时就看出了！问题是，母亲看出了，却压根没觉得有什么不好，母亲的口气，分明是有几分眼气。

这夜晚到底有多长吉佳不知道，吉佳唯一知道的是，这夜晚不是城里的夜晚，而是乡村的夜晚，是大年前夜家里的夜晚。因为城里的夜晚无论什么时候，都不会像乡村这样漆黑这样寂静。关键是，因为漆黑和寂静，吉佳觉得自己身子在下沉，在向深渊下沉。在这漆黑寂静的深渊里，吉美穿着旗袍从楼下翩翩而下的样子，吉美站在镜前从隐秘处往外散发香气的样子，异常清晰地飘到了她的眼前。说异常清晰，是说母亲那句话，仿佛为吉美点亮一只追光灯，把她衬托在漆黑的背景里。或者说，母亲那句话就是一个漆黑的背景，吉美无须追光，独自就光彩照人了。看到在暗夜里光彩照人的吉美，吉佳心里的自卑超过了以往任何时候。

在这漫长的夜晚里，吉佳干了一件蠢事，她脱了内衣，拉开窗帘，赤身裸体站到了窗台上。她站在窗台上，是把窗台想成楼梯，把自己想成吉美，自己正像吉美那样从楼上翩翩而下。这件蠢事，在城里备受压抑时，她曾经这么干过，只不过城里的楼房没有窗台，她只站在屋里的地上。同样的行为，感受却是不同的，在城里，吉佳往往心潮澎湃，身体里有着某种渴望，和因渴望而生出的罪恶感。现在，在家里，在母亲的里屋，她没有心潮澎湃也没有渴望，更没有罪恶感，有的，只是寒冷。还没站上一会儿，她就浑身发抖嘴唇哆嗦了。

新的一天是这样到来的：先是公鸡们此起彼伏地尖叫，之后窗外透进蒙蒙的晨光，映照了现实的窗框、窗玻璃上的霜花。再之后，她听到母亲趿着鞋来到她的头上，一边往她被窝塞东西，一边说："妈不要你钱，去县里买个金戒指。明天就过年了，听妈的。"

在新的一天到来之后，吉佳真的走出家门走出村庄了。她走出家门走出村庄，却不是上县里买金戒指，而是去了镇上澡堂。她要洗澡！前天，她在城里已经洗过了，可是这个早上，她太冷了，太想让热水冲一冲了，她的身上又落满了草灰。吉佳没吃早饭，往包里塞了衬衣衬裤就背包走出家门。在大门口草垛边，吉佳下意识停了一下，回头朝吉美家的院子望了一眼，因为一年前，每次洗澡，她们都是约在一起。

明天过年，办年货的人们仍然不少。乡村就是这样，只要年不过，就总是有办不完的年货。远远地，吉佳就看见了冒着热气的大众浴池。走近时，才发现它已经改了名，叫天河洗浴。“天河”，看到这两个字，吉佳敏感地咧了咧嘴，心想，这字怎么就像是为自己写的，进了一趟城，她和吉美就隔到了天河两岸；进了一趟城，歇马镇，家，什么什么都觉得陌生了。

别看办年货的人多，洗澡的人却寥寥无几，女的这边，算吉佳也就两个人。吉佳脱衣走进浴池时，那人已经在里边了，她在水龙头下面，背对门，仰着脸，直直地站着，像想什么心事。吉佳扫了一眼，然后打开淋浴龙头，将身子置于细细的水柱之中。水淋到吉佳头上、身上，一股暖意一瞬间包围过来，驱逐了一晚上以来一直驱之不去的冷意。可是，正当吉佳的身体感到放松、舒服的时候，突然地，她觉得有什么不对，什么？吉佳离开水雾，使劲吸了吸鼻子，但她什么也没有闻到。这时，一种隐隐的直觉让她回转身，朝那个背影看去。实际上，直觉正来自刚才扫过的那一眼，来自某种依稀可辨的味道。那个哪哪都鼓胀胀的身影已经刻进了她的脑海，那种黄瓜一样的清香已经潜入了她的骨髓。断定是吉美，吉佳身体的某个部位弹了一下，接着，一种复杂的、说不清是激动还是慌乱的感觉，瞬间随无数水柱冲将下来，敲击着她的头发、肩膀、前胸和后背，使她浑身上下一阵灼热。

好久了，大约半年多了，吉佳没和吉美在一起待过了，且是这样赤身裸体。在她离开她的宿舍之前，不管在城里还是在乡下，她们一直是一起洗澡，她们相互搓澡，相互按摩，有时，还要相互比试乳房的大小。那时，吉美并不是太自信，老觉得她的乳房太大，屁股太大，脖子和腰又都太细。吉佳背过身去，也像吉美那样仰起脸。她仰起脸，不是要学吉美，而是此时此刻，如果不这样她不知道自己还该怎样。她倒是觉得，她这样，吉美无论如何不该这样，第一，她不知道进来的人是谁，第二，她穿金戴银，她简直算是衣锦还乡。

是一分钟，一小时，是一个世纪。吉佳站在水柱下，一无动作的能力。她的眼前，一直伫立着吉美鼓胀胀的剪影，而与这个剪影对着的，是一个骨刺一样哪哪都坚硬哪哪都干瘪的自己。虽然那个鼓胀胀的身体已经被男人占了，不干净了，那个坚硬而干瘪的身体从没被人撞过，但这丝毫不能说明什么。相反，吉佳感到一种从脚后跟涌上来的耻辱和难过。说从脚后跟，是吉佳觉得那耻辱和难过来自她的下体，它们由下而上，穿过心窝之后，直抵喉口、眼角，最后变成咸涩的雨雾。水柱下，吉佳仰着脸，一动不动地淋着，恨不能淋掉所有耻辱的样子。有一个时刻，怕自己哭出声来，她生出一个想法，在吉美转身之前离开这里。然而，正当吉佳为自己聪明的想法兴奋时，一件事情发生了——

一双手抚向了自己的后背。分明，她一直背对自己，不可能知道自己是谁，但确实，一双手抚向了她的后背。它动作相当轻柔，相当缓慢，但随着一阵轻柔的揉搓，一种透彻的、舒心的感觉顿时弥漫开来。那感觉，要说熟悉，她非常熟悉，因为她无数次享用过，要说陌生，她非常陌生，因为那双手不再是从前的手，而是一双抚摸过男人也被男人抚摸过的手。一双抚过男人的手抚在她的后背，除了透彻和舒心，她还有一种别样的感觉——四肢酥酥的，痒痒的，心底慌慌的，颤颤的。在明确地知道是谁的手抚向了她的后背时，吉佳明确地感到抚向她的手不是吉美的，而是一个男人，一个模样像火锅城老板一样的男人。于是，那种久久压抑在心底的渴望，泄闸的洪水似的汹涌而来。它们先是由下至上，之后又由上至下，它们脱缰的野马一样脱离了那双手，在她胸脯里和更隐秘地方喧嚣、跳动。于是，刚才一丝咸涩的雨雾立时漫成一片海域，让她置身一片咸涩的汪洋之中。

吉美似乎感到了吉佳的抽动，手停顿了一下，但只是片刻，很快，她又揉搓开来。很显然，吉美无法知道此时吉佳的情绪，就像吉佳永远无法知道吉美被男人包起来是什么感受一样。但是，吉佳知道，有一点吉美一定清楚，那就是此时此刻，已经有半年多没跟她说过话的自己，并不想离开她弃她而去。或许，正是看透吉佳没有弃她而去的意思，她的声音，她沉闷的声音，在水柱在吉佳肩膀上飞溅时飞溅出来。“我真羡慕你，你多好！”

因为太突然，太出人意料，吉佳猛一激灵，仿佛被突然泼了冷水。

吉佳确有一种泼冷水的感觉，说她好，说羡慕她，这分明是讽刺、挖苦、打击。吉佳没有吭声，但汪洋在眼睛和鼻子里咸涩的雨雾顿时退潮似的消失了。吉佳把身子轻轻晃了晃，似乎为了表示抗议。心想你为我搓背就为了这个，你也太恶毒！你沾了几天男人，居然就变得这么恶毒！这时，只听水柱中再一次有声音传出："真的吉佳，我做梦都羡慕你。"

吉佳还是没吭声，静静地伫立在那，但突然地，仿佛有一种什么力量嵌入她的体内，使她再也控制不住。她毅然转过身，揪住吉美光溜溜的乳房，咬牙切齿地说："你……你……"她想说"你离我远点，你的手已经脏了不要动我"。可是只说出两个字，就什么也说不出来了。因为这时，她看到吉美被她抓在手里的那个乳房旁边，是一块块紫红的伤痕，好像被谁用手狠狠地扭过。

吉佳彻底呆了，表情凝固在脸上，是一片铁青的颜色。她看着吉美，眼球一转不转。自她们被王母娘娘划到天河两岸，她们还是第一次这么面对面。吉美本能地往后退着，本能地用两手护住胸脯，仿佛一旦放手，吉佳就会扑过来抓破它。她目光里充满了惊恐，肩膀在不住地哆嗦，但是，这丝毫没有抑制她说话的欲望，她一边哆嗦着，一边说："我根本就不想再回去了，可是，可是我妈不让……"

好像刚才还在吉美眼里的惊恐突然飞了出来，飞到吉佳眼里。它飞到吉佳眼里，就不再是惊恐，而是惊讶、难过。水柱一如既往地飞溅着，喷射着，水柱敲击着两个人的肩膀，发出了尖锐、刺耳的声音，有如铁器在石板上撞击。她们离得很近，可吉佳听不到对方的呼吸，不但如此，刚才还清晰可辨的吉美的脸和胸脯，转瞬之间就一点也看不清了，因为那股咸涩的东西，仿佛正被潮汛裹携着，汹涌而来，它在淹没了吉佳眼睛的同时，在澡堂里漫起了浓重的大雾。

原载《山花》2005年第6期

点评

吉佳和吉美本是无话不谈的好姐妹，一起出外打工。可是当吉美利用自己年轻美丽的身体换取衣食无忧的物质享受时，与吉佳的关系就迅速冷淡了。故事从二人绝交后回家过年的路上开始，以两个人内心对峙的表现方式构成了小说内在冲突和张力，也使人物更加丰满和鲜活：两人回家的心情都很迫切，在路上相遇后却十分尴尬，明明坐在同一辆车上却装作不认识；吉美的衣锦还乡引得乡亲艳羡不已，也使得吉佳心理极度失衡；吉佳好容易压抑住要揭露吉美的冲动，却惊愕地发现父母已经洞悉了所有真相；在浴池相遇后，吉佳在震惊中与自己本来十分鄙视的吉美达到了心灵的沟通，两颗孤独的心最终和解。

小说摆脱了简单的城乡对立的那种狭小而机械的格局，真正深入了阔大无边的人类心灵世界中，触及了古老土地上农民的生存困境以及在新的形势下观念的改变。吉佳和吉美不满自己的命运和处境，尽管有了主体上的觉醒，但是梦醒后却无路可走。

（常梅）

人人都说我爱你

张楚

第一日

那天苏威睡得早。像他这种已经习惯夜生活的人，晚上不到八点钟就睡觉，是很意外的事。事情是这样的，中午一哥们儿结婚，宴席上遇到几个多年未曾谋面的小学同学。在酒桌上表达惊喜的方式，似乎除了喝酒还是喝酒。况且，像他这种具有酗酒倾向的人。即便人家不灌酒，自个儿也会把自个儿灌蒙了。他都不知怎么回的家。深更半夜跑厕所狂吐一番。望着镜子里的男人并喷，他狠狠抽了自己一耳光。

本来晚上有场演出，团里要参加下面一个县的消夏之夜晚会，他要为三首比较劲爆的流行歌曲伴舞。也不知团里是否打过电话，想起那个平素就不待见自己的猪头团长，心里难免发虚。心里一虚，酒也醒了大半。脑袋无比清醒，眼前晃悠着酒桌上的那些人。这帮家伙变化真他妈大啊，排骨变肥牛，青蛙变王子。尤其那个叫王竟的小子，小时丑得跟黑鸬鹚似的，天天歪着八字脚上课，没想到这会儿倒成了帅哥，听说在北影进修，还在某著名地下导演的片子里出演一个患失忆症的杀手。据这小子说，影片要去参加戛纳影展的，他有可能获得戛纳影帝的提名。想想自己，曾经是全市的少年围棋亚军，小学一百米短跑的纪录保持者，长大后却当了名舞蹈演员，夜夜给那些妖艳的红鹦绿鹉伴舞……借着酒力就有些伤怀。一伤怀所有不开心的事就连带想起了。

前几天他养的那只松狮不知怎么发了春，在街心花园溜达时把一老太太给咬了，买了三支狂犬疫苗不说，老太太还偷偷摸摸报了警，警察催他办养犬证，办一个养犬证得多少钱哪；昨天二姐家的傻外甥宝宝不知跑哪儿了，二姐出去找时忘了关门，家里收留的流浪猫跑了十三只，儿子没找着，视猫如命的二姐先犯了心脏病；小培呢，估计很快就要收房钱了，每个月五号她准来，像她自己来例假那么准……他在厕所愣愣看着镜子，听到电话铃响，于是没好气地接了。电话里的声音叫他吓了一跳。吓一跳是因为这电话不是二姐打的，不是小培打的，这人的声音陌生、甜美。显然，这并非是令苏威吓一跳的原因，真正的原因是，这女人说了句让苏威摸不着东南西北的话：

“我爱你，苏威。”

苏威问：“你说什么？”那人又重复一句：

“我爱你，苏威。”

苏威一时语塞，心想怕是这姑娘打错了电话。打错电话的事苏威经常碰到。他这个破电话号码，和一家养鸡厂销售科的电话只差一个数字，经常有大舌头的南方人，叮嘱他快把鸡肝鸡胗空运过去。

“你谁？打错了吧？”

“我爱你，苏威。”

苏威迷糊着挂了电话。酒劲又犯了，在沙发上沉沉睡了过去。

第二日

第二日起床后先给二姐打了个电话。二姐说宝宝还没回家，更糟的是，那些跑散的猫也没回家。给苏威的印象是，二姐对那些白胖慵懒的猫比对儿子还上心。二姐不到四十就办了病退，在家伺候着智商不到六岁的儿子和那些残疾的猫。苏威发现二姐在多年和猫打交道的过程中，渐渐沾染了不少猫的秉性。譬如她的眼睛越来越绿，在黑暗中能熠熠闪光；譬如她的牙齿越来越尖锐，吃鱼时连刺也不吐；譬如在和人交谈的过程中，她经常用手挠鬓角，间或用舌头舔舔掌心，而且每隔几秒，就打个悠长的哈欠。苏威平日里最惦记的，便是这个被丈夫遗弃的二姐，隔三岔五地周济周济。周济是周济了，自己的零花钱倒是少了。小培知道苏威给二姐钱，小培不是大方的人，毕竟还是未过门的女友，这些亲戚间的事不好插手，可小培每个月会来收钱。两个人在芳厅小区买了处“经济楼”，每个月要向银行交一千块的购房款。通常是小培五百苏威五百。苏威已经很知足了，哪里找这么心疼人的女友，还没结婚就帮忙还贷款的？苏威是个手松的人，人家的手是只会搂钱不会花钱，他是只会花钱不会搂钱。歌舞团的工资不够买件名牌衬衣，会唱歌的晚上去酒吧坐上个把小时，什么就都出来了。他一个跳舞的，总不能像那些露肚脐的领舞女郎，晃着胸大肌去跳钢管舞吧？何况苏威贪杯，“巴豆虽小坏肠胃，酒杯不深淹死人”，兜里有了俩子儿就往外蹦，捂都捂不住。小培安慰他说，男人是搂钱的耙子，女人是装钱的匣子，于是每个月初苏威发了工资，小培就来这儿把钱往匣子里装。

刚给二姐挂完电话，小培就来了。两人见了面不免先肉搏一番。以前住歌舞团宿舍，一房间仨精壮小伙，办事忒不方便，小培便怂恿苏威租了这间三十平米的筒子楼。三十平米足够摆一张硕大的床了，一张硕大的床足够精力充沛的一对男女折腾了。小培在床下是个羞涩的姑娘，戴着副大三圈的玳瑁眼镜，跟劳模似的，但到了床上就完全不是那么回事，闹起来没完没了，而且特喜欢尝试各种新姿势。苏威被她折腾得大汗淋漓。闹完了小培也不说话，径自去翻他裤兜，七翻八翻也只摸到十块钱。这脸就不如床上那么妩媚了。

“工资呢？”

“没……没发呢。真的，”苏威抽着烟的手有点抖，“谁骗你谁孙子。”

小培也不说话，只定定地瞥他，半晌叹息声：“我们要买房啊。”窸窸窣窣地将裙子套上，戴上眼镜，匍匐着上床搂住他，一只手鲇鱼似的在他胸脯上游，说：“我们要买房啊。”

苏威就彻底崩溃了：“我昨天喝了酒，跟同学打麻将来着……一壶没开……”

小培直起身，掏出面镜子画眉毛。她眉毛做美容做坏了，眉毛全被拔掉，眼眶上方只是一尾麦穗似的寡淡弧线。描完眉毛她又涂嘴唇。她嘴唇生得好，肉嘟嘟的。涂完嘴唇她瞥了苏威一眼，关门走了。

苏威只觉得昨天的酒劲还没过，没送她，也没向她道歉。到厕所冲了凉水澡，瞅着镜子里一身光洁的腱子肉发愣。他想除了跟刘姐借点钱，似乎没有别的出路了。

刘姐是团里唱美声的。唱美声的似乎全是胖子，刘姐也不例外。刘姐是胖子中的胖子，一生最大的梦想，便是把身上的脂肪用吸尘器吸掉，做个骨感美人。四十岁了，团里没演出时，最主要的社交活动，便是参加各种减肥中心的训练班。别人是越练越像埃塞俄比亚难民，她是越练越像菲律宾保姆。这么好性子的女人心肠都不坏。苏威是在团里的排练厅找到她的，她正拔着嗓子练花腔，苏威觉得那些意大利语仿佛壁虎在心脏上乱爬。他寻了张椅子，坐椅背上抽烟。还没抽几口小爱便过来了，她将烟从他嘴唇上抽过去，自己叼了闷闷地吸。

“我有艾滋病的，”苏威说，“不怕死啊？”

小爱啐他一口说：“昨晚跑哪儿疯去了？猪头找你都找疯了。”

“去跳脱衣舞了。”苏威说，“猪头说什么了？”

小爱说：“猪头要扣你半个月工资。还说要找你谈谈心。”

苏威便不再搭理她。这边刘姐的花腔也骤停了：“干吗愁眉不展的？”苏威耷拉着头不说话。刘姐便去拿皮包，“我就知道你是弯腰上山——前（钱）紧”，笑着捻出几张人民币塞他手里。刘姐这个人最大的好处便是善解人意。他也不是第一次跟刘姐借钱。刘姐和他是五代以内的血亲，对苏威蛮照顾。苏威伶牙俐齿的很讨她欢喜，况且刘姐平日除了减肥，最喜欢的事便是和帅小伙聊天。“够吗？”刘姐问，“你这些天吃什么了？胖了三圈。哪天跟我一起减肥吧。”

手里有了钱，却捺着不给小培电话。晚上时苏威的心又痒上了，拉了朋友去打CS，打完CS又和朋友去酒吧喝酒，喝完酒打了车回家。冲了澡，躺床上时欲望就慌张着来了，不免就左手换右手起来，正在兴头上电话响了。他坚持着把事情做完，拿卫生纸擦弄着去接电话。擦着擦着手就不会动了。他听到一个略微沙哑的女人的声音：

“我爱你。”

苏威扔了卫生纸：“我们家不是养鸡场。我这里不卖鸡排的。”

“你不是苏威吗？”对方说，“我爱你。”

苏威突然想起，昨天他好像也接了个同样的电话，对方也说着同样的话，只不过他昨天喝晕了，而今天却很清醒。他的心跳了几跳：

“你是谁？甭他妈老涮我。”

“我爱你。”

对方很坚决地再次重复了那三个字，她的口气优雅而不肉麻，清馨而不幽怨，那么自然贴切地，三个字就呼了出来，除了让苏威惊讶，还让苏威感到一种安然的甜蜜。他迫不及待地去看来电显示，来电显示上却没有号码，很明显这个女人行事颇为周密，电话是用手机打的，而且使用了隐藏功能。

第三日

这一天，团里参加市宣传部的建党八十一周年文艺汇演。苏威在《长征组歌》里伴舞，穿着灰军装绑着灰裤腿从舞台这头跳到舞台那头，还在《智取威虎山》里穿着猎人的虎皮短裙连腾了十六个鹞子翻，当那首抒情的《我的祖国》开唱时，苏威套上天使般的白色紧身衣，踮着脚尖绕着“磅礴”的刘姐走芭蕾步。其实脚尖并未直立，却差一点腿脚酸软跪在舞台上，幸亏刘姐机警地扶他一把，才没出洋相。

中午团里请吃饭。团里好长时间没请同志们吃饭了。其实这次不是团里请的，是大会组委会请的，说白了也不是组委会请的，是赞助商请的。不管谁请客，吃不花钱的饭和泡别人的马子一样，向来是件让人愉快的事，何况这饭店还不错，饭菜也精致。可苏威怎么吃怎么没味儿。

最先注意到苏威的是团里的小爱。这女孩刚进团不久，是个说话尖声尖气没心没肺的主儿。她在舞台上独唱了一首，好像尚未尽兴，边喝啤酒边哼唧，眉目绕着众人转悠，后来就说话了。她是这么说的：

“苏威，昨晚上你女朋友住你家了啊？”

苏威没搭理她，她就越发来了兴致：

“你女朋友虽然是美人，可你也得悠着点啊。”

小爱说话的声音很大，她啤酒瓶似的身材造就了她优质的肺活量。在座的每个人似乎都听到了最末那句，于是佯装关切地盯着苏威。苏威说：“甭跟我扯淡。我烦着哪。你不知道我最近烦着吗？”

众人一阵大笑，小爱就又问了：“你有什么好烦的？给姐姐们说说。”

和女孩子们在一块，苏威向来是个话痨。公鸡一打鸣，肯定是因为身边有一只母鸡或几只母鸡。于是在座的各位姐妹便知晓了苏威烦恼的原因：一女孩接连两天给他电话，不是白天打，是午夜两点，午夜两点打电话其实也没什么，有什么的是，这个女孩对苏威说了句“我爱你”，更为严重的是，这个女孩只说了这么三个字就挂了电话，当然，这些都无所谓，有所谓的是，苏威竟然不知道这个女孩是谁。

“你说我能不烦吗？”苏威最后注视着她们说，“她跟个密探似的，而我呢？靠，简直就是《楚门世界》里的那个可怜虫。”

女孩们先是放肆地大笑。女孩们放肆大笑是件颇为难得的事，这至少说明一件事情：她们觉得苏威所说的，本质上讲是个不错的笑话。现在笑话海了，手机上的黄色短信让人笑得肌肉麻木，苏威这种听起来既小资又浪漫的笑话倒颇符她们胃口。笑过之后大家该吃菜吃菜，该喝酒喝酒，该接手机的接手机，该联系演出的联系演出，总之大家好像觉得这笑话没什么可回味的。

吃完饭已晚上八点，苏威先去了趟二姐家。宝宝还没回家，派出所也没回电话，说明宝宝尚处于失踪状态。不过二姐的情绪好歹有些恢复。中午时有两只猫跑回来了，是二姐最钟爱的那两只，一只叫“刘巧儿”的，一只叫“赵振华”的，这是对感情甚笃的夫妻，一只爪残，另一只眼瞎，当初都是二姐从大街上捡回来的。二姐按捺不住兴奋起来。二姐一兴奋就哭，那种很安静的垂泪，边垂泪边给夫妻俩洗澡，洗完澡又给它们煮方便面。苏威看着二姐弯着腰往锅里下面，心下就难受起来，心下一难受，就忍不住从兜里掏出五十块钱塞二姐手里。二姐说什么都不要，两人就推搡起来，苏威的手机就是在两人激烈的肢体运动中响起来的。

“我爱你。”

苏威先一愣，然后等着对方说话。对方嗓子尖利，猫叫春似的。

“我爱你。”

苏威就说：“爱我啊？爱我好啊，先洗干净了，在床上等着我吧。”

然后苏威就听到对方嘎嘎地大笑。除了小爱还能有谁？这姑娘刚从一家私人设立的所谓艺术培训中心毕业，分团里一年多了，整天梦想着哪天时来运转，成为一名天后级歌手。像她这样的傻姑娘怎么能时来运转？像她这样的傻姑娘只配待在这个半死不活的小歌舞团，永远唱那种别人唱过的歌。她竟敢嘲笑他。苏威关了手机，有一搭没一搭地看着二姐喂猫。

这一夜和前两夜没什么区别。苏威再次听到了那个陌生人的表白。她的声音让他心里很安静，一种迸溅着火花的幸福细细地从苏威的心脏出发，开始顺着血管在全身的器官流淌，他觉得舒服极了，是的，舒服极了。在那一刻，他忘记了尚未支付给小培的住房基金，忘记了失踪的痴呆症外甥，甚至，忘记了自己是个只会跳舞的人。他紧紧地将话筒贴住耳膜，听那个人使用那种并不标准的普通话，说着那三个漫长的、极富音乐质感的字：

“我——爱——你——”

第四日

这一天不是愚人节，苏威却接了八个电话。打电话的八个人分别是：小爱、小美、大海马、狼青、美女蛇、苏联红……苏威一下就听出了她们的声音，她们把嗓子弄得很温柔、很嗲，苏联红甚至是捏着嗓门哼出来的，这个离婚三次的老女人声音沙哑，以翻唱徐小凤的老歌为生，苏威没想到她竟然也加入了开玩笑的行列。她们一准都疯了，当她们被苏威很轻易地认出时，无一例外地喘息着大笑，并且在大笑声中迅速关掉手机，也许，她们觉得没有比这件事更有意思的事了。

这样苏威很被动，说严重点，就是很尴尬，像他这么自尊心强烈的人，怎么受得了这帮女人没缘由的闹腾？他开始后悔把这件事告诉了她们。女人们似乎天生喜欢和比自己小的男人调点小情，而且将这种无伤大雅的调情看成是点缀生活的乐趣。苏威干脆关了手机，又陪二姐去了趟派出所。接待他们的是一位大门牙警察。可能中午吃的饺子，一说话牙齿上便露出片绿生生的韭菜。他很认真地安慰二姐。他说她要相信他们，既然已备案，肯定会把孩子找回来，这只是时间上的问题。即便找不回来，这么一个患痴呆症的孩子，丢了就丢了吧，丢了可以再生一个嘛，当然，要二胎的时候，要注意孕期安全，不要吃感冒药，不要吃阿莫西林以及标签上注明“孕妇禁用”的所有西药……二姐边听边点头，边点头边看苏威。苏威就拉着二姐从椅子上起来，对这个警察表示了诚挚的感谢。

把二姐送回家，苏威给小培挂了个电话。小培的态度不生硬，也不温和，她只是提醒他尽快把钱凑齐，如果凑不齐也没关系，大不了房子不要了，房子不要了也没关系，大不了婚不用结了。苏威听着闹心，挂了电话，往单位跑了一趟。

在单位碰到了很多人，她们见了他都和他打招呼。她们打招呼的方式很特别。她们好像刚学了唇语，她们的嘴唇在跳动，苏威却听不到她们的声音。苏威狐疑着把耳朵凑到她们的唇边，然后听到暴雷似的叫声：“我爱你。”苏威的耳朵这一天受到了严重的创伤。可受到创伤的不止他的耳朵，还有刘姐。刘姐嗓子也没吊，见了苏威便开始和他谈心。她教育他作为一个年轻的帅哥，要时刻注意保持形象，如果连保持形象的能力都没了，那活着还有什么意思？接下去她开始拿自己当例子剖析苏威的精神状态。她说虽然现在他物质上不丰富，但是精神上做个富翁就可以了，就像她，她知道自己很胖，而且是那种超越了大众审美趣味的胖，可这有什么关系？她虽然一直忙着减肥，可那只是照顾大家的情绪，说实话，她觉得自己很美，而且是那种超越了低级审美趣味的美，也就是说，她表面上虽然在减肥，但是内心却一直在拒绝减肥。总而言之，她要说的是，苏威作为一个没结婚的男人，不应该给那些女孩子轻易嘲讽他的机会，他应该懂得什么时候保持沉默，什么时候保持健谈，分清是与非的观念，做个迷人的、有棱角的、诚实的男人。

苏威对刘姐的肺腑之言表示认同。他说他只是没想到姑娘们如此刻薄。

“那你干吗和她们说那种玩笑？你为什么虚构一个向你求爱、严重说是向你求欢的姑娘呢？”

苏威觉得事态好像严重了。他板着脸告诉刘姐，他所说的事情是真的，那姑娘不是他虚构的，而是客观存在的。看着刘姐越来越狐疑的表情，苏威觉得有必要拿出证据，于是他说：“你要真不信，我今儿晚上就把她的声音录下来，明儿一早给你听听。我们处这么多年，你就是我肚里的一条蛔虫——我什么时候说谎话不眨眼来着？”

那天苏威向一个朋友借了支录音笔，很小，薄薄的，私人侦探和记者钟爱的精密仪器。他很轻易就掌握了它的用法。整个晚上躺沙发上，如临大敌般等女人的电话。说实话他不是一般地紧张，中间去了三趟厕所，看了两集警察被黑帮诬陷的电视剧，还接了另外两个电话：一个是二姐打来的，她向他汇报，又有三只猫咪回家了；另一个是小爱打来的，这一次她好像没开玩笑，而是正式邀请他一起看《黑客帝国Ⅲ》，苏威拒绝了她。后来终于等到了女人的电话。免提键按下，录音笔也在安静转动，女人简短而富于穿透力的声音被轻松地录下来。这一次苏威什么都没说，那个女人似乎有些意外，她好像在等待他说点什么，当然，这短暂的等待并没打扰苏威，他托着下巴，听到挂电话的声音在午夜的房间里空荡荡地暴响一下。再后来，苏威反复播放着这个女人的声音，他边听边想，这个女人，会是谁呢？他都快被她打动了。也许，他已经被她打动了。

第五日

这一天团里召开了半年工作总结大会。书记和团长纷纷讲话。他们说团里的形势越来越好，演出机会越来越多，希望唱歌的好好唱，演评剧的好好演，说快板的好好说，跳舞的好好跳。苏威没心思听领导分析演出形势，单等着漫长的会议快点结束，好让刘姐听听物证，好让刘姐明白明白，他苏威并不是那种好高骛远、吹毛求疵的人。

待散了会，刘姐却好像忘记了昨天的事，她似乎在唠叨什么。开始时身边只有一两个人，慢慢地就围了七八个，苏威也凑上前，听了会儿才明白，原来刘姐的女儿想去澳大利亚留学，学校联系妥了，钱也备好了，就等签证。不料昨天大使馆来电话咨询，问刘姐在澳大利亚有无亲戚。当时电话是丈夫的秘书接的，秘书说有啊有啊，孩子的阿姨在那边。秘书以为这是最明智最恰当的回答，殊不知是最愚蠢的回答。“他真笨啊！我姐哪儿在澳大利亚？她就是农村一菜农嘛！这下好了，说我们有移民倾向，”刘姐说，“这不把孩子的前途给耽误了吗？”

众人一阵唏嘘，都说秘书素质低。苏威看刘姐精神萎靡，手里的录音笔又放回兜里，想是否找小培谈谈心。小培这人好着呢，典型的刀子嘴豆腐心，再者苏威跟刘姐借的钱足够应付她，说句软话，再用肉体实际行动行动，她还能说什么。

刚想走就听到刘姐大嗓门开唱了：“苏威，你过来。东西拿来没？”苏威就返回去开始放录音。放录音时刘姐又忽悠着大嗓门把小爱、小美、苏联红她们招呼过来。她的意思是，苏威要想证明自己没撒谎，很有必要把陌生人的现场录音给这些长舌妇听听，让她们明白明白，苏威可不是个白给的男人。苏威本觉得无所谓，录音的目的只是应付应付刘姐，也不用开什么记者招待会。这下好了，事情发展得越来越完美：在几个女人的监督下，苏威把那个女人的声音放了七遍。女人的声音在空旷的排练厅显得极飘渺，苏威甚至觉得，女人的声音其实很没个性，也就是说，她的声音和午夜两点听到的声音，像是从两颗核桃里滚出的两粒果肉：形状颜色相差无几，而味道却有着青涩和成熟之分。总之，苏威在几个女人的指挥下播放着陌生人的话，反反复复，中间苏威不知怎么按错了一个键，于是女人的声音像得了癫痫病的鹦鹉那样滑稽地重叠着：

“我爱你苏威我爱你苏威我爱你苏威我爱你苏威我爱你苏威我爱你苏威我爱你苏威我爱你苏威。”

苏威觉得头快爆炸了，而女人们的笑声，也突然在房间里爆炸了。本来女人大笑的声音差别很大，比如说刘姐，她大笑时声音是肥胖的浑圆的；而小爱大笑时，是玻璃刀割玻璃的刺耳声；小美呢，大笑时是火鸡下蛋后的咕咕声——可在那一刻，苏威觉得她们的声音巧妙地重合了，从她们肺部喷出的气流沿着相同的轨迹发散、攀缘和融合……苏威觉得他彻底丢份了。尤其是刘姐，苏威没想到她也笑得这么厉害。这有什么可笑的？这真的很可笑吗？

苏威严肃地盯着她们的身体花枝乱颤，扭头走了。

其实也没走远。二姐家就在单位附近。进了二姐家，二姐在沙发上哭，蟾蜍在椅子上抽烟。蟾蜍是苏威以前的姐夫，也是宝宝的父亲，跟二姐离婚六年了。这六年里他好像从没回来过。他还是和以前那样黑，脸上拱着青春痘。见到苏威他笑了笑。看来事态更严重了，不然二姐不会把蟾蜍叫过来。她喜欢蟾蜍就像布什喜欢本·拉登。

原来是派出所来电话，说在某个小区湖边发现了一具男孩尸体，让她去认一下。

“那快去啊！哭什么哭！”

“这不刚回来吗？”蟾蜍解释道。

“那是不是宝宝啊？”

“不是啊，”蟾蜍说，“是宝宝的话就好了。我们就彻底省心了。”

二姐也不哭了，说：“我们想在电视台、报纸、电台和网上登寻人启事。你说他都失踪六天了，他吃什么啊？他喝什么啊？他又不认路，还没猫聪明。”

苏威就和蟾蜍一起到电视台登寻人启事。电视台的人很同情，给免了五十块钱。蟾蜍好像也很上心，非拉着广告部的人去喝酒。喝酒好，一喝酒什么都变得美好起来，况且是蟾蜍请客，不多喝点哪里对得起二姐？

苏威一喝多，就忘记自己怎么回的家。反正是等他醒过来，床单被吐成了垃圾箱，喉咙用火烤着。灌了几杯自来水，看看窗外，黑糊糊的，也不知道几点。等电话响时，苏威想除了那个女人之外还能有谁？可这个女人究竟是谁？她为什么说爱他？她爱他哪一点？她为何每天深夜骚扰他？如果是骚扰，那就骚扰得疯点彻底点也成，可以在电话里回忆甜蜜的事（她无疑认识苏威），也可以在电话里有节制地调情，当然，如果愿意，在电话里还能做更火爆更激情的事，可她骚扰得这么温柔、这么简洁、这么让人郁闷。苏威盯着电话，还是接了。

“怎么这么慢？”

苏威一愣。她终于说第二句话了。她的口气有些苛责的成分，更有担忧的成分。她的声音比往常要温润些，他甚至听到她在电话那边轻微的喘息声。

“你到底是谁？”

“我爱你，苏威。”

“光说有屁用？你凭什么爱我？我连你是谁都不清楚。”

“这很重要吗？”

“去你妈的，”苏威道，“你要是再这么神神道道，我以后就不接你电话了。我可忙着哪。真的，我没骗你。我干吗骗你呢？我没有理由骗你。”

对方沉默了会儿问：“你小学时最喜欢的女生是谁？”苏威说：“没有最喜欢的女生，那个时候不懂那个，只懂吃。”女人又问：“真的没有吗？”苏威就仔细琢磨了琢磨说：“真的没有，我那个时候除了到少年宫练围棋，就是到校队练短跑，哪有心思想女孩？那时我最想的，是拿了少年组的围棋冠军后，我妈能给我买只烧鸡吃。”女人说：“你再好好想想，比如，你有没有喜欢过梳辫子的女孩？”苏威就说：“那时的女孩都梳辫子，”苏威嘿嘿地笑着说，“再说了，我发育晚，长身体时都上初中了。”

后面的谈话是和风细雨式的。女人诱导着苏威回忆了小学生活后，又回忆了初中生活，回忆了初中生活后，又回忆了高中生活，回忆了高中生活后，又回忆了职业中专的生活，总之，女人耐心地诱导苏威回忆了多年前的往事。苏威在酒精催化剂的作用下，该说的说了，不该说的也说了。该问的问了，不该问的也问了。当然，女人一直保持着必要的礼貌和距离，她好像是个很喜欢探听别人隐私的心理医生。几点挂的电话呢？后来讲着讲着苏威就睡着了。

第六日

这一天市里的一家啤酒厂举办了一场豪华演出。说演出豪华是因为这家啤酒厂光从北京请演艺圈的大腕就花了一千万。像苏威这样的，能和大腕们同台演出的机会倒不是很多，因此苏威伴舞的时候也格外卖力。演出结束，团里的哥们姐们嚷嚷着去酒吧喝酒。苏威刚到酒吧门口，就接到了小培的电话。听到小培的声音苏威就有些心虚。小培在电话里说，想和苏威谈谈。小培的声音懒洋洋的，好像没睡醒的样子，可苏威知道，小培没准手里正摸着把刀子发狠呢。

苏威推辞说演出还没结束，又说本来给小培准备了票，可被人撬走了。小培冷哼一声说："苏威你给我听着，我可不是什么软柿子……"剩下的话没说。苏威知道威胁男人向来是女人的强项。如果男人被女人威胁到了，那么男人的好日子也就到头了。苏威挂了电话，已有几个哥们儿催他快进去，当然，进去后苏威就不知道怎么出来的了。

其实清醒时苏威也常总结自己的生活，他觉得自己一个大老爷们儿，给人伴舞也不是长久之计，可是，自己除了跳舞好像就不会别的技术活。天生是个笨手笨脚的人，头脑好像也并不比别人转得快，桃花运也不比别的男人多，除了扭动腰肢挪动脚步，还能做些什么？清醒时人容易悲观，酒醉时人通常会很快乐。苏威记得有人为自己开了门，脱了衣服，还为自己洗了脚，把夏凉被盖在自己身上。苏威努力睁开眼睛，就看到了刘姐。

刘姐正要走，苏威就说你怎么来了？刘姐说："我怎么来了啊？你个酒鬼在酒吧喝得连肠子都吐出来了，我不把你搀回来，你睡厕所啊？"苏威说："睡厕所也很舒服的，我就喜欢厕所的味道。"刘姐"扑哧"就笑了，说："你个小屁孩，一点正经都没有。"

苏威借着房间的灯光乜斜着刘姐。大热天的刘姐穿着件无袖宝蓝色套裙，露出白皙肥硕的胳膊。她涂的是那种宝石蓝眼影，发髻高耸入云。这样她整个人在灯光下，仿佛一只秃尾巴蓝孔雀。苏威就忍不住笑了。刘姐问："你笑什么？"苏威就说："你真性感啊。"刘姐的脸似乎红了，嘀咕着骂两句，苏威就歪着头说："好渴啊，真想喝水。"

刘姐倒了水给他喝。或许应该这么说，是像母亲照顾生病的儿子那样喂苏威喝水。苏威的头枕在刘姐的胳膊上，刘姐把水杯放在他唇边。刘姐的眼神有点怪，苏威感觉到她硕大的乳房轻柔地顶着他后脑勺。苏威就坏笑着说："怎么，你兴奋了？"

事后苏威很后悔。他怎么会和刘姐上床呢？刘姐那么好的人，虽然有点胖，可是对他却像亲人一样。现在还有谁对别人肯像对亲人那样好呢？苏威觉得自己不该打破两个人之间的距离，更不该把刘姐按倒在床上做情人或者夫妻间应该做的体力劳动。苏威已经想不起两个人是怎么搞上的了，是谁先动了谁的衣服，谁先抚摩了谁，谁先把身体与身体之间的距离由十厘米变成零距离，最后变成了负数呢？这一切似乎都不重要，重要的是他已经和刘姐那个了。刘姐的身体像块硕大的丰满的温凉的肥肉，被他压在身体下慢慢侍弄，刘姐不时哼出很浓重的鼻音，同时庞大的身躯像水床那样温柔涌动，最后她浓重的鼻音似乎更高亢了，为了防止她在床上唱《蝴蝶夫人》或者《图兰朵》，苏威只好把嘴巴贴上她的嘴巴，让她把那些意大利语憋回"磅礴"的胸腔。苏威还记得完事后刘姐有些兴奋，她慢慢地穿着长筒袜（她什么时候连袜子都脱掉了呢？），用指甲油把一小丝破线的地方小心地粘好。苏威裸露着身体不知所措，只盯着屋顶。屋顶是一张张重叠着粘贴的破报纸。

说实话苏威接到那个女人的电话时还没睡。他被晚上发生的事弄得颇为不安。当女人轻柔地对他说出那三个字时，苏威的眼泪就哗哗着流出来了。还好这个晚上女人没有再次问关于大辫子女孩的问题，也没问任何涉及个人隐私的问题。实际上，那个女人除了那三个字根本就没说别的话，在说完那三个字后苏威还没等她问话或者放电话，已经先滔滔不绝地自言自语上了。他说他外甥还没找到，也许永远找不到了。找不到怎么办？姐姐和那些绿眼睛、整天在窗台上窜来窜去的猫生活一辈子吗？他说小培给他电话了，可是她除了上床和要钱还能做点什么？他说他不想去跳舞了，他要去当舞男，也就是那些在吧台坐着等女人来挑的鸭子。做鸭子没什么不好的，做鸭子是比跳舞有前途的职业，他这一流的身材该不会有什么障碍，即便技术二流，也足以对付那些富婆或者空虚的留守女士。他好像对老点的女人并不缺乏兴趣，因为晚上他就刚刚和一个足有二百斤的女胖子做了点实际的事儿，虽然女胖子的肉很松弛，那个地方也不像小培的那么紧，可是这有什么要紧的呢？重要的是，出卖这种廉价的体力就能得到高额回报……再后来苏威实在记不起还说了什么。那个女人只安静地倾听，她急促的喘气声不时地从听筒里传递过来，本来苏威以为她会中途挂电话或者咒骂他肮脏的下流想法，可女人毕竟什么都没说。到后来苏威觉得自己肚子里的话全说光了，于是他说："睡觉吧亲爱的，让我顺便亲亲你吧。"

他对着电话重重地亲了一下。他觉得舒服多了。

第七日

这一天是礼拜天。苏威的全天过程可总结如下：

（1）苏威邀小培逛商场。小培并没格外生气。苏威不仅给了她五百块钱，还给她买了只五十块钱的手镯。手镯虽廉价，可好歹是几年来苏威送给她的唯一礼物。小培就把这几天所有的郁闷和不快忘了。小培是个聪明的姑娘，知道男女间关系松弛的道理，她一直拉着他的手，跟他说关于房子装修的问题，不光说了房子装修的问题，她还幻想起婚后具体的生活，比如如何在怀孕期间保持身材以及产后如何恢复身体和抚养婴儿的问题。她还请苏威到肯德基吃了鸡腿喝了饮料。

苏威没料到在快餐店碰到刘姐。刘姐跟一个女孩和一位威严儒雅的中年男人坐着喝咖啡。看到苏威时她笑着摆了摆手，脸上是平日里那种爽朗而关切的微笑。她甚至把苏威和小培叫过去，认识了一下她漂亮的女儿和本市著名的企业家丈夫。他们好像是教养很好的人，男人还主动握了握他的手，递给他一张芬芳的名片。苏威都有些恍惚了，他一直在想，昨天晚上自己和刘姐到底有没有过那样的事？事情是肯定有过的，那么，和自己有过事情的人到底是不是刘姐？如果是刘姐，那么她今天安之若素的态度倒真让他佩服起她了。

（2）小培坚持要和苏威回宿舍。苏威知道她是想那点事了。在床上小培一直极富表演欲地尖叫着，并且有些强悍地把苏威压在自己身体下面。苏威感觉到自己就像一只瘦弱的雄螳螂，一边和雌螳螂交尾一边被雌螳螂用尖利的牙齿吞噬，很快就泄了。小培有点意外，但没说什么，摸着他的喉结问："宝宝找到了吗？"

两个人去了二姐家。二姐家没人，估计是骑着自行车逛大街去了。二姐和蟾蜍两人把城市分成南北两片，各自负责在本片张贴寻人启事的工作。小培走后，小爱就打了电话。她说在家里闲得生蛆了，要苏威陪她去专卖店买衣服。苏威说："干吗招呼我去？你男朋友呢？"小爱就说："我哪里有男朋友啊？有男朋友我还找你吗？"苏威就说："我可没空，我忙得跟盖茨似的，弯腰捡两千美元的空儿就浪费了八千万呢。"小爱"呸"了声说："你还真把自己当根葱了？"

（3）午夜电话。这一天女人的谈兴很高。她说她现在一个人待在一个硕大的城市，可城里的朋友，还没有一只左手的手指多。每天除了上班，就是下班。下班就更孤独了。她使用了"孤独"一词在情理之中。晚上除了上网还是上网。她提及在网上有一个固定的男朋友。当然这个男朋友她并没有见过面。但她说她相信这个男朋友是个优秀的男人。什么是优秀的男人呢？就是那种广告中常见的"博士/未婚/董事长（或CEO）/宝马/公寓/幽默/帅气"式男人。

苏威对女人的话有些不快。他说："我可什么都没有，估计以后也不会有。你老说你爱我，你到底爱我什么？我哪里值得你爱？再说你都有男朋友了，为什么不给他打电话？你这样做都让我怀疑你是不是从精神病医院里跑出来的了。"

最后的几句话用词颇重。那个女人突然在电话里笑了。在短暂的笑声中苏威突然有些恐惧。女人的声音和平日里好像没什么区别。当然只是好像，因为这短短的几天，女人的声音好像总是在变化中。每个人的声音都是在变化中的，随着清晨、午后和夜晚的更替，一个人的声音会随之发生奇妙的嬗变，因为在一天中，所有发生的事情，见过的人，触摸过的建筑物，都会对一个人的声带产生不同程度的刺激。可关键是，靠，这个女人笑的声音，太耳熟了。

第八日

这一天格外热。苏威他们团去慰问演出。上车后他坐刘姐身边。对于那天的事，苏威已经不觉得内疚或不安，相反，他内心升腾起一种甜蜜的亲近感。他甚至很想摸摸她的手。可刘姐的脸很难看。不是一般的难看。她起身坐到了后面一排。

演出结束后，刘姐把苏威叫到一边说："苏威你给我听着，虽然那天我们做了些不应该的事，可你也不该像白痴一样四处宣扬啊？你不害臊我还觉得丢人呢。你是不是有病呢？"苏威说："这话从何说起啊？那件事我可早就忘了。我那天喝酒喝多了，我做了什么都不清楚。"刘姐想了想说："我警告你苏威，我不想让那件事破坏了我的名誉。我知道你是个对什么都无所谓的人，可我和你不一样，我是个有信仰有教养的人，你觉得无所谓的事对我很有所谓。”苏威身上的汗本来就多，这下就更多了，他说：“刘姐我向你保证，你我之间的事情我要是向别人说过，我就遭天打五雷轰。”

刘姐盯了他半晌，湿润着眼睛，最后说：“团里的人是怎么知道的呢？他们传得有板有眼的……”刘姐红着眼睑说，“连一些细节都知道得清清楚楚……”

苏威的脑袋“嗡”的一下就大了。他突然想起，那天晚上在电话里，他好像和那个女人说过这件事，不光说了这件事，还把一些他认为滑稽可笑的细节向那个女人解剖得肉是肉、骨是骨，他甚至在形容刘姐时用了一句颇为生动的话，他说：“这个胖女人就像是一只刚从水里钻出来的大河马。”

可是……苏威不敢再往下想了，他好像掉入了一个巨大的、灌满了恶臭汁液的陷阱……难道，那个打电话的女人，就是团里的某个女人？比如小爱，或者小美……或者苏联红？可自己再蠢，她们的声音烧成灰，也能辨别出来。那么，事实有可能是，在苏威给小爱她们听了女人的录音后，这些擅长表演和唱歌的人，开始模仿那个女人的声音给他打电话，当然，也许有时是那个女人，有时是他喜欢恶作剧的同事……

苏威打了辆车跑回家。首先把电话线给拔了。后来不安再次袭击了他，他干脆把电话机扔到了垃圾箱，好像只有通过这些没意义的举动才能把那种身陷黑暗中的恐惧消灭得干净和彻底一些。他不停地揪自己的头发，努力回忆在电话里自己还说过哪些该死的话，透露过哪些自己的隐私以及别人的隐私。他恨不得立马杀了那个女人。可是，那个女人是谁呢？除了这个女人飘渺的声音，他对她一无所知，他竟然在这些天里向一个他一无所知的女人倾诉秘密，并且引以为乐……苏威紧紧地抓着自己的衬衣，感觉到心脏从胸脯蹿到了嗓门。

拆了电话的苏威又关了手机。这天晚上没收到任何电话。在黑暗中，苏威觉得很冷。他想自己是发烧了。

第九日

这天苏威请了假。二姐打手机说宝宝昨天晚上找到了，给苏威电话，想报个平安，可是怎么都不通。苏威觉得自己发烧了，眼睛里的物体都是倾斜的。他飞快地骑着自行车跑到二姐家。十六岁的宝宝正蹲在沙发上吞面条，肩膀上爬着一只猫，左腿上卧着一只猫，他边吃边和猫说话。二姐说是派出所的警察把宝宝送回来的。他们在超市旁的一个路段发现了宝宝。宝宝正在和一个乞丐乞讨。那个乞丐是个从河南过来的专业乞丐。乞丐说宝宝要和他一起生活，因为宝宝好像很喜欢他的那管口琴。宝宝和乞丐白天乞讨，晚上在垃圾箱旁睡觉。说到这儿姐姐就哭了。

为了安慰姐姐，苏威说要带着宝宝出去散步，这样一下子把他闷在家里他会有抵触情绪的。宝宝就和苏威要糖。宝宝最喜欢吃苏威给的糖，只有苏威给他糖吃。他的牙齿全被蛀坏了，一笑就露出一排黑糊糊的牙床。既然他喜欢吃甜食，为什么不满足他呢？除了吃甜食，好像没有能让宝宝更快乐的事情了。

苏威带着宝宝去了电信局，销了自己家的电话号码。手续并不繁复。办完手续后苏威牵着宝宝，给他买了管口琴。宝宝就吹口琴，一些音符被夏日的热风荡漾开去。宝宝吹着口琴在前面小跑，后来他扭着粗脖子对苏威说："舅舅，你真好，我好爱你哦。你再给买些巧克力吧。"

苏威心里一凛。他又想起了午夜时那个女人的声音。也许不是一个女人的声音，是很多个女人的声音。当然，也许只是一个女人的声音……这些都已经不再重要。他还依稀记得女人温热的、平静的语速。"以后她再也没有打扰我的机会了……"这么想时，他的眼睛湿润了。

原载《当代》2005年第3期

点评

有人对你说"我爱你"无疑是一种幸福，但当它从爱的表白变为随意的调侃时，就成为普通人的生命不能承受之轻。小说《人人都说我爱你》中的苏威就有过这样的遭遇。在某歌舞团伴舞的苏威过着为柴米油盐烦恼的平常日子，但夜晚的匿名电话扰乱了他的生活。陌生女人在电话里爱的表白使他感到别样的幸福，忘掉了现实的种种不快。男性天生的虚荣心使他炫耀，知道此事的女同事们纷纷冒充陌生女人戏弄他，唯有他敬重的刘姐说他不该活在谎言里。为了证明确有其事，在一个夜晚苏威录下了陌生女人的表白并公布于众，但擅长模仿表演的同事的存在使夜晚的电话游离在真假之间。贪杯的苏威无意中和刘姐搞到了一起，性爱在此变得轻浮随便，令人沮丧。情绪失控的苏威向夜晚的电话无所顾忌地诉说，惹来了麻烦，有关他和刘姐的情事传扬开来。懊恼的苏威追根溯源，干脆销掉电话号码，远离真相的告白或者话语的陷阱。

作品以匿名电话为道具，原生态地展现了现实生活中人的生命力的无谓消耗，消解了爱情表白本身的严肃性。作者以此指喻了人类生活某种共通的状态：精神的萎靡与卑俗使一切都成为变味的生活调料，连爱情也不例外。此外，作者以“第×天”来设置小标题，并在第九天终结，也暗喻九九归一，一切转来转去又还了原。

（徐慧颖）

牛为什么会哭

王方晨

我要讲讲一头牛。这头牛叫狮心。他就是我要讲的。我觉得好像童话，也有点像幽灵的故事，不过我讲的都是真牛真事，尽管除了我和狮心以外谁也不知道。

狮心是爷爷留下来的。爷爷常对我说："孩子，可别小瞧他，他有一颗狮心。"爷爷很老，跟牛一样老。他们本来应该双双待在一起，昏昏思睡，但为了我，爷爷还要牵着牛，走出门去，到河边、洼地上转悠。老牛行动迟缓，说不定什么时候就会突然趴窝。我骑在牛背上并不放心，不免要用怀疑的目光看这老牛。爷爷轻易就从我的眼神里看出那种不信任。爷爷一遍遍地对我讲那句话："孩子，你可别小瞧他……"我从没想到，爷爷会死在老牛前面。

那天晚上非常寒冷。我睡得很熟。老牛的叫声把我惊醒。爷爷身上散发着可怕的寒气。我壮壮胆子，用发抖的手推推爷爷。爷爷身上已经僵硬了。我吓得头发都竖起来，就像突然掉进一个黑洞。四周漆黑一片。我想不到点灯。我的手也够不到放在柜子上的火柴。在恐惧和茫然中，我终于看到了老牛眼里的微光，脱口叫道：

"狮心！"

我听到老牛答应了一声。他离我很近。他鼻子里温暖的气息喷到我的脸上。我大哭起来。

"狮心，爷爷死了。"我抱住他的脖子，哭着说。

"爷爷没死，爷爷睡着了。"老牛说着，伸出柔软的大舌头，在我脸上舔来舔去。

这是老牛第一次发出人的声音，但我没有一点惊异。在他的抚慰下，我渐渐平复下来，好像爷爷真的还活着。爷爷睡得很沉。在这夜半人静的时刻，我不再强烈地意识到自己是在跟死亡做伴。那个躺在床上一动不动的老人，还是我随时都会醒来的好爷爷。

老牛放心似的，慢慢从我身边走开。出了门，立刻投身到墨汁般的黑暗之中。不久，我就听到从外面传来一连串的狺狺狗吠，还有老牛在村街上奔跑的声音。

孟昭祥村长养了一条凶猛的大狼狗。是他从在塔镇派出所工作的亲戚那里搞到的。我知道，村里的每个人都害怕这条狗。白天，孟村长把它拴在家门口，可是到了夜晚，村长却常常把它放出来，说是吓小偷。一般情况下，我们是从不夜晚出门的，而且，只要有可能，我们都会在夜幕降临之前及时回家。

不用问我也知道，老牛是去叫我父亲了。我父亲和我母亲、弟弟，都住在新房子里。我和爷爷生活的地方，是我们胡家的老宅。院子里有棵大槐树。这么大的槐树，全村也只有一棵。家家当院的大树都给砍掉啦。树荫影响摊晒粮食。父亲也要砍掉这棵树，爷爷就把树抱住，说："你把我也砍了吧。"这棵树才得以幸免。远在野外，我们就能看到它，好像一块高高堆起的黑色的岩石。可以说，整个孟家庄，任何东西，包括孟村长的小洋楼在内，都没有这棵树引人注目。我和爷爷非常为之自豪。我把它叫作我的大青山。我盼望有朝一日，能够登上这座巍然屹立的大青山，更远地看到四面八方。爷爷不止一次对我许诺，要带我走世界。他说："我老了，可是如果老牛撑得住，我也撑得住。"我总觉得爷爷马上就要带我走了。我们沿着小河，一直往前走，越过塔镇，越过无数富饶的村庄和美丽的城市，还有高山、峡谷。小河也会越长越大，它变成了一条波涛汹涌的大河，不拒细流，接纳百川，最后融入湛蓝湛蓝的大海。那时候，我们就会亲眼看到世界尽头的景象。

爷爷再不能带我走世界了。老牛还撑得住，爷爷却撑不住了。想到这里，我重新意识到爷爷已经独自远去。我又害怕地哭起来。

一群人闯进屋门。领头的是我父亲。他们显然刚从被窝里钻出来，身上还带着被窝里的余热。与其说他们感到无边的夜寒，不如说正为被人从睡梦中叫醒而心里窝火，一进门就像发泄怒气似的，脚下东踢西踹，嘴里骂骂咧咧。他们没想到，屋里有个老人，刚刚离世。

在孟家庄，有一个难以启齿的传统。虽然没人会明确承认，但它的确在为很多村里人遵守。任何一个村里人，都不会妄想自己在人老力衰之年赢得世人的尊重。人老了，就是累赘。他人的累赘，自己的累赘。都多少年了，家家都在为赡养老人吵闹。每天从早到晚，都能从街上听到声声詈骂："老不死！"隔三断五，就会有一个老态龙钟的老人，拎着条破布袋，步履蹒跚，去儿子家要粮。粮要来了，欢天喜地；要不来，也不沮丧，路上就对人说："阎王爷怎么还不来叫我呀！我又不是大闺女上轿，还瞎打扮啥？"阎王爷终于来叫了。非常简单，死去的老人常常被偷偷埋掉。老人不喜欢火葬。夜里死了，夜里埋。白天死了，不吭不声过一天，等天黑了再埋。也不用发丧，也不用守灵。过上十天半月，没人问老人哪去了。问了也不当紧。就说，走亲戚去了。再过十天半月，问都不用问了。老人已被全然忘记。我们孟家庄周围的村庄，也都是这样处理丧事的。孟村长心里明白。但这种事，犯不上管更多。其他村的村长也是这样子的。他们掌握了一个原则：偷埋就偷埋吧，就是不能留坟头。不留坟头的后果是，用不了多久，埋人的痕迹就找不见了。这也就是说，一个人永远地从世上消失干净了。在最近的半年，我至少发现孟家庄有六七个人就这样不见了。爷爷也从来不谈论他们。

现在又轮到了爷爷。但我还没想过，爷爷不见了世界又会是怎么一副样子。

那些人进来，点上灯，立刻着手给爷爷装殓。他们的神情就像对待一条破棉絮。对我更不用说了。他们根本就没想到我。一个人伸手一拨拉，就把我拨拉到了墙角，好像我是个碍手碍脚的什么物件。我紧贴在坚硬干燥的墙壁上。忽然，我向爷爷扑过去。我就想紧紧抱住爷爷冰凉的身体。可是他们又把我拨拉开了。他们粗暴的行为让我感到窒息。我瞪大眼睛，眼看他们随随便便就把爷爷装在了棺材里。那副棺材已经备下很多年了。反正从我记事的时候起，它就放在屋子里。爷爷对它非常爱惜，常常解开包在上面的塑料布，端详好半天。爷爷对我说："我的小油豆子，这可是我的金銮宝殿哪！"他把棺材叫作金銮宝殿，连我都想象得出他会怎样神气十足地躺在里面。

如今，爷爷果真躺进他的皇宫里。

哐哧一声，那些人把棺盖合上了。我的心随着猛一收。怕人来抢似的，他们慌慌张张地抬起棺材，就走了出去。我忽然想看看父亲的脸色，但我只看到了他宽阔的背影，而这背影也仅仅在屋门口一晃，就被黑暗吞没了。也许因为他们行动太迅速，带出了一股风。灯焰摇晃了两下，灭了。我什么也看不见，但我仍旧尽量睁大了眼睛。我就一直这样看着，看得眼睛生疼。

一团黑影在我虚幻的视野里，悄无声息地向村口移去。我和老牛谁也不管谁。我看，老牛哞哞叫。

老牛叫了整整一夜。

天色大亮了，我都没能看到那团影子走出村口。

后来我想，那不过是我想把爷爷留住的一种方法。只要那种情景依旧在我眼前闪现，爷爷就没被人们埋到土里。但事实无法更改，我的眼前突然就明晃晃一片了。

有好大一会儿，我看到的就只是一片白光。我的眼睛被耀得又酸又涩。我知道，爷爷已被人埋到了土里。

说实在的，我心里虽然难过，但却像完成了一桩心事似的，好像我在担心爷爷死了谁也不理会，就那样一天一天地躺在床上。

这时候我看到了趴在地上的老牛。因为我还清楚记得晚上的情景，我就对老牛投去了感激的目光。

……是老牛把大人叫来的。这点没错。

等我发现老牛腿上受伤时，我心里已不仅是用感激所能描述的。老牛让村长家的狗咬了，咬得还不轻。伤口上的鲜血已经凝固，皮肉却还耷拉着，被冻得又黑又硬。血肉下，白骨森森。他不能动了，只好直直地挺着脖子。我看不到他脸上有沮丧的表情。他内心悲哀，却又显得无比坚强，好像他不是一头老牛。他还是一个年轻力壮的小伙子，长得又健康又漂亮。

我想，爷爷没有说错，老牛是有一颗勇敢的狮心。恶狗可以咬伤他的腿，但不会吓住他。也许在半夜里，发生了一场短暂的搏斗，那条恶狗说不定被老牛踢得够呛呢。

当我发现爷爷溘然长逝，我是怎么叫他来着？……我叫他狮心。我脱口而出，就像我白天里这样叫他一百遍了。他答应了，就像他知道自己叫这个名字。我哭着告诉他爷爷死了。他安慰我说爷爷只是睡着了，然后去给爸爸报信……

“狮心！”我又叫。

“哎。”他答应了，声音里带着伤感。

“狮心！”我生怕自己搞错。

“是我。”他说。

我的泪水呼一下就流出来。不光因为狮心会说话，我又想起了刚刚过世的爷爷。

“狮心，就剩下我们俩了。”我哭着说，“这世上就剩下我们俩了。”

“小油豆子，别说得这么可怜，”狮心慢腾腾地说，“这世上有好多人。你还有父母，还有一个小弟弟。怎么会就剩下我们俩了？”

他像我爷爷一样叫我小油豆子。——我抱怨他：“狮心，你不该这么说。你应该知道，他们对我们是没有用的。我的那个小弟弟，他更是一点用处也没有。”

狮心显得生气了。“小油豆子，这样谈论自己的亲人很不对，”他说，“亲人就是亲人，不能说有没有用处。”

他的声音很严厉，但我还是想扑过去，搂住他粗壮的牛脖子。我却动弹不了。我这个人，只有上半身。

全村的人，包括我的爸爸，都叫我“半个人”。如果让我爷爷听到，他会很生气。他会大声骂人。所以，敢当着爷爷的面叫我“半个人”的，也并不是很多。不过，在我听来，他们也没叫错，我就是半个人。我的下半身没有知觉，两条腿细瘦扭曲。我坐在牛背上的时候，它们耷拉下来，在我看来就像两根煮软的粗面条。而我的上半身也仅仅是能够直立起来，时间久了还会累得腰酸背痛。这就决定了我躺在床上的时候居多。没人会认为我会多活几天。就连我也常常想到，等我一觉醒来，我已经死了。我是在另一个世界里。

爷爷也不忌讳对我谈到死亡。在爷爷的观念中，死一点也不可怕。爷爷说，死是什么？死了就是脱生。可我不想脱生为一头猪，一只鸟，或者一只蝴蝶。我还想继续做个人。对此，爷爷也有说法，人在世上行好下辈子就能脱生人，这辈子没得到的，下辈子都能得到，比如，这辈子没有好腿，下辈子就能有双好腿，这辈子长得丑，下辈子就能变得非常英俊，父母也会非常疼爱他……我觉得只给我一双好腿就足够了。这样，在我遇到不顺心的时候，我真恨不得一死了之。可我的确舍不得把爷爷一个人抛在世上。你想，没有爷爷的天地，再宽广，再富饶，又有什么快乐可言?

爷爷就这样悄悄地先我走了!

我不禁开始怀疑。爷爷作为一个智慧老人，应该对自己的死亡有所预感。临终前，他该把什么话给我留下。

……爷爷在油灯下搓麻绳，给我讲一些荒唐事儿，什么东海龙王，什么莲花圣母，有他自己编的，好比那个说谎的孩子没屁眼之类的，还有他从别人家的电视上看到的，哪里发生了森林大火，把石头炼成了黄金，哪里打仗，枪子上都安了眼睛，非洲哪个国家的国王娶了一百个老婆，坏人从乡下购买残疾小孩，逼他们在大城市沿街乞讨，反正一桩桩稀奇古怪得不得了。我只觉得有一个老人絮絮叨叨地给我讲这些很惬意，常常忘了给爷爷递麻批子。爷爷看看时候不早了，而且困得眼睛几乎睁不开了，就一手扶着后背，一手扶着床沿，站起来说："该给我们的玻璃豆子膏点儿油了。"爷爷说的玻璃豆子，就是我们的眼珠子。哎呀，我觉得玻璃豆子的确涩得不行了。爷爷又给老牛刷了一遍毛才上床。他把手伸到被窝里，说："我这老头子真是享受，被窝里给我生了个小火炉。"我心里非常得意，爷爷一进被窝，我就马上把他给搂住了。我在半睡半醒的状态下，听到爷爷的嘴几乎没停，但没一句说到死亡的话。他不停地赞美，赞美生活，赞美老天爷，让他在寒冷的冬天也不觉得寒冷。他的小油豆子是多么让人喜欢，多么乖顺，多么热气腾腾，多么知道体贴老人，闻闻小脑瓜上柔软的头发，喷喷香呢。他还转过头去，对老牛说："再过两个半月，你才能吃到青草。"这是我清楚听到的最后一句话，因为我立刻睡着了。我立刻走在了春天的青草地上。阳光普照，鸟语花香。我牵着老牛，用一双健壮的双腿，轻快地走啊走啊，完全忘了停下来让老牛吃草。

爷爷没有一句话暗示自己会在半夜死去。那么，在我熟睡之际，在我忘情地徜徉在绿草地上之时，爷爷的话也只能被老牛听到了。爷爷临睡前抱给老牛的干草，够他嚼吃一整夜的。

我看着老牛，把心里的疑问说出来。

果不其然，老牛这样说道："爷爷说了，可惜你睡得太死，爷爷只得让我转告，爷爷要去大青山。可是说句实话，我也不知道大青山在哪儿。还没来得及问，爷爷就起身走了……”

来不及听老牛说完，我就差点跳起来。我急不可待地从屋门口向院子里的大槐树望去。

哦，我的大青山，你还没有绿。穿过你光秃秃的枝丫，我看到了冬天灰蒙蒙的天空。可是我相信，爷爷就在那里。爷爷没有死。他以自己衰老的肉身甩开了世人，就是为了能够跟我更自由地生活在一起。只有我知道，连老牛也不知道，爷爷耍了一次诡计，就把所有人给骗了。

我就要偷偷地笑出声来了。

父亲手提一根粗粗的枣木棍走进屋门。

毫无疑问，父亲一眼瞧见了我脸上的笑容。

“你个没良心的东西！”父亲恶狠狠地骂道，“你爷爷最疼你。你爷爷刚死，你就笑。”

我害怕极了。但我看得出，父亲不是冲着我而来。果然，父亲转向了老牛。他举起木棍，二话不说，劈头朝老牛打去。我浑身一哆嗦，就看见老牛的一只角被木棍打歪了，断茬上露出鲜红的血肉。老牛有两只非常漂亮的牛角，在阳光下就像油漆过一样。我骑在牛背上最喜欢把这两只角抓在手里。

老牛疼得“哞”了一声。

父亲是不会怜惜那只牛角的。他又朝老牛打过去。老牛受了伤，没法躲开。木棍雨点般落下来，不是落在牛头上，就是落在牛背上。

我吓得蜷缩着身子，眼看着老牛受难。过了好一会儿，我才有一些正常的思维。我在心里暗暗地叫道：“狮心，你开口问他，问这个人，为什么打你？你做错了什么？”我给老牛使眼色，但老牛就是不开口，他甚至连叫也不叫了。他只是用哀怨的目光，看着一次次落下来的木棍和凶狠的父亲。

后来，父亲打累了，重重地把木棍扔在一边，气喘喘地骂道：“你个惹是生非的畜生！敢踢胡昌盛！你他妈还能活几天？还不他妈早死早脱生！哼，你也是条命！”

我什么都明白了，父亲是来给胡昌盛出气的。

胡昌盛就是孟村长家养的那条恶狗。他让自家的狗姓胡，村里姓胡的人家没有一个敢说个不字的。姓胡的人家所能够做的，就是从不叫那狗胡昌盛。提到那狗时，就只说昌盛、昌昌、盛盛，好像在说自己的一个老朋友。可是我的父亲在没有一个外人的情况下，却自管称那狗为胡昌盛。父亲真的让我非常失望。

父亲骂完老牛，转身走了。

我替老牛委屈。可是，我又忽然感到惭愧。老牛没有开口告饶，我也没敢吭声嘛。哪怕我说一句话，我做一下阻止的手势，也算我有种。我过去非常害怕父亲，这一点我也不想回避。但现在情况有所不同。爷爷刚刚死去。我躺在爷爷生前睡觉的床上。父亲看到我，不可能不由此联想到他自己的父亲。他或许因此顾怜起我来，老牛不就挨得轻一些吗？我却只是屈服于自己的恐惧，把自己蜷缩成一只没出壳的雏鸟，眼睁睁看着老牛被打成这个样子。

我心痛得很，真想叫爷爷过来，把我抱到老牛的身边。

爷爷不在屋里，因为少了爷爷，这矮小的屋子变得空荡荡的，好像一片无边无际的荒凉的旷野。

我顺手抓起一束麻批子，做了个简易的圈套，向地上一块爷爷当座位的石头扔过去，恰好套在了上面。我拉紧麻批子，一点一点向床沿匍匐而行。

扑通一声，我像块石头似的，从床上滚落下来。我没松手，继续向老牛爬去。我爬到老牛身边，立刻投身到他的怀里。抬头看了他半天，也没说出话。我止不住呜呜地哭起来。

真没想到，老牛耻笑我了。

老牛说："我是一头牛，还想不挨打？你爷爷也打过我。但比起上一个主人，在你爷爷家里，挨的打少多了，轻多了。你爷爷打我，就像挠痒痒。"

我说："任何人都不该打你。你不是普通的牛。"

"我是一头普通的牛。"老牛以肯定的口气说。

"不，"我说，"你有一颗狮心。"

老牛沉默了。他对我看了好大一会儿，但仍没有承认的表示。

“你会讲话。”我又找到一条理由。心想，这下子老牛不会反驳我了。

老牛眼里湿漉漉的，映照着我小小的单薄的面孔。我觉得他已没什么话可说了。我伸手抚摸他的面颊。

我的手慢慢停在了他的额头上。那里的皮毛仍然像锦缎一样光滑。我没敢摸摸他的角，连那只完好无损的角也没敢摸。我感到了指尖上的微微的颤抖。

突然，那只被打歪的牛角脱落下来。我没能接住，牛角就掉在了地上。

可能看到我的神色又凄楚了一下，老牛就说：“掉了就掉了吧，我要那么漂亮也没用。我又不会像小伙子那样娶媳妇。”

你爱信不信，老牛这样说的。他的声调不以为意，但我却心如刀割。因为我想到，狮心是一头阉牛。爷爷把他从别人手里买来时，他就已经被阉掉了。我心里暗暗感叹，牛啊，世上还有没有比你更深的苦难？可是，我看出他眼里马上流露出了一丝羞愧的神色。接着，就听他模棱两可地说了句“不好意思”。

我有一个非常愚蠢的念头，好像爷爷死了，我也会不久于人世。但我一点也不担心没人发现我死在爷爷的床上。老牛活得过我，他还会不顾一切，出门报信。昌盛拦路，踢死它！活不过我，也不要紧。天寒地冻的，尸体不会过早地腐烂。父亲总会有一天来到爷爷的小屋，爷爷生前打好的麻绳，毕竟还算是比较值钱的东西。另外，还有一捆色泽光鲜的麻批子。

我要等待这一天到来：我轻飘飘地从爷爷的床上起身，穿过父亲的身体，去巍峨壮观的大青山寻找我亲爱的爷爷。我却在爷爷去世后的第四天等到了我的弟弟。

弟弟有个响亮的名字——胡志伟。

院子里传来一声咳嗽。我抬头一看，就见一个可爱的小男孩走到了门槛外面。

这是个人见人爱的孩子，不知道的人绝对不相信他会是我弟弟。皮肤粉白，头发乌黑，一双大眼睛水灵灵的，小嘴鲜红得如同玫瑰。可他是我弟弟。

胡志伟斜着身子，手提一只瓦罐。我已经闻到了瓦罐里的食物的香味。如果我有一双好腿，我早就起身迎接我的弟弟了。可我只能挺直一下脊背，而且马上意识到了自己的丑陋。

对我们的家庭来说，我是一个孽障。父亲不相信会生下我这样的儿子。我不光是半个人，还没一副好模样。

村里有个可笑的传言，说我生下来有条猴尾巴，父亲生气拽我的尾巴，尾巴给拽去了，也把我下半身的神经和血脉拽断了。我就此问过爷爷，爷爷气愤地说："他们放屁！昧着良心说瞎话，生个孩子长尾巴，连屁眼也没有呢！"

父亲见我模样怪，就不想要我，裹巴裹巴给丢在了洼地里。结果是爷爷把我给找了回来。爷爷一个人一把屎一把尿地把我养大。因为我，父亲和母亲的关系很不好。父亲怀疑母亲不干净，母亲有口说不清，两人常常打架。直到母亲生下了我弟弟胡志伟，两人的关系才好一些。父亲依然认为我丢了他的人，连名字也不给我起，就叫我"半个人"。母亲已经让父亲打怕了，也不敢来爷爷家看我。甚至为了讨好父亲，随着父亲对我诅咒，好像心越狠，就越清白似的。她生下的弟弟，也被拦着不让来，而且还故意对他隐藏我的存在，人前人后，叫他"大孩儿"。这胡大孩儿长大一些，懂得一些事了，也知道我这个跟着爷爷一起生活的怪物是他亲哥哥。但他不叫我哥哥，也从不找我玩，可能因为我的样子天生让人嫌恶。

胡志伟的到来，给了我极大的惊喜。他脸上嫌恶的神气，又让我克制住了自己。他犹犹豫豫地走进门来，把瓦罐放在我的脚边，冷冷地说了句："吃吧。"

尽管我的肚子很饿，我也没有马上动那瓦罐。我忍受着肚子里牙齿的撕咬。

胡志伟转身要走，却又停下来。他看着趴卧在地上的老牛，我觉察得到，他要骑上牛背。这让我感到欢喜：我终于可以跟弟弟一起玩耍一次了。

我装着轻松地说："你骑吧。"我不叫他弟弟。我还拿不准他是否喜欢我这样叫他。我又看老牛，用眼神问他："你行不行啊？"老牛也用眼神回答我："行！"

老牛老实地趴在地上不动，配合胡志伟往背上攀爬。胡志伟却怎么也爬不上去。

爷爷养的这头牛非常高大。由于爷爷的精心饲养，老牛膘肥肉厚。虽然这些天瘦了不少，但伏在那里，仍像一堵又高又宽的墙壁。

胡志伟爬不上去，我又不能帮他，他就很扫兴地不爬了。

突然，我抓起那只牛角，对他说："牛角很好玩。"其实我也不知道牛角怎么好玩。但我灵机一动，把牛角放在了唇边，没费力气，我就把牛角吹响了，"呜——"，我说："你可以把它当成牛角号。"

胡志伟将信将疑地把牛角接到手中，打量着它。

我还没见过如此矜持的孩子。他比我强一百倍。我不怨父亲那么疼他，护着他。

"这只牛角号很漂亮，到大商店里都买不着。"我还在煽动他接受我这个哥哥的礼物。"你吹着他可以跟人玩打仗，"我继续鼓励他，"放在嘴上，不用费劲，轻轻一口气……"

胡志伟慢慢把牛角送到唇边，但我意想不到的是，胡志伟突然变了脸色。胡志伟干呕起来。他闻不惯还没干透的牛角里的气味。呕了半天，他什么也没呕出来，那张小脸变得又灰又黄。那只牛角还在他手里呢。我叫了声"牛角"，才提醒了他。他抬手扔到了我的身上，然后就跑了出去。

寒风把胡志伟在街上干呕的声音吹来。我心里有着说不出的内疚。本来我是好意，却带给他这么大的痛苦。如果能够补救，叫我做什么我都乐意。我已经没心思吃饭了，就那样呆呆地坐着，深深自责。

不久，我的父亲来了。我听出了他的脚步声，马上准备挨揍。我不会叫一声疼的。父亲打得再狠，我也不会抱怨。

可是出乎我的意料，父亲来了就坐在了门槛上，好像不知道我让胡志伟作呕的事情。

他看了看我身边的瓦罐子，低声问我："饭不好吃？"我忙回答："好吃。"他也没多说什么，又坐了一会儿，起身走了。

父亲的到来，让我禁不住想三想四。这是不是向我传达了一个信号：父亲要把我接到家中去住？爷爷不在了，我自己和老牛住在一起，如果他们再不管我，这么寒冷的天气，用不了一个月，就得冻死饿死在这里。哎呀，父亲就是父亲！

越思越想，我就觉得父亲接我去住的可能性越大。我按捺不住内心的喜悦，大声对老牛说："老牛啊，我小油豆子也有了苦尽甘来的一天！"

老牛无动于衷，明明嘴里没什么东西，还在那里不停地咀嚼。我越看，他就越像一头普通的牛。

“狮心，狮心！”我连声叫。

老牛理都不理。

这天晚上，父亲又来了一次。

我看到一个黑影从院子里走过来，没想到那还会是父亲。我很紧张，错以为那是小偷。麻绳、麻批子、老牛，实际上都是好东西。如果真是小偷，我肯定无法保护爷爷留给我的财产。我想，不管怎样，我都要奋力捍卫我的家园。没有力气，我可以大声呼叫。我就是喊破喉咙，也要让全村人听见。喊声一定会把很多人引来，或许还会引来孟村长家的大狼狗。只是不晓得那条大狼狗会不会至今对自己被踢耿耿于怀。

等那黑影走近了，我才发现是两个人，一个是父亲，另一个我不认识，他们没有说话。那人到了屋里，就啪嗒一声摁燃了打火机。他弓着腰，把打火机举到我的面前，对我上上下下地照了一番。同时，我也把他看了个一清二楚。这是个瘦小的外地人，长得尖嘴猴腮，比我还要难看。他那大黄牙呈八字形朝外呲着，好像要啃我一口。我真的不想看到这张脸。幸好打火机烧烫了，他就把火熄了，一切又回归于黑暗。可是那人并没有走开，他伸出手，在我身上又摸又捏了半天。他摸捏够了，才跟父亲一起走到院子里。不知道他们叽叽咕咕说了些什么。那人走了，父亲就一个人回来了。父亲像白天一样坐在门槛上，他深深地叹息了一声。

“小油豆子。”父亲叫我。

我一听自己的名字从父亲嘴里说出来，身上就止不住打颤。父亲没叫我“半个人”，他头一次像爷爷那样叫我小油豆子。

父亲继续说：“小油豆子，不管年轻年老，人都得给自己找条活路。人也都说不清自己会摊上啥事。你看我现在能吃苦，能出力，能跑能颠，说不定啥时候就没用处了。真心话，我也不是不想养你，但我养了你一时，养不了你一世。怎么也不如你自己有个一技之长，好赖是个饭碗。就是我和你妈百年之后，也不用总是挂心你了。小油豆子，刚才那个河南人，你也看到了，他是个耍把戏的，有自家的把戏班子，他摸清了你的条件，说是可以收你当徒弟。也没什么太难的节目，钻钻罗圈，爬爬竹竿，最轻快的就是变变戏法儿……”

我想告诉父亲，他真的没必要说这么多。我的心里早就热乎乎的了，可他还在说。

“你在外面发达了，没多有少，不想着我和你妈，就只想想你弟弟，”父亲说，“把那花不了的钱，也寄回来一点。你弟弟也要上学，将来考上大学，花项也少不了。俺那小油豆子，我和你妈到了那时，不指望你，还能指望哪个？”

我哽咽起来。“爸爸，”我叫道，“我答应，我答应，”我连声说，“我答应去学耍把戏。”

“好孩子，”父亲说，“难为你了，这么小就让你出去闯荡。”

我多么渴望扑进父亲宽广的怀抱。可我做不到。既然我做不到，父亲为什么不主动把我抱进怀里？我真生他的气。

我一边抽泣一边说：“爸爸，我喜欢学把戏，我可以学得很好，给您老人家增光。我有钱就往家寄，我一分钱不留。可能我不常回家，我求求你了，爸爸，别让我弟弟把我忘了！”

我再也止不住，哇的一声大哭起来。

父亲却笑了。“这孩子，”父亲说，“咱爷俩正说着好事情，美滋滋儿的，怎么哭起来了？”

可我不能不哭。我越哭声越大，越哭越想哭。

父亲站起来了。“你哭吧，”父亲说，“你觉得哭哭痛快那就哭吧。”他吱哇一声关上了两扇门。我听见他在门外说：“好好休息吧，明天上午就跟你李大叔走。”父亲把门锁上了。我隐约听他说，最近村里又出了小偷，不得不防。

像我父亲期望的那样，我哭得很痛快，也不知道什么时候才停下来的。我停止哭泣后做的第一件事，就是对老牛说：“爸爸躲到外面哭去了。他不想让我听见。”

我相信，父亲是一个坚强的男人。

第二天不大像冬天。阳光根本不像过去那样惨惨淡淡的，而是很劲道。一缕一缕地射下来，并不马上消失，烙饼似的，摞了一层又一层。不少人在街上站得稍微一久，就只得把棉袄解开了。

我又从小窗里看到，父亲敞着怀，从街上走来。他打开屋门，我的眼睛就被门口的阳光刺痛了一下。我忽然想起，自己有很多事情都还没来得及做。

我说："爸爸，我喂喂牛。"

父亲说："你李大叔来了，在家等着呢。"父亲一弯腰，把我抱起来放在了牛背上。

"起来。"他踢了踢老牛的肚子。

我担心老牛站不起来，但他努力了几次，终于站起来了。老牛的伤还未痊愈，我坐在他背上，心里很不是滋味。但这是父亲把我抱上来的，我不好多说什么。父亲赶着牛，走出屋门。

来到街上，不少人询问我父亲是不是要送我跟人学习耍把戏。父亲笑而不答。在父亲家门口，我看到了一辆三轮车。父亲对我说："这是专门来接你的。你小子比我强，我都快四十岁了，还从没叫人拉过，都是我拉别人。"

那位李大叔和他带来的三轮车夫正坐在屋中喝茶。我的感觉完全变了。李大叔一点也不像昨晚那样令人讨厌。他亲切地对我笑了笑，没说什么，但我的眼中几乎只有他了。

虽然还没到中午，父亲仍旧挽留他和那位车夫在家吃饭。我意识到这将是我在家里的最后一顿饭，又感到非常激动。在李大叔的坚持下，我被安排在他的座位旁边。这也是我第一次坐在饭桌前，跟这么多人一块吃饭。我头都晕了。

不知不觉，李大叔要带我走了，我竟感到吃惊。

车夫坐到车座上，按响了铃铛。可是，我却像一点准备也没有。我还没有好好跟父亲说句话，也没能好好跟妈妈说句话，李大叔就要带我走了！我不由得着忙起来，摇着头乱瞧。我忽然想起来，我这是在找老牛。院子里没有老牛。正要问父亲老牛在哪里，李大叔就把我抱到了车上。车夫一蹬脚踏，车子就动了。他的力气很大，这一脚下去，就让车子前行了七八步。

慌乱中我脱口叫道：“别忘了给爷爷烧纸！”

这不是一句很明智的话，但我已经顾不了许多了，因为我感到自己再也没有机会跟父母在一起了。我的眼睛一下子模糊起来。

急速行驶的三轮车，带出了呼呼风声。我简直不敢相信，那么快，我就是在村外了。身后的孟家庄，似乎已经跟我断绝了任何关系。我没有回头看看。我的眼睛恢复了良好的视力，广阔的大地不断被送入我的视野。

又走了好长一段路，车子才略微慢了些，也不像刚才那么颠簸了。李大叔松开我。他眯眼瞧着我，对我说：“这就对了。不管到了哪里，咱爷俩儿都应该团结一致往前看。”他像说了句俏皮话似的，自己笑了一声。

我懂他的意思，但我有所怀疑。我没有往后看，并不是因为自己绝情。能够给家里挣钱，依然是我出门学把戏的主要目的。我长叹一口气，慢慢摇一摇头。

“记住了，小家伙，”李大叔又说，“从此以后，你就叫李小虎。因为我姓李嘛，你就是我的儿子。”

我没能掩饰住自己眼里的诧异。他看了出来，马上改口道：“开个玩笑嘛。不过，在我们大光明把戏班子，师父就是父亲。”

这话倒叫我相信。可是，我身上猛一抖。我看到了我家的老牛。他从田野上奔跑过来，像条熊熊燃烧的火龙。要知道，他的全身是伤，狗咬的，父亲打的。他却不可能再跑得比现在更快了。李大叔和三轮车夫也看到了他。他们无比惊奇，三轮车夫甚至忘了蹬车子。李大叔突然把我抱紧了，转头向车夫叫道：“快走！”

我从来没有感受过如此的迅速。我像一枚离弦的利箭，嗖嗖作响。一望无际的大地，大地上的村庄，道路两旁的树木，一切都在急速向我身后掠去。我的双腿灵活自如，我的胸膛健康有力。我不过是刚一举步，就似乎看到了大地的终点。忽然，我就不是在用双腿奔跑了，我的肋下生了粗大的两翅，我悠然飞了起来。整个大地，刹那间坠落到了无底的洞窟。可是，我感到世界又猛地颠倒了过来。

车尾高高弹到了半空，掉下来时，把我的屁股都给硌痛了。老牛昂首站在了我们前面。如果不是车夫及时刹闸，车子就猛冲到他身上了。李大叔凶狠地叫道：“你这头死牛，你这头独角怪物，不吉利的倒霉鬼，快给我走开！”

这样的话让我听了很不满意，但我没表现出来。我迫使自己用平淡的口气对老牛说："你回去吧，我们这就算告过别了。"

老牛四肢挺立，一动也不动，两只大大的牛眼紧盯李大叔。李大叔竟被他盯毛了，就移开视线，大声命令车夫："冲过去，冲过去！这头该死的老牛，看他禁不禁撞！"

我也在用眼神请求老牛走开。老牛不理我，又向车子走了两步。此时，他威风凛凛的样子真让我为他骄傲。可我不能让他看出来。我装作无情地说："他这是等着挨撞呢。"

车夫显然舍不得自己的车子。李大叔又说："撞坏了车子我赔你一辆新的。"可接着又说，"赶跑这头牛我给你二十块钱！"车夫就动心了，"哗啦"，随手从车下抽出一根铁棍。我立刻想起了父亲那天暴打老牛的木棍，不由得替老牛害怕起来。

"我求你了，狮心。"我捂上眼睛，颤声叫道。

李大叔和那车夫肯定闹不明白我到底在叫什么。我又把手拿开，看到车夫从车梁上跳下来。他是个很强壮的年轻男人，比我父亲还要强壮。因为赶路出了汗，棉袄也脱掉了，身上只穿一件打了补丁的蓝绒衣。为了那二十块钱，他逼近老牛，高高举起了那根沉重的铁棍。我的心随着跳到了胸口。

"我要去给弟弟挣钱！"我又对老牛说，"我不过是要跟李大叔学把戏。"这时，我的心软下来。我的脸上满是痛苦。"我是家里的老大，"我说，"我有这个责任。"我强忍着哭泣。

老牛对头上的铁棍视而不见。"你上当了。"他开口道。

他的声音让车夫的铁棍停在了空中。李大叔和车夫都蓦地愣住了。他们显然拿不准是不是听到了老牛的声音。连我也愣住了，我觉得自己听到爷爷在说话，爷爷的灵魂就附在老牛身上。我不记得过去老牛说话是不是也这个腔调。

"我的小油豆子，不要欺骗自己了。"老牛接着说，"那人根本不会耍把戏。他要让你去当小叫花子，带你到大城市沿街乞讨。他有很多你这样的小孩子。"

"不，不，狮心爷爷，"我说，"你什么也别告诉我。我是家里的老大，我有责任……”

“你爸爸已经收了他的钱，”老牛说，“实际上，你爸爸把你卖了。”老牛的声音那么沉痛。

我的心里痛得难受，一时间什么也说不出来。就听那位李大叔对车夫说：“这孩子疯了，不过，他说得也对。他是老大，他就得……”

“骗子！”老牛厉声呵斥他，“你不姓李，你姓张！你们大人合伙欺骗一个孩子，应该感到羞耻！”

这骗子听不懂老牛说什么，也不相信老牛会说话。他又催促车夫：“敲死他！我再加给你十块！”

车夫苏醒过来似的，重新把铁棍高举。

我看到了老牛勇敢的形象。他突然咆哮一声：“滚开！”不避不闪，迎着车夫走过去。

车夫不由得退后了一步。

“为了三十块钱就可以出卖自己的良心吗？”老牛责问他，“你可以去跟那家伙讨价还价，去啊！”老牛还在羞辱他，“三十块钱出卖鲜活活的良心，太不公道了。”

车夫再退。他的眼里充满了恐惧，脸色也变得又灰又绿。老牛步步紧逼。车夫手中的铁棍虽然还在高举着，但就像失去了重量。不料脚下一滑，整个人就骨碌碌滚落到路边陡峭的沟渠里了。

老牛站住四蹄，对深沟里的车夫看了一眼，就转过身来。

姓张的骗子早把我放到了地上。这家伙灰溜溜的，一声也没吭。

我们没按原路返回孟家庄。我骑着老牛，慢慢走在冬天的田野里，一路上别提我心里有多高兴了。那两个家伙就这样被我们一老一小打了个落花流水。我对老牛一遍遍地谈论着我们的胜利。不对，是老牛的胜利。但是，我有点心有余悸。

“你不害怕铁棍？”我问他。

“我的小油豆子，你就像问我害不害怕摔倒。”老牛的回答出乎我的所料。

我什么也说不出来了。透过趴伏在地的冬小麦和冻得干硬的泥土，我清晰地看到了一道道壕沟深堑，和无数层层叠叠的老牛蹄印。这整个大地，都是老牛走过的路。他在大地上摔倒了，爬起来，从不气馁，从不畏惧。尽管他很老了，尽管他伤痕累累，但他还在踩着自己的足迹向前走着，这就是我的老牛……

我悄悄低下身子，把发热的脸孔紧贴在牛背上。

回到孟家庄时，天快黑了。有一件事快让我笑死了：刚走到村口，我就看到了孟村长家的大狼狗，那狗站在街道中央，耀武扬威的，好像在训斥街上的村里人和那些不中用的小狗子；可他发现老牛走来了，突然装着没事人似的，转头就跑，叫着，“走喽，天黑喽，回家吃肉去喽——”。他就是这么叫的，他不会说“回家吃晚饭”。谁都知道，他是吃肉长大的，他把吃饭说成吃肉。那些小狗子和不少村里人，百般不解，昌盛怎么说走就走了。抬头看见了我和老牛，才似乎有些明白过来。我笑得差点翻下牛背。

这天晚上，我过得非常幸福。我和老牛好像久别重逢，一刻也不想分开。

在温暖的草堆里躺下来，我们谁都不愿动弹。没有灯光，但也没什么。这并不妨碍我们交谈，也不妨碍我们相互抚慰。不知不觉睡着了，醒来后就重新开始。

晚上的时间很快就过去了。第二天依然是个好天气。

中午，明亮的阳光照进屋子，似乎把干草都烤燃了。午后，随着光线的逐渐减弱，我意识到自己实际上是非常亢奋的，从昨天走进村子就是这样。我不能不感到有些疲倦。

我想，老牛毕竟也老了，我不能只顾自己，不停地打搅他。于是，我用那天从床上滚落下来的办法，选了根不粗不细的麻绳，绾个圈儿，套住床头的木棍，使劲把自己拉到床上。我略微感到平静一些，跟老牛说着说着话，不知什么时候，又入睡了。

我被父亲的泣诉声惊醒。我吓了一跳，我都闹不准自己是谁了。父亲把脸埋在床上，哭声像个孩子。“爸爸，爸爸。”我隐约听他在叫。他很难说出话来。我没敢动弹，但我明白了，他是在叫我爷爷。在我爷爷面前，他当然也是个孩子了。所以，我倒没觉得可笑。我想，他可能是想我爷爷了。我心里不禁有些感动。

“爸爸，爸爸，”他哭着说，“我可怎么办哪？你老人家说说，我该怎么办哪！爸爸，我得罪谁，也不能得罪村长啊。”

我竖起耳朵听。他话里有一种我暂时还说不明的信息让我担心。

“这头死牛，它以为踢了胡昌盛就算完了？”父亲嘴里夹杂着声声诅咒，“孟村长生气了。大头孟华山今早告诉我，这回孟村长气得可不轻。这头死牛，这个畜生，它以为胡昌盛是条狗？死牛！畜生！它踢死了胡昌盛，孟村长就会让我披麻戴孝。爸爸，孟村长的脾气，你是知道的。我们这样的小户人家，躲都躲不及，这个畜生偏要去惹他！”

“胆小鬼！”我好像觉得自己叫出了声。父亲的表现真让我感到丢脸。他为了一点小钱就出卖我且不说，因为没处诉说内心的恐惧，他就跑到这里哭来了！看看他害怕的样子吧。我看不清他的脸，但我感觉得到他身上在瑟瑟发抖。我敢说，这会儿让他站，他都站不起来了。

“爸爸，爸爸。”他连连叫着。

我想，你这会儿想到爷爷来了。爷爷在世时，怎么没想到好好孝顺他？你也不睁眼看看，床上的人是谁？他就是你要狠心抛弃的“半个人”！

……我心里又猛地凄凉了。父亲是不用去看床上有谁的，因为我这个人，对他来说，根本就不存在，连半个人也不是。

“爸爸，咱没短处况且不敢得罪孟村长，”父亲又说，“可咱现在是有短处在人家手里啊！他要是坚持让我把你从土里扒出来送火葬场火化，我可是一点办法也没有。”

我听了，也暗暗有了些担忧。但我觉得还是不能原谅父亲。他是个顶天立地的大男人。在我心目中，他一直都是我难以接近的神灵。他不能为自己的无能寻找托词。

我这么想着，嘴里却不由得发出一声叹息。父亲一点也没受惊动。他哭着说来说去，说了很久。大约是哭诉过了，心里轻快了一些。他两手撑着床沿，慢慢地站起来，又扶着床沿在地上跺了跺脚，肯定是腿脚跪麻了。

他恢复了常态，就从屋里走了。屋里很黑，但我看得清楚，他没有看老牛一眼。

屋里重又安静了。我完全被一种鄙视的情绪控制着。它把我跟这个世界隔开了。……我鄙视那个大人，甚至也鄙视这个世界。等我稍微好受一些，我才想起老牛。

老牛身上没有一点声息。

我试探地叫了声："狮心。"

老牛用反刍的声音回答了我。

"你什么都听到了，狮心，"我说，"我们不该回到孟家庄。"

"我们要到哪儿去？"老牛问我。

我想了想，坚定地说："我们去大青山，去找爷爷！"

"傻话！"老牛说，"大青山对我来说很近，对你来说很远。"

我相信老牛所言，大青山对我来说还很远，但这意味着，我还要活下去。

一直到天亮，我都在一门心思地想我该怎么活。我年纪虽小，但我认为自己活得够辛苦了。毫无疑问，爷爷、老牛也活得够辛苦，他们说过"活够了"没有？从来没有。我偶尔打断自己的思路时，我会发现老牛正在不停地吃草，但我没有太注意。只是到了天亮，我看清了屋子里的东西，就觉得老牛这一夜吃得太多了。我说："狮心，你这样吃草会把肚子撑坏的。"

老牛还在不停地吃。他的肚子圆滚滚的，完全撑开了，皮毛加倍闪亮。"这是你爷爷割的草，"我听老牛说，"我要把它们全吃下去。"

我说："看你大吃的样子，好像以后再吃不着似的。"

老牛突然沉默了。我感到自己说了错话，忙拽着麻绳从床上挪下来，躺到老牛怀里。我摸他的脸颊，摸他的脖子。

过了半天，老牛又开口了。

"告诉你一桩秘密，"老牛说，"连你爷爷也不知道。我积攒了不少钱，在大槐树下面的树洞里。万一你用得着的话，可以……"

我赶忙握住了老牛的嘴。我说："狮心，你说什么呀！"

老牛一抬头，闪开我的手。

"我们不要再回避了，"老牛说，"我就要死了。"

我难过极了。我已把老牛视为我的长辈。我不能承受几天之内接连失去两个亲人。

“你不会死的，你还很健康，”我带着哭声说，“你还很能吃。”

“小油豆子，不要哭，你要笑。”老牛宽慰我。“死亡并不可怕。该死的时候死了，到了大青山，你就可以得到你想要的。不该死的时候死了，生前是瘸子，死后也还是瘸子。记住我的话，死亡就像吃干草。只有嚼碎了，才有滋味。”

老牛说着，又低头把干草衔在了口里。

这时，父亲领了一帮人向屋子走来。我预感到了不妙。但老牛就像没看到他们。老牛继续咀嚼他那甘美的干草。

“还吃着哪！”父亲说，与昨晚的腔调毫不相同，“你吃吧，你吃吧。”父亲在门槛上坐下。同来的人也都站在了门外。父亲是快乐的。他转头对别人说：“死囚临死前都要吃顿饱饭，自古以来的规矩。”

天哪，我看得出来，父亲不仅是个胆小鬼，还是个标准的无赖！我没冤枉他。

“老牛就要上路了嘛，井水也得管够他喝。”别人眨巴着眼皮笑道。——我暂时还不明白这句话的意思。

老牛囫囵将干草咽下，后腿一用力，就稳稳地站了起来。他是那样高大，几乎充填了屋子的大部分空间。父亲的身子不由得往后一仰。老牛向他走去，他忙跳到门外。他踩了别人的脚，人群就有些慌乱。但老牛停住了。他回头望着我。从他的眼神里，我看得出他明知自己出门就是赴死。

我忽然想起，人们常说牛通人性，死前眼里会流出泪水。我立刻盯住了老牛的眼睛。那里却只有沉静。超然的沉静。难过又让我说不出话来了。老牛朝我点点头，用前蹄在地上“嘭嘭嘭”刨了三下。这也许是他独特的告别方式。他又开始向门外走去。

“狮心！”我说，“他们要杀你！”

所有人听到我的声音就一愣。他们接着就哈哈大笑起来。我父亲笑得最响。显然，父亲心情很好。“这孩子。”他说。

“你开口讲话，你讲话他们就不敢杀你！”我又说，“你告诉他们，你叫狮心。你是一个人。你就是爷爷。他们不能杀人。他们不能杀爸爸！”我像在嗥叫了。

"半个人疯了。"父亲对别人说。

可是我的老牛不理我了。他走到了门外，走到了人们闪出的道路上。我深深绝望了，身上变得冰凉，忽然眼前一黑。不知是谁把屋门关上了。我重新看到的一切，全都蒙着一层寒冷的颜色。屋子里已经没有一丝温暖。肌肤所触，全是坚冰。

外面欢笑阵阵，好像所有人都在街上比赛嗓门。父亲嗓门最高，整个村子，全世界的每个角落，都能听见父亲欢快的声音。他在羞辱老牛狮心，说他是废物、呆瓜，死到临头了还不忘了反刍。父亲说："这头死牛，该杀！"

"杀，杀，杀！"

我满耳都是刀子锐利刚硬的飞舞。

牛角提醒了我。

……我像一条被人抛在地上的大鱼。我手握牛角，奋力扑打，翻滚，向水奔去。干草、麻绳、麻批子缠在了我的身上，使我像一条真正的鱼。屋门被撞开，门槛被翻越，我就是在阳光普照的院子里了。我的眼睛受不了这个世界的明亮。我闭上眼，像鱼那样，吞咽干燥的阳光、空气。我感到死亡已经悄然降临，我用不着再为自己积攒勇气。我沉着地慢慢睁开了双眼。

老牛早被人们拉到了街上。人们围着他，不停地对他加以耻笑、羞辱，说他肚子这么大，会不会要生小牛了。

父亲的声音依然最响，他要告诉全世界，他要杀牛，这头牛活该千刀万剐。

我没看到孟村长，也没看到他家的大狼狗。我想，孟村长走到天边，也会听到我父亲轻松快乐、乖巧驯顺的声音。大狼狗根本不用来现场。自然有人会把新鲜温热的牛肉送到他的口边。

来的都是些短腿小狗子，兴奋地围着老牛乱吠，钻来钻去，等待吃些人们不要的东西。

我又看老牛。他像块巨石一样站在人们中间，也像石头一样没有一点知觉。他没看我一眼，但我确信他知道我在看他。

街上那么多人都没发现我滚到了院子里。要看到屠戮场面的欲望，完全支配了他们。我只听到一个针对我的叫声，那是我的弟弟胡志伟，他看到了我的样子，却又马上转过头去。

有人挑了一担水，向人群走来，水桶上冒着缕缕白汽。他吆喝着："水来了，水来了，又清又甜的井水哟！"

我的耳朵被刺得火辣辣地痛。今天，在孟家庄，每一个人的嗓门都如此响亮，每一个人都在竭力让所有人听到自己的声音。

我不看了，也不想听了。我向院中的大槐树爬去。

在大槐树下面，我找到了老牛所说的那个树洞。里面塞满了宽大平整的杨树叶，有的发黄，有的发黑。我想都没想，就把它们掏出来，塞进怀里。然后，我从身上扯下一根麻绳，系在牛角上。坐在树下，我仰脸看着，选中了一个较低的树杈。抬起胳膊，一使劲，就把牛角扔了上去，正好卡在了树杈上。我拉拉麻绳，试了试是否牢固。牛角不会滑落的。我忽然想到，那是老牛的角。牛角在树上，就是老牛在树上。老牛一定会拉我一把。

我紧拽麻绳，不顾一切向树上爬去。"老牛，帮我。老牛，帮我。"我在心里不停地念叨着。我的手接近了树杈……我把树杈抱住了。与此同时，我感到自己失去了沉重的双腿。我的全身轻快无比。没怎么费劲，我就骑在了粗大结实的树杈上。可是我呆住了。

我看到了人间最为悲惨的一幕。老牛把头埋在水桶里，他的肚子已经鼓胀得不成样子。他的四肢已被绳索捆住。突然，人们牵动绳索，老牛訇然倒地。又一伙人一拥而上，把他死死压在下面。老牛哀号一声，惊天动地，但惊动不了这些村子里的人。我看到圆溜溜的牛眼暴突出来。牛嘴大开，呼一声喷出粗粗一股老牛刚刚主动喝下去的甘甜的井水。井水好像染了血丝的炮弹，打得跟前的人一趔趄。没等牛嘴合上，一根木棍马上捅了过来。我看到几颗白色的牙齿从木棍下急速飞起，飞得好高好高，飞射到天上去了。我看到我的父亲有力地拎起一桶井水，向老牛合不上的嘴兜底倾下。井水一半灌入牛嘴，一半洒落在地。水倒干了，父亲随手把水桶扔掉，又换一桶。第二只空桶砸在第一只空桶上，发出空洞的声音。第一只桶骨碌碌向前滚去，第二只桶随后紧跟。又有第三只桶，第四只桶。它们在街上不停滚动，从人群的缝隙，从人们的脚下，似乎没什么能够阻挡它们。溅湿的泥土，迅速结成乌黑的冰块。那些摁住老牛的人走开了，因为老牛已不能动弹。由于众人的压力，灌下的水还会从三孔七窍徒劳溢出。老牛四脚朝天，大张的牛嘴变成了一眼汩汩翻涌的山泉。父亲的水桶倾下，两道水流猛烈撞击出一团团雪白的浪花。

我朝树顶爬去，像鸟儿在天上一样轻快，像鱼儿在水中一样自由。双腿已经不再是我的累赘。

不管你信不信，在大槐树上，我完全是一个健康的人。下身不再冰凉，双腿又直又灵活，我全身是劲儿！从一个树杈，到另一个树杈，每一次翻越都让我感到力量大增。哦，我的大槐树，我的大青山，你救了我！我活过来了！

终于，我站在了最高的树杈上。你以为我看到了什么？我看到了另一座大青山，绿油油的，真正的大青山，比我脚下的这一座更加巍峨高大，但它隐现在蓝天里，我仍然看到了。而且，我还看到了日夜想念的爷爷。跟爷爷在一起的，是一头牛。不是老牛，但我认出来他是狮心，是头没阉过的年轻的公牛。他们走下山来，就像赶来迎接我。

我眼前模糊起来。忽然，爷爷身边多了个年轻人。我知道，那是我的新爸爸。他在爷爷跟前仿佛一个孩子。一旦离开爷爷，也就是一个大人了。

“爸爸！”我不由得大声叫道。

那个年轻人听到了，向我转过清洁宁静的面孔。他完全是一个爸爸的样子了。我一直渴望长成的，就是这样一个人。

“爸爸！”

“跳下来。”爸爸说。

我看看脚下的树梢，觉得头晕。我听到了自己的呼吸声。

几片金黄的杨树叶，从我怀中翩然飘落。

“不要怕，跳下来。”爸爸微笑着。

爷爷也在微笑。爷爷捋着白胡子，朝我点头。“跳下来，小油豆子，跟我们在一起。”爷爷说。

只要往前跨一步，一切就都过去了。我想告诉你，我已经不再害怕。

可我看到狮心哭了。他的眼里，泪花闪闪。

哦，大青山！我在这里！站在这里……

原载《小说林》2005年第5期

点评

千百年来，忠厚勤恳的牛一直与人类和谐相处。这篇小说讲述的就是人与牛之间的一段感人的故事。那头老牛名叫狮心，他勇敢坚强且具有会说人话的超凡本领，与爷爷、小油豆子相依为命。小油豆子患有先天性残疾，下半身瘫痪了。父亲因此称他“半个人”，对他表示出令人心寒的冷漠和侮辱。庆幸的是，爷爷真诚的疼爱与悉心的照顾使他在孤苦的人生中重获了人世的温暖与挚情。因此，爷爷的溘然长逝对他无疑是个沉重的打击。就在他茫然无措时，狮心冒险替他向家里通风报信去了。从此，狮心成了他生命中唯一的依靠。狮心俨然像爷爷一样亲切，无私地奉献着他的爱，甚至奋不顾身地把小油豆子从骗子手中解救回来。然而，残酷的死神之手还是无情地伸向了狮心。父亲因牛踢伤了村长的狗而大发雷霆，并残忍地屠杀了牛。当小油豆子奋力爬上大槐树看到那触目惊心的屠戮场面时，他仿佛听到了爷爷的召唤，欲从树上跳下。勇敢的狮心在面对狼狗的撕咬、鞭子的威胁甚至死亡的时候都那般镇定自若，唯有当他发现小油豆子可能会从树上跳下去的刹那，眼里才泪花闪闪。

老牛与人的真情以及小油豆子对爷爷的怀念在小说里相互交融，这与父亲的虚伪残忍、弟弟的歧视冷漠构成了极大的反差，浓郁的悲剧氛围也油然而生。作者结合写实与超现实主义想象的叙述手法，增强了读者阅读的新鲜感；以疑问句为题目，铺设悬念，新颖独特。与此同时，小说中人性善恶的对比、生命的坚韧与顽强也皆有力透纸背的力量，尤其是文中所暗含的作者的终极思考，也深化了文本的思想内涵与哲学意蕴。

（方奕）

我们心中的雪

郭文斌

大年初二的早上，我正和几个侄子在厢房炕上打牌，听见母亲在上房里喊。过去，有个小伙子正给父亲磕头。母亲说这就是地生，杏花最小的弟弟。我的心中一下子涌上许多亲切来。等他磕完头，就格外殷勤地递烟上茶。母亲也把能拿出来的干果小吃都拿出来了，显然是把地生当上宾来对待。

寒暄过后，地生问我："今天有空吗？"我说："没啥事。"地生说："如果没啥事，我娘让你去下面家里一趟，给我姐写封信。"母亲说："我正要问你呢，杏花今年又不回来了？"地生犹豫了一下，吞吞吐吐地说："反正没见信。"母亲问："多少年没回来了？"地生说："就我爹过世那年回来过一次。"母亲的神情就暗了一下，怅怅地望着地生，像是要从地生的脸上努力找出些杏花的消息来。父亲说："不过回来一趟也不容易，那地方，光想一想都觉得费力气呢。"

母亲动手给地生热暖锅，被地生拦住。母亲就生气了。地生说："改天吧，我怕过会儿来了亲戚，我东东哥（我的乳名）就走不开了。"父亲说："那就让他们早点去吧，过会儿改改（我姐）两口子一来，还真走不开了。"说着，打开炕柜，把我给他买的工字牌卷烟拿出两条，让我给地生娘带上。地生不让。父亲说："大过年的总不能让他空着两只手进门吧。"母亲帮腔说："这两条烟本来就是你东东哥给你娘买的，他昨天还给我说哪天要去看你娘呢。"地生的目光就在我脸上掠了一下，说："那我就替我娘谢谢东东哥了。"

和地生走在通往下庄的路上，心里有种说不出的滋味。这条当年最亲最近的路，当年糖葫芦一样串结着我一个又一个美梦的路，竟然十多年没有踏上过了。是路生分了，还是我的脚生分了？抑或是别的什么？

地生始终低着头走路，不主动和我说一句话。而我则满肚的话头，却不知从何说起。就那样默默地走着。好在路不远，很快就到了。

门口站着一个人。我竟没有认出来。而对方的笑容却说明她已经认出我来了。地生说：“这就是我姐。”我的脑门上就亮了一下。这就是杏花？渐渐和记忆吻合的一些神态告诉我，没错，就是杏花。

我的心窝子里一下涌上许多东西。伤感而又温暖，亲切而又疼痛。

杏花的眼睛里也全是惊叹。出现在她面前的这个叫高东方的人，肯定不是当年的那个毛头小子了。

看着我在一个劲地发呆，杏花说：“怎么，把你给吓着了？”我说：“还真有点，都多少年了。”

有一个女孩站在杏花面前，扑闪着眼睛，仰着头盯了我看。我说：“这是女儿？”杏花说“是”。我的心里又痛了一下，没有缘由的那种痛。当年我们玩家家时，她用杏核当女儿，我用大豆当儿子，她摆一百个，我摆一百个，然后娶亲，然后生子，子子孙孙无穷尽也，直到院子里的“家”满得摆不下。不想岁月在不经意间真点豆成兵，转眼，她的女儿就在眼前了。

我说：“还好吧。”杏花说：“还好，你呢？”我说：“马马虎虎。”杏花说：“听我弟弟说，你都上了电视了。”我说：“那是闹着玩的。”

杏花似乎一时找不到要说的话，就那么盯着我看。我也不知说什么好。

我当即后悔自己怎么没有把胡子剃一下，怎么没有把衣服换一下。为了让老家人容易接近，回来后，我就换上母亲做的棉袄布鞋，胡须也不修，黑茬茬的。但这一想法马上就过去了，因为站在我面前的杏花也比我洋气不到哪里去。都一个地道的农村妇女了。如果说和别人还有一点什么区别的话，就是眼神里还残留着那么一点点“文化”。

还是杏花先找到话：“怎么，吃不饱还是穿不暖，这么瘦？”当年的口气了。那时，我们家穷，真是吃不饱，穿不暖，上学时，杏花就常常把她的窝头给我吃。

我说：“既吃不饱，又穿不暖。”杏花说：“那说一声啊，我给你借啊。”我说："还真要向你借呢。"

"快进来啊！"杏花突然回过神来，手往起扬了一下，像是要在我肩上拉一把，却在半路上停住了。

这一停，让我心里好一阵难过。当年她可不是这样的。冬天上学，我的脸冻僵了，她就把自己的一双手霍霍地搓热，贴在我的脸蛋上，给我暖。我就觉得全世界都在那一双手上了，伟大领袖毛主席都在那一双手上了，共产主义都在那一双手上了。现在，她的手明明到我的肩上了，却突然改变了主意。

为什么？是我的肩变了，还是她的手变了？

手也皴得不像个样子，到处都是孩子嘴一样的小口子。可以想象，这十几年的日子，就是在这一双手上展开的。给猪和食，给牛拌料，给孩子洗衣服，穿针引线，缝新补旧，春播夏收，哪一件不是这一双手！

一进院子，我的目光就脱兔似的搜寻起来。

哪是我们玩过家家的地方，哪是我们跳过房子的地方，哪是我们剥过玉米的地方……最后，在那个高房子上停下来。显然，那个高房子已经很久没有人住了。花格窗框里都结上蜘蛛网了。应该说，杏花看着它肯定要比我心痛得多。看着我面对高房子出神，杏花说，前些年她回来还把上面收拾一下，住几天，今年却没那个心劲了。再说，也漏雨了。

就有滴答滴答的雨一声声落在我的心里。

雨滴滴答答地在房顶上落着，我和杏花趴在热炕上写作业，身子挨着身子，脚丫碰着脚丫，多好啊。作业还没有写完，炕洞里的土豆却熟了。杏花跳下炕去，拿了长长的灰耙，猫着腰，七上八下，它们就一个个乖爽地躺在炕洞口了。她拿起一个，"噗"的一口，拿起一个，"噗"的一口，直吹得一脸的灰。一个个土豆在杏花撮成喇叭的双唇前显出本来面目，黄脆黄脆的，看着就让人流口水。杏花拣了最大的给我，说："吃吧。"我说："吃就吃吧。"一口下去，没有散尽的热气扑出来，那个酥啊，胜过苏联的面包。杏花吃土豆的样子可真是好看，真是要多好看有多好看。你看，她的嘴皮只是往土豆上一搭，并不咬，就有一块自动落在她的嘴里。一搭两搭，土豆的肉就没了，手里只剩下一个金碗一样的壳儿，举在我的鼻梁面前，说："我老汉牙不行，送给你娃娃吧。"那时，我还真以为是她的牙不行，现在想来，她还是想让我多吃一点。吃完土豆，心思一时无法回到作业上，就趴在窗前看雨。整个村子躺在雨的怀里睡觉，缠绵的鼻息结成一层层雨雾。窗前的杏树同样在雨中做着最甜的梦，安恬而又幸福。还有生产队里的玉米，眼看就要熟了。雨把玉米的味道送过来，直往我们的鼻子里钻，往我们的骨头里渗。

现在，我还能看见，茫茫秋雨中，有那么一个高房子，高房子上有那么一个小木窗，小木窗里有那么一对小脑袋，拼在一起，四只黑眼珠上长长的睫毛眨呀眨的，看雨。

他们看到了什么？

他们懂雨吗？

他们的目光到底有多长？

是目光长还是岁月长？

是岁月长还是雨长？

…………

下雪了，我们并排站在院里，比赛着伸出长长的舌头，屏着呼吸，耐着性子，等待着天上的雪花一片一片落下来，落下来。然后用心体会雪花留在舌头上的轻浅的脚步，体会着一种带着淡淡温热的冰凉的美好，一种无声无息心甘情愿的消失的美好。

"啥味道？"

"好像是甜的。"

"不，是苦的。"

"那是你的舌头苦。"

"明明是雪花苦。"

"就是你的舌头苦。"

"谁说我的舌头苦？"

"我说。"

"你敢打赌？"

"当然。"

"如果输了呢？"

"输了就做你媳妇。"

我就挺着肚子把舌头伸给杏花。杏花的舌头就在我的舌头上点了一下，又一下，然后正着神色，咂咂嘴，像是品茶。最后宣布："经本大人检查，不是苦的，不是甜的，而是咸的。"

雪下大了。纷纷扬扬的雪花落在我们的头上，睫毛上，鼻子上，身上。关于舌头和雪的争论仍在继续。想想看，一对雪人儿，站在白茫茫的雪地里，热火朝天地争论雪。

这时，从大门外跑进来一个水灵灵的女孩，杏花说是她的大丫头。

这不是当年的杏花吗？我在心里说，杏花还在，逝去的只是日子。

就有些后悔没有把儿子带了来，让杏花看看。

杏花问："你几个？"我说："一个班。"她笑了笑："男孩女孩？"我说："男孩。"杏花说："没有想着再生一个丫头？"我说："丫头不是你给我们生下了嘛。"杏花就笑，是我当年拉着她的衣角说"杏花杏花你当我的媳妇吧"时的那种笑。

我掏出五十元钱给丫头，丫头却撒开腿跑了。杏花有些不高兴地说："不要这样。"语气很重。我就觉得自己不小心做了一件错事。现在，城里人春节串门子，不就是这样做的吗？但是面对杏花，面对杏花的孩子，我却无缘无故地觉得，那五十元是脏的，见不得人的。我不记得自己是如何把那五十元钱重新装进兜里的。我的手很尴尬。

杏花意识到话说重了，忙换了口气说："就这样唱露天戏啊？进屋啊。"说着用手揭起门帘。但我却觉得杏花的手上不是门帘，而是一片铿锵的锣鼓声。

村里的戏台上正在演已经演过十几遍的革命样板戏。下着雪，雪水渗进我们的脖颈里、单布鞋里，却无法浇灭我们的一腔革命热情。铁梅的红灯照过来，照过来，直照到杏花的脸上。把杏花冻得通红的小脸蛋照成一盘月亮，把穿着花棉袄的杏花照成一棵月亮树。

那盘月亮就挂在我当时直冻得打战的心上。

我的心里是多么甜啊，铁梅的红灯不左不右，偏偏照在杏花身上。那可是革命的光辉啊，就有无数金光闪闪的五角星鸽子一样在我心里“啪啪啪”地飞。

很冻，但我们没有谁希望戏快点演完。

但胜利的枪声还是不可抗拒地响起。

满腔的激动需要时间来消化。铁梅就月亮一样被我们带到回家的路上。路程走了一半，杏花才从刚才的幸福中喘过气来，跟我说：“你说共产主义一实现，我们的生活该有多幸福？”我说：“大概每个人都有一双新棉鞋吧？”杏花显然对我的回答不满意，认为我的革命觉悟不高，说：“一双新棉鞋算个啥，是点灯不要油，耕地不要牛，找媳妇不用愁，天天坐着飞机天上游。”我就后悔得不行，本来这些我也知道，可是我怎么就说了那么一句没有水平的话？现在想来，肯定是我快要冻坏的双脚让我那样说的。到了杏花家门口，杏花像从前大多看完电影时一样地说：“不回去了吧。”这当然是我求之不得的。到杏花家里，我忍着脚痛，无比夸张地添油加醋地给杏花父母讲铁梅的红灯是如何照到杏花身上，直讲得杏花脸上红梅花儿开，朵朵放光彩。又是给我端来热水，又是拿来饼子。直到两位老人的鼾声响起，我们还在兴奋地谈论着，谈论着那个密电码，谈论着那个扳道工，谈论着革命胜利之后的幸福美满生活。那时，我们是多么希望快点长大啊，长大过无比幸福美好的生活啊。

到了屋里，地生娘却没有在。我问地生：“你娘呢？”地生一笑，说去他舅家了。我说：“你不是说你娘叫我给你姐写信吗？”地生就抿了嘴笑。杏花的脸上也多少有些不自然。地生忙着给我倒茶，端油饼，还有我们从小就吃不够的“甜胚子”（用莜麦发酵而成）。我就端了一碗吃起来。那时，我们家很少做得起甜胚子，即使在过年的时候。杏花家做好了，就悄悄地来叫我。那个甜啊。当时我想，怎么就没有生在杏花家呢？要是成为杏花家的一口人就好了，要是让杏花做我的媳妇就好了，就可以想啥时吃甜胚子就啥时吃了。

一天，我拉着杏花的衣襟说：“杏花杏花你做我媳妇吧。”

杏花红了脸说：“那要看你的心肠好不好。”我就把上衣扣子解开，把肚子挺给杏花，让杏花看。杏花像侦察员一样左瞧瞧，右看看，然后拿出铅笔，无比庄严地在我的肚皮上写道：

抓革命，促生产

备战备荒为人民

经革命委员会检查：合格！

接着，我又在杏花的肚皮上写：

日落西山红霞飞

战士打靶把营归把营归

就在我快要写到肚脐眼那儿时，杏花说："好了，把我的肚皮当本子写啊。"我说："吃亏了你再写嘛。"说着，"嗵"地一下躺在炕上，双手把衣襟揭开，看着房顶，等待着杏花在上面书写最新最美的画卷。

杏花拿起笔，却不知再写什么好。自言自语地说："写个什么呢？"

我说："你就写'跑步进入共产主义'吧。"

杏花就写。可是她只写到"入"就把笔停下了。只见她的鼻子抽了抽，说："不对，差点上了'阶级敌人'的当，本大人要重新检查你的心肠问题。"我忽地从炕上翻起来，盯着杏花问："为什么？"杏花说："你闻，你的肚脐眼那儿有股馊味，像是什么东西坏了。听我爷爷说，每个人都是从那个地方开始变坏的，看来你也要变坏了。"然后一脸的严肃。

我就把头弯到肚脐眼那儿闻，果然有股馊味。头上一下子冒出涔涔热汗来。

我腾的一下跳下炕，一口气跑到沟里的泉边，把肚脐眼儿洗了一百遍，直到闻不到馊味，再去让杏花闻。

差点没有把杏花笑死。

后来，杏花就不让我在她的肚皮上写字了。再后来，她又不让我和她同一个被窝写作业了。再后来，等我说"杏花杏花你是我媳妇时"，就要招打了。

杏花上完小学，她爹就不让她念书了，我的上学路上就少了一个伴儿。我上学早，加之身体单薄，常受外村孩子欺负。杏花就护着我。杏花一走，我的日子就不好过。父亲去给杏花爹做工作，却一直没有做通。为此，我把眼睛都哭肿了。父亲无奈，就让我住校。但杏花却没有就此死心，顽强地坚持自学初中课程，钉了几个大本子，一本一本地抄我的课本。我放学一回家，就找我给她讲。为此，我每周放学后，都是跑着回家的。能够为杏花做点什么，我觉得很幸福。

谁想我们的二人课堂不久就“夭折”了。

杏花是我上初三那年的春天被人领走的。

等我从学校回来。杏花已经走了。

一个很远很远的地方。

母亲给我转来一支钢笔。说是杏花留下的。我问杏花还说什么来着。母亲说什么也没有说。从此之后，我再没有见到杏花，也没有听到杏花的消息。倒是那支英雄牌钢笔，我一直没有舍得用，到现在还存着。

地生给我用茶罐炖了几杯茶，就借故出去了，屋子里只剩下我们两个。又不知说什么好了。我没话找话地问：“日子过得还好吧。”杏花说：“还好，就是想家。”我说：“我也想，每天晚上做梦都在这个山沟沟里，都是我们在玩家家，跳房子，唱革命样板戏。”杏花说：“我也同样，可是要回一趟家，实在是不容易啊，就是这次，也不知下了多少次决心。”我说：“说起来惭愧，我比你近得多，但回家的次数也比你多不到哪里去。总想找个空当，在老家，在父母身边多待几天，可是每次回来屁股坐不热就起身了，像我们小时候被狼追赶着似的，总觉得手边有干不完的活儿。”杏花说：“你说得太对了，我们都被狼追赶着。不过，你总算忙出名堂来了。”我说：“还不是瞎忙。”杏花说：“听地生说你都出书了，带回来着吗，让我看看？”我说：“正好没带，到时给你寄吧。”是的，怎么就没有想到给杏花寄本书呢？

我问孩子的学习怎么样。她说还行。我问她老公对她还好吧。她说还好，不打不骂就是好了。我说是啊，能遇上一个不打不骂的丈夫也真不容易呢。杏花的嘴角动了一下，像是要笑，却没有展开。

接着，杏花问我啥时走。我说：“明天就要动身了。”杏花说：“这么紧张？”我说：“人在江湖，身不由己。”杏花的目光就重了一下，又重了一下，像是要说什么，却打住了。我说：“正好，我们一块走，在我那里住几天。”杏花说：“那还不给你把人丢尽。”我说：“看你说的。”杏花说：“弟妹长得肯定非常漂亮吧。”我说：“还可以。”杏花说：“一定很贤惠吧。”我说：“不是母老虎就是贤惠了。”

还真想带杏花到城里住几天，在这方面，妻子还算通达。就真诚地邀请。杏花说：“不了，马上就要种了，我得赶着回去。”我说：“看来，我们都放不下啊。”杏花笑着说：“如果能放下就好了。”说着，起身从炕柜上拿下一个花布背包，犹疑了一下，放在我面前。说：“这是我给你、你媳妇和你儿子带的一点东西，不要嫌弃。”我说：“啥好东西？”打开一看，是两包葡萄干，一支雪莲，一条羊毛围巾，一个羊毛织花书包。我的心里突然一阵难过。那么我该给杏花送些什么呢，我总不能再给她送钱吧。

我拿起羊毛围巾，在脸上贴了贴，然后围在脖子上，身上不禁涌起一股暖流。

抬起头，正迎上杏花甘甜、满足而又潮湿的目光。心就变成一个舌头，一个童年伸向天空的舌头，任凭杏花目光的雪花，落下来，落下来。

原载《钟山》2005年第2期

点评

雪，象征着纯洁、晶莹，令人愉悦，而珍藏于心中的雪则更为纯净和值得珍视，小说《我们心中的雪》就给人这样的感觉。严格地说，它不像是一篇虚构的小说，更像是一篇令人惆怅的纪实作品。作品以已届中年的高东方归乡偶遇青梅竹马的恋人——杏花——为楔子，以高东方思想感情的无意识流动组织了整个叙述过程。孩提时代的高东方和杏花共同拥有快乐的时光。然而岁月无情，当昔日的小恋人在故乡不期而遇时，少年时代天真烂漫的情思已沾染了些许成熟的虚伪。值得庆幸的是，他们的心灵依然真诚如旧，时光改变了的是情感的外在表达方式，却无法更改情感的纯净与诚挚。作者平和的叙述使相见充满温馨动人的人情味，并轻柔地展现了他们记忆深处的青葱岁月里那些苦涩的幸福：给“我”暖脸的手，黄脆可口的土豆，关于舌头和雪的争论……在这里，家乡故人不仅仅是记忆中的概念，它更深层地指向了人类复杂的精神家园。那是一种缅怀，一种向往，以此对抗着当下都市生活的虚伪与轻浮。从某种意义上说，这只是人们都市生活的一段小插曲，但也或多或少地暗示了当下情感的某种症候。作品以飘落的雪结束，也许正表达了人们对当下生活的一种新的心灵渴求，在不经意间触动了我们历经纷杂世事的疲惫神经。

（徐慧颖）

旧时代

李浩

消灭无用

很晚的时候我父亲才从会上回来，那时，屋子外面已经完全黑了，零零散散的星星根本起不到什么作用。父亲一回来，我母亲就急不可待地凑过去：“怎么样，是什么会啊？”

我父亲并没有马上回答。他点上了一支烟。我，我的哥哥，和我五岁的弟弟也都凑了过来，我们想从他的表情中发现点什么，可是，屋子里的灯光也很暗，父亲的表情藏在黑暗的里面，什么也发现不了。

“是什么会啊？”我母亲又问。

等我父亲把烟吸完，他说：“镇上来文件了，说要消灭无用。现在无用的东西太多了，消耗太大，”我父亲说，“镇上已经下决心了，凡是无用的一律消灭，一个不留。”

第二天早上一醒来，我床边的一个生锈的锁就被我父亲放进了一个塑料袋的里面，那个袋子里面已经装了许多这样的东西了，看得出，我父亲和我母亲已经为消灭无用想了一夜，要不然，他们不可能会有这样迅速的行动。

我弟弟屋里的一些小石块也被装进了塑料袋，同时被装进袋子里的还有一个破皮球和三个乒乓球。我们村乃至我们镇上都没有乒乓球台，所以乒乓球也是无用的，虽然我弟弟并不那样认为。不过，他很快就高兴了起来，几乎只用了一秒钟的时间他就高兴了起来，他把这种高兴的情绪带到了我们家消灭无用的运动中，他把许多的东西塞进了那个塑料袋里面，并在我父亲去拿第二个塑料袋的时候，率先消灭了一个旧花瓶。旧花瓶摔在了地上，那些瓷晶亮地晃动着，然后就死心塌地地被消灭了。我弟弟消灭那只花瓶可能出于无意，不过，他很快找到了理由：我们家又没有花。我父亲看了他两眼，什么也没说。

我和我哥哥也行动了起来，我们仔细地找寻着屋子里的每个角落，把确认无用的东西集中到一起。相对而言，我弟弟比我们的热情更大一些，他越来越热衷于往我父亲的塑料袋里塞东西，跑得满身汗水。他把我哥哥房间里的闹钟塞了进去。我哥哥将闹钟拿出来："你胡闹什么！这个怎么没用呢！"我弟弟当然有他的理由：我父亲的房子里有一块同样的表，要看时间，有一个就够了，两个钟表，时间不还是一样的吗？

后来，凡是我弟弟拿来准备消灭的无用的东西，我们只好重新从塑料袋里翻出来看一看，免得造成不必要的损失。

就在我们忙着消灭无用的时候，村长带着两个人来到我们的院子里。他看了看我们消灭无用的成果，然后一边和我们谈消灭无用的意义，一边指挥那两个人在墙上刷上标语：一定要消灭无用！消灭无用光荣，保留无用可耻！

我母亲的几件旧衣服被当作无用的东西放进了准备消灭的袋子里。我父亲的理由是，我们家没有女孩子，而这些衣服她又不能再穿了。"我可以将它改成拖布啊，可以做鞋垫啊！"我母亲说，她只是说说而已，并没有坚持。只是在对待我哥哥的一个日记本上出现了一些分歧，我哥哥坚持它是有用的，它是资料，资料是不能丢的。我看过我哥哥那个日记本上的内容，那里记的不是什么资料，而是一些乱七八糟的诗。我父亲和我母亲也早就看过了。我父亲说："什么狗屁资料，不就是诗吗，写得还不通顺。你说它有用，它能当饭吃吗？能当衣服穿吗？能盖房子吗？能变成钱吗？要是不能，就别说什么有用！"

它当然不能。无用的日记本被我心满意足的父亲收走了，放进了塑料袋里，我家里的塑料袋已经不够用了，我母亲又找来了一个纸箱和一条麻袋。我哥哥阴沉着脸走回了屋里去，门在他背后摔得很响，显然，他对我父亲不满，对将他的笔记本当成是无用的东西不满。"随他去吧。"我父亲摆了摆手。我们还从我哥哥的那屋找出了一件很奇怪的东西，它的上面有一些齿轮，我们不知道它有什么用处。我父亲说，它是我爷爷的，不知道怎么没有丢掉。反正这么多年了也没看有什么用处，干脆，把它也消灭了吧。

我们借来了一辆小推车，将所有无用的东西推出了院子。在消灭地点，我父亲叫我将那些塑料袋和麻袋捡回来，后来想想还是算了，既然它们装的都是无用的东西就一起丢掉吧。

丢掉了那么多无用的东西，我们家显得宽敞多了，空旷多了。我父亲又来来回回地转了几遍，我弟弟像尾巴一样跟着他，不停地摇动着。看得出我父亲对这个结果还算满意，他找不出无用的东西了。于是，他点上一支烟，坐在门边慢慢地吸着，从他的方向看去，正好可以看见那条标语：消灭无用光荣，保留无用可耻。

村上的消灭工作组检查过了。他们没说什么。我父亲追在工作组的屁股后面，“请留下宝贵意见，请留下意见吧”。他们好像没有听见，只是最后一个走出门去的人“嗯”了一声。“‘嗯’是什么意思？”我父亲一副百思不得其解的样子，他问我母亲，问我哥哥和我。我们不知道。我们自然不知道。

在村上的消灭工作组来过之后，我四叔来了。他说我们家的猫太老了，又不拿老鼠，应当消灭。后来他又指出，我们家的自行车也是无用的，因为我母亲不会骑，而我父亲和我们都用不着。“看在我们是兄弟的分儿上，我就帮帮你们，给你们消灭了吧。”就这样，我四叔骑走了我家的自行车。

“他就是冲着自行车来的！”我母亲的牙痛病又犯了，可她依然不依不饶，“他早就想好了，我们怎么没用？我们没用他就有用了？”

“这有什么办法呢？”我父亲说。我父亲还说，我四叔现在是村消灭工作组的协勤人员。我母亲不再说什么了，她的牙痛得厉害。

下午我父亲开了一次会，晚上又去了。

会的内容还是消灭无用的事。晚上回来，我父亲手里多了一沓纸和一张奖状。他将一面墙细心地扫了一遍，准备把奖状钉在墙上，可是我们只找来了锤子却没找来钉子。原来我们家是有钉子的，可那些钉子生锈了，并且放了很长时间也没什么用处，所以我们就将它们当成无用给消灭了。“那就想想别的办法，或者，你们再找找，有没有丢下的没有被消灭的钉子。”我父亲坚持。他坚持，当天晚上一定要把奖状放到墙上去。

我父亲拿来的那沓纸上有字。上面写着需要消灭的无用的东西，很详细，大约有四百多项，六百七十多种。我父亲说这是镇上发的，要求每家每户都仔细对照，上面列出的无用要坚决消灭，一点儿都不能留下。

我哥哥那么随便地翻看，他突然叫住我父亲：“你看，烟不能吸了。香烟是无用的东西。”

“是，是啊。”我父亲的脸色有些难看，他说，“我戒，我一定戒。”脸色难看的父亲把手伸向了烟和火柴，他似乎是在对自己说：“我再吸最后一支。”

他并没有吸。虽然他已经将香烟拿在了手上。想想，他就又放下了。“是该消灭。早就该消灭了。”

那天晚上有很好的月光，月光清澈并且明亮。月光照在墙上的标语上，闪着蓝幽幽的光。

我家的三只老母鸡也面临着被消灭的危险，只是它们并不知道。消灭工作组的人来问过了，他们问：“你家的鸡还下蛋吗？”我母亲毫不犹豫地回答：“下。有时还下。”我母亲竟然出汗了。她的脸涨红，用了些力气，仿佛她是老母鸡中的一只。

可问题是，老母鸡的有时还下不知道得等到什么时候。它们的屁股后面只拉屎，我母亲急也没有办法。后来，不知道是听谁说的，我母亲相信，用剪刀剪掉老母鸡的一小点舌头，它们就会重新下蛋的。她不管我们的怀疑，你们看着吧。

我们没人帮她，她只好一个人干。她满院子追鸡，费了很大的劲儿才将三只鸡全部捆了起来。她一只一只地来将鸡的嘴巴撬开，然后伸入剪刀。她的脸上净是血和鸡毛，她的身上净是血和鸡毛。在她洗脸的时候才发现鸡的爪子在她脸上抓出了许多的伤痕，她脸上和身上的血有一部分是她自己的。

“真不知好歹。”我母亲说鸡。

经过我母亲的剪舌运动，鸡们倒是没有什么生命的危险，可是还是一如既往地不下蛋。我母亲天天盯着它们，最后她也失望了。“杀了吧。杀了吧。”

“我们家有鸡吃了。我们快把它们消灭吧！”我五岁的弟弟，有着用不完的热情。

以前，杀鸡的任务是由我父亲来做的，我母亲怕血。可那天，我父亲好像无动于衷，一副漠然的样子，自从他戒烟之后就一直这样。我母亲催促他，他的手向兜里伸了伸，然后又空荡荡地伸出来。他那么无精打采。

看来，杀鸡的活得由我和哥哥来做了。

在杀鸡之前，我母亲嘱咐我们一定要小心，别让鸡血溅到标语上。

我弟弟不知为什么哭了，他显得伤心，止也止不住。

他哭着，旁若无人地哭着。

我哥哥有些急了，他已经忍了很长的时间了，从开始消灭的那一天起他就厌恶了我们的这个弟弟。他拿起一把扫帚来打五岁的弟弟，“哭什么哭，哭有什么用”。

可我弟弟哭得更厉害了。

于是，我哥哥只好继续用扫帚打下去，“光知道哭，哭。干脆，把你也消灭了算了”。

屁股

事情完全是由我父亲的粗心引起的，他必须负全部的责任。在这个问题上，我母亲，我和哥哥，我们的看法是一致的。

那天下午父亲在村上回来，拿回了一沓纸来，那是一份关于卫生清理的文件。他随手丢在了一边儿。他把我母亲、哥哥和我叫到了一起，说镇上要搞一个卫生检查，村上已经开过会了。我父亲说：“我们来分一下工。”

我和哥哥对他的分工表示了不满，但我母亲是和他站在一边儿的，这样的情况很少见。在我们的争吵之中，我父亲突然感到肚子痛。肚子很痛。他觉得他肚子里面有一些什么东西快速地下滑，他的屁股只是挡了一下，随后就挡不住了。我父亲慌不择路地跑出去，院子里一阵鸡飞狗跳。他没进厕所就解开了裤子，我一回头，看见了他白白的屁股。

我们没有看见他拿纸。可是他拿了，慌不择路地拿了，他拿的并不是卫生纸。回到屋里，我父亲的慌张没了，他看着我们争吵，然后摆了摆手：“你们听着。看看文件上是怎么说的。”

念到最后我父亲突然不念了，从他的表情来看他没有念完。他的手有些颤抖："怎么没有了呢？"

文件少了一页。他念到"沿着胜利的道路继续前"之后就没了声音，后面的字没有了，它们在最后一页上。

我父亲重新回到了厕所。他找出了那张被他用过的纸，可是结果让他失望。上面有一些乱七八糟的污迹，有一片被抹成块状的油墨，可是却看不到任何一个字。

我父亲在洗屁股。他感觉屁股发痒。一定是油墨渗到他的屁股里去了，他一边洗一边抱怨，说我们的争吵把他的脑子吵乱了，要不然，他是不会拿了纸也不看一下有没有字就去厕所的。他洗着他的屁股，用凉水、热水和盐水，一遍一遍地洗着。仿佛，他要是把自己的屁股洗干净了，那些被他的屎污损和抹掉的字就会重新回到那张纸上。

"后面是一些什么字呢？"我父亲苦苦思索。

"不就是打扫卫生吗，扫过了不就是了，后面写什么和你有什么关系？"我哥哥说。他对我说："咱爸爸一直都这么神经过敏，胆小如鼠。"后来我哥哥对我说，他瞧不惯我父亲的样子。

当时，听了我哥哥的话，我父亲用鼻子"哼"了一声："你知道个屁。"我父亲叫住我哥哥和我，他说，他来给我们分析一下，他这样在意后面是什么字到底有没有关系。

我哥哥停在了门口。他身子的一半在屋里，而另一半已经站到了屋外，外面的阳光照着他的半张脸和半个身子。他也"哼"了一声，不知是用嘴还是用鼻子。

我父亲说，村长爱发文件，爱让村上的文书写文件，这是他的爱好，而这爱好是和镇上的爱好一致的。我父亲说，村长说了每家都要写一份关于卫生扫除的汇报材料来，没交的村长会亲自来查的。我父亲说，村长对写汇报这件事很重视。

"操。"我哥哥咽了口唾沫。他的身子已经退到屋子里来了。

我父亲说，其实，他这是为了我们全家，他才不光为自己呢。我父亲说，他早想给我哥哥要一份宅基地了，可说过多次村长一直没有表态，这次汇报是个机会。我父亲说，以后婚丧嫁娶、计划生育、农业税工商税，离开村长怎么行。

他说了很多很多的理由，让我们无可辩驳。现在，我哥哥和我老老实实地待在父亲的屋子里，后面是些什么字呢？

在"前"的后面，那个字肯定是个"进"字，这没什么疑问。问题是"进"字的后面还有什么。我哥哥找来村上的一些旧文件，上面有许多的都是以“沿着胜利的道路继续前进”结尾的，只是标点不同，有时是句号，有时则是叹号。

“就是前进，就是个进字。”我哥哥断言。但他没有说服我父亲，我父亲的怀疑是有道理的，因为，在他用过的那张纸上，油墨的痕迹有很大的一片，不能是一个字，而应当是一段字，不短的一段字。

“我们就写到‘进’不就得了？汇报，又不是让你重抄一遍。”我哥哥很不以为然。

我父亲叹了口气：“你们还是太年轻啊。”

晚上，我父亲又开始洗他的屁股。他先用盐水，后来又让我母亲去医生那里买了一瓶高锰酸钾。他一遍一遍地洗着，一遍比一遍的时间长。我母亲受不了了，她一脚踢翻了父亲的盆，我父亲跳了起来：“干什么！我就是痒，我一停下它就痒，你想害死我啊！”

那天晚上，我母亲搬到了我们的屋里。

第二天早上我父亲早早地就出门了。他去了张长家。我们猜测得出来，我父亲肯定会去张长家的，因为张长一直以来都以能背诵文件著称，他是我们村上的才子。那天我父亲去了他家，先和他谈了一些天气之类的话题，谈那些的时候张长的眼皮一直向下沉着，一副很疲惫的样子。后来我父亲和他绕到了那件关于卫生检查的文件上，我父亲说文件写得真好。我父亲说着，开始了背诵。我父亲在背诵文件的时候用就是家乡普通话，他很费力气，后来他背诵到：“沿着胜利的道路继续前——”

他停下了。他看着张长。

张长的眼睛睁开了，他看了看我父亲。我父亲肯定让他惊讶。可是，他只是表露了一下惊讶的意思，随后又沉下了眼皮。

我父亲，只好重新把那篇文件又背了一遍。他又停在了那个“前”字上。张长很奇怪地看着我父亲：“你是什么意思？和我比赛吗？”

我父亲只好悻悻地回家。

第二天他又出去了。他去的是村支书的家里。我父亲去村支书家里的时候，文书正在起草一份新的文件。真累啊。文书抬了抬头，伸了个懒腰，然后又俯下了身子。

我父亲，有些尴尬地坐着，他只坐了一半的椅子，他有些坐卧不安。“你，你真是忙。”我父亲，他欲言又止地坐着。

文书对我父亲视而不见，他看起来是真的很忙。过了很长的一段时间，我父亲站起来，他看着窗外，外面的阳光相当灿烂，它照着树木的影子。“噢，你在。”文书好像重新发现了我父亲一样，好像我父亲才出现一样。

“你看我，”文书晃了晃自己的脖子，“忙得我焦头烂额的，一大早就得忙。”我父亲欠了欠身子：“你是太忙。全村的工作，你，你都得考虑。”

顺着我父亲的话题他们感慨了一番，然后父亲抬了抬手，抬了抬手。“你有事吗？”文书又俯下了身子，他又重新回到了自己的工作中。

我父亲的计划又失败了。他的这次失败给了他很大的打击，他的表情相当昏暗。在回家的路上他遇上了村长。“你怎么了？”村长问他。村长用眼睛看着我父亲的表情。

“很快就好，很快就好。”我父亲的背后有些凉。

回到家里我父亲又开始漫长地洗他的屁股。他就是觉得痒，那种痒一直渗到他的骨头里去。我母亲叫他吃饭，他说你们先吃吧。屋里一片水的声音，我母亲冲着屋子喊：“你就洗吧，早晚就给你洗烂了。”

在我们快到吃完的时候父亲才出来。他出来的第一句话就是：“现在不光痒，还有些痛了。”他是冲着我母亲说的。我母亲没有理他，我们也不理。我们当然不能表示什么，我父亲的尾巴会翘起来的，他总爱把一当成三，或者是五。“这是什么破油墨。”我父亲把他的脸埋在了碗里。

“村长今天找我了。”我父亲看了我们几眼，他一一扫过我们的脸，“我们得尽快地想个办法。”

我父亲敲了一下桌子：“你们也帮我想想。别不当一回事，我可是为了咱们的家啊。”

他真的把自己的屁股给洗烂了。有一段时间，我父亲总喊他的屁股疼，越来越疼，后来我母亲没办法，只好把医生给叫来了。

医生看了我父亲的屁股。他按了按，我父亲夸张地叫了起来，医生皱了皱眉：“你是怎么弄的？”

我父亲隐去了原因，他和医生说他的屁股粘上了脏东西，可越洗越痒，后来又开始疼了起来。“你把屁股上的皮都洗没了，不疼才怪呢。”

父亲的屁股上涂上了厚厚的药膏。按照医嘱，我父亲只好趴在了床上，褪掉了裤子。他的屁股上不能盖任何的东西只能晾着——要是发炎了就不好办了。

太阳从窗子的东头升起，然后在窗子的西边落下，在我父亲的那几天看来，太阳就是从窗口开始从窗口结束的。我们一回到家里我父亲的呻吟就此起彼伏，我们烦透了。

每天躺在床上，我父亲的脑子没干别的，他想的还是那个汇报的问题，它压得他透不过气来。

村长带着工作组来检查卫生了，他走进屋里，首先看到的是我父亲涂着药膏的光屁股。

“快好了吧？你这样会影响卫生的。”

“快好了，快好了，”我父亲用力地点着头，“你放心我不会影响我们村的荣誉的，绝对不会。”

等村长走了以后我父亲把我和哥哥叫来，他叫我们擦擦他身上的汗。“村长又来问了。我们得把汇报材料尽快搞出来。”

“别的你不都弄完了吗？干脆这样算了，多点少点没关系。别那么神经。”我哥哥，没轻没重地说了我父亲一句：“神经。”

“你懂个屁！”我父亲显得急躁，“你没有看过村长喜欢的那些汇报材料，开头和结尾都是和他发的文件完全一致的。不一致，我们搞和不搞都没用。我们还得在村上生活，还想要宅基地呢。”

我哥哥说：“好，好，你看我的吧。”

不知道通过什么途径，我哥哥竟然拿来了村上的那份有关卫生检查的材料。不是那一页，而是全部的，一页都不少。

我父亲翻到了最后一页。

那上面，只有一个“进”字，和一个句号。

“怎么会这样呢？”我父亲说，“那片油墨的墨迹那么大，根本不会是一个字擦出的。”

我父亲叫住我大哥："你再找一份来，我再核对一下。这太奇怪了。"

可疑的斧子

那个很不平常的夜晚我们被一阵急促的敲门声惊醒。那个很不平常的夜晚静得可怕，更可怕的是敲门声，它在静寂中传出了很远。我们支着耳朵，外面敲门声急促而坚韧地响着。

我父亲喊我们去开门。他用的是一种很不耐烦的语调。于是，我和哥哥一起起来了，我们摔摔打打。在这种时候被叫起来怎么会不让人心烦呢。

是我二叔。他站在门外。

"村长让人给砍了。"我二叔压低了声音，他还朝四周看了看，他的四周除了黑暗就是黑暗。我哥哥说"二叔你进来吧"，可他摆了摆手，"我不进了，我马上就走"。随后，他再次压低了声音："村长是被人用斧子砍的，砍人的人拿着斧子跑了。现在，他们正在搜查那把斧子呢。"二叔说完就消失了，他神秘得像一只蝙蝠。

村长被人砍了，这可是一个不小的事件。"你说，是谁砍的呢？谁有这样的胆子啊？"被这个事件折磨着，我父亲一夜都没有睡好觉，他辗转反侧，如同一条掉到锅里的鱼。终于忍无可忍的母亲将我父亲推了出来："你不睡也不能让别人也不睡啊，人又不是你砍的，你这么紧张干什么。"我母亲还说，"你要是睡不着就别睡了，干脆到院子里去想吧，在院子里想得清楚。"我母亲真是这样说的，"在院子里想得清楚"。

院子里的露水很重。但我父亲真的到院子里去了，他蹲在枣树的下面，一支一支地吸着烟。

敲门声又响起来了，这一次，比上一次的声音更响。我父亲一边说着什么一边去开门。那可真是一个不平常的晚上。

"你刚才出去了吧？"

"今天晚上你们家没人出去吧？"外面有很多的人。人似乎还在涌来。

我父亲说没有，他没有出去，我们一家人都没有出去。说完之后我父亲就朝着身后喊了一声，我们也跟着"乒乒乓乓"地起来了，连我五岁的弟弟。

"那你为什么不睡？你知道什么了？"外面的人都挤进了院子，那么多的人。

两只摇晃的手电在院子里来回地摇晃着，惨白的光照着院子里的角角落落。

“我是，我是……”我父亲一时不知道应该怎么回答才好，“我起来是去撒尿的。”我父亲找到了理由，他撒了个谎。“我刚撒完尿，你们就来了。”我父亲对着院子里的人说，“你们不信，就搜查一下。你们好好地查吧。”

那么多的来人，可是谁也没有再和我父亲搭话。他们分散开了，在院子里顺着手电的光慢慢地走着。“我真的是去解手，我没出去过，就尿在院子里了。”我父亲急忙辩解，“我们一家人谁也没有出去过，你们知道的，我们一直都很安分。”

我们也说：“是啊是啊，我们谁也没有出去，都在睡觉，什么事也没干。”可他们还是不理。这时有一个人喊了一声，他们都围了过去，聚在两束手电光的旁边，这时，那两束光变得异常强烈。一看，斧子，斧子上有血！

我父亲的腿突然就软了，软得像是棉花做的。在一阵混乱之后，我父亲想起来了，他说：“斧子上是有血，应当有血，不过这血是鸡血而不是人血。前天我们家杀了三只鸡。”他追在人家的屁股后面说，鸡是他杀的，他用斧子将鸡头剁下来，而斧子却忘了让水冲洗一下，所以上面会有血。我父亲说着，几乎有些声嘶力竭，可是那些人好像没有听见，他们拿起了斧子。

他们把我父亲也带走了。

天亮了之后我父亲就被放回来了。被放出来的父亲坐在枣树的下面，相当悲戚地哭着，谁也劝不住。我母亲走过去，她想给他一些安慰，她只拉了他一下，我父亲就爆发了，他冲着我母亲和我们嚷：“杀完了鸡你们就不知道收拾收拾，就不知道冲一冲斧子，你们这些混蛋！现在好了，现在高兴了吧！”我的父亲，他就像一只准备战斗的公鸡。

“鸡是你杀的，你不去冲叫谁去。”我哥哥小声说。

“你说什么，你说什么！”我父亲把他顺手能够拾起的砖头、扫帚、木棍和鞋，一起朝我哥哥的方向扔去。

我父亲一遍遍地写着那天晚上的经过。他写得相当详细。

我父亲叫我母亲把剩下的鸡肉端来，就是只剩下鸡骨头了也行，就是鸡皮鸡毛也行。可是，我母亲找遍了屋子院子里的角角落落，也只找到了几根鸡毛。鸡肉早让我们这些狼吞虎咽的人给吃完了，而鸡骨头也早倒掉了。“这能说明什么？这能说明什么？”我父亲抖动着那几根鸡毛，他显得焦躁，“斧子上的血你们不去冲一下，可倒鸡骨头的时候倒勤快了。你们是想故意害我是不是？”

“人又不是你砍的，你紧张什么，用得着吗？”我哥哥说，“我们已经给你解释清楚了，要不，村上怎么会放过你呢。”

父亲白了他一眼：“你知道个屁。你懂什么！我现在仍然属于怀疑对象，不能算是没事。”要是抓不到那个砍人的人，村上也许会拿他向镇上和村长交差的。那把可恶的斧子。“去，给我把鸡骨头找回来！”

“我们上哪里去找啊？”我们来到我母亲倒掉鸡骨头的地点，那里有破袜子、旧报纸、废电池、啤酒瓶、塑料袋，还有一些别的瓶瓶罐罐，可就是没有鸡骨头。任凭我们怎么仔细，也找不出一根鸡骨头来。临近中午，我父亲叹了口气：“你们回去吧，鸡骨头可能让狗给吃了。”他叫我们回去，但他去的是另外的方向。他想到别的垃圾堆里找出几块鸡骨头来。

又过了很长的时间，我父亲才返了回来，他手上的塑料袋里空荡荡的，没有一块鸡骨头。他坐下来想了一会儿，然后叫我母亲将她找出的鸡毛放在一起，又从院子里的鸡身上拔下了几根，他带着这些鸡毛向村委会的方向走去。

这次他回来得很快。那些鸡毛没有留下，他很沉重地将它们提回来了。他坐在枣树下，谁也不理，叫他吃饭他也仿佛没有听到没有看到一样。

吃过晚饭之后，我们正准备收拾桌子，我父亲从树下走进了屋里。他端起了碗。“他们就是不信。”

在喝过一口粥以后，我父亲表情恍惚地说：“有人跟踪我。他们叫人跟踪我了，他们以为我不知道。”

摆在我父亲面前的有三条途径：一是证明他和我们全家那天晚上都没有出门，没有作案的条件。但除了我们一家人，谁能证明我们一直待在家里呢？而我们自己的证明没有用处。二是证明斧子上的血是鸡血而不是人血。这应当不是一件太困难的事，可问题是我父亲说过多次了，村上的那些人没有理会。那么，就只剩下第三条途径了。那就是，把砍伤村长的那个人给找出来。

我的父亲，他开始了他的密探生涯。他变得神出鬼没。

一把让人怀疑的、带血的斧子逼出了我父亲的智能。

他不知通过什么渠道打听到，赵强家也被搜出了一把带血的斧子，而到刘之前家搜查时，他的斧子却没有找到。“他们都很可疑，都有可能砍伤了村长。赵强的可能性更大一些，前些日子村长让写卫生检查汇报他竟然没写，村长就没有给他家分救济粮，他一定会怀恨在心的。”我父亲和我们分析。他说：“没错，肯定没错。”

吃过饭后我父亲就出去了。傍晚的时候，我父亲被赵强提着耳朵送回了家，一路上，我父亲杀猪一样地嚎叫。赵强提我父亲耳朵的理由是，我父亲一天都鬼鬼祟祟地围着他家转，还偷看他女儿洗澡。“他要是再去我们家，我就杀了他！”

那是我父亲密探生涯中的第一个挫折。挫折一个接着一个。我父亲觉得全村的每一个人都变得可疑起来，每个人，在他面前都晃出一副砍过人的样子来。有一天他竟然偷偷地问我母亲，她能不能确定我哥哥那天晚上一直在家，一直没有出去过。他说：“要是我们睡着了没有听见呢？”

在我父亲成为密探的同时，他还成了一个告密者。后来村上都烦了，等我父亲一进门他们就问我父亲：“你说，你想告发谁呢？全村的人都让你告过两遍了，现在，轮也该轮到你自己了。村上说，你是最可疑的一个人，你根本是此地无银三百两。”

可怜的父亲，他遭受了巨大的打击。这个一直谨小慎微的人已经无路可走了。

某天下午，我二叔又在我们家出现了，他对我父亲说：“哥，人家没有怀疑你，要不然还会把你放回来，让你每天这样大摇大摆？”临走，我二叔又露出了一丝神秘来：“村长已经没事了。他说砍他的不是斧子，而是一把刀。你想，要是斧子，那么近，村长早就没命了。”我二叔曾在村上干过，他的话不能不信。

真是一波未平一波又起。二叔走后，我父亲就行动了起来，他说，斧子的教训已经够了，他不能再犯同样的错误。

他的一整天都坐在一个水盆的旁边。他用水，用磨刀石、抹布、黄矾和酒，一遍遍地擦拭着我们家的菜刀、镰刀、水果刀、螺丝刀。我们家还有一把大刀，那是我哥哥在中学时买的，那时我哥哥迷上了武术。在经过了水，用磨刀石、抹布、黄矾和酒之后，这把大刀仍然是我父亲眼里的钉子，他将它藏了许多的地方，可是他还是能轻易地将它找出来。在一个月高风黑的晚上，我父亲偷偷地把这把大刀丢进了离我们村子八里以外的一条河里。当天晚上，我父亲终于睡了一个好觉。

可在第二天早上，他又不安了起来："我去河边的时候真的没人看见我们家里有一把大刀？这事你们和外人说过吗？……"

不知是哪一天，我们家的铡刀又成了我父亲的心腹之患。他盯着它。他盯它的眼神有些紧张。

我父亲叫我和我哥哥找来铁丝，将刀片和它的底座紧紧地捆在了一起，这样，它看上去像是一整块的木头，而不是刀。我父亲长长地出了口气。

受伤的村长已经完全好了，除了头上有一道不太明显的疤痕之外。他带着人，挨家挨户地检查着安全稳定工作，叫人在墙上四处张贴新的标语严厉打击各种刑事犯罪、加强防范意识、建立联防体系……新标语盖住了旧标语。他也来我们家了。我父亲弯着腰迎上去，可他看也没看，只用鼻子"哼"了一声。

我父亲，仍然在一遍遍写着那天晚上的经过。他改了又改，最后，他也不知道哪一稿更可信些了。可他不能不写。他似乎，已经对这样的事着迷。

我二叔总是那么神秘地出现。他一出现，我们全家就开始紧张。

他说，村长虽然现在不说，可他一直都没有把那事放下。我二叔说，他们正在悄悄地调查呢，这事没有完。在我们的面前，他又一次压低了声音，并朝四外看了看："其实，砍伤村长的就是一把斧子。为了让那个凶手放松警惕，村长才叫人说他是被刀砍伤的。"

在我们进行反应之前，我父亲突然地站了起来，隔着桌子，他还是抓住了我二叔的衣领："你说！你给我说实话！到底砍伤村长的是刀还是斧子？！"

原载《上海文学》2005年第10期

点评

荒唐的时代、荒唐的人、荒唐的故事构成了小说的基调。小说写了三个故事。《消灭无用》提示了那个时代人们所谓的政治热情的虚伪与幼稚。“消灭无用”的文件激起全家消灭无用之物的热情：生锈的铁锁、弟弟的石块、乒乓球……然而哥哥被消灭了日记本后的愤怒、父亲被迫戒烟后的漠然、妈妈被逼杀死老母鸡后的失落顷刻间把这种热情消解。或许只有弟弟爱玩的热情才是最真实的。《屁股》更像一出黑色幽默。父亲无意间错把一页关于卫生检查的文件当成了手纸。完成不了汇报材料的恐慌让父亲在极度焦虑中演出了一幕幕闹剧；更可笑的是，“享用”了文件的屁股开始莫名地发痒，一次次的清洗把他洗烂了，只能贴上药膏晾在外面，影响了卫生检查。绝妙的讽刺让人捧腹。《可疑的斧子》略显沉重。村委会主任被斧子砍伤成为父亲噩梦的开始：我家一把带血的斧子让父亲成为嫌疑犯。恐慌让谨小慎微的父亲近乎发疯，他不知疲倦地寻找证据，神出鬼没地查探，没完没了地告密；而村主任被一把刀砍伤的消息又让敏感的父亲开始了新一轮可笑又可怜的举动……谁该为父亲被摧残的心灵负责？带血的斧头？受伤的村主任？散布传言的二叔？……三个故事，一个主题：渺小的个人在强大的时代、历史面前不能自主。小说将时代和历史人化、具体化，通过个体生命的生存境遇对其进行反思和控诉；在这里，反讽不仅是小说的主要叙述方法，也是透析时代、探究人生的精神视角，同时也带给我们轻松的阅读感受，然而在这轻松背后却是说不完的辛酸与悲叹。

（王秀涛）

负一层

黄咏梅

还没有那部美国电影《阿甘正传》的时候，阿甘就叫作阿甘了。可这些都没有人知道。所有现在喊她阿甘的人，没有一个不认为是先有《阿甘正传》再有她这个女阿甘的，基本上没有人产生过疑问。

可阿甘心里总是充满了疑问。真的，即便她从来没有将这些问号挂在嘴上，但是在午间休息时，她总是喜欢从大酒店的负一层车库里，坐观光电梯一直升到30层顶楼，攀上小露台，对着整幅天空，将那些问号挂上去，就像母亲在烧鹅店里挂烧鹅一样，一个接一个，头朝下，屁股朝上，肥油亮亮地沿着鹅身一直流到了鹅头、鹅嘴，没等流到橱窗上，就被对应的一排漏斗接住了，这些回炉的油继续成全下一个烧鹅。阿甘的问号，也这样天天挂到了天上，那悬而未决的一个小点，总是沿着问号的流线体，滑下来，继续成全阿甘明天要挂上去的问号。

一天一个小点，一天一个小点。阿甘今年39岁了，心里的问号积攒了一大挂。如果这些问号可以卖钱的话，阿甘想自己肯定就发达了。可是，阿甘后来明白这些问号是这个世界上最不值钱的东西，不但不值钱，还需要花很多的钱来摘除掉。所以，阿甘真的开始烦恼了，早知当初应该使劲攒钱才对啊。

“有早知就没乞儿啦！这么大个人了，存折里斗零都不多一个，没人没物的，你怎么过下半世啊。”阿甘的母亲一直这样埋怨阿甘。她的烧鹅店是绝不会留给阿甘的，她相信自己的女儿能经营好这间店的唯一原因是这个世界上不再需要花钱买东西了。

“真是这样的，阿妈，你不相信将来不用花钱了？将来人都挪到月球上住了。”

“哦，月球上买菜就不花钱？月球上就不用吃饭？”阿甘的母亲很习惯这个老女儿的愚蠢，从小到大总是一副“脑笋”没长合的样子，书到高中就念不下了，说话做事慢人半拍。

“吃饭是要吃的，但肯定不像现在这样吃。”

“不管是什么饭，要吃饭就一定要花钱。谁像你那么命好啊？”

阿妈总是将“谁像你那么命好啊”这句话挂在嘴边，实际上是提醒她，每个月交500块家用就一直能在家住到快40岁，已经是生命中的奇迹了。可是，阿妈能要求阿甘怎么样呢？阿甘在酒店负一层管理泊车，一个月收入接近1000块，大半数交给家里，要再多点也没有了。要说指望阿甘依靠个男人那就更加是天方夜谭了，从小到大，阿甘没有爱上过一个男人，更加没有被一个男人爱上过。

阿妈养着阿甘，养着养着，一晃，就养成了个老姑婆了。住在家里的老姑婆阿甘每天都按时出门上班，按时下班回家，哪天阿妈回家看不到靠在沙发翻遥控器的阿甘，阿妈就会升起一阵莫名的高兴，好像生活到这种时刻才有些不同，今天跟昨天才是两个不同的时间。可惜，这样的时候很稀罕，阿甘不喜欢在外边闲逛，不喜欢闲逛的原因是没有人陪她闲逛。阿甘的朋友跟阿甘的积蓄一样少，就连阿妈也能数出来哪几个。

“我那些死党，都是天兵天将来的。”阿甘笑着对阿妈说。

“是啊，都是些天上有地上没有的怪物！”阿妈知道数得出来的那几个，从小和阿甘长大就养成了占阿甘的便宜的习惯，所以才友谊天长地久。在阿妈看来，那几个跟阿甘的命也是半斤八两，离婚的离婚，生不出孩子的生不出孩子，反正，没有一个按照正常轨道过日子的。

“真的不骗你，她们都知道我什么时候有难，什么时候需要救兵，总是能及时赶到。”

哪里是什么救兵，什么及时赶到？阿妈当然知道她们是自己有需要的时候才从天而降到阿甘的视线内而已。

这是阿甘用半生培养起来的最大的本事。打个比方吧，阿甘总是认为天下雨跟她是很有关联的。她实验过好多次，每当她心情差到极点，郁闷到要爆炸，甚至伤感落泪的时候，天空忽然会一阵狂风大作，接着电闪雷鸣，最后倾盆大雨。这样，阿甘就坚信了，原来老天下雨是因为自己心情不好的缘故。但是，也有好多次，遇到阿甘心情舒畅，满心欢喜的时候，天也会下雨，可阿甘也有理由：一定是有人的心情不好了，那个人心情不好的程度盖过了自己的好心情，所以老天眷顾那个人，于是——下雨！

自圆其说是阿甘这些年培养起来的本事，阿甘自圆其说的时候，就要自言自语，阿甘自言自语的样子，被不熟悉的人总看作是精神有毛病，只有熟悉的人才知道，这跟电影里那个男阿甘喜欢自己跑路没有什么区别，只是，阿甘用嘴巴跑，兜来兜去，兜了一个大圈，然后回到原点，回到的原点看上去还是原点，其实早就已经是阿甘自己重新描过的原点了。这样，阿甘听到看到的，就不再是别人听到看到的了。

当然，阿甘在酒店负一层里，别人听到的东西她固然听不到，可是，别人听不到的东西她却能听到。阿甘知道车跟人其实是一样的，只要挨近了，就会止不住要互相说话，一说话，整个车库就像市场一样，阿甘整天都被这些声音包围着。听车聊天并不是值得阿甘每天期待的事情，她最欢欣的时候就是听到从遥远的进口处传来车的声音，那样她就会循着声音走去，那些用四只轮子进入阿甘地下王国的人，最终都得换作两条腿从阿甘这里出去，只要换作了两条腿走路，就跟阿甘没有任何一点区别了，没有区别了阿甘就记不清楚哪些是哪些人了。管理像阿甘这类后勤人员的主管总是找到阿甘说："你要记一记人啊，总经理说你老记不住他，老记不住他就不能帮他开车门了，当然，总经理并不是说要你每天帮他开车门，但是你总得要记住客人，给客人开车门啊，客人是我们的上帝啊，知道？上帝主宰我们的命运啊，知道？"

记住总经理的过程比较艰难。

阿甘首先记住了总经理的车，总经理的车是银灰色的，比较长比较瘦，喜欢待在A区最终点的那个位置，总是不跟别的车搭讪，阿甘觉得那瘦长的车其实挺想跟其他车说话的，只是它心事很多，心不在焉，所以别的车觉得冷冷淡淡的样子，也就懒得跟它扎堆了。阿甘不仅记得这辆不交谈的车的样子，而且还牢牢记住了这辆车的车牌号码，后边3个8，前边两个2。基本上，记住了这辆车，阿甘就记住了总经理了。所以，当这辆比较长比较瘦的车蜿蜒地奔往那个A区的终点的时候，她就会跟着过去，开门，一个比较矮比较胖的男人就是总经理了。这样阿甘就记得给总经理开车门了。

"这就对了，总算记住人了。"后勤主管再下负一层的时候给阿甘丢下这句话。

说实话阿甘自己也不知道这算不算就是记住了人，那个较矮较胖的男人，如果哪天不再开那辆较长较瘦的车的时候，阿甘很难说自己还能认得出他来。

有一次，阿甘接到对讲机的命令让她把A-11的泊车卡拿到酒店大堂给客人，她从负一层坐电梯到大堂。电梯一开，迎面就是一个较矮较胖的男人，两人停顿一下，阿甘始终没敢喊出一句"总经理"，依稀之间她也拿不准这个较矮较胖的男人跟开那辆较长较瘦的车的是不是同一个。然后，依稀之间，电梯就离开阿甘升了上去，载着那个不确定的男人。阿甘有些沮丧，可是当她走进富丽堂皇的大堂的时候，她马上又变得高兴起来，因为这个到处都镶嵌着镜子的光滑的大堂毕竟是大堂，不是她的负一层，不是她的负一层就不是她给总经理开门的地方，所以，即便刚才那个不确定的男人真是总经理他也不应该会责备自己的，电梯门是自己打开自己升上去的，和她是没有关系的。阿甘自言自语地说，说完自己就高兴起来了。

总之，阿甘在负一层连人带车地记下了总经理，那就够了。后勤主管也不再来找她，更不会跟她说些"上帝"和"命运"的话了。

午饭时间，阿甘照旧坐观光梯直接升上了30层顶楼，照旧攀上了那个小露台，当她想照旧将心里的一个问号像挂烧鹅一样挂上天空的时候，忽然她发现了天上的那个位置上，有一个银白的东西，已经挂在了那里，很小很小，好像是静止了一般的。阿甘眯着眼睛，辨认了一会儿，终于欢欣地认出了那是架飞机。又看了一会儿，阿甘忽然就纳闷起来了，这飞机真的好像一动不动的样子，真的好像泊在了上边。飞机难道也可以像泊车一样泊在天上？飞机什么时候可以泊在天上不掉下来的？等到阿甘看得脖子和眼睛都酸了的时候，低下头来完全忘记了来之前自己要挂上去的那个问号，想死都想不起来了。阿甘只好自己对自己说，记不起来就记不起来了，一了百了。

除了在负一层听车说话，阿甘还经常在负一层想张国荣。是的，就是那个张国荣，唱歌的，演戏的，跳楼的那个。这听起来比较荒谬，但这是真的，阿甘想张国荣不是一天两天的事情了。从某一天开始，阿妈看到阿甘住的房间里一下子贴满了张国荣的照片，拿麦克风的，戴帽子的，笑的，沉思的，大的，小的。

“大吉利是！无端端挂个死人的照片在房间，你想邪我盘生意啊？”阿妈很生气。

阿妈不是个歌迷，但是个迷信的人，每天早上开档做生意之前，就要给阿甘死去的阿爸烧头炷香，说是只有头炷香才灵的。那年4月2日，阿妈因为吃感冒药睡过了时间，没有按时烧头炷香，当天便收下了顾客一张一百元的假钞都没有发觉。

“张国荣邪我的！”所以阿妈就这样认定了。

其实全世界都是在张国荣死了以后的第二天才知道张国荣死的，张国荣是4月1日跳的楼，那天是愚人节，好记，阿甘就记得很清楚。那么，也就是说阿妈知道张国荣死的时候，张国荣早就在前一天跳楼了，张国荣跳楼和阿妈收假钞根本不是同一天！可阿妈偏偏就认定了是张国荣跳楼邪了她。

阿甘把张国荣的照片挂在房间里的时候，张国荣刚从楼上跳下来没几天，广州各大报纸、电视都以播报新闻的方式来播报这个“哥哥”的死，这个“哥哥”在这个城市的影响力不亚于任何一个在电视报纸上出现的人物。

“人不死你总不迷，人死了你才开始迷，不知何解你从小都比人慢半拍的。”阿妈强烈地要阿甘把张国荣从墙上摘下来。

阿甘硬是不肯，把房间锁得严严实实的。后来阿妈确认自己的生意没有什么差错了，也逐渐淡忘了那满墙壁都是的张国荣。

阿妈说得没错，人没死的时候阿甘总不会去迷那个人，人死了阿甘才发现原来自己是那么迷那个人的。这是说的张国荣，同样也是说阿甘的阿爸。阿甘阿爸是阿甘32岁的时候生癌去世的，去世后的阿爸就剩下了一张照片挂在门口正对的神台上了。也就是在32岁的时候开始，阿甘忽然发现自己居然还是挺喜欢这个墙上的阿爸的，虽然阿爸生前很严肃，和阿甘说说笑笑的次数阿甘现在还能数得出来，可是，这个墙上的阿爸这样微笑地迎着她上班下班，进门出门，阿甘看到就喜欢。除了喜欢看阿爸的微笑外，还有一个令阿甘迷恋的地方，这是在这个世界上谁也不会知道的地方，那就是——阿爸会香。

阿爸会香，这只有阿甘一个人知道。

那天本来按照规定是要阿妈亲自到殡仪馆取阿爸的骨灰的，可是因为阿妈的店里刚解雇了一个伙计，临时走不开。阿妈吩咐阿甘，用这个小罐子装一点回来，其余的放在殡仪馆买好的存位里。

挤公交车拿着那个小罐子回到家的时候，阿甘已经汗流浃背了，在楼下士多店买了瓶汽水喝，把罐子放到阿妈摆好的神台中间时，阿甘将小罐子打开来看了一下，谁知道没舍得放下的汽水一不小心就泼了一口进罐子里。

汽水泼湿了阿爸的骨灰。

阿甘想都没想过会发生这样的罪过。“有怪莫怪，有怪莫怪！”她学着阿妈平时里的语气。阿妈迷信，只要碰到一些意头不好的预兆，就会烧三炷香，对着天空道歉——“有怪莫怪，有怪莫怪！”那是对天空的神灵道歉。可是，阿甘的汽水泼湿了阿爸的骨灰，阿甘只向阿爸道歉。墙上的阿爸始终那样微笑地看着她，比生前的时候和蔼多了。尽管阿爸并没有责备阿甘，可是阿甘知道，阿妈回来一定不会放过自己，一定会像天塌下来一样了。

她没再敢打开那个小罐，那堆濡湿了的灰，颜色格外地深，格外地凹陷。

想来想去，好像是得到天空中那些神灵的教唆一样，阿甘居然想到了拿去“叮”一“叮”。是的，就是拿骨灰去“叮”一“叮”。阿甘把罐子的盖打开了，放进微波炉里，调了一分钟的时间，火势调到了弱档。

罐子在炉里旋转，旋转。阿甘从玻璃门看进去，罐子在有节奏地跳舞。跳着跳着，阿甘就闻到了一股香味，说不清楚那是什么味道，总之就是香，是阿甘从来没有闻到过的香。这股香味让阿甘眩晕了，像在空中跳舞旋转，仅仅一分钟时间，阿甘仿佛已经舞到了大西洋西去了……大西洋西有什么？谁知道？阿甘只知道那是世界上最遥远的地方，因为阿妈从小到大骂她的口头禅总是“一脚踢你到大西洋西！”。所以，大西洋西是阿甘认定最远也最不可能到达的地方。

“叮！”

一分钟时间到，微波炉停止了旋转。罐子停止了跳舞，阿甘也从大西洋西回来了。她打开门，那股特殊的阿爸的香，在那一刻精华一般地袭击了阿甘。热气和香气蒸腾着阿甘的脸，阿甘什么也看不到了，世界停顿，阿甘像负一层里一辆说不出话的车一样，久久泊在了微波炉门口。

最后，当然罐子冷却了，阿爸的香就永远消失了。

好咯，好咯，终于回家了，团聚了。阿妈收档回来，烧了三炷香，摆了几支白菊花在上边，对着阿爸的罐子拜了几拜，然后洗手开饭。

只有阿甘知道阿爸的香，当然，阿甘觉得阿爸其实也是知道的，在墙上跟她诡异地笑了笑。这样阿甘就后悔了，32岁以前为什么不跟阿爸合伙多做些有趣的事情呢？那些时候，她连话都懒得跟阿爸多讲几句呢。

后来阿甘就一直跟死去的阿爸做了好朋友，无话不谈。

张国荣也是这样成为阿甘的好朋友的，在他跳楼死了以后。

深夜的时候，阿甘对着整幅张国荣的照片，用手抚他的眼睛和唇。这是阿甘最喜欢的地方，虽然这些地方一动不动地对阿甘的手一点回应也没有，可是，阿甘的心随着手的抚摸会产生一阵阵往下沉的感觉。心往下沉，那种微微的失重的感觉，跟中午一个人坐观光梯从30层滑下来的感觉有些相似。阿甘躺在床上，让那颗失重的心摆平，贴在床板上。然后，问张国荣——

“哥哥，你何解会生得那么靓？”

满墙没有回答，剩下阿甘问着问着，流着眼泪，睡了过去。

张国荣是开着摩托停在阿甘旁边的。

阿甘如果没有记错的话，那是个广州有史以来最热的一天，空气里那些热分子被驱逐着，于是见到人的皮肤立刻就黏附上去，死死地黏着不放。阿甘就是被这些死死地黏着的手抓住了，在下班回去的公交车站上，一动也动不了。她试着跟这些皮肤上的手谈判。

“公交车来了你们就死定了。”

“为什么？公交车现在都装冷气了。”

“不怕冷气？那是因为公交车还没来，再等一会儿，一会儿你们就知道厉害了。”

那些手死命地抓住阿甘的皮肤，灼热得疼痛了。

谈判失败，公交车一直没有开来。阿甘变成个人质在车站站牌下，动弹不得。

张国荣就是这个时候出现把这个人质救出来的。

阿甘很少坐摩托，除非赶时间。但是这个时候，她在张国荣的帮助下，跨上了摩托车，车一开，风一被带起，阿甘皮肤上的那些手就自动脱落了。

“很爽吧？”张国荣在车镜子问阿甘。

阿甘戴着一顶过分大的头盔，点了点头。

张国荣一踩油门，阿甘一个没扶稳，身子往前就贴在了张国荣的身上。阿甘不知所措地用手撑着张国荣的背。

“爽不爽？啊？”张国荣在风里大声往后递话，很吃力。

阿甘只好点了点头。接着又摇了摇头。很吃力地往前递话：“能不能慢点？”

张国荣刚一听到，就一个急刹。阿甘的身体又往前贴在了张国荣的身上。

“慢点也很爽的。是不是？”张国荣不断从镜子看阿甘，那张涨红了的大脸，在头盔下像极了他老家刚出炉的一张面饼。

阿甘没有说话，在风里闭上了眼睛。

“我技术很一流的，快点也爽慢点也爽，感觉到了？”张国荣在镜子里看身后闭着眼睛的那张家乡大饼，发出淫秽的笑声。

几乎是被劫持到了员村。等到阿甘张开眼睛才发现，她的家早过了。

阿甘死死捏张国荣的肩膀不放，张国荣的肩膀被捏得越来越疼，越疼张国荣就越兴奋。事实证明就是这样的，等到摩托车停稳在员村的一个小巷里的时候，阿甘连滑带爬地从车上挣扎下来。兴奋的张国荣对阿甘兴奋地喊着：“怎么样，老子技术还可以吧，爽不爽？”

“神经病！”阿甘忙乱中不忘骂了一句，转身要走。

张国荣丢下车拦到了阿甘前边。

“小姐，我第一眼看到你就迷上你了，你真是靓。”

晚上对着那幅墙上的张国荣的时候，阿甘才会这样问张国荣的。大白天，这人拦住自己，说这句话？

“神经病！神经病！”阿甘胡乱嚷。那一刻阿甘并没有感到害怕，活到快40岁了，害怕的东西好像越来越不多了，尤其是面对这样一个看上去比她小好多的男人。

“有闲来坐坐啊，我们聊聊？”

“睬你都傻啊！你以为我傻啊？”阿甘仔细看他，百分之千地肯定他是个很难看的男人。

“我傻，是我傻，我迷上你就是我傻啊。”他假装谦虚地道歉。

阿甘看这个滑稽的样子实在很傻。她甚至确信他真的是傻的呢，光天化日地对自己说这样的话。不过傻归傻，阿甘并不很讨厌这个人，她觉得他说话很好玩。

张国荣在巷子的小士多店里买了两瓶矿泉水，递给阿甘一瓶。

他们坐在小士多店门口的椅子上，喝光了那两瓶水。

“有没有男朋友？啊？”

“或者有吧，又或者没有吧。”张国荣买水给阿甘喝，阿甘觉得有必要回答他的问题。

“有就是有，没有就是没有，或者？”张国荣的脸在暑天里呈现一种灰红灰红的颜色。

“喜欢哪一款的男人？”

阿甘笑了笑摇摇头：“没想过。”

阿甘是真的没想过自己喜欢哪一款男人。如果硬是要有个答案的话，大概死去的张国荣会是一款吧。可是她没有讲给他听，40岁的女人哦。

“那，有偶像吗？”他好像猜到阿甘心里了一样。

阿甘点点头。有偶像有什么出奇的？

“说来听听？阿杜？张信哲？”

这些阿甘都不喜欢。“张国荣。”

这回轮到他笑了：“死了的啊？”

“死了才做我偶像的。”

“啊？不死就不能当你偶像了？”

阿甘不知道怎么跟他讲。

他从裤兜里掏出一小个袋子，打开，取出两粒浅啡色的药片。“吃一粒？你会见到张国荣。”

阿甘摇摇头。

“不是毒品。让你高兴一下而已。”他自己吞了下去一粒。

“我天天都高兴。不需要。”

“那就会更高兴，能见到张国荣你不高兴？”

“张国荣死了。”

“死了也能见到，不信你试一试。”

阿甘站起来，沿着摩托车的反方向走出了小巷，她这个人质完好无损地最终自己坐两站车回了家。

回到家进房间就见到了张国荣，在她的墙壁上。她晚上照旧抚摸他的眼睛和唇，他照旧没有半点动静。她没有问张国荣就哭了，这次哭了一个晚上都没有睡着，早上起来上班的时候眼睛红红肿肿的。阿妈问她是不是上火了，她没有说话，把房间门锁得死死的，好像害怕阿妈看进去看到她的张国荣一样。

摩托仔当然不叫张国荣啦，从头到尾阿甘都不知道他叫什么。连续几次在公交站牌被摩托仔堵上车后，同样是一个很热的下班时间，摩托仔的脸真的就变成了张国荣的脸了，那双眼睛和那张唇，跟阿甘的眼睛和唇贴到了一起，并且那些眼睛和唇，会动，有温度。

“我都说的啦，吃了它你就能见到张国荣了，早不相信我。”

阿甘吃了它不仅见到了张国荣，还跟张国荣睡了。

阿甘真正迷恋起了张国荣，连同那些浅啡色的小药丸一起，只要两样东西混在一起，阿甘就能继续跳舞了，跳到了大西洋以西，就像阿爸唯一的一次带来的香一样，令阿甘旋转、跳舞、大西洋西……

这一段时间，恍惚的时候，阿甘在负一层总是听到有人在说话。那绝对不是车在说话，她分得清楚。车说话是七嘴八舌的，她听到人说话是单独的声音。

在整层负一层的车和车之间，有的时候阿甘像是扑蝶一样去扑这些声音。

偶尔，这个声音还会变成歌——“莫妮卡，谁能代替你地位……”来来去去就是这两句。阿甘熟悉这首歌，是张国荣的旧歌。唱了两声，负一层又恢复了死静，死静一阵，车又开始聊天了。

中午，阿甘又坐观光梯升了上去。张国荣曾经告诉阿甘，他骑摩托飙车，夜晚在高速公路上，飙着飙着，就会升起来，一直升一直升，然后，就把摩托车踩到了天上，靠近了月亮了。

“如果张国荣把车飙到了顶楼，飙到了这个小露台，一定也可以飙到天上。把摩托车泊在天上，多有型啊。”

“喊！真有那本事我还用在这个破巷里住出租屋？早他妈搬到天上住了。”不吃药的时候，张国荣实在很丑。

阿甘很想说她真看到过一辆飞机开到天上就停住了，泊了在空中。可是阿甘没有说，说出去都没人信啦，张国荣又不是3岁小孩子。

“看过《E.T.》没有？”

阿甘摇摇头。

张国荣拿出一件黑色的T恤，套过头穿上。

阿甘一看，张国荣的胸口上边，有一个小孩，骑着自行车到了天空，旁边是又大又圆的黄月亮。

“电影推广的T恤，纪念的。”张国荣说他一次都没舍得穿。那次在电影城首映《E.T.》，他排了整整一个上午队领到的，免费的。

阿甘凑到张国荣的胸口看仔细了。自行车真的离月亮很近哦，只有一个小指头距离那么远。

张国荣得意地看看阿甘，阿甘也看看张国荣，笑了。

将眼睑半眯起来，天空会离自己近一些，还能看到一串串的气泡泡在眼睑外跳跃，忽左忽右，这是小时候经常自己玩的方法，不知道为什么，此刻阿甘想起了这玩法，也将眼睑半眯了起来。

阿甘将眼睑半眯起来的同时，她听到了声音，男的，像是负一层里蝴蝶一样躲闪着自己的声音。这声音没有变成歌，在说话，一个人说话。

阿甘回过头找。

蝴蝶像是知道她找它，一下没影了，声音停了。

阿甘再找，露台的通风口的另外一边，阿甘看不到，蝴蝶该是停泊在了那里。阿甘攀过另一边，声音又响起来。

直到声音原形毕露，无处藏身。

声音半途而废。一个矮胖的男人举着手机在半空，对峙阿甘，像个被要挟的人质。紧张的对峙，阿甘不过是要扑一只蝴蝶，声音停止了，蝴蝶飞走了。

肥胖男人的表情跟他的声音一样，都半途而废了。剩下一双眼睛，看着阿甘。

阿甘退了下楼，好像被逮到的是她。中午时分，观光梯没有人打搅，一路滑下了负一层，落地的时候，阿甘的心重重地被刮了一下。

整个下午，阿甘都在想这个矮胖男人，阿甘想不起来他的样子。她曾经觉得他应该是那个开着较瘦较长的车子的较胖较矮的总经理，可是依稀间又好像那次在大堂电梯的时候一样，根本无从确认。其实她也不想知道他是谁，只是他那半途而废的表情和声音，让阿甘觉得很好奇。

阿甘不再上顶楼。那些蝴蝶一样飘忽的声音也奇怪地消失了。而一个较矮较胖的男人却时常出现在阿甘的眼前，出现的频率足以令阿甘断定——这个矮胖的男人是同一个人，有着蝴蝶一样扑闪的声音。

一个午后，阿甘上厕所，阿甘的厕所在酒店的紧急出口楼梯间，负一层与一层的接壤处。阿甘要推门，门就开了，那个矮胖的男人，是的，这次阿甘可以确认是这个男人。

“屙了没？”照面太久，阿甘随口吐一句话，就好像见面问人，“吃饭了没？”

矮胖男人吝啬声音，只是微微朝阿甘点了头，侧身过去。

没隔几天，后勤主管到负一层，跟阿甘说，合同期满了，老板不续约了。

阿甘没听明白，没作声。

后勤主管没敢看阿甘一眼，看负一层那些井井有条的车们，安安静静但还是很气派。

“明天到财务去做个结算，财务知道吗？3楼。”

阿甘有些明白了，问后勤主管：“合同期是多长？”

“没多长，反正满了，老板说的。”后勤主管了解员工这个时候心情，要是阿甘是个男的，他会照例拉他出去喝酒，喝得半醉半醒就告诉他：“老板炒你了，东家不做，做西家吧，工作多得是。”可阿甘是个女的，他刚才看了她的资料，快40了，在负一层做了13年。

“老板是谁？”

“老板？不就是我们的老板咯？”

“我们的老板是谁？”

“说你也不知道，反正他是上帝，主宰我们的命运。”

阿甘拼命地回忆这个“主宰我们命运”的上帝，车出车进，上帝肯定坐在其中一辆车里边的。后来，阿甘想起了那辆较瘦较长的不说话的车，开门，那个较胖较矮的男人。

“总经理是老板？”

后勤主管不置可否：“谁这样说过？”

阿甘站在负一层暗暗的灯光下，死命想，死命想。

“别想了，努力再找过第二份工啦。”后勤主管最后一句话在车库里回荡。

阿甘还是在暗暗的灯光里，死命想，死命想都想不明自己为何一下子就不见了这份工呢？

这是这两天来需要阿甘用脑子死命想死命想的另外一件事情，还有一件事情就是——张国荣不来找阿甘了。

张国荣不来找阿甘，阿甘就找不到张国荣了。

广州的摩托仔很多，穿街过巷，头盔一戴上，每个都很像张国荣。阿甘站在公交站牌下，眼睁睁看着一个个从她身边“噌”过的摩托仔，看不到她要找的张国荣。这个城市通讯很发达，任何一块看得到看不到的空间，都有无数的声波在交换、传递，窃窃私语。可是阿甘跟张国荣却还是在这些声波中走散了。阿甘只能想到这一层，她觉得跟张国荣走散仅仅是因为张国荣不来找自己了，而自己，肯定是找不到张国荣的。

整天在家里，阿甘对着自己的好朋友：爸爸的微笑和张国荣的嘴唇。阿妈说过，人的一生中，迟早要遇到两个男人的，一个是自己的老公，另外一个就是自己的儿子，好彩的，两个一齐遇到，一半好彩的，遇到一个，不好彩的，一个也遇不到。

阿甘问问爸爸又问问张国荣：“我是好彩，还是一半好彩，还是不好彩？”

绕了半天，阿甘自己回答自己：“或者好彩，或者一半好彩，或者不好彩吧。”

阿甘的阿妈收档，在门口就捡回了这个矮胖的男人，矮胖的男人说他是酒店的总经理。

阿妈一点也不惊奇，阿甘没了，总是要有人来上门的，但是上门之后怎么样？阿妈活那么大岁数，只琢磨透了烧鹅，却没有琢磨透别的。

阿妈开门让矮胖的男人进去。门口阿甘的阿爸像个白痴一样笑眯眯。“白痴！鬼没用的！”阿妈第一次在心里这样骂阿甘阿爸。阿爸依旧笑眯眯。

“你的女儿生前跟你说过关于酒店的事情？”

“我的女儿不喜欢跟我说话。”阿妈跟别人称“我的女儿”，觉得很别扭，有名有姓为什么不喊？阿妈想莫非这个总经理不知道阿甘叫什么？

“那她有没有讲过酒店的什么人？”

“她不喜欢讲人。”

“那她为什么要跳楼？”

“我怎么知道？她说去上班，去了就跳了，30层啊。”

“她之前没说过上班的事情？”

阿妈觉得这个人真的很烦，上班的事跟之前问过的酒店的事，有什么区别？

“觉得最近她有什么反常？”总经理好像来侦查谋杀案一样。

“唉，我都知道阿甘有问题的啦，迷张国荣迷得神神化化，成天对着面墙哭。”阿妈顺手推开阿甘的房间，整面墙的张国荣朝总经理抛媚眼。

不敢迈进去，总经理只是左手握了握阿妈的手，右手掏出一个信封，仿佛有些兴奋。“节哀吧，虽然你的女儿是因为迷张国荣死的，但毕竟是在我们酒店死的，这里一些安慰金，收下啦。”

阿妈不客气，接过来，问：“要不要喝水？”

总经理客气地摇摇头，继续往阿甘的房间探了探头，向张国荣点了点头。

“何解不是4月1日而是4月2日？全世界都知道张国荣去年是4月1跳的，难道她记错了时间？”出门口的时候总经理问。

“不奇怪的，她做事总是慢人半拍。”阿妈起身送到了门口，假假地执意要送下楼梯，被婉拒了。

酒店后勤部的过道上，贴了一张白纸通告，意思说要参加杨甘香追悼会的同事下午可在酒店门口集合。

“哪个杨甘香？”经过这张白纸的人都这样问旁边的人，没有旁边的人就自己问自己。问一会儿，就有人想起来了：“啊，不就是那个阿甘咯！迷张国荣跳楼那个！”

“阿甘？原来阿甘姓杨啊。”

“好出奇吗？难道阿甘姓阿？”

原载《钟山》2005年第4期

点评

一个女人就是一场戏，而一个生活于社会底层的单身女人无疑是一场悲剧。阿甘就是这样的女人。三十九岁的她，在酒店的负一层管理车辆，没有钱，没有爱情，更谈不上婚姻。阿甘性格怪异，自言自语、自圆其说是她的本事，不熟悉的人会认为她精神有问题。她喜欢照片上阿爸的微笑，还有他的骨灰在微波炉里加热后散发的香，这令她眩晕，像在空中跳舞旋转；阿甘迷恋张国荣，房间里贴满了张国荣的照片，她喜欢在深夜的时候用手抚摸他的眼睛和唇；摩托仔是现实中的“张国荣”，吃了那种浅咖啡色的药后，她“不仅见到了张国荣，还跟张国荣睡了”，阿甘再次体验到了旋转跳舞的感觉。这种梦幻般的生活令她不能自拔，变得终日恍惚。怪异的行为和对矮胖经理的一句“屙了没”，使她失去了工作。此时，“张国荣”也不再来找她。最终，阿甘以张国荣的方式结束了生命。

这是一个令人心寒、令人悲痛的故事。“负一层”不仅是阿甘工作的地方，也是她生存状态的表征。无论是物质还是精神，阿甘都生活在社会的底层。她工作在阴冷的负一层，生活在对男人的幻象中。现实是残忍的，当这些仅有的慰藉被剥夺之后，生活给予阿甘的还有什么？作家以悲悯的情怀提醒我们，在原生态的生活中悲苦的小人物真实存在。

（韩冬梅）

向阳的冬天

刘建东

妮娜是顾小红的艺名。知道她的真实姓名的人不多，尤其那些以取乐为目的的男人们。就是妮娜自己也几乎要忘记了自己的真实姓名。她很喜欢现在的这个名字。这个名字就像是她的脸，擦满了脂粉，香气四溢，魅力四射。男人们喜欢，自己也觉得美。所以当有人在电话里叫她顾小红时，妮娜还以为是那人打错了电话呢。

打来电话的是她的妹妹顾小丽。妮娜不用想，也知道妹妹现在正站在大街上的公用电话旁：电话里传来十分嘈杂的声音。电话里的顾小丽抽泣着。她央求姐姐一定要回家看看。她说，妈妈满大街地跑，像一个疯子，再这样下去她真的害怕妈妈出什么事。顾小丽还补充道："我的话她根本听不进去。在这个世界上，妈妈除了我，就你一个亲人了。你可不能不管她。"开始妮娜并没有把妹妹的话放在心上。她和那个贫寒的家已经有五年没有任何瓜葛了。她甚至都忘记了自己出生在那样一个家庭，所有和那个家庭有关的事情都让她感到了耻辱。她痛恨那个一贫如洗的家，只要一闲下来，她脑子里就会闪现出妈妈那张怒目而视的脸。是妈妈把她赶出那个她早已厌倦的家的。这正合她的心意。妈妈的绝情让她有了离开的充分理由。而想到妈妈多少会让她心情郁闷一些，所以五年来她从来不让自己闲下来。她拼命地从男人们那里挣钱。眼看着就要过年了，过了年就是她的本命年，她想在自己的本命年里结束自己的皮肉生涯，找一个男人成一个家，过一个正常女人的生活。实际上在她的视线中，已经有一个男人出现了。

妹妹的电话一遍遍地打过来，好像永远停止不下来的哭泣让她有些心烦意乱。她又不能把手机关掉，年根之时，正是生意旺季，她可不想给自己留下什么遗憾。可是她不能阻止妹妹顾小丽一遍遍地打来电话。她只要一听是妹妹的声音就把手机挂断。她不是不想去看看妈妈，只是一想到妈妈当初那张绝情的脸她就感到了一阵寒意。她实在不知道如何去面对妈妈愤怒的脸。她本以为这会让顾小丽知难而退的。有一整天她都没有接到妹妹的电话，她以为顾小丽真的打消了再来找她的念头。可是当那天将要结束的时候，时间在向终点冲刺，她租住的房子门剧烈地响起来。响声吓坏了嫖客，他还以为是公安局的。妮娜推开抖成一团的男人去开门，她首先看到了一道光。随后才看清发出那道光的是一把明晃晃的水果刀。她还以为是抢劫的，便想立即关门。可是门已经关不上了。她听到了一个熟悉的声音："姐姐，是我。"

站在门外手拿水果刀的是妹妹顾小丽。她说完那句话就把刀架在了自己细细的脖子上。凑着楼道里暗淡的光，妮娜看到妹妹的那张脸十分恐怖。

妹妹以死来要挟她。妮娜知道自己已经无法躲避了。她把嫖客打发走，然后跟着妹妹往楼下走。妹妹是个瘸腿，下楼就显得很艰难。妹妹的双脚敲击地面的声音一轻一重，她一只手扶着墙，另一只手在妮娜面前晃荡着。妮娜想伸手去扶一下顾小丽。可是妹妹挥手把她的手挡开了。妹妹的手很重。妮娜觉得被她挡了一下的胳膊酸疼酸疼的。

下了楼，妮娜拦了一辆出租车，夜深人静的，离她们家还很远，她上了车却没见妹妹顾小丽的身影。她摇下窗玻璃，探头向外望去。顾小丽正在便道上一瘸一拐地走着。她的身影歪歪扭扭地映在便道上。妮娜大声喊着："顾小丽，顾小丽。"

顾小丽却没有搭理她，继续向前走着。妮娜示意司机向前开一点。车慢慢地靠近了顾小丽。妮娜喊道："小丽，快点上车。这么晚了，离家还那么远。"

顾小丽回头说："你的钱不干净，我不坐你的车。要不是为了妈妈，我宁愿一辈子都不见你。"

妹妹的话让妮娜伤心不已。虽然这样的伤心已经让她感到陌生了，可是妹妹的话还是能让她想到五年前她和妈妈及妹妹之间的冲突。她愣了半天，再向外看时，妹妹的身影已经远远地落在了后面。在昏暗的路灯光下，妹妹走路的样子像是蚂蚱。

司机问："小姐要去哪儿？"

妮娜想了想，她不能就这样回家。她这么晚回家一定能把妈妈气死。可是一下子空闲下来的时间让她感到了烦躁不安。她随口说："去你那里。"

司机张口结舌道："去我那里干什么？"

妮娜反问道："你说这么晚你带一个漂亮女人回家干什么，总不能去给你擦玻璃吧。"

司机说："我今天晚上还没有挣到钱……"

妮娜打断他说："你不就是心疼钱吗？我给你。"

妮娜跟那个不知名的司机消磨掉了后半夜。天才蒙蒙亮，妮娜就坐着那辆出租车来到了她们家的楼下。她打发走司机，站在路边，点着烟猛抽了几口。她看到马路上人迹稀少。扫马路的大婶快下班了。她站在路边觉得寒风分外地凉。便裹紧了皮大衣。她想，也许她来得太早，妈妈和妹妹还没有起床。她不经意地向她熟悉的那栋破败的楼望去。就是这么一瞥，她的心猛地一缩，那个从楼道里匆匆走出来的身影怎么那么熟悉？五年来，她只是远远地看到过妈妈的身影。现在，她也是站在远处看到了妈妈。妈妈没有戴头巾，她花白的头发在风中飘舞着，显得十分凌乱，这么早妈妈要去干什么？妮娜没有贸然地走上前去和妈妈打招呼，毕竟，她们已经不在一起有五年的时间了。五年可以让人忘掉一切。可是现在，和妈妈只有几米远的妮娜却突然地有一些莫名的惆怅。再看妈妈时，妈妈已经走了很远。而妹妹顾小丽的头从楼道口探出来，犹豫着走了出来。妮娜踩灭了烟头走上前去。叫了一声"小丽"，顾小丽一脸的疲惫。年纪轻轻的穿得灰灰的，裤脚上落满了泥土，给人一种颓丧的感觉。顾小丽瞟了她一眼，不满地说："我还以为你昨天晚上会回来呢，我一直睁着眼看着天花板，可是我等了一夜也没有听到敲门声。"

妮娜没去作任何解释。她跟在顾小丽身旁。顾小丽远远地跟在妈妈的身后。顾小丽说："不能让她知道，她一定会大发脾气的。"

她们一边悄悄地跟在妈妈的身后，顾小丽一边给她讲妈妈的事。

如果不是因为一张粮票，妈妈现在正忙着准备年货呢。事情的起因都是因为那张倒霉的粮票。顾小丽所说的粮票其实是发给特困居民的一张票据，白色的，上面还盖着区政府的红章，这是年关到来之际区政府发给特困户的，凭票可以在指定的地点领到一袋大米、一袋面和一桶油。那张票让妈妈着实高兴了几天。她可以用节省下来的钱去买点别的年货。毕竟，没有工作的顾小丽，顾小丽下岗的丈夫，顾小丽两岁的女儿都跟着老太太一起生活。妈妈甚至已经计算好了过年要买的东西。她还特别给女儿许诺，要给外孙女买一个好看的布娃娃。可是妈妈的计划在某一天的傍晚突然打乱了。打乱妈妈计划的是那张票。妈妈从菜市场回到家，突然想起明天要到指定的粮店领回米面油。她刚把菜放到厨房里就去掏自己的口袋。可是她的口袋里空空的，什么也没有。妈妈的心一下子就提了起来。顾小丽边说边掉眼泪："我们的生活就是从那一刻起乱了套。妈妈不相信她能把那张票弄丢。她把家里翻了个底朝天，也没有找到那张票。然后她开始疯狂地去到她曾经去过的地方找那张票。你不知道，这两年，妈妈添了许多病，高血压，高血脂，高血糖，颈椎病。我是真的害怕她会在寻找粮票的路上倒下去。我和林刚都劝她不要找了。可是她不听。你看，每天一大早，她就出去找了。"

妮娜侧脸看着妹妹的眼泪，觉得心里堵了点什么东西似的。那些和穷困紧紧联系在一起的往事一下子涌上心头，而五年来所有努力似乎在那一刻烟消云散了。想要忘掉与生俱来的东西并不是很容易。她有些气恼地说："你怎么这么傻，到粮店把那些米面油买回来，告诉妈妈是你领回来的不就解决了。"她看着妹妹一脸无辜的样子，真想像以前那样打她两巴掌。

妹妹看都不看她。顾小丽的眼睛死盯着在路边晃荡的妈妈憔悴的身影。她说："你对我说话客气点好吗？你不想想，这几年你为这个家做过什么。我又不是个傻瓜，我自然能想到。可是当我对林刚说起我的打算时，林刚不吭声。他不吭声就说明他不同意。再者说，我们家过年不一定非要那一袋米、一袋面和一桶油。我们家还有。我们饿不着。"

妮娜哑口无言了。妹妹的话有道理。在这个家里她确实没有太多说话的权利，以前在家时只记得和妈妈有无数次的争吵，离开后她真的没有再踏进那个家半步，更别说为那个家带来点什么。她也能理解妹妹顾小丽。因为残疾，妹妹一直没有工作，连男人都不好找。好不容易有一个男人照顾她，妹妹可以容忍男人的一切。包括他对这件事的沉默。

一个寒冷冬季的城市街道，对于妮娜来说有些零乱而萧条，而对于执着的妈妈来说，妮娜不知道意味着什么。冬天似乎并不存在于急急行走的妈妈心中，妈妈在风中飞舞的白发，以及她趔趄的脚步，都和那个季节不相称。妮娜知道，像妈妈这么大岁数的老人现在都在温暖的家里享受天伦之乐呢。妮娜没有再想下去。她想赶快了结此事，抓紧时间去挣钱，然后和那个男人结婚。

实际上整个上午妈妈都在低着头寻找。妈妈走过的地方让妮娜都觉得莫名其妙。她不相信妈妈会去过那里。妮娜转头看看妹妹灰灰的脸。她没有问妹妹累不累，反正她的腿已经觉得像灌了铅。她突然停下脚步说："我实在是走不动了。你说妈妈还要走多久，她难道不想吃午饭吗？"

妹妹漠然地说："这些问题对妈妈毫无意义。我叫你来也不是让你来陪着我跟踪妈妈的。我是让你来想办法阻止妈妈的。"

顾小丽的一句话提醒了妮娜，她突然拉住妹妹的手，另一只手从兜里拿出点钱。"你用这些钱给妈妈和你买点吃的。我去想办法弄米面和油。"

顾小丽停下来，眼睛盯着那些钱。好像那些钱上有一堆苍蝇让她感到恶心，她说："我不想再伤你的自尊。收起它来吧。妈妈和我，都不会花你的钱。"妹妹苍白的脸上居然有一丝自豪的微笑。就是那丝微笑使妮娜感到了寒风钻进了她心里。但随即她就平静了许多。她既然走上这条路就没有后悔过，现在，妹妹的一句话也不能动摇她的信心。她看着妹妹一瘸一拐地向前走远了，才拦下一辆出租车，坐上去以后她交给那个司机一百块钱，对司机说："你替我给那两个人买点吃的送给她们。"她在车里指给司机认清了妈妈和妹妹，然后她在一个她们谁也看不到的地方下了车。她不知道妈妈和妹妹会不会吃她送的午餐，她甚至不知道那个司机会不会拿了钱跑掉。她的心里好像不那么堵了。

妮娜又拦了一辆车去了菜市场。她在那里买了一袋米、一袋面和一桶油，然后回了家。她敲着自己家的门，觉得那个门像是石头一样硬。门开了，一个年轻男人的脸忧郁地露出来。她知道这个瘦瘦的男人是她的妹夫林刚。可是林刚并不认识她。妮娜说："这是不是顾小丽家？"

林刚手里拿着一个电视遥控器，怀疑地看着她点点头。屋子里不时传来孩子响亮的哭声，林刚却无动于衷。

妮娜说："你妈妈丢的票让我捡到了，我现在把米面和油领回来了，就在楼下，你去把它们搬上来吧。"

林刚听到这个脸上才露出一丝微笑，他把那些东西搬上来。妮娜一直站在门口看着他一趟趟地搬东西。她没有进去。她害怕走进去再体验一下那个家的气氛。搬完后林刚的脸上还挂着白白的面粉。他站在门口说：“我觉得你像一个人，你像是小丽的姐姐顾小红。”

妮娜没理睬他，转身向楼下走。孩子的哭声仍然能断断续续地听到。她走到了楼下，林刚也跟了下来，林刚在她身后说；“我想问问，你一晚上多少钱？”

妮娜伸手就给了林刚一个大嘴巴：“我警告你，你要是欺负我妹妹，我让你没有好下场。另外，不要告诉妈妈我来过。”她懒得去看林刚的嘴脸，紧走几步上了出租车。

五年后短暂的与家庭的重逢使妮娜产生了深深的危机感，那危机感压迫着她，她给那个男人打电话。她迫切地想要听到那个男人的声音。那个男人叫黄继承，是区政府的一个职员。妮娜一年前认识他时黄继承正处在人生的最低潮，工作不顺利，老婆也跟着别人跑了，老婆留下的孩子也在一次意外中丧生。那个意外发生在一个建筑工地。心情不好的黄继承没有心思去管孩子，孩子不知怎么自己就跑到了那个建筑工地。孩子被从高空掉下来的一块砖给砸死了。妮娜是晚上在街上溜达时遇到黄继承的。他对妮娜说，他害怕孩子的妈妈回来向他要孩子。他在妮娜的怀里哭了整整一个晚上。正是男人的哭泣让妮娜陡然动了心。一年来，妮娜只要有时间就去黄继承那里。她给了黄继承无尽的关怀和温暖，更重要的她是在考察这个男人是不是可以成为她托付终身的对象。事实很让妮娜感到宽慰。黄继承老实而诚恳，而且有一些羞涩。一个受伤、脆弱、害羞的男人是让人放心的。

妮娜给黄继承打电话时他正在学车。是妮娜出钱让他去学车的。她打算用自己这几年挣的钱买一套房子，买一部车，然后开着车到处去旅游。黄继承的手机也是妮娜买的。手机里黄继承的声音听上去有些倦怠。妮娜想，他也许是学车学累了。妮娜对他说：“我要和你结婚，马上。”

接下来的一天妮娜开始准备她的婚礼。黄继承已经答应和她结婚，黄继承没有对她的身份提任何异议。这也是让妮娜下决心投靠这个男人的原因之一。妮娜谢绝了几个老客户的邀请，她告诉他们，以后不要再找她了，她甚至想到了要换一个新的手机号码，作为和旧生活告别的开始。她正在看一处房子时接到了妹妹的电话。妹妹一上来就指责她："你看看你干的好事。妈妈哭闹了一晚上，非要我们把你送来的东西扔出去。"

"你扔了？"妮娜问。她不想去怪罪林刚。

"扔了。"顾小丽说，"我们要是不扔，妈妈说不定会哭瞎了眼。我们还把你半路上让人送的吃的也一样扔了。"

妮娜伤心地说："那你还找我干什么？"

顾小丽说："我要是还有其他任何一个办法都不会找你。这几年妈妈心情一直都不好。这是爸爸去世后妈妈心情最糟糕的几年。你想想看，这不是因为我们家里穷。有那么多人需要妈妈操心，而是因为你。"

妮娜说："为什么是我，妈妈早就不认我这个女儿了。"

"你说得倒轻松，"顾小丽说，"虽然妈妈嘴上说得那么狠，可是我知道，她心里一直是很痛苦的。她一直在想着你，惦记着你。我想，现在只有你来给妈妈认个错，她才能不那么固执地去找那张票。你说话呀，你为什么不说话？"

妮娜觉得自己的眼睛有点湿润，这是五年来她头一次掉眼泪。顿了一会儿她才说："我来想办法吧。我一定要给妈妈认个错。因为我已经不想干了。在这之前，我要给妈妈找到一张粮票。"

粮票是由居委会下发到特困户手中的。妮娜去找居委会的主任王寒锁。王寒锁是看着妮娜长大的。可是现在当妮娜面对他时王寒锁却没有认出妮娜。他问："你妈妈是谁？"

待妮娜说出了妈妈的名字时，王主任看看她涂满脂粉的脸说："你是小红呀。你要是不说我还真的认不出你。别怪你妈妈不认你。你看看你这样。跟以前一点也不一样了。"

妮娜不愿意听他的啰唆，便抢着说了她来的意思。王寒锁皱着眉头说："怪不得我每天都看见她在大街上乱转呢，我还以为她是去捡白菜叶子呢。"

可是王寒锁给出的答案非常令妮娜失望，他手中的票都是按着人头发下去的，不多也不会少一张。但是妮娜从他那里得到了那些领到粮票的人的名字和住址。

从王寒锁家出来，妮娜手里拿着一张纸巾。那上面写着她要去找的人。她按着上面的提示，一家家地找下来，却一无所获。和她妈家一样的是那些人家同样地穷困潦倒，不一样的是他们都急着把政府的救济领回了家。从最后一家出来天色已经暗淡下来。妮娜看看手里的纸巾，白色的纸巾现在是灰色的。那上面她的口红印迹也若隐若现。她随手把那张纸巾扔进了暮色之中。一时她失去了目标，有点无所适从，她抬头看看，原来自己此时离妈妈家不远了。寒风仍然没有停歇，她想，妈妈还在大街上寻找吗？跟着自己的思想，妮娜来到了妈妈家楼下，她看到从楼梯口钻出来一个人，那个人肩扛着高高的东西，手中还提着一桶什么。那人由于走得慌张，撞到了妮娜的身上。肩上的东西掉到了地上。那人刚要开口骂人，一看到是她便笑了："你来干什么？"

那个人正是林刚，掉到地上的是两个满满的面袋，而他手里拎着一桶油。妮娜想，这不是她昨天买的东西吗？妹妹说是扔掉了。她有些厌恶林刚，只是问他："妈妈回来没有？"

林刚说："还没有，不过很快就回来了，天都黑了，即使是丢一头大象她都看不清了。"说完，林刚拾起掉到地上的两袋米面，绕过妮娜走到一辆自行车旁，他把那些东西放到自行车上，连招呼都没有和妮娜打便急匆匆地消失在越来越浓重的夜色中了。

妮娜没有上楼，她仍然对于那个家有一丝的恐惧。她隐身于黑暗中，就像是沙粒隐于沙漠中。那个夜晚是她五年来最近距离地感受到妈妈的呼吸。她看到了妈妈和她擦肩而过，妈妈低着头，没有看到她。妈妈似乎还在顽固地想从地上发现她的粮票。妈妈的呼吸甚至比寒风还尖厉。让妮娜有些摇摇欲坠。她在心里喊了一声妈妈，可是她嘴上却没有出声。她的心里已经原谅了妈妈以前对她所做的一切，可是她无法表达出来。就在她犹豫不决的时候，妈妈的身影已经消失了。她呆呆地站在那里像是冻僵了。随后她并没有让妹妹也轻松地逃脱她的视线，她紧紧地抓住了顾小丽的胳膊。顾小丽疼得低低地叫了两声。妮娜问她："妈妈怎么样？她还能坚持多久？"

顾小丽不满地说："你不会自己问她。"妮娜愣住了。

当妮娜在那条黑乎乎的胡同里钻来钻去时，她竟然没有一丝一毫的怨言，她的脑子里摇晃着两个人的脸，一张是黄继承，一张是妈妈。黄继承的脸比较清晰，而妈妈的脸却有些模糊不清。不管怎样，他们都让她隐隐约约看到了希望。

在胡同里的穿行引领她来到了粮店的老板身边。特困户们都是从他那里得到政府的关怀的。老板家里灯火通明，一屋子的人正在打麻将。老板从麻将桌上下来，眼睛鼓鼓的，脸上油光光的，样子极其猥琐，一点也不像给人们带来温暖的人。老板嘴里叼着烟，斜着眼睛看妮娜。他还用扁扁的鼻子使劲嗅了嗅，说道："真香。今天油已经领完了，你明天再来吧。"

妮娜说："我不是来领东西的。我是想请你给我一张票。"

那时他们站在打麻将的屋外，屋子里的嘈杂声不断地传出来。老板说："票不是我发的，你去找区民政局，陈同。票都在他手里。"

妮娜推开浓重的烟雾："你手里不是也有票吗？"

老板嘿嘿地笑了："那倒是，我要用这些票去跟陈同换钱呢。"

妮娜说："我只要一张票。你要多少钱都行。"

老板端详着妮娜涂满脂粉的脸和她的身材。"我不要你的钱。我知道，你要票自然有你的理由，我不问你。今天晚上手气太差，这么点工夫输进去两千块。我有个主意。你替我换换手气，我保证给你票。"

"要是我也输了呢？"妮娜问。

老板说："那只能怪我自己的命不好。"

妮娜抬脚就要往屋里走。老板伸手拦住了她。盯着她说："你不能就这样进去。你得打扮打扮，你得让那些老爷们分心。那样才能赢钱。"

妮娜说："这个容易，我一点也不陌生。"说着话她脱下了外边的大衣，露出里面紧身的火红色羊绒衫。羊绒衫不仅颜色鲜亮，而且十分小巧，像是皮肤贴在妮娜身上。尽可能地露出脖子、一小块白白的胸脯，细细的胳膊和妖娆的腰，尤其那一线若有若无的嫩嫩的腰让老板看了直发呆。于是他大声冲屋里喊道："让一让，让一让，我表妹来替我摸一把。"

那天晚上妮娜在那间低矮的屋子里奋战了一整夜，忍受了无尽的目光的抚摸和烟熏。一夜下来，她觉得像是连续和一百个男人睡了觉。老板一直坐在她的旁边，老板的眼睛直到天亮也一直鼓得像是条金鱼，他看着妮娜面前小山一样的钱眉开眼笑。所以当妮娜最后提出她的要求时，老板爽快地说："你去拿吧，就在那个箱子里，你想拿多少就拿多少。"

妮娜从椅子上拔出身来，觉得身子有千钧重。头晕眼花。她踉踉跄跄地走到老板手指的地方，果然地上放着一个纸箱子，纸箱子里的票乱七八糟、脏兮兮的。她的手伸向箱子里时，明显感到了老板的目光始终盯在她的手上。她只拿了一张票，再多拿一张也是毫无意义的。她只是看着那一箱子脏脏的票有点迟疑，她无法把妈妈的执着与眼前的这些随意扔放而且油渍麻花的票联系在一起。她手里拿着那张票向外走时，觉得手上沉甸甸的。

老板在她后边喊道："欢迎你再来。"

其实事情的发展并不在妮娜的掌握之中。从一开始她就是被牵着走的。

那张妮娜千辛万苦得到的粮票并没有使妈妈停止在城市街道里的寻找。她的寻找更加地疯狂。当顾小丽欣喜地把那张票拿到妈妈面前时，"妈妈的眼睛一下子亮了。"顾小丽说，"可是那只是一瞬间的事，你知道什么叫转瞬即逝吗，你当然不知道，你没有看到妈妈的眼睛。你不会知道的。"顾小丽说，妈妈眼睛里的光亮持续的时间还不足一秒钟，她的眼睛里重新恢复了昏暗。妈妈说，那不是发给她的那张票，发给她的那张票上写着妈妈的名字，那上面的字妈妈看了至少有一百遍，所以妈妈闭着眼都能背写出那上边的字是怎么写的。妈妈对妹妹说还是把心思用在孩子身上，不要让她天天地哭闹。妹妹说这一切时脸上写满了凄楚，她觉得比她小六岁的妹妹好像比自己还要老。妹妹的脸上一点也看不出一个女人的光彩。

妮娜觉得自己好像陷入了一个圈套之中，那个圈套有点苦涩，还有些甜蜜，她只能在那里面越陷越深。

她的下一个目标是老板所说的区政府民政局的陈同。发给特困户的票都是从他那里出来的，那上面的字也是他写的。当妮娜站在这个叫陈同的面前时，她身边还有黄继承。黄继承正在忙着筹备他们的婚礼，所以他的脸上闪烁着幸福的光彩。陈同和黄继承在一个区里工作，但两人平时交往并不多。妮娜没有说太多的话，都是黄继承在说。后来那个叫陈同的把黄继承叫到了另一间屋子里。妮娜独自在那间堆满了文件的屋子里等了几分钟，然后黄继承出来了。黄继承只是说了句：“我们先走。”他们俩一前一后出了陈同的办公室，下了区政府办公大楼，又走出了区政府大院。在一排广告牌后面黄继承停下了脚步，黄继承说话时有些吞吞吐吐：“我不知道怎么办。我想算了。”

妮娜追问他发生了什么。黄继承这才说：“陈同把我叫到另一间办公室里悄悄地问我，你是我什么人。我不想让他们知道我们的关系。所以我说你是我的一个朋友。后来他又问我，你是干什么的。他没等我回答就笑嘻嘻地说，我一猜就能猜出她的职业。他让我先别忙着回答，他说，让他先猜一猜，判断一下自己的眼力。他准确地说出了你的工作。我只好点头。我本来是不想告诉他这些的。但是我不能欺骗他。我们有事求他就得对他诚实是吧。但是接下来我没想到他却提出了额外的要求。”

妮娜没容黄继承把话说完就打断了他的话：“你不要说了。我知道了他的意思。这对我来说并不难。也很公平。我又不是个淑女，这你知道的。”

她看着黄继承铁青的验，知道他心里一定不好受，于是她握住他的手，他的手凉冰冰的，她柔声说：“把这件事做完，我就只属于你一个人。”

妮娜不想耽搁太多的时间。她直接给陈同打电话，对他说：“我现在就想得到一张票。”

陈同很快就走出了区政府大院，他们一起打的去了银河小区。在妮娜租住的房子里她满足了陈同的愿望。而陈同也没有让妮娜失望，他趴在妮娜赤裸的背上一口气在一百张票上盖了章，写了妮娜妈妈的名字。他把那些白色的票仔细地摆满了妮娜一身。

陈同走后，妮娜站起身来，她听得到那些可以给妈妈以希望的粮票轻轻飘落的声音，细柔而亲切。她仿佛透过那些纷纷落下的白色的纸票，看到了妈妈眼睛里永远的微笑。妮娜只留下了一张写着妈妈名字的白票。其他的她都付之一炬。她把那张票小心地放进黑色背包里，然后匆匆打的去妈妈家。她要告诉妈妈的是，以后，她要告别她的皮肉生涯，她要像妈妈一样去做妻子，做母亲。出租车还没有到达妈妈家，她就接到了黄继承的电话。号码是黄继承的手机，但是说话的却不是黄继承，是一个粗嗓门的女人，她说：“我是护士，现在手机的主人躺在医院里奄奄一息了。”妮娜一听就慌了，她急忙让司机掉头向三院开去。

就像护士说的那样，妮娜到达医院时，黄继承只剩下了一口气。据说他驾着一辆单位的吉普车在中华大街上横冲直撞，先后撞倒了五个人，然后撞到了路边的电线杆上。他胸前的骨头几乎成了一截截的火柴棍。他的脸像一张浸泡过的纸，呼吸细若游丝，只剩下出气的力气了。妮娜抓起他的手，他的手软软的，妮娜把另一只手放到他的脸上，感觉到他的脸却像一张铁皮那样坚硬。妮娜看着他满脸的血，看着被单下他不成形的身体，心里有说不出的难过。她感到自己的眼泪在整个身体里剧烈地激荡着，像是汹涌的潮水，可是它们流不出她的身体，它们到达不了她的眼睛，它们像是带火的滚热的潮水，不停地翻涌。那个她寄予一生希望的男人此时的形象那么清晰。他显得极为平静。他的嘴唇抖动着，眼睛里已经没有多少光芒了，妮娜只能靠他的嘴唇来判断，她把耳朵凑到他的嘴边，他听到黄继承说出了他生命最后的声音："我……越……接近……幸福……就……越害怕，我害怕……我前妻……向……我要孩子。对……不……起。我解脱了。"

就是黄继承咽气的那一刻，悲伤也没有让她的眼泪夺眶而出。它们只是在她身体里翻滚的速度越来越快，温度也越来越高。她看着眼前的这个男人，看着一个已经阴阳分隔的这个男人，她觉得好像一切都没有发生。她从来没有认识过这个人似的。

就在妮娜呆呆地坐在黄继承慢慢冷却的身体旁时，她听到有撕心裂肺的哭声非常响亮地在耳边响起。她吓了一跳，她还以为是自己在哭泣，可是她摸了摸自己的嘴巴，它是闭着的，她的眼睛也是干涩的。她这才觉得那哭声是来自身外，她一转头看到了妹妹顾小丽。她像一头狮子正冲到她面前。她怎么在这里？妮娜的第一反应就是这个问题。顾小丽好像没有看到她的存在，她越过妮娜直接扑到了黄继承的身上，擂起拳头向黄继承的身上砸去，她的拳头像是雨点似的落在黄继承的身上。妮娜站起身去拽妹妹。妹妹的举动非常疯狂，妮娜费了好大劲才把妹妹制止住，顾小丽这才看到是她，顾小丽不顾一切地扑在了她的怀里，放声痛哭。发生的一切都是那么突然，妮娜来不及思考，她用手抚着妹妹的背，轻声问她怎么了。顾小丽哭着伸出一只手，指着平静的黄继承说："就是这个家伙，他把妈妈撞了。”

妮娜随妹妹跑到另一个病房，她看到苍老的妈妈躺在病床上，眼睛深陷进去，四肢都打满了绷带。妮娜扑上去，紧紧地抓住妈妈的手。她看到妈妈慢慢地睁开了无神的眼睛。妈妈看着她，像是不认识似的看了半天。妮娜急忙从皮包里掏出那张纸票，说：“妈，我帮你把这张票找到了。”

妈妈看了看那张票，妈妈的眼睛里没有像妹妹说的那样放出光芒，妈妈随后盯着妮娜的脸，妈妈说：“你以为我天天在大街上东奔西跑是在找它，不对，我是在找你呢。”

妮娜身体里的悲伤再也无法克制，她感觉到，一股热滚滚的泪水奔涌而出。

原载《山花》2005年第8期

点评

生活中充满了悖论。人们苦苦追寻，却发现自己真正需要的正是无意中失去的。《向阳的冬天》就讲了这样一个故事。妮娜是一个因为无法忍受贫寒而出卖皮肉的女人，为此，妈妈把她赶出了家门。五年后的一天，妹妹顾小红告诉她，母亲丢掉了领救济的票据，整日在街上疯狂寻找，这打乱了她的生活。终于，妮娜走进了那个在内心深处尘封了许久的家，虽然这个家曾经让她厌恶、心痛。与家的重逢使她产生了危机感，她决定与心中的男人黄继承结婚，过正常女人的生活。看着年迈的母亲，妮娜从心里已经原谅了她。为了阻止母亲的疯狂行为，在寒冷的冬季，她开始了为母亲搜寻票据的过程。经历了种种波折，妮娜终于拿到了用色相和肉体换来的票据。此时，她却接到了黄继承遭遇车祸的电话。这个受伤的男人最终无法抵御内心的脆弱，制造车祸自杀。而不幸的是母亲是车祸的受害者之一。当听到伤痕累累的母亲说，在街上寻找的不是票据而是作为女儿的自己时，妮娜的热泪奔涌而出。

故事中，亲情与道德、肉体与灵魂、世俗与真纯、命运与挣扎彼此交汇，勾勒着生命的轨迹。生活就像一个圆，在追寻了一圈后回到了起点。小说情节设计巧妙，事件环环相扣，一系列因果关系作为内指性存在贯穿文本，成为文章成功的关键。

（韩冬梅）

干掉杜民

海飞

所以，要干掉杜民

杜民的第一件事情是，他太喜欢女人。

现在，让我来说说一座叫作丹桂房的村庄，这座村庄和其他的江南村庄没有什么两样。一样的小桥流水和竹篱茅舍，生活着许多的农民，小部分的富户，一户地主。现在，让我来说说现在的确切时间，一九三八年四月。那时候，我是一个年轻的东家，我的父亲陈老爷刚刚离世，然后我就由少爷变成了陈老爷。我不是主人公，我只是在这里给你讲一个故事而已。自始至终，杜民才是主人公。我要讲的，从杜民太喜欢女人开始。

杜民穿着青灰色的衣裳出现在丹桂房的一条弄堂口，其实他是一个美男子，他就站在弄堂的一小块光影下。太阳站得很远，太阳把光线也投得很远。四月，太阳总是想尽办法让大地温暖，升腾着一种热气。杜民把两只手插在了衣兜里，他的出场像一个明星。他的眼睛大而有神，眉毛很浓，个子高高的，走路虎虎生风。如果你是一个女人，你和他擦肩而过了，一定会回过头来看看他的背影。但是，杜民也是丹桂房最有名的懒汉，他没有土地，他仅有的财产就是一间破草房。他不喜欢工作。我家里有许多长工短工，但是他是不愿意来做工的。赵甲曾经在穿路廊对杜民说："杜民，你为什么不愿意去陈老爷家做工？"杜民盘腿坐在穿路廊的一块大石头上，他冷笑了一下。过了很久，他才对赵甲说："你以为我是谁，我凭什么要给那个姓陈的做工？"赵甲笑了，说："你不做工你怎么养活自己，你没爹没娘没有老婆没儿没女，你以为你又是什么东西。"杜民也笑了："我不做工我不是活得好好的吗，我还比你胖了很多呢，赵甲你看看你脸上一点肉都没有。我没爹没娘，我就省心为他们养老。我没有老婆，丹桂房的女人都是我的老婆。没儿没女，说不定你家儿子就是我帮忙生的呢。"

这些都是赵甲告诉我的。赵甲的声音里透着一种愤怒。我正在屋檐下喝茶，丫头小凤在我给敲背。温暖的春风一阵阵吹着，赵甲说这些话的时候，我差点就要睡着了。我的手里捧着茶壶，茶水一不小心漏了出来，落在我的裤腿上，让我惊醒了过来。赵甲弯着腰，他弯着腰的样子，像一只河里的虾一样。后来我哈哈大笑起来，我说："赵甲你长得真像一只虾，你为什么把自己长成一只虾？"赵甲也笑了，他一笑脑门上的皱纹就紧急集合起来，像一堆在一起开会的蚯蚓一样。赵甲说："我就是虾，嘿嘿，东家你说我是虾我就是虾。"温暖的春风一阵阵吹着，我就想，地里那么多的庄稼，一定在春风里发出了欢快的笑声。再过几个月，黄灿灿的谷子就会在长工短工的一阵忙碌后，进入我家的粮仓。小凤也笑了，小凤是我从街上买来的，小凤不是本地人，她的老家在嵊州，据说那儿全部都是山。推开家门，你看到的只能是山。小凤的头发上插着一根草标，她站在枫桥镇十字街口的南货店门口，她的脸上有着泥污，她的眼神已经散了，她的裤腿已经破了，她说她想把自己卖了，她要拿钱救她的父亲。我站在很远的地方看了她很久，街上到处都是晃动着的人头，我的目光越过了这些人头，看到一个一点也引不起人注意的姑娘。我的目光其实有点像刀子，我一眼看出，这个女孩子其实是长得很漂亮的，我看到了她脖子上的一片月白色。我对身边的赵甲说："赵甲，你去把她给我买来。"然后我进了一间茶楼，我在茶楼里喝茶，听月娘在小茶楼里给我唱戏。月娘已经不年轻了，但是她的声音很年轻，我喜欢年轻的声音。月娘唱戏的时候，我看到一只手在她的脸上摸了一把，那只手是我的。月娘笑了，她笑起来的时候，眼角有了许多的皱纹。后来月娘侧着头，把一只白净的手伸到了我面前。我从口袋里掏出银圆，银圆滚入了她的手心里。银圆没有站稳，银圆摇晃了一下才在月娘手心里站稳了。月娘一把握住了它，像握住了一种希望一样。我继续喝茶，月娘继续唱戏，没有很久，赵甲就把小凤带到了我的面前。赵甲对小凤说："这是陈老爷。"小凤叫了我一声，叫得有些怯生生的。我笑了，我说："以后你就在我家里做丫头。"

我讲了那么久，却仍然没有讲到杜民喜欢女人这件事。现在，让我来讲。杜民睡过许多丹桂房的女人，当然也许是有许多女人看上了长得英俊的杜民，半推半就就把事情做了。杜民曾经在村子里和毛大吵过一架，毛大像一只兔子一样在地上乱跳，说："杜民，有一天我会宰了你。"杜民只是站在空地上冷笑，他喜欢把两只手插在衣兜里，这是他最惯常的姿势。没过几天，杜民就悄悄跟着毛大的老婆去了麦地。毛大老婆一点也没防备，就被杜民扑倒在地上。毛大老婆拼命地抵挡着，但是，他没能挡得过男人的力量。杜民冲进毛大老婆的时候，令毛大老婆倒吸了一口凉气。她用拳头捶打着杜民，她说："你这个杜民，你这个杜民！"她一直都在重复着这一句话，这句话的声音却在渐渐弱下去，最后变成了一种呻吟。我能如此详细地说出事情的经过，是因为杜民喜欢坐在穿路廊的那块大石头上，对许多人说："女人是不一样的。女人都是柔软的，都是水做出来的，但是水也是不一样的。水有冷水，有热水，有温水，有硬水，有软水。女人当然也有许多种。"杜民讲这些的时候，身边就会围着一大群人。杜民告诉这些人，镇上红楼里的小红是一种什么样的水，茶楼里唱戏的月娘又是一种什么样的水。人们就咂着嘴巴，就想象着这水和那水。然后，杜民会说村里谁谁谁的老婆叫声很响亮，谁谁谁的老婆一动也不会动像僵尸一样，谁谁谁的老婆能上蹿下跳，像一只白毛猴。

杜民能如此得意地讲这些荤事，当然会引起许多做了乌龟的男人的愤怒。杜民在温暖的风中讲得津津有味的时候，某户人家的家里肯定有一个男人按住自己的老婆一顿暴打。毛大的老婆也曾经肿着一张脸在穿路廊找到了杜民。她推开了人群，她看到了讲得正起劲的杜民。她的脸上没有表情，只是盯着杜民看。杜民一下子愣住了，杜民没有想到有一口痰落在了他的脸上，这口痰当然是从毛大老婆口里吐出来的。毛大老婆说："畜生，你这个畜生，只知道做事的畜生。"杜民用手抹掉了脸上的痰，杜民突然说："你回去告诉毛大，他再敢打你，我就再干你一次。"

我喜欢小凤给我敲背，小凤是个温婉的女人。她没有学过敲背，却可以把背敲得那么好。我也喜欢赵甲把腰弯成虾的模样，站在我的面前告诉我村子里最近发生的一些事，或是家里最近的收支情况。我是一个喜欢喝茶的人，其实我一天到晚都在喝茶，我端着那把宜兴产的茶壶，在院子里走来走去。我不太喜欢出门，喜欢坐着，喜欢眯着眼看着阳光一点点向西斜过去，喜欢在阳光底下打盹。下人们都说陈老爷这个人暮气沉沉的，一点也不像已经故去的老爷。这也是赵甲告诉我的，听了这话我就笑了，我说我为什么一定要像我爹。我爹为了聚财，把自己搞得太辛苦，把自己的命都丢掉了。我不愿意这样，我想多活几年。

我喜欢小凤。小凤进家门没多久，就成了我的人了。那天晚上我穿着月白的绸衫走进小凤的房门。小凤和一些丫头住在一起，我让赵甲支走了她们，带她们去镇上看戏。丫头们很开心，丫头们说现在的老爷比老掉的老爷好多了。小凤被留下了，我走进小凤房门的时候，看到了燃着的一支红烛。小凤留给我一个背影，她一直都没有转身。我走到她背后，我看到我的手轻轻落在了她的头发上，抚摸着她的头发。小凤显然已经梳洗过了，小凤说："我知道你会来的，我知道你看上了我。"小凤叹了一口气，她说："我是你花钱买来的，你拿去吧。"小凤站起了身，她和我面对面站着，一双大眼睛就那么一动不动地看着我。我看到了她眸子里面年轻的陈老爷的影子，那么傻愣愣地站着。眸子里的陈老爷终于伸出了手，轻轻解开了小凤的衣扣。

小凤的身子是白净的，她像一条白色的鱼。她附在我身上，让我突然生出了许多的爱怜。小凤说话的气息落在了我的脸上，是青草的气息。小凤生活在山里，当然会有青草的气息。小凤说："你会娶我吗？"我睁眼望着蚊帐的帐顶，说："不会。"小凤沉默了很久，她的手抚摸着我的胸膛，她的手像一粒虫子一样在我的皮肉上走动着。小凤又说："那么，你会在娶了正房以后，娶我做小吗？"我沉思了好久，才说："可以考虑。"我看到了一朵盛开的红艳艳的花，花开在床单上。我望着这朵花好久，轻声对小凤说："我不会薄待你的。"小凤叹了一口气，小凤说："你薄待与不薄待，全凭你的高兴了。我是你的人，我当然要听你的。"

我是不可以娶小凤做正房的。我想要娶的是赵小兰。那是富户赵天的独生女儿。赵天的田没有我那么多，长工没有我那么多，但是他只有这样一个女儿。也就是说，赵天的辫子一翘，他的田就是赵小兰的，也就是我的了。赵小兰是赵甲的侄女，我对赵甲说："我看上你侄女了，你帮我去说说，看行不行。"赵甲匆匆地去问了赵天，又匆匆地告诉我，说行。赵甲说："赵天说行的，但是赵小兰说不行。"那时候我捧着茶壶，我说："赵天说行的，就是行的。"

但是有一天晚上我睡不着，睡不着我就喜欢跑到院子里走来走去。我看到了一堆月影，月影像是湿漉漉的水四处淌着。我看到了一个人影从小凤的房间里出来，然后迅速冲向院墙，只一搭手就翻身过去了。我走进小凤的房间，我问小凤："是谁来看你了？"小凤的眼神里掠过一丝丝的慌乱，小凤的脸色绯红。蜡烛在毕剥地燃着，我开始拿起一把剪刀修蜡烛的烛芯。我没有急着问，只是微笑着看着她。好久以后，小凤才说："是杜民，他想要我，我没给他。他后来翻墙走了。"我的脸上还是挂着微笑，我看到小凤的两只手在相互绞着，而且在不停地抖动，她一定是害怕了。我轻轻地拍了拍她的脸，轻声告诉她："小凤，你不用害怕。但是以后杜民如果再翻墙进来，你得告诉我。"小凤点了一下头，她把头抬起来时，眼眶里全都是泪水。我一动不动地站在她的面前，我看到了泪水终于从她眼眶里掉了下来。我轻轻地替她擦着泪水，我说："别哭，这点小事有什么好哭的。"

赵甲告诉我，赵小兰死活不同意。被赵天打了一顿，还是不同意。赵甲还告诉我，赵小兰心里有人了，问了好久才套出原来她心里的人就是杜民。有个货郎来换鸡毛的时候，赵小兰去买了一盒胭脂，这个时候她看到了杜民。杜民站在一棵树下朝着她笑，把她的心笑得咚咚乱撞，像撞着墙门。这些是赵甲说的，赵甲说得有些气愤，他的气愤完全是为了讨好我。我说："赵甲，如果我是一个女人，我也会喜欢杜民。"赵甲愣了一下。我说："你陪我去赵天家吧，我要去见见赵天。"

在赵天家客厅里，我见到了赵小兰。赵小兰把头昂得很高，她不愿看我。她说："你不要以为你有几个钱，就能办得到任何事情。"赵天很尴尬，赵天说："陈老爷你放心好了，我一定会说服小兰的。"我站起身来走到赵小兰身边，我微笑着盯着她看了很久，我轻声说："杜民有什么好，杜民除了长得好，其余都是不好的。我除了长得不好，其余都是好的。你为什么喜欢只有一点好的人。"赵小兰的脸一下子就红了起来，她撇了撇嘴说："谁说我喜欢杜民了？"

赵小兰离开客厅上楼上，上楼之前说："你死了心吧。"她的辫子在走动的时候一甩一甩的，辫梢上的蝴蝶结就上下翻飞起来，像两只围着赵小兰转的蝴蝶。我和赵天坐在八仙桌边，我们聊起了今年的天气和收成，我们甚至还聊起了国家大事。很久以后，我带着赵甲离开了赵天家。临走时赵甲对赵天说：“堂哥，你好好劝劝小兰吧。”我说：“不用劝的，有一天她会答应嫁给我的。”我走到屋檐下的时候，才发现丹桂房的傍晚已经来临了。我和赵甲走在一片红彤彤的夕阳中，我和赵甲成了两个红色的人。

杜民的第二件事是，他喜欢偷东西。

我知道中国人喜欢用一个“偷”字的，比如杜民睡了那么多丹桂房的女人，其实也可以说成是偷女人。杜民还喜欢偷其他东西，他要养活自己，不偷东西怎么行。他偷过毛大的老婆，还偷过毛大家的五只鸡。为了表示他对毛大的愤慨，他还偷偷在毛大夫妇去田里割麦的时候，溜进他们家，在他们的水缸里拉了一堆大粪。他偷别人家的米，偷别人家地里的庄稼，他甚至偷别人晒着的衣服。他拿着衣服到镇上的裁缝铺里去找老裁缝稍稍改一下，就变成他的了。杜民坐在穿路廊的那块大石头上让人猜谁是丹桂房最富有的人。大家都说是陈老爷。“不管是老去的陈老爷，还是现在的小陈老爷，这几十年里，丹桂房就他们家是最富的。”杜民笑了，杜民说“错”，杜民说：“你们错了，最富的人是我杜民。”大家问他为什么，杜民说：“因为丹桂房是我杜民一个人的，我是丹桂房最富的人。”赵甲告诉我这些的时候，小凤仍然在给我敲背，我仍然在喝茶。小凤听到这些的时候，落在我背上的拳头的力量就有些变弱了。我知道小凤在想着一些什么问题。过了很久，我才对大虾一样的赵甲说：“赵甲，你出去吧。”然后，我看到赵甲轻手轻脚地退了出去，退出去的时候，他迟疑了好久才说：“赵小兰死活不同意嫁给你。”我想了想说：“赵甲以后你不用去赵天家做说客了，你只要给我留意一下，有没有人到赵小兰家去提亲就行了。”赵甲走了。赵甲一走我就开始叹气，我说：“这个杜民，看来我得干掉他了。”小凤的身子开始颤抖起来，我微闭着眼睛，但是仍然能感觉到她的拳头落在我背上的力量是不均匀的，她鼻孔里呼出的气息也是不均匀的，她的心跳也不均匀。我又叹了一口气，我轻声说：“小凤，小凤你完了。你为什么要喜欢一个渣子。”小凤什么话也没说，她咬着嘴唇。过了很久，我看到她的下嘴唇被她咬得变白了，她说：“东家，我没有喜欢他。”

我开始给小凤讲故事。我说按照丹桂房的族规，偷东西是要斩手指头的；偷族里的东西，是要挨皮鞭的；偷得厉害的，是要投进水里沉入河中的。说这话的时候我在想着丹桂房村庄外的那条河，那条河发出了许多的水声，我看到河水里一个叫杜民的人在痛苦地挣扎。我笑了一下，我说：“小凤，杜民偷了很多东西，他甚至在肚子饿的时候偷过村里人供在祠堂里的供品。他偷肉，偷馒头，偷苹果，偷走所有祠堂里供着的东西。他还偷了祠堂里的蜡烛。你说，这样的人该不该干掉他？”小凤没有说话，她的眼睑一直低垂着，她在看着地面上的一小块青石板。我伸出手去，托住了她的下巴。她的脸抬起来了，她的目光平视，和我的目光对撞在一起。我说：“小凤你告诉我好不好，我叫人去干掉杜民，你说好不好？”小凤的脸痛苦地扭曲着，小凤的目光惶恐而散乱，她不敢看我的眼睛。很久以后，小凤才说：“如果他改正了，如果他不再偷东西了，是不是可以放过他。”我说：“当然可以，只是他能做得到不偷吗？就好比太阳能做到从西边出来，再从东边落下去吗？”

杜民的第三件事是，他是个畜生。

我是不能随便说谁是畜生的，但是我很坦然地说杜民是个畜生。他是个逆子，他喜欢赌博，他还睡了他的嫂嫂。让我来请杜民的嫂嫂出场，嫂嫂叫米，很温婉的一个女人，是从邻村大竹院嫁过来的。大竹院人都姓骆，所以嫂嫂就叫骆米。但是，我们仍然叫她是米吧。米是个不太喜欢说话的人，见到村里人都会脸红。在我的心目中，米是一个好女人。米跟着老公杜仲在田里奔忙，像一只勤快的麻雀。米为杜仲和杜民的老母亲端茶送水，伺奉天年。米喜欢红着脸，米红着脸是因为她不太会说话，她怕和生人说话。每年夏天，她和老公杜仲都会到我家里来打短工。有一天我在一堆稻草边碰到了她，我是去田里看看收割庄稼的长工和短工们的，我在一堆刚刚收割起来的，刚刚脱去粒的，散发着腥草味的新鲜稻草边碰到了她。我说：“你是米吗？”太阳白晃晃的，像一碗烧得很稀的白粥一样倒下来，我的眼睛一点也不适应田野里那种很强的光线，我和米说话的时候是眯着眼睛的。米的脸一下子红了起来，她点了一下头轻轻地“嗯”了一声。我说：“米，你以后不要去割稻子，你去我家里做帮工吧，你去跟赵甲说一下就行了，就说是我说的。一个女人，不能干太累的活。”米的脸色一下子变得惶恐起来，她说：“陈老爷，不用的。”我看到她白净的腿上有许多稀泥，有一处还冒着血。我看到了一条蚂蟥叽叽笑着，正叮在她的腿上。我俯下身去用两只手指抓住了那条蚂蟥，蚂蟥肥嘟嘟软绵绵的身子开始挣扎起来。米扭动了一下身子，米显然被我这突如其来的动作吓了一跳。她的脸显得有些惨白，她说："陈老爷，不碍事的，一条蚂蟥对我们务农的人来说不算什么。"我也笑了，我说："我知道的。"蚂蟥被我丢在了地上，我狠狠地踩了它一脚。我说："你走吧，你想到我家里打杂，你就去找赵甲说，你不想来也可以的。"我转身走了，我看到了很远的地方工人们在田间劳作着。我闻到了稻草的气味，这种气味越来越浓烈，让我一不小心打了许多个喷嚏。

后来赵甲告诉我。米被杜民睡了，米是回家去收谷子的时候被杜民睡的。米的婆婆的眼睛已经很不好使了，她的眼睛总是一年四季淌着水，像两只烂桃一样。她的手里老是捏着一块手巾，手巾因为每天都要擦她的烂眼睛的缘故，会发出难闻的气味。婆婆坐在绵软的日头底下，她只看到有一个轻快娇小的人影一闪而过，她就知道是她的儿媳米回来收晒在院里的谷子了。她挤出一个笑容给米看，然后她又看到一个高大的人影一闪而过，两个人影重叠了起来。再然后她听到了挣扎的声音，听到了一种异样的声音。她的脸色突然变了，她想一定是发生了一件她最不愿意知道的事。她顺手拿了一根竹竿，她拿起竹竿找到了那个白晃晃的人影，她对着人影打了下去，她说："你这个畜生，打死你这个畜生！"人影终于说："妈你别打了，是我，我在和嫂子一起收谷子呢。"婆婆听到了小儿子杜民的声音，也听到了米的低吟。婆婆举起的竹竿没有再打下去，她只听到了小儿子在她的眼皮底下用力的声音，只听到儿媳妇低吟的声音。米的声音越来越急，终于米长长地叫了一声。婆婆想："这个夏天怎么这样热啊，这个夏天是我一生之中遇到的最热的夏天。"婆婆傻愣愣地站着，在杜民起来之前，婆婆终于倒在了地上。

赵甲说婆婆一下子被气死了。杜仲回到家里和杜民干了一仗，但是他打不过杜民。杜仲又打了米一顿，米只知道流眼泪。最后夫妻两个都流眼泪，抱着头哭了一个下午。赵甲说这些的时候，小凤仍然在给我敲背。我一转头，看到小凤也流眼泪了。我说："赵甲，你去把九公请来，让我们一起干掉杜民。"小凤说："老爷，你为什么一定要干掉杜民呢？"我说我是一个地主，也是一个村民，我有权利提议干掉杜民。赵甲说："老爷，九公是族长呢，以前你爹在的时候，每次都是亲自去见九公的。"我说："你去请他，你给他准备一些礼物，你再叫上村里一些德高望重的人。九公一定会来的，以前我爹去见他，只是想为了省钱而已。我不想省钱。”

赵甲走了。我坐在庭院里，开始絮絮叨叨地说起杜民的种种坏处。我是说给小凤听的，我说：“小凤，我还那么年轻，但是为什么那么喜欢絮絮叨叨，是不是因为我老了？”小凤说：“老爷我求你了，你别说杜民了。”我说：“那么请给我一个不说杜民的理由。”院门口的人影晃了晃，九公和三爷四爷六爷八爷一起出现了。一直以来，丹桂房的许多大事，比如铺路修桥等，都是这五个老头坐在一起决议的。现在他们出现在我的院子里，我说小凤泡茶，我说赵甲你给每位老爷来一碗莲子汤清清火。

我们坐在院子里，一直坐到黄昏。我们先总结了杜民的种种坏处，然后我们一致决定，对这样的败类，不能承认他是村子里的人。因为他睡了那么多丹桂房的女人，因为他喜欢偷东西和吃喝嫖赌，因为他还是一个畜生，所以，我们要干掉杜民。

现在，让我们干掉杜民

现在，让我们来干掉杜民。

人是赵甲挑的，赵甲挑得最好的一个人就是杜民的哥哥杜仲。杜仲出现在我面前的时候，手里提着一把锄头。杜仲说：“陈老爷，我要把杜民的脑壳像锄草一样锄掉。”杜仲说这话的时候，我在他的眼睛里看到了一条蛇，那条蛇在一堆火里扭动着身子，发出了毕毕剥剥的声音。我知道现在杜仲就像那条蛇，那条在火中煎熬的蛇。现在，已经是一九三八年的秋天，秋天的风从四面八方涌向了丹桂房，我就在风中露出了笑容。我对八条汉子说：“九公说了，三爷四爷六爷八爷也说了，你们可以干掉杜民。干掉杜民就是为民除害。九公和三爷四爷六爷八爷说的话，就是我们村子里的‘圣旨’，所以你们是领着‘圣旨’去的。我没有说话的份，我只是一个丹桂房的地主。你们干掉了杜民，我请你们喝酒，请你们吃香喷喷的狗肉。你们去吧。”

小凤站在院子里。我不知道她的目光投向哪一个地方，我只看到她站在院子里像一只木鸡一样发着呆。我还看到了她的鼻孔流出了两汪清水。

我摇了摇小凤的肩膀，我说："小凤你怎么啦？"小凤脸色苍白地笑了笑，说："没什么，东家。"她把目光抬了起来，她一定看到了正走出院门口的八条汉子，他们一边走一边谈笑风生。他们手里操着锄头、铁棍、柴刀等利器。我知道这些利器迎向杜民的时候，任何一件利器都足以干掉杜民。我特别看好的是杜民的哥哥杜仲，我把希望寄托在杜仲的那把锄头上，因为我看到了他眼睛里那条在火中痛苦扭动的蛇。

我在院子里喝茶。我说："赵甲，你来给我拉一曲二胡。"赵甲去房里拿了胡琴来，他不仅是一个好管家，而且还是一个拉胡琴的好手。赵甲站着给我拉琴，他的身子仍然呈现出一只虾的形状。小凤冷笑了一下，转身离开我们走了。我仍然微笑着，低头抿了一口茶，但是我心里对小凤是不满的。因为，小凤有什么资格对着一个拿钱买下了她的人冷笑。

杜仲带人去的是一户叫香香的人家。香香是个寡妇，住在半山腰的猪场里。现在，你可以想象一下杜仲一行八个人行进在一条山路的情景，可以想象着杜仲带人两人一组从四面包抄猪场的那间小屋的情景。杜民常去找香香，因为香香喜欢他，他也喜欢香香。根据村里人的猜测，他们在床上一定会很疯狂，一定会很好，所以他们才那么投缘。秋天的阳光是高而远的，杜仲他们就在高而远的阳光下行进着。杜民一定不知道，他的亲哥哥，已经带着人把他包围了。他们想要他的性命。

门被踢开了，杜仲带着另一个人挥舞着锄头冲了进去。杜民光着膀子坐在床上，他愣了一下，然后他冲向了后窗。香香扑向了杜仲，她死死地抱住了杜仲的腿。另一个人冲上前去一锄头磕在了杜民的腰上。杜民还是跳窗跑了，但是窗下有人，窗下守着的那个人将柴刀挥了过去，砍在了杜民的胳膊上。这些都是杜仲后来告诉我的，杜仲说："让他跑了，最后还是让他跑了。那个叫香香的女人连命也不要了，她还在我腿上咬了一口。"杜仲是卷着裤腿出现在我面前的，我看到了他腿上沁着血水的牙印。赵甲皱了皱眉头，对杜仲说："你们真是没用，你们有八个人，怎么干不掉杜民。你们不能追上去干掉他吗？"杜仲的声音放轻了，他说："我追不到，他跑到树林里我们就找不到他了。"我看到不远处站着的小凤微微笑了一下，转身走开了。我也微微笑了一下。天气，开始渐渐变冷，我反背着双手，对杜仲说："你们坐下来吧，干不掉杜民没关系，我请你们吃狗肉，我请你们吃十八年陈的老酒。日子长着呢，总有一天我们会干掉杜民的。"

此后的许多日子里，杜民一直没有在村子里出现，他一定躲在山上的某一个洞穴里，衣不蔽体地生活。现在，是他付出代价的时候，他怎么可以让全村人都对他恨之入骨呢。我让赵甲去找赵天，我说："你去和赵天说，把香香给辞了。"香香在赵天家里打杂，她能帮助杜民逃离，那么她一定要吃点苦头。我还让赵甲去把香香唯一的八分田薄地买过来，让她永远变成一贫如洗的人。我还让赵甲想办法让香香生一场病，生什么病，就看赵甲去镇上的药店里买什么药了。赵甲弓着身子，他的腰越来越弯了。我对他说了这些后，他点了一下头，然后匆匆地离开了。

现在，让我告诉你。冬天已经来临了。冬天怎么可以不来临呢，秋天都过去那么久了，冬天当然要来临的。现在，再让我告诉你，香香的八分地已经被我买过来了，她还生了一场重病，病治好了，她卖地的钱也用得差不多了。香香现在在我的家里打杂，香香说："陈老爷你能收留我吗？"她出现在我面前的时候，穿着破旧的衣服，脸色还是蜡黄的。我笑了一下，我说："香香，我真担心你这么瘦的人会被一阵风吹走啊。"香香的黄脸浮起了一丝红晕，她把希望能留下做工的话又复述了一遍。我点头答应了，我说："你留下吧，谁没有一个艰难的时候呢。"香香在我家院子里哭了，我没有看她，我只是抬起头看着一场雪的降临。每年冬天，雪总会降临在丹桂房的，像是和丹桂房订了一张合同似的。下雪了，我心里想，下雪了，下雪了躲在山上的杜民他该怎么活下去。我把赵甲找来，轻声对赵甲说："你去找杜仲，你就说，陈老爷还是喜欢他锄草的模样，你让他用锄头去锄掉杜民的头。"赵甲说："杜民在哪，杜民躲起来了，找不到他。"我说："杜民今天晚上会来祠堂里偷供在祖宗们面前的食品吃，你让杜仲带着八个人守在祠堂里。但是，你让他们不要打死他，敲断他一条腿就行，然后让他跑掉。"

我踩着雪去了赵天的家。雪在我的脚底板下发出了"咯叽咯叽"欢快的叫声。这个冬天，我的脚底板却因为走路的缘故而变得异常温暖。赵天正在抽一袋烟，他斜倚在一张榻上，披着一条狗皮毯。见到我的时候，他很快从榻上下来了。他给我一个笑容，说："你来看赵小兰？"我说："不是的，我来看你，你不允许我来看你吗？"赵天大笑起来，他的笑声在落雪的安静日子里传得非常远。老妈子为我沏上了一壶茶，我就坐着和赵天喝茶。我还是见到了赵小兰，赵小兰从楼梯上下来，赵小兰看着我很久，我看着窗外很久。赵小兰说："听说你想干掉杜民，是因为我吗？你今天来也是为了看我吗？"这时候我才把目光投在赵小兰身上，我说："我今天不是来看你的，我是来看你爹的。你的话说错了，我没有想要干掉杜民，更没有想到要为你去干杜民。是族长九公和三爷四爷六爷八爷想干掉杜民，是杜仲毛大和许多丹桂房人想干掉杜民。"赵小兰不说话，过了很久，说："杜民，怎么就那么引人注目呢。"我说："引人注目很容易的，比如我突然一刀杀了你，也会引人注目。关键是我不敢杀你，因为我怕坐牢，也怕抵命。而杜民不怕坐牢，所以，杜民会引人注目。"

赵小兰也坐了下来，她和我说了许多话。她说："你真的很想我嫁给你吗？"我说："是的，因为我喜欢你，而且，你一定会嫁给我的。你如果不嫁给我，你就不是赵小兰。"说完我就拿出了一串桃木手链，那是我让人从贵州山区去找人加工来的，如果要卖钱，它不值钱，但是它花费了我很多人工费和路费。我把手链轻轻放在了八仙桌上，在放下手链之前我一直抚摸着桃木。桃木透出了一种柔软的力量，它淡淡的纹理让我感到温暖。然后我站起了身，我走到了赵天家的天井里。我站了一会儿，站在雪中。雪不停地飘着，它们落在我的肩上，它们落在我的脖子里，让我感到一丝丝凉意。凉意在我的全身游走，和我的体温抗衡着，这让我感到了一种快感。我站在天井里对赵天和赵小兰说："我走了。"这个时候黄昏已经来临，我快步走出了赵天家。

这天晚上，小凤在我的房里生起了火炉。她一言不发，火光就明明暗暗地在她的脸上映照着。雪仍然从天上落下来，风仍然从四面八方涌向丹桂房。小凤为我的被窝里塞上了一个暖壶。我喜欢这样的冬天，外面是寒冷的，屋里却是温暖的。寒冷像一个外壳，把我包裹起来。我整个晚上都迷迷糊糊地时醒时睡，温暖如春的房间里我做了许多的梦。我还依稀听到雪压折后院竹子的声音，像很远的地方有人在放炮仗一样。

第二天清晨，我伸着懒腰起床。我走到院子里的时候，雪已经停了，太阳明晃晃地照着丹桂房。赵甲站在不远的地方，而院子中间站着杜仲他们八个人。我说："赵甲，你带他们去喝酒，带他们去吃狗肉，带他们去暖暖身子。"杜仲说："陈老爷，我们已经打断了杜民一条腿，他拖着一条伤腿跑了。"我说："我能猜到的，你们八个人，怎么可能打不断他一条腿呢。”杜仲又说：“杜民跑掉的时候说，他要找你算账，他要杀了你。”我挥了挥手说：“这我也知道的，谁能咽得下这口气呢。能咽得下这口气，这个人就一定是白痴。”

杜民一直没有出现，杜民生活在山里，像一个野人一样。这当然是我猜想的，我猜想他的头发一定很长了，他的衣服一定很破了。他回不了村里，一回村里就有人提着锄头铁棍找他算账。但是我知道，杜民一定还会来我家院子里的。我去镇上见了乡长，让赵甲准备了礼物。我和乡长说了杜民的事，我说：“我要把杜民干掉。”乡长说：“不可以，你有没有王法？”我说：“如果他想杀人，我是不是可以把他关起来？”乡长说：“那当然可以，但是关键是先要让他想杀你。”我说：“他会来杀我的，等他能一瘸一拐地走路时，就会来杀我的。到时候，我把他送到警察局。”

杜民果然来了，杜民来的时候是一个没有月亮的夜晚。冬天还没有完全过去，春天在不远的地方探头探脑的。我很久没有去田里走走了，那天白天我说：“赵甲，你陪我去走走吧。”我们就去了田里。庄稼的长势良好，麦苗青青的，在风里招摇着，我知道今年又是一个好收成。但是我脑子里老是想着一件事情的发生，我在想有一件事情就要发生了，一定有一件事情要发生。我看到了赵甲头上的白发，看上去赵甲已经很老了，但是实际上他只有五十多岁。他以前帮助我爹打理家中的事，现在又帮我。我说：“赵甲，今天晚上杜民要来找我了，我们回去吧，我们去准备迎接他的到来。”

这天晚上杜民手里捏着的是一把半尺长的篾刀。我是在灯光下看到这把篾刀的，它闪着寒光躺在地上，而杜民已经被杜仲他们绑了起来。我是被赵甲叫起床的，其实我在迷迷糊糊中听到了喊叫声，我就知道杜民已经来了。但是我实在有些困，所以我不太想起床。直到赵甲来叫我，我才从床上披衣起来。我看到杜仲正在抽杜民的脸，杜仲什么也没说，只是抽着杜民的脸。然后，毛大过去抽杜民的脸，他先是拧了一下杜民的脸，然后他开始抽打。杜民的身边是一张网，那是一张牢固的渔网，是我白天就让赵甲准备好的。我说杜民一跳进院子，就让他跳进一张渔网里，我要像抓鱼一样把他抓起来。现在杜民已经成为一条鱼了，这条鱼正被八个男人欺侮着。我看到了小凤，小凤站在走廊上，她很冷地看了我一眼。我微微笑了一下，我微笑的时候心里却开始疼痛。为什么会有很多人喜欢一个渣子，难道现在的人都喜欢渣子？但是我的笑容仍然是灿烂的，我在等待，我等待杜仲他们打够了杜民。这个时候我才说："别打了，再打就要打死了。"杜仲把杜民的头提了起来，我看到了杜民嘴角的血，像面条一样挂着。小的时候我学过医，因为我经常生病，所以我爹常带我看先生。在看先生的过程中，我知道了怎么样去看一个病人。我眼里杜民已经是一个病人，他不仅是一个瘸子，而且现在他一定已经有了内伤。我对赵甲说："我们要遵纪守法，他想杀我是他的错，我们送他去警察局，我们让他们去处理杀人犯。"我弯下腰去拾起了那把篾刀，我用篾刀在我指头上轻轻一割，马上冒出几个血珠。我当然能感知疼痛，我想哭，我突然感到我很孤独。这种孤独像一把足以致命的小刀，在一刀一刀割着我。我把篾刀交给了赵甲，我说："你带上这凶器吧，你对警察局的人说，就差一点点，这把篾刀就插在我的心口了。"

杜民被送到了警察局。他被关在地牢，吃最差的饭，被同牢里的人打。他是一个十足的地痞，但是他在牢里就算不上地痞了，因为他每天都要吃尽牢里人的苦头。他被关的地方是潮湿的，没多久他的身上开始长疮，他的断腿的陈伤发作，他变成一个半死半活的人。我在自己家的院子里来回走路的时候，碰到了小凤。小凤很久没有为我敲背了，我说："小凤，你是不是不愿为我敲背？"小凤想了想，说："是的。"我说："小凤，你来家里已经一年了，我仍然想着春天的时候我去镇上，一眼就在南货店门口看上了你。我说这话的意思是，小凤你还记得吗，你是我花钱买来的，你不可以在我面前威风。"小凤果然没再说话。我说："小凤，你想见见杜民吗？你想见的话，我一定会带你去的。"

小凤跟我去见了杜民。铁门哐当当地打开了，我站在小凤的身后看着一群乱哄哄的人。牢里的人突然安静下来，他们都在向外边张望着。他们一定都看到了小凤。他们的中间，有一个叫杜民的人。我看到杜民的目光是呆滞的，杜民正在被一群人轮流当马骑着。杜民做马做得很认真，他在牢里已经爬了好几圈。我看到小凤的嘴唇开始颤抖起来，她一言不发地转身离去。我也离去了。小凤说："你为什么要送他进牢房？"我说："因为他想杀我，如果我不送他进牢房他会继续杀我。你希望他杀了我，还是希望我送他进牢房？"小凤无法回答我的问题，走出警察局的时候，她很长地叹了一口气。天开始下雨，我撑着一把油纸伞和小凤一起走在街上，我们谁都没有说话。我不想说，我突然感到了从脚底板升上来的悲哀。在十字街口的南货店门口，我看到了小凤去年此时插着草标蓬头垢面的样子。那时候我在茶楼里听月娘唱戏，那时候我让赵甲走过去买下了这位从嵊州来的姑娘。

我们从镇上往丹桂房走着。这是一段三里的路程，我们走得很缓慢，好像要从一个季节走向另一个季节。春天又开始从四面八方向丹桂房涌来了，它们包围我和小凤，并且吞咬着我们。一个村庄因为少了一个叫杜民的人而突然感到安静，或者说是寂寞。走到村口的时候，我看到了赵小兰。赵小兰也撑着一把黄色的油纸伞，她站在杜民常坐的那块大石头上。我笑了笑，我说："赵小兰，你自己也站成一块石头了，你看看你多像一块望夫石。"赵小兰笑了一下。赵小兰说："杜民怎么样了？"我说："我刚去看了杜民，他出来的话想要杀我，那么你是希望他杀我呢，还是希望他继续坐牢？"赵小兰也没说什么，赵小兰实在想不出应该说什么。我知道，就算她想让杜民出来，宁愿让杜民杀我，她也不敢说出口来。我面对着两个女人，我说："原来女人喜欢漂亮男人，比男人喜欢漂亮女人，有过之而无不及。"

赵甲来接我，他弓着腰站在穿路廊。他曾经提醒我再一次去山上看看刚种下的栗树，但是我一直没有去。雨水很旺的季节，山上都是烂泥，我害怕我的脚陷入其中拔不出来。我说："赵甲，我们还是把杜民去弄出来吧，你去张罗一点钱，上下打点一下。"赵小兰和小凤一动不动地站着，她们不相信我的话，她们提出让我复述一遍。我抬眼看着雨，是对着天空复述的，我说："我要去警察局上下打点，把想杀我的那个人弄出来，好让他养好伤继续杀我。"

让我们干掉杜民，但是，却没有真正地干掉杜民。杜民马上就能回到丹桂房了，我知道，只要我愿意，他一定能回来。

杜民被干掉了

香香正在院子里洗刷着一只缸，那是一只七石缸。她蹲在缸里的时候，我看不到她的人。她突然站了起来，我才看到了胸部以上的她。她的头发是蓬乱的，因为久待在缸里的缘故，她的脸上汇聚了许多的血色。她的手里拿着一把刷子。见到我时她愣了一下，我告诉她“你的杜民马上就可以出来了”的时候，她又愣了一下。她和赵小兰还有小凤一样，希望我能复述一次。我对着缸和缸里的女人复述了一次，我说：“我要把杜民弄出来。”香香哭了，她站在缸里抽抽噎噎地哭着。后来她突然从缸里爬了出来，跳下缸沿的时候还差点摔了一跤。她在我面前跪下，磕了一个头，她说：“没想到东家会有这样的大量。”我什么话也没有说，我只是离开了院子走到我自己的房间里。

我一点也想不通我爹为什么积下了那么多钱，他让我生下来就是一个小地主，让我在他突然死亡后又变成了陈老爷。我也不知道我拿那么多的钱干什么，也不知道为什么还想着娶赵小兰，以便能继承她家的财产，这样我就可以拥有更多的钱。我把赵甲叫进了房间，我对赵甲说：“从现在开始，你每天去一趟警察局，你每天都对杜民说，就说我花了很多钱保住了他的命，然后每天都给他送东西。你可以第一天送新衣服，第二天送新鞋子，第三天送烟叶进去，第四天给他送喷香的云片糕，第五天给他送一只烤鸡。你告诉他，这些都是陈老爷送的。你还要带一些药去，治好他脚上的疮，他的脚已经烂得一塌糊涂了。你还要治好他的腰伤，然后你再带他出来。”

赵甲按照我说的去做了。我也在等待着这个丹桂房人重新返回丹桂房。不知道什么原因，我最近老是头痛，赵甲为我采来了一些草药，煎中药的气息弥漫了整个院子。我喜欢睡觉，只要好好睡觉，头痛的症状就会减轻。小凤来到我的房间，小凤的脸上有很长时间没有笑容了，但是这次她却满面含笑。我看到她的脸是红扑扑的，像是在春天的时候进行了一场跑步以后才会有的脸色。我坐在椅子上，她就坐在了我的腿上。我在她的眸子里看到了柔软，我从她扭动的腰肢间感到了柔软。我知道自己陷入了一种柔软中，像是陷入一块软软的泥中一样。我们一句话也没有说，我们只是默默地把这个季节狠狠地撕碎，好像和这个季节有了极大的仇恨一样。后来小凤开始抽泣，我也一样，我不知道为什么鼻子突然就酸了，就开始流下眼泪。小凤一直没有停，像一头乱冲的小鹿。她的指甲掐着我肩头的皮肉，我知道，那儿一定起了一块皮。那儿传来的痛感，像一场突如其来的寒流一样。我就像一片挂在枝头将落未落的树叶，我在枝头上簌簌发抖。然后我就感到我从寒冷的高处跌落下来，一点点地飘落。我看到了由远而近的大地，那么温暖的、温软的、温湿的大地，这样的大地让我感到踏实，感到从来没有的熨帖。小凤抱紧了我，她的整个身子就蜷在了我的怀里。她轻轻叫了一声，像是一只轻手轻脚走过的猫突然轻轻叫了一声一样。她的叫声让我成了一枚飘落的叶片。

小凤后来一直抚摸着我的耳朵。她的嘴巴就俯在我的耳朵旁，我能感受到她呼出的热气。她说："你以后不要太累了，你这样子会很累的，你以为你是一个了不起的男人吗？"她说："我想要离开了，我想回到嵊州去，但是我是你买来的，你会答应让我离开吗？"她说："杜民是一个令人失望的男人，许多女人会喜欢他也真是天数。"我说："你还喜欢他吗？你如果喜欢，我可以把你嫁给他。"小凤摇了摇头，说："以前是的，但是现在不喜欢了。"我说："那又是为什么呢，为什么喜欢？"小凤说："因为他会在货郎那儿买一块花布，买一根头绳，买一盒胭脂送你，他会逗你笑，会假装很关心你的样子，会陪你玩，会说一些体己的话。你知不知道，对于一个女人来说，有时候能够要到这些就够了。"

在小凤离开丹桂房以前，我没有再见过她。她执意要离开了，她也没有再见过我，她说想要在杜民来到村庄以前离开丹桂房。赵甲到账房那儿去支了钱，那是一笔不小的安家费，小凤一文不少地拿走了。她很清楚，钱可以换来衣服和食品，更重要的是钱可以治病，为家人也为自己治病。小凤的身影从此就在丹桂房消失了，而寡妇香香一直显得很兴奋，她走路都开始呈现出像飘来飘去的样子，脸上荡漾着笑纹。她知道杜民就要回来了，那个很久没有在村庄出现的杜民就要回来了。那个天杀的杜民就要回来了。

杜民终于回来了。是我让赵甲叫了轿子把他接回来的。杜民出现在穿路廊的时候有许多人在路口看着他，他们一言不发，看着一个穿着新衣服的、显然是洗过澡理过发的男人，突然又回到了他们中间。杜民的五官仍然漂亮，但是他的目光中看不出油滑了，他的身上不再带有丝毫的锐气。他很礼貌地招呼着每一个人，甚至在口袋里拼命掏出一些什么，像是要在口袋里寻找到可以送给村里人的礼物一样。他掏了很久也没能掏出什么，所以他的脸上显现出窘迫的神色。杜民走路的样子，是一瘸一拐的，那是因为他在寡妇香香家里被杜仲他们围住了，是在逃跑的过程中受到的伤害。现在香香也出现在他的面前了，香香望着一个瘸子，一个曾经英气逼人但是现在却瘦弱得像一根草的男人，突然有了一种陌生感。她从人群里走出来，伸出了一只手，那只手在阳光下显现出粗糙但却白皙的样子来，那只手伸向了杜民。那只手对杜民说："拉住我的手吧，我带你回家。"杜民向后退了一步，香香就向前进了一步。太阳的光芒有些扎人，扎到人的皮肉里，扎到人的骨头里，让血液都变得温暖。大地上流动着植物生长的气息，流动着动物腐败的气息。这种气息让杜民感到亲切和百感交集，他没有把手伸给香香，他好像已经不认识香香了。他只是打了许多个喷嚏，他打完喷嚏说了第一句话。这句话是对赵甲说的，他说："赵甲，我要见陈老爷。"

赵甲领着杜民来到了我的面前。我在喝茶。小凤走了，没有人再来为我敲背，我也不想有谁来为我敲背。茶是好茶，茶当然是好茶，丹桂房有我一百多亩高山茶，我能喝到的，是那种刚刚发芽就被采摘并且经过精心烘焙的茶。我称这样的茶为少女茶，我看到茶叶在那把宜兴茶壶里面，叶尖向上笔直地竖着。我在数着浮在水中的茶叶，我老是数错，所以就老是要一遍遍地重数。杜民突然出现在我的面前，他叫了一声"陈老爷"。我没有应他，因为我还在数着茶叶。他又叫了一声"陈老爷"，他叫了无数声"陈老爷"，我都没有应他。他的脸上显现出比哭还难看的神色。他跪了下去，腿一点点软下去地跪了下去，磕了一个头。他说："陈老爷，谢谢你救了我，陈老爷，以前是我对不起你。"我仍然没应，我数着壶中那些绿色的叶片。香香站在不远的地方，她终于忍不住了，她说："陈老爷，杜民在叫你，杜民给你下跪呢。"我对香香笑了一下，我说我在数茶叶的片数，我数不清楚。香香愣了一下，她是因为没有想到居然会有人数茶叶的片数而愣了一下的。她听到了一声暴喝，是杜民冲着她吼的。杜民说："陈老爷在数茶叶片，你为什么要打扰他，你是不是骨头在叫了，是不是你的骨头需要我给你紧一紧了？"香香的眼泪一下子下来了，她站在那儿不知道该怎么做，她当然没有想到会发生这样的事。她等了杜民很久，结果杜民却骂了她一顿。杜民骂完了，转头看了一下院门口，他的脸色一下子白了。

杜民的脸色白是因为他看到了八个人，他的哥哥杜仲站在最前面，他们都手持柴刀铁棒和锄头，他们像从地底下冒出来一样，悄无声息地出现了。杜民开始颤抖，他轻声地叫："陈老爷，陈老爷。"他的声音中带着明显的哭腔。我把头抬了起来，我吐了一口唾沫在他的脸上，又吐了一口唾沫，我吐了无数口唾沫。杜民的脸上已经有了星星点点的唾沫，他抬手用袖子擦了一下脸，他的脸上就变得稀糊糊的一片。我说："杜仲，你们出去吧，杜民是你兄弟，你该出的气也已经出了。毛大你也出去，杜民只是睡了你的老婆，女人总是要有人睡的，你就当不知道你的老婆被人睡了。你们都出去，如果你们的气还没有消，那么，你们去找赵甲，让赵甲给你们钱。钱是能消气的，你们拿着钱去镇上的牡丹楼玩女人吧。那儿来了许多的东北女人，东北女人和南方女人是不一样的。现在，你们离开。"

杜仲他们都愣了一下，但是很快他们就离开了，像又突然钻入地底下一样。我的手在衣服里摸索着，我摸到了一件坚硬的铁器，那是一把锋利的篾刀。我把篾刀扔在了杜民的面前，我说："这把篾刀是你的，还给你。我有些累了，真的想休息啊。丹桂房人没有人敢杀我的，不如你杀了我吧。你不要捅我胸口，你捅我的脖子吧，像杀一只羊一样，从喉咙的一侧捅进去。"杜民的脸又一下子白了，他抱住了我的腿开始呜呜地哭起来。他突然明白了许多道理，突然明白以前他的力量其实像一根草一样。杜民哭了很久，他一直抱着我的腿哭。我在想象着一把锋利的篾刀刺入我脖子时的痛感，我想，我一定会感到脖子热了一下，然后流出许多热的血。它们哗哗响着，从那个小小的洞口流出来。然后我的身躯开始单薄，开始变得像一张白纸一样。我渴望着杜民捡起篾刀，但是他一直没有捡起来，他只知道抱着我的腿哭，嘴里含混不清地说着什么，大意是"陈老爷你原谅我"。后来赵甲让杜民离开了，赵甲说："杜民，你和香香离开吧，香香等了你那么久，你不许再有其他女人了。陈老爷说了，你必须和香香一起过。"

乡长在这个时候突然来访，我听到院外响起的声音里夹杂着乡长的大嗓门。乡长走了进来，他留着小胡子，穿着绸衫，小巧的个子，像一只老山羊一样。杜民仍然抱着我的腿，他的两只手就像和我的腿长在了一起一样。赵甲费了很大的劲才把他的手扳开。赵甲有些生气了，赵甲说："杜民你不可以这样，陈老爷会生气的。"杜民终于站起了身，起身之前他磕了一个响头。然后他一瘸一拐地跟着香香离开了。他走路的样子小心翼翼像一只蚂蚁，生怕要吵醒丹桂房的任何一种作物，任何一个人。乡长说："这个人是谁？"我想了很久，然后才告诉乡长，这是一个没有名字的人，现在他已经死去了，他被干掉了。不过以前，他的名字叫杜民。乡长"噢"了一声，他突然想起了我曾经找到他，对他说，要把杜民送到牢房里去的事。

乡长是来为他的侄女提亲的。乡长的侄女在一所女子中学上学，她们家住在城里，开着酱园和米行，有着许多的产业。和赵小兰一样，乡长的侄女也是独生女，他们需要寻找的，是一个懂得经营的人。我说："让我想想好吗，你让我好好想一想。"乡长笑了一下，说："你会愿意的，你一定会愿意的。如果不愿意，你就不姓陈了。"

乡长走的时候，我很想睡一觉。我走到了房间里，因为没有阳光，所以房间里有些阴冷。在睡觉以前，我对赵甲说："杜民，被干掉了。"

赵甲说："是的，杜民已经被干掉了。"赵甲垂手立着，起风了，他弓着身一动不动，就像一只风中的大虾。

究竟谁能干掉谁

一九三九年的春夏之交，麦子可以开镰了。赵甲变得很忙碌，他在叫一些短工帮忙收割。我在一九三九年，仍然是一个昏昏欲睡的人。杜民被干掉了，接下去我应该做的，以及现在我说的，都是与干掉杜民无关的事了。所以，我不能老是絮絮叨叨，我要说得简洁些，我要把我自己的事说一说。

我去了赵天家里，我是去请赵小兰到镇上的戏院看戏的。我站在赵小兰的楼下，我对着楼上的窗口喊："小兰，我请你去看戏，筱丹桂要来枫桥镇上唱戏。"赵小兰从窗口伸出了脖子，她朝我笑了一下，就下楼了。村里有许多人都看到，我带着赵小兰去看戏。我们在大戏院里听筱丹桂唱戏，我还喝了一斤斯风酒，这酒的后劲很大，让我面红耳赤。赵小兰哧哧地笑着，她说你看你喝的。我把手伸了过去，像捉住一只彷徨的白兔一样捉住了赵小兰的手。那只白兔犹豫了一下，最后很温顺地躺在了我的手中。

我说："杜民回来了。"

赵小兰说："我知道的，杜民回来了。"

我说："你还喜欢他吗？"

赵小兰说："我不喜欢了。"

我说："为什么不喜欢了？"

赵小兰说："因为他不是一个男人，男人是击不垮的。"

我说："谁像男人？"

赵小兰："说你像男人，丹桂房你最像男人。"

我说："那你愿嫁给我吗？"

赵小兰说："我已经准备好了要嫁给你的，你找我爹赵天下聘吧。"

我说："那我给你讲一个故事吧，这个故事，也因为我是一个男人。"

我开始给她讲故事，筱丹桂在台上唱着戏，我们都没有听筱丹桂的唱词。我说："你知道我爹为什么身体那么虚弱吗，是因为他选了赵甲做他的管家，是因为我爹其实在外边和一个戏子生下了一个儿子。我爹准备把戏子连同小儿子一起娶进家门。我很早就没有妈了，爹对我很不错。但是他不可以把戏子和小儿子带进家门。那样的话，我们家的财产我只能得一半。所以，我爹开始生病了。其实他的小儿子，那个我从未见过面的小弟弟也开始生病了，是赵甲让他们生病的。病了一段时间，我爹终于就老去了，那个小弟弟也去了。只剩下那个戏子。你想知道那个戏子是谁吗，那个戏子叫作月娘，她在茶楼里唱戏。"

赵小兰的脸一点点开始变白，白得像一堵墙一样。赵小兰说："你说的是不是真的？"

我说："我喝醉了，我不知道是不是真的。"

赵小兰说："没想到呀，你是一个文弱的人。"

我说："文弱的人一般情况下都会比孔武有力的人可怕。"

赵小兰后来一声不响了，她的手从我的手里退出去。

这天我把赵小兰送回家，就再也没有去找她。赵小兰没多久就许配给了大竹院的骆家少爷。

现在，让我来给这个故事结尾。一九三九年的微风里我显得很疲惫，但是我突然变得喜欢在风里行走。我把家里的大事小事都交给了赵甲，赵甲一直是我们家最忠实的仆人。我爹是得病老去的，我也没有一个未曾谋面的小弟弟，我只是给赵小兰讲了一个虚构的故事而已。现在我出现在丹桂房的土埂上，一人出行让我感到很轻松。我去找长得像山羊一样的乡长，我要让他带我去城里见他的侄女。那个女校学生的影子，一直在我的脑海里浮现着，当然，还有她家的酱园米行，还有无数产业，也在我脑海里晃动。一九三九年的微风里，我的骨头在发胀，我的口袋里藏着一把篾刀，看到它，我浑身就会产生一种快乐的痛感。田里的庄稼在欢叫，它们疯狂地生长，然后等待镰刀降临它们的头颅……但是，当乡长带着我到县城他侄女家里时，我在他们花园的草地上，看到了杜民居然在陪乡长的侄女——那个女校学生——打球。女校学生发出了咯咯咯的声音，我看到了她脸上的小雀斑在阳光下很醒目。杜民的腿不瘸了，反而健步如飞。我不知道他是治好了腿，还是一直在装瘸。乡长愣了一下，说："这不是那个没有名字的人吗？"我微笑着点了一下头。乡长马上对侄女说："侄女，你把这个人叫来干什么？"女校学生没有停止打球，女校学生说："他叫杜月生，是我们家新来的保镖。我喜欢让他陪我打球。"

这时候我看到了杜民的腰部鼓鼓的，我看到了一支短枪隐隐外露的枪管。杜民现在是保镖了，保镖腰间当然是插着武器的。球落在我的脚边，杜民过来捡球。我一脚踩住了球，刚刚弯腰的杜民缓慢抬起了头，他在微笑着，但是他的微笑在一点一点淡去。他轻声说："陈老爷，香香已经在这个世界消失了，香香不在我可以轻松许多，我不用再去管她了。"我说："杜民，香香为什么不在了？"杜民说："我现在叫杜月生，请你叫我杜月生。你也不用问香香为什么不在了，这与你是无关的。"说这话时，杜民已经完全站直了身子，他的声音充满愤怒。他冷冷地说："你把脚抬起来。"我看了看乡长，又看了看女校学生，露出了苍白而无力的微笑。女校学生站在了杜民的身边，看来他们已经很亲近了，她正疑惑而且不友善地望着我。风一阵一阵在我的身边奔走，我一把握住了口袋里的篾刀。篾刀让我的血液奔流加快了速度，但是我不知道该把脚抬起来，还是继续踩着球。我只听到了远远传来的鼓乐，我就想，会不会是赵小兰正和她的嫁妆一起走在去大竹院骆家的路上？

原载《收获》2005年第4期

点评

小说把笔触伸向了人心灵深处被欲望扭曲的意识世界，讲述了一个发人深省的历史悲剧。小说开篇交代了“我”，一个地主，想要干掉杜民的原因：杜民偷女人，偷东西，喜欢赌博，睡了嫂嫂，气死了亲娘，是村里公认的败类。“干掉杜民”似乎是为民除害的义举，然而，正义光环下却掩藏着“我”不可告人的私愤：杜民有讨女人喜欢的魅力，“我”喜欢的女人小凤和我想要娶的女人赵小兰——富户赵天的独生女——都爱上了他。所以杜民成为“我”继承赵家财产的障碍。于是一场明争暗斗在两个被贪欲扭曲了的人之间展开。金钱和阴险让“我”达到了目的：“我”打断了杜民的腿，把他投进监狱，用百般凌辱夺去了他的尊严。而出狱后的故事却出现了出乎意料的波折。一个更大的诱惑让“我”放弃了即将娶到手的赵小兰：乡长为他的侄女向“我”提亲，她家在城里有更大的产业。可是，命运在这时却给“我”开了一个玩笑，又像是对“我”的惩罚。乡长的侄女喜欢上了已改名为杜月生的杜民。小凤走了，赵小兰出嫁了，留给“我”的是无奈、悲凉，或许还有醒悟。“究竟谁能干掉谁？”“我”没能干掉杜民，杜民也不能干掉“我”，是无法满足的欲望干掉了“我”。悬念丛生的传奇式故事吸引了我们的眼睛，而作者对人性深处欲望的拷问则震撼了我们的灵魂；精致的语言、从容的叙述使小说显得大气而又从容。

（王秀涛）

二 叔

张学东

小卖部和理发馆都面街并仅隔一墙。香岚出门倒炉灰的工夫，二叔已经往街前的砖铺路面上泼上了清水，晨光便像一群白鸽抖落在二叔眼前。

我所说的并不是某一天早晨，事实上二叔清扫小卖部和理发馆门前的这片街面不是一天两天的事儿了。早在香岚还没有来到这里开理发馆或者说我还没有出生以前，二叔就开始清扫这块街面了。

只要有空我准往二叔那里去。家里人常戏谑我：吃惯了嘴，跑断了腿。我确实如此，我之所以乐此不疲地迷恋着二叔那里是因为他的小卖部里有许多好吃的东西。其实我是有些惧怕二叔的，二叔的脸很瘦削，好多人都说他满脸剔不出二两肉。二叔是不轻易笑的人，不过我发觉他笑的时候比板着脸孔更令人毛骨悚然，他的笑容里总掺杂着那么一股说不清的绝望和哀伤，就像你津津有味地咀嚼一块鲜美的肉骨头，却突兀地发现这肉里竟然正滴淌出黑红的血。

现在小卖部所处的位置实际上已经被一个叫作泡花碱厂的乡办企业占据了。你无法找到昔日小卖部的影子，倒是有一间叫着新潮名称的个体商店又出现在这里，当然二叔再也不用清扫这里的街面了。

而二十年前二叔确确实实每天都要在清晨打扫这里的街面，他在清扫完路面并洒上水后，他才架着双拐一高一低地走进小卖部里。人们经常能看到他的两条腿在双拐的驾驭下腾空而起的一瞬间，那两条腿似乎和他的身体已经完全分离，它们在两根木拐之间自由飘荡，很像是在荡着秋千。

二叔走进水泥柜台的后边，整个人就只剩下脑袋露在上面，这让他看上去和正常人没什么两样，你会觉得让一个残肢人（跛子）去站柜台是再恰当不过的事情。一会儿工夫已经有人三三两两地踱了进来。那时间人们不比现在有事没事总爱好在商场转悠，他们去小卖部就是为了买个手头短缺的东西，比如：油盐酱醋、针线、砖茶、白糖或蜡烛、香烟、火柴之类的日用品。

而实际上二叔的小卖部也只有这几样东西可供人们选购，有时候赶上紧缺连这些最起码的商品也被抢购一空而供不应求。不过逢年过节二叔这里还是会多出三两样好吃的东西，例如水果糖、五香瓜子、到口酥饼等。有了这些诱人的吃头，我的劲头便欢实起来，我整天死乞白赖地泡在小卖部里，两只脚像是锥子扎进了地里，眼睛瓷实实地看着二叔的那张瘦脸，仿佛在等待某种奇迹的出现。

香岚来这里开理发馆是大队书记亲自领来的。

大队书记把二叔从小卖部里吆喝了出来，他指指点点地高声对二叔说："你恐怕还不知道吧，这就是李香岚同志，往后就是你的邻家了，生活上你要多照顾她呵！"接着他又指着二叔对身后的女的说："别看他腿脚不灵便，想当年他可是远近有名的大英雄呀。"

二叔听得别扭，他就架着双拐朝大队书记身后的女人冷冷地斜了一眼，那女的像只害羞的母兔子一直怯生生地躲在书记的身后，他便转身吭哧吭哧地进了小卖部。他听见书记仍然用做报告式的语调给那个女人讲这讲那，那女的始终不多说话，只是很服帖地连声应诺。

随后大队书记就独自闪进了小卖部，他的眼睛像是在看二叔，他同时又飞快地在二叔身后的木头货架里随便瞄了一眼。他笑嘻嘻地说："把白砂糖给我来上二斤，前门烟还有吧，也拿上一盒子。"

二叔没吭气，他转身给书记取东西，却听到从隔壁传来的叮叮咚咚的声音。那声响极像是一曲铿锵有力的兵营进行曲。他想那女的开始收拾屋子了吧。于是他的内心便突地震动了一下，他一想到那声音来自刚才书记身后那个兔子一样的女人的手，他就明显地失落起来，像是谁抢占了自己的这份安宁与平常。

大队书记心满意足地揣着那些东西，他嘴里哼着什么歌子，他掀开门帘往外走，又回头大声补上一句："别忘了给我记上账呵！"

二叔照旧不吭声，他思谋着一个问题，觉得书记刚才哼的那首歌子很熟悉，可他怎么也记不清在哪里听过，后来有个人进门的时候，他终于想起来是部老电影里的插曲。

二叔的情绪就古怪起来，他已经很久不看什么电影了。

李香岚就从这天起住在了二叔的隔壁并开了间理发馆，这里早先是有个老剃头匠的，后来他下世了，附近再也没人来干这个行当，直到李香岚搬到这里。

我要说的是二叔的生活并没有因为隔壁来了个理发的李香岚而发生丝毫变更，至少一开始是这样。

二叔照旧和往常一样天刚蒙蒙亮就爬起来一瘸一颠地清扫小卖部门前的街面，然后又一声不响地伏在黑漆漆的水泥柜台后面塑像样地等待着顾客们的到来，多年以来二叔已经习惯了这种等人问津的生活方式。

然而，小卖部的生意似乎一下子变得红火起来（当然货架上的东西并没有增添什么新的品种和花样）。男人们吃过晚饭便一堆一堆地往这里扎，一时间小卖部竟成了他们的集结地，他们买上两毛钱的瓜子或一包廉价的工字牌纸烟，有滋有味地咀嚼或咂摸着。他们不停地讲述和重复某个猥亵的故事情节，他们从黄昏持续到深夜，声音高亢震天，直到二叔无奈地接连发出厌恶的叹息，他们才意犹未尽地离开。

实际这些家伙都是冲着隔壁的李香岚来的，偶尔她要是出门倒水或解个手啥的，聚集在小卖部里的男人就一窝蜂地趴在窗户上眼馋地向外观望，像是八辈子没有见过女人。

通常这个时候二叔是不会给他们好脸色看的。

这天李香岚走进小卖部。

二叔觉得眼前一片鲜亮，他不由得紧张和局促不安了，这种强烈的紧张使他猛然陷入一种近乎恐惧的思索状态，他的眼前出现了一只断腿的母狼正凄厉地嗥叫，并不停地追赶一只受惊的兔子。

香岚的双手轻轻伏在水泥台面上，样子很像一个端坐在课堂上的好学生静静聆听着老师的讲授。她的手指或许经常给人洗头变得苍白而纤细，但看上去依旧是很美妙的，此刻她的十根手指正像一堆蚕虫安静地匍匐在水泥柜台上。

香岚说：“给我拿块香皂吧！”说话的工夫，她的目光匆忙地从货架上面一一掠过，最后她的眼光停留在二叔那张瘦削的脸上。她微笑地接过二叔递过来的那块散发着淡淡香味的“喜”字牌香皂，她将攥在手心的一团毛票顺势塞给对方。她并没有立即离开，轻声对二叔说：“是上海产的吧！我就喜欢这种气味。”她轻嗅着手中的香皂：“闲了过来把脸也刮一刮，看胡子长成啥模样啦！”她在说这些话的时候显得格外亲切随和，她甚至连“你”呀“我”的都省略掉了，就像是在同自己屋里的男人说话一般。

二叔似乎没有完全弄明白李香岚的意思，他颇显迟钝地摊开那团略微潮湿的毛票一张一张地点数着，有一股说不出的热香从那些毛票里弥散出来，比那香皂的味道还诱人呢！而他的眼前也仿佛有一只雪白的兔子在一蹦一跳地隐现。

二叔迟疑地摩挲着自己的瘦脸，嗞嗞啦啦的摩擦声伴随着他手掌的动作粗糙地传入他的耳膜，他有些异样的感觉和冲动。

其时我尚小，只知道二叔那里有我想要得到的东西，吃的欲望在那样异常短缺的条件下显得尤为迫切，我并不能理解一个大龄、残疾的独身男人的情感世界。

我曾隐约听家人谈及类似的事情，从他们间或发出的叹息声中我朦胧地觉察到二叔将要面临的生活境况。

某一天去找二叔时我被理发馆的李香岚喊了进去，她比我想象中要好看和温顺得多。她有一头很软的黑发，但她并没有过多地加以修饰，只是齐肩散披着。她的眼睛真的有些像兔子既聪慧又温和，她说起话来跟收音机里的女播音员一样清晰悦耳。

她起先问了几个不相干的问题，我都摇了摇头，后来她就从裤兜里掏出一把鱼皮花生豆很亲近地塞给我。我顿时被一股香喷喷花生味包围了，我甚至觉得呼吸都局促不堪，要知道那个年月里鱼皮花生豆意味着什么，几年才能吃上一回！

我知道我就要被好吃的花生豆收买了，不过我相信这种妥协对我或者二叔并不会造成什么不良的影响。

其实香岚向我打听的事情是众所周知的，就是有关二叔当年身体致残的经过。我边往嘴里送着滑溜的花皮豆，边神情激昂地侃侃而谈，仿佛在回忆有关自己的某一惊心动魄的漫长经历。

二叔曾经担任过大队民兵排的排长，他当年体格健壮、枪法娴熟，和现在判若两人。头些年大队闹狼患，群众的家禽牲畜屡遭厄运，二叔便奉命带队去深山围剿狼群。有一次队伍里的人擅自抱走了狼窝中的几只狼崽，而使得那只潜逃在外的母狼穷凶极恶地伺机报复，终于有一天晚上一群嗥叫的狼扑向民兵的帐篷。当晚正赶上大队部放映《霓虹灯下的哨兵》，那阵子放场电影不容易呢，其他的人都跑回去看电影了，只留下二叔在山沟里守夜。

讲到这里我几乎难以抑制自己的紧张与恐惧，我接连往肚里咽下了几口唾沫，似乎我即将面对这群突如其来的饿狼。而香岚却深深地喘了口气，她的暖甜的气息正随同她丰盈的胸脯的起伏向我扑来，这种女人特有的气息使我的情绪有所缓和，我竟然有些陶醉于其中，我愿意被她的喘息紧紧地拥抱着。

后来我没有继续讲下去，因为我们看见一个干部模样的男人一腆一腆地跨了进来，他很老练地一屁股坐在屋当间的那把椅子上，他的动作幅度很大，以至于那把靠背椅严重地朝后倾斜了。

“香岚，好好地给我刮刮脸。”

干部模样的男人眯缝着眼对香岚说着。

缘于我吃了人家的鱼皮花生豆又没有把故事讲完整，我只好待在屋子里的一处旮旯，等着她忙完手里的活。我当时还在想如果我把二叔的事情全都告诉她，或许她还会给我其他什么好吃头呢。

我终于有些明白，什么叫民以食为天了，食物的魅力竟然就在这里。这让我兀自想起了那些说书的人，你给他们掌声和钱，他们就乐此不疲地重复那些老套的故事。我便觉得或多或少有点儿对不起二叔，我在此搬弄他的伤心事竟是为了换回一把鱼皮花生豆。

那人眼睛都懒得睁一下。他从一进屋就那么仰面躺在椅子上。我这才看清干部模样的人就是大队书记。

香岚用温热的湿毛巾打上香皂一遍遍地在他的脸上敷来敷去，热气飘渺在屋子当间，雪白的香皂沫很快堆积起来并迅速覆盖了他的那张黑脸。他的嘴就随着她手的动作发出快感的叫声。香岚拿起一把锋利的刮胡刀在黑油油的帆布条上来回荡了片刻，之后她的一只手扶着他的脑门，另一只手横擎着刮刀有条不紊地在他的面部移动起来。她的动作极其细微而精致，拿在她手里的器械仿佛是手术师或雕塑家手中的刀具，它在她的手里富有韵律地流动，发出的声音竟然也犀利奔放，像是百灵鸟在树林和云雾间穿越。

大队书记仰面微闭双目，他既像是在休憩，又若有所思。半晌他冒出一句我听不懂的话："香岚我让你考虑的事情该有个眉目了吧！呵！我们可是说好了的。"

这时我看到李香岚的脸忽然抖动了一下，她似乎刻意地抿了抿嘴唇，这样她的嘴唇就更加红润了，远远看去仿佛一颗红樱桃镶嵌在她的嘴上。

"呵？我问你话呢！咋不吭气呢。"

书记明显地不耐烦了。

香岚咯咯地笑了几声，她说："书记尽拿我耍笑呢，我哪有这等福气哟！"随即她又是一阵轻盈的笑。

书记有些按捺不住了，他猛地一抬头。香岚就失声尖叫起来："叫你别动嘛，你看看你就是不听，都弄出血啦！这该咋办呀？"

透过前面并不清楚的一面镜子，大队书记惊惶地看到自己脸上的某处鲜血正隐隐而流，血很快使堆积在他脸颊的香皂泡沫变色而狰狞起来。

我的心也涌到了嗓子眼儿，香岚怎么敢对大队干部行凶呀！

大队书记在修面以后脸色铁青越发难看，他呼呼粗喘着扭头出了理发馆，然后他又径直闪进了小卖部。他冲柜台里的二叔嚷着："给我多称上几斤砂糖。"

二叔头也没往起抬，他闷声闷气地说："恐怕没有那么多了。"

大队书记立刻恼羞成怒，他的身体在水泥柜台前颤抖不停，像是遭受了某种不公的待遇，他双手叉腰骂道："有多少你就给老子称多少，把你们都日能得不成！妈了个瘸驴！"

我从来没有看见过二叔如此震怒。我虽然对二叔的英勇故事倒背如流，可事实上我从未目睹过关于他骁勇的一面，二叔一直表现得极其懦弱和卑微，他甚至从来不敢正眼瞧身边的人群。这让我很久以来忽略了他的存在和个性，比如我在给香岚或其他什么人讲述有关二叔故事的过程中，总是不自觉地产生某种怀疑。二叔的孤独、阴郁、凄迷、软弱和玩世不恭，致使我一次次陷进迷惑的沼泽。我实在无法把一个舍身为民的猎狼英雄和二叔联系起来。

大队书记或许做梦也不会想到，眼前这个沉默多年的羔羊——要知道曾经是他这个书记一手照顾他到小卖部干这号美差的——今天竟然会毫不客气地给他尥蹶子。当一包白花花的砂糖狠命地在他刚刚留下刀伤的青脸上开花时，他整个人顿时傻了，有几粒甜不唧唧的东西很滑稽地掉进了他黄黢黢的牙缝里。

翌日见到二叔的一刹那，我有种梦境般的虚幻和惊愕。

二叔满脸乱七八糟的虬须不翼而飞，精干的小平头使他的脸部轮廓平添几分英俊和光彩，我便自然地想起了“马瘦毛长”的俗语来。我惊诧地在他的脸庞搜寻良久，我内心很清楚他就是我的二叔，可我怎么也不敢相信自己的眼睛。那时我已经念小学四年级了，从我有记忆的那刻起，二叔一直保持着那种古怪而冷酷的模样——头发胡子一大堆。那条残肢成为夺去他青春容颜的恶魔，一个年轻体健的人丧失肢体的痛苦是常人所不能理解的，至少你无法抵达深刻。

二叔的重新振作使好奇的人们蠢蠢欲动，他们尽其所能地加以想象和猜测，他们得出了这样一种模糊的说法：大队书记骚情理发馆的李香岚，小卖部的瘸子八成是打烂了醋坛子。

后来大家又发现了一个秘密，大队书记白天再也不去理发馆，他有几次从李香岚那里剃头出来都已是深更半夜了。

二叔对此置若罔闻，他一如既往地在早晨清扫着小卖部的街面，如果你稍稍留意会发现他干活的劲头比以前欢实了，扫地的范围也扩大了许多，偶尔遇见了熟人他还会主动地点头微笑。

几天后大队给群众演了场《甜蜜的事业》，我那时所痴迷的是从头打到尾的战争片，对这种酸不拉几的爱情电影实在没什么兴趣。但我和几个娃娃在场子上藏蒙蒙的时候，却隐约看见二叔也堆坐人群后面，他一副很投入的样子。我没敢去打搅他，我知道二叔已经很多年都没有看过电影了。

转眼就到了中秋，那天月亮并没有传说中那么圆满。月亮出来已经很晚了，它刚爬上来时还被几把黑手阴险地捂着大半拉脸。家里人让我去小卖部叫二叔过来一起吃顿团圆饭，我就着月光屁颠屁颠地去了，我在路上蹦蹦跳跳，满脑子设想着二叔会塞给我个什么好吃的东西呢。

可我几乎很快就失望起来，因为小卖部居然早就黑了灯，皎洁的月光静静地抚摩着墙壁和门板。这时有三五个人也向这里走来，他们像是赶来买什么急用的东西，他们把门板拍得叭叭乱响。其中有人问："娃娃看没看见小卖部的人干啥去了？"我迷惑地摇了摇头，我想我和二叔可能走岔了，说不定这阵他已经到我家了。

我在转身离开的时候看见理发馆的门上好像也挂上了锁头，我听到那几个来买东西的人骂了些难听的话就缓缓地走远了，他们在月光下面走得歪歪扭扭像一群喝醉了酒的猫。

月亮最终还是从云层里跳了出来，它出来的那一刻我的眼皮就要合上了。我恍惚记得肚子里装进了许多食物，有红枣子、葡萄、大鸭梨……，还有从二叔的小卖部里称回来的月饼，总之这些都是平时做梦都见不着的好东西。我还奇怪地看见二叔的双腿竟然都是好的，他欢快地拉着我和李香岚一起在乡间奔跑，后来他插上了洁白的翅膀如同雄鹰一般飞上了天。

我是被家狗疯狂的吠叫声吵醒的，我迷迷糊糊看见父亲从炕上爬了起来，而后慌慌张张地披着衣裳、提拉着鞋朝屋外去了。很快一伙民兵模样的人气冲冲地闯进屋里来，他们把一股冷冽而又紧张空气灌进了温暖的被窝。我们都面面相觑，根本不清楚究竟发生了什么事情。

他们声色俱厉地逼问父亲，好像他犯下了弥天大罪："知不知道他躲在哪里了？你们最好还是放聪明些，坦白从宽抗拒从严，听清了吗！"

全家人都惊恐不已。我蒙头藏在被窝里身体抖如筛糠，我们不知道二叔去了哪里，更无从知道他干了什么坏事！一种大难临头的预感正包围着我们一家。

后来我们才得知那伙人最终把二叔堵截在返回小卖部的路上。他们恶毒地夺走了他的双拐，他就瘫软在地上，他们把他的头踩在脚底下逼他招认。

二叔自始至终只承认他是去送李香岚回家过节的，其他的事情他完全不知道。他被关了禁闭，理由是小卖部财物被盗，作为管理员（售货员）的他擅离职守且去向不明，他们在审问后又给二叔妄加了一条罪状——乱搞男女关系。

原来李香岚是个寡妇，家就住在大队部向东十五里的李家堡，家里有两个娃娃和一双老人，据说她来这里开理发馆是大队书记亲自相中的。

我相信自从李香岚来到这里，二叔的确有了许多改变，他看人的眼神不再那么冷漠和忧伤，他的脸上有了些许笑容，他站在水泥柜台后面也不再是面无表情的石头人，甚至就连他扫起院子也像个正常人一样灵巧、欢实。所有这一切肯定和李香岚的出现有着某种奇妙的联系。

但打死我也绝不会相信二叔会做那种事情，中秋节的晚上他送李香岚回了趟家，结果碰巧小卖部发生了盗窃，这本身并不能说明什么问题。况且李香岚在我的眼里也并非那种坏女人，她的头发、眼睛、理发时的细微动作，还有她像广播员一般的声音都无法让我和所谓的"乱搞男女关系"的破鞋扯在一起。

不过我很快就有些讨厌她了，甚至开始暗地里记恨她。如果没有她，二叔就不会送她回家。如果二叔不去送她回家，小卖部就不会被偷了。这样一想我又觉得有点儿对不起李香岚，于是我的脑子糊涂得像一锅糨糊，在我模糊而稚嫩的思维空间里，我实在不能分辨自己是该感谢她还是怨恨她。

二叔蹲了禁闭。小卖部也被大队查封了。

我觉得整个事件中最难过的一定是我，那些天我干啥都没精打采的，得了场大病似的。家里人整日乱作一团，他们分头去找张三或李四，求爷爷告奶奶地奔走了几天，可大队上死活就是不肯放人。

事情的来龙去脉已经很清晰了，看来是有人趁二叔外出之机作案来嫁祸他的，但又苦于找不到嫌疑犯，二叔只好做替罪羊。

几天之后，李香岚的理发馆照常开张了，这次大队书记没有亲自送她来。她的身后倒是跟着一个墙头高的男的，他的头在自己的肩膀上不受任何控制地晃来晃去，那种样子很容易让大家想起白菜心里的毛毛虫。

眼尖的一下就辨认出来，摇头青年正是大队书记的傻娃子，他从小就得了个摇头病，眼望二十七八的人了，没人愿意给他做婆姨。

那两天我放学后就守在小卖部的门口，我知道我不能分担二叔的痛苦和磨难。交叉贴在小卖部门板上写着黑字的白纸条让我不寒而栗，我恨不得一把将它撕下来，而我只能乖乖地守在那里等待奇迹的出现。

看到理发馆的门开了，我就兴奋不已，急忙三步并作两步跑了进去。

李香岚看到我的一刹那似乎有些吃惊，她并没有从口袋里给我掏出什么好吃的，相反她很快就掉过头去忙她手里的活了，好像我根本就不存在。

我不知道自己该怎么对她说，我有些结巴地问道："你……知不知道我二叔……他去哪里？"

李香岚使劲抿了一下她的嘴唇，她始终没有吐出半个字。我只看到一行清晰的牙痕就刻在她的唇上，我忽然觉得那鲜红的樱桃就要滴出血来。

我只好失落地往外走，我想她是不会告诉我什么的。可李香岚却撵了过来，她一把抓过我的手将几颗水果糖放在我的手里。

就在当天晚上，二叔就被他们放了回来。他的胡子又长出老长，小平头也蓬乱不堪，可他的眼睛里却流淌着一种很奇妙的情愫。

二叔平安无事，家人倒觉得有些蹊跷，可不管咋说没事就好。

小卖部二叔是再也去不成了，不过他倒显得异常轻松。

第二天清晨他依然起得很早，他从家里带了把扫帚便架着双拐就出了门。我在上学的路上经过小卖部，远远便看见二叔正很卖力地清扫着小卖部前的街面，晨光正穿过弥漫的雾气和尘埃照射在大地上，二叔的影子和正常人一样高大矫健。

香岚出门倒炉灰。她一眼便看见了门口扫地的，她整个人就愣住了，装满炉灰的簸箕就长在了她的手上。

听说"理发馆"和"小卖部"这几个字都是大队书记亲笔写下的，它们像蹩脚的小丑咋咋呼呼地趴在门板上，我发觉很难看。

原载《当代小说》2005年第10期

点评

一个瘸腿的单身男人，一个温柔体贴的寡妇，他们相遇，于是就有了故事。二叔是一个被解构了的英雄形象。他是小卖部的管理员，曾经的猎狼英雄。由于当年在深山围剿狼群时遭到反扑而受伤变成跛子，从此日渐阴郁软弱。香岚是一个寡妇，她聪慧、温和，说起话来像女播音员一样清晰悦耳。由大队书记“引荐”，她在小卖部的隔壁开起了理发馆。香岚的到来给男人们带来了新鲜，也打破了二叔平静的生活。从她走进小卖部的那一刻起，就注定了两个孤独而又需要慰藉的灵魂的结合。香岚偷偷向“我”打听二叔致残的经过，她搪塞了大队书记的要求；二叔也对大队书记进行反抗，他重新振作，不再冷漠和忧伤。然而，命运并没有给他们太多眷顾。中秋之夜，二叔送香岚回家过节，小卖部被盗，他成为替罪羊。最后，香岚跟了大队书记的傻娃子，二叔被放了出来。清晨，两人在小卖部门前相见，相对无言。

小说以旁观者的姿态诉说了一个苦涩无声的爱情故事，并通过故事的始与终对农村的“土皇帝”模式予以批判。故事波澜不惊，其背后却隐藏着对戕害质朴人性行为的指责。语言质朴却不乏鲜活，叙述技巧灵活自然，对叙述者内心的描摹真实而又生动。

（韩冬梅）

到什么山上唱什么歌

晓苏

1

方宏声住在桃山上。这所大学有两处地势高凸的山包，分别被叫作桃山和杏山。其实桃山上并没有一棵桃树，杏山上也没有一棵杏树。方宏声一直觉得它们名不副实。桃山上的景色不错，树木葱郁，四季有花，还能听见清脆的鸟鸣。平时，方宏声总喜欢在黄昏来临的时候，站在他家阳台上，唱上一首歌。然而这一天，方宏声却有些反常，他在下午四点钟就开始唱歌了。这在以前是从未有过的事情。方宏声这天唱的是一首沉重的歌，歌声仿佛一只受伤的乌鸦，在桃山上低低地徘徊。

方宏声独自站在阳台上唱歌的时候，他的妻子田秀词正在客厅里和他的研究生卜佳曲吵得一塌糊涂。事情说起来其实很简单，学生疯狂地爱上了老师，希望从师母手里将老师夺过来；而妻子却一直深爱着自己的丈夫，舍不得把丈夫让给别人。总之一切都是由爱引起的。方宏声三十六岁就当上了教授，又是一表人才，而且还会用美声唱歌。像他这样的男人，爱他的女人肯定不在少数。对于这一点，方宏声自己也是能想到的，但他没想到的是，田秀词和卜佳曲爱他会爱到死去活来的地步。卜佳曲是下午三点钟找到家里来的，当时田秀词正在给方宏声擦皮鞋。卜佳曲说："你把他让给我吧，我爱他！"田秀词说："休想！难道你爱他我就不爱他吗？"卜佳曲停了一会儿又说："你还是把他让给我吧，否则我就不想活下去了！"田秀词说："如果你把他抢走了，那我就去死！"方宏声当时坐在书房里著书立说，听到她们越来越高的声音，再也坐不住了。他从书房走到了客厅。田秀词和卜佳曲见到方宏声，马上停住不吵了。她们一起把目光投向方宏声，直直地盯着他。方宏声注意到了田秀词和卜佳曲的眼神，知道她们都在盼着他说一句话。但方宏声什么也没说，他实在不知道说点儿什么。方宏声在客厅待了一会便转身面向卧室了，看着卧室外面的阳台以及阳台外面的山。田秀词和卜佳曲见方宏声一声不吭，又相互吵了起来。田秀词指着卜佳曲说：“你就死了这条心吧，小妖精！我们已经是十几年的夫妻了，我不可能把他让给你的。”卜佳曲伸长脖子说：“我希望你还是知趣一点儿吧，黄脸婆！他本来就是我的，以前的十几年是我让给你的，现在我要把他收回来！”方宏声听见她们越吵越厉害，心里又气又急。他想制止她们，可不知道怎么开口。后来，他索性就穿过卧室来到了阳台上。再后来，方宏声就在阳台上唱歌了。

如果说没有人爱是一种痛苦的话，那么爱的人多了也是一种痛苦。方宏声还觉得，这后一种痛苦比前一种痛苦更折磨人，让人左右为难、无可奈何。约莫过了十分钟的光景，方宏声把那首沉重的歌唱完了。他这时回头朝客厅里看了一眼，发现卜佳曲和田秀词已经不在客厅里了。方宏声顿时感到了一丝轻松，他以为她们已经结束了争吵。但是，方宏声很快就知道自己估计错了，他听见楼下传来一串惊天动地的声音，除了吵声、骂声和哭声，似乎还有动手动脚的声音。看来情况更加糟糕了。方宏声把心提到了嗓子口这里。

方宏声快速出门下楼。在楼道的出口处，他猛然停住了脚步。方宏声惊奇地看见，楼前的那个停车坪上已经聚集了一大群人，他们像篱笆墙一样把田秀词和卜佳曲团团围住。田秀词和卜佳曲正在拳来脚往，打得热火朝天。田秀词抓着卜佳曲的头发，卜佳曲揪住田秀词的衣领，她们像两只斗鸡，你击我一拳，我踢你一脚，互不相让，不可开交。围观的人群中没有谁去劝阻，他们相反还不时地发出欢呼声，看上去都是看戏不怕台高的人。方宏声看着这一幕，心里紧张而气愤，他想只有自己去扯开田秀词和卜佳曲了。然而，方宏声这时却怎么也挪不动步子，两只脚像是焊在了地上。田秀词和卜佳曲越打越起劲，她们已经衣衫不整了，脸上血印纵横。方宏声想，她们不能再打下去了！他真希望那群看客中有人能挺身而出把她们分散，但他们一个个都袖手旁观，连劝阻的话也不说一句。方宏声仍然走不动路，便发出一声长长的叹息。他叹息的声音有点儿大，人群中便有人发现了他。那人马上喊了一声“方老师”。

田秀词听见有人喊“方老师”立刻一愣。她停止了对卜佳曲的进攻，回头四处张望。田秀词终于在楼道出口处发现了方宏声，她的双眼顿时亮了一下。方宏声与田秀词飞快地对视了一会儿，但方宏声的眼睛很快移开了，停在田秀词的脸上。他看见一小股血水像一条红蚯蚓正从田秀词的嘴角爬了出来。卜佳曲顺着田秀词的目光也看见了方宏声，她的眼睛也豁然一亮。方宏声快速扫了一眼卜佳曲，发现她衬衣上的纽扣掉了好几枚，里面的红色胸罩已经显而易见了。卜佳曲也停止了对田秀词的袭击。她们这时都把注意力集中到了方宏声的身上。但她们并没有就此罢休的意思，仍然用手牢牢地抓住对方的头发或衣领。她们僵持着，四只眼睛都看着方宏声，似乎都在等待着，等待方宏声冲过来将她们拉开，或者朝她们大喝一声，让她们住手。但是，方宏声却一直呆呆地站在楼道的出口处，一动不动，像一只木鸡。田秀词和卜佳曲很快都失望了，四只眼睛一下子都黯淡下来。她们又开始打起来了。“我揍死你这个小妖精！”田秀词一边骂一边朝卜佳曲的脸上打了一拳。卜佳曲毫不示弱，她飞起一脚踢在田秀词的腿上，嘴里骂道：“我踢死你这个黄脸婆！”

方宏声目不转睛地看着田秀词和卜佳曲打架。他发现她们这个回合没有上一回合打得专心，她们一边打一边朝方宏声这边看，似乎有点儿表演的味道。方宏声是个聪明人，他很快明白了田秀词和卜佳曲的心思。“她们还在指望我呢！”方宏声想。但方宏声又一次让她们失望了。他实在没有能力朝田秀词和卜佳曲走过去，甚至连一句话也说不出来。后来，方宏声干脆转身上楼了，仿佛两个打架的女人与他什么关系也没有。

田秀词和卜佳曲都看见了方宏声转身而去的那个动作。她们俩都一下子惊呆了。接下来田秀词和卜佳曲便没有力气也没有心情再打了，她们同时松开了对方。

2

研究生公寓坐落在杏山脚下。田秀词前往杏山时特意换上了一双绛红色的高跟鞋，这使她看上去年轻了许多，也时尚了许多。沿路都有野花，田秀词一边欣赏着自己的皮鞋一边欣赏着它们，虽然不知道这些野花的名字，但觉得它们十分好看。田秀词的精神不错，她没用多久便到了卜佳曲宿舍门口。

田秀词在门口认真整理了一下自己的头发。虽然出门之前反复整理过了，但她忍不住又整理了一遍。确信头发一丝不乱之后，田秀词开始敲门。她刚敲一下，门就开了。卜佳曲穿着一件鲜红的吊带衫站在门口，肩上挂着一只乳白色的小包，看样子正要出门。卜佳曲见到田秀词不由一惊，说："是你呀！"田秀词笑笑说："没想到吧。"她笑得很柔和，看上去一点儿也不像情敌。这种形象让卜佳曲觉得有些陌生，心想她原来对自己可一直是横眉竖眼的啊！卜佳曲于是也改了以往的态度，热情地邀请田秀词进门坐坐。田秀词毫不客气，二话没说就进了房间。

房间不大，田秀词扫了一下，满眼都是图书和时装。两人坐定后，田秀词把目光收拢到卜佳曲脸上，盯着她说："对不起，我耽误你出门了。"卜佳曲的脸红了一下说："没关系，我刚才正巧要去找你呢。"田秀词怔了片刻，苦笑着说："看来我帮你省了一趟路。"卜佳曲一时不知道说什么，起身给田秀词倒了一杯水。

田秀词的确有点儿渴了，她接过杯子就喝了一口。田秀词喝了水对卜佳曲说："你以后再不用去找我了，我决定把方宏声送给你！今天我来找你，就是为了告诉你这件事。"卜佳曲顿时呆住了，两只眼睛比鸡蛋还大。过了许久，卜佳曲低声问田秀词："你为什么会突然做出这种决定？你不是一直深爱着他吗？"田秀词沉吟了一会儿说："但他已经不爱我了，再说，我现在也不爱他了。"卜佳曲呆呆地注视着田秀词，忽然觉得自己有点儿读不懂眼前这个女人了。卜佳曲接下来问："你是什么时候做出这个决定的？"田秀词说："在他那天转身而去的时候。那以前，我始终爱着他，尽管他做了对不起我的事情。我也始终以为他还爱着我，虽然他心里已经有了别的女人。但是，自从他那天转身而去以后，我猛然发现我太可笑了。原来他心里完全没有我了！"卜佳曲不解地问："你为什么会这样想？"田秀词陡然提高声音说："如果他心里还有我的话，你打我时他会不过来帮我一把吗？他会转身而去吗？所以……"田秀词没把后面的话说完，她一激动就说不下去了。

卜佳曲觉得自己口里也有些渴，于是给自己也倒了一杯水。卜佳曲倒水回来，看见田秀词站起来了，她像是要走。"你等一会儿。"卜佳曲慌忙叫住了她。田秀词问："还有事吗？"卜佳曲诚恳地说："他，你还是自己留着吧，我已经决定退出了。"卜佳曲接着说："刚才我要去找你，就是想把我的决定告诉你。"这一下轮到田秀词发呆了。她傻傻地盯着卜佳曲，突然感到眼前的这个女子原来也是可以刮目相看的。“你是什么时候做的这个决定？”田秀词呆了半天问。“也是在他那天转身而去的时候。”卜佳曲说。“为什么，你为什么也会这样？”田秀词问。“我发现他心里根本不爱我，你想想，如果他爱我的话，看见有人打我，他会不过来帮我一把吗？他会转身而去吗？所以……”卜佳曲说到这里，忽然流泪了。她还忍不住抽泣了一声。

三天后的一个下午，卜佳曲来到校医院妇产科门口。她朝房里看了一下，发现田秀词正穿着白大褂坐在办公桌前看报纸。卜佳曲这是第一次看见田秀词身穿白大褂，她觉得田秀词穿上白大褂的样子很有点儿高雅。田秀词看的是一张《武汉晚报》，看得很入迷，好半天没有抬一下头。卜佳曲没急着进门，她极有耐心地等在门口。卜佳曲想，田秀词肯定是被报纸上的情感故事吸引住了。

田秀词看见卜佳曲时猛然一怔，她以为卜佳曲是未婚先孕了，甚至还想到了方宏声。但卜佳曲却一点羞涩也没有，她喊了一声“田医生”，便轻盈地走了进去。田秀词盯着卜佳曲的腹部问：“找我有事吗？”卜佳曲见房里没有其他人，就大声对田秀词说：“告诉你，我已经换导师了。”田秀词一时没明白过来，仰起脸看着卜佳曲的脸问：“你说什么？”卜佳曲放慢节奏说：“我请求研究生院给我换了一位导师，方老师已经不再是我的导师了，今后我和他什么关系也没有了。”田秀词终于听清楚了，她爽朗地笑了两声。卜佳曲疑惑地问：“你笑什么？”田秀词正色说：“你没必要把有关他的事情告诉我。”卜佳曲问：“为什么？”田秀词说：“我和方宏声已经离婚了。”卜佳曲愣了一会儿说：“你的动作好快啊！”田秀词斜着眼睛说：“你也不慢呀！”卜佳曲出门时，田秀词一直看着她的背影，觉得卜佳曲的气质的确有些迷人。

方宏声离婚后从桃山搬下来，临时住在了教研室里，教研室里有一个沙发，打开就是一张床。同事们建议方宏声再去学校申请一套房子，但他没采纳。方宏声打算去国外待一段时间。他说，这样对大家都有好处。方宏声已经给美国的一所大学去了信，等美国方面一回函，他就可以动身了。

事情很顺利，不到一个月，方宏声便办好了出国手续。拿到签证的那天晚上，方宏声来到了位于学校东门的一家快餐店。这是一个新开的店，店名取得有点儿意思，叫青苹果。方宏声是头一次来青苹果，一进门就有些后悔了，他发现这里原来是男男女女谈情说爱的地方，吃饭只是一个幌子。厅里早已坐满了人，几乎都是成双成对。灯光是粉红色的那种，虽然有些黯淡，却充满了小资情调。方宏声四处张望了一会儿，发现每一个角落都暗香浮动。餐桌都是小型的，只能相对着坐两个人。方宏声端着盘子转了许久，好不容易才找到一个空位。方宏声视力不太好，坐下之后才发现对面坐的是一个女子。对面的女子在方宏声坐下时抬头看了他一眼，她一看见方宏声就脱口惊叫了一声："是你！"方宏声觉得女子的叫声十分耳熟，仔细一看居然是卜佳曲。方宏声顿时把眼睛闭了一会儿。他想，冤家路窄啊！再睁开眼睛时，卜佳曲已经端着她的盘子起身走了。

卜佳曲开始寻找新的座位。方宏声的目光一直跟着她。但她走了好几个地方都没有找到。位子实在有些紧俏。后来，卜佳曲在一根柱子后面停下来，她终于找到了一个空位。然而，卜佳曲刚在那个空位上坐下去，她对面的那个人突然就站起来了。那个人是端着盘子站起来的，一站起来就左顾右盼，看来也是要重新寻找座位。方宏声看不清那个人的脸，只隐约看出是个女人。那个女人四处张望了好半天，后来便快速朝方宏声这边走了过来。她显然是发现了方宏声对面的这个空位。但是，离方宏声还有三步远的样子，那个女人突然站住了。就在这时，方宏声认出了那个女人，居然是田秀词。"真是冤家路窄啊！"方宏声闭上眼睛想。

田秀词折身就走了。方宏声对此没感到奇怪。让方宏声深感奇怪的是，田秀词后来又回到了卜佳曲那里，她们面对面坐在了同一张桌子上。方宏声想，女人真是叫人看不透啊！

3

卜佳曲的新任导师姓古，叫古板。当初申请换导师时，分管学生工作的副院长提供三个老师让卜佳曲自己挑，那三个老师卜佳曲都不怎么了解，她想了一会儿就选了古板。副院长问："你为什么选他？"卜佳曲说："这个名字对我有好处。"古板在教学方面确实够古板的，他每次给研究生上课都讲一些老掉牙的东西。古板眼下带了三个研究生，那两个一进校就跟着他，早已习惯了；卜佳曲却怎么也听不下去，有一次忍不住提议说："古老师能不能给我们讲一点儿新鲜的知识？"古板很自尊，当时脸上就挂不住了，马上用讥讽的口吻说："是怀念你的方老师了吧？"卜佳曲一愣，再也说不出话来。但古板在生活上却一点儿也不古板，几次要卜佳曲请他出去吃饭。而卜佳曲却一次也没给他面子，她觉得和这么一个没有水平的人在一起，就是吃山珍海味也会没胃口的。古板当然不知道卜佳曲的真实想法，他开始以为是卜佳曲把钱看得太重，就说："这样吧，你请客，我买单。"卜佳曲轻轻一笑说："这不是钱的问题。"古板沉思了一会儿说："那你肯定是怕我夫人知道，真是一朝被蛇咬十年怕井绳啊！不过你放心，我夫人与田秀词不同，她压根儿不管我。"卜佳曲这一回笑出声来了，她笑后说："这与夫人也没有关系。"

卜佳曲性格内向而孤傲，她基本上没有朋友。但她有时候还是会产生一种倾诉的欲望，只是苦于没有合适的倾听者。一天黄昏，卜佳曲独自在校园里散步，走到桂园时，她意外地碰到了田秀词。田秀词也是一个人在校园里散步。卜佳曲看见田秀词后觉得有点儿亲切，脱口就喊了一声"田医生"。田秀词一眼认出了卜佳曲，说："是你呀。"声音虽然说不上热情，但也说不上冷淡。桂花树下有一张水泥桌，她们在桌边坐了下来。时间已经到了金秋，桂花的香气弥漫了校园。卜佳曲抑制不住地对田秀词说到了她的新任导师古板。她滔滔不绝，口若悬河，一边描述一边评论着，简直有点儿像电视上的说书人。田秀词洗耳恭听着，还不时地发出笑声。说到古板讲课时，卜佳曲一不小心提到了方宏声。她说："方老师讲课多精彩呀，每一次课都让我们耳目一新！"田秀词神情怪怪地说："看来古板没说错，你的确在怀念方宏声了。"

夜幕徐徐降临下来，可她们谁都没有走的意思。卜佳曲扬起头来问田秀词："你怎么样？"田秀词问："什么怎么样？"卜佳曲提示说："就没有遇到新的男人？"田秀词扑哧一笑，接下来就说起了安清平。

田秀词离婚的事不久便被医院的同事们知道了，接着就不断地有人要给她介绍对象。田秀词对此并不热心，但也不是太反对。说到条件和要求时，田秀词说，其他都无所谓，只要不花心就行。没过多久，同事就给她介绍了安清平。介绍人说，安清平不仅不花心，而且非常顾家，是一个真正会过日子的男人。见面的时间和地点都是介绍人定的，周末晚上六点在灶王酒店。安清平早早地就等在那里了。介绍人指着一个穿中山服的中年男人对田秀词说：“他就是安清平。”田秀词草草地看了一眼，觉得他除了穿中山服之外再没有什么特别的地方。介绍人让他们见面之后便借故离开，安清平微笑着把田秀词请进了一个事先订好的包间。安清平十分健谈，坐下不久就开始自我介绍。他是一个中学老师，每个月有一千二百块钱的工资，加上补课费和奖金，每月差不多可以拿到两千。他曾经有过一个妻子，但她抛下他跟一个大款跑了。妻子什么都好，唯一的缺点就是爱穿。爱美之心人皆有之，这一点安清平能够原谅。但她太过分了，居然内裤也要买名牌产品，有一次竟买了一条价值一百五十元的内裤。安清平实在无法容忍，当即就逼着她去商场把那条内裤退掉。妻子这一次没跟他吵，乖乖地就去了。但是，妻子这一去就没再回来，后来听说她跟一个大款跑了。安清平正讲得起劲，服务小姐进来要他点菜。安清平接过菜谱前前后后翻了几遍，然后点了鱼香肉丝、红烧豆腐和猪肝汤。服务小姐说：“不来一个海鲜？”安清平说：“海鲜吃了皮肤过敏。”田秀词当时就想笑，但她努力忍住了。她起身对安清平说：“我去一趟洗手间。”田秀词哪里是去什么洗手间，她一出门就逃之夭夭了。

田秀词讲到这里，卜佳曲差点把腰笑弯。在卜佳曲的笑声中，田秀词放得更开了，她趁着兴致说：“我活了三十六岁，还没见过像安清平这么小气的男人，难怪他妻子跟别人跑了呢。想当年方宏声和我谈恋爱的时候，第一次见面就请我吃龙虾，那时他每个月才一百多块钱。”卜佳曲立刻收住笑声说：“你也在怀念方老师了吧？”

国庆放长假时，这所大学差不多空了。有家庭的有情侣的都出门旅游了，留在校园的大都是生活不幸的人。田秀词主动要求留下来值班。院长说：“你好几个月没休假了，还是出去走走吧。”田秀词苦笑一下说：“没意思！”那天傍晚，田秀词下班回家经过图书馆，正碰上卜佳曲抱着几本书从图书馆出来。田秀词说：“你也没出去玩呀？”卜佳曲说：“一个人出去玩有什么意思啊？”说完，两人相视一笑。分手时田秀词说：“如果你不介意，晚上到我家坐坐。”卜佳曲说：“好的，我一定去。”

卜佳曲天一黑就到了田秀词家。田秀词早已摆出水果和瓜子等在客厅里了。她们一边吃一边聊，像一对多时不见的姐妹。卜佳曲告诉田秀词，她半月前认识了一个比她还小一岁的博士，只有二十五岁，人们都把他看作天才。田秀词问："后来怎么样？"卜佳曲说："在我准备给他献身的那天晚上，他突然拿出一篇论文让我看，并说是他的用心之作，结果我一看就傻眼了。"田秀词忙问："为什么？"卜佳曲说："他的观点都是从方老师的一本书里抄来的。"田秀词抿嘴笑笑，给卜佳曲削了一个苹果。过了一会儿，田秀词告诉卜佳曲，她这段时间也认识了一个男人，虽然快五十了，但从来没结过婚，自称是一个童子。老童子手脚勤快，第一次来家里见面就跪在地上抹地，屁股撅得老高，头差不多挨到地板了，还说愿意一辈子为田秀词当牛做马。田秀词对他也还客气，吃饭时还请他喝了酒。卜佳曲问："后来发展如何？"田秀词说："别提后来，后来差点把我气死了。他喝了一点酒，马上就要睡我，简直是个流氓，我一气之下就把他轰出去了。"卜佳曲说："也许他是因为太喜欢你才那么冲动的。"田秀词说："喜欢也不能这样呀，方宏声曾经说过，第一次见面就要上床的男人绝对不是什么好东西。"

她们接下来有好一会没有说话。房里氤氲着一种伤感的气氛。后来她们同时把眼睛扭向了方宏声原来的书房。房门关闭着，什么也看不见，但她们的目光却在那里停留了许久。

4

方宏声从美国回来已是冬天，校园里树叶都黄了。他本来可以留在美国的，但他毅然回来了。校长在为方宏声设宴洗尘时说："你是爱国爱校才回来的。"方宏声笑了一下，没说什么。过了一会儿，方宏声向坐在他旁边的人打听田秀词和卜佳曲的情况，那人回答后说："你是爱她们才回来的吧？"方宏声又笑了一下，还是没说什么。学校很重视方宏声这种从海外归来的学者，不久就让他当了博士生导师。正巧学校在杏山上建了一栋博导楼，方宏声就住到了杏山。杏山的景色也很美，甚至超过了桃山。

时间是最好的医生。时间一长，许多病都会不治而愈。当初田秀词和卜佳曲那么义无反顾地离开方宏声，他心里多多少少有些恨她们。现在，方宏声却恨不起来了。不过，方宏声发现自己也不爱她们了。看来爱和恨果真是一对孪生兄弟。方宏声还感到，在美国待了大半年，自己已经变得有些玩世不恭了。在回国的途中，方宏声还想好回来后一定尽早去看看田秀词和卜佳曲，不管怎么说，他曾经深深地爱过她们。然而，回来快一星期了，他居然连电话都没给她们打一个。更严重的是，方宏声心里丝毫没有感到什么不安，他反而想，不看也不要紧，她们已经与我毫无关系。这么一想，方宏声便心安理得了。

朋友们都很关心方宏声，劝他尽快再找一个女人结婚，方宏声说："找一个女人倒是可以，但并不一定要结婚。"朋友们听了有些迷糊，问他为什么，他却笑而不答。朋友们接下来问他想找一个什么样的女人，方宏声说："女人嘛，只要不重感情就行。"朋友们越发听不懂他的话了，又问他为什么，方宏声还是笑而不答。朋友们于是就说，到底是从国外回来的。

圣诞节的黄昏，方宏声在人群中一眼就发现了徐秋耘。徐秋耘在冬天里穿着长裙，而且还是红色的，这种打扮太引人注目了。前后左右的人都笼着长裤，徐秋耘便显得有点儿鹤立鸡群。方宏声一直认为冬天穿裙子的女人十有八九是风流的，她们穿裙子的目的就是为了招惹男人。方宏声很快喊了徐秋耘一声，接着就快步追了上去。徐秋耘是英语系的一位老师，方宏声很早就认识她。她丈夫在另外一个城市工作，他们的婚姻基本上属于名存实亡。徐秋耘很大方，一见到方宏声就张口大笑，边笑边说："方大教授这个时候喊我，莫非是要请我与你共进晚餐？"方宏声灵机一动说："我正是这个意思，请徐小姐一定赏光呀。"

他们去了桂香园饭店，这是这所大学附近档次最高的饭店了。方宏声提议喝点儿酒，徐秋耘低眉一笑说："客随主便。"他们喝了不少，徐秋耘脸都红透了。方宏声觉得女人喝了酒更性感，他已经闻到了徐秋耘身上那种女性的芬芳。方宏声又给徐秋耘斟了半杯酒，徐秋耘风情万种地说："方大教授，你是不是想把我灌醉了好占我的便宜？"方宏声听了心花怒放，觉得徐秋耘是在主动向自己发起进攻了。他马上扶住徐秋耘说："你不能再喝了，我送你回家吧。"在送徐秋耘回家的车上，方宏声已经开始想象和徐秋耘上床的情景了。他想得热血沸腾，内衣都打湿了。然而，徐秋耘却没让方宏声把她送进门。这实在出乎方宏声的意外。她一到门口就把方宏声拦住了。徐秋耘说："时间不早了。"方宏声却不肯罢休，用乞求的声音说："让我进门坐一会儿吧。"徐秋耘聪明而直爽，她拦着方宏声说："方大教授，我知道你想干什么，进门坐一会儿只不过是一个借口，你的目的是和我上床。其实我这个人并不封建，只要双方有感情，上床也没什么。但是我们现在还没有感情呀，才仅仅吃了一顿饭呢。以后吧，等以后有了感情，我会主动请你上床的。”方宏声一下子愣住了，他压根儿没料到徐秋耘会是一个看重感情的女人。这让方宏声猛然感到有些害怕，同时也对徐秋耘失去了兴趣。

方宏声再没找过徐秋耘。然而，十天之后的一个晚上，徐秋耘却把电话打到了方宏声家里。徐秋耘说：“这些日子，我看了你写的好几本书，觉得你的书写得太深刻了，我还听说了不少关于你的事，感到你这人挺有意思的。”方宏声疑惑地问：“你说这些干什么？”徐秋耘动情地说，“我发现我对你已经有点儿感情了。”方宏声陡然一惊，拿着话柄半天无话。徐秋耘这时用耳语般的声音说：“你愣着干啥呢？快来我这儿吧，我在床上等你！”方宏声顿时吓出了一头冷汗，赶紧把电话挂了。

不久，校医院一位姓皮的医生来到教研室门口，对方宏声说：“田秀词一直是一个人过，看样子是想和你复婚，你抽空去看看她吧。”皮医生说完就走了，方宏声望着他的背影想，没准是田秀词派来的说客。中午果然就接到了田秀词的电话，田秀词用玩笑的口吻说：“你晚上来看看我吧，一日夫妻百日恩嘛。”方宏声想了一会儿说：“去看你没问题，但你必须答应我一个条件。”田秀词问：“什么条件？”方宏声说：“不要谈复婚的事。”田秀词在那头沉默了许久，然后叹息一声说：“好吧。”方宏声披着夜色去桃山，田秀词已经把饭菜做好了，都是方宏声最喜欢吃的。他们喝了一点儿酒，田秀词喝得更多一些。方宏声认真看了田秀词一眼，发现她穿着一件鲜艳的睡袍，看上去比从前性感多了。田秀词勾了方宏声一眼说：“我有些醉了，你扶我进卧室躺一会儿吧。”方宏声就扶她进去，田秀词刚到床边就抱住了方宏声的腰。方宏声想坚持一下，但没坚持住。完事之后，田秀词问：“你为什么不让我提复婚？”方宏声说：“我再也不想结婚了。”田秀词呆了一下，流出两颗泪来。

又过了两天，方宏声应约来到桂子山宾馆，卜佳曲很快从里面把门打开了。方宏声没急着进门，他望着卜佳曲说：“我能提一个要求吗？”卜佳曲将头调皮地一歪说："提吧。"方宏声低下头说："不要和我谈什么爱情。"卜佳曲愣了一下说："要是我不答应呢？"方宏声说："那我马上走。"卜佳曲想了一会儿说："好吧，我答应你。"卜佳曲洗了一个澡，从卫生间出来时用浴巾裹着身体。她径直走到方宏声面前，娇滴滴地说："给我把浴巾打开。"方宏声扯开浴巾，发现卜佳曲竟一丝不挂，只剩下雪白的肌肤和漆黑的体毛。方宏声顿时就呼吸困难了，闪电似的将卜佳曲抱到了床上。高潮快要来临时，卜佳曲说："我还是想嫁给你！"方宏声一惊，立刻就停住不动了，身体一下子软了下来。方宏声穿衣服时，卜佳曲用被子蒙着头哭了，哭得有点儿伤心。方宏声想劝劝她，想了半天说："对不起，我不打算再结婚了。"

元旦之夜，方宏声把田秀词和卜佳曲请到了位于杏山的博导楼。卜佳曲来得早一些，穿着最时尚的服装，青春横溢。田秀词比卜佳曲晚到五分钟，也刻意打扮过，把一个少妇的韵味体现得淋漓尽致。田秀词和卜佳曲见面后都大吃一惊，她们谁也没想到方宏声会这样请客。方宏声一边给她们倒水一边道歉说："对不起，我是想当着二位的面来解释一件事情。"卜佳曲忙问："解释什么？"方宏声还未开口，田秀词催道："快说吧。"方宏声低下头说："那天你们打架，我转身而去，是因为我实在不知道去帮谁。"卜佳曲问："为什么？"方宏声说："你们两个我都爱。"过了一会儿，田秀词问："如果今天我们又打架，你会帮谁呢？"方宏声说："我还是会转身而去。"田秀词和卜佳曲异口同声问："这又为什么？"方宏声犹豫了一下说："因为你们两个我都不爱了。"方宏声话一出口，田秀词和卜佳曲都僵住了。方宏声也呆了半天，后悔刚才的话说得过于直白。沉默了许久，方宏声突然拿出话筒让大家唱歌，方宏声说："今天是元旦节，我们唱一首歌吧。"但田秀词和卜佳曲都不响应。后来方宏声自己唱了起来。他唱了一首轻松的歌，歌声宛若一只欢快的夜莺，在杏山上高高地飞翔。

原载《花城》2005年第2期

点评

在传统文化视野中，爱情是人们内心最美丽圣洁的童话。爱情绝非游戏，爱与不爱都应是慎重的抉择：爱则是忠贞不贰，不爱则是同时放弃灵的吸引与肉的结合。然而，现代人的爱情却愈来愈多地颠覆了这种传统理念。

这是一篇关于一个男人与两个女人情爱纠葛的小说。一切矛盾皆起源于爱，而又终止于不爱。大学音乐教授方宏声年轻有为、一表人才，深得其研究生卜佳曲的爱慕。为了争夺心爱的人，卜佳曲与导师的妻子田秀词吵得一塌糊涂，还在众目睽睽之下大打出手。在打架过程中，她们都热切期盼着方宏声能出面制止，可他在几番踌躇之后转身离开了。他的离去使两个女人都非常失望，她们几乎同时迅速决定退出三角关系，又分别以离婚和换导师的方式放弃了方宏声；两人也因此冰释前嫌。情感总是在不经意间就悄然改变了模样。在方宏声出国任教的日子里，两人各自的经历又不约而同地唤起了她们对他的思念。方宏声回国后，他又与前妻和卜佳曲发生了性关系，而前提却是不许对方提复婚和爱情。这是灵魂与肉体的分离，也是对传统情爱观的解构。

方宏声最后坦诚地解释当初转身而去的原因在于她们两人他都爱；倘若今天重新选择，答案一样，可原因却是两人他都不爱了。小说以方宏声轻松欢快的歌声结尾，与开篇那首沉重的歌曲构成鲜明对比；爱是沉重的，不爱反而是轻松的，这是作者对现代人情爱观所导致的精神困境的一种生动诠释，发人深省。

（方奕）

尘事书·乡镇篇

黄梵

丧宴

绽着旧木裂纹的无漆杉木方桌，足有三十个，它们挤出了堆满柴火的院子，蔓延到砌着高墙的院门两侧，承重的桌腿像一个个走钢丝的杂技演员，在青巷的石板路上小心找着平衡。这条摆满三十大桌的筵席长龙，老远就散发出令人垂涎的辣香味。半条巷子已经成了许家的食堂。当人群像黑色的烟尘滚滚而来，盛宴的主人停止了吸烟。他偷偷用酒把自己灌得歪歪斜斜，只能半倚在桌上发号施令。当主人的妻子用一盆馒头打发一群乞丐走开，没人注意从镇外来了一个小男孩，他像一颗珍珠腼腆地深埋在沙砾似的人群里。他约莫七八岁，路上被汗水浸透的头发刚刚风干，像头上长出了一束七棱八翘的枝丫。为了这顿平生难遇的盛宴，他徒步走了十来里路。来的路上他已经饿了，饥饿难耐时他唱起了歌，沿途的人都知道他要去参加那个名震乡镇的午宴。

随着主人把筷子举起，大声喊“开始吃吧”，院内外顿时人声鼎沸，宾客们如饿狼立刻大嚼大咽起来。不一会，一个个油腻的下巴颏在正午的太阳下泛起了光。除了院子里有两桌算上席，其他桌上都不分座次长幼。主人吩咐过了，筵席上不论庄稼汉、穷工人、体面的办事员、老人或孩子都一律同等对待。筵席上的主菜是炖烧大块肉和鱼，辅以各种蔬菜肉类丸子。裹着芝麻馅的藕圆子，最使那些长辈们犯糊涂，争着用筷子从孩子面前掠走。当一盘盘菜肴被送进身着黑蓝色衣服的人群里，犹如黑泥沼上突然盛开了一朵朵耀眼的鲜花。那个小男孩的拘谨，依然没人注意。这时请来哭丧的乡下胖嫂，已经吃得眉飞色舞。她的哭功的确非凡，用三个小时不间断的泪水和哀歌，为主人的父亲写了一篇感人肺腑的悼词。眼泪就像从低沉哀婉的曲调里迸出的一颗颗怀念的珍珠。

被熏得发黑的厨房隔壁有一间小屋，里面坐着五个壮硕的庄稼汉，他们承蒙主人特别照顾，拿碗喝着白酒。眼前的筵席比屋外的还要丰盛，主人的妻子在陪他们说着话。

“这棺材不知在土里能耐多久？”她身上散发的一股香味，让庄稼汉们格外兴奋。

“少说也有十来年吧。”

“兄弟啊，你说岔了，许家用的都是上好木料，那还不保她公公百年平安的?！”

“哦，对，对，我抬了这么多棺材，还是你家的沉。放心吧，你公公在地下有着福呢。”

“嫂子心细呀，坑底下垫的都是上好石料，只可惜……”

“有话直说吧。”

“……按理，他大儿子那边今天应该来人，可上午往棺材上培土时，没见着人哪？”

“唉……两兄弟早结下梁子了。这不老大传话，说我们这边吃大肉不算数，他要另外办一次。”

吃到最后，丧宴与喜宴的唯一区别就在酒上。主人不给户外的筵席提供酒，所以密密麻麻坐着的宾客们，吃得痛快之余，心里都偷偷在打酒的主意。丧宴在南方叫“吃大肉”，来的人都是家里最缺油水的人。经过饿汉们的这番扫荡，盘子里没剩下什么。那个小男孩自始至终保持着城里人的礼貌。在别人抢食中，他以凛然之气仅拈了一小块想吃的藕圆子。等他嚼完再伸筷子，盘子已经空了，他惊得目瞪口呆……

父亲死在二儿子家的经历不合情理，这里需要略作介绍。两兄弟的父亲叫许士长，他打着喷嚏就继承了祖上的万贯家财。接着他摊上了两个后来对家产虎视眈眈的儿子。在他身体壮硕如牛时，两个儿子偏想让他立遗嘱，以了瓜分家产的心愿。这件事对他犹如五雷轰顶。他单枪匹马把两个孩子拉扯大，未敢再有续弦的念头。当然老天爷也是慈悲为怀的，让他秘密与一个叫丁娉的寡妇好上了。不过解放时，他的事挺让政府为难，除了老宅并没找到他的其他财宝。随着政府下发的红头文件纷至沓来，形势大变，他与寡妇的幽会也渐渐稀落。

两个儿子倒像足智多谋的侦察兵，他们断定父亲做了手脚，把金银珠宝之类埋在了神圣祖国的某个地方。当务之急，他们都想让父亲住进自己的家里。两股劝说父亲的力量彼此较着劲，像两股春天的暖流，既把父亲感动了，又让他不知所措。后来父亲住进二儿子家里，原因在于二儿子耍的一个手腕。

老二住在乡下小镇上，他接二连三写信给老大，希望两兄弟聚一次，老大知道他的用心便没理会。有一天夜里，他在板车上捆了一头乳猪，动身去了老大家。乳猪颇得老大媳妇的欢喜，她好歹把老大推搡到大院的一棵桃树下。

“哥，事情不怎么好。”

“发生什么事了？”

“听说父亲最近想成家。”

“这有什么大惊小怪的。”

“看你糊涂的，我都急死了，你倒挺悠闲。”

“我糊涂？”

老二在老大耳边缩成一团：“你想啊，如果父亲真成了新家，那家产还有我俩的份吗？”老大挺直的脊背突然塌了下来，他把食指压在嘴唇上示意小声，然后说：“走……进屋去。”

那天晚上，老二在老大家里达到了目的。他让老大意识到，虽然他们暂时只能对看不见的财宝怀着不着边际的渴望，但城里毕竟不是将来藏匿财宝的好地方。与其被公家没收，不如把想象中的财宝存放在乡下老二家里。父亲受了好几天的决断之苦，这时被兄弟俩的一致意见弄得松了口。兄弟俩的暗仗打完了，父亲也有一桩心事要去了却。趁着夜色，他偷偷摸进了寡妇家里。

离开城里的最后一夜，他和寡妇都做了激情的俘虏。红缎被面上滚动着两个赤裸的身体，被碰翻打碎的白瓷杯，映照着他俩的离别之情。寡妇绝没有想到，老态龙钟的他竟在这一夜令她中招。

父亲到了乡下只剩下了八年寿命。老二孜孜不倦地用甜话滋润着父亲的心灵，时刻担心父亲还没说出财宝地点就伸腿咽气。除了在被窝里向老婆诉苦发牢骚，老二一直一无所获。后来他想起此事就忍不住地打哈欠。当死亡把幽黑的法衣披到父亲身上，老二几乎是被激怒了。

在人多地少的近郊乡下，连政治风云都磨不灭的是乡下人的面子。老二哭泣抽搭之余，并不承认赡养父亲八年是一场失败。他甚至向不着边际的远亲们发出了吃大肉的邀请。他要向老大证明，即使没有父亲的遗产，他，这个脸色红润、四处逢源的矮男人，一样玩得转。

小男孩在丧宴临近结束时，从乱糟糟的盘子里拣了几片肥肉塞到嘴里，然后头也不回地走出了小镇。与来时越唱越兴奋相反，他一声不吭，偷偷抹着眼泪。路上一些牵着牛的放牛娃，禁不住笑嘻嘻地看着他。下午四时，他在城里一条巷子尽头的山墙前出现了，路上的抽搭声已经变成了他此刻怨愤的目光。他在自家门前停了很久，用衬衣下摆把泪汗交织的脸擦得干干净净，然后进屋见了母亲。患着结核病的寡妇正把脸靠在床沿静静地等他。一股腐烂的气味从床头一个搪瓷缸里散发到昏暗的屋里。

“儿呐，你回来啦。”听见门响，寡妇面露喜色，她悬了一天的心终于可以放下了。

“路上走得累吗？”

“还好。”

“他们招呼你了？”

“没有。”他咬着牙关，脸色煞白。

“那你吃得好吗？”

“吃了一点点。”

“什么？”寡妇大惊失色。

“因为我……不愿和他们抢。”

“怎么会这样？”

床上传来一阵猛烈的咳嗽声，在气流的冲击下，尘埃在明瓦漏下的光线中一个劲儿地乱舞。寡妇欠身朝搪瓷缸里吐了一大口浓痰。因为咳嗽她的脸涨得通红，等到喉管能通气了，她沙哑着嗓子对儿子说：“别泄气，还有一次机会，妈一定帮你争回这个面子。”

寡妇是许家老大的邻居，两家有不少年的善交。寡妇病了以后，许家老大经常帮寡妇干些体力活。寡妇用铅笔歪歪斜斜写了一个纸条，叫儿子送给许家老大。在天井泻下的光线中，许家老大展开了被小手捏得皱巴巴的纸条。小男孩站在门口，紧张得像等着产妇分娩似的。一阵寂静之后，许家老大总算出声了：“嘿嘿，回去告诉你妈，只管请她放心好了。”

到了许家老大办丧宴的那天，小男孩被人领到了最尊贵的上席，尽管他涨红着脸摸不着头脑，但在薄薄的寒暄的气氛中，他感到了一丝暖意。棕红色的桌子摆满了巷口粮店的食堂，来的人表情严肃但眼睛死死盯着满桌菜。坐在上席的人都吃得很斯文，举筷拈菜都是有条有理。照母亲的叮嘱，小男孩不敢露笑，只管吃得尽心尽意。他原先的无精打采变成了品尝佳肴的阵阵亢奋。

许家老大在桌子之间侧目徐行，最后这桌上席挡住了他的去路，他站到上席的这个小不点跟前。

“你还想要点什么？”

“不了，已经够了……”小男孩的脸涨得通红。

“小伙子，我们还等着你多吃一点呢。”上席的一位老人这时也开腔了。

小男孩被众人的盛情弄得在条凳上直打晃儿，他腼腆地站起身子对许家老大低声说：“有个问题能问你吗？”

“可以呀。”

小男孩把嘴抵近对方的耳朵：“为什么死了人，还要庆贺？”

“这个，这个……”许家老大圆瞪着双眼，几乎成了哑巴。没等许家老大想得清楚些，小男孩马上又提出一个请求：“我已经吃饱了，可以提前离开吗？”

许家老大这时咧开嘴笑了，他点点头，让人把小男孩领到厨房，在裤兜里塞了两个国光苹果。

小男孩走在回家路上时，粮店食堂里依然热气腾腾，客人们除了不敢哧哧笑，一切都感到挺满意。这时，天空像一顶嵌满了水晶钻石的王冠，望着头顶上的璀璨的星盏，他终于可以哧哧笑了。他不知道给他带来一顿美餐的死者是谁。他的心灵此刻享受着美妙的夜景，甚至希望在火焰似的星河下干脆迷路。他不知道他是最后的胜利者。如果按照解放前的称呼，他应该被称作许家三少爷。他不知道他是许士长和寡妇在离别之夜创造的。他不知道许家老大和老二百般相争的财宝，这时正静悄悄地躺在他家水井的一个幽黑的壁洞里……

修寇的心愿

我跟所有人都必须保持着距离。我的衣服本来就很难看，现在被身上的麻袋压得更凌乱不堪了。我的性情本来再温良不过，这会儿偏要扮演一个不容他人近身的刺头儿。这是一场多么荒唐但苦涩的演出啊。看见有人朝我身边挪挪，我的手臂就不自觉地把麻袋搂得更紧了。谁会知道麻袋里有我的一位好兄弟呢？他浮肿的眼皮在闭合之前，一直盼着见到自己的母亲。死前他怕家人说他是个没有出息的东西，为了找到合适的工作，他一直徜徉在车水马龙的俞城商业区。在那些修得五花八门的公司大门口，他的简朴的衣装、蔫不拉唧的眼神，令他吃足了苦头……

我接到他的死讯时，心如刀割。他的东西散落在租来的狭窄公寓里。出租房屋的老太婆像一位来视察的首长，接见了我。她双眼一边忽悠地闪着光，一边用力把我拽到门外。她简直不知悲伤到底是何物，竟然向我索要他欠下的房租费。亲爱的读者，在回家的盘缠对我来说意义重大的时刻，我不得不厚颜无耻地扮演了一回刺头儿。我二话不说地掏出一把弹簧刀，手痒了似的耍弄着，向她证明除了它，我也身无分文。弹簧刀像会发咒语的怪物，让老太婆双臂回缩，脸儿煞白地一下瘫靠在墙上。

“不……不过……他也没欠多少。”几乎是一瞬间，老太婆就改了口。

“没欠多少，就算了，你看呢？”我虽然凶相毕露地拿着刀子，口气却像是床上那具安静、凄凉的尸体的。最后，老太婆苦笑地点了点头，然后便恳求我赶快收尸走人。

我去杂货店买了只粗麻布口袋，用来裹住这位兄弟的尸体，尽管扎紧了口子，仍能闻到些许的腥臭。临走前我威胁老太婆：“不许到派出所报案。”

袋子里的这位兄弟叫修寇，他活着时受尽了屈辱，即使脸像小米粥似的黄，甚至嗅到有腐烂的气味从体内发出，他还是拖着摇摇欲坠的身躯穿街走巷。除了靠夜风抚慰他的贫困和忧伤，他压根就没舍得去医院就诊。我们的共同家乡——千里之外的惠庵镇——是我们内心最庄严的所在，尽管他屈身将就在这只麻袋里，但让他的家人见他最后一面，无疑是礼数最全的志哀。他的尸体，现在成了他死后剩下的唯一财产。但要把这财产运回家乡，可是要冒着坐牢的风险。

警察不用怒吼，似乎看一眼就能对我的神经产生作用。他们仿佛在铁路沿线布下了专门对付我的关卡。到处是不祥的喧闹声，迫使我每走动一步，整个人都像一触即跳的捕鼠夹。铁路警察的X光设备和强大阵势，令我望风而逃，最终选择了府顺街的长途汽车站。

府顺街车站到处是蓬头垢面的农民工，我颇感庆幸地加入到散发着酸臭味的人流中。在把麻袋扛上车顶捆放时，我遇到了一个货真价实的刺头儿。他的头发支棱八翘的，从脖子能瞥见龙状的刺青。他不挪动脚，硬把我挡在梯子口。“别靠着我的瓜，里面什么烂玩意儿？”他愠怒地打量着我的麻袋，布满血丝的双眼像是朝我喷出的两股鲜血。

亲爱的读者，如果换了从前，我早吓得朝裤筒里尿尿了。但这时，我像一面旗子偏要升往高处，麻袋硬被我横在他的脚下了。“里面什么玩意儿？”他得势似的大声吼着，然后又咯咯笑道，“你不会是一个哑巴吧？”这些话刺得我浑身辣痛的。当他进而朝麻袋飞起一脚，我毫不犹豫拔出了刀子。直到那时，我才领悟到做一个刺头儿的真正滋味。我的刀子几乎像一枚子弹，在他踢的同时，已架到他的脖子上。“听着，别管闲事！”听了我沙哑的嗓音，他立刻安静下来。骂人的话像不再受我舌头的阻拦，一下涌了出来……

我和这个刺头儿竟然是不打不相识。后来路上还得到他的悉心照顾。每到一所怨声载道的客车餐厅，他总蛮横地挤到队伍最前列，对谁也不看，扔下钱，抓了两盒饭就折回车上。因为担心无处不在的小偷，我不敢去餐厅吃饭，多亏这个刺头儿总不忘给我带上一盒。在干燥的山路上，长途客车开得像个满身尘土的叫花子，谁不小心微笑嘴里都会吃进浓重的灰尘。车内杂七杂八的方言声消失了，崎岖的山路把满车人晃得昏昏欲睡。

这一次刺头儿抹着嘴角的油水靠近我，在周围越来越响的鼾声中，突然搂住我的肩膀。“兄弟，不管是哪路神仙，都会服你的！”他有点诡秘地眨巴着眼睛。

“哦？”我的神经因为坐车都有点木然了，看样子他肚里的话还多着呢。

他贼头贼脑地向四下看了看，又低声说：“放心，我不会对人说的，我知道麻袋里面是什么。”这下轮到我的心要从胸口里蹦出了，我就像突然在人群面前裸了身子，完全不知所措。

“我也差点干掉一个人。说实话，你这胆子我还没见过，把人干掉了，还要拖尸回去领赏。”

明摆着这是一个江湖中人。一时间我浑身的关节像都锈死了，丝毫动弹不得。我继续紧张地听他唠叨：“嘿嘿，我总算遇到一位像样的兄弟了……”

亲爱的读者，我越听越害怕，但表面上我还得摆开江湖中人的一副漠然架势，仿佛刚参加过一场杀得昏天暗地的江湖鏖战。此人目光炯炯，只凭踢了一脚麻袋，就了然里面的秘密，看来不是等闲之辈。现在唯一能从麻烦中脱身的办法，就是继续扮演刺头儿想象中的一位江湖烈汉。我绷足了架势，听他胡扯了足有一个多小时，我的思绪其实像把长剑已经刺到窗外的山岭中……

长途客车于清晨到达惠庵镇。他默契地帮我把麻袋搬扛到一辆三轮摩托车上。临走前，他睁大眼睛打量着我：“兄弟，告诉个名儿和地址，以后好去找你呀。”我环顾着朴实无华的长街，不再紧张了，随便说了一条街和姓名。我和他的身上都有一股略微腐烂的气味。我心里庆幸，在车上与他有一搭没一搭的那种交谈，终于结束了。

在修寇家，我根本不敢亲手打开麻袋，以免目睹受到侵蚀的尸体。修寇的母亲见了我猛地跪下，然后瘫倒在麻袋上。“我的儿，伤心哪……”她撕心裂肺的一声哀号像是号角声，立刻令她家人都聚拢在麻袋周围。

我到达修寇家不久，整个镇子都得到了消息。我尝到了太阳矗立在高空的滋味，即使原来对我嗤之以鼻的人，现在也把他们的敬意抬得高高的。男人是如此，女人更是如此。我甚至得到了一些女人爱火如炽的凝视。亲爱的读者，我敢说在这个镇子未来百年的历史上，再不会出现这种阴错阳差的事了。在镇民眼里，好像连我龌龊的想法也闪着洁净的光芒。我在车上睁大眼睛不敢睡去，在警察的关卡中机警地迂回，在江湖老手面前恩威并重，仿佛只是为了回乡在胸脯高耸的女人中间引发妒忌，给镇中的男人制造夺爱之仇？唉，意想不到的荣誉让我忙得焦头烂额，我家前院里种的一点蔬菜，几乎被夜晚来探望的亲朋好友全踩烂了。

修寇的母亲经受住了痛苦。出殡那天，关于我异地搬运尸体触犯法律的说法，已经在镇中弥散开来，也不时传进我的耳际。修寇的家人出于感激甚至凑了一笔钱，希望我在一个月色如玉的夜晚，远走他乡。

亲爱的读者，家乡可是正义的栖息地啊，我不能为了笼络自己的肉身，而把逃犯的形象留在每个乡亲的脑海里。尽管我还年轻，但不需要法律的原谅。我在家里等了一周，才听到磨磨蹭蹭开来的吉普车的马达声。县里的公安怕激怒乡亲，挑选了一个黑灯瞎火的时辰。我告诉他们，用不着手铐，我等他们都等得有点不耐烦了。一个胡子拉碴、有着北方口音的老公安脸上含着笑说：“咱的心也不是石头，也舍不得叫你受罪呐。”那辆老掉牙的吉普车就这样披星戴月，载着我悄悄进县城了。

我准备承受的蹲狱之苦，不料想成了一场虚惊。在神圣的祖国大地上，法律也没我想得那么自在，有时它也得跟着舆论走。起先，我被判了刑。但爱管闲事的报纸这时偏偏插嘴了，还把一顶仁义的帽子扣在我头上。我眼睁睁看着报纸这玩意儿把我捏造成了光耀夺目的英雄。说句良心话，报纸是逼我继续当一个蹩脚的演员啊，扮演几乎能把我压垮的人类的良知！就这样在各地报纸的渲染下，我竟赢得了对法律的胜利。最后，法院无奈地收回判决，宣告无罪释放。

出狱那天，来了一些亲戚朋友等在门口。见我出来，每个人都过来捏我的肩膀。父亲扬手拍着我的脑袋说：“知道吗，家里来了一屋老板要雇你。”我笑了笑说：“我真的一下值钱了？”

“孩子，你有出息了……”

我迈着缓慢的步子走动时，这群人一声不响地跟着我。在皱巴巴的衣服下面，是我好得难以置信的心情。这时，天空万里无云，微风像女人的纱巾轻轻撩动着众人的面庞。死气沉沉的高墙好像因为有了这群人，显得格外生动。当我搜肠刮肚想说些感谢的话时，空地上一个表情漠然的人向我们走来。他双手插在衣兜里，眼睛死死盯着我。他的步法是典型的痞子步法，一步一摇，幅度很大。我马上从刚才的诗情画意中醒了过来。是他。就算忘了这个刺头儿的模样，还是能认出他那狂躁的目光。

整个队伍在距他二十米的地方停下了。

"你认识他？"父亲不安地发问道。

我犹豫了片刻说："是呀。"

他步步逼近时好像挟着一股寒气，走到跟前，突然开口说话了："喂，伙计，没想到又见面了吧？！"他几乎用双手扶住我发软的身子，"我们老板可欣赏你了，特地叫我来请你去做事。"

刚才我的心还是欢跳的小狗，这会儿，已像腐木长出了阴湿的霉菌。脑子更是一锅糨糊。我听见父亲提高了嗓音，兴奋地替我应答道："好啊，先一起到家里去坐吧。"

圣人之乡

一时间，姚家墩成了远近闻名的圣人之乡。每天总有人沿着逶迤的南河徐徐北行，他们多数是庄稼汉，用双脚跨过数以千亩计的良田，他们忘了家里还有小学毕业证之类与迷信扯不上边的东西，他们憨态可掬，沉浸在即将见到那个叫姚秀珍的圣人的喜悦中。他们有的顶着正午的烈日，有的又侧对着朝霞或落日，向盛产蜂蜜的姚家墩走去。在七嘴八舌、相互帮腔的信徒眼里，大地像一条忠诚的猎犬静卧着，竖起警觉的耳朵，朝向令他们失魂落魄的方向。只剩下最后一里时，一个令人触目惊心的村民墓地出现在眼前，朴实无华的土坟茔沿着田垄两侧展开，像一队发起冲锋的步兵。到处是被雨水侵蚀的坟墓，有的甚至露出一角朽烂的棺木。天气晴朗时，来朝圣的人还可以看见向着矮小的墓碑伛身的一两个村民。挂在坟头的白布条在风中打着旋儿，像是要抓住一两声嘶哑的哀号。

据说这个坟地，正是那个圣人的起家之地。

早年的姚秀珍，可是一位关心国家政治决议的好社员，为了国内外她并不相识的受苦的兄弟姐妹，她决心要在生产队当劳模。在一个防汛的大雨天，她把装满沙袋的自家牛车驾上了陡峭的堤坡，还没等她真正高兴，打滑的牛车就向她反冲过来……她醒了时，已经躺在镇医院的外科病房里。六个月以后，她只能一瘸一拐地走路。当劳模的打算落了空，她的眼里常噙着泪水，心里甚至涌起过自杀的念头。她绝没有想到，一项新的事业将开始于罩没着磷光的墓场。

她对婆婆悉心照料是出了名的，在村民猜测婆婆将不久于人世之前，她已替婆婆备好了打棺材的杉树板。一个月后，当婆婆在一场睡眠中过了气，死气沉沉的出殡又被她哭得有声有色。瘸腿后的病怏怏的她，丝毫没减弱哀号时的气力。

“这媳妇够孝的。”

“没见有媳妇跟婆婆这么好的。”

村民的议论声越强烈，她哭得也越伤悲。以后到了清明节，她像一只要嗅母牛气味的小牛犊，跑到婆婆的墓前去吸那里的空气。一双被自己揪红的耳朵，聆听着从几千里地外刮来的春天的信风。在墓碑前，她又是哭，又是擤鼻涕，仿佛在逼墓里的婆婆答话，恨不能自己也钻进坟墓。大概是出殡后的第三个清明节，她以非凡的听力听到了菩萨的答话。当时，她正在墓碑前摆弄着纸钱和贡品，似乎很远的声音轻啄了下她的耳膜，她吓得几乎晕了过去。接着密集的话语延绵不绝地回荡在她的耳朵里。

“原来是菩萨的声音！”她大笑起来，把散了一地的东西赶紧收拾好。黄不拉几的脸凑近墓碑，试着又问了一遍，她惊叹菩萨的声音再次响起。

她，这个自认已经无用的农妇，从此腋下夹着一本佛经开始祷告了。离姚家墩不远的县城保恩寺，江对岸的鄂州西山寺，没少留下她的足迹。她把自己的农家瓦屋一隔两半，用一半做了拜菩萨的堂屋，常年供着香火。听说她能跟菩萨对话，受不了疾病折磨的人、穷怕了的庄稼汉、为嫁娶投石问路的恋人都蜂拥而来了，他们眨巴着双眼，就苦等着姚秀珍脑袋里的菩萨发一发话。

“这病还有希望吗？”

“女儿怀的双胞胎，能顺产不？”

“儿媳去了深圳，会遭罪吗？”

她分给每人一塑料瓶水，以应付没完没了的问题。她用庄严的嗓音告诉大家，水可是由寺庙住持开过光的，能驾驭各种乱窜的命运。接下来，大家为获得菩萨答话付出的代价不算大，一百块钱就知道自己的希望是否成泡影。姚秀珍坐在堂屋贡台前的坐垫上，拿指头掐算着，发问的人这时连血液都要凝住了。一双棕色眼睛落到谁身上，谁就禁不住地一凛。古老的仪式让如坠五里云雾的信徒断了别的想念。最后，姚秀珍会把前胸抵向坐垫，向下压的身躯活像一只拔塞器。当她累得精疲力竭，多半时候，菩萨会当面答话……

“你的事已经解决，菩萨笑了……”

“菩萨还没答话，你先回去喝这瓶水，每天喝一口。”

“你儿子的命捏在媳妇手上，拿着这根红绳，叫儿子系脚上。”

得了答话或方略的人，几乎是边退边谢着走出门去，唯恐谦卑得还不够。在他们眼里，不大的堂屋到处是光辉和向他们心里倾泻的光柱，能及时修补坼裂作响的命运。而天天帮别人与命运肉搏的姚秀珍，窘迫的日子也算熬出头了。她跟随地区佛教代表团，去了山西五台山、四川峨眉山、湖北武当山……参加这个云游四方的代表团，对她来说并非小事，她的半仙地位因此得到巩固，名声开始在方圆百里的乡镇震响。

那些被说中的人，就像品学兼优的学生，这辈子将守着姚半仙的各种批示，这仿佛是会发出咴儿哟儿声音的八音盒，无论上面落了任何异教的灰尘，他们都要尽心掸掉。“你别不服气，这么说吧，她救了一个人，你也救一个给我看看……”这些人不怕把腮帮子说得发酸，喜欢像赌徒那样凑在一起，彼此的眼里闪着兴奋的光。姚半仙的口头禅也被他们到处传扬：“能喝点佛水的，都是好人，就没什么可担心受怕的……”

我跟姚秀珍是远亲，以前为了吸点新鲜空气去过她家。自从我在外省当了教师，就没机会和远亲们拉什么呱了。但我的血并非是冷的，十年后我无法抵御田野的诱惑，又去了她家。

我到达时，正午的阳光像一袭黄色长袍紧紧裹着她。当她认出我，几乎大叫了起来：“嗬，是你呀?！”那双变老粗糙的手像十年前一样，紧拉着我的手不放。我俩一同进了屋。前面的堂屋几乎空无一物，后面的堂屋却有些富丽堂皇。蓦地，我发现在后门外的窗前，还候着许多信徒。我没想到在一群狂热的人中，她已经有了至高的地位。按辈分，我应该叫她表姨婆。我的到来让她高兴不已，她又是点香，又是拿垫子，像要为我做点什么。

“曲儿。”她把自己隔在一道帘子后面，然后朝我喊道。她先替我往功德箱里扔了一些硬币，按照指示，我给贡台上的观音菩萨磕了三回头。这时，我诧异地盯着帘子后面的她，只见她念念有词，掐算手指时又肃穆无声，她不时摇晃身子，把凳子弄出吱吱嘎嘎的声响。最后，她的脸上熠熠生辉，像做了美梦一样高兴。

“曲儿，菩萨笑了，笑得咯咯的，你有福了……”

她叫侄女拿来一个菩提子手镯，用报纸裹了送给我。我当然不会白拿，出门时在她手里塞了两百元。临到离开村子，我想起还有一件事要去办。城郊墓地很贵，三年前家人把爷爷奶奶的墓迁到了这里。他们的墓碑非常简朴，只有称谓、姓名和生卒年月。坟头上的青草像是奶奶的长发和爷爷的胡须。我跪在碑前，表姨婆说的话简直像一阵清风沁着我的心肺，她对着坟墓大声喊道：

“表姐，表姐夫，孙子来看你们了，送钱给你们，让你们买栋好房子住啊……”

为了让表姨婆定期来碑前帮我家人烧纸钱，我又给了她两百元。我浴着斑斓的晚霞回去时，她一直站在村口给我送行。我感到空气被她炽热的目光点燃了，像一股暖流在身后推动着我。

姚家墩给我留下了浑浑噩噩、似真似幻的印象。回到省城，我跟一位远亲谈到了姚秀珍，他听后迫不及待讲起了他父亲的故事：

父亲在四十五岁生日的凌晨，突然发现鲜血灌满了他的食道，他不停地吐了半盆血后，被救护车送进了医院。他说，在最困难的时候，他只相信一件事，即那个他并不知道的老天爷会站在他一边。他因为病谢了顶的脑袋，在几次生命行将熄灭时，都不自觉地想到了无形无状的老天爷。虽然病魔几乎榨干了他的身体，但他奇迹般地活了下来。所有跟他患同样病的人，都没有活过三年，独有他的生命像一条不死不活的小溪一直流淌着。十年后，那些因为这种病觉得倒了大霉的人，纷纷前来求教。他有气无力的，无法说出病好转的原委。他心想，有些事是不适合直接说的。那些人眼巴巴地望着他闪闪发亮的满口假牙，像马鬃一样扬起的两侧鬓发，不肯罢休，因为他反复说着医生已经交代过的注意事项。他要让那些被病魔折磨得毫无想法的人相信，只有遵照医嘱，才能夺回本应属于他们的健康。

如果他愿意口出狂言，在屋里搭个祭台什么的，他本可以在病友中获得至高的地位。他自己也想过，老天饶了他一命，一定是有原因的。那些失声痛哭、迷失了方向的病人，既然在他那里得不到安慰，便渐渐在他家里绝迹了。他们转而求助于几十里地以外的姚半仙，深一脚浅一脚地去了姚家墩。

父亲比姚秀珍低一个辈分，以前逢着姚秀珍进城，他很少尽后辈的礼节主动款待。去年春节，他终于托人向姚秀珍发出了邀请，请她来赴并不丰盛的家宴。闲来无事能帮助捎口信的人很多，不久，就有人带着一个塑料瓶回来，里面灌满了水。捎口信的人说：

“大仙要你把这瓶水慢慢喝了，一天一口，对你的病会有好处。”

来人用舍不得的目光打量着那瓶水，活像打量着一块黄灿灿的金砖。有洁癖的母亲马上嗅出了这瓶水的微臭，她把眼睛贴近瓶壁，发现水是浑浊的，还漂浮着细小的青苔和杂物。

来人走后，作为父亲的护理员的她发话了：“真好笑，就是从水塘里舀的一瓶脏水，没病的人喝了也会生病的。”

最终她把这瓶水放到花架上，准备用来浇花。

到了父亲约定的日子，姚秀珍应邀前来赴宴。不过她的身边多了一个尼姑。尼姑一身黄色和尚服，走过来时脖子上的围巾被风吹得东摇西晃。一行两人刚在客厅的沙发上落座，姚秀珍就发话了。

“我今天特地请来了一位活菩萨。”

“老天爷，”母亲心里嘀咕，“莫非他们要趁我丈夫生病，在他身上捞一把……”

那位被称作活菩萨的尼姑，打量着屋里寒酸的家具，用肯定的语气说：“你家祖上以前很穷的。”

“你说得不对，”母亲盯着她的眼睛反驳道，“他家解放前有钱呐，解放后才没钱的。”

尼姑的脸一下白得像涂了石灰粉，当她在沙发里尴尬地扭动身子时，被姚秀珍一下接过了话头。

“他妈妈以前功德深厚，所以他家是有老底子的，菩萨自然会保他渡过难关。”

尼姑马上接话说：“看得出来，他确实是有道法的。”

姚秀珍从茶几上捡了一张纸，像开处方那样在上面描了些画符。她吩咐父亲将纸片与那瓶水放在一起。她拂了拂袖子，然后和气息孱弱的尼姑站起来告辞。尼姑像被她牵着一样摇摇晃晃。若在往日，尼姑劳苦功高地跑一趟，被访者是要诚惶诚恐地掏钞票的。但那天，也许是太阳把尼姑晒得昏昏沉沉的，一进门她就犯了一个大错。这个错不可小视，叫姚半仙此前送圣水的努力功亏一篑。

出门时，姚秀珍大步流星，不想叫父亲看出她是为收圣水的钱而来的。“你们吃了饭再走吧？”父亲用孱弱的声音挽留着她们，看到她们去意坚决，只好像一根歪歪斜斜的电线杆，停在她们身后的河堤上。

那张纸片上的画符，就像跪着的一排信徒。父亲内疚又惶恐地拿着它走到花架跟前，发现那只塑料瓶不见了踪影。

“喂，那只塑料瓶呢？”

“刚刚扔河里了。”

“什么？”父亲孱弱的身体突然像一门加农炮发出了惊人的震响，“你真他妈的扯淡！”

原载《作家》2005年第8期

点评

黄梵用信手拈来的三个故事就举重若轻地解读出尘事这个沉重的存在。《丧宴》中的两个儿子为了争夺家产一直钩心斗角，就连丧宴也成了斗法的工具。一个八岁的小男孩还不懂“死了人，还要庆贺”这个乡村仪式的原始意义，却成了财产之战中最终的胜利者，并在大哥为父亲操办的丧宴中尽兴地品尝佳肴。《修寇的心愿》是个荒唐的故事。修寇这个可怜的民工兄弟来城市寻找出路，却不幸地遭遇了死亡。他只能把自己的尸体蜷缩在麻袋中，靠着“我”的搬运才得以叶落归根。“我”在社会舆论的炒作中被抬升为仁义无双的英雄，从而免去了牢狱之灾，并一举成名。然而，面对刺儿头的邀请，“我”该何去何从？《圣人之乡》中姚秀珍是名噪四乡的通灵圣人，而“我”朋友的父亲坚信自己的生命是老天爷的恩赐。某日，姚秀珍和一个尼姑应邀赴朋友父亲的家宴，小尼姑的错误使得她们没吃饭就溜了。朋友的父亲得知装圣水的塑料瓶被扔到河里时，“孱弱的身体突然像一门加农炮发出了惊人的震响，‘你真他妈的扯淡！’”

三个故事透视出在乡土习俗和本位文化的大氛围中，乡村人无可逃避的生存压力和精神困境。正如《丧宴》中两个儿子，尽管人财两空，仍然要将丧事大操大办，并在这种操办中把自己想象成包工头，神气活现地指挥一切。这是被压抑内心的释放，同时也侧证了这片古老的土地对他们真正意味着什么。人的一生是于重压之下艰难行走的，命中注定的不能承受之“重”如影随形，人们永远也摆脱不了。

（常梅）

下一个是你

映川

我洗了头发，到阳台上吹风。隔壁的高英也在阳台上，手里拿着一根木棍拍打毡子。棍起棍落，灰蒙蒙的尘土东奔西窜。我刚思忖着要不要避回屋里，高英招呼说：“美禾，等会儿过来吧。”

高英家每逢周末都要开牌局，我是常客。我想下午没什么事就答应了。

等我敲开高英家的门，高英、刘知春、保姆小六三个人已经坐在牌桌边嗑瓜子候我了。高英对面的位置是空着的，这已经成了规矩，高英基本上不和自己的老公刘知春打对家。因为过去他俩打对家总是互相埋怨、嘲讽，还会吵起来，摔牌揭老底曝家丑什么的。高英反省说，自家人太熟悉容易内耗，为打牌这种小事情伤感情不值得。从此，高英和刘知春在牌桌上自觉和客人结对子。作为对手他们果然相安无事。

头两局我和高英轻而易举赢了。刘知春埋怨手气不好。高英一脸春风，说：“我从来都不靠牌，靠的是技术。”保姆小六打牌不喜欢说话，皱着小眉头，严肃认真地看大家出牌，包括每个人的面部表情。小六在高英家做了五年多，一直照看刘知春中了风的老父亲，算得上高英家的一口人了。小六打牌是高英手把手教出来的。小姑娘悟性高，记牌能力超常。有一次我该出对子的时候没出，过后把这对子拆散了出，她竟然能指出来，让我很没有面子。高英不止一次当着我们外人的面夸小六说：“猴精，如果多念几年书更了不得了。”

紧接着的两局，刘知春带领小六追平我们。双方在决胜局一度陷入僵持，关键时刻，刘知春鬼使神差出错一张牌，断送了小六的上手机会，让小六手上一副准备做大的推土机变成零碎件。我和高英刚准备取笑刘知春，一件令人吃惊的事情发生了，小六扔下手中的牌，忽地站起来伸手甩了刘知春一巴掌。小六的表情是愤怒和轻蔑的，鼻尖上沁出细小油亮的汗珠，鼻翼像蝴蝶的翅膀扑扑地颤抖。小六的手是一双曾经砍过柴、耙过地的手，她的手快速在空气中挥动时，气流被带动嗡嗡作响。这记耳光打得宽厚扎实，一只粉红色的手掌印顷刻间浮出刘知春的腮帮，像一片红叶漂在水面上。

我顾不上看刘知春的脸及其表情，我的注意力在高英身上。我看着高英，高英看着刘知春，高英的眼睛交替着朝两个方向看，朝右看小六，朝左看刘知春，看着看着，脸上渐渐浮出一丝笑，只不过笑被往两边撇的嘴角拉弯了，意味也跟着深长了。这是一种洞察某种关系的笑，笑是暧昧的，所指向的内容也是暧昧的。

高英的笑点醒我，我突然发现自己不知不觉介入一个秘密，心一阵发慌，赶忙扔下手中的牌说："我家里还有点事，下次再来玩。"

没有一个人挽留我，仓促间我甚至忘了换下他们家的拖鞋，打开门就走了。

上面这个事件是林美禾向我描述的。

我和林美禾每隔一些日子都会聚聚，地点一般由林美禾定，她对约会的环境比较讲究。这段时间她发现了一个新地方，离城十公里一个老林场建了几栋专供旅游休闲的木楼，美其名曰"森林氧吧"。"森林氧吧"的装修不是很高档，但有山有树，我们躺在床上，不用往窗外看，阳光也会把树的影子打到墙上，风过来，枝摇叶晃，墙变成一面舞台的背景。

树林里间或抛出一声鸟叫，很奇怪的，鸟叫声会让人联想到鸟儿停立的那枝树木，在它爪下颤动翩如惊鸿。我的身体为着这不着边际的颤动而激动，体温迅速攀升，我的手钻入林美禾的身体。林美禾舒展玉臂，文绉绉地说："富氧使人心旷神怡。"我恶狠狠地补了一句："更使人英姿勃发。"该进入主题时，林美禾的情绪没有和我同步，她突然讲起刘知春被打的事情。

我和林美禾有很多新闻可以交流，因为我们同在艺术学院工作，彼此间谈到的人基本都认识。

听完林美禾的描述，我沉默几秒钟，然后狂笑，脚板在床上乱踩一气，笑得眼角都湿润了。我气喘吁吁，连呼精彩，“很久没听过这么精彩的故事了”。

林美禾觉得我笑过头了，拉拉我的手说：“至于吗？”

我搂住林美禾亲了一口说：“宝贝，给我说说你的看法，小六为什么敢打刘知春？”

林美禾哼了一声：“小看我，这明摆着小六和刘知春有一腿。小六虽是农村女孩，可人长得不错，又很聪明，刘知春当初为了得到她想是什么下作手段都用了，才被小六小瞧了。你们男人为了把女人搞到手，什么贱话不敢说，什么下作的事做不出来？”

听林美禾分析得头头是道，我不理会她的讽刺，忍不住哧哧地笑。我说：“我看刘知春不是第一次挨打，那保姆私底下肯定打顺手了。”

林美禾侧过身，手在我的脸上不轻不重拍打两下说：“当初你为了得到我，还不是……”

我不让林美禾把话说完，刘知春事件比窗外的鸟儿更能激发我的欲望。林美禾仍然不配合，她被自己刚才说的话勾动了心事，继续唠叨：“以前你早晚都会有电话给我，在家不方便打还跑到马路上打，现在三天两头没一个电话。这段时间好像都是我约你，你是不是很忙？想当初你像发了狂一样……”

尽管我试图用一连串不吐气的亲嘴把林美禾的小嘴堵上，她还是越说越来劲，越说越伤心，最后干脆一使劲把我掀翻到床下说：“没意思，太没意思了。”

我扒着床沿说：“这样吧，我给你赔不是，要打耳光还是要我下跪，你说了算，反正我又不当领导。”

林美禾说：“奇怪，这和当不当领导有什么关系？”

我说：“关系太大了，做了领导就不能说下跪就下跪了。你看有很多官太太根本不拿自己老公当一回事的，大庭广众之下也不给老公面子，那是因为男人在家里太熊了，在外面再怎么挺括也没用。做领导真难，领导也是人呀！”

林美禾扑哧一笑，冰雪融动。一堵坚不可摧的长城土崩瓦解，风吹草低见牛羊。

我家楼下的车房最近终于派上真正的用场，原先堆放的旧床架、旧衣橱等全都扔的扔，送人的送人，新入主的是一辆墨绿色的本田。墨绿色，我最爱的颜色。

有房有车只是一个底线，艺术学院很多老师早就冲破这个底线，我充其量只算一个新晋者。艺术学院有点本事的都在外面另起炉灶。弹钢琴的教钢琴、卖钢琴，跳舞的教跳舞、做演出中介，画画的卖画、开品位咖啡屋……我虽然在省内雕塑界有些知名度，但没有钱等着我去拿。哪里有项目，齐刷刷上百双眼睛盯着，拉关系，走后门，经常一个项目拿下来我都忘了自己是靠手艺吃饭的。

我要养孩子，住别墅，环游世界，我，我可能还要看顾几个情人……我稍空闲的时候总被这些念头骚扰得坐立不安。

骚扰我的东西同样骚扰着一大帮艺术学院的年轻老师，例如李钢、罗庆军、尤晖……

我们几位专业不同，李钢是画国画的，罗庆军搞声乐，尤晖是教文化课的。我们苦闷的时候就聚在一起打牌。

不知道从什么时候起打牌这门技艺进入艺术学院家家户户，填补了很多人无所事事的时间。于是，还有人感叹，如果这世上没有扑克这门技艺，我们怎么活到老？

罗庆军说："当初我要学钢琴就好了，坐在家里钞票会长了脚来敲门。何丽珠那种水平也敢收每个学生200元一个课时，还有没有天理？"

李钢说："我们系又让黄凌云出国，凭什么？他已经出去两回了。"

尤晖说："学工部的副处长拿出来竞聘，系领导动员我参加竞聘，你们看怎么样？"

尤晖的话头还有点档次，我们三人一边把牌甩到桌上一边说："千万不要去陪绑了，早就内定是王珏了，上面是为了显示民主找你去做陪衬的，多大年纪了你还那么天真？"

我们三个几乎把尤晖说哭了。

尤晖叹息："我当初就不该进艺术学院，教文化课像后娘养的，谁也不把你当一回事。"

牌桌上气氛竟然有点凝重，连战局都徘徊不前。

我们吃花生，喝啤酒，往桌上有气没力地甩牌。我突然想起刘知春的耳光事件，我相信眼下把这事说出来一定振奋人心。

我说："不知道你们听说了没有，刘知春被他保姆扇了一巴掌，在打牌的时候。"

李钢为了在最快的时间里对我的话发表意见，拼命把满嘴的酒往下咽，以至于被呛出了眼泪。

罗庆军吃惊地睁圆眼睛说："打牌的时候被扇，没搞错吧？难道刘知春打牌的时候还敢不规矩？"

尤晖趁罗庆军说话分神，眼睛一扫，迅速把罗庆军的牌尽收眼底。

尤晖的态度让我不满意。

我慢悠悠地说："因为刘知春出错了一张牌。"

别看尤晖先前不在意，最早爆出笑声的是他。"这只老鸟。"他的嘴里唠叨着，"我操，看不出刘知春还有这一手。"

李钢也扑哧笑了出来，把嘴里剩余的酒喷洒到我们的脸上说："高英也在场吧？"

我点点头。

李钢笑得更大声说："真他妈的绝，刘知春五十好几的人了，想不到还有这份闲情，凭高英的性子一定会和他离婚。"

尤晖说："高英每天光顾着给别人做思想工作，自己老公却给别人做掉了。"

罗庆军明白不过来，看我们三人的脸说："你们到底说什么？"

通过这点我可以判断出罗庆军是我们这四个人当中最纯洁的一个。我们三人你一言我一语地就这事讨论起来，罗庆军总算在我们的讨论中获取了信息，领会了精神，一颤一颠地笑，几张牌抖落到地，嘴里说："野蛮女友，野蛮女友。"

我给自己制作了一个画册，里面收了我所有的代表作，包括那些属商业行为的作品。我打算把画册当名片，推广业务。画册在民族出版社印制，是我老婆丘丽娜的同学覃安基一手承办的。

我到覃安基的办公室看样书，册子里居然有两幅作品的注解弄反了。我冲覃安基发牢骚："你也不帮我把把关，印这东西哪里不能印，跑你这印还不因为有熟人吗？”

覃安基瞟了一眼说：“又没有丢失什么内容，有点脑的人看了都会知道是弄反了。”

覃安基继续玩他的电脑游戏，和我说话的态度跟过去不一样，我给他拉过不少业务，他哪次见了我不是哥哥长哥哥短地叫，现在分明怪我小题大做，隐约还有一点我说不清楚的东西。

我心头火起，把画册出错的两页扯下来说：“我要求重印。”

覃安基推开鼠标，把身子转向我说：“老崔，这批画册印数这么少，我根本是白打工，你真想让我赔钱？你家里出事犯不着拿我出气呀。”

最后一句话覃安基降低了音调，是嘟哝出来的，我的耳朵一贯好使。我说：“覃安基，你大声点，你说什么，我家出什么事了？”

我是站着的，覃安基是坐着的，他伸过手在我的臀部上轻佻地拍了拍说：“有时间我会帮你劝劝小娜的，做男人也不容易啊。”

覃安基越说越离谱，联系他对我的态度，我隐隐感觉一丝不祥。我说：“兄弟，你到底都听说什么了？”

覃安基的眼睛扑闪扑闪，分明有抑制不住的邪笑漫出嘴角。“崔记，不是我说你，你也真是的，怎么把一个小保姆宠成那样？当众敢给你耳光。”

那个从我嘴里出去的故事，不知道在外面绕了多少圈，经过多少人的嘴，现在故事变成：崔记打牌的时候因为出错牌，被保姆打了一巴掌。

如果我们家没有保姆还有反驳的机会，偏偏我家也有一个保姆叫阿桃。

我承诺了覃安基三条软中华，他才把传话给他的人透露给我。这小子我认识，但不熟，分到我们系里就一两年，叫余电波。我和这小子的关系仅限于见面点个头，有时头都未必会点。他怎么就无缘无故把一盆屎扣到我的头上呢？

如今，覃安基这样的人都开始不把我放在眼里了，我以后怎么混？我的胸口发出愤怒的叫喊：找到余电波，扇他两巴掌，再告诉他挨打的原因。想当年我崔记也是个厉害角色。从覃安基那里离开，我直奔余电波的宿舍。余电波不在宿舍，听说他有课。我干脆到他的教室去等，等他下课夹着讲义从教室里出来，我上前去搂住他的肩膀。我没有像原先计划的那样上去先给他一记耳光，而是说：“兄弟，走，到外面去喝两杯。”从这里我发现多年的教育已经把我修炼成一个有教养的人，我不可能做出野蛮的事情来。

我们到校外一个小饭馆要了两个小菜，我特地点了物美价廉的二锅头。余电波说他不能喝酒，他说话算话，说不能喝就坚决不喝，我怎么劝也不能让一滴酒沾上他的嘴唇。他那副坚持原则的模样一点不像一个栽赃陷害的人。我自个喝了二三两，脸皮子喝红了，舌头喝麻了，胆子喝壮了，我把筷子往桌上重重一拍，埋头吃菜的余电波震得抬起头来。我说：“余电波，你为什么告诉覃安基说我被我们家保姆打了？你怎么能往我头上栽这么个罪名？我可以告你诽谤……”

余电波拿起一张纸巾擦擦嘴，擦干净了把纸搓成团扔到墙角。我的眼睛追着这团纸的去向，耐心等待余电波的回答。

余电波不以为意地说：“你请我吃饭就为这事呀，这事不只我一个人说，现在学校里几乎每个人都在说。那天我碰到覃安基，他提到你，我顺嘴就把前两天耳朵里听到的话告诉他了，如果你不乐意我现在向你道歉，我保证再也不说了。”

我急得跳上桌子，“你说什么——全校的人都在说？”

余电波说：“你想想看，我是从吴高潮的口里听到这个笑话的，他说的时候我们系里还有七八个老师在场，你不信找其他人问一问。”

吴高潮是艺术学院的院长，我不敢去找他。

一根线总有两个头，我还是从另一头找起吧。

林美禾是其中一个线头，她把故事告诉我，我又告诉罗庆军、尤晖、李钢。这有点像根目录和子目录的关系。问题可能出在这三个人当中，也许他们在传话的过程中交待人物不清晰，把叙事者的名字变成了被叙事者的名字。

我把他们三人找来对质。

罗庆军说：“这事我听了就听了，我没有跟任何人说起过。”

李钢说：“我是向别人说过，是当笑话说的，主要是说事，根本没有提人名。本来想告诉别人版权是你的，可虚荣心一上来我还是把版权剽窃了。”

这两个人说的话比较符合他们的性格。最可疑的是尤晖，他说：“这段时间我一跟姑娘们打牌，我经常说，我的牌即使打得不好，你们也不要打我的耳光，一打问题就复杂了，我们的关系就说不清楚了。”

从尤晖说的话可以看出这家伙很会偷换主角，但我拿不出任何证据是他这里出了问题。

最后，我只能请求我的这三个朋友：“你们可以到外面去说，说得越多越好，但要记住，被打人的名字叫刘知春，你们一定要替我正名。”

三个朋友齐声保证：“包在我们身上，我们一定力挽狂澜，把事情拧过来。”

外边的事还没理清，家里又出事了。

丘丽娜提出跟我离婚。她用最恶毒的语言来诅咒一个和她生活了十年的男人。她说得最多的是：“你比狗还贱哪，贱到让保姆往脸上招呼巴掌，你把你的脸丢尽了不算，还把我的脸丢尽了。我的事业都让你给毁了。”

丘丽娜是电视台的记者，主要跑新闻，在屏幕上出头露脸的机会并不多，但她一直把自己看成公众人物，还说她要像爱护生命一样爱护她的名声。

我说：“丽娜同志，别人造我的谣你也相信吗？我能和阿桃有事吗？阿桃按辈分还得叫我一声叔公，我再不要脸也不可能干这种事呀。”

丘丽娜说：“你喜欢招人到家里打牌，你要不是真的挨了阿桃耳光，谁能编出这种笑话？阿桃刚到我们家的时候像棵霉干菜，现在你看她那样，油光满面，奶子比馒头还大，你的功劳不小嘛。前些天她摔坏几只碗，我刚说她几句她就跑回自己的房间半天不出门，知道给我脸色看了，原来是你给她撑腰……”

丘丽娜的思维是发散性的，这和她的工作有关系。她可以在叙述的过程当中不断地拓展自己的思路，她越分析越认定我和阿桃已经干了什么见不得人的勾当。

丘丽娜气急败坏地在屋里转悠，最后转进厨房，“砰”的一声，砸的是锅头，丘丽娜说：“这日子没法过下去了，锅头留着有什么用！”

"哗啦啦，叮当当"，是碗盘坠地破碎的声音。丘丽娜说："畜生，不是吃饭长大的畜生，是吃草长大的！"当丘丽娜拿着菜刀在砧板上剁的时候，我的膀胱一阵紧张，我大声嚷："是刘知春被他家的保姆小六打了，不是我，我是被人陷害的！"我用比说书人更流畅更快速的语言把刘知春事件讲述了一遍。

丘丽娜一刀深深劈进砧板，仰天长笑："崔记，你这个王八蛋，这种无聊的谎话你也编得出来。你是不是打算侮辱了我的人还要侮辱我的智商？"

丘丽娜把厨房里的锅碗瓢盆砸光后搬回她妈妈家住了。

我给岳母打电话。我向守寡多年的岳母说了三点理由来表明清白：第一，我是一个艺术家，是有品位的艺术家；第二，阿桃和我有红薯藤的亲戚关系，如果我们之间有不轨的行为我在旧社会是要被浸猪笼的；第三，我一直反对请保姆，是为了体恤丘丽娜，让她从家务中解放出来才请的。

岳母比她女儿有脑子，答应出马管一管这事。

岳母不仅找阿桃谈了，还带阿桃上医院去做了体检，阿桃的处女膜没破。岳母这招从本质上解除了问题，证明了我的清白。没想到丘丽娜还是不愿搬回来，给了我一句话："我是个公众人物，人言可畏，你把外面恶劣的影响消除了我们再谈。"

我安排好房间约见林美禾，我需要她出头来还原事实的真相。这段时间焦头烂额的，我有很长一段时间顾不上林美禾了。

林美禾比约会的时间整整晚了一个多小时才到。在电话里我已经把苦水跟她倒过了，以为她会早一点到安慰我，可人家偏偏还要迟到。

林美禾进门的时候手里提了三四只纸袋，一看又是时装。我说："逛商店了？"

林美禾兴高采烈地把选购的衣服掏出来往身上比，说："这段时间秋装上市，我看着好一下买了几件，也有你的一份。"林美禾掏出两双袜子在我眼前晃了晃。林美禾有一个优点，她每次狂购总惦记着给我捎带点东西，比如一只打火机，一个钥匙扣什么的。虽然那些东西的价格是她所购物价值的百分之几，但我会做出满心欢喜的样子，而且总给她把购物的发票报销了。

我说："我都没脸见人了，你还有心情上街买衣服。"

林美禾说："怪就怪你管不住自己的嘴，你可以说刘知春，就不该尝尝被人说的滋味？"

我说："如果我是刘知春，我就老老实实让人说了，做了还怕人说吗？现在我是被污蔑，我没做的事凭什么栽到我头上？"

林美禾说："让别人说去吧，新鲜劲一过就没有人说了，我反正不在乎。"

我说："你不在乎顶个屁用，你要替我出头清除谣言，你是见证人，最有发言权了。"

林美禾瞪了我一眼说："你难道让我去跟别人宣扬我亲眼看到刘知春被打？高英和我无冤无仇，平时对我不错，我不能害她。当初我就不该把这件事情告诉你，告诉你是害了你。"

我生气了："林美禾，是高英和刘知春重要，还是我重要？你根本不把我的事放在心上。"

林美禾也生气了："在我眼里你最重要，但是在你眼里，丘丽娜还有其他人都比我重要，最自私的人是你。"

我说："美禾，这个时候你不要再给我添乱了，丘丽娜已经跟我提出离婚了。"

林美禾说："那太好了，丘丽娜信不过你，她跟你离婚我嫁你。以前你说怕伤害丘丽娜才不跟她提离婚的，现在是她跟你提，你为什么不答应了？"

又戳到我的痛处了。我说："我有我的难处。"

林美禾冷笑一声说："其实，我早不想跟你这样没名没分地拖下去了，我给过你机会了，是你不要我，我林美禾又不是嫁不出去。"

林美禾开始把散乱在床上的衣服收拾进纸袋子，这要花一两分钟的时间。只要我在这一两分钟的时间上前拦住她，像以前那样用身体拦住她，说上两句服软的话，她肯定走不成了。但今天我实在没有心情，我烦透了，甚至想，分手又怎么样，倒霉的事要来就一齐来吧！

一个曾经说最理解我、不要名分爱我一辈子的女人，在我最焦头烂额的时候离开我，我还有什么话说呢？

阿桃先是被丘丽娜羞辱，后又被我的岳母娘带到医院做检查，表面上看不出她有什么变化，私下里她却给在城里打工的哥哥阿根打了电话诉苦。

那天我打开房门看到五大三粗的一个黑汉子跷腿坐在沙发上，电视开得轰天响，不禁吓了一跳。黑汉子看我发愣，屁股在沙发上挪了挪，叫了一声“叔公”。阿桃也从厨房里跑出来说：“我哥来看我。”

原来是阿根，我见过，当年就是他将阿桃带到我家来的，几年不见老成许多。阿根显然刚从建筑工地上赶来，衣服裤子还挂着几块稀糊糊的泥浆。

来者不善啊。

阿根坐在我家那张进口的软皮沙发上，阿桃在他面前的茶几上侍候了丘丽娜喝的咖啡，我抽的软中华，还有一大盘水果。看来他们兄妹情深。

阿根拍了拍身边的空位招呼：“叔公，坐。”这一声声“叔公”提醒我，我是他的长辈，尽管我比他大不了几岁，冲着这一声“叔公”我也不能乱了阵脚。

我从钱包里掏出两张大票子递给阿桃说：“多做几个菜。”我没有坐到阿根旁边，我从餐桌旁拉了一张凳子坐到阿根的对面。

阿根说：“叔公，我没时间吃饭了，我还要赶回工地。我来是想给你谈谈阿桃的事，听阿桃说你和叔婆闹离婚，指她是第三者，还带她上医院体检了。”

我给阿根递了一根烟，他严肃地用手推回来说：“戒了。”我把烟搁在茶几上说：“阿根，这也是没有办法的事，你叔婆怀疑我和阿桃乱来，只有这样才能证明我和阿桃是清白的。”

阿根说：“叔公，我上过高中，有空也读书看报，你们这种做法说得难听点是侵犯人权。如今这世道人言可畏，阿桃没被检查是清白的，这一检查名声就坏了。就像领导干部，没事的拿去审查，谁不说他有问题，谁还说他是清官。”

阿根的话一套套的，显然是有备而来，这个转战南北打工的浑小子，磨成老江湖了。

我说：“不该检也检了，你们兄妹有什么打算？”

阿根说：“叔公，我们是自家人，我有个提议，你千万不要以为我跟我妹是要讹诈你，阿桃现在一个月包吃住是三百，你们给她开个六百吧。”

我说：“阿桃在家里也就是做做饭，搞搞卫生，我家一没孩子，二没老人，这样吧，阿桃我也不敢再用了，我给你们几千块钱，你带她走吧。”

阿根说：“身正不怕影子歪，阿桃一定要留下来，辞工反倒说不清楚了。前几天我爸和几个叔叔说要上来，我跟他们保证没事，劝了又劝他们才答应不上来，阿桃这么一回去怕又要惹出事来。”

阿桃站在一边插话：“我不走。”

到今天我才知道我有多么无能，我连一个保姆的去留都搞不定。

丘丽娜不回家，家里只有我和阿桃，这日子过得别别扭扭。家里没有女主人坐镇，阿桃胆子越来越大。除了做饭洗衣服，她有大量空闲的时间，她进我的书房用我的电脑，除了玩游戏还QQ。有一天，她一个异性网友往家里打电话，是我接的，我训了对方两句，警告他不准再往家里打电话。当晚阿桃就跟我闹，说她被网友骂了，骂她玩弄感情，家里有个恶老公，还在网上装纯情少女。

纯情少女？我从来没有认真打量过阿桃。这小姑娘刚来我家的时候，头发枯干，脸色发黄，丘丽娜还担心她有肝炎带去体检了。几年工夫，小姑娘头发黑了长了，皮肤粉红粉白，一怒一笑竟然有几分动人。我心里有了判断一下子变得不自然了，慌张地跟阿桃道歉：“对不起，我不知道那个人是你的男朋友。”

接下来困扰我的是阿桃的气味。阿桃的气味和丘丽娜的气味有很大的区别。丘丽娜的气味大部分是由化妆品和护肤品决定的，阿桃的气味纯属天然，来自她的身体。那种气味说不清楚，不能用芳香或是异臭来界定，置身于这种气味会感觉到周围的空气变暖了，头脑会有点发蒙。阿桃整日待在家里，她的气味越来越重，从厨房到客厅，然后是我的书房，后来我发现夜里睡觉的时候卧室也飘扬着阿桃的气味，用被子捂住鼻子才勉强睡得着。我有点怕回家了。

我在外面耽搁的时间越来越长，通常是挨到吃饭的时间才回家。那天阿桃邀了几个小姐妹在家里玩牌，我回到家里看到她们在玩牌心里一阵发紧。阿桃瞟了一眼墙上的钟，大大咧咧地冲我嚷：“叔公，冰箱里还有剩菜剩饭，你自己拿出来热一热。”

我本来想说几句，看她们兴致很高忍住没说，自己出门下楼找饭吃。

正是中午吃饭的时间，一大群学生占据了校园的主干道，人流朝着饭堂涌去。我尾随着他们进入饭堂。饭堂有专为教师开的窗口。我打了三两饭，一碗汤，一盘菜。在饭堂吃饭让我怀想起单身汉的岁月，以前觉着饭堂的饭菜难吃，今天吃起来味道不错。我吃得很精细，吃出厨师的水平比过去高了，炒鸡蛋炒笋子油汪汪的，不像以前黑乎乎带股焦味；但卫生水平比过去略有下降，我在青菜里发现了一根头发。

吃饱饭，我还是不想回家。饭堂的高峰期已过，许多长凳空出来。我打量这些长凳，长宽适合我的身材，我想饭堂中午不关门，我可以在饭堂里睡觉。这个念头一产生，我顿时觉得有困意。我在靠角落的地方找了一张凳子躺下。一开始感觉空气里油腻味很重，但我很快睡着了，而且一睡几个小时。我是被准备晚饭的工人吵醒的。

我午觉的床基本就设在饭堂的长凳上了。晚上的问题还是不好解决，我必须熬到阿桃把电视看完了，网上聊天聊好了，困了，睡下了，客厅的灯灭了，我才做贼一样窜回家。

一天中午，我在饭堂的长凳上刚躺下，一只温暖的手在我的头上拍了拍，我睁开眼睛，看到了高英。浓眉大眼，宽肩大脑袋的高英脸上溢出慈祥的微笑，看上去她竟然有一点像我的妈妈。我赶忙坐起来。

高英坐在我对面的长凳上说：“小崔，听人反映你最近老是在饭堂睡午觉，我还不信，这怎么回事呀？”

高英是我们艺术学院人事处的处长，每年都是先进工作者，以会做人的思想工作出名，我目前的状况自然成为她关心的对象了。可是，我家里出了什么事她能不知道吗？我说：“高处长，外面都传遍了，我出了什么事你会不知道吗？”

高英说：“谣言止于智者。我从来不听那些无中生有的闲话。你当初进艺术学院的门还是我考核的，你的为人我多少了解一些，不会做出那种出格的事。首先，你自己要放下思想包袱，像眼下这样在饭堂里睡午觉影响不好，你想过没有，同学们会怎么看，同事又会怎么看？”

我落到这步田地还不是跟你们有关吗？该到这里睡冷板凳的应该是刘知春。新仇旧恨一齐涌上心头，我已经自认倒霉了你高英还来提醒我。我说：“高处长你不用劝我，天气凉了，我也不能在饭堂睡多久了，你还是省点心处理你家里的事吧，像你这样有主见、有尊严的女性肯定不会再和一个背叛你的男人生活下去吧？”

高英的脸色稍稍变了，说：“你这话什么意思？”

我说：“黑锅我已经替你们家刘知春扛了，算我倒霉。你们偷偷乐就行了，不要到我面前来充好人，不会还想我感激你们吧？”

高英说：“崔记，你胡说什么呀？我来是想要帮助你，替你解决问题的，你怎么能伤害真正关心你的人呢？你替刘知春背什么黑锅？老刘哪里招惹你了？”

我又躺到长凳上，说：“算了，我懒得说，你当我是傻子也行，但你不要忘了林美禾，她可是见证人。”

我此时把林美禾供出来，很不人道，纯粹是为了出一口气，她不管我的死活，我为什么要顾她的死活呢。我只要能戳到高英的痛处就好。

高英说：“崔记，听我一句，不是所有人都想看你笑话的，你太偏激了，这对你今后的发展不利。我希望你有什么困难还是来找我。”

按高英的话来说，我是变态了，自己闹离婚了，就巴不得全世界的人都闹离婚才爽。我本还想顶撞几句，看高英的眼神说不出来了。

高英离开时，又拍了拍我额头，眼里是无限的同情，除了对我深深的同情外，别无他物。她无辜的眼神让我迷糊了，我躺在窄窄的长凳上翻来覆去，几次差点滚下来。我突然怀疑刘知春根本没挨过打，那件事情从来没发生过，是林美禾说了谎。因为如果我跟丘丽娜离了婚，她是受益者。

我经常在楼底遥望自家的灯光，想象阿桃一个人在三室两厅的房里逍遥自在，我想这到底是谁的家呀？丘丽娜不回家，我也不想回家，这个家全让给阿桃了。

可有一天岳母突然陪着丽娜回家了。夜深人静我实在等不到客厅的灯熄灭，上楼打开房门走进来的第一眼就看到客厅的地板上堆满了大包小包，然后才是丘丽娜母女。我有预感，我和丘丽娜的分居生活将告一个段落。果然，岳母宣布，丽娜检查出已经有了三个月的身孕。

丘丽娜坐在沙发上，脸白了胖了，眼睛幽怨地看着我。

我和丘丽娜结婚十年，一直想要孩子要不到。丘丽娜时不时问我：“你是不是很想要孩子？”我总是说，无所谓。说多了我真的好像无所谓了。可见很多事情首先要学会放弃才会有希望。

丘丽娜说：“要不是为了孩子我才不回来呢。”

我乐得嘴合不拢说：“知道，知道，你是看在孩子的分上。我一辈子给你和孩子做牛做马行了吧。”

阿桃正在里里外外地打扫卫生，女主人回家，给她挑了不少毛病。听到丘丽娜怀孕的消息，阿桃从窗户上跳下来，扔下手中的抹布兴奋地跑到丘丽娜的身边，眼里充满了敬意，指指丘丽娜的肚子说：“叔婆，里面真的有小孩子了？”

丘丽娜矜持而又骄傲地点点头。

阿桃说：“太好了，等你把孩子生出来我给你带，我最喜欢小孩子了。”

看得出阿桃是真心喜欢，丘丽娜对阿桃的怨气在这几句话中烟消云散。

夜里我睡得很安稳，丘丽娜的气味把阿桃的气味从卧室里挤出去，挤得干干净净。

丘丽娜的肚子渐渐显露山水，为了控制她的体重，我每天陪她到艺术学院的操场上散步。

艺术学院的操场有几只风筝在天上飞舞。丘丽娜奇怪地咦了一声：“怎么有人在这里放风筝？”

我说：“这人早就在这放了，好几年了。”

丘丽娜说：“这些风筝做得好别致。”

我说：“外国人都抢着买呢。”

丘丽娜说：“听你的口气，你认识这个放风筝的人。”

我说：“当然认识，刘知春，你肯定听过这个名字。”

丘丽娜哦了一声，没问什么。看不出她有什么反应，现在除了自己肚子里的孩子，其他的她都顾不上了。

我们沿着操场走了三圈。

刘知春一直在操场中央跑来跑去，手里操纵着我们看不见的长线。

刘知春在我们系里算得上是个奇人。他是系里拿到国家级大奖比较多的人物，被誉为某类画派的开山主。几年前他患上严重的颈椎病，医生建议他每天抽空放放风筝，多仰仰头。刘知春从那时起开始放风筝，放着放着他迷上了风筝制作。他把画国画的技艺倾注在风筝上，制作出来的风筝一个比一个精美。刘知春的代表作是美人风筝。在潍坊国际风筝节上他的四美游春，展示四大美人在天上起舞的图景，引起轰动。日本人韩国人喜欢得不得了，纷纷找上门来订货，刘知春做的风筝供不应求，成了珍藏品。

我和丘丽娜每天在操场上散步。刘知春每天放着他的风筝。

有一天丘丽娜回娘家，我一个人无聊不知不觉散步到操场上。天气不是很好，风刮得一阵疾一阵缓的。操场上空飞舞的风筝让我目瞪口呆，近十个仪容各异的美人在天上飞，像在召开一个选美大会。刘知春把一个个线团用石头固定，一会儿拿起一个线团收收放放，一会儿又拿起另一个线团收收放放。一个人操纵这么多风筝简直是难以想象，何况还是美人风筝。

突然来了一阵疾风，天上两个美人绞到一块。刘知春折腾了一阵子没用，他向我招手大声叫道："小崔，过来帮个忙。"

我急忙跑过去。

刘知春把一个线团递给我说："你赶快给这只风筝放线。"我照他的话做了。刘知春拿着另一只线团朝相反的方向跑动，两个打架的美人终于分开了。不过，可以很明显地看到一个美人脸上被撕破了一道。

我把线团交回刘知春的手中。刘知春的手上黏糊糊的，衣服也湿透了，气喘得厉害。不知道是不是因为长年放风筝跑来跑去的缘故，刘知春的身体看上去很壮硕，手臂和大腿上都是结实的肌肉。这天气我已经穿了保暖内衣对付，他身上还是一件T恤和一条大短裤。我刚要夸赞刘知春的身体，他脸上突然现出一种抽搐的痛苦，捂住心口，我还来不及扶住他，他就跪跌到地上。汗水顺着他苍白的脸滚落，这时候的刘知春真像一个老人了，痛苦把他脸上的皱纹一一挤出来。这个紧急的关头我竟然想起他跟保姆小六的故事，我想这张老脸是如何被一只鲜嫩的手掌扇红的？

我把歪邪的念头压下去，蹲到刘知春的面前说："怎么了刘老师？来，我背你上医院。"

刘知春摇摇头说："不用，不用，一会儿就好了。"

我坚持要送刘知春去医院，他坚持说不用，我们两人就这么僵持着。后来，刘知春的呼吸渐渐平稳了，脸上也渐渐有了粉红。刘知春慢慢坐起来说：“我这是老毛病了，休息一会儿就没事。”

我暗暗松了口气。我说：“刘老师，你一次放这么多风筝，累着了不说，很容易将风筝绞到一块的。”

刘知春说：“我已经申请吉尼斯世界纪录了，申报单人放风筝最高纪录，下个月就有人来测看我的成绩。”刘知春挥挥手，豪气十足地说，“给我足够大的空地，我可以把全世界的风筝同时放飞。”

刘知春说这话的语气和古哲人阿基米德说的那句话同出一辙。阿基米德说：“只要给我一个支点，我可以把整个地球撬起来。”

满天飞的美人让我有一种奇异的感觉，年过半百的刘知春是怀着怎样的心情放飞这些美人的呢?

等刘知春把天上的风筝全部收回来，我们一起走回家。他选了一只风筝递给我说：“留着以后给你小孩玩。”

风筝画的是林黛玉，手里还提着一只葬花的篮子。刘知春手里的一叠风筝如果要让我选，我不会选林黛玉，而会选王熙凤。王熙凤人画得妖艳，色彩也妖艳。

风筝拿回家里挂在客厅窗户边上，有风的时候轻舞飞扬，是一件挺好的装饰品。一天晚上，丘丽娜起来上厕所突然看到飘动的风筝，以为窗边站了个人，吓了一跳，当晚肚子小有阵痛。风筝就被收起来扔柜子里去了。

虽然我和林美禾分手了，很多时候我还是会想起她。我经常假设当时我如果不像一只被人逗急的公牛那样焦躁，我是不会逼她去揭高英和刘知春的老底的，那可以说是极不理智甚至野蛮的一个要求。

我能这么想，却始终没有找林美禾。因为我觉得找到她，我们和好了，我也还是会对不起她，给不了她所想要的东西。

很奇怪的，我们尽管在一个学校里工作，分手后我竟然没和她碰过一次面，一次都没有。所以，当尤晖提起林美禾名字的时候，我有一种谁猛地把一扇挂满蛛网和尘土的门踢开的感觉。

我、尤晖、罗庆军、李钢又凑到一块打牌了。现在牌摊转移到尤晖的家里。丘丽娜把孩子生下来后，阿桃忙着看孩子，家里从来没收拾清爽过。我经常借口带孩子出去转转，就把孩子带尤晖家来。小宝宝很乖，我们打牌的时候，闹腾得越大声他越高兴，如果我们吵嘴会发现他一个小人躺在摇篮里笑得乐不可支的。多么乐观向上的一个孩子啊！

尤晖说："高英这下惨了，竟然被林美禾堵在吴高潮的办公室里。"

罗庆军说："不可能吧，吴院长的相好是我们系里的小妖精，这谁都知道。"

李钢说："就是，吴高潮怎么可能看得上高英呢，老太婆一个了。"

尤晖说："人的想象力是有限的，我现在手头上正在做这样一个论题呢。听说是因为前段时间林美禾要调走，高英跟来调查的用人单位说了林美禾的坏话，林美禾没调成，两人结了怨。林美禾一直伺机报复高英，终于给她等到了。"

我一声不吭地坐着。他们谁也不知道我曾经和林美禾好过，继续讨论吴高潮和高英的事情，他们进一步分析如果吴高潮和高英在这次事件中被免了职，谁来接替他们。

我心里有点隐隐作痛，美禾一个大姑娘去捉别人的奸这算什么呀！我觉得这有我的责任：要不是我不好，美禾不会想调走；要不是我多嘴，高英不会恨林美禾。

我决定见见林美禾，即便帮不上忙，至少能安慰安慰她。当我给她打电话的时候，林美禾一口回绝了我的邀请。她说："我们还有见面的必要吗？"

我说："我没有其他意思，邀你出来坐坐，是希望你开心一点。"

林美禾说："崔记，你的心胸够宽广的，不过，我的事情我自己对付得过来，我肯定不会去自杀的。"

林美禾的话听上去很别扭，别扭得让我担心。我说："美禾，都是些小事情，你真想换单位，我帮你。那些破领导得罪也就得罪了，谅他们也不敢把你怎么样。"

林美禾在电话那头停顿了好一会儿才说："崔记，谁说我想换单位，我又怎么得罪领导了？"

等我小心翼翼把尤晖在牌桌上的话告诉林美禾，电话那头呼啸而过一阵火车入隧道般的狂笑。林美禾说：“又是谁干的好事？崔记，不怕你难过，我告诉你，真相是我和吴高潮被高英堵在办公室里了。”

原载《人民文学》2005年第2期

点评

《下一个是你》写当代知识分子的灰色生活。供职于某艺术学院的崔记常以打牌消磨时光，某日在牌桌上将与情人幽会时得来的新闻——“保姆打人事件”拿来和同事调剂无聊。始料不及的是故事传遍了全校，且“保姆打人事件”的男主人公被置换成了自己，妻子为此离家出走。情急之下崔记请求情人出面澄清谣言，两人不欢而散。崔家的小保姆也趁机落井下石，声称自己被谣言无故中伤，借此要挟加薪。一连串的生活变故使崔记焦头烂额，干脆自我放逐于校园食堂。其间他在别人的启发下对“保姆打人事件”的真实性产生了怀疑。心力交瘁的崔记终于柳暗花明，妻子主动归家，原来她已有身孕，生活似乎恢复了原来的面貌。一次偶然的机会使崔记和情人版“保姆打人事件”的男主人公在放风筝时相遇，漫天的美人风筝又激起他无限的想象与感慨，看似平静的生活表面下暗潮涌动。故事结尾出现了新的桃色新闻的不同版本，在揭示了真相后戛然而止，余韵悠长。

作者通过两个桃色新闻不同版本的传播，深刻揭示了现代社会人们生活的苍白与空虚，产生在这基础之上的欲望诉说使谣言和真相往往咫尺天涯，走样的不仅是话语，还有生活。而作者以娴熟的叙述和犀利的笔调为我们揭开的事实真相更使人不寒而栗，下一个会是谁？

（徐慧颖）

献给鲁迅先生一首安魂曲

何大草

一

“我的记忆好像被刀刮过了的鱼鳞，有些还留在身体上，有些是掉在水里了……”掉在水里了？鲁迅哆嗦一下，虚开眼，傍晚麻麻黑的光线里，看见许广平立在床头边，递过来一碗鲫鱼汤。他伸了瘦手，把鱼汤挡回去。他说：“是什么掉在水里了？”许广平叹口气，说：“是记忆。”鲁迅合了眼，喃喃道：“我的记忆好像被刀刮过了的鱼鳞……说得好呢，好呢。记得是谁说的么？”许广平说：“不是你在说么？”鲁迅咳嗽起来，气喘吁吁，拿瘦手捶着瘦的胸脯。许广平放了碗，在他胸口来回抚摩着，顺他的气。他说：“我问，这话是谁说过的？”许广平说：“是先生你说的，在《忆韦素园君》那篇文章里。”鲁迅吃力地想一阵，想起来了，点点头，说：“素园不在有些年了，你好记性……还记得那文章最后四个字么？”许广平欲言又止，顿了半晌，说：“记不得了。”鲁迅说：“你记得的。可是你不说。”许广平说：“是‘夜，鲁迅记’。”鲁迅摇头道，“不对，是‘从此别了！’”

天完全地黑下来，大陆新村的路灯从窗户进来，落在床上、地上，正如皎洁的月色。然而，街上在吹风，树叶落下来，扑扑打着行人、车辆、冷冷的墙。

许广平背过身去，又转过来，鱼汤回到伊手上，浮着薄薄的热气。“喝一口罢，”伊说，“你今天的情形是松了些，就是虚。”

“唔……”鲁迅舒口气，“是松了些？”

许广平说："是呢。"

"噢，松了些。那，我明天是可以去看一看鹿地亘了。"他望着蚊帐的顶子，"我还有些话要跟他去说。他还住那儿罢，这日本人？"

许广平不吭声。鲁迅一急，要再问，忽然咳起来，剧烈地咳，瘦的胸脯里有咔咔声，似乎什么东西在断裂。许广平抚他的胸，给他顺气，但他拿瘦手隔开了。他说："你说吧。"伊说："你今下午刚去拜访了鹿地亘，一个人走着去的，我把豌豆苗摘好，你才回家来。"鲁迅一惊，却是不信："是么？"许广平说："是的。"鲁迅说："千真万确的？"许广平在黑暗中点点头。鲁迅嘘口气，说："想起来了，他问倘我死了，他能不能给我抬棺材？我说什么抬棺材呢，像是一台戏，赶紧收敛，埋掉，拉倒。把他吓得！"说着，他笑起来。因为假牙泡在床头的瓷杯里，笑声就很漏风，而话音也咬得非常不确切。然而许广平是听得清楚的，即便一个眼神，伊也是领会的。伊跟着就笑了，是见他笑，而略宽心地笑了。

笑完，鲁迅感到累，脸上堆起颓唐来。"唔……"他喃喃说，"我是记得远事记不得近事了。"许广平说："那你就多想想远事吧。"于是他合了眼，很认真地想了想："可是，在远事里，有些东西是永远丢掉了，掉在水里了……譬如……"他的声音弱下来。许广平俯下头，把耳凑近他嘴边。"譬如什么呢？"伊问。但他过了半晌，依旧合着眼。"……掉在水里了，想不起来了。"他依稀觉得自己睡着了，听见许广平的脚步声轻轻下楼去。因为是轻轻地，听来也就更清晰，他朦胧中数着：一，二……数到十一下，却完全清醒了。

二

楼下全家人在用晚饭，素炒豌豆苗、笋炒咸菜的味道，总会传一些上二楼。说是全家人，其实他隔离在二楼已经很多日子了。他再拿鼻子吸一吸，看有没有一碗黄花鱼，他担心自己病了，他们吃饭马虎，连一碗黄花鱼也减省了。但他没嗅到，他怀疑是自己伤风鼻塞，嗅觉跟记忆一样，时灵时不灵了。然而，一丝香脆的味道却从记忆里浮出，是萧红的葱花烙饼，黄酥的壳，雪白的面，翠绿的葱花，他是可以连着吃三张五张的。然而，萧红也走了，7月16日，伊一个人乘船去了日本了。如果今天真的是1936年10月18日，那么，萧红走了该有三个整月差两天了。他是心痛萧红的，而萧红是有些把自己当作父亲的，然而，即便真的是父女，他也不会干涉伊。“我是我自己的”，萧红并没有这样地说过。然而，伊不是一直就在这样做着么？伊也才二十五岁吧，却从极北边的呼兰河，任了性子，携了纸笔万里走到上海来……再又走到东京去。有多少苦，也只有自己咽了去，有血吧，有牙吧，都是自己咽了去的。详情他并没有去探究，大概是在萧红、萧军之间出现了一个女人吧？萧红临走的前一天，他和许广平请伊吃晚饭，伊说：“我活着，我总得向新的生路跨出去。”这话他是同意的，也是熟悉的，似乎是引用谁的话，总之和他想的很吻合。这世上没有走不出来的路，也没有跨不过去的沟壑，爱也罢、不爱也罢，除非……这个人死了。但倘如死的只是自己的亲人，哭过之后，就做自己该做的事情罢。“如果是我呢，这话我已经写过了，”鲁迅想起自己是作过这样一篇文章的，“忘记我，管自己生活。——倘不，那就真是糊涂虫。”还似乎已经发表了，天下人都已知晓了，这最好。

然而，跨出去就是新的生路么？他其实是没有把握的。这几十年来，脚上有气力的人，都在不停地走着，离了老家，离了熟悉的口音和食物，再在别处安置了新家，最后亦不知家在哪里了。以自己的情形看，走的路只比萧红更加多，17岁离了绍兴，去南京，然后是东京、北平、厦门、广州……即在上海一处，亦记不得搬迁了多少回。这回是最后一回吧，要走也是走不动了的。十二年前，《在酒楼上》在《小说月报》发表后，一曹姓青年写信来，说文中有两句话看了又看，看到落泪：“北方固不是我的旧乡，但南来又只能算一个客子，无论那边的干雪怎样纷飞，这里的柔雪又怎样的依恋，于我都没有什么关系了。”他说，人一旦出家，是从此没路可回的。鲁迅后来见了他，和他做了忘年交，他是记者，比想的还要年轻，正有使不完的气力，满世界乱窜着。鲁迅想再跟他谈谈出家和回家的事情，但又怀疑他自己都把这问题丢了脑后了，也就作罢了。鲁迅想说的是，人是回得去的，那就是死了。文人喝了酒，会豪迈写诗，吟哦“视死如归”。而强盗本豪迈，杀人时说“俺送你回老家”，倒是亲切、温柔、敦厚之至的。反正，也就是说，如果是死，由不得你，统统都得回去的。去年春天，为镰田诚一写墓记，写完才发现，最后落的是“会稽鲁迅撰”。在外乡作了一辈子文章，到老了，那管笔却偏不忘自己是哪里人。

鲁迅靠着床，向侧觑一眼，看见那管笔就插在书桌的一只烧瓷小龟上，路灯的余光打进来，把它投上墙，成了一支硕大的戟。

大概是戟的分量压迫得气紧，鲁迅瘦胸里喘着，撑起半个身子，使劲一咳，却咳出一句诗：

荷戟独彷徨。

他重复了半句，又重复了半句，“……独彷徨”。接着双腿向床边一顺，竟已站在了地板上。他身子偏了偏，伸手一抓，那管笔已在了手里：墙上立刻干净了，是坦荡的一片麻麻黑，只留一方孤单小镜框，很多年来，黑瘦的、留八字须的藤野先生就从镜框里看着他，像有期许，像要说话。

笔从鲁迅的手里落下来……楼下响起一片玻璃碰撞的叮当声。是海婴在收拾父亲的针药小瓶子。它们的数量已经很多了，上了百，抑或上了千，海婴一一码在纸盒里，当作玩具、珍宝，常拿出来跟伙伴们炫耀。叮当声音过去了……宅子里完全地静了下来了。他试着回到床上去，手却在哆哆嗦嗦地穿衣服。因为哆嗦，竟穿得出奇地慢，他告诉自己稳住，不要忙中出错，他把每件衣服都凑近窗口仔细看过了，免得前襟弄到了后背。穿戴齐整后，他坐在床沿歇了半晌，极累，心慌，却没有汗出来。等气息都歇匀了，他试着下楼去。

楼下空荡荡的，燃着一盏小灯泡。桌上的花瓶里，插着万年青，那码满了针药瓶的盒子，就卧在万年青的影子里。鲁迅扶着桌沿挨过去，把药瓶抽了一只在手里，嗅一嗅，是药的苦涩味，再拿来对着灯泡瞄一瞄，亮得发晕，却黄澄澄如蜂蜜。“很奇怪。”鲁迅摇摇头，在桌边寻着，桌边是黑漆漆八把木椅，再一边，是独独一张自己专用的藤躺椅。他轻手轻脚躺上去。“很奇怪。”他攥着药瓶，反复念叨着，药瓶在他手心里真的暖了起来了。但他的身子却感觉越来越不舒服，躺惯的藤椅今夜有不舒服的冷和硬。他站起来，像要为自己找一把软和的沙发，但沙发没处找，这家里是没有沙发的，家具，包括桌子、椅子、凳子、床，都是硬邦梆的东西。萧红曾问过他为什么，他夹着烟卷呵呵笑，许广平说：“是先生性子硬，连饭都煮得硬些呢。”但他瘦下去了，愈来愈瘦，瘦到剩一把骨头了，骨头抵着硬东西，嘎吱吱响，痛出说不出的难过来。他躺回去，换了好几回躺姿，都找不到舒适的感觉，只得再次站起来。他想，要是有块软和的垫子也好罢。可是没垫子，他从前是不需要垫子的。“很奇怪，”他喃喃说，“怎么会是这样呢？”从前，他总是夹根烟卷，躺在这把藤椅上看海婴跑进跑出，听客人说话，听厨房弄出来砰砰的锅铲声……他躺着，也想些自己的事情。现在，他却在藤椅上躺不住了，太硬了，也太冷了。在日本念书的时候，听到过一句谚语：“石上坐三年，也把石坐暖。”觉得真有趣，和铁棒磨针是一个意思吧，但更愣、更倔，更像一根筋。不过，鲁迅扶着桌沿悄悄地笑了声：“发明这谚语的家伙，决计是没我今夜的心情的：倘人只是一把发凉的骨头了，石头又如何暖得过来呢？”

他在蒙蒙光线中摸索着，摸到一顶灰色的毡帽，把它戴在了头上。再摸到一块黑绸印花的布，是平素包书、包信的包袱，现在空空的，他叠齐整了，也夹在了腋下。又蹲下去，摸索一回黑帆布胶皮底鞋的鞋带，好好的。他憋口气，把要咳的那一声憋回去，推了门，轻手轻脚走了出去了。

三

外边是一方小天井，吹着风，夹竹桃簌簌地摇摆，鲁迅迟疑一小会儿，想该不该回屋拿上围巾、手套呢？就这么迟疑着，他还是踱过去，拉开封了洋铁皮的栅栏门，他想起了他从没有过围巾或手套。他一直用不上那样的东西，今夜，冷飕飕的脖子、手却在告诉他，有一副围巾、手套就好多了。去吧，他对自己说；缩了缩颈项，把手笼在了袖筒里。

上海的这一片很安静，灯光扬起灰蒙蒙的薄雾来，弄堂口，一个女人吊着男人的胳膊走过去，嗲着道：“侬——是——好——人——哩！”男人哧哧笑，鸟似的，淡入了雾气深处去。鲁迅目送着两人的背影，嘘口气，觉得真是什么人都可以有自家的好时光。接着他为今夜要去哪儿，颇犯了些踌躇。平日下午散步，总是包了书和信去老靶子路书店的。这会儿，书店早已关门了。去敲内山完造的门，他会吓坏吧，以为见了鬼。鲁迅想到自己像鬼，不禁嘴角露出一丝冷笑来。他不信鬼，然而是知道鬼不怕冷的，倘真这样，倒有一处冷窖般的地方可去，并不打搅旁人，那便是狄思威路上他的藏书屋：满屋书箱，重得如铁，想一想都觉得头痛。

今夜，即便做个游魂，也决计不钻那儿的。实际的情形是，今夏病体小愈后，他就没去过狄思威路了。鲁迅十二岁初读《金石录后序》，深为李清照和赵明诚夫妻恩爱所感动；二十岁再读，却觉得赵明诚是个疯子，嗜物癖至走火入魔，把生锈的铜罐看得比老婆还要紧。最近一次想到赵明诚，就是这回春天从窗口瞥见了夹竹桃开花，粉嘟嘟，白的、红的，虽然有毒，却滋润娇嫩得处子般真切，忽然觉得赵明诚可怜，替他好一会儿心酸。想想为什么把书放得那么远，大概就是怕自己做了书囚吧？书囚，这是很可怕的。他迎风使劲咳了一声，再咳一声，把狄思威、书，还有可怜的赵明诚，都跟痰似的统统咳了出去了。

在连续地咳嗽后，他感觉是放松了一些，就循着刚才那两个男女的路，也走进雾去了。他想，这雾中原本就是有路的，一直都有人在走着。更远的地方，有人在吆喝“草炉饼！”，声音胡琴般苦、哑。这声音是鲁迅熟悉的，来上海第一天就听到了，总是远远地传过来，从来没想到要吃一口。有些东西就是这样吧，譬如虹口公园，也就附近几步路，也从没想到要进去走一走。天气好的时候，许广平、萧红都劝过他去公园遛一遛，今夏小愈，还真到了公园门口了，看得见柳色如烟了，到底还是没有踏进去。萧红笑道：“先生是什么都敢直面的，还怕这公园藏着什么可怕的事情，好像那儿是阴山背后呢。”鲁迅也笑，说：“有可怕的事情倒也没什么，我是怕那儿有我欢喜的东西，去了就不想出来了。”说完看看许广平，许广平沉吟着，却不吱声。其实，他也没有想清楚为什么。“人都是带着疑问去死的吧？”他听见自己问自己，声如火镰相砸，咋咋地响，突然吃一惊！定住神，看见是扶住一根电杆，正立在一家纸烟铺的门前。

“很奇怪，”鲁迅喉咙里咕哝着，“很奇怪。”这纸烟铺的柜台居然是曲尺形的，灯悬得极高，光从极高处落下来，落在柜台里一个胖掌柜的头上、肩上，他嘴角衔了两枚牙签，一边唱着什么，却翻着一本皇历，正像戏台上的一个老旦。他敲敲台子，台子橐橐响，证明一切都很真实，而掌柜抬起头来，看看他，却不说话。鲁迅见了烟，就咳起来，“喀喀喀”地，像要从瘦胸口里咳出一根筷子来；然而，他是真的想抽一根烟了，不抽烟已半年，抑或百年了。他伸出一根瘦的手指，在指着其实是找着他习惯的那种绿听子的烟，掌柜依然唱着、翻着，眼珠却跟着这根指头转。然而，竟没有能找到。那就白听子吧，是前门的，待客的，他跟自己说，声音是一片咳嗽声。

掌柜抬手去取烟，没够着，鲁迅以为他就要站起来了，不料他却又慢慢将手放下在原地方，仍旧唱着、翻着，皇历中可能藏了个谜语，他很耐心地要把它破出来。谜语，鲁迅搜集过一些，从日本回来，在北京绍兴会馆抄古碑的日子，他曾把那些总也勘不破的谜语拿来把玩，如对天书，也猜想这个造谜的人何方顽童、长得高矮胖瘦，觉得这是非常奇怪的。掌柜叹口气，把皇历一搁，看着鲁迅，像在沉吟。柜台上有笔、账簿，鲁迅就在这账簿的背面写了十五个字，推给掌柜的：

左弯右弯，

前走后走，

量金量银不论斗。

掌柜定了眼珠，盯着这字看，看了又看，良久抬了头，再看鲁迅，眼神极为吃力，鲁迅被他看得发毛，正寻思是不是赶紧走掉，他却嘻嘻地笑起来。他敲敲台子，很尖细地叫着："阿三！"是上海话，也可能是阿四、阿五吧。

帘子一掀，里间出来一个少年，穿着像个小伙计，而神情却似少东家，手里也捧着个本子，却不是皇历。鲁迅眼前光线一亮，看见他颈子上还套着一个明晃晃的银项圈，心里就咯噔一响，如见了一个故人，却忘了他是谁了！"是掉在水里了，那些刮下的鱼鳞，在水里正如银子一样地闪亮呢。"鲁迅咕哝着，闷闷不乐。那少年却不看他，一老一少用上海话叽叽咕咕一阵，把那十五个字慢慢念了一回，好像念的不是谜语是情诗，还有点羞羞答答。念完了，那少年看着鲁迅，用国语问："你写的？"鲁迅点头。但他摇头，说："不像。不像是你。"鲁迅没戴假牙，嘴瘪着，脸颊凹陷，像谁呢？谁也不像的，就连自己也不像。但鲁迅不辩解，一笑，一咳，待要问他点什么，却看见他手上的本子，就定了眼珠，动不得了：本子上腻着一朵朵的油，有褶皱的痕迹，都细心抹平了，还看得出是零星的单篇，是用线载订成一册，上边是密密的毛笔字，娟秀而有力。这字是鲁迅十分熟悉的，如果他死而复生，还能认出的，大概就是这些字了吧。他问："你从哪儿弄来的？"然而他一张口就是咳，少年听见只是"喀喀喀……"，像要咳出一根折断的筷子来。那些纸，是鲁迅翻译《死魂灵》的原稿。

少年从"喀喀"中听出了鲁迅的意思来。他说："拣来的，嗯，买来的。"

鲁迅一惊，继而是不信。"喀喀喀……"鲁迅在说："拣的？买的？不可能！"

"拉都路，"少年说，"拉都路有家炸油条的，用它们包油条，我就满地拣，还把剩下的都买了，油条吃了一礼拜。可惜，还是不全的。"掌柜的瞪了瞪他，说了句上海话，这话鲁迅恰好听得懂：十三点。

少年笑笑，指了掌柜的头，对鲁迅说："阿拉不是十三点，他才是十三点，搜遍了天下谜语，好比不花钱买彩票，哪天准能发大财。"

鲁迅会心一笑，其实不必少年来说。几年前有个十岁女孩在报上写过一篇《论鲁迅》，说鲁迅是学过医学的，只需瞟谁一眼，就能看到他肚腹去，知道他动没动过盲肠术，却懒得跟他说。鲁迅读了，也是会心一笑，觉得孩子的话，总是说得不错的。他再指指少年的本子，"喀喀喀……"，问他拿来有什么用处。

少年说："我喜欢他的字。我读过他所有的东西。"鲁迅哦了声，若有所思地望着他。他似乎有一些发虚，补充说："当然，是我找得到的东西吧。"

鲁迅摇头，良久，缓缓说了一句话，这回没有咳，是终于把话说了出来了："他就要死了。"

但是少年没听到，因为老掌柜忽然把他拽过去，指着那十五个字给他看，叽叽咕咕，似乎猜破一半了。少年推开掌柜，回头看着鲁迅，做了个无可奈何的鬼脸。鲁迅重复了一遍刚才的话，然而咳嗽把话淹没了，"喀喀喀……喀喀喀"。少年这回也弄错了，他说："你的烟？"鲁迅叹口气，说："算了吧。""喀喀喀"，"哪个牌子呢？"鲁迅说，跟自己说："那就要吧。"他指了指白听子。少年把白听子拿在手里了，却又放下去，说："这烟太冲，而且有五十根呢。抽这种吧？"他换了一个黄纸盒的，极小，捏在手里，也就似两个火柴盒，大概有十根。鲁迅去口袋里掏钱，掏遍了衣服、裤子大小的口袋，也没掏出一个毛角子。他无奈地笑笑，把黄盒儿放回去。

"没事，"少年说，"没事的，你可以明天再来付钱的。再拿一盒火柴吧，你一定也忘了带。"

四

鲁迅抽着烟，心里念叨着少年所说的“明天”。风小了一些，还吹着，烟雾和街上的雾沆瀣着，往着看不见的深处漂。夜空阴沉沉的，几颗星星在闪烁，“很奇怪啊”，鲁迅跟自己说，有了这几颗星星的夜，倒反显得天的阔大和黑暗了，不如，索性没了星星的好。他微微哆嗦一下，扶住一棵梧桐，街的对面，传来长声的吆喝：

“草——炉——饼——”

这一声是离得近了，是最近的一回……然而，下一声响起，却又远了，似乎远到雾的尽头了。“草——炉——饼——”，游丝般，飘没了。鲁迅低头看看地上，是又冷又硬的水门汀，如果我倒下去立刻死掉会如何？不如何。明天，卖草炉饼的照样吆喝，那几颗星星依旧出来，只是这一切都和我没什么关系了。

鲁迅点燃第二根纸烟的时候，瞥见一个挑担的人跟上来，越过他，径直朝前走。从后边看，是个灰色的影子，走得不疾不徐，担子沉沉的，唯其沉沉，他的不疾不徐自有从容的富足。鲁迅跟上去，慢慢地，发现自己也不疾不徐了；纸烟也没一点辛辣味，淡到几乎没有了，却还感觉是在抽烟；呼吸稳下来，没再咳嗽了。走到一条弄堂口，那人就拣窄的走；再到一条弄堂口，依还是拣更窄的走……路越走越窄，灯光屁亮屁亮，汗从鲁迅瘦的胸脯冒出来，再浸到瘦的肋骨去，渐渐冰凉了。他稍稍犹豫，是不是还走，那挑担人忽然停下来，把手一推，居然于黑黢黢处开了一扇门。接着灯亮了，一片黄通通光线漫出来，鲁迅站在这光里，正看见那人在向他招手呢。

屋子小得不能再小，其实就是一条公用楼梯下的小三角，两把小凳子，鲁迅坐一把，那人坐一把，满屋都堆着破烂。说是破烂，却又砌得很齐整，旧衣物、旧家具、旧锅儿碗盏……各是各，一清二楚。那人给鲁迅倒了一杯水，鲁迅给他敬上了一根烟，两个人都沉默着，说不出话：一个是被破烂的味道呛了，又开始咳起来，而另一个则根本是哑巴。鲁迅咳完了，问自己：“我是干什么来这儿？”但主人既然都不问，就当是一次歇脚吧。

哑巴五十多岁吧，虽然拾破烂，却头发梳得整齐，胡子刮得干净，气度极从容，他把烟抽完，从担子里一样样拣东西：两把豁嘴的茶壶，一捧从木板中拔出的铁钉，几本旧书，一捆报纸……报纸落地翻了个个儿，鲁迅看见捆在一起的，还有三厚册笔记簿。他手上不知哪儿来的气力，把打捆的绳索扯断了：那三册笔记簿订得极结实，而纸张却已经发脆、发黄了，至少在黄通通的光线下，它们是黄得如一个老人的病容的。写在上边的字，全都是日文，蝌蚪般的黑字间，夹着蚯蚓样的小红字。说蚯蚓，是说蚯蚓暗色的血，因为红字实在很陈了。鲁迅咳起来，“喀、喀、喀”，有一些气急，他的手指哆嗦着，将笔记簿从头翻到尾，又从尾翻到头，翻出一只布满血管的手臂来：起初一条血管的位置移动了，然后又被另一个人改回去。他还记得那个人对他说的话：“实物是那么样的，我们没法改换它。”这个人是藤野，鲁迅在仙台医专的老师藤野严九郎。“很奇怪”，鲁迅喃喃着，想起今夜出来时还瞥过一眼墙上的老师，觉得老师的确有什么话要说。说什么呢，噢，应该是：奇怪总是在某个时辰一齐到来的，这并没什么奇怪啊。

1902年鲁迅去日本留学，先住东京的中国留学生会馆，因为不能忍耐震天的舞步声和满屋的烟尘，就去了仙台的医学专门学校。那里还没有自己吵嚷的同胞，有的是寒冷、清静和蔼镇定的藤野先生。藤野先生每周检查一次鲁迅抄的讲义，还回来的时候，从头到末，都用红笔添改过了。随意移动的地方，譬如那只手臂上的一根血管，也都画了回去了。藤野的年龄，也就较鲁迅大七岁罢，而鲁迅对他，如对严父。然而，鲁迅还是弃医而去了，万牛莫挽。藤野先生很惋惜，但也没办法，送给他一张照片，背面写着两个字，是“惜别”。二十年后，鲁迅写过一篇《藤野先生》，那弃医从文的缘故，天下人都从这篇文章中知道了：在课堂上放映的幻灯片里，给俄国人做侦探的一个中国人被日本人捕获，将要被砍头示众，而许多中国人却在观赏，他们个个体格强壮，却木木地像等着一场好戏。教室里的日本学生呢，则在高呼着“万岁！”。鲁迅的眼泪，扑扑地滚下来。然而，泪眼模糊，他还是强迫自己把幻灯片看完了。1922年的冬夜，他在北平为《呐喊》写序的时候，幻灯片的景象还在眼里浮现着，他清楚地写下当初的心情：“从那一回以后，我便觉得医学并非一件紧要事，凡是愚弱的国民，即使体格如何健全，如何茁壮，也只能做毫无意义的示众的材料和看客，病死多少是不必以为不幸的。所以我们的第一要著，是在改变他们的精神。”为这个选择，他已经做了三十年的事情了；直到昨天，直到今夜……不过，他再也没有气力做了，因为，他就要死了。他把哑巴给他倒的水端起来，又放下去，他对自己说：“唔，是啊，我就要死了。我做了三十年的事情，无一日的懈怠，我改变了他们些什么呢？”拾破烂的哑巴还在不疾不徐收拾着捡来的破烂，堆在地上、靠着墙壁，实在是井然有序的。我还不如这个哑巴吧？鲁迅心底笑了笑，点燃一根纸烟。烟的味道给这小三角屋子添了温暖、平和，他抽着没有辛辣的烟，摩挲着发黄的讲义，觉得奇怪的事情，似乎也真是不奇怪。

藤野先生给他添改过的讲义，鲁迅后来订成三厚册，收藏着，以作为永久的纪念。然而，1919年冬天，他从绍兴去北京，有一口书箱在途中毁坏了，半箱书散失，没有着落，而这三厚册讲义，正在其中。责成运送局去查找，到今天也没个回音。那破损的箱子，后来修补好了，现在还用着，是好好的了，只是修补上去的那部分，如一块疤痕，抹不掉的。这件事也写在《藤野先生》一文中，然而，读者似乎并不关心它。而这篇文章的影响之大，却是出乎鲁迅意料的，中日两边都有很多人写了信来，有学生、记者、教授，研究历史、外交的学者，以至整日对着地图发呆的军人。他们罗列若干问题，请他详细解答：幻灯片里的景象是否还是今日中国之现实？如何看待今日中日之关系？后悔当初弃医从文的选择吗？……对来信中的诚恳者，鲁迅是再忙也要回复的，不过心中也隐隐地难过，这些来信，竟没一个问起藤野先生讲义的下落。而记这件事情在《藤野先生》中，也的确有点寻物启事的初衷。然而，竟没有人问起它。有个晚上，应该是发薪的当日吧，鲁迅买了聚顺和的茯苓饼和一本《石点头》送进母亲房间去，母子说着闲话，说到那三册讲义，还有读者的来信，他依旧有些怅怅然。母亲默然一刻，劝慰说：“他们也是没错吧，你之于他们，总是关涉书、国家、邦交一类的，是大而言之的。而那三册讲义么，不过是你私人的事情。”鲁迅道声惭愧，心里渐渐雪亮了。今夜的上海，无论仙台开放过的樱花，还是母子的闲话，都很依稀了，而讲义却回到了他手里。他初觉如梦，掂一掂，是有重量的，似乎还重了些，多了十几年在人间漂泊的风尘。是吧，他忆起母亲的话，这是私人的事情。而这世上属于私人的并不多，大概就是一小点，他想到，这一小点东西终归丢不掉，而别人也不会有兴趣：倘这样，那最好。

他把先前夹在腋下的那块黑绸印花布拿出来，展平了，将讲义仔细地包好。哑巴也在仔细地看他，等他要从口袋里掏出什么来。鲁迅记得自己身上没钱，就连一盒纸烟也是赊来的，但还是耐心地掏，希望能出现奇怪的事。钱的确没有凭空生出来，而他的手倒是摸到一块硬实的木头，待摊在掌心，水样般的黄光下，竟是一方印：刻着两个阳文，是“生病”，大概原是白色木质的，却被黄光染出了病容来。这是鲁迅无力回信后，用在回执上盖的一个章。

哑巴把“生病”拿过去，使拇指、食指夹了，对灯泡瞄了瞄。他见的东西一定很多了，据说北平琉璃厂的古董商，一半都是捡破烂出身呢。哑巴看得出，这印章不是值钱的木头，但三册讲义，也不是值钱的纸。他点点头，鲁迅明白他的意思了：好吧，这样很好的。

五

出了哑巴的小屋，鲁迅急急地回家。他想起海婴睡了，许妈睡了，许广平也睡了。伊睡了，却一定不能睡熟、睡深、睡踏实，伊的心事太重了。伊要看顾着一个病人，一个小孩。或者说，一个就要死去的丈夫，一个还没长大的儿子。不过，伊也可能真是睡着了，因为过累，换了谁也会累得睡着吧。不过，睡着还有梦，梦也可以扰得人发慌。鲁迅想起做过的梦，美梦吧，醒来就是破灭；噩梦吧，凭空受一回罪。然而，有谁拿梦有办法呢，即便是大禹爷，也只是理水，哪理得了梦？他念叨着，寻路回去。路其实并不记得了，但进来的时候是拣窄的走，现在拣宽的走就该不会错。

风没有了，雾将散未散，路越走越宽，灯光也愈是亮堂，然而鲁迅嗅到雨的味道，雨还没落下来，却已经在路上。每回出门，他总会使鼻子长吸口气，测一测有雨没雨。海婴问他：“雨是什么味道呢，爸爸？”他不会对儿子撒谎，照实说吧，却说不出个子曰。雨什么味道，自然有点湿湿的，凉凉的，如水，却又裹着天上的灰尘，而灰尘则飘浮阳光留下的气息，那么阳光呢……说下去，愈不明白了。最好的回答，似乎只能像所有拣懒的父亲那样说：“你大了就懂得了。”然而，鲁迅是不愿意这样敷衍儿子的，他说：“待爸爸好好想一想，想清楚了再告诉你，好不好？”海婴点头，一边玩去了。也许这个问题就此撇到了一边，然而鲁迅还在想着，还没有想明白。此刻他寻路回家，心中再升起这个念头，叹口气，只能承认，语言、文字原是极其有限的，黑白的事情可以说得一清二楚，而微妙、含混、矛盾处的种种感受，却是愈讲愈糊涂，譬如某时一句话，也许只是一闪念，却成了根钉上棺材的钉子……就这么想着，鲁迅忽然听见门铃叮当一响，发现自己懵懵懂懂，竟撞进了一家咖啡厅。

咖啡厅是鲁迅极少要去的地方，距离上次进咖啡厅的时间，大概已经过去了一百年，所知的印象是屋宇逼仄、而光线含混，男人女人的前面放了一杯、一碟、一勺，勺在杯中不停地搅，眼睛探究着或者躲闪着对方，说不完的话，说了又说，早已口干舌燥，而杯里混浊的汤，还只啜掉了一点点，这也是很奇怪的事情吧。

然而这回不一样，他甚至不能确定这是不是咖啡厅，蒙了格子布的桌子都推到了两边，中间豁然一块空地，十几个青年靠着桌子，或者坐在桌上，有的手里端一个杯子，有的双手抄在怀里，看见鲁迅进来，都齐刷刷看向门口，十几个人聚起来的目光，刺得鲁迅的眼睛发黑。他伸手去找件东西扶一扶，但是没有，只好嘘口气，按紧自己瘦的胸脯，到底还是稳住了。他们看着他，他看着他们，觉得在这含混的光线下，他们像是一幅柯勒惠支版画里的人……然而，他们的样子是很丰衣足食的，是很心中有数的，跟柯勒惠支的那些苦痛的众生并不一样吧。正怔怔地想着，一个穿旗袍、系白围巾的女子朝他踌躇着，走过来。伊的一只手是空的，却像提了个篮子，另一只手也是空的，却像拄了根竹竿，这样子鲁迅很熟悉，似乎伊是从哪本读熟的故事中走出来，他预备着，伊要来说什么。说什么呢，鲁迅一时记不得。但是，伊一开腔他就雪亮了，伊说：“你回来了？”伊的目光死了般定在他身上，定得鲁迅微微地哆嗦。

“是的。”他说，然而咳嗽把他的话淹没了，好在他点了点头。

“这正好，你是识字的，又是出门人，见识得多。我正要问你一件事……”伊的眼珠一轮，放出刺目的光彩来。鲁迅吓了一跳，不是被伊刺目的眼神，而是觉得这女人奇怪得可怕。

伊再近一步，放低了声音，极秘密似的切切地说：“就是——一个人死了之后，究竟有没有魂灵的？”

鲁迅木木地看着伊，这个问题在日日地迫近他，因为他就要死了。但他没去想过魂灵的事，对于魂灵的有无，从前他自己是向来毫不介意的，而在久病不愈之后，他也在躲闪这样的念头。古人说过吧，魂灵之于肉体，如刃之于刀子，刀子不在了，刃又安能独在呢？然而，他木木地看着这个伊，木木地点了头，他知道自己说话要咳嗽，点头就是“有的，应该是有魂灵的”。

伊也点点头，冲鲁迅挤了挤眼睛：“那么，也就有地狱了？”

鲁迅立刻有一些慌神，不是因为地狱，而是伊眼睛里挤出的狡黠。伊为什么要挤眼睛，而且是在问到地狱时？他把拳头拧紧了，预备着伊还会有更可怕的什么举动来。然而伊做了个抹脸的动作，把狡黠抹下去，不依不饶再问道：“地狱，是有的吧？”

咖啡厅静得出奇，十几个人都围过来，有个人在抽鼻涕，呼呼如同风箱。鲁迅被这么多眼睛看着，很犹豫地摇摇头；继而，却又点了点头。

“那么，”伊把一只纤纤的手伸过来，抓住鲁迅手腕的枯骨，“死掉的一家人，都能见面了？”

鲁迅的枯骨被伊抓得很痛，很不舒服，谁也不会想到，伊的纤手就跟鹰爪似的有力量。他使劲要把伊的手弄下去，然而伊越箍越紧，咬了薄嘴唇看鲁迅，有些发狠、有些发嗲。鲁迅难受得不得了，再一甩，还不行，突然咳起来，“喀喀、喀喀”，他瘦的胸膛悲愤地爆破着，光线含混的、静谧的咖啡厅，轰轰回响着剧烈、悲痛的死魂灵。

伊一哆嗦，纤纤手从鲁迅枯骨上滑落了下去。满场悚然，待轰鸣的咳嗽声之后，一片掌声和喝彩，“好！”他们叫着，“好！”

这是一帮爱文艺的青年，聚在打烊的咖啡厅，正排练据一个小说改编的话剧。

六

有一个青年像是导演，脖子上吊了根花格的围巾，朝扮叫花子的姑娘做了个手势，伊就把鲁迅扶来坐下，还端过来半杯咖啡，一碟浊色的点心。伊说：“吃吧。多吃些。”鲁迅是需要吃点什么的，他很久都没吃东西了。于是，他俯身呷了呷咖啡，咖啡没放糖，苦得如黄连。拣了块点心进嘴去，却没假牙可咀嚼，半晌也不能化渣，只能使舌头反复舔。姑娘笑起来，那导演也笑起来，十几个青年都围着鲁迅，很有趣地看着他。导演再次打了个手势，说：“他真能表演。他有这个才能的。”多数人附和着，说：“是呢，他是能演的，这老大爷。”但叫花子姑娘不同意，伊说：“他不是表演，是本色……噢，你慢点。”然而鲁迅已经很慢了，他从没有这么缓慢、坚忍地对付过一块小点心。

导演把双手反抄到两边的胳肢窝，也很耐心探究了鲁迅一小会儿，他说：“猜猜吧，这大爷是做什么的？”那叫花子姑娘说：“像一个教授。”但另一个姑娘小声小气笑起来：“教授么，倒是越教越瘦的。可是，他还是不像，看他那撇胡子，该是个账房吧，或者是师爷？”然而，并没有人同意别人的猜测，有人说鲁迅是郎中，有人说鲁迅是相士……导演终于有些不耐烦，叫了声：“阿毛！”

鲁迅一惊，阿毛？他伸手在空气里探了探，似要在含混的光影中摸出一具确切的轮廓来。有人应了声，是个矮而白胖的年轻人，当然不小了，但在话剧里扮儿童还是颇多天趣的，他的脸就圆得像苹果。导演说：“阿毛，你还没说呢，你说话总是语惊众人的，童言无忌嘛。”阿毛憨憨地一笑，说：“好像一段呆木头。”众人果然笑起来，说：“这阿毛！”只有叫花子姑娘噘嘴表示了抗议：“不要拿这个开玩笑。”但大家还是笑，只有鲁迅一个人沉默着。导演说：“是的，他很沉默，他不说话。”阿毛说：“因为，当他沉默着的时候，他觉得充实；他若开口，同时感到空虚。”鲁迅都听见了，他舔着嘴里总也舔不化的小点心，念叨着：“很奇怪，为什么他们都在表演给我一人看？阿毛不是被狼吃了么，死而复活，长大了就带了点狼性？”隔了张小桌，鲁迅看见一本熟悉得不能再熟悉的书，他撑起来，扶着桌沿挨过去，把书翻到某一页，他想说：“你们是在排演这个故事么？”但他们听到的只是“喀、喀、喀”，他们不回答。鲁迅再翻到前边有作者照片的那一页，他说：“喀、喀、喀……”“你们听过他是怎么说的么？”他们依旧不说话，他们面面相觑，不知道他在说什么。于是，他们就把这个老大爷撇在了一边，喝咖啡，自己聊天了。

那个叫花子姑娘是复旦外文系学生，忽然着急，说时候不早，怕进不了校门了；导演就哼一声，说：“婆婆妈妈，还出来做文艺？”鲁迅听出来，导演从四川某县来，跑街，睡亭子间，找不到事情做，就写诗、写本子、排戏、会朋友，正过着极潇洒的日子。那个阿毛呢，大概是个买办的儿子吧，也读书，也写诗，喜欢新文艺，咖啡厅是从他堂兄那儿借来的，场地免费，吃喝算钱，阿毛自然都包了。看叫花子姑娘发慌，他说这没关系，把桌子并拢，即是通铺，十几个人睡觉都不成问题。其他人听了犯愁，去留不定的样子。他们中学生最多，其次是记者、画家、警察、校工，还有一个绍兴口音的，在会稽大酒楼跑堂，明天均还有生计要谋，不敢逍遥；但在导演的炯炯目光下，开不了口。导演摇头，喟然叹息，说：“我真傻，真的，我单知道庸碌众生才会瞻前顾后、锱铢计较的；我不知道为新文艺的人也这么柴米油盐，鸡毛蒜皮。真的，我真傻……”大家一愣，叫花子姑娘先咯咯笑出声，还打他肩膀一下，骂：“糟蹋圣贤！”导演得意不语，侧脸看着鲁迅。

鲁迅的舌头舔不化小点心，就把它吐出来，吐在掌心里，拿拇指稳稳地按，眼见它渐渐地塌下去，正是一块糕。他把这糕看一会儿，放入嘴，感觉是：甜……细……他实在是饿极了。他就这么重复着，把一碟点心都吃完了。导演很感慨，他说：“看到吧，人总是返老还童的。”众人一片唏嘘。鲁迅撑起来，觉得是戏也该散场了，他径直朝着门外去。

但是有个人一横手，把鲁迅挡住了，这便是阿毛。阿毛说：“吃喝是要收钱的，老大爷。”鲁迅点点头，在口袋里反复掏，然而没有毛角子，也没有掏出值钱的印章来，他看着阿毛，木木地立着。叫花子姑娘嚷起来：“就不能算你请客么？你是识字的，又是有钱人。”阿毛学导演，把双手反抄到腋下：“我可以请客的，不过要等他自己说出来。”鲁迅看看阿毛，又看看围了一圈的人，没一个人再吭声。良久，阿毛指指鲁迅腋下的包袱，说：“这个可以先抵押着。”说着，手一长，已经把包袱抽了过去了。他把黑绸的印花布在桌上展开来，看出这是一块旧年手工的织品，现今已是难找了，于是圆脸漾起笑意来。叫花子姑娘凑过来看那讲义，他说：“哪年的老皇历！”随手一扔，正落进暗处的字纸篓里，声音极小，仅仅风声一紧。鲁迅扑过去，却被许多的手架住了。他咳起来，咳得胸口乱针扎着一般痛，却只呼哧呼哧响，咳不出一点“喀喀”声。他甚至连呼哧声也没听见，觉得自己是在低唱着两句词：

阿呼呜呼兮呜呼呜呼，

爱乎呜呼兮呜呼阿呼！

他很快就累了，被那些人轻手轻脚架出了咖啡厅的门。然而在不明就里的人看来，他正是被他们前呼后拥着。

外面刚下了一场雨，现在已收了，空气新鲜得让人头发晕，地面湿漉漉，街灯漫过去，仿佛听得见流水声。鲁迅忽然一下子淡定了下来：灯影里，侧身站着个少年，正很耐心地等着他。少年全身的青衣，颈上吊着银圈子，背上斜挂着一块清澈、透明的铁，似一片长长的韭叶。让鲁迅彻底安静的，是少年黑而澄澈的眼窝中，有极柔的东西在放光芒。鲁迅静下心，觉得也有极柔的东西从胸膛升起来，水一样地把刺痛、气急、咳嗽都滤去了……那些人还站在他身后。他回头说了一句话：

“我把你们一个个都宽恕了。”

这是他对世人说出的最后一句话。然而，他们没有听清楚，因为鲁迅没有戴假牙，他的声音和咖啡厅的光线一样的含混，除了许广平，大概没人能听懂他在说什么。

也没人看见灯下有那个青衣的少年。

七

鲁迅跟着那少年往回走。慢慢地走，静静地走，走得踏实、疲惫、然而又熨帖。走到了大陆新村九号的门口，少年回头看了一眼他，像有期许，像要说话，然而，终于在路灯的薄雾中，淡去了。鲁迅缓缓咳了声，跟自己说：“他回去了，我回来了，一点都不奇怪。”

他在黑暗中摸进自己的房间。纸烟盒中还剩一根烟，他在床头柜上找到熏得焦黄的烟嘴，细心把烟装进去。这是从前海婴每天早晨要为爸爸做的事。从前，鲁迅躺下去，把被子拉到下巴上，心底升起一句话：“从前，曾经那么地好过。”

几个小时后，鲁迅先生死去了。

10月22日，葬于上海万国公墓。

1956年，移葬虹口公园。

刻有“生病”的白色木质图章，现存上海鲁迅纪念馆。

藤野严九郎添改过的三厚册讲义，中日的鲁迅专家仍在寻找中。

原载《山花》2005年第9期

点评

小说的想象在鲁迅先生弥留之际的狭窄时空中从容展开。病危的先生时而混沌时而清醒，回光返照的他要硬撑着身子出门走走。对妻儿的挂念，对萧红那凄苦漂泊的命运的担忧，对藤野先生的缅怀，对遗失的藤野先生的讲义的追寻，以及亦幻亦真中祥林嫂的诘问等，这些事实和幻象在先生的脑海中一一回放。作者的笔端切入了先生灵魂的深处，成功地描摹了先生辞世前精神的恍惚状态，把先生积压在心底的意念都释放了出来。先生未了的心事，比如遗失的藤野先生的讲义，小说中让先生用木质图章换了回来；还有误入咖啡厅，祥林嫂忽然出现并追问灵魂的有无，虚惊一场才发现这是年轻人在排戏；那群年轻人扔掉了先生的讲义，但先生宽恕了他们。在作品中，先生的心得到了告慰。结尾处青衣少年眉间尺出现并把先生引领回家，也是一语双关。“复仇者”形象的眉间尺在薄雾中淡去，先生心中所有的恨也消退了。最后，先生带着一颗宽恕一切的善心安详地离去，充满了对世间的眷恋。从某种意义上来说，这不是一篇讲故事的小说，而是告慰鲁迅先生的一首安魂曲。

（苏鹏）

远和近

谢宏

1

王小堂刚下火车，有点紧张，有点兴奋。表哥还没来。他将行李堆在脚边，转动脖子，东张西望。大约半个小时后，表哥终于出现。王小堂急忙招手。表哥笑着快步走过来，一把拎起地上的行李就走，还一边掉头问他话。王小堂用肩膀挽上背囊，快步跟上，有点气喘吁吁的。

走出深圳火车站，王小堂随表哥坐上的士。路上，表哥随口问，怎么样？王小堂正看窗外，“啊”过声，说什么怎么样？表哥问他对深圳的感觉。王小堂说，人多车多。表哥笑，说哪都多啊。说完就看表，似乎有事。车子左拐右转，开出很长一段路，才到表哥家。表哥进门后，交代几句，就叫他自便，说他还有事，晚饭一起吃。说完就碰上门走了。

表哥走后，王小堂坐回沙发上，环顾客厅后，又站起来，四处转悠。房子不大，小户型，两房一厅。他进浴室，望一眼镜子，自己的脸有风尘样。他赶紧掉头回客厅，将行李包打开，拿出干净的衣服，进浴室洗澡。他沐浴在凉滑的水流下，将香皂打遍身体，然后细致地洗，努力搓掉那积聚了几十个小时污垢。出来后，他舒服地舒展一下身体，坐回沙发上。他呆呆地坐过一会，感到有点累，就靠在沙发上打盹，一下就睡过去。醒来后，他发现天色暗下来。

他看看手表，是6点10分。他感到肚子有点饿。但表哥还没回来。他有点无聊，就拉亮电灯，打开电视看起来。他按着遥控器，一个个台跳着看，后来停在香港无线台，认真看起来。他在学校学唱过粤语歌曲，现在真听起来，却是一知半解的，只好看下面的字幕，对新闻有个大概的了解，至于细节，只好看图猜想。

表哥7点回来。他一进门就问，饿了吧？王小堂说还好。表哥说去吃饭吧。王小堂跳起来，穿戴好，跟上表哥的脚步。他们朝前走一百米，选中一家小饭馆，坐下点菜，然后吃起来。王小堂放开肚子吃。表哥也吃，但只象征性夹口菜吃。刚开始，两人没多少话，表哥只说吃。王小堂是饿，低头猛吃，一碗饭下肚，他才缓过劲来。他问表哥，不来碗米饭？表哥摇头。他问表哥干吗不吃呢。表哥说他吃过了。王小堂心里嘀咕起来，吃过了？但他没说出来。王小堂说想喝点啤酒。表哥就叫了一瓶金威啤酒。两人喝起来。也许喝了酒，表哥才有说话的欲望。表哥问他有什么打算。王小堂说边走边看。对他的这个回答，表哥不置可否，显得心不在焉。

吃好饭回家，王小堂感到挺舒服的。他坐在沙发上，想和表哥聊天。他说，表哥，你们公司真好，一个人住这么好的房子。表哥一听就笑，他说是自己买的。王小堂说，你还没结婚呢。表哥说当是投资，有条件先供一套。他说首付两成房款，其余的贷款分二十年还清。表哥和他搭话，但人没停下来，在客厅和两个房间进出。王小堂依在书房的门口，看表哥收拾东西。他问表哥，出差吗？表哥“哦”一声，继续忙。收拾好一会，才出来客厅。

表哥坐在沙发上，拿了笔和纸，不时记上几笔。王小堂站在窗口眺望。对面的马路上是滚滚的车流。他看一会，转回身，看见表哥靠在沙发上，闭着眼睛在想什么。王小堂坐过来。表哥睁开眼睛。王小堂说还以为他睡着呢。表哥笑了一下，让他累了就先睡。王小堂说他下午睡过了。表哥又往纸上记上几笔。王小堂扫一眼，写的都是很零碎的东西，什么牙刷、须刨等。王小堂说宾馆有啊。表哥说他去半年。王小堂担忧起来，说，去那么久啊？表哥说没办法啊。王小堂问去哪里。表哥说去美国。然后他又记了几笔，突然意识到没声音，就回头看。王小堂正坐在沙发上，忧心忡忡的。

表哥问他，怎么啦？王小堂说，那我怎么办？表哥停住手中的笔，笑了笑，说，怎么办？你都是成年人了。王小堂有点窘，没接上他的话。表哥收好笔，叫他不要担心，起码他有住的地方。王小堂还是没话。表哥说他要是租出去，这起码有一两千的租金。但我不想新房子给陌生人住。表哥是这么强调的。

晚上王小堂没睡踏实，也许喝过啤酒的缘故，他老上洗手间。当然也就听见表哥老翻身。他整个晚上都在半梦半醒之间打滚。他不断重复问，怎么办呢？表哥也笑，说，你是成人啊。

2

一连几天，表哥照例忙，偶尔想起王小堂，就说很抱歉，塞给他几百元，让他自己去“世界之窗”之类的景点转转，但自己无法作陪。看他犹豫，就说，先玩玩，工作后，怕就没心情，没时间玩了。

早上王小堂起床晚，去了“世界之窗”，一转一天。晚上看完招牌节目“创世纪”歌舞，累塌塌回到家里。表哥还没回呢。他自顾洗了澡，看一会电视，竟然在沙发上睡下。表哥回来摇醒他，才回书房去睡。接下来的几天，他又去转其他几个景点，最后没了兴趣，就窝在家里，看电视，想象表哥走后的日子。

一个星期后，表哥的手续办妥了，问他怎么样。王小堂说他该找工作了。表哥说好啊，给了他市人才市场的地址。第二天，王小堂就跑去。他挑人家，人家也挑他。几天下来，表哥问起，他说都不好。表哥问他想干什么。王小堂也答不上，只会说找有发展前途的。表哥说太笼统啦。王小堂一沮丧，就喊，我也不知道嘛。表哥给他建议，说要想锻炼的话，就去搞保险。毕竟他还有住的地方。见他不置可否，只得又开腔劝说，让他先干干再说。王小堂无奈，但又不死心，又跑了几天，还是没有结果。

晚上表哥回来，说他下周五就走。王小堂一急，又连跑几天，结果还是一样，最后只得就范，去一家保险公司，连着搞了些天的培训后，就开始工作，先去“扫街”，也就是挨家敲门推销保险产品，或者去路边和公园门口“摆摊”，向人提供保险咨询，晚上累塌了回来。

表哥走前一晚，交给他一张纸条，上面写有几个姓名和电话，说有急事可以找他的朋友帮忙。王小堂接过纸条，说好吧。表哥拍拍他的肩膀，说先干干，不合适再换吧。王小堂还能说什么呢。管理费和水电费，你自己交吧。表哥说着交给他一本付费用的存折。

表哥走后，剩他一人住，房子就显大。以前住学校，寝室住八人，虽窄小，但热闹。现在是空，空落落的。开始不习惯，没人说话，一坐久就发慌，好在累，洗澡后看看电视，倒头就睡。稍后，和新同事小吴聊得来，就一起吃晚饭。小吴是浙江人，心细，也热情，在深圳也没熟人，所以乐得有个伴。两个人也随便，买个盒饭，找个街心公园，边吃边聊，之后沿街闲逛，夜晚深圳的灯火蛮诱人的，他走到很晚才回家。

这晚他回到家里，洗澡后，他进书房，拿眼一扫，书架上的书不多。他挑来挑去，也没找到自己感兴趣的。他有点失望。刚转过身子，朝窗外一望，给吓一跳。他看见对面一个女人，站在浴室外的窗口，拉下她的牛仔裤，穿一条红色的内裤，在四处走动。王小堂的脸一红，心跳加速，赶紧拉灭灯，紧张地站在黑暗中，朝对面张望。

前几天，他只是注意到，对面的人家刚搬来，一男一女，看样子是夫妇，都三十岁左右，一起收拾房间，忙了两天。表哥的书房与对面房子的距离，大约隔五六米，站在窗口张望，对面人家的浴室，还有室内式阳台，卧室的窗户，部分客厅，在王小堂的眼前一览无遗。王小堂看见那个女人拉开浴室的窗户后，返回浴室去，坐在马桶上，悠闲地展看报纸。因为拉上一半的帘子，王小堂只看见她的两条腿，白晃晃的让他心慌。过一会，她拉完后，撅起白色的屁股，接着是用纸擦，再拉掉底裤，走到窗口，丢进阳台上的洗衣机里，然后和那个男人说话。下窗沿的高度，正好卡到女人的腹部，她一边说话，一边扭动身子。王小堂看得两眼发直。他清楚地看见那个女人黑色的阴毛。男人和女人说话的声音蛮高的。但由于隔了玻璃，王小堂听得有点隐约。之后，那个女人拉上大半窗户，将内衣拉掉，打开水龙头，开始洗澡。她倒了沐浴液，往身上抹，然后用力搓洗。窗户没拉严，从缝隙里看，她的身子在水雾中一闪一闪的扭动。

王小堂看了一会，身体就发胀，没忍多久，感到不行，下面呼地喷出来。他脚一软，坐到书房的床上。缓过气来，才去浴室洗澡，换过短裤。他一直没敢开灯，回来后，就站在书房的黑暗里，静静朝对面张望。后来，他看见女人进了卧室，往床上一躺，然后那个男人也进去。他们在被子里动作一阵，然后男人起来走了。那个女人的两条腿，从被子下伸出，翘起来，手拿红色的内裤往腿上套，然后又去浴室一趟，回来躺回床上，再没动静。

王小堂紧张地张望很久，直到腿有点累，见对面没动静，才躺回床上，但没有马上入睡，他竖起耳朵，听见隐约有说话声，但说什么，也听不清楚。奇怪，这个晚上，他觉得身体是累，但却觉得轻松。他睡得比以往都安稳。只是早上去上班，有同事说他眼圈黑黑的。他的脸就一红，说老做梦。

3

天色暗下来，撤摊后，小吴问他想去哪逛逛。王小堂有点支吾，红着脸，说他有点事，然后匆匆走了。小吴觉得奇怪，王小堂这些日子都这样，一下班就走人。王小堂上车往回赶。他在住宅区不远的小饭馆下车，叫一份盒饭，提上就走。王小堂一打开房门，才松一口气。他先去书房瞄一眼。对面黑灯瞎火的，没有动静。

王小堂犹豫着走回客厅，打开电视机，边看节目边吃饭。此时是香港新闻时段，正在播一则香港新闻，看字幕知道，说的是香港某报刊，为了制造新闻，花钱让某男人过深圳嫖娼、养“二奶”，演一出闹剧，然后记者报道，引起一番轰动，制造销量，但不久就被人揭穿造假，因此新闻界的道德水准受到公众的质疑。此时那个自甘堕落的男人，正四处躲避记者的追踪采访。男人声泪俱下，希望记者放过他，说他此时在香港已成过街老鼠。他的街坊邻居对镜头说，活该，真“人板”也！王小堂不知道确切指什么，但大概知道意思。他想起什么，就跳起来，快步走进书房，瞄一眼对面。客厅的灯是亮了。

王小堂停住咀嚼，看一会，没有人影，只有一只小狗，在客厅里跳来跑去的。王小堂只得回客厅继续吃饭。电视新闻一过，他的饭也吃好了。他再次走进书房张望。他看到浴室的灯亮了。透过窗户的毛玻璃，他看见有个女人的身影在里面活动。后来，他刚想将头凑近点。那扇窗户突然拉开，那个女人光着身子，探出头来，朝这边望一眼，将脱下的底裤和内衣，丢进阳台的洗衣机，然后退回到浴室里，对着镜子，用双手抚弄乳房。

王小堂看得呆了。他只听见自己的心跳声。他感到房子都在颤抖。那个女人弯下身子，洗刷着什么。王小堂发现她的眼睛，很少朝他这边望过来的。虽然有几次，王小堂感觉到，她应该知道他在对面看她，但她装作不知道，只自顾自地摆弄身体，或者干活。后来，那个女人似乎忙完了活，然后走到窗口，哗地拉上窗户，但留下一条缝，开始洗澡。

那个女人洗好后，光身子去卧室，拿着电话，边走边和人说话。后来又躺到床上，拿本书看。王小堂也不知道怎么了，竟然拉亮电灯，然后站在窗口继续看。王小堂看了会，大着胆子，对窗口试着招手。他看见那个女人起来，走到窗边，猛地拉上透明的窗帘，又躺回床上。王小堂一惊，忙一闪身，躲到她看不见的角落，大喘一口气。他拉灭电灯，在黑暗中观察很久，那个女人没什么动静，只是躺在床上看书，或者听电话，两条光洁的腿，老伸出被子，竖起来乱晃，搅得王小堂眼花。

后来的情形也没什么变化，那个男人一直没见回来。女人后来就睡下了。王小堂看眼手表，是凌晨的1点20分。他也有点困，就去洗澡，回来一看，那个女人开着灯睡着了。王小堂看了一会，也打哈欠睡下，让身体动作一番，将里面憋的东西弄出来，才轻松地进入梦乡。

第二天一早，他下楼去上班，没想到竟然在楼梯口遇见那个女人。他心里怦怦跳，放慢脚步，跟在她的后面下楼梯。那个女人走得不紧不慢的，高跟鞋一下一下地敲打地面，敲打王小堂的太阳穴。那女人走出住宅区的大门，走上人行道。王小堂跟一段路后，就喊，小姐？没有回应，他又加快脚步，追几步，又喊，小姐？那个女人放慢脚步。王小堂慌忙说，你家小狗很可爱啊。那个女人没看他，只是笑笑。王小堂硬着头皮说下去，他说想请教一下，怎能让小狗到固定地方解大小便。那个女人目不斜视，边走边说，小时候难点，大了就好，多教，让它先拉在报纸上，然后将报纸放在浴室，过一段时间小狗就会啦。王小堂“哦”一声，似乎是懂了，也借此舒一口气。他还想搭话，但想不出话题，只好默默地跟着她走。那女人也没话，一直往前走。气氛有点沉闷。直到快要过马路，那个女人说声再见啊，就直往前去。王小堂也说，再见。然后望着她走远。

4

小吴一见王小堂，就问他这些天忙什么。王小堂有点慌张，说没忙什么啊。小吴说他很累的样子。王小堂掩饰说，看一晚的书呢。小吴问他看什么书。王小堂撒谎说保险类的。他说他不是学这专业的，要补课。小吴就说，公司里也没几个是学专业出身的。王小堂想想，说倒是啊，整个培训班的学员，没一个是学保险的。

开晨会的时候，主任给大家打气，说小吴刚签下第一份保单。他大声说，不要小看这份保单，这对自己有特别的意义。主任将它与人生与事业的意义扯在一起谈了半个小时。大家纷纷鼓掌，向小吴表示祝贺。散会后，小吴宣布，晚上请大家吃个便饭，以表示庆祝。小吴特意走到王小堂跟前，看着他说，一定来啊。王小堂脸有难色。小吴说，还想看一晚书啊。王小堂辩解说不是看书。小吴问那是干吗。王小堂支吾起来。小吴一笑，说对了，在深圳不问人那么多的。王小堂有点窘，看小吴要离开，才说他尽量参加。

天色暗下来后，王小堂有过一番踌躇，然后才赶过去。他一到“添惠”饭馆，大家就笑骂他，说他让大家饿死了，都喊等会要他买单。小吴给他解围，说大概是塞车。王小堂有点尴尬，一愣后，接上话头说，是啊，在路上给堵了。

闹了一会，菜一上来，大家倒了酒，举杯向小吴祝贺。王小堂也跟大家说些祝贺的话。酒一下肚，话就多，大家轮流谈些这段日子的体验。从北京来的小陈说，再坚持一个月，如果还没能签下一单，只好走人。王小堂问干吗走呢。小陈说只有几百元的底薪，仅仅够租房，不走怎么行呢。王小堂一听，暗暗庆幸，至少自己不用交房租。小吴又谈了这次签单的体验，说她跑过无数次，都感到绝望了，就要放弃，没想到这客户竟然自己找上来。她感叹命运的转折，有时候真是无人能料的。

大家谈的时候，王小堂话少，只是默默地听，偶尔插一句。这饭局吃了一个小时才散。临分手，小吴小声问他怎么心事重重的。王小堂一惊，说，没有啊。小吴一笑，说，还抵赖啊。王小堂脸更红，说他也在想小陈说的话。小吴说，干保险，靠的是毅力和自信。王小堂对她的话不置可否，他抬头望对面大厦的灯火。小吴看他这样，就说，喂，又想心事啊。王小堂说有点晚了。小吴觉得好笑，说才8点多嘛。王小堂说要回家等表哥的电话。小吴愣了一下，说那再见吧。

王小堂进门，急急踢掉皮鞋，转进书房。对面灯火亮着。那个女人光着身子，拿无绳电话说话，在客厅走来走去。那几条狗啊猫啊的，跟在她的身边跑动。王小堂压住自己的呼吸，听着她的声音飘过来，不清楚，但牢牢地吸住他。过一会，王小堂拉亮电灯，坐在书桌前，拿双手撑了下巴，盯住看。那个女人说完话，丢下电话，走进浴室。她径直走到窗口，在拉上窗户的刹那，她脸带笑意，装作无意，飞快地朝这边看一眼，就呼地拉上窗户。然后王小堂看见的，是在毛玻璃后面伸展的身子。

王小堂也去浴室，一边搓着身子，一边想象那个女人在干什么。他看见自己的下面动作很大。想想一笑，飞快地洗好出来。光着身子出来一看，那个女人早洗好了。浴室的窗子又拉开了，那红色的底裤丢在靠窗口的洗衣机上。王小堂有点懊悔，心想错过了她探头出来的时刻。他站在书房观察一会，那个女人躺在床上，开灯在看书。

王小堂穿好衣服，在客厅里和书房走来走去，很焦虑地想了一会。观察好一会，确定那对面只女人一个人。他突然做出一个决定。他出了门，慢慢走到那家的房门，按了一下门铃。门铃叮咚一响。王小堂的心咚咚地跳。他感到太阳穴胀得难受。他等待着。但奇怪，就是没有人来开门。王小堂等了一会，又按一次，还是没人来。他松了一口气，返回自己的房子。他进书房一看，那个女人还是躺在床上。王小堂百思不解，站在窗前发呆。

过没多久，那个女人起来，拉亮浴室的灯，坐在浴室的马桶上。王小堂奇怪了，她不是刚洗过澡吗，难道没拉吗？王小堂有点生气，他扒拉下裤子，光着身子，爬上椅子，装作找书架顶的书。他很快地瞥了眼对面。她可能发现了，猛拉了一下浴帘，将自己遮住一半，但那两条腿还看得见。后来，她拉灭电灯，回到床上。

王小堂无奈，只好下来，坐在书桌前发呆，胡乱翻拿下来的书。那女人睡下了，灯亮了一晚上。王小堂心想，刚才她要是开门，就问她有没有养狗的手册。

5

小吴问王小堂是否遇到不开心的事。王小堂说没有啊。小吴说他样子憔悴。王小堂有点慌张，说是压力大，都两个月了，还没有签到一单。小吴鼓励他说，坚持就是成功。王小堂说知道了。小吴说要她帮忙就开口。王小堂点点头，说他会努力的，然后匆匆离开，说他去跑客户。小吴看着他的背影，困惑得摇头。

这天晚上，王小堂回去，很久也没看见那个女人的身影。他只看见那个男人，她的丈夫，光着身子在做饭，吃过后去洗澡，然后就没动静了。只有客厅的灯是开着的。王小堂百无聊赖，在客厅里转，电视是开着的，但他看不进去，只是听声音。后来，他转到窗口，看楼下马路上的行人走过。没多久，那个女人竟然横过马路，走过来，从楼下经过，正往家里去。他一愣过后，打开门，下楼去。

他在楼下的铁门遇见那个女人。他的心跳得厉害。他一开铁门，和那个女人正面撞上。那个女人有点惊讶，但脸还是带笑的。王小堂本来想说什么的，但一愣后竟然没说出来。那女人一错身，擦过他进去。王小堂反应过来后，她已经进去了。王小堂赶紧又拉开铁门，问了句，小姐，你是哪个公司的？那个女人停下来，车回身子，说，我楼上的啊。王小堂又问了句，叫什么名字啊？那个女人还是那句话，说，我楼上住的啊。王小堂说，叫什么名字呢？女人说，我是这楼上的。说完又车转身上楼。王小堂傻傻地站那，拉着铁门发呆，等回过神来，那个女人已经上去了。

王小堂一咬牙，也转身上楼。他上到六楼，发现那个女人正在按门铃。他紧走几步，站在楼梯口问，你叫什么名字？那个女人没理他。见王小堂站着不动，竟然火了，她用粤语说，回你家去吧！她的粤语说得实在蹩脚，连王小堂都听得出来。他站那没动。那个女人见他这样，有点气急败坏，压着声吼，快回你家去吧！王小堂这回听明白了，只得默默地上楼去。

他在书房看见那个女人进了客厅，大声和她丈夫说着什么，然后去了浴室，拉亮灯，很用力地拉上窗户。王小堂看见一个人影，坐在马桶上，看报纸或杂志。王小堂感到困惑。她明明是北方人，普通话说得挺溜啊，干吗要用粤语说那句话呢？王小堂是一夜没睡好，也没想通那个疑问。

第二天，他看见那个男人先去上班，那个女人晚点走。她先洗澡，然后对镜子梳妆打扮。王小堂站在窗口张望，看着那个女人弄好，然后出门。王小堂也出门，跟在她的后面下楼。那个女人在楼梯转弯处瞄他一眼，但没说话，脸色是阴沉的。王小堂也没敢跟上去问话，只是怅然地望着她走远。

6

日子好像就这么重复地过着，王小堂每天晚上或者周末，常常坐在书桌前发呆，朝对面张望。那个女人照例晚出晚归，有时候很晚才回来，折腾到凌晨也不睡，有时候她家里的灯火会一直亮到天亮。王小堂注意到，她和丈夫是分床睡的。她的丈夫睡在另一间卧室里。王小堂通常熬不过她，只好先行睡下。有时候在楼道或在小区里遇见，王小堂还想找词搭话，但见她一脸的严肃，没丁点笑容，显得很漠然。这让王小堂心里打鼓，因此对她敬而远之，只远远地观察她的行动。

这天，王小堂回来得早，正站在书房发呆，门一响过后，表哥突然回来了。王小堂大吃一惊，吃力地问，怎么回来了？表哥笑了，说，我的家，干吗不回来？王小堂呆了呆，说，这么快啊？表哥说，还快啊，都半年啦。王小堂这才找到话，说还真没想到这么久了。表哥大笑说，他可是度日如年。

表哥拉他出去吃饭。坐在饭馆里，表哥点了很多好菜，说在国外吃中餐太贵，口味也不正宗。他边说，边放开肚子吃。见王小堂坐着发呆，就拿筷子指了菜，说吃啊吃啊。王小堂说他吃过了。表哥说这的盒饭比那边酒楼的还好吃呢。表哥一边吃，一边说国外的见闻。王小堂不时点点头。表哥说过一通后，才想起问他，工作怎么样。王小堂叹息说不好。表哥说不合适就换个环境。

回到家里，表哥赶紧去洗澡。王小堂坐在客厅的沙发上，听表哥在浴室里唱歌。愉快的歌声在王小堂的耳朵边绕来绕去，就是没法子落到他的心里。表哥出来后，愉快地往沙发上一摔下去，大喊一声，说舒服死啦！

过了几天，表哥就去上班了，照例是早出晚归。后来还带一个女朋友回来。王小堂夜里龟缩在书房里，也看对面的动静，或躺在自己的床上，听着表哥和女朋友含糊的话语，想着自己复杂的心事。

有一天，王小堂问起表哥，怎么好久没见他的女朋友过来。表哥沉吟半天，才对他说，他该搬出去独立生活了。王小堂傻了几秒，没有说话。表哥的意思比较含蓄，他说女朋友说的，来了也不方便。王小堂想了几天，跑了几次人才市场，就去一家公司做出纳。小吴知道后，说有点可惜。王小堂说，这家公司包吃住的。

王小堂搬出去后，每天早出晚归的。每天的生活都有规律。过了很久，表哥请他吃饭，他过去了。坐在饭馆里，表哥说，中秋节，吃个便饭。王小堂问起他的女朋友。表哥说也和她家人吃饭。王小堂“哦”了声，然后和表哥碰杯。表哥问他过得如何。王小堂说开始找着点感觉了。

后来他想起心中的那个疑团，就想问表哥的看法。但他撒谎了，说最近看一本小说，里面几个人物的心事，他猜不透。他将事情的来龙去脉说一遍。表哥静静地听完，然后说，那个女人当然想别人关注她，或者说她也想勾引那男的，但她绝不想他缠上自己，影响到自己的家庭。王小堂听后似懂非懂。表哥说，保持一定的距离，心动而身不动。王小堂还是不得要领，只得和表哥碰杯，说喝酒吧。

酒醉饭饱，两人离开饭馆时，脚步有点踉跄。表哥让王小堂一起回去。但王小堂不肯，他说要回自己的宿舍。表哥只好作罢。临分手，表哥想了想，说，你在深圳住久了，就不会怪我要你搬出去的。王小堂说，表哥你喝醉了，看你说哪去了。表哥摇摇头，说他没醉。王小堂说，那赶紧回去休息吧。表哥说，你也一样。

王小堂一路上想着表哥的话，到了宿舍，也没闹明白透。他觉得脑袋发胀，只好躺到床上去想，仍然没结果。第二天起来，他对昨晚的事情就记忆模糊了。上班的时候，小吴来电话，问他干得怎么样。王小堂说还可以对付。他想了想，问她有没空，说想请她吃饭。小吴爽快地答应，说她在这里谁也不认识。王小堂就笑了，说，你不认识我吗？小吴一愣，也跟着笑起来。王小堂说，7点吧。小吴说，不见不散。

王小堂放下电话，心想，那个没搞懂的问题，今晚或找个时间，也可以问问小吴的，她是个女的嘛。

原载《当代小说》2005年第8期

点评

“你/一会看我/一会看云/我觉得/你看我时很远/你看云时很近。”——顾城的《远和近》用诗的语言告诉我们：实际距离的远近并不代表心灵的远近。谢宏的这篇同名小说则为我们展示了在高节奏、多诱惑的大都市里，人与人之间那种无处不在的陌生与隔膜。

初到深圳的王小堂暂住表哥家，但他溢于言表的兴奋与表哥不冷不热的态度形成了明显的反差。表哥出国后，他每天都过着寂寞平淡的日子；突然有一天他无意中看见了房子对面正在洗澡的女人，平静的生活从此泛起了波澜。虽然相隔几米，但他却窥见了陌生女人最隐秘的部位以及私人生活。从那以后，他每天一下班就径直赶回家，暗中偷窥那个女人的一举一动。经不住性欲躁动的他常常浮想联翩，蠢蠢欲动。不久，他开始发现女人的某些举动有勾引之嫌，但当他按捺不住冲动伺机接近女人时，女人莫名的冷漠与无理又令他费解不已。表哥回国后，他被迫过上了独立生活。可搬出表哥家的他始终琢磨不透那女人似乎存心诱惑而表面却敬而远之的态度。或许真正要义正如表哥所言，保持一定距离，心动而身不动。

这个故事是作者对于现代都市人人际关系的一个隐喻。即使相距咫尺或有血缘之亲，即使身体失去了外在的遮蔽物，也依然无法剥离人与人之间的那层厚障壁，真正的沟通与完全的理解也只能成为人永远的理想。小说以质朴凝练的语言，轻松平淡的笔调，消解了人间的温情与关爱，冷静地勾勒出人与人在心灵上的距离，也在某种程度上揭露了现代都市人空虚无聊、焦虑颓废的生存状态。

（方奕）